梁寶華 主編

香港文學大系 一九五〇—一九六九

粵劇卷

商務印書館

《香港文學大系一九五〇—一九六九》編輯委員會已盡力徵求文章及相片刊載權。如有遺漏之處，敬請版權持有人與本編輯委員會聯絡。

香港文學大系一九五〇—一九六九・粵劇卷

主　　編：梁寶華
特約編輯：陳　芳
責任編輯：蔡柷音
封面設計：涂　慧
出　　版：商務印書館（香港）有限公司
香港筲箕灣耀興道三號東滙廣場八樓
http://www.commercialpress.com.hk
發　　行：香港聯合書刊物流有限公司
香港新界大埔汀麗路三十六號中華商務印刷大廈三字樓
印　　刷：美雅印刷製本有限公司
九龍觀塘榮業街六號海濱工業大廈四樓A室
版　　次：二〇二〇年六月第一版第一次印刷

ISBN 978 962 07 4583 6
Printed in Hong Kong

《香港文學大系一九五〇—一九六九》人員名單

編輯委員會

總主編　陳國球

副總主編　陳智德

編輯委員　危令敦　陳國球　陳智德　黃子平　黃仲鳴　黃淑嫻　樊善標（按姓氏筆畫序）

顧問

王德威　李歐梵　周蕾　許子東　陳平原　陳萬雄（按姓氏筆畫序）

各卷主編

一　新詩卷一　陳智德

二　新詩卷二　葉輝　鄭政恆

三　散文卷一　樊善標

四　散文卷二　危令敦

五　小說卷一　馮偉才

六　小說卷二　黃淑嫻

七　話劇卷　盧偉力

八　粵劇卷　梁寶華

九　歌詞卷　黃志華　朱耀偉　吳月華　盧惠嫻

十　舊體文學卷　程中山

十一　通俗文學卷一　黃仲鳴

十二　通俗文學卷二　陳惠英

十三　兒童文學卷　黃慶雲　周蜜蜜

十四　評論卷一　陳國球

十五　評論卷二　羅貴祥

十六　文學史料卷　馬輝洪

目錄

總序

陳國球

《香港文學大系》之編制體式，源自一九三五年到一九三六年出版的十冊《中國新文學大系》。兩者的關連，實在依違之間；前者第一輯的〈總序〉已有交代。[1] 其中最要重要的一個相同立意，是向歷史負責、為文學的歷史作證。《中國新文學大系》由趙家璧（一九〇八—一九九七）主編，目的是為由一九一七年開始的「新文學運動」作歷史定位，因為他發現「新文學」到了三十年代中期，面對的社會環境已經不同，他深恐「新文學運動」光輝不再；[2] 因此他設計的《新文學大系》由整體結構到每一冊的體式，綜之就是一種歷史書寫；這也是《香港文學大系》以之為

1 陳國球〈香港？香港文學？——《香港文學大系一九一九—一九四九》總序〉，載陳國球、陳智德等著《香港文學大系一九一九—一九四九．導言集》（香港：商務印書館（香港）有限公司，二〇一六），頁一—三九。

2 趙家璧後來在回憶文章指出當時幾個環境因素：一、一九三四年國民黨軍隊作第五次「圍剿」，又查禁書刊，成立「圖書雜誌審查會」；二、同年有推行舊傳統道德的「新生活運動」；三、湖南廣東等省實行尊孔讀經；三、「大眾語運動」批判五四以後的白話文為變「之乎者也」為「的那呢嗎」的「變相八股」；四、林語堂的《人間世》半月刊，「惡白話文而喜文言之白，故提倡語錄體」；五、上海圖書出版界大量翻印古書，社會上瀰漫復古之風。見趙家璧〈話說《中國新文學大系》〉，《新文學史料》一九八四年第一期（一月），頁一六三—一六四。

模範的主因。正如我們以「大系」的形體去抗拒香港文學之被遺棄，《中國新文學大系》的目標也明顯是對「遺忘」的戒懼，盼求「記憶」的保存。[3] 這意向的實踐又有多方向的指涉：保存「記憶」意味着對「過去」發生的情事之意義作出估量，而估量過程中也必然與「當下」的意識作協商，其作用就是開發「未來」的各種可能；這就是傳統智慧所講的「鑑往知來」。因此，以「大系」的體式向「歷史」負責，同時也是向「當下」、向「未來」負責。

3 趙家璧在《中國新文學大系》初編時說：「這十年間寶貴的材料，現在已散失得和百年前的古籍一樣；假如不趁早替它整理選輯，後世研究初期新文學運動史的人，也許會無從捉摸的。」見趙家璧〈編輯《中國新文學大系》緣起〉，原刊《中國新文學大系》宣傳用樣本（上海：良友圖書公司，一九三五），收入趙家璧《書比人長壽：編輯憶舊集外集》（北京：中華書局，二〇〇八），頁一〇六。他後來追憶《大系》的出版時，曾舉出兩個事例，一是劉半農編集《初期白話詩稿》時，女詩人陳衡哲的感慨：「那已是三代以上的事〔了〕，我們都是三代以上的人了」；另一是阿英編《中國新文學運動史資料》時不過離「新文學運動」只短短二十年，但回想起來已有「渺茫」、「寥遠」之感，而且要搜集當時的文獻「真是大非易事」。見劉半農編《初期白話詩稿》（北平：星雲堂書店，一九三三；新北市：花木蘭文化出版社，二〇一六年影印），頁七—八；張若英（阿英）編《中國新文學運動史資料》（上海：光明書局，一九三四），頁一—二；趙家璧〈話說《中國新文學大系》〉，頁一六六—一六七。

一、《大系》的傳承與香港

從製作層面看，《中國新文學大系》可說成功達標，不少研究者都認同它在文學史建構的功績。[4]然而，當我們換一個角度去審視這一抵抗「遺忘」的製作之「生命史」，卻也見到其間別有一番掙扎浮沉。[5]於此我們不作詳細論述，只依據趙家璧的不同時期記憶，配合相關資料，以簡述《中國新文學大系》的「記憶」與「遺忘」的歷史，當中香港的影子也夾纏其中，頗堪玩味：

一、一九五七年三月，趙家璧在《人民日報》發表〈編輯憶舊〉連載文章，提到當年《新文學大系》「先後經過兩年時間〔案：即一九三五年到一九三六年〕，衝破了國民黨審查會的鬼門關才算全部出版。」[6]

4 參考溫儒敏〈論《中國新文學大系》的學科史價值〉，《文學評論》，二〇〇一年第三期（五月），頁五四—六一；羅崗〈解釋歷史的力量：現代文學的確立與《中國新文學大系一九一七—一九二七》的出版〉，《開放月刊》，二〇〇一年第五期（五月），頁六六—七六；黃子平〈「新文學大系」與文學史〉，《上海文化》，二〇一〇年第二期（三月），頁四—一二。

5 這是捷克結構主義者伏迪契卡（Felix Vodička）的文學史觀念之借用。伏迪契卡認為文學的過程並非終結於文學作品創製完工的時候；文學的「生命史」在於以後不同世代的閱讀；參考陳國球《文學史書寫形態與文化政治》（北京：北京大學出版社，二〇〇四），頁三三六—三四六。

6 趙家璧〈編輯憶舊．關於中國新文學大系〉，原刊《人民日報》，一九五七年三月十九日；重刊於《新文學史料》，一九七八年第三期（三月），頁一七三。

二、趙家璧在後來追記，《大系》出版後，原出版公司「良友」的編輯部，因應蔡元培和茅盾的鼓勵，曾考慮續編「新文學」的第二個、第三個十年。[7]不久抗戰爆發，此議遂停。

三、一九四五年春日本戰敗的跡象已明顯，他再想起續編的計劃，和全國文協負責人討論先編第三輯「抗戰八年文學大系」，因為抗戰時的材料，「都是土紙印的，很難長久保存；而兵荒馬亂，散失更多」，要先啟動。可惜戰後良友公司停業，計劃流產。[8]

四、趙家璧在一九五七年的連載文章說：「解放後，很多人建議把《中國新文學大系》重印。我認為原版重印，似無必要。」文中的解說是可以另行編輯他早年的構想——《五四以來文學名著百種》。[9]然而，他後來的文章說這是「違心之論」。[10]

---

7 蔡元培在《中國新文學大系．總序》結尾時說：「對於第一個十年先作一總審查，使吾人有以鑑既往而策將來，希望第二個十年與第三個十年時，有中國的拉飛爾與中國的莎士比亞等應運而生呵！」載胡適編《中國新文學大系：建設理論集》（上海：良友圖書公司，一九三五），頁九。茅盾為《中國新文學大系》的宣傳樣本寫〈編選感想〉也說：「現在良友公司印行《中國新文學大系》第一輯」；趙家璧認為他意指以後應有「第二輯」、「第三輯」。見趙家璧〈話説《中國新文學大系》〉，頁一七一。

8 參考趙家璧〈編輯憶舊．關於中國新文學大系〉，原刊《人民日報》，一九五七年三月廿一日，重刊於《新文學史料》，一九七八年第一期（一月），頁六一；趙家璧〈話説《中國新文學大系》〉，頁一八六—一八八。

9 趙家璧〈編輯憶舊．關於中國新文學大系〉，頁六一。

10 趙家璧〈話説《中國新文學大系》〉，頁一六二—一六三。

五、趙家璧在八十年代的追記文章又説：「一九六二年，香港一家出版社已擅自翻印過一版。」[11]這家出版社是「香港文學研究社」，出版時有李輝英撰寫的〈重印緣起〉，文中引用了蔡元培〈總序〉「十年總審查」以後，還有接着的「第二個十年第三個十年」；李輝英又説：「第一個十年總結過了，留下來豐富的十集《大系》」，然而，「這豐碑式的《大系》，現在海外竟然變成了孤本和古董」，於是出版社「決定本諸傳播文化的宗旨，……重印《大系》，……使豐碑免於湮滅」。[12]這裏有幾個關鍵詞：「擅自」、「海外」、「湮滅」。

六、趙家璧同時又指出「翻印《大系》的那家香港出版社，於一九六八年又搞了一套《中國新文學大系．續編一九二八—一九三八》」，其〈總序〉「居然把上述蔡元培為一九三五年良友版《大系．總序》裏所表示的重要期望，接了過去，自稱為是蔡序《大系》的繼承者，在海外漢學界造成了混亂。……國內學者更不會輕易承認這種自命的繼承。」[13]事實上，香港文學研究社出版《大系．續編》的計劃，早在翻印十集《大系》不久就開始，到一九六八年全套出版；其卷前的〈出版前言〉提到《續編》（一九二八—一九三八）和《三編》（一九三八—一九四八）的構想，完成的話，「中國『新文學運動』的歷史大致完整了」。這個出版計劃不無商業的考慮，〈出版前言〉謂各集編

11 趙家璧〈話説《中國新文學大系》〉，頁一六三。

12 〈重印緣起〉，載胡適編《中國新文學大系：建設理論集》（香港：香港文學研究社，一九六二），卷前，頁一—二。

13 趙家璧〈話説《中國新文學大系》〉，頁一八一—一八二。

者「都是國內外知名人物」，分處東京、新加坡、香港三地，編成後在香港排印。[14]然而，由後來的相關追述可知，其實編輯工作主要由北京的常君實承擔，再由香港的譚秀牧補漏；二人並無直接溝通協調，加上兩地各有不同的客觀限制，製作過程困難重重。[15]無論如何，在所謂「正」與「續」之間，不難見到「斷裂」與「繼承」的複雜性。

七、與香港文學研究社編纂《中國新文學大系．續編一九二八—一九三八》差不多同時，李棪與李輝英也在構思一個「一九二七—一九三七年」的續編，並已列為「香港中文大學研究計劃」之一；其中小說、散文、戲劇部分已有四冊接近編成。主編者認為「新文學第二個十年」的編選，「實為必要的也是刻不容緩的工作」。值得注意的是，他們「搜求資料的主要對象」是英國、日本、美國各大圖書館，而不是中國內地。他們也知悉香港文學研究社的出版計劃，視之為「同道者」的「姊妹編」。[16]可惜，這個計劃所留下的只是一份編選計劃書。

14 〈出版前言〉載《中國新文學大系．續編》（香港：香港文學研究社，一九六八），卷前，無頁碼。

15 參考譚秀牧：〈我與《中國新文學大系．續編》〉，《譚秀牧散文小說選集》（香港：天地圖書公司，一九九〇），頁二六二—二七五。譚秀牧在二〇一一年十二月到二〇一二年五月的個人網誌中，再交代《續編》的出版過程，以及回應常君實對《續編》編務的責難。見 http://tamsaumokgblog.blogspot.hk/2012/02/blog-post.html（檢索日期：二〇一九年六月二十一日）。

16 參考李棪、李輝英〈《中國新文學大系．續編》的編選計劃〉，《純文學》（香港），第十三期（一九六八年四月），頁一〇四—一一六；徐復觀〈略評《中國新文學大系續編》編選計劃〉，《華僑日報》，一九六八年三月三十一日。

八、一九七八年，《新文學史料》創刊，編輯約請趙家璧撰稿；趙家璧婉拒不成，只好提交一九五七年刊發於《人民日報》的文章，文章開首就宣明沒有必要重印《中國新文學大系》。[17] 同年末，他知悉上海文藝出版社打算重印《大系》，卻表示「完全擁護」，並撰寫〈重印《中國新文學大系》有感〉。[18] 至一九八二年《大系》十卷影印本出齊。

九、一九八三年十月，他寫成長篇追憶文章〈話說《中國新文學大系》〉，次年刊載於《新文學史料》一九八四年第一期。這是後來大部分《中國新文學大系》的研究論述之依據。

十、一九八四至一九八九年，上海文藝出版社由社長兼總編輯丁景唐主編，趙家璧作顧問，陸續出版《中國新文學大系一九二七—一九三七》共二十冊；一九九〇年再有孫顒、江曾培等主編《中國新文學大系一九三七—一九四九》二十冊；一九九七年馮牧、王蒙等主編《中國新文學大系一九四九—一九七六》二十冊；二〇〇九年王蒙、王元化總主編《中國新文學大系一九七六—二〇〇〇》三十冊。

---

17 趙家璧在《人民日報》發表的連載文章，原題作〈編輯憶舊〉，其中有關《中國新文學大系》的部分，刊於《人民日報》，一九五七年三月十九日及廿一日；後來重刊於《新文學史料》，一九七八年第一期（一月），頁六一—六二；及第三期（三月），頁一七二—一七三。

18 文章正式發表有所延後，見趙家璧〈重印《中國新文學大系》有感〉，《文匯報》，一九八一年三月廿三日。參考趙家璧〈話說《中國新文學大系》〉，頁一六三；趙修慧編〈趙家璧著譯年表〉，載趙家璧《書比人長壽：編輯憶舊集外集》，頁二六五。

以上的簡單撮述，目的不在於表現巧點的「後見之明」，以月旦是非；而是借檢視「歷史承載體」的歷史，重新思考「歷史」的所謂傳承，以至「歷史」的存在與否，大抵是「記憶」與「反記憶」、「遺忘」與「反遺忘」的心與力的爭持。我們都明白，一九四九年之後，無論中國內地還是港英統治下的香港，政治與社會都有一個非常大規模的變易與轉移。以趙家璧的一人之身，歷經世變卻又似斷難斷，在大斷裂之後試圖由「記憶」出發以作歷史（文學史）連接，並且非常着意連接的合法性，而疏略其形神之異。他的舉措很能揭示「記憶」的黏合能力，同時也見到其偏狹的一面。[19] 如果論者想把這五輯《中國新文學大系》看成一個連續體，必須面對其間存在一個極大裂縫的問題：第一輯完成於一九三六年，第二輯開始出版於半個世紀之後的一九八四年；更不要說中間經歷天翻地覆的戰爭與政治社會的大變異，第一輯與後來四輯的編輯思想、製作方式與實際環境的千差萬別。考慮到種種因素，香港在上述過程中的參與角色，又透露了哪種意義？《香港文學大系》要作「續編」，又會遇上甚麼問題？都有待我們省思。

19 有關《中國新文學大系》第一輯與後來各輯的差異與區隔，可參考陳國球〈香港？香港文學？——《香港文學大系一九一九—一九四九》總序〉，頁十—十三。

二、「記憶之連續體」在香港

一九四九年以後，香港與中國之間有各種迴斡，其中文學與文化是兩邊關係的深層次展現。在五、六十年代期間，有一些文學現象可供思考。五十年代初從內地南下的馬朗（一九三三？—），在香港創辦《文藝新潮》，推動現代主義創作，引進西方文藝思潮，影響了香港一個世代的文學發展。《文藝新潮》的馬朗，在大崩裂的時刻意識到「遺忘」帶來歷史的流失。他在雜誌創刊不久的第二期就預告要編一個〈三十年來中國最佳短篇小說選〉的特輯。他的想法是：

> 中國新文學運動至今已卅餘年，其間不少演變，然而不論是貧乏還是豐饒，出版不下數萬種的小說倒底〔案：原文如此〕給三十年來的讀者群廣汎的影響，然而這些作品今日都在歷史的洪流裏湮沒了。目前海外人仕〔士〕即使想找一篇值得回味的小說，亦無可能。……〔我們〕借這個特輯來作一次回顧，讓大家看看中國有過甚麼出色的短篇小說，在文化淪亡無書可讀的今日，對於華僑青年，其意義又豈只是保存國粹而已。[20]

一九五六年五月《文藝新潮》第三期特輯正式刊出，收入沈從文〈蕭蕭〉、端木蕻良〈遙遠的風

20 《文藝新潮》，第一卷第二期（一九五六年四月），封底〈預告〉。

砂〉、師陀〈期待〉、鄭定文〈大姊〉、張天翼〈二十一個〉五篇。馬朗在〈選輯的話〉交代編選過程中遇到的困難：

> 中國新文學書籍湮沒的程度實在超乎意料，令人吃驚。譬如，曾經哄動一時的新感覺派奇才穆時英的〈Craven A〉、〈一個本埠新聞欄廢稿的故事〉、〈白金的女體塑像〉、〈公墓〉等等之中，似乎可以選擇一篇的，因為他首先迎接了時代尖端的潮流；還有直追梅里美擅寫心理的施蟄存，他的《將軍的頭》和《梅雨之夕》兩本書；以致〔至〕偽滿時代的「中國紀德」爵青，他的《歐陽家的人們》；再有蕭紅的〈手〉和〈牛車上〉，羅烽描寫瀋陽事變的〈第七個坑〉、萬迪鶴的〈劈刺〉、荒煤的《長江上》、戰後的路翎和豐村……。前者已永遠在中國書肆中消失了，後者卻在香港找不到。[21]

四十年代在上海主編《文潮》的馬朗，來到香港以後對現代小說的記憶，自然與他昔日的閱讀經驗有關。馬朗在《文潮》有個〈每月小說評介〉的欄目，當中就曾評論《文藝新潮》特輯的〈期待〉

21 〈選輯的話〉，《文藝新潮》，第三期（一九五六年五月），頁六九。

及〈大姊〉兩篇；也旁及荒煤的《長江上》和爵青《歐陽家的人們》。[22]由此可見「香港」連結「中國」的軌跡之一，是「文學記憶」在空間（中國內地—香港），以及時間（四十年代—五十年代）上的傳承接駁。這個具體的例子說明，我們看到的不是「中華文化廣被四夷」；[23]而是一種「記憶」的遷徙、搬動。因為這些文學風潮與作品，在原生地已經難得流通了。[24]

此外，六十年代又有一次更大型的「文學記憶」的連結工程。一九六四年七月廿四日《中國學生周報》創刊十二周年紀念，推出《五四．抗戰中國文藝新檢閱》專輯，前有編者的〈寫在專輯前面〉，羅列了一批當時香港讀者會感陌生的作家名字，如卞之琳、端木蕻良、駱賓基、穆時英、施蟄存、錢鍾書、無名氏、王辛笛、馮乃超、孫毓棠、艾青、馮至、王獨清等，指出「他們的聲名給『正統作家』們蓋過了，他們的作品被戰亂的烽火燒燬了。但是，他們對當代中國文藝的影響是永遠潛在的，他們的功績是不可磨滅的」；這個專輯的目標是：

22 蘆焚（師陀）〈期待〉的評論見馬博良（馬朗）〈每月小說評介〉，《文潮》，創刊號（一九四四年一月），頁七五。鄭定文〈大姊〉的評論見馬博良〈每月小說評介〉，《文潮》，第一卷第五期（一九四四年八月），頁九八—九九；當中提到爵青《歐陽家的人們》。再者，評論曉芒〈荒原〉時，曾以荒煤《長江上》作比較，見馬博良〈每月小說評介〉，《文潮》，第一卷第六期（一九四四年十月），頁九七—九八。

23 我們也留意到馬朗提到香港的年輕世代時，稱他們做「華僑青年」。

24 例如三十年代的「新感覺派」，在大斷裂之後，要到八十年代北京大學嚴家炎重新提出，並編成《新感覺派小說選》（北京：人民文學出版社，一九八五），內地的讀者才有機會與之重逢。相對之下，這份「記憶」卻搬移到香港，由五十年代開始一直在文藝界傳承。

分別從小說、散文、詩歌、戲劇、翻譯、批評方面，介紹文壇前衛作家們的成就。……希望能夠提醒今日的讀者們：不要忘記從五四到抗戰到現在這一份血緣！[25]

這個專輯與「現代文學美術協會」的幾位骨幹人物如崑南（一九三五—）、李英豪（一九四一—）、盧因（一九三五—）等關涉最多。例如盧因就以「陳寧實」和「朱喜樓」的筆名，分別討論端木蕻良的小說，和周作人以來的雜文和散文；崑南則談無名氏，同時翻譯辛笛的詩作為英文。至於詩論大將李英豪則以「余橫山」的筆名討論劉西渭和五四以來的文藝批評，更重要的一篇論述是以本名發表的〈從五四到現在〉：

> 時至今日，一些真有才華和創建性的作者，反而湮沒無聞；作品隨着戰火而被埋葬；……我們只以為，「五四」及抗戰時，中國只有寫實小說，或自然主義品，卻漠視了如以新感覺手法表現的穆時英，捕捉內在朦朧感覺的穆木天，打破沿襲語言辭格的駱賓基，追尋純美的何其芳，寫〈水仙辭〉的梁宗岱，和運用小說「對位法」與「同時性」的爵青。茅盾、巴金、丁玲等都受政治宣傳利用，論才華和穩實，都比不上駱賓基、端木

25 編者〈寫在專輯前面〉，《中國學生周報》，第六二七期（一九六四年七月廿四日）。文中所列舉作家（除了穆木天、艾青、馮至）大部分是當時內地的現代文學史罕有論及的。

蕻良和李劼人；論狂放，更望塵不及無名氏。[26]

如果馬朗是搬動內陸的「文學記憶」到這個島與半島的文化人，李英豪卻是土生土長的本地「番書仔」，他的文化觸覺明顯與馬朗所傳遞的訊息有密切的關聯。但這並不表示李英豪一輩只是被動地接收單向的訊息。從文中可知他一樣看到由郭沫若到王瑤等傳揚的另一種文學史記述。換言之，李英豪等一輩人接收到內容有差異的訊息。顯然他們選擇相信文學的「過去」原本很豐富，但經歷滄桑歲月，「記憶」斷裂；精彩的作家和作品被「遺忘」。

由於對「遺忘」的戒懼，馬朗試圖將被隱蔽的「記憶」恢復。當他的私有「記憶」在易地以後成為一種論述，他高呼「人類靈魂的工程師，到我們的旗下來！」[27]當然是為了招集同道，發揮傳播的力量。至於論述的承受方，如崑南、盧因、李英豪一輩在本地成長的年輕人，緣此擴充了香港教育體制以外視野；[28]另一方面，在地的位置——作為面向世界的殖民地城市——也促使他們以更多元、多層次的思考，面對這些非他們固有的「文學記憶」；他們採取主動積極的態度，試

26 李英豪〈從五四到現在〉，《中國學生周報》，一九六四年七月廿四日。

27 新潮社〈發刊詞：人類靈魂的工程師，到我們的旗下來！〉，《文藝新潮》，第一卷第一期（一九五六年二月），頁二。

28 香港的文學教育並沒有提供這部分的知識，參考陳國球〈文學教育與經典的傳遞：中國現代文學在香港初中課程的承納初析〉，《現代中文文學學報》，第四期（二〇〇五年六月），頁九五—一一七。

圖建構可以上下連貫的文學史意識時，也在衡量當下自身的位置。所以文中說：

> 我們並不願意墨守他們的世界，亦不願盲從他們的步伐。中國現代文學應落眼於開創的一面——不斷的開創。我們不一定要有隻手闢天的本領，但我們必得肩負數千年來沈重的中國文化，高瞻遠矚的看看世界，默默的在個人追尋中求建立，自覺覺他。

文章的結尾，李英豪又說：

> 「現代」是「現代」，是不容逃避與否認的，而那必得是個人的、中國的「現代」。[29]

他們心中的「我們」，顯然是由當下的年輕一代的眾多「個人」組成；這一群「我們」為甚麼要「肩負」一個沉重的責任？如果用趙家璧的話來對照，他們「居然」、「擅自」、「自稱」是此一文學與文化記憶的「繼承者」，可謂不自量力地「情迷中國」（Obsession with China）。由馬朗到李英豪，「情迷中國」的基礎並不相同，但在五、六十年代香港共同構建了奇異卻璀爛的華語文化論述。

29　李英豪〈從五四到現在〉，《中國學生周報》，一九六四年七月廿四日。

正如香港出版的《民主評論》，在一九五八年元旦刊載了牟宗三、徐復觀、張君勱、唐君毅等四位流離於中國之外的儒學中人合撰的〈中國文化與世界——我們對中國學術研究及中國文化與世界文化前途之共同認識〉；[31]這些「新儒家們」的「文化記憶」在中國大地養成，他們的親身體驗，是支撐他們信念的依據。然而香港一個年輕人聚合的文藝團體，也在翌年（一九五九年）元旦發表他們的「文化宣言」。這個團體的主要成員是崑南（二十四歲）、王無邪（一九三六—，二十三歲）和葉維廉（一九三七—，二十二歲），組織名稱是「現代文學美術協會」；他們高呼：[30]

> 為了我們處於一個多難的時代，為了我們中華民族目前整體的流離，更為了我國半世紀以來文化思想的肢解，於是，在這決定的時刻中，我們都面臨着一個重大的問題；這個重大而不可抗拒的問題，迫使我們需要聯結每一個可能的力量，從面裏〔裏面〕發揮每一個人的勇敢，每一個人的信念，每一個人的抱負，共同堅忍地正視這個時代，共同表現中華民族應有的磅礴氣魄，共同創造我國文化思想的新生。……讓所有人，有共

30 參考陳國球〈情迷中國：香港五、六十年代現代主義文學的運動面向〉，《香港的抒情史》（香港：香港中文大學出版社，二〇一六），頁二六一—三一〇。

31 牟宗三、徐復觀、張君勱、唐君毅〈中國文化與世界——我們對中國學術研究及中國文化與世界文化前途之共同認識〉，《民主評論》，第九卷第一期（一九五八年一月），頁十二—二〇。

同善良的願望的年青人緊密地站在一起，站在一起肩負一個偉大而莊嚴的使命。[32]

由語言措辭以至思想方向看來，他們的想像其實源於南來知識分子的「文化記憶」，是這種「記憶」的承納與發揮。他們建構（虛擬）了一個超過本土的文化連續體，由是他們既能立意開新，又有歷史（上一輩的記憶）的厚重。千斤重擔兩肩挑。香港文學史的這一段，可說是最能大開大闔，最有歷史承擔的一段。[33] 更重要的是：他們的確開拓了華語文學的新路，展示了內地環境所未及容納的文學之可能。當然，他們大概不能逆料其勇於承擔有可能遭逢「合法性」的質疑，而這正正是「歷史」之弔詭，與悲涼。

32 〈現代文學美術協會宣言〉，載崑南《打開文論的視窗》（香港：文星圖書公司，二〇〇三），頁一六三—一六四。

33 這是評斷香港文學文化為「淺薄」的外來學者所未及注意的一面。例如陳麗芬曾引用呂大樂指「香港意識」為「淺薄」的說法，普遍化為香港人就是「淺薄」；見陳麗芬〈普及文化與歷史記憶——李碧華的聯想〉，載陳國球編《文學香港與李碧華》（台北：麥田出版，二〇〇〇），頁一二三—一三〇。其實呂大樂之說是專指香港戰後嬰兒組成的「第二代人」自我發明的「香港意識」，是七十年代期間快速發展起來的（自欺欺人的）神話，是無力的、排他的、淺薄的；其指涉有具體的範圍，與陳麗芬的想像有根本的差異。參考呂大樂《唔該埋單！——一個社會學家的香港筆記》（香港：閒人行有限公司，一九九七），頁一—三；二〇—三一。

三、歷史的崩裂與文學主體的更替

《香港文學大系》第一輯以一九四九年為編選內容的時期下限，現在第二輯在時間線上作承接，以一九五〇年到一九六九年為選輯範圍。然而，時間上雖然相互啣接，其間的「歷史」進程卻很難說是無縫的連續體。從現存資料看到，一九四五年二戰結束，港英政府從戰敗的日本收回香港，當時的人口約六十餘萬；一九四六年增至一百六十餘萬人；一九四九年一百八十六萬，一九五一年二百三十萬。[34]由一九四九年到一九五一年兩三年間的人口增長約四十四萬，再計算雙向移動替代的實際情況和趨勢，這個歷史轉折時期香港人口變化極大，政治社會、經濟民生等面貌大有不同；尤其在文化理念或文學風尚，更是裂痕處處，前後不相連屬。

按照最通行的解說，自抗日戰爭結束，國共內戰展開，香港成為左翼文人的避風港，不少人更在此地主理重要報刊的編務，由是這個文化空間也轉變成左翼文化的宣傳基地。到一九四九年國民黨敗退台灣，大批內戰時期留港的文化人北上迎接新中國；而對社會主義政權心存抗拒的各式人等，又紛紛移居香港，或以之為中轉站，再謀定居之地。其中不少文化人在居停期間，書寫

34 參考湯建勛《一九五〇年香港指南》（香港：民華出版社，一九五〇；香港：心一堂，二〇一八年重印），頁八—九；華僑日報編《香港年鑑・第四回》（香港：華僑日報公司，一九五一），頁二；華僑日報編《香港年鑑・第五回》（香港：華僑日報公司，一九五二），頁二。

去國的鄉愁。一九五〇年韓戰爆發，緊接全球冷戰，美國大量資金流入香港，支持反共的宣傳；文藝界受益於「美援」，在應命的文字以外，也謀得一定的文學發揮空間。[35]若暫且依從極度簡約化的「左右對壘」觀念，我們可以說：在一九四九年以前，香港文學由左派思潮主導；一九五〇年以後，右派的影響大增。[36]準此而言，以連續發展為觀察對象的「文學史」，根本無從談起。

再細意的考察，可以《香港文學大系一九一九—一九四九》所載，時代較能相接的重要作家

---

35 相關論述最有代表性的是鄭樹森幾篇「港事港情」文章：〈遺忘的歷史．歷史的遺忘——五、六〇年代的香港文學〉（一九九六）、〈一九九七前香港在海峽兩岸間的文化中介〉（一九九七）、〈五、六〇年代的香港新詩〉（一九九八）、〈談四十年來香港文學的生存狀況——殖民主義、冷戰年代與邊緣空間〉（一九九四），均收入《縱目傳聲：鄭樹森自選集》（香港：天地圖書公司，二〇〇四），頁二一六—二二六；頁二二七—二五四；頁二五五—二六八；頁二六九—二七八。下文再會論及其中最重要的〈遺忘的歷史．歷史的遺忘〉一文。又參考王梅香《隱蔽權力：美援文藝體制下台港文學（一九五〇—一九六二）》（新竹：清華大學博士論文，二〇一五）；Chi-Kwan Mark, *Hong Kong and the Cold War: Anglo-American Relations, 1949-1957* (Oxford: Oxford UP, 2004); Priscilla Roberts and John M. Carroll, ed., *Hong Kong in the Cold War* (Hong Kong: Hong Kong University Press, 2016)。

36 部分親歷這個轉折期的文化人例如慕容羽軍、羅琅等，也各自有其憶述，他們的說法又與此宏觀圖像並不能完全吻合；大概當中添加了許多更複雜的人事轇轕的追憶，以及個別的遭際感懷。但究竟這些微觀經驗，是否比遠距離的觀察更可信？實在不易判定。參考慕容羽軍《為文學作證：親歷的香港文學史》（香港：普文社，二〇〇五）；羅琅《香港文化記憶》（香港：天地圖書公司，二〇一七）。

為論。《香港文學大系》第一輯所見表現精彩的詩人易椿年（一九一五—一九三七）、編輯兼作者梁之盤（一九一五—一九四一）、文藝理論家李南桌（一九一三—一九三八），均英年早逝；而曾在此地推動「詩與木刻」的戴隱郎又回到馬來亞參加戰鬥，無法在文藝活動上延續影響。至於在文壇非常活躍的「香港文藝協會」成員如李育中、劉火子、杜格靈，又如寫過「香港照像冊」系列的前衛詩人鷗外鷗，《中國詩壇》骨幹陳殘雲、黃寧嬰、黃雨，小說和散文作家黃谷柳、吳華胥、杜埃等，都相繼在一九五〇年後北上，在香港再沒有蕩漾餘波；更不要說奉命來港「工作」的文化人如茅盾、郭沫若、聶紺弩、樓適夷、邵荃麟、楊剛等，他們返國以後，再也不回頭。這些三、四十年代在香港有頻繁文學活動的作家選擇離開，各有其原因，不應究責；後來不少人更身陷困厄。值得注意的是：他們的作品從此幾乎在香港絕跡，不再流傳；換句話說，當初備受讚譽的作品，其「生命」卻未能在此地延續。

回到《大系》續編的問題。《香港文學大系一九一九—一九四九》及《香港文學大系一九五〇——一九六九》兩輯，年代相接；選入的作家理應有所重疊。但比對之下，結果令人驚訝。例如第一輯《新詩卷》收錄詩人五十六家，第二輯共兩卷收詩人七十一家。第一輯詩人在第二輯再次出現的僅有柳木下、何達、侶倫三人。侶倫擅寫的文類還有小說和散文，何達的詩歌創作生涯比較長；至於柳木下，到六十年代詩思開始枯竭。三人以外當然還有一些留港作家，如舒巷城、葉靈鳳、陳君葆等，仍然有在報刊撰文，以不同的文體見載《香港文學大系》第二輯；但相對於五十年代新近南移到香港的文人，以及在本土成長的新一代來說，這些香港前代作家的整體創作量和影響力遠遠不及。再者，新一代冒起的年輕文人如崑南、王無邪、西西、李英豪等，與三、四十年代香港作家的關係也不密切。[37]

這種前後不相連屬的崩裂情況，提醒文學史研究者重新審視歷史的「延續」問題；這又關乎「歷史」與「記憶」主體誰屬的問題。

四、「記憶」與「遺忘」的韻律

《香港文學大系一九五〇—一九六九》的選錄範圍是五、六十年代，正進行中的編纂過程有許多不容易解決的問題；不過，在這個時間範圍採集資料，我們得助於前人的工作甚多。在上世紀八十年代已見到從文學史眼光整理的五、六十年代資料出版，例如鄭慧明、鄧志成、馮偉才合編的《香港短篇小說選——五十年代至六十年代》。[38] 到九十年代香港另一個歷史轉折期前後，

37 在這個轉折時期，有更強韌力可以跨越時代，持續發展的是香港的通俗文學寫作人，如傑克、望雲、周白蘋、我是山人、高雄（三蘇）等；然而他們要應對的環境和寫作策略與前述者不同；在此暫不細論。

38 鄭慧明、鄧志成、馮偉才合編《香港短篇小說選——五十年代至六十年代》（香港：集力出版社，一九八五）。書中〈前言〉特別提到當時搜集資料工作之艱巨繁複。

也有劉以鬯和也斯的五、六十年代短篇小說選；[39]以及黃繼持、盧瑋鑾、鄭樹森三人更大規模的合作計劃。黃、盧、鄭三位從一九九四年開始合力整理香港文學的資料，最先面世的成果如《香港文學大事年表》、《香港小說選》、《香港散文選》、《香港新詩選》等，其年限都設定在一九四八年到一九六九年。[40]三位學者還有其他時段的資料陸續整理出版，決定先推出五、六十年代的部分，應該有深義在其中。[41]鄭樹森在一九九六年發表〈遺忘的歷史．歷史的遺忘——五、六十年

39 劉以鬯《香港短篇小說選：五十年代》（香港：天地圖書公司，一九九七）；也斯《香港短篇小說選：六十年代》（香港：天地圖書公司，一九九八）。

40 黃繼持、盧瑋鑾、鄭樹森合編《香港文學大事年表：一九四八—一九六九》（香港：香港中文大學人文學科研究所，一九九七）；《香港小說選：一九四八—一九六九》（香港：香港中文大學人文學科研究所，一九九七）；《香港散文選：一九四八—一九六九》（香港：香港中文大學人文學科研究所，一九九七）；《香港新詩選：一九四八—一九六九》（香港：香港中文大學人文學科研究所，一九九八）。

41 三人合編的其他香港文學資料還有：《早期香港新文學作品選：一九二七—一九四一》（香港：天地圖書公司，一九九八），《早期香港新文學資料選：一九二七—一九四一》（香港：天地圖書公司，一九九八），《國共內戰時期香港本地與南來文人作品選：一九四五—一九四九》（香港：天地圖書公司，一九九九），《國共內戰時期香港本地與南來文人資料選：一九四五—一九四九》（香港：天地圖書公司，一九九九），《香港新文學年表（一九五〇—一九六九年）》（香港：天地圖書公司，二〇〇〇）。

代的香港文學〉，可說是為其理念及這個階段的工作，作出綜合說明。[42] 從題目可以見到「遺忘」也是三位前輩非常關心的問題。鄭樹森在文章結尾說：

五、六十年代的香港文學，雖是當時最不受干預的華文文學，但也是物質基礎最薄弱、生存條件最貧困的。而當時政府圖書館的不聞不問，完全可以理解，但對今日的文學研究者，史料的湮沒，不免造成歷史面貌的日益模糊。任何選集、資料冊和文學大事年表的整理工作，都不得不面對歷史被遺忘後的窘厄，但也不得不去努力重構。而在這過程中，過濾篩選，刪芟蕪雜，又在所難免。換言之，重新構築出來的圖表面貌，不論是有意或無意，不免是另一種歷史的遺忘。[43]

42 〈遺忘的歷史．歷史的遺忘——五、六十年代的香港文學〉一文先在《幼獅文藝》及《素葉文學》發表，也收入《香港文學大事年表》作為書〈序〉；後來三人合著的《追跡香港文學》，也以這一篇文章放在卷首，可見這篇文章的重要性。分見《幼獅文藝》，第八十三卷第七期（一九九六年七月），頁五八—六三；《素葉文學》，第六一期（一九九六年九月），頁三〇—三三；《香港文學大事年表：一九四八—一九六九》（香港：香港中文大學人文學科研究所香港文化研究計劃，一九九六），頁一—八；《追跡香港文學》（香港：牛津大學出版社，一九九八），頁一—九。

43 〈遺忘的歷史．歷史的遺忘——五、六十年代的香港文學〉，《素葉文學》，第六一期（一九九六年九月），頁三三。

鄭樹森提到兩種「遺忘」：一是「集體記憶」的遺落，政府無意保存，民間社會也沒有「記憶」的需求；另一是史家技藝的限制，無法呈現「完全」的「記憶」。後者其實是前者的逆反：因為不滿「記憶」的遺失，所以要填補這缺失；卻因為要勉力拯救所失，求全之心生出警覺之心，甚或憂心。我們循此方向再作深思，或者可以從「記憶」的本質出發。「記憶」本是存於私我的內心，私我要尋求「生命歷程」的意義時，「記憶」是重要的憑藉。「記憶」從來不會顯現完整的「過去」，因為「過去」的每一刻都是無限大、無窮盡的；「記憶」本就是零散經驗的提取，如果要將所經驗的「過去」轉化成有意義的記憶（**making sense of the past**），則編碼（**encoding**）過程不可缺少；於是「現在」與「過去」、「私我」和「公眾」就構成對話關係，過程中既內省、再玩味、更參酌比照，當中自然有選擇、有放下；「遺忘」與「記憶」就構成辯證的關係。[44] 鄭樹森念茲在茲，

44 有關「集體記憶」、「歷史」與「遺忘」，可參考 Maurice Halbwachs, *On Collective Memory*, ed. and trans. by Lewis A. Coser (Chicago: The University of Chicago Press, 1992); Peter Burke, "History as Social Memory," in *Memory*, ed. by T. Butler (Oxford: Blackwell, 1989), pp. 97-113; Patrick H. Hutton, *History as an Art of Memory* (Hanover, New Hampshire: University Press of New England, 1993); Jeffrey Andrew Barash, *Collective Memory and the Historical Past* (Chicago and London: University of Chicago Press, 2016); Guy Beiner, *Forgetful Remembrance: Social Forgetting and Vernacular Historiography of a Rebellion in Ulster* (Oxford: Oxford University Press, 2018)。在參閱這些論述時，我們也要注意歷史學的關懷與文學史學不完全相同，因為「文學」的本質就與美感經驗相關。

是「集體記憶」的公共意義，「歷史」不應被（政治力量或經濟力量）刻意「遺忘」；謹之慎之，是為重構「歷史」過程的成敗負上責任。這種態度是值得我們尊敬的。

然而，當我們要整合思考《香港文學大系》第一、二輯的關係時，要面對的「記憶」與「遺忘」卻埋藏在更複雜的歷史斷層之間。尤其「文化記憶」在兩輯之間的失傳，是否宣明「文學」無力抗衡「現實」？只要政治社會有大變動，文學所能承載的「記憶」是否就必然失效，就此湮滅無聞？

可是，當我們還未在「歷史現實」面前屈膝之前，就發現香港的五、六十年代文人，其實在奮力抗拒「遺忘」，正如前面提到馬朗為三十年代的文學亡靈招魂；李英豪等更大規模的重整文學記憶。這樣的超越時空界限的香港文學事件不一而足，例如：曹聚仁寫《文壇五十年》正續編（一九五四、一九五五）；[45] 趙聰寫《大陸文壇風景畫》（一九五八）、《五四文壇點滴》（一九六四）；[46] 李輝英寫《中國新文學二十年》（一九五七）；構思《中國新文學大系．續編》

45 曹聚仁《文壇五十年》（香港：新文化出版社，一九五四）；《文壇五十年續集》（香港：世界出版社，一九五五）。

46 趙聰《大陸文壇風景畫》（香港：友聯出版社，一九五八年）、《五四文壇點滴》（香港：友聯出版社，一九六四）。

（一九六八）；[47]力匡以新月派風格寫《燕語》的離散心聲（一九五二）；[48]侶倫調整他的浪漫風格，以《窮巷》繼續「五四」以來的現實主義（一九五二）；[49]宋淇借梁文星重現四十年代的詩學觀念（一九五五）；[50]葉維廉用心融會李金髮、戴望舒、卞之琳等的風格（一九五九）；[51]崑南盡意追慕無名氏的小説（一九六四）。[52]應該注意的是，他們刻意重尋的「記憶」，其典範並非源自本土；但這也不是簡單的「情迷」心結，而是將更悠長深遠的「記憶」與當下的生活體驗以至生命感懷作出斡旋與協商；其中文字在文化脈搏中生發的美感經驗，或許更是關鍵樞紐，由是生發出在地的、新鮮的「文學記憶」。至於發生在《大系》兩輯時限之間的斷裂，前後輩作家之不相聞問，的確是我們所關懷且惋惜的現象。不過，我們或許要再放寬視野，只要有能力在崎嶇不平、滿佈坑洞的「歷史」長廊走遠，就會發覺已遺落的「文學記憶」，會乘隙流注，在意想不到的時刻直奔眼前。例如八十年代中段，久失踪影的鷗外鷗翩然重臨，向隔代的本地同道傳遞添加了滄桑

47 林莽（李輝英）《中國新文學二十年》（香港：世界出版社，一九五七）；李棪、李輝英〈《中國新文學大系．續編》的編選計劃〉。

48 力匡《燕語》（香港：人人出版社，一九五二）。

49 侶倫《窮巷》（香港：文苑書店，一九五二）。

50 林以亮〈詩的創作與道路〉，《祖國周刊》，第十二卷第五期（一九五五年五月），頁二五—三〇。

51 葉維廉〈論現階段中國現代詩〉，《新思潮》，第二期（一九五九年十二月），頁五—八。

52 崑南〈淺談無名氏初稿三卷〉，《中國學生周報》，第六二七期，《五四．抗戰中國文藝新檢閱》專輯，一九六四年七月二十四日。

苦澀的「記憶」；以舊作新篇為年輕世代的文學治煉助燃。[53]「歷史（文學史）」不僅形塑「過去」，它還會搖撼「未來」。

風物長宜放眼量。文學「記憶」與「遺忘」的往來遞謝，或者好比一種即興式的「時間韻律」（rhythmic temporality），時而共鳴交感，時而沉靜寂寞。[54]我們未必能按軌跡預計「記憶」何時重訪我們的意識世界，因為現世中有種種有形與無形的屏障或壓抑。然而文學——依仗文字與文化生發的美感經驗——就有種「反遺忘」的力量，在意識的海洋上下浮潛而汩汩不息，或者衣缽相傳，也可能隔世相逢。年來我們努力梳理五、六十年代香港文學的作品和相關資料，每每驚嘆初遇其實就是舊識；因為，彼此都存活在這塊土地上。

五、同構「記憶」的大眾文化

以上的論述主要從「遺忘」戒懼出發，也牽涉到主體的問題，究竟誰在「記憶」？誰要「遺忘」？簡約式的回應是：南下文人滿懷「山河有異」的感覺，以「文學風景」作為寄寓。至於本地

53 參考陳國球〈左翼詩學與感官世界：重讀「失蹤詩人」鷗外鷗的三、四十年代詩作〉，《政大中文學報》，第廿六期（二〇一六年十二月），頁一四一——一八一。

54 這是英國學者 Ermarth 討論歷史時間的觀念之借用；見 Elizabeth Deeds Ermarth, *Sequel to History: Postmodernism and the Crisis of Representational Time* (London: Routledge, 2012)。

的年輕「番書仔」，卻以文化源頭的「想像」承接文壇長輩的「記憶」，來抗衡殖民統治下的種種壓抑，以及在「現代性」的苦悶狀態下尋找精神出路。「反遺忘」的對象，就是大環境的政治與社會氣候。這些「抗衡政治」的論述，比較能說明精英文化層面的心靈活動。然而，各種力量的交鋒在更寬廣的民間社會可能有不同的表現，其中顛覆的意義更不能忽略。《香港文學大系》以文字文本的「藝術表現、社會感應，與歷史意義」作為觀察對象，但編輯範圍並不會囿限在新詩、小說、散文、戲劇、文學評論等自「新文學運動」以來的「正統」文學類型。第一輯十二卷在上述文體以外，還包括通俗文學、舊體文學、兒童文學等；編輯團隊認為在香港的文化環境中，這些文學類型能夠提供「額外的」審視角度。相關的編輯理念已在《香港文學大系一九一九—一九四九》的〈總序〉作出解說。在這個基礎上，《香港文學大系一九五〇——一九六九》保持第一輯的各種文體類型，再添加粵語、國語歌詞，以及粵劇兩個部分。歌詞和粵劇的相關藝術形式是音樂和舞台的表演，但其中的文字文本仍然佔了一個相當重要的位置。當然更全面以文字表達的大眾文化體類可以舉出盛極一時的武俠小說與愛情流行小說，以及別具形態的「三毫子小說」。本輯《香港文學大系》兩卷《通俗文學》會適切地反映這個現象。在《香港文學大系一九五〇——一九六九》的架構中，新增的《粵劇卷》和《歌詞卷》有助我們從更全面了解不同類型的文字文本如何融會成大家認識的香港文化。

粵劇本是廣東珠江三角洲一帶開展出來的地方戲曲，其原始功能是作為民間酬神的一種儀式，娛神的作用不少於娛人。隨着二、三十年代省（省城，即廣州）港（香港）澳（澳門）的城市化發展，粵劇演出的空間與時間也相與呼應，重心漸漸從臨時戲棚轉到戲院舞台，並由季候性的農閒祭祀活動變成市民日常生活的文娛康樂；演出所本也由固定劇目、排場之程式化與即興混合，進展到文人參與編訂提綱以至劇本。由是，文字的作用愈加重要，文學性質經歷一個由隱至顯的歷程。於今回顧，可知粵劇的文學階段之成熟期正正發生在大崩裂時代的香港；而粵劇的整體藝術表現，也在五、六十年代進入最輝煌的時期。是時，粵劇是這個城市的重要文娛活動，與社會大眾同一呼吸；相對同時其他嶺南地區，香港更有可以迴轉的精神空間，在市廛喧鬧間讓文字的感應和創發力量得以發揮。市民社會本來就複雜多元，在現實困厄中謀存活，難免有保守功利的一面；然而大眾意識中也不乏向上提升、或者挑戰威權的想望。這時期香港粵劇界出現最有駕馭能力的編劇家，在娛樂消閒與藝術錘煉之間游走；部分更蘊藏種種越界之思，乘間衝擊諸如生死、倫常、國族、階級等界限，暗中顛覆舊有的價值體系。[55] 當中文字與現實的博弈，透過不同媒介如電台廣播、唱片，或電影改編等廣泛傳播，植入不同階層的民眾意識之中，成為香港的重要「文化記憶」，在往後世代滋潤了許多文學以至藝術創作。[56]

55 例如《牡丹亭驚夢》（唐滌生，一九五六）及《再世紅梅記》（唐滌生，一九五九）的跨越道德與生死界、《碧海狂僧》（陳冠卿，一九五一）以「老妻少夫」的情節質詢愛情之「常態」、《鳳閣恩仇未了情》（徐子郎，一九六二）以「胡漢戀」撼動國族的界限、《紫釵記》（唐滌生，一九五七）中郡主與歌妓的階級身份置換等等。

56 參考陳國球〈粵劇《帝女花》與香港文化政治想像〉，未刊稿。

由粵劇的劇曲衍生出「粵語小曲」，再而出現受「國語時代曲」感染的「粵語時代曲」，發展到更「現代化」的「粵語流行曲」(Cantopop)，是香港文化的其中一條重要發展脈絡。五、六十年代流行文化中的粵語歌未算鼎盛；要到七十年代開始，「粵語流行曲」才成為香港最重要的「軟實力」之一，影響不止遍及華語世界，在整個東亞地區都有其耀眼的位置。《香港文學大系》第二輯開闢「歌詞」一體，其中一個考慮點是為以後各輯的《歌詞卷》先作鋪墊。此外，作為這個時期的文字力量之一，粵語歌詞還有不少可以細味的地方；尤其與當時的「國語時代曲」對照並觀，更能見出在地的語言風俗與各方交涉周旋的意義。「國語時代曲」的原生地應該在上海。一九四九年以後，「樂人南奔」，一大批上海歌手、作曲家、填詞人移居香港；重要的唱片製作人、大型唱片公司也由上海南下，帶來上海先進的歌曲製作技術，資金又充裕，一時間「滬上餘音」瀰漫香江。[57]

香港的語言環境原本以粵語為主，書面語基本上與其他華語地區相通；但歌曲唱詞發聲，以聽覺主導，「國語時代曲」(與「國語電影」) 在五、六十年代香港居然可以引領風騷，比粵語歌曲 (及「粵語電影」) 有更高的社會位置；這是值得玩味的現象。在一定程度上，可以見到香港文化

57 參考黃奇智《時代曲的流光歲月：一九三〇—一九七〇》(香港：三聯書店 (香港) 有限公司，二〇〇〇)；沈冬〈《好地方》的滬上餘音——姚敏與戰後香港歌舞片音樂〉上、下，《音樂藝術 (上海音樂學院學報)》，二〇一八年第一期 (三月)，頁一二七—一四二；二〇一八年第三期 (九月)，頁七八—九一。

有一種在殖民統治影響下的寬鬆彈性：有時是逆來順受，有時是兼容並包。若有所抗衡，會選擇比較迂迴或含蓄的方式。粵語歌曲同時經歷「國語時代曲」與「歐西流行曲」的衝擊，再由在地意識浸潤洗練，七十年代以後就能奮起搶佔鰲頭。另一方面，國語歌曲在當時香港的寬廣空間也得以茁壯成長，進入這一種歌唱體裁的黃金時期；這時「國語時代曲」的創作人不止於追詠〈南屏晚鐘〉（陳蝶衣，一九五八），也會欣賞地道的〈叉燒包〉（李雋青，一九五七），漸漸體會身處的〈好地方〉（易文，一九六二）。可見「國語時代曲」也能接地氣，成為五、六十年代本地文化的一環。

粵語、國語的歌詞合觀，可見其中還是以情歌最為大宗。談情說愛在現代社會幾乎是人生的必經歷程，普羅大眾最容易感應；這方面的書寫，在語言鍛煉（或者堆疊）上，可以上承《香奩》、《花間》，往返於風雲月露、鴛鴦蝴蝶，不難造就一種「文雅」的面相。反而其他內容的創作表達與市民接收，更值得注意。流行文化本質上要隨波逐流，寫大眾喜見樂聞，或者憂戚同感的情事。這時期的國粵語歌展示了社會的眾多面相，例如：對富貴或者美好生活的嚮往；[58] 又有為低下階層的勞動生活打氣；[59] 反映大眾的社會觀感、居住環境的差劣；[60] 以至世代轉變帶來的家

58 如〈月下定情〉（張金，一九五一）；〈馬票夢〉（韓棟，一九五五）；〈我要飛上青天〉（易文，一九五九）；〈財神到〉（梅天柱，一九六七）。

59 如〈擦鞋歌〉（司徒明，一九五六）；〈工廠妹萬歲〉（羅寶生，一九六九）。

60 如〈飛哥跌落坑渠〉（胡文森，一九五八）；〈扮靚仔〉，（胡文森，一九六一）；〈一家八口一張牀〉（陳蝶衣，一九五六）；〈蜜蜂箱〉（李雋青，一九五七）。

庭代溝、青春之鼓舞與躁動；[61] 甚至女性主體意識的釋放。[62]《香港文學大系》這一輯統合香港國粵語歌曲的歌詞為一卷，更有助我們對照兩個語言表述傳統的異同，觀察二者在同一文化場域中如何周旋與互動，如何同構這個時段的「文化記憶」。再者，從整個《香港文學大系一九五〇——一九六九》的體系來看，我們也可以留心新增的《粵劇卷》和《歌詞卷》如何補足我們對香港文學文化的理解。

六、有關《香港文學大系一九五〇——一九六九》

《香港文學大系一九五〇——一九六九》共計有十六卷：《新詩》兩卷，卷一由陳智德主編，卷二葉輝、鄭政恆合編；《散文》兩卷，卷一樊善標主編，卷二危令敦主編；《小說》兩卷，卷一馮偉才主編，卷二黃淑嫻主編；《話劇卷》盧偉力主編；《粵劇卷》梁寶華主編；《歌詞卷》分兩部分，粵語歌詞黃志華、朱耀偉合編，國語歌詞吳月華、盧惠嫻合編；《舊體文學卷》程中山主編；《通俗文學》兩卷，卷一黃仲鳴主編，卷二陳惠英主編；《兒童文學卷》黃慶雲、周蜜蜜

---

61 如〈老古董〉（易文，一九五七）；〈青春樂〉（吳一嘯，一九五九）；〈莫負青春〉（蘇翁／羅寶生，一九六六）；〈我是個爵士鼓手〉（簫篁，一九六七）。

62 如〈哥仔靚〉（梁漁舫，一九五九），〈卡門〉（李雋青，一九六〇）。

合編；《評論》兩卷，卷一陳國球主編，卷二羅貴祥主編；《文學史料卷》馬輝洪主編。

編輯委員會成員有：黃子平、黃仲鳴、黃淑嫻、樊善標、危令敦、陳智德、陳國球。我們還邀請了李歐梵、王德威、陳平原、陳萬雄、許子東、周蕾擔任本輯《香港文學大系》的顧問。

《香港文學大系一九五〇——一九六九》編纂計劃很榮幸得到公私各方的襄助。其中李律仁先生再度捐贈啟動資金，香港藝術發展局先後撥出款項作為計劃的主要運作經費。在計劃醞釀期間，也得到香港藝術發展局文學藝術組全力支持，並提供寶貴的意見。出版方面，續得香港商務印書館高水平的專業支援，解決了不少編輯過程中的難題。中研院王汎森院士盛情鼓勵，為《大系》題籤。香港教育大學中國文學文化研究中心作為《大系》編輯的基地，各位同事和研究生們以最高熱忱協同編務。至於境內外文化界同道的熱心關懷，督促提點，在此不及一一。以上種種，我們都銘記在心，並以之為更大的推動力，盡所能以完成《大系》的工作。

在此還應該記下我對《大系》編輯團隊的無限感激。眾所周知，當下的學術環境並不鼓勵《香港文學大系》一類的工作，團隊同仁犧牲大量時間與精神參與編務，只說明我們認識的這個城市、這個地方，值得大家交付心與力。至於其中的意義，就看往後世間怎麼記載。

凡例

一、《香港文學大系一九五〇—一九六九》共十六卷，收錄一九五〇年（一月一日起）至一九六九年（十二月三十一日止）之香港文學作品，編纂方式沿用《中國新文學大系》的體裁分類，同時考慮香港文學不同類型文學之特色，定為新詩卷一、新詩卷二、散文卷一、散文卷二、小說卷一、小說卷二、話劇卷、粵劇卷、歌詞卷、舊體文學卷、通俗文學卷一、通俗文學卷二、兒童文學卷、評論卷一、評論卷二和文學史料卷。

二、作品排列是以作者或主題為單位，以作者為單位者，以入選作品發表日期先後為序，同一作者入選多於一篇者，以發表日期最早者為據。

三、入選作者均附作者簡介，每篇作品於篇末註明出處。如作品發表時所署筆名與作者通用之名不同，亦於篇末註出。

四、本書所收作品根據原始文獻資料，保留原文用字，避免不必要改動，如果原始文獻中有×或□，亦予保留。

五、個別明顯誤校、字粒倒錯，或因書寫習慣而出現之簡體字，均由編者逕改；個別異體字如無法顯示則以通用字替代，不另作註。

六、原件字跡模糊，須由編者推測者，在文字或標點外加上方括號作表示，如「不以為〔然〕」；

原件字跡太模糊，實無法辨認者，以圓括號代之，如「前赴（　）國」，每一組圓括號代表一個字。

七、本書經反覆校對，力求準確，部分文句用字異於今時者，是當時習慣寫法，或原件如此。

八、因篇幅所限或避免各卷內容重複，個別篇章以「存目」方式處理，只列題目而不收內文，各存目篇章之出處將清楚列明。

九、《香港文學大系一九五〇——一九六九》之編選原則詳見〈總序〉，各卷之編訂均經由編輯委員會審議，唯各卷主編對文獻之取捨仍具一定自主，詳見各卷〈導言〉。

十、本〈凡例〉通用於各卷，唯個別編者因應個別文體特定用字或格式所需，在〈導言〉內另作補充說明，或在〈導言〉後另以〈本卷編例〉加以補充說明。

導言

梁寶華

一、前言

自十九世紀末以來，香港已有粵劇演出。早期香港華人欠缺娛樂，看粵劇差不多是所有香港人的最普遍的娛樂和消閒活動。然而早期的粵劇頗為簡陋，主要是因應各地鄉村的神功戲演出，以提綱戲為主，演出並無劇本，只有分場的大綱，演員以傳統排場作為固定模式作即興演出，因此演出並不十分嚴謹。及至二十年代開始，名伶薛覺先目睹粵劇的陋習，作出大規模的改革。他首先強調劇本的重要性，禮聘多位有學問的「開戲師爺」作為編劇，包括馮志芬和南海十三郎等，他們把中國傳統文學和歷史等融會到劇本中，於是，粵劇漸漸成為文學藝術的一種延伸。

本文首先簡述香港粵劇的歷史發展，並討論粵劇劇本的特色，再說明粵劇中的四大體系，包括曲牌體、板腔體、說唱和說白，讓讀者了解劇作家的語言和演員如何與觀眾在舞台上溝通。其後再討論本書所選輯的香港五十到六十年代的有代表性的粵劇劇本，並把它們以內容的特色分類，探討粵劇如何反映五六十年代的香港。

二、粵劇的歷史和發展

粵劇是中國三百多種戲曲之一，主要在廣東省珠江三角洲一帶盛行，其中包括香港、澳門和廣州。粵劇演員透過唱、做、唸、打，加上鑼鼓、音樂、化妝、服裝、道具及舞台的配合，作為酬神及文娛的綜合藝術表演。

明代初年，本地戲班多集中在佛山。萬曆年間，「瓊花會館」成立，為粵劇最早期的工會組織，會館設有「瓊花水埗」，是戲班「紅船」停泊的碼頭。早期戲班並非固定在城市演出，只會到廣東沿海一帶的鄉鎮為居民演出，因此紅船便是戲班「下鄉」演出的交通工具。[1]

明末清初，粵劇受京劇之影響，本來以「中州話」演唱，又稱「官腔」、「官話」，後漸改唱「白話」，即以廣州話演唱和說白；年輕男角本來多用假嗓，後多唱「平喉」，即以真嗓演唱。雍正年間，北京名伶張五有反清言論，遭到清廷通緝，逃亡至廣東佛山，以京劇、崑曲授徒，並創立「瓊花會館」，[2] 致有「本地班」劇團開始唱梆子、二黃。乾隆年間，廣東一帶商業繁盛，外省商

1 「瓊花會館」，維基百科：https://zh.wikipedia.org/w/index.php?title=%E7%93%8A%E8%8A%B1%E6%9C%83%E9%A4%A8&oldid=46785615)

2 麥嘯霞《廣東戲劇史略》（廣州：廣東省、廣州市戲曲改革委員會重印，一九四〇），頁十四。

人來粵者眾多，因此亦帶來其他劇團，稱為「外江班」，並成立「外江梨園會館」。[3]

咸豐四年（一八五四年），粵劇藝人李文茂響應太平天國起義，至咸豐八年失敗，粵劇被禁，瓊花會館被焚毀[4]；然而粵劇藝人以「京班」名義繼續演出，至同治年間，鄺新華等人向兩廣總督瑞麟請求取消對粵劇的禁令。光緒年間，「八和會館」成立，這是粵劇復甦的一個重要里程碑。所謂「八和」，有「和翕八方」之意；八和會館由八個堂口組成，包括兆和堂、慶和堂、福和堂、新和堂、永和堂、德和堂、慎和堂、普和堂。[5]

清末，「落鄉班」漸進入省港澳大城市；「外江班」消失；開始有廣州話對白，後來用於唱詞。官話漸變成白話[6]；假嗓漸變平喉；確立大喉、子喉、平喉三種聲腔。吸收廣東音樂和小曲等如〈昭君怨〉、〈雨打芭蕉〉；說唱音樂如「南音」、「木魚」等，粵劇音樂變得更多元化。

劇本方面，早期並無完整劇本，一般戲班上演一些歷史故事和民間故事，其中以「江湖十八

---

3 黎鍵著，湛黎淑貞編《香港粵劇敍論》，（香港：三聯書店（香港）有限公司，二〇一〇），頁九六—一〇五。

4 黎鍵著，湛黎淑貞編《香港粵劇敍論》，（香港：三聯書店（香港）有限公司，二〇一〇），頁一〇三—一〇四。

5 賴伯疆、黃鏡明《粵劇史》（北京：中國戲劇出版社，一九八八），頁十四—十九。

6 黎鍵著，湛黎淑貞編《香港粵劇敍論》，（香港：三聯書店（香港）有限公司，二〇一〇），頁一一五—一一六。

本」為代表；所謂「江湖十八本」，是指十多個耳熟能詳的故事（例如：《六月雪》、《十奏嚴嵩》，《十二道金牌》，《十五貫》），並無劇本，只由演員以各種排場和即興方式演出。[7] 二十世紀初，五四之後，受西方戲劇影響，故事內容較自由，開始設立編劇，稱「開戲師爺」，由他們撰寫劇本；著名撰曲家包括：南海十三郎（作品有《心聲淚影》、《女兒香》）、李少芸（《燕歸來》、《鍾無艷》）、馮志芬（《胡不歸》、《西施》、《楊貴妃》）、唐滌生（《帝女花》、《紫釵記》、《牡丹亭驚夢》、《再世紅梅記》、《蝶影紅梨記》）和廖俠懷（《大鬧廣昌隆》）等。

二次大戰前後，粵劇主要在香港和澳門演出，新劇愈來愈多，並繼續吸收廣東音樂和小曲，亦開始有樂師為新劇創作新曲，如王粵生作〈紅燭淚〉、朱毅剛作〈胡地蠻歌〉等。演員方面，個人唱腔流派相繼出現，如薛覺先、馬師曾、白駒榮、上海妹等，他們各自發展自己的長處和特色以吸引觀眾。一九四九年後，粵劇之發展集中在香港和澳門。著名文武生有：薛覺先、馬師曾、新馬師曾、何非凡、任劍輝、林家聲等；花旦有紅線女、芳艷芬、白雪仙等；丑生有梁醒波、半日安、譚蘭卿等；武生有靚次伯等。五十年代初期至中期，部分名伶回國內發展，包括薛覺先、馬師曾、紅線女等。

粵劇的典型演出場合是「戲棚」。明清時期，粵劇多是酬神的重要組成部分，例如在農曆新

---

7 黎鍵著，湛黎淑貞編《香港粵劇敘論》，（香港：三聯書店（香港）有限公司，二〇一〇），頁一〇九－一一〇。

年、盂蘭節、觀音誕和天后誕時，各地鄉民聘請戲班到鄉村演戲，以祈風調雨順；當時演戲的舞台並非固定的劇場，而是以竹竿和金屬片臨時搭建的戲棚。早期戲班稱為「紅船班」，所有演員、樂師及其他工作人員帶同戲服佈景等，坐在兩艘紅色的船上，在廣東沿海一帶到各處鄉村演出。[8] 粵劇本來的功能便是酬神，因此它的藝術性在中國傳統中並未受到重視；一般觀眾只着重其娛樂的功能和劇目是否配合酬神的目的，例如在過年等喜慶日子，必須上演一些傳統的喜慶劇目如《天姬送子》、《六國大封相》等。[9]

隨着紅船班的式微和城市經濟的發展，一般生活在大城市的市民對娛樂和藝術的追求漸漸提高，粵劇劇團開始在二十世紀二三十年代漸漸進入省港澳，在這些大城市的劇場（戲院）中定期上演。[10] 梁沛錦指出，香港二十年代初（一九二一至以二四年）幾乎每天均有粵劇在各大戲院上演，除了一九二五到二六年發生省港大罷工，人口大跌以至粵劇稍為下滑，一九二七年再次回復盛況，一直到四十年代淪陷時期。[11]

8 新金山貞〈「紅船」規制及其禁忌〉，黎鍵編《香港粵劇口述史》，（香港：三聯書店（香港）有限公司，一九九三），頁十二—二十。

9 陳守仁《儀式、信仰、演劇：神功粵劇在香港》（第二版），（香港：香港中文大學音樂系粵劇研究計劃，二〇〇八）。

10 黎鍵著，湛黎淑貞編《香港粵劇敍論》，（香港：三聯書店（香港）有限公司，二〇一〇），頁一四二。

11 梁沛錦《粵劇研究通論》，（香港：龍門書店，一九八二），頁二五五—二五六。

在廣州、香港和澳門，愈來愈多劇團成立，競爭亦漸趨激烈。劇團為求生存和發展，於是爭相邀請一些具號召力的演員加盟，因而產生一個現象，便是演員非常重視他們個人風格，很多演員均有其獨特的演出方式、唱腔等，粵劇演員的地位亦日益提高。[12] 另外，西方知識漸漸普及，西方的話劇、音樂、舞蹈等均標榜其藝術價值，這些現象令粵劇藝人亦開始反思粵劇的藝術價值和地位。其中薛覺先和馬師曾在二十至三十年代，作良性競爭，各自組班，不斷革新，包括完善劇本制度、禮聘編劇、加上西洋樂器、改善舞台美術、服飾和化妝等，在粵劇界被稱為「薛馬爭雄」。[13]

及至四五十年代，因中日戰爭及國共內戰，粵劇著名演員主要在香港和澳門發展，對促進粵劇的藝術功能有頗深的影響。其中一些演員如白雪仙和編劇家如唐滌生等致力改革粵劇，包括改編元明代之傳統劇目、改善劇本和分場、減少即興「爆肚」，令演出更有計劃等。

五十年代的香港粵劇，究竟是一個黃金時期，還是正在步向衰落呢？似乎難以說清。無論如何，五十年代是一個嶄新的時代，隨着一些名伶回歸祖國，一批新進演員乘時而起，包括何非凡、新馬師曾、芳艷芬、陳錦棠、任劍輝、白雪仙、靚次伯、梁醒波、歐陽儉等；編劇家主要有

12 黎鍵著，湛黎淑貞編《香港粵劇敍論》，（香港：三聯書店（香港）有限公司，二〇一〇），頁二〇八—二〇九。

13 黎鍵著，湛黎淑貞編《香港粵劇敍論》，（香港：三聯書店（香港）有限公司，二〇一〇），頁三一〇—三一九。

李少芸和唐滌生。李少芸多為妻子余麗珍編劇，代表作有《光緒皇夜祭珍妃》、《十奏嚴嵩》等。李的作品不多，而同期的唐滌生則可算是五十年代甚至整個香港粵劇劇壇最出色和多產的編劇家。有關唐滌生的文獻和研究極多，筆者無意再重複，只強調在他多達四百四十多個劇作中[14]，早期作品均是學習期間的「功課」，並不見得十分出色，但他是個多產的作家，能夠在短時間內完成劇本作演出。例如他在香港淪陷時期的三年零八個月裏，寫了一百二十六個劇本，但鮮有反映當時香港的情況，因為日本人希望在香港粉飾太平，劇作家自然不能寫抗日等內容。唐氏只能：一、改編傳統劇目和薛馬名劇，例如有《十三歲封王》（改自江湖十八本之一）；二、改編自國內外名著，如《啼笑姻緣》（改編自張恨水小說）、《魂斷藍橋》（改編自世界名著和電影）；三、改編自京劇，例如《霸王別姬》、《孔雀東南飛》等；四、改編自古典小說之故事，例如《呂布與貂蟬》、《趙子龍》、《雙槍陸文龍》等；五、改編自民間傳說故事，如《梁天來》、《黃飛鴻正傳》。[15]然而，這些劇本可算是唐氏的創造力的醞釀，大量劇作令他十分熟識粵劇的劇本結構和分場，及如何利用傳統排場去編劇。

根據賴伯疆和賴宇翔父子的分析和研究，唐滌生在五十年代至逝世的十年間，其作品可分為三個時期。第一階段是由一九五〇到五二年，隨着編劇的社會地位提高和與名伶之間的往來，唐

14 唐滌生著，賴宇翔選編《唐滌生作品選集》，（珠海：珠海出版社），頁二一四——二二七。

15 賴伯疆、賴宇翔《唐滌生》，（珠海：珠海出版社），頁五三——五四。

氏與多位名伶合作，為他們寫了多個名劇，包括薛覺先和芳艷芬主演的《漢武帝夢會衛夫人》；陳錦棠、芳艷芬、任劍輝和白雪仙主演的《火網梵宮十四年》；何非凡和紅線女主演的《搖紅燭化佛前燈》；任劍輝和芳艷芬主演的《一枝紅艷露凝香》等。這時唐氏開始對社會的黑暗有所感受，在劇作中反映出來，例如《梟巢孤鶩》寫少女淪落風塵的故事。第二階段是一九五三到五五年，這時香港受到韓戰的禁運導致經濟大受打擊，粵劇市道不景，電影因為較便宜，取代了粵劇成為最多人看的娛樂。唐氏欣賞白雪仙的認真和有志改革粵劇，勸她與任劍輝合作，出任正印花旦，演出《富士山之戀》、《大明英烈傳》、《紅了櫻桃碎了心》等名劇，其中《紅》劇脫離了傳統的大團圓結局的常規，刻畫人性的弱點和矛盾；與芳艷芬合作的有《萬世留芳張玉喬》，把學者簡又文教授的原創劇本作修改以配合演出的需要。第三階段是一九五六到五九年，當時人口接近三百萬，但年輕人（十四歲或以下）佔百分之四十，他們多追求「摩登」，少看粵劇，多看電影，這時主要有任劍輝、白雪仙、芳艷芬、何非凡、吳君麗等，唐氏因人寫戲，尤其擅長把元明劇目改編，為不同的花旦度身訂造不同角色，較早期的有《琵琶記》和《販馬記》等任白的名劇，其後有芳艷芬的《洛神》、《六月雪》和《白蛇傳》等名劇，其中《洛神》雖然來自三國時期的歷史故事，但劇作家把它改編成一個在政治權謀下的三角戀愛故事，其實甄氏比曹植大十歲，不大可能談戀愛，只是出自劇作家的想像，而且把故事的悲劇結局昇華到一個神話境界，把甄氏寫成洛水之神，令整個故事淒美纏綿。至於《六月雪》，也是個把原著改編的粵劇劇本。唐氏以元代關漢卿的《感天動地竇娥冤》為藍本，但大量修改劇情，寫蔡昌宗大難不死，高中狀元，回鄉遇上竇娥被誣陷毒殺張驢兒之母，重審羊肚湯案，最後大團圓結局收筆。[16]

唐滌生在世最後三年（即一九五六至五九年）可說是他最光輝的時期。他為仙鳳鳴劇團創作的作品包括：《紅樓夢》、《牡丹亭驚夢》、《蝶影紅梨記》、《帝女花》、《紫釵記》和《再世紅梅記》等，均是香港粵劇的經典之作。這些作品全都是唐滌生在幾十年創作生涯中的智慧和經驗的累積，他把元明清的雜劇傳奇故事改編成適合香港粵劇六柱制的模式，把劇本的重點放在文武生、正印花旦、丑生和武生四個角色，而且特別重視表現傳統中國女子的多樣性格，包括憂鬱的林黛玉、聰明慧黠的長平公主、堅貞不屈的霍小玉、美麗倔強的李慧娘和情竇初開的盧昭容等，讓白雪仙以不同的形象表現這些角色。在《帝女花》，唐氏巧妙地借周世顯之口表現長平公主的冷艷：「芙蓉面帶千般艷，鳳眼偷含萬種愁。似嫦娥少明月一輪，似觀音少銀瓶翠柳。」在《紫釵記》的〈節鎮宣恩〉中，霍小玉在太尉府門前的一段口白和滾花，道盡了她的倔強和對愛情的執著：「浣紗妹妹，所謂苦命親娘薄命兒，兩人同是風前燭，你番去同我侍奉親娘，也不枉我一場待你，浣紗你去啦，你去話比亞媽知，話小玉一生自負，從來唔肯喺佢眼前認錯，我而家知錯叻。（花下句）你話霍家空有殉情女，害到佢死後屍無掟口錢。」

唐滌生受西方話劇和電影等影響，對粵劇舞台佈景有很仔細和嚴格的要求，尤其在他最後的幾個劇本中，這反映了唐氏和仙鳳鳴對粵劇藝術的執著和追求。例如《帝女花》的〈香夭〉一場，

16 賴伯疆、賴宇翔《唐滌生》，（珠海：珠海出版社），頁六三—一〇七。

劇本中竟然有下列一段如此詳盡的佈景描述：

（養心殿轉月華宮外御園）說明：旋轉舞台。幕開時為養心殿，正面牌匾，上寫「養心殿」。因已轉朝，佈置以清宮為例。正面平台御座，平台下兩旁有特製之燈柱，全場掛滿彩燈。衣邊宮門口結綵張燈。由衣邊宮門入則為長廊及月華殿宮門口，長廊之上一路掛滿燈彩，穿過月華殿宮門口作為第二景。（照足第一場佈置。）雜邊角之連理樹上掛滿彩燈，正面擺特製之橫香案，上擺錫器，點着一對龍鳳燭及酒具。衣邊矮欄杆外佈滿杜鵑花，欄杆內有長石椅，（為宮主與駙馬服毒垂死之處）預備多量花碎，作密集落花之用，底境幻變天宮景。

由於商業電台和無綫電視在六十年代的啟播，年輕人為主的市場傾向西方娛樂文化，加上其他因素，包括著名劇作家逝世（唐滌生）、演出場地缺乏、某些老倌不認真演出、觀眾口味改變，傾向看電影和聽流行曲、生活節奏較前急速，觀眾不願意花四個小時看一齣粵劇等，因此香港粵劇陷入最低潮時期。[17] 戲班大量減少，很多粵劇藝人淡出，如移民或投入電影演出。六十年代基本上只有三個劇團，包括麥炳榮和鳳凰女的大龍鳳劇團、羽佳與南紅的慶紅佳劇團和林家聲和陳

17　黎鍵著，湛黎淑貞編《香港粵劇敍論》，（香港：三聯書店（香港）有限公司，二〇一〇），頁四〇八。

好逑的慶新聲劇團。[18]演出的多是神功戲或在遊樂場上演的廉價製作，因為當時遊樂場條例要求一定要有一些文藝演出，而神功戲則是所有神誕節慶必須的項目，因而令當時的演員仍然可以苟延殘喘。這個時期有代表性的劇作家有徐子郎和葉紹德等，著名劇目有《鳳閣恩仇未了情》、《無情寶劍有情天》、《三夕恩情廿載仇》等。到了一九六七年，受到內地文化大革命影響，香港發生「六七暴動」，社會動蕩，粵劇演出更絕無僅有，至七十年代開始才復甦。

三、粵劇劇本特色

（一）口語和文學

五十年代的香港，教育並不普及。一般的「開戲師爺」為了滿足普羅大眾的需求，常以口語入曲，令觀眾容易明白故事發展，以劇情為重心，並不重視曲詞的文學性，只要合乎基本的劇本要求便可。另外，是否運用口語與角色的身份有關，一般來說，大家閨秀和飽學之士，用語頗為文雅，以口古為多；販夫走卒和家丁侍婢，則多用口白。

18 黎鍵著，湛黎淑貞編《香港粵劇敍論》，（香港：三聯書店（香港）有限公司，二〇一〇），頁四〇〇—四〇二。

一般而言，早期粵劇的劇本較多用口語，這非關編劇的文學修養，只是因為當時觀眾的教育水平較低，加上當時的粵劇多是神功戲，演出的場合較嘈雜，觀眾未必能夠高度集中精神觀賞，如果用語典雅，觀眾不容易明白劇情的發展。及至五十年代，唐滌生以古典戲曲作藍本，把傳統劇目改編成為粵劇作品，並且多用原著的文字入曲，令粵劇劇本的文學性大大提高，例如在《牡丹亭驚夢》，唐滌生把湯顯祖的名句引進：「良辰美景奈何天，賞心樂事誰家院。」在《紫釵記》的〈劍合釵圓〉，唐氏索性把蔣防的《霍小玉傳》中的四字句完全引用：「妾為女子，薄命如斯，君是丈夫，負心若此，韶顏稚齒，飲恨而終，慈母在堂，不能供養，綺羅絃管，從此永休，徵痛黃泉，皆君所致，李君李君，今當永訣矣。」

(二) 故事情節

強調儒家思想和忠孝仁義是粵劇最重要的特色。戲劇本來就是社會教育的有效工具，而儒家思想也是重點，粵劇故事多取材於民間故事，例如楊家將、岳家軍等。香港粵劇中，《萬世流芳張玉喬》裏面的陳子壯和其妾張玉喬、《帝女花》的長平公主和周世顯等，便是忠君愛國的典型人物。所謂「高台教化」，透過戲劇把儒家思想向大眾傳播自然是有效的方法，一般觀眾因為看到演員在高高的戲台上唱演忠臣烈士的角色，自然深受影響。

古代教育並不普及，一般人未必有機會接受儒家思想，也未必能夠讀懂四書五經，戲曲正好利用「大團圓結局」以教育人民「好人自會有好報」，就算在生時未必有好的歸結，死後也會羽化登仙，例如《帝女花》的駙馬和公主，死後重返天上，做金童玉女；《血掌殺翁案》的馮二叔為了奪產殺人，並嫁禍別人，幸好天網恢恢，最後真相大白。而這些情節多數與「巧合」和「陰差陽錯」有關，例如在《鳳閣恩仇未了情》中，為了讓男主角合理地留在宋土，劇作家設計了一個情節，就是耶律君雄原是一個孤兒，本來是漢人，因戰亂流落番邦，而在尾場被逼離開紅鸞時，把自小配戴的玉珮贈予紅鸞，倪思安看見玉珮才與君雄相認，才可以大團圓結局。

四、粵劇唱詞的格律和結構

粵劇繼承元曲的傳統，經過多年的演變，今天所見到的唱詞，仍然是有着舊文學的格式。首先，粵劇的所有唱腔音樂可以大致分為三大類：板腔體、曲牌體和說唱音樂。

（一）板腔體

板腔體是粵劇的最有代表性的音樂體系，行內稱「梆黃」，是由「梆子腔」和「二黃腔」所組成的體系。它的特色是並無固定旋律，由撰曲家以既有格式先寫曲詞，再由演員以「依字行腔」的方式設計並唱出旋律，即是依照文字的粵音配上恰當的旋律音，令觀眾聽清楚粵語的曲詞。[19]

19 陳守仁《香港粵劇導論》，（香港：粵劇研究計劃，一九九九），頁二九九—三一〇。

板腔體的唱段以七字、八字和十字句為基礎。為了令觀眾較容易明白句子，撰曲者在度曲時（有計劃地）和演員在演唱時（即興地）均可加上「襯字」（又稱「膶字」）成句，這些襯字多在一些「起拍」或者弱拍上唱出。早期粵劇的板腔體較少襯字，亦較似古典文學，例如在一九三九年首演的《胡不歸》，其中〈慰妻〉一場有一段二黃慢板，曲詞以七字句和八字句組成（曲詞有方格者為襯字，餘同）：

相對凄涼，相看愁愴
嬌呀你梨渦淺笑試問今何往
春山愁鎖淚偷藏
花好偏逢風雨放
苦命妻逢我呢個苦命郎
恩愛難求我個位慈母諒
唯有低聲偷怨，怨一句天意茫茫

每個板腔唱段分上、下句，上句以仄聲字為結句字，下句以平聲字為結句字。[20] 上下句必須要梅

20 黃少俠《粵曲基本知識》（第七版），（香港：一軒樂苑，二〇一一），頁八—九。

花間竹地排列，下句的結句字多協韻。七字句分兩頓，第一頓四字（或在再把四字分為兩小頓，每頓兩字），第二頓三字。八字句分三頓，第一頓四字，第二頓二字，第三頓二字。十字句則分四頓，第一頓三字，第二頓三字，第三頓二字，第四頓二字。以下以幾種板腔體作為例子，說明板腔體的句格。

1 七字清中板

七字清中板是梆子中板之一種，又稱「爽中板」，速度較快，有板無叮，有固定的節奏。每句七個基本字，首四字為一頓，末三字為第二頓；首句有時只有六個基本字，分兩頓，首三字為一頓，末三字為第二頓。[21] 下例取自唐滌生的《紫釵記》之〈節鎮宣恩〉，文武生及武生以平喉唱出：

（太尉）成好合唯待一聲傳。丈夫須向鵬程展，莫向閒花野草再痴纏。玉堂高掛黃金區，掌上明珠付少年。人來速把花燭點。

（李益）憐淑婦病榻尚流連。不為明珠忘故劍，堂前難就合歡筵。古聖人，曾指點，婚嫁須當父母前。北堂萱草仍在遠（過序白）親不在，子不能娶，恩師見諒。

21 黃少俠《粵曲基本知識》（第七版），（香港：一軒樂苑，二〇一一），頁六五—六六。

（太尉）你當年苟合並頭蓮。你可曾當着你位娘親面？

（李益）此乃墜釵人結拾釵緣。義重情真難斬斷。

（太尉）釵情重還是我情虔？

（李益）我自有功勳酬恩典，

（太尉）酬恩難卻半子緣。贅東床？

（李益）非所願，

（太尉）交杯酒呢？

（李益）酒難甜。

（太尉）小玉若然遭病損？

（李益）十郎削髮去逃禪。

2 八字句二黃慢板

八字句二黃慢板為二黃腔之一種，每句有八個基本字，分三頓，首四字一頓，次二字一頓，末二字一頓。一板三叮，速度較慢，較多拉腔。[22] 以下二黃慢板來自唐滌生的《帝女花》之〈樹盟〉（另外，「序」是二黃慢板的音樂過門，本來只是由樂隊奏出，撰曲家在此曲加上曲詞）：

22 黃少俠《粵曲基本知識》（第七版），（香港：一軒樂苑，二〇一一），頁一五三—一五四。

正是瑤池無俗客，鳳台只配，鳳凰遊。（下句）（唱序）老臣所薦可合心頭？

望宮主賜下一言，好待向君皇，回奏。（上句）（唱序）未知佢雀屏能中否？

3 **十字句反線中板**

十字句反線中板為梆子中板之一種，一板一叮，情緒激昂。每句有十個基本字，分為四頓，首三字一頓，次三字一頓，其次二字一頓，末二字一頓，第四頓末字必須押韻。[23]下例取自《帝女花》之〈上表〉，文武生以大喉唱出：

臣不可佔君先，父不能居女後，此乃倫理綱常。（下句）

既念帝女花，何不念先帝遺骸，尚寄在茶庵，都未入皇陵葬。（上句）

帝女縱堪憐，太子是前朝骨肉，問清帝何以，重女薄兒郎？（下句）

我欲受皇恩，哭君父流浪泉台，憎見舊宮廷，掛上鴛鴦榜。（上句）

我欲謝隆情，痛骨肉仍歸臣虜，羞牽鸞鳳帶，怕對合歡床。（下句）

23 黃少俠《粵曲基本知識》（第七版），（香港：一軒樂苑，二〇一一），頁七六、八四。

（二）曲牌體

曲牌體是中國戲曲的一大特色，包括兩大類：曲牌和小曲，兩者都是利用既有的旋律填上新的曲詞。曲牌是指來自京劇和崑曲的曲調，這些曲調多有固定的所要表達的內容和情景，例如〈夜深沉〉，在京劇《霸王別姬》中配合虞姬的劍舞。小曲則指其他來源的既有曲調，可以來自民歌、民間曲調、古曲、廣東音樂，或由撰曲家特別創作。撰曲者按劇情之氣氛選擇合適之曲牌或小曲，並填上曲詞。填詞方面，撰曲者要考慮粵語的語音要與旋律音互相配合，這樣才會令聽眾明白曲詞，行內人稱為「露字」。[24]

撰曲者在組織唱段時，可非常彈性地處理這些既有曲調，例如可獨唱或眾人輪唱，一個唱段可由一首完整之曲牌組成，或可由一段板腔唱段接上一首曲牌，或可由曲牌接上板腔，亦可單採用小曲中任何一段。

格式方面，由於曲牌體由音樂作主導，曲詞多為長短句，並沒有詩的偶句格式，只有協韻的要求。填詞方面，參與填詞的其實不止是撰曲者。在實際演出中，演員須把劇本曲詞配上自己對曲牌旋律所作之個人演繹這實現過程，填詞才算完成。另外，演唱者有時為了遷就旋律，也會改動部分曲詞。《帝女花．香夭．妝台秋思》為經典的粵劇小曲，歌詞已經家喻戶曉。此曲改編自琵琶獨奏曲《塞上曲》之〈妝台秋思〉一段，慢板，以一字一音為主。以一段詩白開始，由生和旦

24 陳守仁《香港粵劇劇目概說：1900-2002》，（香港：粵劇研究計劃，二〇〇七），頁二三三—二三六。

梅花間竹地唸出，一句「落花滿天蔽月光」，街知巷聞，是香港粵劇的代表作。另外，在二〇〇六年雛鳳鳴劇團重演《帝女花》時，在〈香夭〉一幕，為了突出「落花」這個意象，在觀眾席和舞台上都有「落花」降下，讓觀眾留下深刻的印象。引錄如下：

長平：（詩白）倚殿陰森奇樹雙，
世顯：明珠萬顆映花黃，
長平：如此斷腸花燭夜，
世顯：不須侍女伴身旁。
長平：（起反線妝台秋思）落花滿天蔽月光，借一杯附薦鳳台上，帝女花帶淚上香，願喪生回謝爹娘，偷偷看，偷偷望，佢帶淚帶淚暗悲傷，我半帶驚惶，怕駙馬惜鸞鳳配，不甘殉愛伴我臨泉壤。
世顯：寸心盼望能同合葬，鴛鴦侶相偎傍，泉台上再設新房，地府陰司裏再覓那平陽門巷。
長平：惜花者甘殉葬，花燭夜難為駙馬飲砒霜。
世顯：江山悲災劫，感先帝恩千丈，與妻雙雙叩問帝安。
長平：唉，盼得花燭共諧白髮，誰個願看花燭翻血浪，唉，我誤君累你同埋孽網，好應盡禮揖花燭深深拜，再合巹交杯，墓穴作新房，待千秋歌讚註駙馬在靈牌上。

世顯：將柳蔭當做芙蓉帳，明朝駙馬看新娘，夜半挑燈有心作窺妝。

長平：地老天荒，情鳳永配癡凰，願與夫婿共拜相交杯舉案。

世顯：遞過金杯慢酌輕嘗，將砒霜帶淚放落葡萄上。

長平：合歡與君醉夢鄉。

世顯：碰杯共到夜台上。

長平：百花冠替代殮妝。

世顯：駙馬盃墳墓收藏。

長平：相擁抱，

世顯：相偎傍，

世顯、長平：（合唱）雙枝有樹透露帝女香。

世顯：帝女花，

長平：長伴有心郎，

世顯、長平：（合唱）夫妻死去與樹也同模樣。

（三）說唱體系

說唱體系是粵劇在曲牌和板腔體系以外的另外一種重要的音樂體系。說唱音樂在中國早已有悠久的歷史，中國各地均有其富地方特色的説唱音樂，著名例子有蘇州彈詞、福建南音等。在粵劇中常見的説唱音樂有廣東南音、木魚和龍舟等。[25]

1 **廣東南音**（或稱南音）

廣東南音流行於廣東一帶，本為盲人於街頭賣唱的一種説唱音樂，又稱「地水南音」。「地水」本為卦名，因盲人多兼從事占卜，故名。樂曲可長可短，名曲包括〈客途秋恨〉、〈男燒衣〉等。內容方面，多為敍事及抒情。其後粵劇把南音吸納，變成現在的「戲台南音」。

南音的板式分慢板、中板、快板三種。調子有正線和乙反線兩種。它的基本結構包括一段板面，兩句起式和若干段正文，最後一段正文為收式。板面即旋律序，為固定的旋律，在粵曲中有時板面亦可填上曲詞唱出。[26]

起式包括兩句，首句為上句，有六個字，分兩頓，首三字一頓，次三字一頓；第二句為七字句，為下句，分兩頓，首四字一頓，次三字一頓。上句末字必須為高平聲，下句末字必須為低平聲。正文有兩個七字偶句，每七字句均分兩頓，首四字一頓，次三字一頓。並可加上襯字。第一及三個七字句之末字必須為仄聲字，第二個七字句末字必須為高平聲，第四個七字句末字必須為

25 陳守仁《香港粵劇劇目概説：1900-2002》，（香港：粵劇研究計劃，二〇〇七），頁二七九—二八〇。
26 陳守仁《香港粵劇劇目概説：1900-2002》，（香港：粵劇研究計劃，二〇〇七），頁二八一—二八三。

低平聲。第一個七字偶句為上句；第二個七字偶句為下句。收式是另一段正文，不過在第三個七字句的第二頓作一重複句，以展示其結束。[27] 以下南音來自《再世紅梅記》之〈觀柳還琴〉：

板面（按譜填詞）：

仙山有跡，阮郎通湖邊再認仙蹤。虎丘初見玉女容，借琴道愛衷，因風送。柳擺江楓，花間嫩香為誰容，殘橋目縱。任風翻嫩柳，任橫雨摧折霧裏花，難將熱淚控；任飄飄滴滿楚江紅。

起式

仿似南橋會，無語暗情**通**（高平聲）（上句）

敢信一夜相思兩處**同**（低平聲）（下句）

正文

撥柳斜窺驚復**恐**（仄聲）

更怡玉樹正臨**風**（高平聲）（上句）

獨惜琴韻未隨花月**送**（仄聲）

怎奈咫尺猶如隔萬**重**（低平聲）（下句）

27 黃少俠《粵曲基本知識》（第七版），（香港：一軒樂苑，二〇一一），頁二〇二。

收式（在第三句加一個三字重複句）

我欲寄語秀才應自**重**（仄聲）

似覺月映窺人柳浪**空**（高平聲）（上句）

意亂情迷難自控，難自**控**（仄聲）

秋心猶似舞梧**桐**（低平聲）（下句）

（四）說白體系

粵劇包括唱、唸、做、打。除了唱，演員必須唸好說白，行內有云：「千斤口白四兩唱」，指出說白的難度和重要性比唱腔更高。說白是粵劇中不可或缺的部分，演員透過各種說白去交代劇情，並反映各個角色的不同性格和身份。[28] 一般來說，常見的說白有七種：

1 口白

口白乃指一般對白，完全沒有任何協韻、速度、節奏等特殊規定。[29]

28 陳守仁《香港粵劇劇目概說：1900-2002》，（香港：粵劇研究計劃，二〇〇七），頁一八七。

29 陳守仁《香港粵劇劇目概說：1900-2002》，（香港：粵劇研究計劃，二〇〇七），頁一八七—一九三。

2 詩白

詩白是一首五言或七言詩，一般有四句，有時只有兩句；無旋律音樂作伴奏，但在每句之末多有「一槌」鑼鼓作為分隔；唸至第四句時，演員通常在唸完第四字後停頓，並有鑼鼓加插，才以較慢速度唸完末三字。有時演員可以在詩句中加上襯字。[30]詩白的例子有《光緒皇夜祭珍妃》，第三、四句由新馬師曾加上一些襯字，其實可有可無：

一念當年恨未休
十載相思債未酬
百計千方試問終何用
萬般心事都只是一般愁

3 打引詩白（又稱打引或引白）

它與詩白相近，唯一不同處是演員要唱出末句之最後三字，而且要表達較強烈的情緒。[31]例如在《梁山伯與祝英台》之〈山伯臨終〉的兩句打引詩白：「塵世無緣同到老，樓台一別兩吞聲」，

30 陳守仁《香港粵劇劇目概說：1900-2002》，（香港：粵劇研究計劃，二〇〇七），頁一九三—一九六。
31 陳守仁《香港粵劇劇目概說：1900-2002》，（香港：粵劇研究計劃，二〇〇七），頁一九六。

「兩吞聲」三字表達梁山伯的悲情。

4 口古

口古有上下句結構，每句字數、頓數不限，但雙數句末字要押韻。來自文人雅士和達官貴人之對話，用字較典雅。無音樂伴奏，但在每句或有「一槌」鑼鼓作為分隔。[32] 以下口古來自《紫釵記》之〈燈街拾翠〉：

（允明御上介口古）君虞，我以為你拾得珠釵就物歸原主，何以還重將釵玩耍？

（李益口古）允明兄，洛陽花也香也艷，隴西客也應宜室宜家。

（允明口古）講得好，講得好，君虞，你既甘作護花之人，又可知道栽花之道？丈夫以重節義創一生基業，女子以守貞操關係一生榮辱。欠人一文錢，不還債不完；賒人一分債，不還不痛快。若果你想得通，便可以跨鳳成龍；想唔通，就應該臨崖勒馬。

（李益口古）允明兄，我梗係想通想透啦，若果想唔通，又點會選個良媒去聘她？

32 陳守仁《香港粵劇劇目概說：1900-2002》，（香港：粵劇研究計劃，二〇〇七），頁二一九—二二九。

5 **白欖**

白欖以卜魚穩定之拍子作伴奏。有上下句結構，每個下句之末字須押韻。演員可以隨意運用複雜的節奏組合每一句。[33] 白欖的例子有《再世紅梅記》之〈觀柳還琴〉：

（賈麟兒）莫作太平人，我寧為官家**僕**。主人賈太師，佢酒色唯徵**逐**，不理元兵困襄陽，只知買妾營金**屋**。佢家有七夫人，於心還未**足**，還添廿九釵，共成三十**六**。新收李慧娘，貌美而孤**獨**，因貧鬻顏色，尚未諧花**燭**。今日載酒蕩西湖，停船走馬射糜**鹿**。慧娘在船中，伏欄時痛**哭**。我難得有半日閒，走去買酒偷納**福**。

6 **浪裏白**（又稱托白、序白）

有旋律音樂同時進行之說白。常在唱段中加入說白而成。演員唸浪裏白的速度要配合樂句之間的時間，以能即時接回唱段為佳。[34] 浪裏白的例子有《紫釵記》之〈劍合釵圓〉，以下粗體字為浪裏白：

---

33 陳守仁《香港粵劇劇目概說：1900-2002》，（香港：粵劇研究計劃，二〇〇七），頁一九七－一九九。

34 陳守仁《香港粵劇劇目概說：1900-2002》，（香港：粵劇研究計劃，二〇〇七），頁二一七。

（小玉執杯悲憤白）**君虞，君虞，妾為女子，薄命如斯，君是丈夫，負心若此，韶顏稚齒，飲恨而終，慈母在堂，不能供養，綺羅絃管，從此永休，徵痛黃泉，皆君所致，李君，李君，今當永訣矣。**（擲杯於地昏絕介）（李益起古調潯陽夜月唱）霧月夜抱泣落紅，險些破碎了燈釵夢。喚魂句，頻頻喚句卿須記取再重逢。嘆病染芳軀不禁搖動。重似望夫山半倚帶病容。千般話猶在未語中，心驚燕好皆變空。（小玉迷惘接唱）處處仙音飄飄送，暗驚夜台露凍。讐共怨待向陰司控，聽風吹翠竹昏燈照影印簾櫳。（序白）**霧夜少東風，是誰個扶飛柳絮？**（李益序白）**小玉妻，是十郎扶你。**（小玉白）**生不如死，何用李君關注？**（李益接唱）願天折李十郎，休使愛妻多病痛。（序白）**劍合釵圓，有一日都望生一日呀。**（續唱）並頭蓮，曾亦有根基種。權勢盡看輕，祇知愛情重。與你做過夫妻醉梁鴻。（小玉接唱）墳墓裏可盡失相思痛，憎哭聲喊聲將霍小玉叫回俗世中。（序白）**死死死，死別已吞聲，生生生，我雖生何所用？**（續唱）你再配了丹山鳳，把白玉簫再弄。則怕你紅啼綠怨，由來舊愛新歡兩邊也難容。祝君再結鴛鴦夢，我願乞半穴墳，珊珊瘦骨歸墓塚。

7 韻白

無上下句結構，每句字數、頓數不限，亦沒有節奏的限制，但雙數句末字要押韻。多以入聲字為協韻，造成幽默之效果，並以沙的打出短音強調協韻之入聲字。[35]韻白例子有《帝女花》之〈相認〉：

（周鍾白）真消**息**，假消息？常言死別已吞聲，提到帝女回生我心戚**戚**，又非清明，又非寒**食**，借屍還魂事未多，庵堂哪有鬼堆**積**？我對富貴不能忘，對宮主長相**憶**，張千乎張千，你認錯人，抑或睇錯**嗀**？

（張千台口應白）無錯。

（周鍾愕然接白）於是乎搜查，落真其眼**力**。

粵劇的音樂體系十分豐富，有梆子腔和二黃腔，代表南北的不同傳統戲曲風格，又有各種傳統曲牌和牌子，加上近代的小調甚至現代的流行曲作為小曲，又有廣東傳統的說唱音樂和多種口白，可說是中國戲曲中較少見的包含如此多樣化的音樂種類的一種。葉紹德指出，劇作家撰曲好比中醫師處方治病一般，只要用得恰當便好，所選曲牌口白，雖無一定規限，但有無形的管制。例如書生上場，多數用二流或慢唱七字清；皇帝上場，可唱一段小曲〈小桃紅〉，埋位唸白：「風調雨順，國泰民安」。[36]

35 陳守仁《香港粵劇劇目概說：1900-2002》，（香港：粵劇研究計劃，二〇〇七），頁二一七—二一八。
36 葉紹德《唐滌生戲曲欣賞（二）》（第二版），（香港：香港周刊出版社，一九八七），頁一七—一八。

五、粵劇內容分類

在五六十年代，承接二十世紀初的作品，粵劇的內容仍然以傳統的方向為主，包括改編歷史資料、改編文學作品、改編民間故事和反映中國傳統思想等；早期較為熟悉的是馮志芬的《胡不歸》，由薛覺先和上海妹於一九三九年開山首演[37]，內容反映中國傳統的婆媳之間的關係，由於中國人重孝道，為人子者要孝順父母，並要「開枝散葉」，繼後香燈，如果妻子有病，不能生育，基於「不孝有三，無後為大」，便應再娶。男主角夾在母親和妻子之間，左右為難，這樣的故事在當時引起社會很大的共鳴，而且成為文武生的「考牌戲」，對文武生的要求很高，因為劇中的男主角是一個武將，另一方面又是一個多情的孝子；要大打北派之餘，又要表現其感情，文武場均有一定難度，難怪成為早期粵劇劇本的代表作。

香港五十年代是粵劇的另一個黃金時期。自二十到三十年代現代粵劇的地位確立和成熟，卻遇上中日戰爭和國共內戰，到了五十年代，粵劇便再開展了一個百花齊放的時代。著名劇作家的數量可能不及以前，但在作品的內容和質量方面，可說有過之而無不及。從內容方面，大概可分為七類：

37 鄧兆華《粵劇與香港普及文化的變遷：〈胡不歸〉的蛻變》，（香港：香港中文大學音樂系粵劇研究計劃，二〇〇四），頁二。

一、歷史改編
二、文學改編
三、受電影和西方文化影響
四、反映中國傳統思想
五、偵探懸疑
六、反映政治
七、神話故事

下文將討論以上七種主題在不同作品中的表現，另外，超過一個主題可以在同一劇本中出現。例如《程大嫂》本是改編自魯迅的短編小説《祝福》，但內容則揭露中國傳統社會的黑暗和禮教如何迫害女性。《帝女花》除了是改編自明末清初的一段歷史外，也是改編自清代黃燮清的同名劇本，更反映了超越愛情的家國情懷，與政治頗有關係。

（一）歷史改編

《漢武帝夢會衛夫人》是唐滌生為薛覺先和芳艷芬的覺先聲劇團寫的名劇，於一九五〇年上演，劇情主要來自歷史，也有杜撰的成份。故事以漢武帝年輕時尚無子嗣展開，陳皇后因為擁立有功，武帝對她多言聽計從。一日，武帝邂逅歌姬衛紫卿，紫卿受寵入宮，因有身孕，被陳皇后妒忌而動殺機，紫卿幸得其弟衛青相救並逃亡。其後衛青平匈奴有功，得掌兵權，陳皇后收為義子。武帝以為紫卿已死，日夕思念；東方朔訛稱可作法令武帝可夢會衛夫人，二人相見，紫卿交還帝子，衛青則領兵支持武帝，廢陳皇后重新掌政，並迎紫卿回宮。查其中武帝廢陳皇后一事，是由於陳皇后使用巫蠱之術，希望巫害衛紫卿，因而被武帝所廢。

此劇的高潮在第七場，武帝與紫卿的對唱。其中一段乙反南音，以七字句為主：

（武帝乙反南音）淒涼此夜來哭祭，祭憑情淚與哀啼，啼憶容顏與共個蟠龍髻，卿你髻上紅花莫任別人窺，窺粧唯有我賞識花艷麗。

這段南音曲詞，雖然不長，但頗有文學技巧，因為用了「頂真法」，利用上句的末字聯繫了下句的首字，把所有句子聯繫起來。[38]這樣的手法在粵劇劇本的創作中不太多，頗能反映劇作家的文學修養。在《萬惡淫為首》之〈乞食〉中的南音，撰曲家李少芸利用「頂真法」寫了一段極長的唱段，可惜新馬師曾加上了很多襯字，令聽眾不容易分辨出來。另外，有些頂真句所用的字不盡相同，但由於相同讀音，也是一種變體的頂真吧。另外，南音常用柏梁體，即每句末字均押韻，不但對劇作家的要求頗高，且提高了聆聽的趣味。

38 李少恩《唐滌生粵劇選論：芳艷芬首本（1949-1954）》，（香港：匯智出版有限公司，二〇一七），頁五六。

起式

冷得我騰騰震，真係震到入心，心酸我重發緊冷乜好似腳軟難行。

正文

乜點解行行又似覺好似身不穩，點搵得各位善長仁翁希望你做一點好心。

心傷嗟怨不幸逢絕運，虧我運蹇時乖都不幸作了盲人。

正係人逢絕境都一定多哀感，我自己感懷身世都本想去自輕生。

一個人生生死死本係無足恨，恨我心頭仍掛我有位老父未歸臨。

我記得佢臨行仲對住我諄諄訓，訓示話攬過床頭都算父母恩。恩恩怨怨不敢把我娘記恨，恨佢恩將仇報，（轉乙反二王）知我者惟有三尺靈神。

另一部改編自歷史的粵劇劇本是一九五〇年開山首演的《光緒皇夜祭珍妃》，由新馬師曾和余麗珍主演。其中第七場正反映了劇名，由新馬師曾的獨腳戲把八國聯軍攻陷京師，慈禧太后聯同光緒皇倉皇避走西安，其後回宮，光緒皇發現慈禧太后在離宮前已將珍妃殺害，於是在宮中夜祭珍妃的整段歷史唱出。其中一段南音，透過光緒皇的唱段把整個故事鋪陳：

起式

自係嗰晚與妹你重見後，轉眼又一秋，傷心如我，身已作楚囚。

正文

憶自嗰一晚孤改裝與你重見後，又點想到賊兵來擾，要奪我大好神州。

嗰陣兵困京師母后話同我出走敢話喎，孤重幾番求懇誓要帶妹奔投。

收式

又點估到佢佛口蛇心話你人去後，嗰陣我遍尋不見囉你話我幾咁心憂。

及後返到宮中又試逢我母后，大抵天不佑，虧我護花無力囉，都枉為花愁。

（二）文學改編

文學作品裏的故事內容經常是粵劇劇作家的題材。《紫釵記》是唐滌生為仙鳳鳴劇團在一九五七年創作的作品，改編自湯顯祖的《紫釵記》。其實湯顯祖的《紫釵記》改編自唐朝蔣防的小說《霍小玉傳》，把悲劇變成喜劇，把李益負心、小玉病死的情節，改為從天降下一個「雕弓寶劍黃衫客，愛向人間管不平」的四王爺，把並未負心的李益，重新配予多情的小玉，大團圓的結局，令觀眾沉醉在這個浪漫的鴛鴦蝴蝶故事中。唐滌生的《紫釵記》中，最令人欣賞的，不止是主題曲〈劍合釵圓〉，而且整個作品的遣詞造句均十分優秀，在粵劇中常見的上下句中，唐氏寫出精妙的對聯，令人覺得這不單是是個好劇本，也是優秀的文學作品。在「花前遇俠」一幕，筆者最欣賞幾句口古，既對仗工整，又雅俗共賞：「黃金散盡，白首難諧；才子負心，佳人薄命」；「暖酒聽炎涼，冷眼參風月」；「總之世上無名客，才是天下有心人」。另外，作者善用意象，以隱喻的手法含蓄地表達一些劇中人的隱衷，難能可貴，例如當黃衫客說道要殺死李益，小玉連忙阻止，並暗示自己好比露珠，一旦李益被殺，荷葉凋殘，自己也沒有一個好的歸結：「紅顏薄命如朝露，總望有殘荷一葉把珠擎；忽然一陣起狂風，只怕葉墜珠沉皆化影。」

（三）受電影和西方文化影響

一九五〇年代是粵劇開始受到電影和西方文化影響的時代，根據鄭寧恩的分析，戰後香港大量西方電影傳入，編劇和演員廣泛地接觸西方電影；唐滌生看了很多西片和小說等，例如《一代名花花濺淚》頗有法國小說《茶花女》的影子。[39]

而六十年代最具代表性的受西方文化影響的劇本莫過於《鳳閣恩仇未了情》。這個劇目是麥炳榮和鳳凰女在一九六二年開山首演，亦是香港大會堂在同年開幕時的首齣粵劇。首先，本劇的作者本身可能是一個話題。《鳳閣恩仇未了情》的作者是徐子郎，有關其生平文獻極少，只知道他出身富家子弟，可惜英年早逝。陳守仁指出大龍鳳劇團中的小生劉月峰可能曾參考荷李活電影《鴛

39 鄭寧恩〈香港摩登：五十年代都市發展與香港粵劇發展脈絡〉《民俗曲藝》一九九期，（二〇一八年三月），頁二一三—二六二。

夢重溫》（*Random Harvest*，一九四二年）的故事來構思這劇本。[40]筆者曾在二〇一七和一八年到訪美國西雅圖的「樂藝社」——一個有八十年歷史的海外華人粵劇社，並考查它的歷史，發現劉月峰晚年移民當地，並曾在該社指導社員演戲。根據一些社員憶述，劉月峰與潘一帆是該劇的「師爺」，他們為該劇擬定大綱，其中的主線是一個流落民間的郡主，因為意外而失憶，忘記了自己的身份和愛人，最後聽到愛人曾唱過的歌曲回復記憶，大團圓結局。由於不明的原因，該劇由徐子郎執筆，把故事大綱鋪排成為現在的劇本。

電影在一九五〇年代的香港是十分重要和流行的民間娛樂，來自美國荷李活的電影更加風靡一時，不少粵劇名伶也喜歡看電影，並從中學習，例如名丑生梁醒波從歐美演員如差利卓別靈、羅路和哈地等學習。[41]《鳳閣恩仇未了情》中的主角失憶劇情，可說是在傳統粵劇的故事中絕無僅有；另外，劇中第三場翻譯番書的劇情，也是受到當時香港的中西文化夾雜的影響。其中梁醒波飾演的倪思安亂譯番書的情節，當然與劇情不符，因為故事發生在南宋時期，宋金對峙，所謂「番書」，便是來自金國的一封書函，如果要把當時的「金文」說出，不大可能，唯有把時空轉換，把香港的「番文」——英文派上用場，梁醒波所用的英文均為時一般香港人都會明白的淺易口語，包括「yes / alright / ok / I love you」等，再加上當時受歡迎的電影明星，包括瑪麗蓮夢露

40 陳守仁《香港粵劇劇目概說：1900-2002》，（香港：粵劇研究計劃，二〇〇七），頁一八九。
41 吳鳳平、鍾嶺崇編著《梁醒波傳——亦慈亦俠亦詼諧》，（香港：經濟日報出版社，二〇〇九），頁八三。

和奇勒基保，自然令香港人產生共鳴。

《鳳閣恩仇未了情》的主題曲〈胡地蠻歌〉也有着西方電影的手法。首先，有些著名電影多會與音樂配合，以一首有代表性的動聽主題曲與電影結合，讓觀眾看完電影後，仍然記得這首主題曲，這樣的手法可以借助音樂讓觀眾對電影留下印象。〈胡地蠻歌〉在第一場由男女主角唱出，令觀眾留下深刻印象。經過中間的轉折，最後紅鸞郡主聽到君雄再度唱出此曲，便回復記憶，並與他共諧連理。在音樂的結構上，〈胡地蠻歌〉也有西方音樂的重複與對比的概念。[42]全曲分為四段，並以三段相似的音樂過門分隔四個唱段。其中第四段為第一段的前半部的重現，第二及三段亦非常相似。此曲的創作手法受西洋音樂的「迴旋曲式」的影響，但不似迴旋曲式般重複第一段，而是把音樂過門部分重複：

生：一葉輕舟去，人隔萬重山，鳥南飛，鳥南返，鳥兒比翼何日再歸還？哀我何孤單。

旦：休涕淚，莫愁煩，人生如朝露，何處無離散？今宵人惜別，相會夢魂間，我低語慰檀郎，輕拭流淚眼，君莫嗟，君莫嘆，終有日，春風吹渡玉門關。

（音樂過門）

---

42 謝嘉幸、張煉編著《音樂分析基礎》，（第二版，北京：高等教育出版社，二〇一六），頁六一、六九。

生：情如海，義如山，孰惜春意早闌珊，虛榮誤我，怨青衫。
旦：憐無限，愛無限，願為郎君老朱顏，勸君莫被功名誤，白少年頭莫等閒。
（音樂過門）
生：柔腸寸斷無由訴，笙歌醉夢閒，流水落花春去也，天上人間。
旦：獨自莫憑欄，無限江山，地北與天南，愛郎情未冷，情未冷。
（音樂過門）
生：一葉輕舟去，人隔萬重山。
合唱：烏南飛，烏南返，烏兒比翼何日再歸還？
生：哀我何孤單，何孤單。

此曲反映了一定的中西合璧的風格。在文學上，它卻用了中國文學常見的「用典」手法。作者其實對中國文學有着深厚的根基，其中多句均有出處，但又巧妙地把不同作品內的句子融入《鳳閣恩仇未了情》的故事情節中。例如「一葉輕舟去，人隔萬重山」，明顯是來自李白的〈早發白帝城〉：「兩岸猿聲啼不住，輕舟已過萬重山」。「人生如朝露」來自曹操〈短歌行〉：「對酒當歌，人生幾何？譬如朝露，去日苦多」。「春風吹渡玉門關」一句，來自王之渙的〈涼州詞〉：「羌笛何須怨楊柳，春風不度玉門關」，王之渙知道玉門關外已是荒涼之地，中原的春風不會吹到，但紅鸞郡主卻樂觀地相信她與耶律君雄有朝一日會重聚。「孰惜春意早闌珊」來自李煜的〈浪淘沙〉：

「簾外雨潺潺，春意闌珊……流水落花春去也，天上人間」；「白少年頭莫等閒」來自岳飛〈滿江紅〉：「莫等閒，白了少年頭」。

（四）反映中國傳統思想

粵劇和其他戲劇一般被認定對社會有教化的功能。薛覺先在其〈南遊旨趣〉一文中，指出「戲劇雖云小道，實能易俗移風，為社會教育之利器，功莫大焉。」[43]從中可見名伶薛覺先對粵劇的期望，其見解對劇作亦有莫大的影響。粵劇到了二十世紀中期，頗多的作品反映了中國某些傳統是「封建」的，劇作家希望透過粵劇的創作和演出，教育社會大眾，其中陳冠卿的《碧海狂僧》便反映了盲婚之害，第六場的主題曲中的一段乙反長句滾花和乙反木魚便概括了故事的重心，把傳統盲婚啞嫁的弊病呈現出來：

> （乙反長滾花）情可哀，情可哀，哀哀情愛好比一座斷頭台。哭煞淒涼一粉黛，遭情所累惹愁哀。恩也哀，義也哀，一點恩情萬種哀。我身世未明尚把菩薩愛，今日得明真相，仲唸甚麼南無阿彌陀佛，更拜甚麼西方佛如來……（乙反滾花）天天天，我苦為誰來，總之受盲婚之害。（乙反木魚）不勝惆悵話娘胎，指腹為婚個

43 楊春棠（總編）《真善美：薛覺先藝術人生》，（香港：香港大學美術博物館，二〇〇九），頁一六八。

段盲目愛，十六歲姑娘大姐，配一歲小童孩，試問十八年長誰等待，一個珠黃人老，一個至情竇初開。

綜觀以上曲詞，說不上是優秀的文學作品，其中如「斷頭台」一詞更與中國背景格格不入，因為斷頭台根本是歐洲的執行死刑的工具，從沒有在中國出現，這個用法，一是劇作家受西方文化影響，二是要押韻。劇作家在撰曲填詞時，一般會用一個方法：打開韻書，確定用某一個韻腳；然後瀏覽所有協韻的單字，從那些單字中找尋靈感和作出聯想。以上曲詞運用「開來韻」，其實這個韻的協韻單字不多，根據粵語文化傳播協會的網頁，「開來韻」的陽平聲字只有十個：「台、抬、苔、來、萊、呆、才、財、材、裁」。[44] 根據葉世雄的文章[45]，劇作家陳冠卿在三天之內完成這個作品，當可想像他的目的並不在文字的精雕細琢，而是要指出盲婚之害，而且透過男主角之口，直接向舊社會作出控訴。另外，當劇中男主角得悉飄紅為了他而作出很多的犧牲，便願意娶這個比自己年長十五歲的飄紅姐：「咪話年齡相差十數載，我話老婆越老越可愛。你有青春，有熱情，四十而嫁我也當你係小孩」，因為他要「報姐恩，報姐情」，所以要「一腳踢開個佛如來」。

44 粵語文化傳播協會《廣州方言常用同韻字彙》：http://www.cantoneseculture.com/page_CantoneseCommonWord/index.aspx#chap15。

45 葉世雄〈戲曲視窗：《碧海狂僧》歷盡滄桑〉，《文匯報》二〇一四年十一月十一日。

這個情節也顯示了劇作家希望教化大眾要「知恩圖報」的價值觀。

除了盲婚之外，中國傳統的是非觀念也是戲曲的重要內容。其中潘一帆撰寫的《萬惡淫為首》，單從劇目已經顯示出劇作家的意圖。一九五二年，該劇公演，在一片粵劇淡風下，仍然叫座，可見宣揚中國傳統觀念的劇目在當時仍然有市場。[46]《萬惡淫為首》的故事頗為複雜，文武生陳子年窺見繼母背夫與人通姦，被姦夫害至失明，行乞街頭，幸得指腹為婚的未婚妻曾楚雲相救，並在她照顧下重見光明。其後子年父返家，但子年因為守孝道，不忍揭穿繼母的惡行，最後，感動了繼母，覺悟而終。[47]然而，在今天國內的演出，常把後部分刪除，故事到了子年重見光明後便大團圓結局。[48]其實，該劇並非單單強調「萬惡淫為首」，反而「百行孝為先」的美德更躍然紙上，當子年的父親返家，楚雲告訴她有關繼母通姦之事，子年仍然不肯說出真相，雖然通姦的是繼母，但因為父親臨行時對他的教訓，說道：「攬過床頭都算父母恩」，所以「恩恩怨怨都不敢把我娘記恨」，這樣不但是強調孝行，而且表揚以德報怨的美德：「佢對我雖黑心，我對佢真恩深，願爹媽兩相印，願爹媽休怒憤，我就為求庇蔭，我就為求庇蔭，今日誤我呢一世，禍起只為淫」。而好人必會有好報，因此子年會重見光明，而指腹為婚的未婚妻都對他一往情深，不

---

46 梁沛錦《粵劇研究通論》，（香港：龍門書店，一九八二），頁二六四。

47 《萬惡淫為首之乞食》，〈百度百科〉：https://baike.baidu.com/item/%E4%B8%87%E6%81%B6%E6%B7%AB%E4%B8%BA%E9%A6%96%E4%B9%9E%E9%A3%9F。

48 《粵劇萬惡淫為首》，〈戲曲大全〉：http://www.xiqu365.com/yj/4297/。

離不棄。

（五）偵探懸疑

五十年代的香港電影受到了美國的電影影響，其中一個題材便是偵探片。光藝公司在一九五六年開拍了《九九九命案》，開創了一個偵探懸疑電影的潮流。[49] 粵劇《紅菱巧破無頭案》與《血掌殺翁案》均是五十年代中後期的產物，明顯地受到當時電影的影響。《紅菱巧破無頭案》是唐滌生一九五七年寫的作品，劇情是一對姦夫淫婦殺人後，誣陷一對情侶，幸得富正義感的左大人為他們洗脫罪名，但苦於找不到無頭女屍的頭，未能證明其身份（她是姦夫的妻子），其後要透過死者的女鬼出現，指示其頭顱的埋葬地方，才能讓左大人找到，並透過巧設「對花鞋」，證明淫婦知情，終把真兇繩之以法。這個劇本不似唐滌生的傳世名作，沒有太多精雕細琢的文字，但其中第六場「對花鞋」是重頭戲，其中口白較多，是為了交代劇情，把偵探懸疑的故事情節娓娓道來。

---

49 羅卡〈戰後上海和香港的黑色電影及與進步電影的相互關係〉，《香港影評庫》：http://www.filmcritics.org.hk/film-review/node/2017/08/06/%E6%88%B0%E5%90%8E%E4%B8%8A%E6%B5%B7%E5%92%8C%E9%A6%99%E6%B8%AF%E7%9A%84%E9%BB%91%E8%89%B2%E9%9B%BB%E5%BD%B1%E5%8F%8A%E8%88%87%E9%80%B2%E6%AD%A5%E9%9B%BB%E5%BD%B1%E7%9A%84%E7%9B%B8%E4%BA%92%E9%97%9C%E7%B3%BB。

《血掌殺翁案》是另一個屬於偵探懸疑的劇本，是潘一帆一九五九年寫的作品。故事的情節也是由奸角殺人，嫁禍好人。故事大意是男女主角成婚，家翁信任媳婦，把家中財產託付，兒子則上京為官。家翁之弟不務正業，覬覦兄長的財產，趁兄酒醉時殺之，嫁禍其媳婦，最後呈堂證物是死者的血衣，上有一個六指掌印，才能證明真兇殺人。這兩個劇本有一個共同的特徵，就是透過一件證物，證明「天網恢恢，疏而不漏」的傳統中國信念，教訓世人不可立壞心腸。

(六) 反映政治

五十年代初的香港，面對一個頗為複雜的政治環境。新中國成立不久，國民黨退守台灣，而香港在英國的管治下表面上政治中立，卻成為國共兩黨的文化和思想方面的競爭地；在國際形勢上，隨着韓戰的結束，冷戰開始，資本主義與共產主義在全世界各自擴張版圖和加強影響力。在香港，部分國民黨的黨員和追隨者流落在港，在意識形態上是反共的，這也體現在粵劇作品中，其中一個是《萬世流芳張玉喬》，由學者簡又文編劇，再由唐滌生校訂。

《萬世流芳張玉喬》為歷史劇，敍述明末時期，廣東陳子壯力戰清軍李成棟，兵敗被殺，李成棟收其妾張玉喬，後玉喬鬱鬱寡歡，當看到戲班演員身穿明服演戲，方破涕為笑，李成棟便穿上明服，博美人一笑，後玉喬以死諫成棟反清。編劇者簡又文是一位經歷了很多不同的挑戰、多重身份的傳奇人物。他出生在晚清，民國初年留學美國，曾任燕京大學教授，結識馮玉祥，加入國民黨，出任政府不同工作。一九四九年定居香港，五十年代任香港大學東方文化研究院研究員。

七十年代逝世。[50]

《萬世流芳張玉喬》是簡又文在四十年代已經完成的粵劇劇本，他面對日寇侵華的時局，回首陳子壯等人抗清殉難，希望透過張玉喬的故事，宣揚民族意識，並鼓舞抗日志士。到了五十年代，簡又文遇上了芳艷芬，道出他這個劇本，得到芳艷芬的支持並答應演出，一九五四年首演時，打出「改良廣東戲劇；表彰廣東文藝；發揚民族精神」的旗幟；為甚麼他要在這時候「發揚民族精神」？學者容世誠指出，簡又文眼見中國淪陷於異族兩次，一次是宋陷於元，一次是明陷於清，而五十年代則是處於「陷共」的情況，於是希望借《萬世流芳張玉喬》這劇本去發揚民族精神。[51]然而，從現代的角度看，簡又文把國共內戰和共產黨成立新中國聯繫到民族上是不恰當的，這是一個政治的問題，不是民族的問題，但無論如何，這亦反映了當時國民黨舊部的強烈反共心態。學者李少恩指出，當時很多國民黨舊部開始投向中共，於是借《萬世流芳張玉喬》中的李成棟本為明將而降清，而且殘殺同胞的故事，向留港的國民黨人勸導不要投敵和降共。[52]

---

50 簡又文，〈維基百科〉：https://zh.wikipedia.org/w/index.php?title=%E7%B0%A1%E5%8F%88%E6%96%87&oldid=51836242。

51 容世誠〈粵劇書寫與民族主義：芳腔名劇《萬世留芳張玉喬》的再詮釋〉，李小良編《芳艷芬〈萬世留芳張玉喬〉原劇本及導讀》，（香港，三聯書店（香港）有限公司，二〇一一），頁一一六—一四〇。

52 李少恩〈音樂、政治與生活：從芳劇《萬世留芳張玉喬》到一九五〇年代香港社會〉，李小良編《芳艷芬〈萬世留芳張玉喬〉原劇本及導讀》，（香港，三聯書店（香港）有限公司，二〇一一），頁一九九。

（七）神話故事

中國自古以來均有各種民間傳說，包括神、鬼、妖等，自女媧煉石補青天到《石頭記》，從《梁山伯與祝英台》到《白蛇傳》，還有《七仙女與董永》，都是粵劇和其他戲曲的好題材。民間如此多的神話故事，其實反映了人世間的各種悲劇，人們在神話故事中寄寓了生命的希望，祈求有鬼神等為人民主持公道，因此，神話故事往往頗受觀眾歡迎，而且歷久不衰。

唐滌生的《洛神》和《白蛇傳》都是與神話故事有關，兩者都是由芳艷芬開山首演，都是以花旦作為重心；一個改編自歷史，另一個則是民間傳說。前者是源於曹植的《洛神賦》，這篇賦令人認為曹植對嫂嫂甄宓有情，因此後世便有了這個浪漫愛情故事。現在的粵劇劇本其實頗多令人不接受的情節，例如當甄宓投江自盡後，曹丕竟然覺悟，並說道要讓位予曹植等，這都是劇作家強調花旦感動人的魅力，能夠透過一死令兩兄弟冰釋前嫌，這樣的悲劇更會賺人熱淚。

《白蛇傳》則是另一個著名的民間傳說，現在多認為是明朝馮夢龍的《警世通言》第二十八卷〈白娘子永鎮雷峰塔〉[53]為故事的起源。故事原意是警告世人不應貪戀美色，強調「色即是空」的佛家要義。不過這個故事廣為流傳，有不同的戲曲版本，也衍生了許多不同的情節，反映了民間對堅貞愛情的歌頌。其中的幾個人物可能代表了社會中的不同的階層和角色。白素貞代表正面的

53 見中國哲學書電子化計劃：《警世通言》第二十八卷〈白娘子永鎮雷峰塔〉：https://ctext.org/wiki.pl?if=gb&chapter=730335。

人物，她為了報恩，委身許仙，放棄自己可能修成正果成為神仙的機會；她對愛情專一，明知道許仙是平凡不過的人，也甘願為他生孩子，她為了救許仙，不惜冒險去盜仙草；她為救愛郎，不惜水漫金山。許仙則代表了所有平凡的人，沒有超凡脱俗的氣質，性格多疑，聽到法海的説法，便對愛妻起疑心，甚至以雄黃酒試之。法海則代表了強權和秩序，而小青則代表了有正義感但無權無勢的小市民。故事的結局頗為無奈，許仙看破紅塵，出家為僧；白素貞被天神壓在雷峰塔下，雖然兒子仕林高中狀元，也不能救母，最後，白蛇和青蛇要返回天庭重修佛法。

六、結語

粵劇劇本的創作在五十到六十年代從一個黃金時期走向下坡。這是由於香港整個社會環境的改變，包括外來的音樂和電影的傳入和發展、經濟不景、人才流失，以及和香港受西方文化的影響和衝擊。粵劇曾經嘗試在電影尋找出路，但是進入六十年代政治不穩等因素令粵劇停滯不前，陷入衰頹時期，到了九十年代才漸漸改善。

香港粵劇歷年來面對幾個議題，第一是劇本語言的雅俗問題。早期粵劇的觀眾是尋常百姓，自然傾向通俗，尤其丑生的演出，一定要以最口語化的粵語和較鄙俗的用詞去表現角色，其中如《鳳閣恩仇未了情》的倪思安、《紅了櫻桃碎了心》的蕭桃紅和《無情寶劍有情天》的胡道從等，從而令觀眾明白故事發展和人物性格。然而當唐滌生把古典戲曲的劇目改編為粵劇後，粵劇劇本漸漸變得優雅，遣詞造句多用典故，觀眾的教育背景稍低便未能完全明白曲詞，因此，如唐滌生的《牡丹亭驚夢》這般好的劇本，在一九五六年首演時，何非凡看後亦有這樣的評語：「戲是好戲，但不容易接受。」[54]根據葉紹德所述，當時仙鳳鳴首演《牡丹亭驚夢》並不賣座，因為當時的觀眾仍然未達到一定的文化水平，他們未能欣賞深奧的詞藻。隨着時代的變遷，尤其香港在七十年代開始九年免費教育，香港市民的教育程度普遍提高，唐劇不但沒有被遺忘，而且愈來愈受歡迎，到了今天，成為每位藝人都一定演出的劇目。

從歷史發展來看，粵劇劇本的雅俗問題與劇作家、班主、班政家、演員和觀眾均有關係。唐滌生和白雪仙之所以能夠創作並演出那些經典名劇，是由於他們均認為創作人要帶領觀眾，並不是提供觀眾所要的劇本。[55]班主、班政家和演員都面對票房的問題，票房如果不理想，無論劇作家的理想如何，劇本也不能上演。仙鳳鳴和唐滌生堅持帶領觀眾，其實建基在一個雄厚的財力之上。任白在拍電影、出唱片和登台等的收入足以支持某些新劇的虧本，而唐滌生在麗的呼聲和給其他劇團編劇的收入也不少[56]，所以才能有「帶領觀眾」的豪情壯語。今天，粵劇被認為是一種高雅藝術，這是唐劇和任白的影響。

54 葉紹德《唐滌生戲曲欣賞（一）》（第二版）（香港，香港周刊出版社，一九八七），頁二一九。

55 葉紹德《唐滌生戲曲欣賞（一）》（第二版）（香港，香港周刊出版社，一九八七），頁二一三。

56 賴伯疆、賴宇翔《唐滌生》，（珠海：珠海出版社），頁九七—九九。

粵劇面對的第二個問題，便是「創新和變革」。自二十世紀初，粵劇便不斷創新和改變。首先是從中州音變成唱白話，即是粵語；由十大行當改為六柱制；由以神功戲為主變成以戲院戲為主；由以唱梆黃為主至加入曲牌甚至是流行音樂；由傳統五架頭到加入西洋樂器；由傳統古裝戲到五十年代的時裝劇等，粵劇可說是無時無刻不在改變和創新。當然，創新不一定成功，也不一定好，一些荒誕不經的劇本，為了嘩眾取寵，希望刺激票房，這些固然不可取。然而，粵劇如果故步自封，不斷重複以往的路，亦未必是好事，就好像在六十年代，陳腔濫調充斥市場，年輕人不會欣賞和接受。如何平衡保護傳統和推陳出新是今天一個重要考慮。

第三，是粵劇應否反映社會文化等現狀。在五十年代，反映香港當時的社會和批判傳統文化的劇目比比皆是，讓觀眾反思社會和人性的問題；反映政治也是一個當時的趨勢。然而今天的粵劇劇作家好像沒有在這方面思考，可能出於其他考慮。無論如何，粵劇傳統上都可以反映社會民生，移風易俗；劇作家應該有這樣的胸懷，提升粵劇的社會功能，才會讓粵劇不斷傳承下去。

七、後話

在編輯本書的過程中，有幾點需要補充説明一下。首先是筆者如何在眾多的劇本中作出選擇。筆者首先不考慮選擇哪些劇作家和作品，而是考慮兩點：一、粵劇如何繼承中國傳統戲曲的脈絡和發展；二、粵劇與當時的香港社會有何關係。沿着這兩個方向，筆者再向不同的渠道收集劇本，嘗試在不同的主題中找出有代表性的作品。

由於劇作家多是文化界人士，他們傾向維持中國戲曲的傳統，包括把傳統民間故事、文學作品和歷史故事搬上舞台，如《白蛇傳》、《洛神》、《紫釵記》、《程大嫂》、《紅樓金井夢》、《光緒皇夜祭珍妃》和《漢武帝夢會衛夫人》等作品，其中唐滌生可說是最有代表性。這些故事的重點未必在於強調真實性和原著的典型性，而在於強調能否感動觀眾和戲劇性，如果同時能夠反映時代則更佳，例如《帝女花》固然是改編自清代黃燮清的同名劇本，劇作家把歷史故事修改，強調家國凌駕於愛情之上，雖然主角的愛情蕩氣迴腸，但不減對民族興亡和家國情懷的堅持和執著。

五十年代的香港剛從二次大戰恢復過來，百廢待興，加上韓戰的影響，經濟發展並不理想，雖然人口有增長的趨勢，但是能夠付出高昂的票價去戲院看粵劇的觀眾並不多見，粵劇界仍然是在掙扎求存，猶幸仍然有多位獨當一面的老倌和為數不少的專業編劇家，令粵劇仍然維持一個盛況。這個時期粵劇作品反映不同的香港情況。由於新中國的成立與西方世界的現代化和民主思想的影響，有些粵劇作品嘗試批判落後的傳統思想，包括盲婚（如《碧海狂僧》）、封建思想（如《程大嫂》）和女子貞節（如《香羅塚》）；但亦有表揚一些傳統美德，例如以德報怨（如《萬惡淫為首》）、忠君愛國（如《萬世留芳張玉喬》）、堅貞的愛情（如《紫釵記》）；同時，電影的普及和平民化令觀眾開始轉移興趣，劇作家亦從電影得到靈感以創新，如《鳳閣恩仇未了情》和《紅了櫻桃碎了心》的故事橋段均來自荷李活電影；當時的偵探懸疑電影也為粵劇開展另一方向，作品如《血掌殺翁案》便強調天網恢恢，疏而不漏的教訓。五六十年代，香港受到國內的政治環境的影響，一些作品明顯地宣傳政治思想，《萬世留芳張玉喬》便是在這麼一個環境下產生。一九六七年的暴動事件，加上電影的普及和多產作家唐滌生的離世，粵劇漸走下坡，觀眾大量流失，極少演員入行，令整個粵劇界完全停滯不前，因此六十年代的作品較五十年代為少。

筆者以下列四點決定選輯哪些劇本。一、作品在有關種類的代表性；二、劇作家的代表性；三、開山演員的地位和影響力；四、劇本的質素和影響力。另外，能否找到劇本也是一個重要因素。

很多粵劇劇本有多個不同的版本，或者在不同的版本裏，用字和用語方面頗有出入，這個現象可說是粵劇劇本的特色。編劇寫成初稿後，一定經過「圍讀」的過程，便是由所有主要演員聯同頭架和掌板師傅，再加上編劇一起，把劇本由頭至尾讀一遍，在這個過程中，演員會試唱每段曲，而樂師亦要檢視每段音樂和口白等是否流暢地連結，如有需要，可以作出改動。這個改動的做法可說是粵劇的傳統，尤其在排演一個既有的劇目，更會有這個情況，因為某位演員在某個戲裏的做法可能不適合其他演員，因此，演員未必會完全跟隨劇本的唱做唸打的要求，他們可以把某段改短或動作刪除，或者把自己擅長的唱腔加入，久而久之，同一劇本便會有不同的版本。因此，筆者認為在欣賞粵劇劇本時，不必拘泥於個別的字詞，而可多着眼於較宏觀的層面，例如故事的鋪排、內容和希望表達的主旨等。

筆者在收集劇本的過程中，遇到頗多困難，主要是版本問題。粵劇劇本有別於其他的文學體裁，如前所述，劇本經常有多個版本，而且改動是永遠不會停止的，只要有劇團演戲，演員便有權改動劇本而不需要劇作家或版權持有人的批准。另外，演員未必樂意借出自己的珍藏，這個情況令本書的編撰增加了困難。

本書之編成，得到方文正先生、歐奕豪先生、李鳳女士、阮兆輝先生、鄧美玲女士幫助，特此申謝。

• 李少芸

•《萬惡淫為首》唱片封套

• 《碧海狂僧》報紙廣告（一九五八年）

• 陳冠卿

• 《碧海狂僧》劇照，何非凡（左）與鄧碧雲

唐滌生

《漢武帝夢會衛夫人》報紙廣告（一九五〇年）

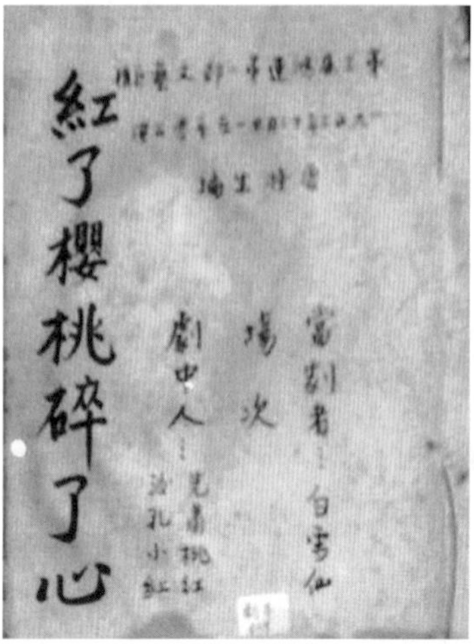

•《紅了櫻桃碎了心》唱片封套

•《紅了櫻桃碎了心》劇本封面

•《香羅塚》電影廣告

•《程大嫂》電影特刊（一九五四年十二月八日首映）

• 梁醒波於《紫釵記》飾演黃衫客的化妝情形

•《帝女花》劇照，任劍輝（左）與白雪仙

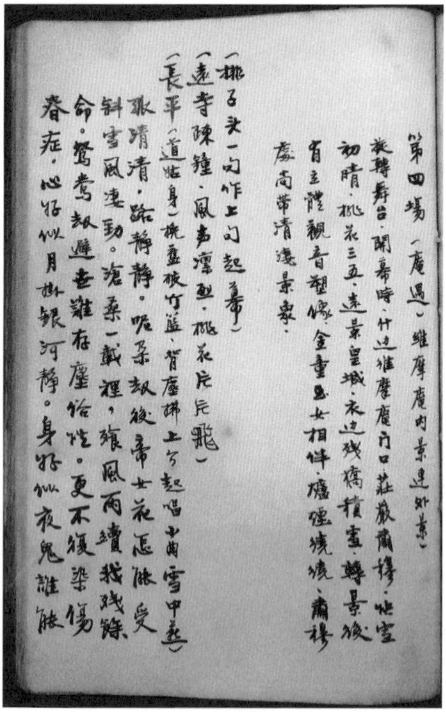

第四場（庵遇）維摩庵內景連外景）
旋轉舞台，開幕時，竹邊維摩庵門口，莊嚴禪樓，帖室
初晴，桃花三五，遠景皇城，衣邊殘橋積雪，轉景後
有主體觀音塑像，金童玉女相伴，爐煙繞繞，禪樓
庵門帶清淒景象。
（排子頭一句作上句起幕）
（遠寺晚鐘，風聲凜烈，桃花片片飛）
（長平（道姑身）挽壺破竹籃，背塵拂上介起唱小曲雪中燕）
孤清清，路靜靜。呢條劫後帝女花怎能受
斜雪風淒勁。滄桑一載裡，殘風雨續我殘餘
命。鴛鴦劫後誰存塵俗性。更不復染傷
春症。心好似月掛銀河靜。身好似夜鬼誰能

•《帝女花》泥印劇本

●《萬世流芳張玉喬》劇照，左起：梁醒波、陳錦棠、芳艷芬（一九五四年）

• 芳艷芬飾演張玉喬（一九五四年）

• 《萬世流芳張玉喬》報紙廣告（一九五四年）

• （右上）潘一帆

• 葉紹德

• 《紅樓金井夢》報紙廣告（一九六〇年）

•《無情寶劍有情天》劇照，林家聲（右）與陳好逑

本卷編例

介：一般指動作，等同傳統戲曲中的「科」，如「下介」、「上場介」。

衣邊：粵劇舞台（面對觀眾）的左面；一般演員在衣邊下場。

雜邊（什邊）：粵劇舞台（面對觀眾）的右面；一般演員在雜邊上場。

一才：即一搥鑼鼓。

哭相思：一種曲牌，多數用於表達悲情。

花：士工滾花之簡稱。

正線：指音樂的調門，約等同西樂的C調。

反線：指音樂的調門，約等同西樂的G調。

乙反：一種特定的調式，以合、乙、上、尺、反、六音為主，強調乙反兩音，多以表達悲苦的情緒。

李少芸

光緒皇夜祭珍妃

演員表＊

光緒皇
珍　妃
袁世凱
太　后
晉　澧
翁同龢
春　艷
蓮　英
王　商

＊（編者案）：本劇首演之演員資料從缺。

一場　宮闈正龍床

（排子頭開幕）

（四宮女、李蓮英、春艷，嚴肅狀企幕）

（慈禧太后睡于龍床介）

（甲宮女作咳嗽一聲介）

（蓮英即拉甲宮女台口口古）喂，老佛爺渴睡正濃，你如果驚醒老佛爺一定滿身死罪

（春艷口古）老佛爺瞓左我地連大氣都唔敢抖吓，你係唔係唔衰攞呢衰

（四宮女均低頭不敢聲介）

（春艷口古）李公公，你估老佛爺今年有冇六十歲

（蓮英即掩其口口古）老佛爺至憎人地提佢嘅年歲㗎，乜你入左宮咁耐的說話重咁憨居。。

（春艷口古）而家我靜靜講，有邊個聽到唧，老佛爺咁大年紀都扮成好似如花少女。

（蓮英口古）我地既然知道老佛爺生平貪靚，就要逢迎佢嘅意次，千祈唔好話佢貌已衰頹。。
（春艷花）老佛爺已鶴髮雞皮脂殘粉褪。日夕濃裝艷服以為貌比芙蕖，長自搔首美脂，不知年華老去。
（蓮英花下句）你素來逢迎有術，老佛爺對你特別青垂。。不過你好生唔生，最曳生壞把嘴。
（太后醒介轉身作抖一大氣介）
（蓮英、春艷急埋床扶起太后介）
（蓮英口古）老佛爺，奴才侍奉不週，真係死罪死罪。
（春艷口古）我知道老佛爺今日梗係中意着錦霞（　）服，奴婢早早經已準備好衣服追隨。。
（太后稍一笑花下句）你兩人聰明伶俐，不枉係我嘅心愛從隨。。我昨夜好夢醒來，今日似覺紅顏憔悴。
（蓮英木魚）老佛爺你點會容顏憔悴。我並不是故意吹噓。不愧冰肌玉骨，猶勝出水芙蕖，我正與春艷閒談，話老佛爺瞓左好似海棠春〔睡〕。
（春艷木魚）老佛爺好比牡丹初放，不用玉砌金堆，塊面好似紅粉花飛，重靚過玉環酒醉。並非奴才饒舌，美人除左太后更有誰。。
（太后會心微笑介）
（各人亦賠奸笑介）
（太后自覺失尊嚴即回復莊嚴態花下句）你兩個勿在此逢迎讚美，你地俗氣都未除。。不過老佛爺善自養生，然後不覺年華老去。
（蓮英、春艷與太后梳粧介）
（蓮英口古）老佛爺，世間上好少有老佛爺的頭髮咁靚嘅，你睇吓吖，老佛爺的頭髮重烏潤過墨水。（不覺梳出白髮作狀後即慝埋自己袋裏介）

（太后口古）係咩，我幾十歲都未曾甩過一條頭髮，顯見身體尚未衰頹。

（春艷口古）老佛爺真係白頭髮都未有一條㗎——唔係。（一才）把頭髮重靚過的黃花少女。

（太后口古）老佛爺就至中意蓮英你梳頭巧妙，更加中意春艷你在我左右追隨。

（白）梳完頭老佛爺打賞你地兩粒明珠。

（花）（晉澧拈茶上花下句）為博尊榮后位，希望平地一聲雷。。日夕討取太后歡心，一早就徧宮而去。（入參見介）

（太后口古）乖，姪女你何以一早就到來宮裏。

（晉澧口古）我掛住老佛爺你起來口渴，所以親自煎啲參茶獻上，順便問候老佛爺嘅起居（獻茶介）

（太后飲介花下句）乖姪女善知人意，而且貌似芙蕖，你睇吓老佛爺今日嘅梳粧比較昨日相差幾許。

（晉澧二黃下句）老佛爺你莊嚴艷麗，令人奉若天雷。。

（蓮英序）真係見倒就震為雷。

（晉澧二黃）況且淑女賢明，我疑是凡間仙女。

（春艷序）我都贊仝，再一句。

（太后喜介木魚）你果然曉應對。不負我收你在宮禁留居。溫柔婉順使我另眼青垂。我決意今天封你與我皇兒成伴侶。

（二才）

（晉澧大喜白）多謝老佛爺。

（太后木魚）你要知道老佛爺嘅恩義唔使你日夜求追。你不便在此多留，快些回去。老佛爺千金一諾，話過皇后位捨你其誰。

（晉澧謝恩下介）

（慢板序）（光緒皇上下句）怕見鐵索孤猿，怕對囚籠鸚鵡，傷情觸景，令朕意更衰頹。。冷艷宮花，萋菁松柏，萬念俱灰，總覺心情似水。（入口古）參見母后，母后你宣召臣兒進宮，請恕臣兒來遲之罪。

（太后口古）母后先來問你你近來在宮內是否酒色沉追。

（光緒這個口古）臣兒不過在宮內無聊故此有時微醉。

（太后口古）可見你全無大志怪不得國運日衰。

（緒皇驚介花下句）臣兒自知疏懶，（　）知志氣衰頹。。國事自有母后主持，那怕山河碎破。

（太后薄怒白欖）你講一句我聽一句。你分明將母后來怨懟。實在我日不眠夜不睡。心力已交瘁。一不為自私，二不為暴戾。實在我為社稷，為兒女。為祖宗為憂慮。恐怕你疏狂，故此我盡力做下去。你要明白我苦心，你要明白我志趣。我先問你一聲，你今年幾多歲。

（緒皇白欖）臣兒今年已十七，自知無才有死罪。

（太后和顏悅色白欖）皇兒你年紀已長成，應知母后常憂慮。我愛你實太深，我愛你心未去。欲為你大婚，你心中有冇好伴侶。

（緒皇由喜而喜介中板下句）慈母心無微不至，今日方知母愛心居。想我十七年，枯冷心腸，日夕如痴如醉。暮狂歌，朝醉酒，至令母后聽政把簾垂。若論選昭陽，我已有一個心愛珍兒（一才）（花）堪稱滿朝第一名美女。

（太后一才白）滿族第一名美女。

（蓮英冷笑口古）珍兒佢瘦骨支離，點配稱得第一名美女。

（春艷口古）如果珍兒都稱得滿族第一名美女嘅，重有人稱老佛爺做出水芙蕖。

（緒皇花下句）珍兒確是蘭心慧質，臣兒不是故意吹噓。。母后若選昭陽，珍兒堪為伴侶。
（太后更護花下句）選后當從賢淑，皇兒不可任意選擇唱隨。。若以色相論婚，母后實為不取。
（緒皇急介口古）母后，珍兒不止聰慧溫柔，而且係一個賢良淑女。
（太后口古）你母后自然有主意，今日欲與你訂下關雎。
（緒皇口古）母后你欲與我擇選誰個，請你對我講明一句。
（太后口古）我實行選〔晉〕灃為皇后（一才）雖知母儀天下，非有淑德者不可以身居。
（緒皇大驚花下句）晉灃佢生成浪漫，為（　）以夫唱婦隨。。請母后體念皇兒把我請求允許。
（太后花下句）你都知道母后一言已出，駟馬難追。。皇兒你不用多言，更不許你諸般反對。（白）傳令晉灃與宮妃進見。
（蓮英下介）
（一錠金晉灃、四宮女、蓮英、珍妃，仝上）
（太后白欖）皇兒勿憂慮，（雙）立后當求賢淑女。母后親賜你一串珠釵，你中意邊個你就親手賜比佢。（交介）（交珠與緒皇一指住晉灃介）
（緒皇接珠又悲又恨行至眾宮女前一望珍妃仄才介）
（珍妃以為有望暗喜介）
（緒皇淒然下淚介）
（太后白）皇兒（以指住晉灃介）
（緒皇行至晉灃前欲交珠再一望珍妃介）
（珍妃有幽怨之色）
（緒皇台口長花下句）心已碎，情已碎，大好恩情成過去，煌煌懿旨似天雷，萬點痴情〔全〕化淚，恨我九重尊貴，仍得淚眼交〔垂〕。
（太后唱白）皇兒（面有怒容但指住晉灃）
（緒皇更苦介花）無奈母后難違，此後朕尚

有何樂趣。（以叙〔擲〕向晉灃介）
（晉灃大喜謝恩，面有得色向珍妃作狀）
（珍妃、緒皇互暗哭相思介）
（太后口古）珍兒，今日皇上喜訂婚姻，你因何膽大在此偷偷垂淚。
（珍妃口古）奴婢焉敢如此膽大（一才）不過歡喜到不禁熱淚交垂。
（緒皇口古）母后，皇兒欲封珍兒為妃，未知母后能否允許。
（太后口古）姑且順從你一次，但皇兒你不可沉迷美色，否則隨時將佢嘅名份隔除。
（緒皇、珍妃上前謝恩介）
（太后望一望珍妃，向蓮英、春艷白）呢個就係滿族第一名嘅美女（冷笑介）
（蓮英、春艷亦冷笑白）咁就叫做滿族第一名美女。
（緒皇怒視蓮英及春艷介）
（太后口古）今日選擇已完你們可以一仝下去。
（晉灃、珍妃、四宮女，仝下）
（太后口古）皇兒下月舉行大婚典禮，須知母后對你一片慈愛，並不是把你愛侶殘摧。
（緒皇花下句）臣兒當知慈祥母愛，實不敢忿恨心居。叩別回宮（出門介）朕已難忍絲絲情淚（下）
（蓮英口古）如果珍兒都叫做天下第一名美人，咁就朱乸戴耳環都叫做靚女。
（春艷口古）邊個唔話太后係靚過珍兒幾佰倍吖，就算我春艷都靚過佢呀，分明唔衰攞嚟衰。
（太后面有得色花下句）我要命駕頤和園去你們快（　）（　）……

——落幕——

二場　花園有荷池以便出浴（一年後）

（排子頭開幕）

（醉酒，四宮女先上介）

（晉灃上醉酒，滿懷幽怨的心情上唱）未蒙寵眷，顧影自憐，寂寞宮花怨暗凄然。（轉慢板上句半截）終日愁眉不展。一年來多少恨，君思如水，堪嘆自照別方圓。恨珍兒，懷妒念，空嘆桃李爭妍。每夜羊車望斷。（三才收念白）奈何好夢總如烟。形單影隻負華年。娥眉空負傾城色，贏得君皇薄倖傳（花下句）一任花開花落，未獲人憐。說什麼（　）（　）冷冷，仍得淒淒怨怨。（啞相思）

（食住啞相思）（蓮英春艷卸上見狀介叩見白）奴才叩見

（晉灃急以袖掩面抹淚　口古）李公公何以近來總不見皇上駕幸昭陽，莫非又被嗰個珍兒迷戀。

（蓮英仄才鬭目　口古）係定啦，皇上時時都讚佢係滿族第一名美女，有乜法子唔係為佢旦夕倒顛。

（春艷口古）算我唔曉講都講句叻娘娘，我真係戥你唔抵叻，難為皇上咁偏心亞珍妃點及得娘娘咁美艷

（晉灃口古）我自覺都生得唔曳㗎，總唔明白皇上點解咁心偏。。

（蓮英白）咁至唔抵呀（花下句）皇上當得珍妃如珠如寶，仝佢鬼死咁痴纏。。反為將娘娘冷落得咁淒涼，珍妃佢就春光獨佔。

（晉灃怒介快點下句）無名妒火已狂燃，賤婢獨蒙皇寵眷。何堪冷落意未甜（花）妒性本屬天生，我誓與佢爭一朝長短

（欲下）

（蓮英攔介花下句）娘娘你何必爭一朝意氣，以至有失你尊嚴。。倘能博得皇上歡心，何愁不得輕憐密戀。

（晉灃長花下句）心自思，心自忖，信是天生麗質如花艷，奈何粉蝶未相憐，冷落宮花人慨賤，我雖然爭寵奈何莫補情

天。何以博皇歡（一才）獲皇憐（一才）公公你要把哀家指點

（蓮英白欖）娘娘絕色可傾城，何愁皇上不迷戀。何妨出浴在池中，花貌雪膚相隱現。當年貴妃出浴華清池，足令唐皇心沉湎，美人出浴足消魂，等待駕臨為所見，皇上豈無動于中，肉誘功成當迷戀。

（春艷白欖）皇上不久便駕臨賞花飲酒尋消遣。娘娘出浴在荷池，足令君皇心歷亂，此策實可行，伏望娘早籌算。

（晉灃喜介花下句）為博君皇寵愛，何惜肉誘求憐。待我卸宮裝，解羅襦，出沒綠波與花鬥艷（白）人地吼住皇上駕幸就通傳我知道叻（下）

（蓮英花下句）為恨珍兒驕傲，早已報復心存。幫助娘娘陷害珍妃，不惜以陰謀手段。

（慢板序，緒皇、珍妃抱琵琶携手上介）

（緒皇慢板下句）萬紫千紅，爭妍鬥麗，並肩携手漫步花阡。朕有水般情，卿有花般貌，好比蝶戀花痴，有若神仙美眷。

（蓮英、春艷見即卸下）

（珍妃接）兒女情長，足令英雄氣短，一自感懷家國，能不淚落潸然。帝主英明，應要勵精圖治，當日後主風流，只贏得黎民抱怨。

（緒皇口古）珍妃你不只舌比珠圓，更愛你人如玉艷。

（珍妃口古）我自恨添一分顏色，更令皇上你多倍倒顛。

（緒皇口古）為皇對你寵遇恩隆，妃子何以偏多恨怨。

（珍妃口古）皇上你越寵愛我越慚愧，更恐怕人嘲笑我紅顏禍水，自古皆然。

（緒皇花下句）朕非是縱情色酒，奈何我無勇無權。太后聽政垂簾，任佢權操

一面。

（珍妃花下句）我亦知君皇大志，並非酒色少年。。一念到國運堪危，能勿令人色變。

（緒皇中板下句）朕豈為，昏庸懦弱，無非把孝念保存。。老佛爺廿載撫孤，實有難忘恩典。蓋自從佢垂簾聽政，真使朕過問無權。。（花）惟有斂鋒芒，酒色沉迷，妃子不若為我高奏琵琶一段。

（珍妃口古）羞抱琵琶半掩面，為君一曲太平天。（奏琵琶介）（　）斷（弦）介）（沉花下句）琴弦中斷，莫非有禍變當前。

（緒皇口古）（　）……

（珍妃口古）弦斷恐是不祥先兆，所以令我百感愁添。

（緒皇口古）弦斷本屬平常，妃子何必多生疑念。

（珍妃口古）奴婢自知一時不慎，請皇上見原。

（緒皇長花下句）卿你勿懷愁，稱罪譴，弦雖斷時情未斷，花容失色則堪憐，豈得為之不祥生恨怨，以至驚惶萬狀減卻嬌妍。。

（珍妃長花）恨無言（雙）琴弦雖斷碎心弦，命比琵琶偷自忖，今朝弦斷有儂憐，他日儂命斷時，能否獲得君皇憐念。

（緒皇安慰花下句）妃子何出此不祥之語，令朕心似梅酸。任教地（老）天荒，誓必情無中斷。

（譜子）（晉澧在旁邊荷池出浴介）

（蓮英、春艷，衣邊卸上介）

（晉澧浴介滿場花）雲鬢亂，浮池蓮，出水芙蓉羨煞仙（雙）鴛鴦（雙）比鴛鴦更惹人憐。。

（緒皇、珍妃不忍看掩面頓足欲下）

（力力古）（太后、四宮女仝上）

（食住此介口緒皇拉珍妃行介，不覺碰跌太

后介）

（緒皇古）老佛爺請恕臣兒冒犯尊嚴，勿加罪譴。（跪下）

（珍妃口古）老佛爺，恕奴婢一時不慎至有冒犯尊嚴。（跪下）

（太后口古）皇兒何故走得咁匆忙，究有何事件。

（緒皇口古）老佛爺，因為晉灃在御園池中裸浴，臣兒顏面何存。

（珍妃口古）老佛爺，娘娘在此裸浴實有失體面。

（晉灃先鋒鈸上前拉珍妃口古）你竟然以下犯上，我要打過你至得心甜。（打介）

（緒皇攔不及晉灃台口口古）你膽敢妄打朕嘅美人，朕要懲戒你方才不檢。（打晉灃介）

（太后口古）皇兒你地喺老佛爺面前打架可謂無法無天。

（各人跪下認罪介）

（太后口古）老佛爺問你地一聲，晉灃，皇兒仝珍妃話你裸浴失儀，把宮規搗亂。

（晉灃口古）老佛爺，奴婢實因難捱炎熱，至有偶然出浴在池邊。

（蓮英口古）老佛爺，娘娘真係事出無心，斷不能咁就視為不檢。

（春艷口古）老佛爺，娘娘出浴，經已叫我地睇住嘅叻，不過我一時大意，至搞出大禍瀰天。

（晉灃花下句）奴婢乃無心之失，還請格外矜憐。。一旦受辱如斯，掃盡我昭陽體面。

（緒皇怒介花下句）賤人還敢諸多饒舌，罪實難原。。老佛爺應要懲戒佢一番，以警效尤不檢。

（太后花下句）當恕晉灃無罪，罪在珍妃挑撥心存。。賤人佢恃寵生嬌，蓮英快打佢嘴邊幾遍。

（蓮英上前欲打珍妃介）

（緒皇喝止花下句）你不能以下犯上，辱及妃子尊嚴。。老佛爺還請格外開恩，何必出此摧花手段。
（太后白欖）皇兒迷惑小珍兒，于斯已盡見，禍水屬紅顏，你太不自檢，母命竟抗違，罪名實非淺，蓮英你快仝我掌佢嘅嘴巴，懲戒佢出言太不善（白）打啦。
（蓮英滋油向珍妃白欖）珍妃你恕奴才，以下犯上非吾願，老佛爺命我將你掌嘴巴，勿怪奴才施手段，（打介）
（緒皇無奈不忍看介）
（晉灃面有得色介）
（珍妃跪下花下句）奴婢自知不是，請老佛爺教導從嚴。。實不敢以顏色媚君皇，請無疑念。
（太后冷笑花下句）堪笑滿族第一名美女（一才）睇你梨花帶雨我見猶憐。。難怪皇兒為你倒倒顛顛，此後你要嚴加自檢。
（珍妃對緒皇關目淒然安慰花下句）奴婢生成苦命，幸蒙皇上淺愛輕憐。。更勿為我憂傷，不若拜辭回宮苑。
（緒皇無奈上前請罪花下句）請恕臣兒不孝，此後不敢多言。。還請訓勉時加，就此拜辭回宮苑。（與珍妃下）
（太后花下句）晉灃，倘若賤人再有失德，我當革除佢妃嬪嘅尊嚴。。但你要踏矩循規，然後至得皇兒寵眷。
（晉灃謝恩下介）
（翁同龢大花上介）可笑欺人邪教組織，什麼義和團。。太后不該動用軍需建築個間頤和園。為請太后收回成命，不畏坦白陳言。。忙到御園，為把佛爺覲見。
（入叩見介）
（太后口古）翁同龢無召闖進御園，有何機密事件。
（同龢口古）老佛爺，臣翁同龢上奏，幸勿視為逆耳忠言（霸腔芙蓉下句）聞得老佛爺將海軍費用，建築呢所頤和園。。倘若武備不修，恐怕惹起強鄰侵佔。更勿迷于邪教，信用個班義和團。。佢地以血肉嘅身軀，豈能抵禦敵人嘅刀箭。請收回成命，準備的艦艇戰船。。（快）國之將危遭兵燹。速為備戰勿遲延。。

（花）瀝膽披肝，請老佛爺明斷。

（太后白）混帳（花下句）建築頤和園乃慶祝我今年六十歲大壽，你無謂在此多言。。義和團義膽忠肝，可以抵禦強鄰侵佔。（白）下去。

（同龢無奈頓足下）

（太后花下句）翁同龢乃匹夫之勇，又焉知道義和團佢法術無邊。。

——冚幕——

三場　宮闈

（慢長才珍妃上鳳凰台）薄命紅顏苦痛心，強自忍，悠悠常思自覺愁顰，受辱于人，時時流淚難自禁。（長花）悲難禁，愁難禁，夜夜寒宮為悲忿。淒涼泣訴只一人。。皇上多情難憐憫。花容誤我更誤人。。惟有將萬點淚痕洗殘脂淨粉。（哭相思）

（緒皇食住（　）轉二黃序上長二黃下句）步步驚心，時時膽震，淒清夜雨返宮行。。萬種辛酸，為飲恨，可嘆無情母后，竟作煑鶴焚琴。。辣手摧花，惟把玉人慰問（入相見介長花下句）心不忍，情不忍，睇你憔悴花顏無脂粉，梨花帶雨滿淚痕。。我枉作帝皇真可恨，難違母命，任教你受辱讒臣。。自慚束手張皇，一任狂風相困。

（珍妃反綫中板下句）忍悲酸，情稍慰，得皇上一片情真。。自顧薄命人，等若飛絮落花，猶幸得君皇寵幸。我實不明，太后對我非常憎惡，竟作煑鶴焚琴。。

（花）皇上亦憔悴哀頹，與臣妾亦係一

仝嘅命運。
（緒皇與珍妃互相撫面你話我瘦我話你瘦介）
（緒皇反綫中板下句）嘆自由，經失去，更慘國運淪沉。。恨慈親，佢奪位當朝，惹得萬民忿恨。佢害忠良，把宮廷穢亂，令孤慘不忍聞。。（花）更不念母子親情，能不令皇悲忿。
（珍妃口古）皇上你本滿族之君，不料太后佢心存殘忍。你都要早為防範，否則真係會國運淪沉。
（緒皇花下句）萬不能將滿族天下，喪在一個異婦人。。但我孤掌難鳴，怎可以挽回國運。
（珍妃花下句）我想翁同龢忠肝義膽，而且佢機智過人。。何不暗裏召佢入宮，大家將計謀一諗。
（緒皇口古）一言驚醒夢中人，內侍臣快快出來見朕。
（王商卸上）
（緒皇口古）你立即暗召翁同龢到此，命佢不俟駕而行。
（云云王商帶同龢上介同龢口古）皇上深夜召臣入宮，有何御訓。
（緒皇口古）朕因關懷家國，所以求助于能臣。。
（珍妃口古）皇上不忍以創業艱難，一旦便山河淡暗。
（王商口古）大人你〔有〕何良策，等皇上復掌乾坤。
（同龢中板下句）愧屍餐，慚素位，枉號忠烈之臣。。我受皇恩，久欲一死為酬，何以尚在朝堂容忍。却難忘，把山河恢復，做個熱血忠魂。。（花）皇上何不宣召羣臣大舉義兵，恢復滿朝國運。
（緒皇木魚）我心不忍，背叛慈親。若把義大起，我豈不是一個忤逆之人。
（珍妃木魚）為着國家安危，都要〔暫〕捨母（　）……

（同穌木魚）做老母將個仔咁樣難為，你老
母實在心存殘忍。為家國社稷，皇上你
不用顧慮孝順一層。。
（緒皇口古）孤皇縱有此心，但係點樣能夠
得到羣臣允肯。
（珍妃口古）皇上今日無權無勇，點能去號
召羣臣。
（王商口古）皇上何不密秘寫下召書，使人
帶出京外，感動百官人等。
（同穌口古）臣想袁世凱雙全才智，皇上可
以即刻命佢帶詔書去召集三軍。
（緒皇口古）侍臣，你快些出去宮闈傳命袁
世凱到來見朕。
（王商口古）我帶人入宮最拿手，等我立即
又去大顯乾坤。（下）
（珍妃口古）若得恢復山河，奴奴死而無憾。
（緒皇即掩其口介）
（同穌口古）微臣願出生入死，都要報國
忠君。

（王商帶袁世凱云云上入叩見介）
（世凱花下句）千歲深夜宣臣到此，令微
臣實覺驚心。有何特別事情，敢請盡言
底蘊。
（緒皇二黃下句）可嘆親慈攝政，實令孤日
夕酸辛。。（序）何以對先君。
（珍妃二黃）更有榮祿專權，弄到萬民怨
恨。（序）佢存心何太狠。
（同穌二黃下句）欲挽大清天下，唯為大義
滅親。。（序）想（　）（　）（　）（　）
（　）
（王商二黃）命你去召集官兵，打倒個凶淫
女人。（序）睇你敢唔敢。
（世凱花下句）微臣粉身碎骨亦要報國忠
君。。請皇上寫下詔書，臣盡當其責任。
（緒皇口古）孤皇寫下詔書，請將軍代孤完
成責任。（寫召書介）望功成有日，朕
當感謝忠臣。
（世凱接書介快點下句）謹遵密旨快進

行。。叩別君皇將路引。（欲下）

（同龢攔介口古）你要小心將密詔收藏謹慎。

（王商口古）最好將封詔書收左落靴裏，唔係比人搜倒就通通都要死人。

（珍妃口古）公公你要小心帶佢步出宮闈，唔係比人睇見就諸多查問。

（王商口古）跟住我去就包冇撞板，因為全部太監都比面我三分。

（王商與世凱四看無人急將書藏于靴裏）

（仝下）

（緒皇口古）朕聞太后收集邪教義和團此事更不能容忍。

（同龢口古）皇上都要暫時忍耐，微臣叩別辭行。（下）

（緒皇花下句）但願成功有日，免使朕顛倒乾坤。。（仝下）

——落幕——

四場　頤和園

（四宮監企幕）

（四宮女、蓮英、春艷扶太后上）

（蓮英口古）頤和園華麗堂皇，可以表示老佛爺功高勞苦。

（春艷口古）有成就嘅人應該要有享受，邊個唔崇拜老佛爺係一個女中丈夫。

（太后白）老佛爺係女中丈夫。（中板下句）女丈夫，有一個花木蘭，至叻都係投軍代父。數千年，你地幾見過女子，可以道寡稱孤。。就算個武則天，佢想手滅大唐，博得貽羞千古。點似我慈禧，行年六十，一樣統治兵符。。建築頤和園，人地話勞民傷財，話我不知民間痛苦。焉知我有才能，應該有享受，怕乜野浪擲青蚨。。見園中，宏偉非常，不枉我用窮個倉庫。（白）扶老佛爺埋去欣賞吓的風景。

（單三才上花）（袁世凱上大花下句）不敢

將慈禧背叛，無奈作負義之徒。。揸住
個良心，入去將機謀密佈。（入介）
（太后口古）袁世凱你狠狽而來有何禀告。
（世凱口古）微臣不敢心存叛變，並非欲想
博取功勞。（跪下在靴內拈書與太后）
（太后接看仄才大怒長花下句）估唔到，
估唔到，畜生佢咁顛倒，欲想把榮祿暗
誅屠。。興動大兵嚟打老母，猶幸你忠
肝義膽，否則我要身陷籠牢。。怨難消
（一才）恨難饒（一才）蓮英你快傳畜生
來到。
（蓮英下云云帶緒皇上）
（緒皇口古）奴才，母后有何要事，忽然傳
朕見母。
（蓮英口古）我點知道有乜野事幹吖，皇上
你點會問得我地的太監咁糊塗。（白）
快的入去。
（緒皇欲怒又不忍介花下句）哀此無權帝
王，屢屢受辱于奸奴。。我何以肉跳心
驚，無奈都強為舉步。（入叩見介）
（太后見狀即擰歪身不應介）
（緒皇口古）母后你宣召臣兒入宮，有何
教導。
（太后冷笑口古）教導，如果我識得教導
嘅，就唔會教得你的舉動咁糊塗。
（緒皇驚介口古）臣兒有何舉動糊塗，母后
直言訓告。
（太后口古）我唔敢講，如果講明講白，呢
種嘅慘事真係天下俱無。
（緒皇驚介花下句）莫不是難瞞夜雨，經已
洩露分毫。。惟有跪向跟前，請母后將
真情下訴。
（太后冷笑口古）你係要我講，好，我在未
講之前先問你一聲，我算唔算得係你個
老母。
（緒皇口古）母后遠勝我親生慈母，因為養
育我有廿載劬勞。
（太后口古）你知就好叻，你既知我對你有

廿載劬勞，就應唔應該要顧存孝道。

（緒皇口古）當然應該啦，臣兒聖賢之書飽讀，當知百行以孝為高。

（太后白）百行以孝為高（狂笑口古）你既然飽讀詩書，我問你一聲，有冇存害老母。

（緒皇仄才口古）如果仔都害老母等於禽畜仝途。

（太后白）禽獸仝途（又笑口古）咁我二十年都養住隻禽獸，估唔到而家至知道

（緒皇驚介口古）母后，皇兒實有何失德請說一遭。

（太后口古）你有何失德，（由狂笑轉怒介）皇兒你坦坦白白對我講一聲，你係唔係唔忿氣我垂簾聽政，要自己一個將皇帝做。

（緒皇驚極介口古）唔——係，皇兒焉有咁大膽，母后你有安邦大計，臣兒正感激母后你為國日夕辛勞。

（太后口古）感激我唔係啩（口古）你母后乃係一個婦人，點有安邦大計，我而家想左好耐，比番個皇帝你做。（此句沉重說出）

（緒皇知事露面變色口古）臣兒無才無德，焉能將天下權操。

（太后發怒起身花下句）你既知道無才無德，就不應將帝位貪圖。。你太陰險，背倫常，居然想仔趕老母。（擲詔書于地上）

（緒皇執詔書大為震驚沉花下句）唉吔吔，仿似待死囚徒。。此後臣兒自當革面洗心，順從慈母教導。

（蓮英花下句）不是奴才多口，皇上你做事太過糊塗。。老佛爺，請你念在母子情親，鬧過就算數。

（春艷花下句）皇上一定聽他人擺佈，然後至敢咁膽大生毛。。不若講出主謀，老佛爺就唔會如斯忿怒。

（世凱花下句）微臣不是良心盡喪，不過未敢身作叛徒。。若論此案主謀（一才）

（緒皇怒視世凱介）

（世凱花）我完全唔知道。

（太后白欖）你真係想得到，做得到，居然存心趕老母，我問你，你良心喺邊度，我問你，養仔辛苦唔辛苦，我問你，皇位比母子情係唔係更好（一才）主謀有幾多人，你快對我吐露。

（緒皇白欖）主謀只有我一人，不敢再瞞好慈母。

（太后白欖）你講得好，答得好，真認主謀有量度，國法不能饒，親情不能保，傳令內侍臣，將禽獸嚟誅屠。

（力力古）（晉澧、珍妃分邊上攔介）

（晉澧花下句）皇上佢心存不軌，難怪太后你將佢誅屠。。老佛爺請稍念母子之情，等佢有自新之路。

（珍妃花下句）皇上庸才懦弱，焉敢有此企圖。。設計者就是珍兒，將我行刑至公道。

（太后口古）珍兒，老佛爺素來智慧過人，邊個主謀我自然有分數。你縱然替人認罪，畜生亦國法難逃。。念在晉澧你苦苦求情，老佛爺並非殘暴。將你皇位永遠廢去，困在瀛台之內，等你想吓老佛爺待你嘅恩高。。更將珍兒貶入冷宮，因為你亦係大逆不道。侍臣將佢兩人押下，你地提防佢借意私逃。。

（四宮監押珍妃、緒皇下）

（力力古）（同龢上口古）老佛爺，因何將皇上與珍妃雙雙拿捕。

（太后口古）畜生與賤人串仝造反，算唔算係滿族第一名叛徒。。（指地上之書介）

（同龢執書看看怒視袁介花下句）估不到滿清之內竟有此無義之徒。。（乃針對世凱）求佛爺法外原情，表示有非常量度。

（晉灃花下句）皇上雖然對我無情無義，我都不忍佢淡慘哀號。。老佛爺不如釋放君王，最好把珍兒誅討。

（太后花下句）畜生罪無可赦，你們勿在此絮絮叨叨。。傳令回宮，因為心中非常苦惱。

（蓮英、春艷、宮女扶太后、晉灃仝下）

（同龢怒視世凱口古）袁世凱，我以為你係義膽忠肝，原來你乜野都做得到。

（世凱口古）為保存祿位，迫我作無義之徒。

（同龢口古）你就算想將祿位保存，都唔應將呢段陰謀吐露。

（世凱口古）為恐老佛爺爪牙滿佈，無奈不得不走向歧途。（下）

（同龢花下句）可恨世凱求榮賣主。更可憐皇上不知何日至脫出樊牢。

——落幕——

五場　冷宮　掛琵琶

（開邊開幕）

（點）（珍妃上主題曲梅花零落又一春）（中板）冬去春來深宮冷。寒梅零落枝上殘。。淚飄飄，每日愁無限。情脈脈，怕見燕呢喃。。影隻形單，總覺得花容慘淡。（拉腔念白）蒿目荒涼傷春晚，不堪遙望故宮環（平湖秋月）恨漫漫，恨泛泛，風送蕭蕭誰惜孤衾冷，君恩君恩縱千萬，仍得相思嘆，花落又春殘，君在瀛台空盼，我在禁宮仝時怨孤單，仝悲仝嗟仝嘆，暗自裏辛酸，空教淚汍瀾（慢板下句）雨洗紗窗，塵封素帳，只有脂殘粉剩，伴此薄命紅顏。老佛爺，心險毒，牝雞司晨，至令生靈塗炭。因聖主，施暴政，又怕山河大好，不久便半壁江山。。（拉腔）（琵琶奏聲介）（長花）琵琶哀，琵琶冷，莫道琵琶聲已散，傳來音韻淚中彈。。昔日梅花多燦爛，枕畔君恩尚未還。。今日寒梅愁夕旦，寂寥空獨送更殘。。哀此一代珍兒，又怕長在寒宮凄慘。（二黃下句）萬點情淚萬種愁，一樣斷腸一般恨，念到君恩如海，不知何世償還。。撫青衿，更哀號，結子飛花，怕對籠烟照眼。（拉腔二流）意迷迷，神惘惘，惟望一面龍顏。不思飯，不思茶，此心似松梅枯冷。（埋坐下）

（云云）（晉澧上介長花下句）心自嘆（雙）夫婦恩情成冰冷，凄涼宮禁怨更殘。。可恨珍兒佢狐媚慣，橫刀奪愛太刁蠻。。猶幸佢被貶冷宮長受難，我一腔悶氣，今日始得開顏。。聞得佢懷孕多時，我要借意到冷宮來試探。（入口古）珍兒你在冷宮受盡孤苦凄涼，我亦為你非常悲慘。

（珍妃口古）薄命人早已料到有如此磨折，生死視若等閒。

（晉澧二黃下句）珍兒你支離病態，何堪風雨摧殘。。我聞得你荳蔻胎含，因此特來訪探。

（珍妃台口白欖）皇后佢忽然間冷宮來訪探。佢對我已深仇，對我已冷淡，焉有咁好心，替我為悲慘，一定有陰謀，又欲來離間，我生死已等閒，心中無忌憚。（介）皇后太關心，感激誠無限，我懷孕已多時，捱苦亦捱慣，不敢怨他人，只怨珍兒太大膽。（一才）

（晉澧台口白）你真係懷孕（花下句）倘若珍兒把龍胎產下，佢更可以恃勢橫行。。我為着現在與將來，不能不消除後患。（介）珍兒已龍胎已結，真令我喜笑開顏。。你要在此調養小心，我即對老佛爺講明一旦。（白）你比心機調養吓個身子，我去叫老佛爺赦免你個罪名，放番你出去，你唔使咁傷心呀。

（云云關目下）

（珍妃花下句）皇后一旦甜言蜜語，更令我憂慮非凡。。忽覺肉跳心驚，花容慘淡。（埋位）

（鑼邊花）（翁同龢配劍捧酒壺上包才花下句）老佛爺命我龍胎暗害，分明與我為難。。我翁同龢蓋世英雄，況有忠肝義膽。豈能全無人道，將聖蕊摧殘。。無奈懿旨煌煌，不得不忍心照辦。（入介推磨）

（珍妃口古）翁大人何以你忽然嚟到冷宮，好似心神渙散。

（同龢仄才口古）老佛爺知道你身中懷孕，因此命我御賜你一杯暖酒，（一才）重命你立即飲左在此間。

（珍妃口古）老佛爺焉有如此好心，莫不是我條性命都危在夕旦。

（同龢口古）珍妃，你即管放心飲啦，我擔保老佛爺唔會將你性命摧殘。

（珍妃花下句）小珍兒仿似囚籠小鳥，生死視若等閒。。就算係毒酒砒礵，我亦殊無懼憚。（取酒欲飲）

（同龢不忍搶回酒介口古）珍兒你萬不能飲啦，如果你飲左，就會發生無窮淒慘。

（珍兒口古）翁大人，我唔會怕死嘅，小珍兒都久已拚作花落花殘。

（同龢口古）珍妃，我知你節烈生成，但係你有腹內龍胎，令人可哀可嘆。

（珍妃仄才白）龍胎龍胎（口古）翁大人，老佛爺到底因何事幹，對我慘酷得咁交關。

（同龢無奈長嘆一聲反綫中板下句）呢一朵薄命花，偏遇風狂雨暴，我怕對慘淡花顏。。老佛爺，知你懷孕龍胎，心內非常忌憚。令我到冷宮，賜毒酒，把你龍種摧殘。。翁同龢義膽忠肝，豈肯良心〔渙〕散。我為國家，留身以待，不能不俯順（　）紅顏。。（花）望珍妃原諒我苦衷，我仝是一般淒慘。

（珍妃花下句）真不信有此人間慘酷使我血淚斑斕。忽覺痛楚難支，莫不是臨盆一旦。（沖下）

（內斗官叫介）

（同龢急煞兩頭行介）

（扑燈蛾）（珍妃抱斗官上跪下白欖）悲無限，愁無限，心怨佛爺佢心太冷，佢縱恨皇上與珍兒，都不應手段咁酷慘。呢個小女兒無過犯，禽獸亦有骨肉情，人類豈（ ）如肝膽，我寧以一死替女兒，不如大人你拔劍嚟將我斬（跪介）

（同龢的的撐長嘆花下句）見此淒涼情境，我亦不禁淚落汍瀾。。我不能保珍妃（一才）更不能殺害小生靈。哎吔吔，如何處辦。（士腔）

（力力古）（蓮英、春艷、四宮監仝上介）

（蓮英口古）翁大人，老佛爺命你所辦嘅事情，你係唔係想將懿旨違反。

（同龢口古）非也，因為我嚟到珍妃經已產下一女，因此我不忍將小生命摧殘。

（春艷口古）老佛爺有懿旨到來，無論珍妃產下是女是男，命你即將小孩處斬。

（同龢忿極口古）老佛爺真係全無人道，我自問下，（ ）亦難。

（蓮英口古）哦，翁大人，然則你咁就好有惻隱之心喎嚅，喂，違反懿旨，你都要一仝重辦。

（春艷口古）翁大人，好快些下手，否則莫怪我地執法如山。（一才）

（同龢的的撐難為左右介）

（珍妃花下句）數十年中原禮教蓮英口焉有如此兇蠻。。你兩個朋比為奸，不難被你〔誤〕至國亡家散。（怒打）

（蓮英白欖）你真好膽。（雙）

（春艷白欖）你夠大膽。（雙）

（蓮英白欖）幾乎打到我流蚊飯。

（春艷白欖）你水浸眼眉重咁頸硬。

（蓮英白欖）我揸死你個女先，你慘我唔

慘。（先鋒鈸反介）（揸死斗官介）

（斗官氣絕而死介）（效果介）

（珍妃搶回斗官時，但斗官早已死介）

（同龢欲打春艷蓮英介）

（蓮英白）你打我，擰吓我都有罪。

（同龢無奈頓足下）

（蓮英白欖）無毒不丈夫，越毒越夠猛。

（春艷白欖）我地快的收埋個屍骸，覆命回宮返。

（蓮英抱斗官與四宮監、春艷下）

（緒皇扮太監南音序上唱）宮花冷，趁住月如彎，怕聽琵琶奏出大江南。。淚滿瀛台常倚盼。個朵宮花絕色瘦骨珊珊。。佢冷落寒宮，一定愁千萬。（二黃）所以喬裝太監，今夜偷會紅顏。。步步驚惶，恐怕有人窺探。（入介見狀叫醒珍妃介）

（排子頭珍妃醒介瘋狂白）乖女乖女

（緒皇大奇白）珍兒你邊處有乖女吖，我今晚偷偷嚟見你㗎

（珍妃見皇即撲埋哭相思介）

（緒皇木魚）朕惟有一聲長嘆，只仍得血淚斑斑，我以為今生今世，不能再見心愛雲鬟。縱有萬恨千愁，只得流淚眼看流淚眼。朕真愧為天子，卿亦枉有秀色可餐，今晚夜訪寒宮，忍見你玉容慘淡，你是否再受非常刺激，不怕對朕直談。

（珍妃台口長花下句）主上佢恩無限，情無限，帝皇多情情千萬，經已受盡千般磨折恨漫漫。。憔悴難堪殊可嘆，更何忍以方才慘事，再對皇上言談。。強忍淚，暫隱瞞，以免更令帝皇慘淡。

（白）皇上我喺呢處好食好住，無特別刺激，皇上你唔好為我擔心。

（緒光白）喺冷宮重話好食好住，珍兒你唔使假意安慰我嘅。（正綫中板下句）仝是受辛酸，仝是腸斷盡，夜夜空對更殘。。半年來，冷月寒衾，實已相思不

慣。更念好山河，非朕有，更覺淒楚非凡。。幸得老宮人，教朕改扮喬裝（花）然後至得與愛妃共談肝〔膽〕（一才

（琵琶白）珍兒今晚我地咁辛苦至見一次見面，見埋呢次都唔知有冇再見嘅日子，

我生平最中意聽你奏弄琵琶，我今晚想將的苦惱盡地拋開，窮一晚嘅歡娛，珍兒你奏一次琵琶比我聽吓啦。

（珍妃花下句）臣妾寒宮冷落，久已此調不彈。。為解皇上你嘅淒涼，忍見強奏銅琶鐵板。（取琵琶欲彈見弦斷頹然放下琵琶）

（緒皇花下句）莫不是今日曲終弦斷，已到花落花殘。。天呀，莫不是三載恩情，此後便烟消雲散。（雙抱哭相思介）

（王商食沖頭上白欖）真係慘（雙），八國聯軍來侵犯，經已陷天津，京城將疏散，太后不久便到來，你快的回歸勿怠慢（雙）。

（緒皇花下句）驚聞〔噩耗〕，更令朕淒楚非凡。。無奈眼底分離，瀛台回返（云云忍痛下）

（王商隨下）

（珍妃花下句）心兒破碎真個不願生還。。念帝主，念女兒，總覺魂離魄散。

（沖）（四宮監、蓮英、春艷扶太后上）

（太后口古）珍兒你一定埋怨老佛爺對你手段過于悲慘定叻。

（珍妃口古）我點敢將老佛爺來埋怨，我只知從來薄命總是紅顏。

（太后口古）珍兒你素來自稱義膽忠肝，老佛爺今日有一件事情求你照辦。

（珍妃口古）為國家為社稷，珍兒自當勉為其難。

（太后花下句）聯軍把京城圍困，老佛爺與主上要立即逃避江南。。老佛爺命你殺身成仁，（一才）免令皇上對你時時牽盼。

（珍妃白）殺身成仁（花下句）此身已仝落葉，生死等閒。。惟望一面君皇，然〔後〕由老佛爺你辦。

（蓮英口古）皇上經已隨車起行，因為危在夕旦。

（春艷口古）皇上見到你一定唔比你死，你分明怕死怕得太交關。

（珍妃花下句）珍兒若死得不明不白，又怕後世話老佛爺你太過兇蠻。。小珍兒亦赤膽忠肝，自問並無罪犯。

（太后花下句）小賤人尚在此牙尖嘴利，竟然與我為難。。你們將佢投下井中（一才）成全你忠肝義膽。

（雁而落）（蓮英、四宮監拉珍妃下介）

（三才收）（沖）（蓮英、宮監仝下）

（太后白）做妥未呀。

（蓮英奸笑白）做妥晒。

（太后白）傳皇上到。

（力力古）蓮英下，引緒皇上介）

（緒皇口古）母后，是否八國聯軍將天津攻陷。

（太后口古）係我即刻要與皇兒蒙塵避難，傳令立即起行。。

（緒皇四望仄才口古）母后，點解唔見珍妃，臣兒要與佢共仝患難。

（太后口古）珍妃經已仝的妃嬪先行，你不用為佢擔煩。。

（緒皇花下句）此次蒙〔難〕出走，不知何日歸還。臣兒願在此與宮禁俱亡，死無忌憚。

（太后花下句）我萬不能任你一人留在此，因為聯軍素性兇蠻（白）起行。

——冚幕——

六場　城門

（鑼邊花）（翁同龢上包才花）義和團焚毀教堂，惹得瀰天兵禍。老佛爺蒙塵出走，迫于屈辱求和。。悔恨已遲，務把義和團剷除清楚。肅清邪教，恢復大好山河。。統領三軍，帶齊軍火。

（急急風）（北派上與同夥大戰介）

（同夥殺死眾北派花下句）經已把邪民殺盡，希望不會再起干戈。（下）

——落幕——

七場　御園衣邊古井正面雲頭景

（行雷閃電介）（迷離）

（蓮英、春艷拈香燭上介）

（蓮英長花下句）心驚驚，心跳跳，晚晚聽聞有鬼叫，陰功積落罪千條。。我地太過唔應將呀珍兒嚟害死了。

（春艷長花下句）我又心驚，又膽跳，成日見倒珍妃對住我狂笑，所以我每逢到佢嘅忌誕，就仝佢過仙橋。。免至佢嘅冤魂成日將我叫，週之無日都覺得眼眉調。。

（蓮英花下句）今晚我地點齊的蠟燭香，將佢個鬼魂來吊。（點香燭並猛叩頭）

（春艷白欖）珍妃亞珍妃，你嘅鬼魂要知曉，唔係我地黑心，不過係太后佢將我地叫。

（蓮英白欖）我惟有燒多的金銀衣紙，等你在地府笑番笑，你咪成日拍我後尾枕，原諒（　）……

尾場

（御花園，井一個，變雲頭日東）

（石枱凳，上擺香燭）

（夜祭珍妃）（主題曲）

（光緒乙反戀檀上唱）怨恨母后，幾番保奏不能為我分憂，心妒忌亞珍你都不許訂白頭，怨恨母后，忍心將你摧殘命已歸幽，真抱憾要妹你飲恨悠悠，此生恨更憂，此生恨倍愁（收白）一念當年恨未休，十載相思債〔未〕酬，百計千方終何用，萬般心事一般愁。（起秋水伊人小曲）愁低首，今生到此復何求，求嬌與孤相配偶，今世今生就到白頭，兩雙不分手，又奈何嘆妹身，天公不許你命長留，（過序）好比鋼刀萬把刺孤心頭。（轉南音序）（句唱）自從與妹離別後，轉眼又過一秋。傷心如我已作楚囚。憶自個晚改裝重見後。豈料個的敵兵來犯奪我神州。個陣兵困京師母后要仝我出走。孤重幾番求懇要訪溫柔。點想到佢佛口蛇心，話妹你曾去後。誰料四處難尋你話幾心憂，及後走進深宮又再逢母后。都係天不祐，自怨我護花無力枉為花愁。（拉腔轉乙反二黃上句）更憐妹你薄命如桃，恰似那風前弱柳。飛不到那奈何橋，飛不到枉死城邊，飛不到鬼門關候。個陣共妹雙雙對對，仝魂遊。。雖則生既未許仝衾諧永久。惟望死成連理做一對花也並頭。。（乙反中板）今晚夜怨為皇妹比個末路王孫，等若一個神壇木偶。枉稱孤和道寡，猶似一隻受制猿猴。。屢欲反江山，自立為皇，不料難瞞母后。今日事難成，而身先喪，難得卿你為我圖謀。。至今呢對好鴛鴦，慘受折磨，都只為代承罪咎。痛嬌軀，何委屈，憐妹你那鴛井埋愁。。（花）惟願你早到離恨〔天〕宮。請把孤皇等候。（續下）

（緒皇暈倒介，食住幻燈，變天宮景）

（小曲引子，眾仙女上歌舞）

（緒皇醒介，在仙女群中揾珍妃，食住珍妃上介）

（歌舞完，珍妃推開緒皇，全場熄燈還原景眾仙女走下）

（沖頭上）（眾清監、春艷、蓮英、晉豐、太后）

（太后花下句）〔罵〕句皇兒不孝、我不比你在此逗留。命蓮英（白）立即帶皇上回宮（食住鑼鼓配音）（蓮英拉緒皇、扎架、動作。）

——〔山幕尾聲〕——

一九五〇年首演，泥印本，歐奕豪先生私人收藏。

萬惡淫為首

〔存目〕

一九六二年首演

陳冠卿

碧海狂僧

演員表

伍小鵬……………何非凡
葉飄紅……………余麗珍
柳秋蟬……………鳳凰女
凌天雁……………黃千歲
伍大成……………歐陽儉
何　氏……………歐陽儉（反串）
空靈和尚…………白龍珠

第一場

佈景：富貴家庭書軒景。衣邊大帳。什邊大窗口。窗口外園林。衣邊大帳側茶壺藥品。

（柳底鶯一句起幕）

（侍婢秋菊企帳側介）

（床上放斗官介）（說明此斗官。代表一歲大之小鵬）

（床上斗官叫介）

（秋菊抱起斗官驚介向內場叫白）弊叻。老爺奶奶。少爺仔面色都轉晒呀。

（沖）（伍大成衣邊上急接斗官叫鵬仔。鵬仔。以手指探斗官氣色介搖頭絕望的白欖）此小孩提先天不足。成歲大都唔生肉。呢幾排梗有的依郁。佢牽牽吓條氣。又坦坦吓雙目。唔通係咁大年齡。佢不愛食人奶愛食蠟燭。（斗官又叫介急嚎之鑼鼓白欖）唉鵬兒呀鵬兒。你咪咁快入木。我結婚十六年。至得你肉一碌。我唔係幾好身子。你瓜咗就香燈冇人續。大步跳過啦。人間好享福。呀鵬仔。

（伍何氏氣憤憤由梅香扶上怒白）肥鬼（白欖）我提出個件事情。你答覆唔答覆。你睇鵬仔快要命歸西。尚不設法將命續。快叫飄紅仝佢結婚。希望沖喜吓佢反禍為福。啦。

（重一才）（大成吃一驚急搖手介白欖）點得㗎夫人。你咪中咗迷信毒。因為飄紅只係十六歲年齡。亞鵬兒一歲都未足。要佢兩個結婚。定於不幸嘅結局。依我話把舊約來取消。咪累咗飄紅一生幸福。（雙）

（何氏怒白）唔得（花上句）十六年前兩姓指腹為婚（一才）約章猶存閣上。聲明仝性則結為兄弟。異性則結鸞鳳。。鬼叫飄紅早出娘胎。我地鵬兒今年至生養。依約佢始終都是伍家媳婦。又始終都是鵬仔妻房。。橫掂鵬仔病重垂危。正好叫他將佢保障。（白）我實行咁做嘅叻。何況佢父母雙亡。都係我用錢執葬嘅。近來重招呼埋佢响屋企。衣食住讀書都供給夠佢添。重唔抵咩。我冇咁多閒飯呀。我又唔係幾好身子。實行要佢沖喜亞鵬。一來服侍老娘。二來湊大鵬仔。一舉兩利（向秋菊介白）秋菊叫亞姪小姐呢。

（秋菊下介）

（大成欲攔不及介白）喂喂。咪去秋菊。（雙）（頓足花下句）唉。飄紅已是孤零苦命女。萬不能令佢一世受淒涼。。呢種係野蠻風俗壞婚姻。你縱不為飄紅都為鵬兒着想。（白）唔得㗎老婆。取消舊約罷啦。十六歲女仔嫁一歲大嘅蘇蝦點有咁嘅理由吖。

（何氏白）我係要。

（大成怒白）我係唔得（雙）

(何氏怒白)唉吔。你有乜野資格阻止呢件事呀。你個地位點得嚟㗎。全靠我外家多錢帶挈你之嘛。唔靠我你有呢個軍中參謀做呀。唔輪到你出聲呀。

(大成白)你有錢就嚦晒叻。我冇本事嘅。

(何氏白)總之唔准你出聲

(地錦秋菊領葉飄紅夾書包上介白)伯父伯母。

(大成急白)乖叻。乖叻。飄紅我比三百銀兩你,你中意就去仝學個處住。唔中意就咪番嚟叻。(欲取介)

(何氏怒白)撞鬼你呀死肥鬼。你想靠乜野呀。飄紅嚟

(飄紅詫異介口古)伯父伯母。請問呼喚姪兒何事幹。

(何氏坐下口古)飄紅。我問吓你啦。你今年十六歲啦。又知唔知道你與我家有種關係不尋常。。㗎。

(一才)(飄紅茫然介白)關係。

(大成代答介口古)飄紅。你答伯母啦。你話知知知。我知道伯母待我若親生女兒。時時為我終身着想。嘅咁話啦。

(飄紅觸動衷懷介長句口古)伯母。你對得我好。我點都唔會忘記伯父伯母嘅恩德嘅。姪兒所知道者就係我亞媽仝你係十六年前嘅金蘭姊妹。我亞爹又係仝伯父係異姓骨肉。我父母雙亡由你地執葬。我零仃孤苦。又得你地撫養。講到關係。(一才)

(何氏叉腰白)點呀。

(飄紅揮淚嗚咽白)伯父則好比飄紅親父。伯母又等若飄紅親母。

(何氏白)鵬仔呢。

(飄紅口古)鵬仔猶如我胞弟郎

(大成白)答得好。

(何氏白)唔係(口古)尚有一點關係非輕。難道你父母臨終冇對你講。咩。

(飄紅口古)伯母。雙親臨終並無別種

囑咐。
（大成接口古）好啦。好啦。冇別種囑咐就問答完畢叻。飄紅你可以出廳堂。。
（飄紅欲下介）
（何氏喝白）咪行住（木魚）飄紅你聽吾直講。免你烏嚐嚐。。實在你是吾家媳婦（一才）鵬仔就是你夫郎。。（一才）十六年前指腹為婚。言非妄。聲明仝性則結為手足。異性則共結鴛鴦。。本來你大佢十五個年頭。結合唔多適當。為是鵬兒病重。（轉二黃下句）需要沖喜至得命長。。我要你即日結婚。將鵬兒撫養。
（重一才）（飄紅跌書於地介沉花下句）唉吔吔。震碎心房。。（跪下反綫中板）人世間。焉有十六歲嘅女兒。與一歲孩提諧鸞唱。指腹為婚。乃野蠻風俗。何況相距十五年長。。伯父恩。伯母情。姪女本不該反抗。惟是念將來。必無後果。空作名義鴛鴦。。（花）伯母呀。望你顧慮兒女將來。婚姻不能魯莽。
（何氏起身怒白）乜話。唔肯囉嚅。
（大成長嘆一聲白）大人（長二黃下句）佢是一個十六歲姑娘（讀尖平音）佢是一名陳小漢。佢好比嬌花待放。佢泵氣都唔會長。共結夫妻。你話幾難看。佢認佢做仔好抑或做老公好。佢認佢做嘢抑或做妻房。就算等待十零年。為佢地整堂新蚊帳。又怕呢單靚仔。嫌佢人老珠黃。。不若把舊約取消。替後生着想。
（何氏白欖）我冇情講（雙）有約在先難推擋。飄紅你世受我家恩。父母都由吾執葬。重接你嚟我處住。有食有住有衣裳。現在鵬兒病已危。你應當將佢撫養。何況你係佢妻子。（一才）佢係你夫郎。（一才）佢雖然係年輕。但大個就諧鳳唱。你怕乜嚟等候。湊大你個夫郎。

（飄紅哀求介白欖）伯母。請你把成命收回。恕我斗膽來反抗。世間無此理。湊大蘇蝦做夫郎。我為報伍家恩。願把鵬兒來撫養。佢指腹為婚事請取消在當堂。

（大成白欖）撕約啦。惡鷄項。（一才）調轉做。你又點心肝。等得十零廿年。怕佢擠到（　）。你迫佢即係叫佢死。嫁我重冇咁心傷。（一才）

（何氏叉腰白）乜野話

（大成白）比話咁講啫。真係要佢咩。你肯我都唔肯吖嗎。

（斗官低沉叫介）

（眾人驚視叫鵬仔鵬仔介）

（飄紅欲抱又不敢介）

（大成白）冇命啦。鵬仔你而家死咗重好過累人叻鵬仔。

（何氏先鋒鈸執紅介快花下句）佢尚存一息。乜你坐視一旁。。你應不應承快些講。

（飄紅花下句）快請名醫調治。救我弟郎。。我不擅醫如何保障。

（大成悲憤花下句）（向何氏怒視介）醫好你的瘋癲好過醫鵬仔。咪難為呢個姪姑娘。。唔比隻死仔累物累人。待我表演一幕洛克道血案。（高舉斗官欲擲地介）

（何氏白）撞鬼你呀死野（一手搶回斗官介口古）無謂講多。我係要佢沖喜鵬兒至心爽。立定名份。立即拜堂。。（白）亞秋菊春桃仝佢地換衣服拜堂。

（春桃抱斗官下衣邊介）

（秋菊牽飄紅下介）

（飄紅倔強的悲叫白）我願湊大鵬仔。唔願仝佢結婚。（無限句）（但結果被推入場介）

（一錠金）（春桃抱斗官用掛紅圍繞斗官全身上介）

（秋菊牽飄紅吉服上與斗官拜堂介）

（大成不忍看擰歪面白）咁都有嘅（雙）（介）
（何氏居中座位介口古）好吻。名份已成。
飄紅。我有幾句言詞對你講。從此後你
就係伍家媳婦。鵬仔是你夫郎。。你嘅
責任重大非常就係要把鵬兒撫養。十八
年後。方許你地共結鴛鴦。。但我聲
明一句先。（切記下兩句介）鵬仔未到
十八歲年齡。不准你對佢挑逗愛情。更
不准你把兩人關係對鵬仔講。呢點係我
愛惜鵬兒身體健康計。有乜冬瓜豆腐。
要你性命賠償。。（白）
（指鵬仔介）呢個係你老公嚟呀。春桃。比
你老公佢抱啦。
（春桃交斗官紅介）
（飄紅抱斗官重一才俯視慢的的悲不勝欲哭
無聲介）
（何氏白）做乜呀。做乜苦口苦面咁。交
個責任比你嘅啦。秋菊春桃扶我入去揼
骨。你兩隻野都唔准講呀。唔係打死你
㗎。扶我入去。
（秋菊春桃攙扶何氏下介）（何氏臨下時並
喝大成入去介）
（大成從後用指猛督行到衣邊門口便算介）
（飄紅抱斗官哭相思介花下句）唉吔吔。夫
不夫兮子不子。婦非其婦又非親娘。。
恨煞泉下爹媽把女兒幸福終身斷喪。
（大成先鋒鈸執紅介快白欖）你是否唔想
（雙）你唔想時就有話講。我將你仝
情。我唔當你新抱看。你立即放下蘇
蝦遠遠行。我送你白銀三百兩。（取銀
出介）
（飄紅白欖）伯父有仁心。姪兒有希望。但
我是無家可歸人。你叫飄紅何處往。
（大成花下句）我難把良心埋沒。我要對得
住你泉下爹娘。。你可暫住女仝學家。
自由擇配方為上。（一手奪回斗官交銀
介白）扯啦。扯啦。
（飄紅白）扯。

（斗官叫介）

（飄紅一手搶斗官介悲咽介白）伯父。我唔扯咯。

（大成白）點解。

（飄紅慘然口古）你睇鵬兒病成咁樣。姑勿論我與佢有何關係。我放低佢又怎心安。。何況伯父母昔日待我全家恩高德廣。犧牲我一人幸福。而湊大鵬仔亦好應當。。（白）伯父我唔扯。我實行依伯母話。等佢十八年。共諧鸞唱。伯父你收番的銀啦。咪比伯母睇倒。以為你對我有不軌行藏。。

（大成重一才驚惶拈回銀兩迫切感動的問白）你唔扯。

（飄紅嗚咽白）唔扯。

（大成白）你唔扯。唔扯。實行要全粒豆丁過夜。

（飄紅嗚咽白）佢係我老公。

（大成感慨的口古）好啦。飄紅。我好明白你嘅苦衷。無非欲報答我家恩養。不過我確唔忍你在野蠻婚姻制度下。把青春消逝。要等十八年長。。飄紅。我現在立一個好主張。為你幸福終身做保障。第一點。你雖然係我家媳婦。但我暫時仍當你姪女嚟看待。第二點。在十八年期內。你若果頂唔蒲嘅話。你抛低鵬兒去搵老公。我唔阻擋。。第三點。更於你有益。你守到鵬兒成人長進。而鵬兒心變（一才）我夾生把佢劏。

（沖）（小將持令上介口古）稟告參謀。邊關有事。總帥明日全師北上。候參謀回去。把軍事磋商。。

（大成白）得令。（對紅介白）放心啦飄紅。我一定關照你嘅（頓足與小將下介）

（飄紅沉花下句）惟有安心服侍小鵬郎。。

（斗官叫介）

（二龍爭珠寶子）

（飄紅抱斗官埋床灌藥餵牛奶嗳嗳等做作介）

(全台暗燈)
(飄紅放斗官于床落帳仝睡。飄紅斗官卸下)
(天幕打一年、二年、三年、五年、十年、
十五年、十八年字樣)
(伍小鵬(即斗官長大十八歲)卸上睡幕沉
腔首板一句)沉沉大醉。
(全場光燈。照頭場景但沒有藥杯增設生菓
一碟)
(小鵬開邊)(揭帳打呵欠伸腰得意的望隔
壁窗口一回介長花下句)真有趣(雙)
昨日出遊招伴侶。隔隣愛友亦追隨。逛
罷南山遊北水。摩肩携手共騎驢。日午
玩到西斜墜。最妙不過是野餐完畢。又
送佢返香居。。呢個隔隣人。確是個多
情女。與我相印心心。如愛侶。我亦痴
心難捨。呢朵艷芙蕖。何況我今年已是
十八歲。不娶妻房等待誰。好待我偷偷
密約隔隣人。直入單刀求鳳侶。(云云
從枱上取柑躡足行埋窗口掟柑入園介掟
後靜聽介)
(內場簫聲吹合工上合工上)(兩句)
(小鵬大喜介白)合工上。合工上。即係話
嚟僅叻。嚟僅叻。冇死。
(云云柳秋蟬爬在自己園中窗口猛搖手示意
不願過介)
(小鵬心急白)過嚟啦(用手強拉秋蟬爬窗
入書(　)介)
(秋蟬皺眉口古)鵬哥。我以後唔敢共你出
遊。更唔敢入嚟你屋裡咯。
(小鵬驚異口古)秋蟬點解。何以你平時對
我熱如火炭。現在有冷若冰渠。。
(秋蟬淒然口古)你唔知嘅鵬哥。總之我
有無限苦衷。悲嘆一句多情反自累。
喺啦。
(小鵬口古)秋蟬。有邊個累你啫。哦。
莫非你唔喜歡仝我接近至發出此感喟
唏噓。
(秋蟬口古)你誤會叻鵬哥。我好喜歡仝你

接近。而且顧意長期永遠接近添。就係因為對你太過痴情。反弄成自己芳心欲碎。（淒然介）

（小鵬口古）乜野得㗎秋蟬。你有乜野咁難過。又有乜野咁心碎呀。你既然話值得仝我做長期朋友。就要對我講明原委語無虛。。

（秋蟬長嘆一聲介長二黃下句）我與你三載作隣居。隔窗常影對。幽蘭出在空谷。却變作出水芙蕖。衹為君你多藝多才印入儂腦海。故不避瓜田李下變作形影相隨。怎奈霹靂一聲震得我情心碎。原來家君迫我共淩家公子賦關睢。。我與你親近無緣。徒是越窗相對。（淒然低首介）

（小鵬驚介白）吓。你亞爹迫你配淩氏子。

（秋蟬哭介白）今日下聘添叻鵬哥。

（小鵬反綫中板下句）語驚心。情幻變。慘見玉人粉黛（　）（　）（　）（　）（　）（　）（　）求凰律呂不料譜出者乃是斷腸歌調。令〔我〕無限唏噓。我悔不早公開。稟命我嘅親嚴（　）貪密約嬉遊樂趣。到今時已是遲來三日。將是梁祝恨史有我追隨。。（花）秋蟬。如此啞嫁盲婚請問你如何應對。

（秋蟬長花下句）我心已碎。魂已碎。枉有凝眸珠淚對。如何應付費躊躇。因為淩氏性情多暴戾。人人對佢首低垂。得罪天公難把佢來得罪。我有心欲把盲婚反抗。怕鵬哥你禍患相隨。。笛聲嘶。柑亦殘。請君你另尋淑女。

（小鵬白）吓（先鋒鈸口古）我首先問你一聲。淩氏子係何人。你亞爹要將你共佢仝諧鴛侶。

（秋蟬口古）淩氏子就係當地富家子。淩天雁。我亞爹欠佢白銀一千兩。不惜把我辣手相摧。。

（小鵬先鋒鈸拉蟬介口古）秋蟬。我再問你

一聲。咁你甘唔甘心共淩氏子結婚。對我又是否真心相對。

（秋蟬口古）當然不甘心嫁佢。否則永遠向哥你追隨。。

（小鵬口古）好。若果你對我有真心。我幫你向家庭反對。

（秋蟬口古）唔好呀鵬哥。我剛才都有話淩公子性情暴戾。你不能為我惹禍降門閭。。

（小鵬激昂白）唔怕（快一才小曲娛樂昇平）

（食住轉二黃下句）我要把盲婚反抗。違論佢係老虎抑或烏騅。。更反對買賣婚姻。救盡世間痴男怨女。

（秋蟬白）唉鵬哥（白欖）你講得太兒嬉。開聲就做作對。焉有話欠錢唔清找。還以大皮錘。我不敢勒索君。今日非財難求淑女。你係讀書仔。怕你愛我夢成虛。

（小鵬白）要錢（仄才想一回忽頓足大聲白）唔怕（白欖）錢錢錢。淑女。淑女。有錢便能贖愛侶。好啦。想我亞爹出外久未歸。亞媽在五年前又身死去。家中祇有一個異姓家姐。亞爹盡把家財交佢手裡。我可以向佢挪移成全呢對鳳侶。（雙）

（秋蟬白欖）財產在你家姐手中。比唔比你權在佢。聞得你位家姐孤僻到非常。恐怕佢夾萬緊關來抗拒。

（小鵬搖頭介白欖）唔會唔會斷唔會。佢係熱情嘅自梳女。我生得又大又高。全靠佢。我滿肚詩文。全靠佢。總之老母又係佢。家姐又係佢。管家又係佢。乾媽濕媽又係佢。佢痛我猶勝親生兒。區區一千銀。包佢唔抗拒。（雙）

（秋蟬喜白）真嘅（喜極撲埋鵬身介花下句）若能如此我愁恨消除。。快快求你家姐。造就呢對痴鸞怨侶。

（小鵬向蟬親熱介花下句）你放開懷抱。

佇看我倆共詠關雎。。請你稍候片時。包我一開聲就有千元在掌裡。（欲入衣邊介）

（飄紅（三十四歲）裝中年處女身態度憂鬱的捧湯衣邊上適與鵬打個照面隨即面口放寬（　）白）小鵬

（小鵬亦親切的叫白）家姐

（飄紅突見秋蟬在室眼含妒意的問介口古）小鵬臥室之中。何來少女。

（小鵬忸怩介口古）家姐。你恕我三年來未比你知道。嚟嚟嚟。等我介紹。呢個就係柳秋蟬小姐。又是我地隣居。。

（飄紅冷然介白）見過好多次叻。（柔聲白）小鵬。你真係夠本事咯。自從你十五歲大。略識人事起我共你仝宿仝房點知你就將呢個機會瞞住家姐識朋友。識到入你臥房裡。（語帶淒酸介）

（秋蟬驚白）呢位姐姐你咪誤會呀（口古）我與鵬哥雖然相愛相交純潔。我地精神戀愛。冇偷偷摸摸咁衰。

（飄紅白）冇咩（口古）冇就好啦。請柳小姐轉回家裡。

（秋蟬失望的望進小鵬介白）哦我番去。

（小鵬一手牽住蟬介白）咪扯住啫（向紅介口古）家姐。我知道家姐好愛我。又好為得人嘅。能否……噏噏……能否支住一千銀兩過我。應付急需。。呢。

（飄紅一才白）要一千銀兩呀。（花下句）十八年來何日不把鵬郎愛錫。何惜千兩區區。。但用錢亦要講究用途。能否說明內裡。

（小鵬欲語又不敢結果硬着頭皮介長花下句）家姐呀我言內裡。恕我靜中求淑女。眼前佳麗佢話願追隨。可是愛情生敵對。凌家討債迫佢共詠關雎。。求你給我千兩白銀。贖取佳人諧鳳侶。

（重一才的的撐。飄紅驚呆跌杯盆于地下暈然介）

（小鵬驚扶介白）乜野呀家姐。乜野呀家姐

（秋蟬代拾杯盆介）

（飄紅一手推開小鵬慘極沉花下句）唉吔吔。好比旱地焦雷。（反綫小曲永別了弟弟）驚聞噩耗心膽俱碎。鵬郎負我。一朝另尋鴛鴦侶。哀孤女。受盡慘痛徒作十八年鴛侶。寸心粉碎。恨恨天公此醉。（禿頭花上句）心頭夢。竟成虛。不禁魂搖魄墜。（拉士腔暈倒介）

（小鵬驚叫家姐家姐介扶住介）

（飄紅整個身挨住小鵬介）

（秋蟬驚惶介三腳凳下句）佢因何如此令我暗躊躇。。莫不是中風。令人心憂慮。

（小鵬中板下句）叫句飄紅姐。你有何感觸。熱淚偷垂。。莫不是怪小鵬。偷戀情人。行為不對。抑或是。弱質軀。難禁辛勞日夜。所以變起須臾。。飄紅姐。對此事態度如何。望有以說明內裡。

（飄紅變態的頓足起禿頭二黃中板下句）我難遷就（一才）我難遷就我難遷就你共佢詠關睢。。我怎樣養你成人。更怎樣對待鵬兒。何以你竟不情相對。論婚姻。我有權干涉。不准你愛上伊誰。。（花）秋蟬你快快回家。一千銀兩我實難借取。（喝白）扯

（秋蟬快點下句）芳心宛似着銅鎚。。恩愛難求心上侶。淒涼何惜陷溝渠。。慘淡離開回家裡。（頓足介）

（小鵬一手牽住介白）咪走住。（向紅介花下句）飄紅姐情何大變。把愛侶驅出門閭。。我自取家父金錢。你無權相拒。

（白）比錢嚟（伸手介）

（飄紅如狂白）冇。（花下句）等父母授權于我。把你步步跟隨。。你要錢就要等你父回家。一文不能妄取。

（小鵬白）一文不能妄取

（沖家人上介白）柳小姐。淩公子親自到府

上下聘禮。叫你番去見面呀。
（小鵬白）就快來咯咁話啦。
（家人下介）
（小鵬先鋒鈸執紅介白）你比唔比。
（飄紅白）唔比。
（秋蟬勸介口古）唉。既是你家姐不容。切不可惡言相對。由得我番去見淩公子。你有你另尋佳麗賦關睢。。
（小鵬火遮眼介白）你唔比我。我搶你條鎖匙
（飄紅力拒介）
（秋蟬勸介扭作一團介）
（沖淩天雁領四家丁上介喝白）好膽（口古）你留住秋蟬。是否奪吾鳳侶。
（小鵬口古）我話你至奪吾鳳侶。何以你迫佢共詠關睢。。
（天雁口古）笑話。呢段婚姻係佢父親口許
（秋蟬口古）淩先生。你唔對叻。你不應將婚姻作買賣。唔該你將婚約解除。。

（天雁冷笑白）咁易（芙蓉中板下句）婚姻條約豈易消除。。錢銀等閒。主要者是求淑女。秋蟬你何解負我另眼青雲。。小子你也不該。希圖佔有佢。我勢難放棄呢朵嬌艷芙蕖。。（花）快快還我秋蟬。莫怪我無情相對。
（小鵬憤怒介花下句）實行反抗。好快爬出門閭。。苦急相煎。拳頭相對。
（天雁白）可怒也（快點下句）虎頭釘虱意何居。。奪取佳人諧鳳侶。（命手下先搶秋蟬下介）
（小鵬欲追為四家丁所攔度手橋介）
（四家丁敗下介）
（小鵬先鋒鈸執紅介花下句）你一定是謀吾家產借意擋推。我惟有以武力救情人。回來至質問你個毒女。（一掌打飄紅沖下介）
（飄紅撫腮哭相思花下句）十八年淒涼相守。苦惱為誰。。鵬郎變心我偷生何

趣。（拈剪欲自殺介）

（沖柳魚上介白欖）呢趟將事累。（雙）天雁搶了我乖女。小鵬怒沖沖。一路追出去。必有一場惡戰。你要設法救人去。

（雙）（連隨下介）

（飄紅重一才白）救人（仄才）救人（無限句）（頓足白）我唔對（雙）（花下句）犧牲前去。立即尾追。（從懷裡取匙出審視一回沖下衣邊介）

——落幕——

第二場（凌氏山莊景大廳堂）

（奪錦頭起幕）

（七才頭。四家丁高舉秋蟬先上介）

（天雁隨後大搖大擺跟上介快點上句）有勢有財當氣燄。恃強奪得柳秋蟬。。帶返莊園即諧淑眷。（喝家丁白）放低佢。

（兜秋蟬面介）點到你唔肯呀秋蟬。

（秋蟬一掌打天介三腳凳下句）是真無賴。恃勢迫姻緣。。錢債當錢還。焉有話將奴償父欠。我情經另屬。你迫我亦徒然。。（花）快快放奴奴。否則你諸多不便。

（天雁怒介快花下句）我要人唔要錢。鬼叫你貌若天仙。。左右帶佢入內庭。共諧屬眷。

（四家丁推蟬下介）

（秋蟬叫救命被推下介）

（天雁大笑欲隨下介）

（沖園丁上介白）公子不好。鵬郎來找晦氣。

（天雁白）吓。伍小鵬來找晦氣。好。佢不來還可。佢若到來。進頭門你地關頭門。進二門關二門。挫佢威風。拿棍來。

（家丁抛棍介）

（天雁持棍担凳坐衣邊角介）

（家丁做手關頭二門。兩邊卸下介）

（鑼邊花。小鵬持雙拐上介包才花下句）恨恨恨。可恨淩家恃勢奪我良緣。。恨恨恨。更恨姐姐無良。把家財獨佔。惟憑武力還我秋蟬。。怒沖沖（介）淩氏山莊施手段。（半圓台進頭門介）

（家丁五軍虎上度打被掃下介）

（家丁五軍虎上度打被掃下介）

（小鵬圓台進二門介）

（小鵬進廳堂介）

（天雁準（備）出其不意一棍向小鵬點去介）

（小鵬唉吔一聲滾地再起介）

（天雁再一點度打）

（軍虎上介）

（小鵬不敵受重傷倒地吐血不醒介）

（天雁大笑花下句）無知小子。犯我家園。。押佢入柴房，我有我嘗禁臠。

（家丁抬鵬下介）

（沖園丁上介白）稟告公子。葉飄紅小姐求見。

（天雁白）葉飄紅求見。請佢入嚟啦。

（叻叻古。飄紅捧銀上介口古）淩公子。鵬郎是否冒犯貴莊。何以唔見佢面。

（天雁口古）鵬郎呀。哈哈哈。你位鵬郎真識趣。慶賀我今日新婚燕爾。送來大批禮物新鮮。。

（飄紅口古）公子用意如何望請言明一片。

（天雁口古）哈哈哈。佢知道我身子唔多好。向我輸血。輸到血滿堂前。。

（飄紅暈然介白）公子呀（乙反中板下句）望哀憐。恕佢痴愚可憫。冒犯莊前。。論婚姻。要兩方合意情投。方是良緣美眷。未可恃勢恃財。以人為貨壓迫嬋娟。。望你放呢對苦命鴛鴦。不可（　）強獨佔。

（天雁哈哈笑介長花下句）難如願（雙）白銀千兩未清欠。應該歸本好還完。我現在又感秋蟬人美艷。覺得比金錢還貴。因為我需要此美艷奇緣。。若要贖取秋蟬。除非還我如花美眷。

（飄紅怒介口古）公子。你如此行為。分明藐視國家法典。

（天雁口古）山高皇帝遠。我响呢度做至尊。。

（飄紅口古）我家老爺响總部做參謀。佢番嚟怕你唔得掂。

（天雁口古）笑話。你家鵬仔擾亂山莊。企圖搶劫破壞我姻緣。又殺傷我家僕。我重要送佢去比官府究治添。。

（飄紅沉花下句）唉吔吔。是何言。。望公子海量汪涵。還佢生機一綫。

（天雁花下句）無謂多講。休阻我跨鳳乘鸞。。我洞完房至送你鵬仔回家。小姐請便。（欲下介）

（飄紅苦極攔住介白）公子。公子（狂介口古）請勿將柳小姐摧殘。我願替秋蟬成美眷。

（天雁白）你替秋蟬呀。（口古）哈哈哈你雖則徐娘半老。可是風韻猶存。。但可惜年齡相差太遠。除非倒貼白銀五仟兩。我就事事週全。。

（飄紅發狂白）你即刻放人（雙）我比夠你

（交銀介）

——連隨落幕——

第三場（半廳房景）（照頭場景）

（小鵬受傷睡幕）

（秋蟬在床邊替鵬包傷口介）（寶子）

（秋蟬口古）鵬哥。呢次我地得脱險歸來。真係出人理想。嗡。

（小鵬悲憤口古）你唔好提。你提親我就大憤胸膛。。

（秋蟬口古）有乜好氣呀。你應該將你位飄紅姐原諒。

（小鵬冷笑口古）要原諒我知佢無非想借刀殺人把我傷。。

（秋蟬白）未必嘅鵬哥（花下句）飄紅姐

十八年將你恩深撫養。未必如此荒唐。。或者佢另有苦衷。不見佢昨日變態瘋狂嘅現象。

（小鵬白）苦衷瘋狂（花下句）呢個懷春老女。定有奪產心腸。。昨夜整夜不歸。便知佢心如魍魎。（悲憤頓足覺傷痕痛苦介）

（秋蟬花下句）哥你小安毋躁。佢好醜都係救我地返家堂。你傷勢未痊。不宜如斯火撞。（白）抖吓精神罷啦鵬哥。

（小鵬白）佢唔番嚟由自可。佢番嚟我唔放過佢。

（夢中人寶子）

（飄紅散髮顏容慘淡上乙反長花下句）心悲愴。情慘愴。底事遭逢冤孽賬。落花飛絮嘆淒涼。守節多年成夢想。今日花鈿委地。有誰知我捨己為檀郎。。一路飲泣回家。五中悲愴。（入門介）

（小鵬先鋒鈸執紅手冷笑白）家姐。你回來了。

（飄紅白）回來了。

（小鵬口古）你尚有何顏。踏入伍門堂上。

（一推紅跪地介）

（飄紅悲咽口古）小鵬。你原諒我。你原諒我。救遲你一步。致令你身受重傷。。

（小鵬悲憤口古）伍門堂上嘅傷痕。比我更慘傷呀。你昨宵作何情狀。（一才）

（飄紅口古）我唔咁做就救你地唔倒。你咪疑惑我有別種心腸。。

（小鵬冷笑口古）哦。你咁好心腸嘅咩。你若果好心腸就應該早日為我與秋蟬着想。啦。

（飄紅口古）小鵬我何謂不為小鵬你着想。恕我不能把心底憂鬱直說當堂。。

（小鵬白）你梗係有憂鬱啦（芙蓉中板下句）你係懷春老女。我早已識破你作狀。。你遠慮深謀為終身着想。我知你平時提起嫁嗰個字。就態度瘋狂。。可嘆我爹爹。把我家財交你手上。焉知佢週圍亂散。倒貼豺狼。。（花）可笑可嬲。你已是人老珠黃。都有人將你愛上。（以指篤紅面介）

（秋蟬二黃下句）鵬哥你不能如此。將佢侮辱如狂。。佢對你十八載提携。恩高義廣。就算一時犯錯。自當諒解。佢嘅行藏。。紅姐你原諒我鵬哥。出言莽撞。

（飄紅白欖）我當然原諒小鵬郎。違論佢對我如何辱罵狂。總之姐姐心。光明如月亮。總之姐姐意。（　）（　）地天長。總之姐姐此一生。兩字幸福無希望。惟一希望者。就係睇住你兩個結鴛鴦。

（小鵬白）你有眼睇都結嘅啦。比你睇吓啦（攬住秋蟬介小曲天上人間）我地情歌鏗鏘。（雙）如一孖腸。情歌鏗鏘（雙）仝吹蚊帳。日日幫佢點脂粉。晚晚摸頭捏面。熱情若鴛鴦侶。永把福享。（食住轉中板下句）睇你恨得幾多。總之有你咁衰相。乘我地患難去勾情郎。。（花）睇吓我地若此痴纏。比你睇吓又點樣。（作極痴情狀介）

（秋蟬不願介）

（飄紅受刺激暈介）

（小鵬冷笑白）亞爹番嚟准唔准我都要仝佢結婚㗎叻。唔止咁。重要煮你鑊添呀

（強拉秋蟬下介）

（飄紅仰首呼天撲埋床暈倒介）

（大成跛一脚扶杖上唱板眼）自從離鄉北上。血戰邊疆。。時光快速轉眼十八年長。。聞得我個老虔婆。五年前已命喪。我曾經寫信叫個姪女把家務當。。我有乜掛心。掛住佢指腹為婚個件事幹。趁住打跛隻脚。請假返家堂。。（入門介白）㖡。乜好似屋企唔仝咗樣（跛跛吓埋床白）㖡。你唔係飄紅。

（飄紅醒介哭相思）

（大成口古）何事大哭傷心。你湊你個老公

仔湊成點樣。呀。

（飄紅收淚介口古）我好對得你住呀老爺。我足足湊咗佢十八年長。。

（大成口古）我都知道你好苦心嘅叻飄紅。我打跛隻脚趕番嚟都係為你呢件事幹。

（飄紅口古）為唔為都得咯我已經仝鵬仔攪掂咗個段偽鳳虛凰。。

（大成誤會白）咴。攪掂咗添呀。（木魚）唔怪得你眉毛疎成咁樣。眼核光光。。披頭散髮瞓响呢張床。。呢趟唔駛我擔心。慌住你擠到巷。喂。老實講句。幾時請我食薑。。你個老公何方往。新抱你快的搵佢（轉二黃下句）見吓呢個跛脚高堂。。等我飲杯新抱茶。把下半生福享。（白）搵鵬仔嚟斟杯茶我。（施施然坐床候飲介）

（飄紅沉花下句）唉吔吔。飄紅不是人媳婦。媳婦另有好姑娘。。（反綫中板下句）小鵬郎。豈是奴對象。我也不配做佢妻房。。人世間。焉有撫養小孩。將來共諧鴛唱。縱有其人。恐怕難如願。青春公子。幾愛人老珠黃。。我與鵬兒。年歲既不登。豈可共諧儷伉。。呢個老飄紅。早已甘心退位。讓鵬仔共結鴛鴦。。（花）媳婦就係隔壁柳氏秋蟬。不久婦隨夫唱。

（大成白）當真果然（介）可怒也。（花下句）一定個死仔嫌你人老珠黃。。代抱不平。搵佢來算賬。（高聲叫鵬兒介）

（小鵬聽聞聲撞上見大成喝白）喂。你係邊個

（大成白）你係唔係我仔。

（小鵬白）你係我個仔我都嫌你跛呀。我就係呢間屋嘅主人伍小鵬。

（大成白）你係小鵬。摑醒你至得。

（小鵬還手介）

（大成怒白）唉吔。老豆都打。真係混鬼賬（取拐杖打鵬介芙蓉中板下身）你何

以忘恩負義。另締鸞凰。。知否飄紅與你。有切膚痛癢。你唔應遺棄呢個老姑娘。。你快把新丟。把舊攬嚟搭番上。我唔准你食乳鴿。要你飲老鷄湯。。

（花）好快的應承。否則打到你變咗辣椒醬。

（小鵬一頭霧水介花下句）何來跛佬。說話瘋狂。。誰是我老妻。我焉有老妻。你是否到來靠撞。

（飄紅花下句）呢個就係你親生慈父。剛由前綫返鄉。。快認爹爹。我言非妄。

（小鵬白）佢係我老豆。

（大成怒白）點吖（口古）快認老婆。乜你重懵懵喪喪。

（飄紅口古）唉伯父。佢唔知㗎。何必提及腹內鴛鴦。。

（小鵬喝介口古）飄紅。什麼腹內鴛鴦。你快快對吾直講。

（大成口古）衰仔呢個就係你自小訂婚嘅老婆叻。你咪眼核光光。。

（小鵬白）佢係我老婆（狂笑介木魚）我呢對眼如雪亮。當然係光。。因我已看清看楚。呢個係淫賤婆娘。。我知佢昨夜曾經去勾漢。（一才）行為不檢。蕩比淫娼。可嘆爹把大好家財。比佢來執掌。（轉二黃下句）焉知佢家財倒貼。。去勾引情郎。。爹你遠而歸。還請查明真相。

（的的撐。大成先鋒鈸執紅介白）飄紅。係唔係。

（飄紅慘淡無言介白）吓。吓吓

（小鵬指紅白）嘷。佢唔敢出聲啦（花下句）我羞慚相對呢個淫賤婆娘。。我立即與蟬妹遁走天涯共諧鸞唱。（頓足下介白）蟬妹。蟬妹。（一路呼一路入場介）

（大成先鋒鈸執紅花下句）是真還假。你如此無良。。（白）重話揾你做寄托人。你敗壞我門風。
（飄紅苦介白）我有苦衷㗎老爺。
（大成白）你有乜野苦衷。至多唔係抵唔住。
（秋蟬卸上介）
（飄紅一才口白托寶子）老爺。你咪以為我個心好邋遢。實在我個心好純潔嘅。我為造就小鵬與秋蟬嘅婚姻先至有咁做嘅啫。
（大成白）你因乜事要造就佢地嘅婚姻吖。
（飄紅白）老爺呢層先怪當初盲婚之害。至有造成今日嘅慘變。老爺。世間上點會有十六歲嘅女仔配一歲嘅蘇蝦（一才）當日話叫我十八年後至結婚。又點會有呢種道理㗎（一才）我養得鵬仔十八年都老咯。更唔爭在為人為到底咯（一才）當初鵬仔未有對象。我都尚有一點希望。但鵬仔已有秋蟬為對象。我重希望乜野呢（一才）點知鵬仔又遇咗情敵。要挾婚姻。我為鵬仔計。你話應該點樣呢。到不如犧牲到底成全我對鵬仔偉大嘅愛啦。所以不惜動用老爺嘅金錢。（一才）更不惜犧牲自己嘅肉體（一才）嚟救鵬兒與秋蟬嘅苦難。而做成佢兩個結夫妻（一才）伯父。你話我咁做法對唔對。
（大成白）吓。原來你有咁嘅苦衷嘅。對。你做得啱。你偉大。不過我戥你唔抵。你為鵬兒守身如玉。反為鵬兒犧牲肉體。我替你唔抵。點解你唔對鵬仔講明呢。
（飄紅白）我一講便會破壞佢地嘅婚姻。試問我一個中年人而配一個少年人得唔得永久呢。不如唔講啦。
（大成白）飄紅。咁唔啱嘅。我要講。你不能永遠受鵬兒與秋蟬唾罵嘅。不止係咁。我重要鵬兒娶你。（重一才）
（秋蟬聽完下介）

（飄紅白）唔好呀伯父。
（大成白）乜唔好呀。實行咁做。佢唔肯我打死佢。我去搵佢出嚟（怒沖沖欲下介）
（飄紅一手攔住介白）伯父。你唔能夠入去破壞佢地婚姻。你入去我祇有走嘅啫。
（大成白）我係要入去。（欲下介）
（飄紅推倒大成介白）我走（沖下什邊介）
（大成起身介白）我追。（叫飄紅。飄紅。飄紅。追下什邊介）
（秋蟬水波浪卸上花下句）原來有此淒涼恨事。我又豈可坐視一旁。。實行讓愛退婚。對鵬仔作薄情相向。（仄才想介埋案寫書介叫秋菊姐姐白）秋菊。
（秋菊地錦上介）
（秋蟬白）你立即帶封信去淩家莊叫淩公子今晚三更到來。謹守秘密。
（秋菊接信下介）
（秋蟬頓足花下句）有誰知我苦心腸。。
（白）入去灌醉佢先。（沖下介）

——落幕——

第四場　（悅來酒店孖房景）

（排子頭開幕）
（小鵬孭包袱連環扣上唱）夜冷夜冷天色昏。大地昏沉。星稀月暗。今晚離家離家逃遁遠望酒店而行。密約密約私奔。經已密召了佳人。相雙叙酒店。打算逃奔逃奔仝譜鸞鳳韻。遁跡遠行。家園家園我永不再重臨。爹與紅姐無復見。莫追溯前塵。自力呀更新。步步飛騰。店中奔。（花下句）相信秋蟬妹妹不久此地來臨。待我檢拾行裝。將他候等。
（沖入衣邊房介整理衣服伸懶腰打完呵欠花下句）連日遭逢巨變。又覺得力倦沉沉。。不若休息片時。一舒倦困。
（滾花。秋蟬與天雁上介）
（秋蟬花下句）嗱。我聲明一句。今宵佈局不是真。。若果你非禮奴奴。須防我身懷利刃。

（天雁花下句）總之有便宜佔。唔理你有冇下文。。千祈唔好打完和尚唔要齋。若果係就搵笨。（仝入什邊房介）

（秋蟬細聲白）嗱。聲明先呀。假嘅咋。

（天雁大聲白）係咯。玩吓啦。

（小鵬聞聲驚異介在房內偷聽介）

（秋蟬白）嗱。雁哥嚴重的呀吓（故意大聲的）

（小鵬茅介急出房門埋什邊門口聽介）

（秋蟬花下句）今宵何幸得公子踐約來臨。。你真比鵬仔多情。此心早為君贈。

（天雁滿場飛小曲）情侶雙相共心印。妹你貌美合我心。

（秋蟬接）你也合我心。

（合唱）哥呀哥。妹呀妹。今宵向快樂尋。好

（小鵬火介踢門入介花下句）賤人斗膽。竟然悔約寒盟。。估不到你淫賤如斯。竟敢在我隔房胡混。

（秋蟬二黃下句）現在我鍾情于佢。因為佢財勢超人。。我對你情心已轉向凌君相贈。

（天雁接）所謂前因各有。你無謂妒火如焚。。請你坎頭埋墻。咪在我房中攪震。

（小鵬長二黃下句）妹呀玉笛紅柑。鸞琴鳳韻。拂墻花影玉人臨。三載仝遊。多艷韻。何竟一轉變志負前盟。況屬所識非人。乃是人間惡棍。你甘投虎口。究屬何心。。我為你幸福而哀。更為你前程添憂感。

（秋蟬長花下句）我無憂感。（雙）凌君對我多情甚。我又何怕另戀新人棄舊人。我未嫁君算不得出墻杏。君亦可另尋佳侶。共結朱陳。。請你立返家中。此際有人將你候等。

（天雁白）番去啦老襯。（長花下句）桃花運。不是輕易搵。高叫一聲大老襯。鬼

叫你緣慳福薄。命輸人。眼底秋蟬已對你情盡泯。你何必多情自作。我勸你早釋痴心。。請你立即出房。攬到趕就冇癮。（趕介）

（小鵬重一才翳極搓心快點下句）不由令我怒火如焚。。（花）打過你個賤人洩吾憤恨。（撲埋打秋蟬一掌介）

（秋蟬悲怒白）你因乜事打我呀。我打番你（一才打小鵬介白）幫我手打佢啦雁哥。

（天雁快花下句）提起打字就精神。。鐵掌橫揮願肩起護花責任。（亂打鵬介）

（小鵬過度刺激受打呆立不還手狂笑介白）哈合（花下句）情情情。愛愛愛。情愛愛愛。今日方知情愛等若烟雲。。色色色。空空空。怪不得話色即是空。此際已無憎恨。（轉快花）祝你呢對多情鴛侶。永不相分。。長嘯一聲。天涯相隱。（瘋狂跳上窗口白）再見。（跳下介入場）

（秋蟬撲埋窗口高呼鵬哥哭相思介花下句）有誰知我淒涼心事。捨己為人。。悲嘆一聲情海茫茫。不知向何方棲隱。

（天雁花下句）事情做妥請求你弄假成真。。莫負美景良宵。更莫負眼前衾枕。（欲抱蟬介）

（秋蟬拔刀仔指住介花下句）你個狂徒勿近。休想侮辱釵裙。。倘若咄咄迫人。提防手中利刄。

（天雁愕然花下句）係咁就抵叻。打完齋就唔要僧人。。請時容易送時難我實行親近。

（秋蟬嗌救命介）

（天雁隨即下介）

（大成食住上介）（聞救命聲即入門口古）誰是秋蟬。知否我鵬兒何方遁隱。

（秋蟬口古）秋蟬就係我。老伯你快快救護釵裙。。

（大成口古）啱叻。難為我逐間酒店嚟查。

你快的帶我去將鵬兒搵。
（秋蟬口古）你一定係大成伯。鵬哥已比奴奴氣走。不知佢何處奔行。。
（大成花下句）你不能自私心重。想將鵬仔獨佔吞。。須知呢段婚姻我實行要拗開兩份。
（秋蟬白欖）我剖衷心（雙）不敢獨佔小郎君。鵬哥身世事。奴奴知已稔。正欲求擺脱。捨己以成人。剛才在室中。虛作出墻杏。不料鵬哥受刺激。慘愴越窗行。
（大成白）咁就設法追佢番嚟啦。
（沖。秋菊持信上介白）老爺不好。大小姐留書遠走呀。
（大成剪信讀介白）身已成破甑。難配小郎君。為人為到底。黃泉路上行。飄紅絕命書。
（沖頭侍仔上白）外便海邊有人跳海呀。你地識唔識㗎。
（大成白）一齊去睇吓啦。（花下句）跟住睇吓海皮行。。

——落幕——

第五場（海邊景）

（飄紅散髮上唱主題曲）（另錄）（唱完投水介）
（李立「艇家身」撐艇上見狀大呼有人跳海介連隨跳海救起飄紅介）
（四鄉民聞聲撞上介）
（李立口古）此女子面善非常。似是村中粉黛。你地快速週圍宣佈。希望佢有親戚來。。
（各鄉人兩便下介）
（李立灌救介）
（沖。大成秋蟬上介叫醒飄紅介）
（大成白欖）乜你跳海。（雙）唔通想入龍宮將的蝦仔嘜。你知否自殺係犯罪嘅行為。死唔去時攞嚟害。你今年至三十四年華。難道唔想享福下半代。

（秋蟬白欖）我已下決心。讓回你所愛。覓得鵬郎歸。就可補償你損害。

（飄紅苦介白欖）我已不再貪生。更不貪情愛。身已成破甑。欲愛無人愛。何況年歲不相登。青春時不再。你地莫將我阻攔。我嘅家園便是碧海。（欲跳介）

（大成長嘆白）飄紅（長花下句）你癲定呆（雙）難為我跛咗隻腳也趕回來。無非想叫鵬兒仝你來剪綵。好似生旦對答在舞台。若果鵬兒嫌你係二枱。我由中央戲院。一腳踢到佢去利舞台。。快的跟我回家。等我搵鵬兒將你嗳嗳。嗳嗳。

（飄紅口古）乜鵬仔走咗去咯咩。莫非蟬妹仝佢嘅情緣生意外。

（秋蟬口古）紅姐。我就係知道你為我受盡淒涼委屈而存心讓愛。點知佢難堪刺激。一去不回來。。

（大成口古）係囉。所以你更唔應該死，若找不到鵬仔回歸。你就枉犧牲情愛。

（秋蟬口古）當然啦。鵬仔一日不歸。你即是未完任務。你死都抱恨泉台。。

（飄紅白）好（花下句）咁我就暫時唔死。等候鵬仔歸來。。我要親眼見佢共蟬妹結婚。踏遍青天碧海。（如狂欲行介白）我要搵佢番嚟（雙）（奈身體支持不住介）

（大成花下句）天空海闊。抑或入咗棺材。。真令我無限愁。罵一句死仔將人害。

（柳魚沖上白欖）乖女呀乖女。乜你走嚟呢處所在。難為我將你搵。搵到週身唔自在。究竟你嘅終身。如何為主宰。我聞得個位小鵬話出家拜如來。噃。

（大成先鋒鈸介白）知唔知佢去邊度出家。

（柳魚白）聞得佢話去通靈寺。

（大成花下句）秋蟬。你把飄紅照顧。我去搵個衰仔歸來。。（下介）

——落幕——

碧海狂僧主題曲　何非凡唱

（碧海柳堤什邊衣邊蘆葦遠景小艇反覆向衣邊駛去——狂風大雨驚濤駭浪介）

（鵬郎裝頭陀身在風雨中披頭散髮態度如狂的由什邊奔上狂呼飄紅飄紅飄紅姐呀）

（乙反長花下句）情可哀（雙）哀哀情愛好比一座斷頭台。哭煞淒涼一粉黛。遭情所累惹愁哀。恩也哀義也哀。一點恩情萬種哀。我身世未明。尚把菩薩愛。今日得明真相。重念什麼南無阿彌陀。更拜什麼西方佛如來。飄紅姐呀你快歸來。知否我狂風大雨也追踪來。倘若難尋嬌所在。我就袈裟唔着。寧願入棺材。飄紅飄紅飄紅飄紅我誓覓姐歸。你飛天我都飛天。你跳海我都跳海。罷姐姐呀

（叫嗌白）飄紅。飄紅。（如狂的叫介）

（絕望的乙反中板下句）哀我力竭聲嘶。依舊人兮不見。徒見碧海潮來。。莫不是飄紅姐。佢早已飄飄飄飄飄入鱷魚腹內。莫不是飄紅姐佢紅紅紅到龍王請佢入水底登台。。哀此僧人。萬喚千呼都不見有人應。應我一聲。唉吔和尚我愛。哀此僧人。比濟公還邋遢。老泥幾寸重加多幾尺厚青苔。。

（乙反花上句）天天天。我苦為誰來。總之受盲婚之害。

（乙反木魚）不勝惆悵話娘胎。。指腹為婚個段盲目愛。十六歲姑娘大姐。配一歲小童孩。試問十八年長。誰等待。一個珠黃人老。一個至情竇初開。。更慘是一個身世明瞭。一個蒙鼓內。我有我去。

（轉乙反二黃下句）尋求對象。佢有佢抱恨樓台。。

（轉小曲昭君怨）唉。佢造就我共秋蟬。毫無妒意祇有密酌密酌恨與哀。空嗟愛夫乃近水一樓台。（序）可是愛愛非所

愛。難續愛。（序）一個幽幽怨怨。一個恩恩愛愛。芳心空有十八載恩愛。（序）佢淒酸滿載。反作月老月老牽絲綫。笑中淚滿腮。（序）哀哀我心十八載。對他作乳娘待（序）不知道他乃我底妻房。唉我為愛常重愛。偏負愛。痴心衹向柳妹愛。誰料情侶也知內裡薄倖對我變態突飛來。良緣是惡緣我恨似呆。估道情侶負我痴愛。估道朋友奪我所愛。哀我情心如死遁走遁走蓮台。拜如來。。

（食住快的二黃）誰知內裡有愁哀。一對妻房相讓愛。誰酸誰苦辣。分不開來。。

（爽南音）我覺得姐姐飄紅。對我有真情愛。休道盲婚啞嫁。不應該。。蟬妹也甘心。投向禮教樊籠內。鵬郎何惜。也步跟來。。更莫問人老珠黃。我也背住袈裟袋。飄紅抱吾多載。我抱番佢亦應該。。我大叫狂呼。尋我愛。飄紅姐姐。

（轉二黃下句）請你及早歸來。。未婚妻呀未婚妻。你快些投吾懷內。

（轉新曲醉頭陀）

（攝鑼鼓介）

「咪話」僧人娶婦不應該。我頭髮依然頂——上蓋喋。咪話年齡相差十數載。我話老婆越老越可愛。你有青春。有熱情。四十而嫁我也當你小孩。我報姐恩。報姐情。一腳踢開個佛如來。

（白）飄紅。飄紅。飄紅。飄紅

（花下句）人在那方。你快出來。呀呀呀

——主題曲完——

第六場　（通靈寺變碧海景）

（正面擺紅魚青磬）（通靈寺佛殿景）

（四沙彌分邊立佛案介）

（小鵬裝頭陀身正中向台口跪下介）

（通靈和尚手握禪杖披袈裟向小鵬摩頂念白）南無南無。情海無波。南無南無。

不受誅鋤。相君顏色。來日苦多。青絲難剃暫作頭陀。(的的二黃上句)念一句阿彌陀。叫句徒兒。你難把塵緣避躲。所以暫留髮。免你凡心再動。空念南無。。你暫且稽首佛門。更把梵經今一過。

(小鵬念唱袈裟淚)南無南無南無阿彌陀。南無南無阿彌陀。真是可奈何。(雙句)南無南無阿彌阿彌阿彌。南無阿彌。南無阿彌陀。我永對凡塵生厭。我要永遠低誦南無。

(通靈白)好(白欖)你要念得虔誠。更要念得多。禪心方免着邪魔。若再動凡心。你情魔難避躲。你一切都不能念。祇知念南無。

(小鵬白欖)師父我定納你嘅教言。不再受情魔阻。老豆都唔念。美女又如何。

(憤極介)但我想起個葉飄紅。就難壓無名火。想起個秋蟬。而得推咗佢落河。

(通靈白)弊叻。弊叻。你咁即是枉念嘅啫。(花下句)你凡心未靜。空是口念南無。。不久當有客叩山門。蓮台你無緣安坐。

(小鵬急起立望介白)唔係啩。

(沖頭大成入介一見小鵬先鋒鈸花下句)仔呀仔。乜你有肉唔食要食菜蔬。。好在你重未曾剃光。重有資格將老婆攞。

(小鵬花下句)爹呀。三千煩惱雖還在。禪心一點已却邪魔。。如來佛殿是吾家。萬劫凡塵無我座。

(大成中板下句)仔呀你跖低我知你穿鞋就抑或着襪。你為來為去。都係老婆。。實在你唔知。紅姐共秋蟬兩個都係多情人一個。真可憐。佢兩個互相讓愛。讓來讓去。讓出一碟水菠蘿。。首先講飄紅。確係你原定嬌妻。在你亞媽肚中。就定咗貨。可嘆佢見你愛上秋蟬。佢就成人捨己。以肉體救你呢副新秤陀。。再講柳秋蟬。佢何以薄倖一朝。實在佢把花槍要一朵。佢唔想奪人夫。甘心讓愛。想你做紅姐個新郎哥。。我言詞句句是真情。問你何以對此花兩朵。

（小鵬先鋒鈸花下句）是真還假。有此苦命春娥。。佢兩個現在情景如何。居何住所。

（大成花下句）唉。你位飄紅姐跳水自殺。。險些命見閻羅。。秋蟬與佢共病相憐。暫在小船避躲。

（小鵬快點下句）嗟我薄倖負春娥。。身上袈裟悲着錯。無心再念那南無。。（花）立即下山。難把娥眉放過。（白）師父對唔住。（頓足下介）

（通靈大笑介花下句）哈哈。早知佢塵緣未了。你睇佢態度若何。。大施主。請進禪房食水菓。

（大成花下句）我等凡夫俗子。最怕聽念南無。。急急追踪。防怕情緣有阻。（白）我都對唔住叻師父。（下介）

（通靈哈哈大笑花下句）世上儘多痴兒女。我一概唔知。祇知念南無。。（轉身向佛一拜連隨熄燈卸下介）

（四鼓頭變碧海狂風大雨景）

（海邊小艇翻覆欲沉介）

（秋蟬企在船頭唱悲秋小曲）風聲哀，雨聲內，江邊金粉雨中哀，雨中淚眼睜不開，怕見雙雙雁南來。多悲哀，愛海內，幾多鴛鴦歷劫災，罔天月老真不該，既訂鴛鴦合唔來，秋蟬怕戀愛，為愛淚珠滿樓台，風流已不再，我定要絕愛高飛覓蓬萊。

（更大風雨介小艇搖擺介）

（秋蟬被風吹得企立不定介白欖）咴好大風。吹艇內。此地不能灣艇在。姐姐病垂危。難受風侵害。我快的叫艇家。撐船蘆葦內。（雙）（向艇內白）艇家。唔

該你撐過嗰邊啦。（入艇介）

（小艇向衣邊駛去漸隱沒介）

（小鵬唱主題曲碧海狂僧另錄）

（內場沉腔首板一句）追尋我愛。（士腔）

（沖頭上狂叫飄紅秋蟬介）

（主題曲另錄）（唱完仍狂叫介）

（沖大成跛上介）

（小鵬攬住大成介）

（大成白）啤。老豆嚟呀（白欖）點呀。見唔見個兩位粉黛。衰叻。海邊何以不見小艇在。昨日尚在此停留。暫將紅粉載。今日唔見面。唔通沉碧海。

（小鵬大悲介花下句）倘若佳人沒頂。我何惜追伴泉台。。引吭悲聲。再呼吾愛。

（白）飄紅。秋蟬。

（秋蟬內白）邊個叫。嚟僅啦。（立船頭小艇上衣邊出介）

（大成口古）唉。海中風大。不可多留。快快上岸。較為自在。

（秋蟬口古）我正欲泊船上岸。因為我正為飄紅姐姐病勢愁哀。。

（小鵬白）好緊要呀。等我扶佢上嚟（入艇扶飄紅上岸悲叫白）飄紅姐（雙）

（飄紅睜眼將手抱介叫小鵬介）

（小鵬應白）紅姐。紅姐。

（飄紅口古）得見鵬郎。令我歡懷五內。咯。

（小鵬口古）紅姐。你原諒我以前一切。我現在一心一意為酬答你情義而來。。

（大成口古）係咯。快的番嚟結婚啦。就算娶埋秋蟬。你一定佔子時至酉時十個時辰。秋蟬至多係得兩時戌亥。嘅咋。

（秋蟬口古）我情甘讓愛。鵬哥唔拜如來我拜如來。。

（飄紅白）你地咪誤會（乙反長花下句）我豈圖愛（雙）我撫養鵬兒十八載。始終當佢係小孩。我對小孩當護愛。不能任佢為情癲倒拜如來。可補情天。你兩個快續鴛鴦情愛。（口古）你兩個在我面前握手訂婚。等我死都死得自在。（執二人之手相握介）我希望你兩個為社會謀幸福。反對指腹為婚。盲婚啞嫁。強迫婚姻嘅制度。我就含笑泉台。。

（四小軍押天雁鎖鍊上過路介）

（小鵬一見先鋒鈸執雁介口古）哈哈。估唔到你都會有鎖鍊陀。真是出於意外。

（一掌打雁介）

（天雁口古）唉。將人害成咁樣。害番自己好應該。（乙反長花下句）抵我孭蓆袋（雙）。不應害人如食菜。橫行鄉黨。恃勢恃財。點知上得山多遭虎害。朝廷查究。一條鎖鍊送到身上來。。此日國法執行。要我充軍十八載。

（飄紅聞言白）十八載。十八載（三搭箭死介）

（眾仝哭相思介）

（大成揼天雁介白）話少兩載吖衰野呀。

（小鵬花下句）可憐紅姐魂入瑤台。。觸念前情。願殉情愛。

（大成攔介花下句）你兩個依他遺囑。等佢含笑泉台。。

——尾聲——

一九五一年首演，泥印本，
歐奕豪先生私人收藏。

唐滌生

漢武帝夢會衛夫人（節錄）

演員表

漢武帝……………薛覺先
衛夫人……………芳艷芬
陳皇后……………梁素琴
太　后……………白龍珠
東方朔……………李海泉
平陽宮主…………車秀英
衛　青……………陳錦棠

第壹場

景：花園衣邊琼樓馬棚景

（開邊開幕）

（曹雪兒內白）衛青，衛青（一路由衣邊琼樓叫出白欖）灞陵海角夜深沉，紅樓乃屬平陽府，宮主作寡居，閒來行俠為嗜好，佢暗裡情關小衛青，未敢公開為揭露，衛青有姐作歌姬，姐弟居留喺呢度，宮主此夜需解愁，衛青當然要陪護（白）衛青，衛青。

（衛青騎奴身拈兵書上介問何事）

（雪兒白）宮主有命，叫你備馬陪佢出海鑒賞月嗰（下介）

（衛青一才六怒掩卷大花下句）既是身為騎役，又何須教我夜習兵符。。倚靠裙帶維生（一才）倒不若另尋出路。（拈包袱欲下介）（先鋒鈸將兵書棄地用腳踐踏介）

（方朔食住上介口古）顛青，喪青，你呢世人都算牛精（介）早知你厭倦兵書，宮主就唔會將呢隻牛精暗中教導。
（衛青怒介口古）我唔讀叻，世間幾見有名臣良將出身係做馬伕。
（方朔怒介口古）唔讀書唔得，你知我有權鬧你（介）甚至打你，呢的係宮主嘅囑咐。
（衛青怒介口古）宮主既不能令我有出頭之日（介）我亦唔願成世做脂粉奴。
（衛青快點下句）焉能株守在寒廬。。教養恩情難再顧。（掟開方朔頓地欲下介）
（衛紫卿力力古上介）（與衛青一才慢的的怒視衛青迫回一才口古）亞青，家姐自細湊到你大，教養你，你唔應該將個老師咁樣對付。
（方朔口古）紫卿，我交番呢隻牛俾你教叻，比佢拿住一（ ）一揿，幾乎爆咗個太廟香爐。
（衛青口古）家姐，你唔好阻住我，大丈夫話咗咁樣做時就咁樣做。
（紫卿略怒介口古）我唔准（一才）你知否玉不琢不成器，你不能令我十數年來願望成枯。。（打青一吓介）
（衛青亦憤然打回卿一巴大花下句）你不應將我無情痛打，（一才）捨你更誰諒，我悲苦守（ ）。。試問此伏櫪生涯（一才）捨你焉能將你嘅深恩酬報。
（紫卿一路喊忿然激白）細佬，我唔係希望你報答我嘅（花下句）你記否娘親遺下呢個淒涼孽種（一才）我年十歲便要負起養育之勞。。我十二便賣歌平陽（一才）無非顧念個位墮落慈母。
（衛青一才俯首默默介）
（方朔花下句）亞青，你想吓你係乜野身屍蘿蔔皮，你唔應該激到個大姐掩面哀號。。實在你家姐唔應該將你一手栽培
（一才）你共佢不過係唔同老豆同老母
（白）你記唔記得你嘅身世你嘅來歷。
（衛青先鋒鈸仆埋跪攬紫卿悲咽白）我記

得嘅家姐。（反綫中板下句）二十年前母為寡婦，帶你寄養相國門廬。。在當時，亞媽佢寂寞難堪，竟作鄭桐情婦，兩年間便將青兒產下，我父畏罪而逃。。姐你在髫齡，亞媽苦托孤兒，囑你把弟郎育撫，佢慘作墜樓人，我亦改作姓衛，我豈敢忘你慘淡功勞。。（花）萬不料你身作歌姬（一才）我長大身作騎奴潦倒。（白）家姐你唔好怪我，我都知你錫我嘅。

（紫卿重一才慢的的亦跪下地上為青抹淚介乙反二黃下句）細佬你需要苦其心志，更需要磨折體膚。。天降大任於斯人，首是人能刻苦（二人摻住哭相思介）

（衣邊梅香引食住伴平陽宮主卸上琼樓見狀愕然介）

（宮主自愧介口白）衛青（叫梅香慢板序花下句）低首自慚相看無語，悔落此情海波濤。（扶起青介）伏櫪難鳴，難怪你背人忿怒，可知我亦有滿懷悲苦。

（衛青怒介白欖）你悲苦（雙）我決不能在馬槽作終老，宮主你對我極情深，你對我極關顧（介）不過力易衰（介）人易老（介）今時辜負了少年頭，脂粉情場非樂土，你不應埋沒我嘅才能，更不應軟化我嘅威武（介）試問師長恩情誰辜負（介）受姐情，何日報（介）我共你三年兩載作偷歡（介）是否遮遮掩掩便算數（包才）

（宮主食一才心羞慚交集介）

（紫卿白欖）此生既是受人恩，滴水簷前需要報，未應揭發那私情，未應無端作怨怒。

（衛青更怒白）唔通成世喺處食軟飯咩。

（方朔白）咁唔係益咗你囉（介）宮主（白欖）衛青欠你嘅恩要報，但係不能咁離譜，唔應為你疊被舖床，唔應對你投懷兼送抱，你想今生困住佢喺閨房，唔應

要佢成世着住套黑衫褲，你既為宮主，
太后亦係你老母，當今武帝係你亞哥，
將佢提攜未必做唔到，勿將出（ ）天
日嚟屈蛇，難怪佢飲厭的菜乾煲蜜棗，
成晚伴你乜野好。

（平陽宮主一才頓足沉花下句）唉吔吔，
你是我嘅枕邊情侶，我寧忍不着意摻扶

（禿頭中板）我呢朵漢宮花，好比孤鶩
零飄，已貶作灞陵寡婦，當今皇太后，
心憶舊恨，將我兄妹仇視於宮曹。。我
嫁後喪夫郎，佢當我係不祥物貶往天涯
終老，悔憐才誰堪寂寞，至有暗愛呢
一個騎奴，我空有宮主名（一才）環境
不及平民，我焉敢招人忌妒，迫佢着青
衫，未敢稍為扶掖，唯有令佢暗習兵
符。。（花）唉，天罷天，漢國竟有此宮
主多情（一才）難庇佑一位枕邊情好。

（一才頓足背身哭相思介）

（衛青一才白）宮主（大花下句）估不到莊
嚴漢國，竟有此黑暗宮曹。。小衛青縱
有蓋世才華（介）亦難報宮主枕邊愛護

（一才背身快啞相思介）

（紫卿為青抹淚安慰介花下句）細佬呀，我
亦自愧身為歌者，不能帶挈你有錦繡前
途。。家姐不若扶你回房，莫令宮主更
加悲苦。（欲拉下介）

（平陽搶前一步悲咽白）衛青，你唔好怪我
至好呀。

（衛青一才回身豪氣白）我唔怨你，祗怨我
衛青冇機會，若果我衛青一朝能夠得到
叱吒風雲（重一才）

（方朔食住一才白）點樣？

（衛青續白）我番嚟將你地一個個帶挈晒。

（方朔興奮白）講得出做得到至好喎，
亞青。

（沖）（太監上跪白）宮主（口古）皇帝祭祀
先帝孝陵路經呢度。。佢想微服靜靜嚟
訪吓久離骨肉（介）你千祈唔好比人知

道，因為太后唔比佢留於姑蘇（下介）
（平陽一才仄才白）老師，想提攜衛青有機會叻（口古）我可以令紫卿與皇兄打開一條裙帶路。
（方朔白）係噃（口古）如果亞紫卿受封，衛青便身為皇族，將來宮主番頭嫁皇族都唔算得卑污。
（平陽口古）不過咁噃，武帝究非好色君王，一定要亞紫卿設一種迷人圈套。。
（咬耳介）
（方朔口古）當然啦，至緊要動之以情，更不能話亞紫卿知佢係皇帝，事關一個人見到皇帝就乜野表情都冇晒，又點可以去拉夫。。（與平陽作計劃的下介）
（夜更介）（馬棚頂之燈着燈色幽雅）
（二太監拈燈籠先上台口介）
（武帝）（慢長才上春風得意）朝中帝主意自豪，今晚月色陪伴我，芳菲滿地鋪，遊玩到清幽處，睇見池塘碎影片片銀濤（轉慢板下句）鶯燕啼春，清流影月，好一個神仙境界，確係俗世所無。。倒影紅樓，花飄水動，忽見有美如仙，勝似傳神阿堵。（詩白）樓伴美人池畔影，真係看人看影都十分騷，
（衛卿）（慢的的嬌嗔白）乜眼金金咁睇人㗎你……（花下句）我都未曾見過，咁膽大嘅風月狂徒。。呢處唔係楚館秦樓，乃係平陽駙馬府。
（武帝口古）哦，望吓都唔啱，好啦好啦，你唔歡喜人望你嘅度，我就望第二度啦，哈哈，計我話池中倩影（介）似乎比較風騷添。
（衛卿羞惱白）咪！（排子頭銀台上）望又試望
（武帝輕佻白）哦，望第二度都唔啱呀？
（衛卿續銀台上）乜你咁膽粗
（武帝白）哈哈（禿唱長二黃）粗粗粗，我呢個粗人正想，做一個美人奴，替你着

襪穿鞋陪到老，替你舖床疊被，我都不敢辭勞。。

（衛卿接唱）你也野好啫，至怕你修唔到，癡人夢想枉心勞，就算一品夫人，我都唔多願做。（靜收）

（武帝白）嘩，你的口氣都幾大嘅嚡。（起士工中板）叫句小嬌娃，唇槍舌劍，居然出在你素口櫻桃。。好啦我問芳名，何處仙居，可否向鄙人吐露。論芳容，生得端莊流麗，你是否生長在京都。。細想我平生，自負不凡（轉滾花）看不起閒花野草。

（衛卿起反綫中板下句）我籍貫是淮陰，風塵飄泊，常感薄命如桃。。抱琵琶，淪作歌姬，花信年華剛已到。猶是玉無瑕，多少遊蜂浪蝶，癡心為我魂夢空勞。。（轉正綫花）我名叫衛紫卿（倉）

（武帝沉吟白）衛紫卿，呀……（花半句）確係好芳名（倉）

（衛卿白）咁我就扯咯嚡

（武帝續唱花）喂，請留芳步。（口古）你嘅身世已言明，咁我嘅身世你又想唔想知道呢？

（衛卿口古）你也野咁緊要呀，無非油頭粉面一個浪子登徒之嗎

（武帝一才白）紫卿（大花下句）請你睜開此迷矇鳳眼（一才）認一認我呢件錦繡龍袍。。我不是新發財（一才）不是舊家風（一才白）我姓劉名徹排行第十，乃是漢景宗之孫，漢文帝之子，今年廿八歲（一才）好想關你事（續花）你看一看玉璽隨身（一才）刻有漢家帝號（拈印出示介）

（紫卿先鋒鈸仆埋看玉璽介重一才慢的的白）唉吔（又想跪又驚又愛不知如何是好，卒之掩面力力古欲下介）

（方朔力力古食住介落樓攔住紫卿，平陽連隨擔櫈開邊台口比帝武坐下介）

（方朔長花下句）亞卿，乜你咁暴躁（雙）
皇帝跟前敢驕傲，打完手掌重要認龍袍，知罪應該要補番數，慢講佢想攞你幾根頭髮，就算佢想攞你條命（一才）你都要話（子喉）唉吔，主上我一定遂你所圖。

（紫卿生羞介）

（平陽白）兄王（半句花）紫卿好風度（雙）
佢不祇能歌和善舞，所寫蠅頭小字世間無，髮繞蟠龍稱獨到，蜂腰素口壓盡天下美女圖，我亦知王上你寂寞難堪（介）何不將佢略加封誥。

（武帝興奮介快點下句）好呀定當冊封在宮曹。賜封衛夫人（一才）恩承雨露。

（方朔推跪介白）唉，跪响處話謝恩咁唔係得咯（推跪介）

（衛青先鋒鈸執開方朔執卿出台口口古）家姐，你可以嫁比任何人（一才）你不能受此帝王封誥。

（武帝重一才口古）此人身為賤役，何敢出言粗暴。

（平陽發盟介口古）衛青，你係一個聰明仔，你唔應冒瀆天顏，兄王，佢不過係紫卿嘅細佬。

（方朔拉衛青台口口古）衰仔，你又發神經病叻，個大姊嫁皇帝都唔想，抵你食軟飯執豬屎瞓馬槽。

（衛青拉卿花下句）我寧願擲頭顱（一才）欺君犯上（一才）我都不願愛姐身入宮曹。內裡自有一段衷情，（一才）我又何必向外人洩露（拉卿離馬棚下介）

（平陽大驚跪下白欖）可恨小衛青，逆天行道，臣妹管教不嚴，王上休震怒。

（方朔接）教不嚴師之過，論罪我應該受刀斧，望主上開恩，我誓獻紫卿為彌補。

（武帝扶頭若有感觸白）唉，不必咯（花下句）小衛青橫蠻一語，好比灌頂醍醐。此生既是惜花人，我又何必作摧

花冷酷。（白）扶我入去抖吓啦，情愛免得過就免（平陽扶下介）

（方朔花下句）為着唔想白屣我兩人心血，我都將佢兩個撮合為高。。（下介）

——落幕——

第貳場

佈景：莊嚴廳房，正面大帳，衣邊立體會房門

（開邊開幕）

（沖頭）（衛青拉紫卿入房反手關門按卿於椅上白）我唔比你出去（一才）我以後都唔比你見個皇帝（一才）

（紫卿發盟白）咪，做乜野啫細佬（長花下句）誠少見（雙）幸得君王為寵眷，廿年艱苦已將完，你好比無情天上降下一把無情劍，斬斷今宵意外緣。。你唔通成世伏櫪雞鳴，長對青燈黃卷。

（衛青一才頓足白）唉（白欖）是婦人之見（雙）我共你姐弟正情深，忍把情緣來割斷，所謂裙帶尊榮裙帶親，我亦樂於憑此將身薦，不過福從天上來（一才）禍患當難免（一才）祇怕花燭尚未殘（一才）你在長門碧血濺（一才）一個人企得高（一才）要望下面（一才）失足跌落嚟（一才）便成千古怨（一才）我口惡兼婆心（一才）處處為姐算。

（紫卿這個接）所謂淡掃娥眉朝至尊，眼底尊榮無驚險，漢王有甚不了情，請在今時說一片。

（衛青大花下句）姐你莫問漢帝蘭因絮果（介）更莫問漢族歷代根源。。所謂明哲保身，你切勿多情及亂，我要出外暫謀進取，為顧及你呢個苦命秋蟬。。我五鼓便歸來（介）你莫自甘作賤，（一才白）噑，家姐你千祈唔好同個皇帝（一才）（作會意介）（紫卿慢板序）

（紫卿白）係咯，我一向都聽細佬話嘅，你

叫我唔好再招惹個皇帝，我唔係推辭佢係囉。

（衛青白）嗱，你記得叻（出房門並手反鎖門台口白）想嫁漢武帝（一才）等如係嫌命長嘅啫（下介）

（紫卿白）奇怪叻，武帝咁風流瀟灑，點解細佬佢偏偏唔比我招惹佢呢（用一的起慢板序下句）寂寞芳心，本似江平浪靜，何事歷亂心弦。。坐獨張燈，慚看衾枕，怕祇怕容顏易變。

（武帝上唱老鼠尾）我心裡面，驚絕艷，彷似夢會絕世紅顏面，一縷秀髮若紅綫令我情牽，今世情緣偷依戀，心記紅顏心忖忖，兩家相見若有情，有情願把相思牽，情續一綫。

（平陽二黃下句）我為你推衾送枕，撮合呢段海角姻緣。。兄王你厭盡牡丹，一試寒梅冷艷。（一才收）

（方朔木魚）主上，我揸定把大葵扇，代你把情牽。。俗語都有話人不風流枉少年，我拈對龍鳳花燭在閨房點。保證你雙雙對對兩情牽。。我最多守住個門口唔會閃。等你洞房春暖我就嘴流涎。。

（武帝花下句）我實在難於自制，徒覺得意馬心猿。。你何必拉我入粉香寮，我經已眼花撩亂。

（平陽向方朔關目介）

（方朔連隨叩房門並大聲呼嘘示意介）

（紫卿食住埋房門問何事介）

（方朔鬼鼠細聲白）主上到。

（紫卿細聲白）細佬唔比我招惹主上呀老師，佢响外便鎖埋度房門，鎖匙就响我度，如果你係要嘅，我响窗口掟出嚟比你吖（擲匙作狀介白）嗱，你自己入嚟就好叻，你唔好帶埋主上入嚟呀吓（急坐回櫈下作一種嬌羞狀介）

（方朔一路開門白）整啲咁嘅色水做乜呀，主上請進。

（武帝平陽同入介）

（紫卿上前見駕完口古）主上，唔知點解我而家見咗你，又怕又驚，把正話我嘅風情盡歛。。

（武帝口古）紫卿，你知否午夜重相會，我對你已萬分降貴紆尊。

（方朔口古）好叻，等我係咁意點着對龍鳳燭嚟賀吓你入宮慶典。（埋衣邊點燭介）

（平陽口古）我為兄王鋪衾疊被（介）更為紫卿你閉戶垂簾。（落簾介）

（紫卿搔手白）唉吔，唔好呀（雙）（花下句）弟郎教我潔身自愛（一才）我怕輕輕落咗個幅水晶簾。。弟郎佢深鎖蓬門（一才）此際又緣何相見。

（武帝的的撐花下句）我不怪你閉門推出窗前月，只怪你容貌惹人憐。。我請你還我靈魂（一才）

（紫卿白）你嘅靈魂邊處喺我度啫。

（武帝白）你唔知呀（花半句）我嘅魂魄已藏落你嘅梨渦淺笑。

（紫卿頓足白）人地都鎖咗門嘅叻，至衰係亞老師啦。

（方朔白）虾，至衰係我？（笑笑介花下句）唔該你咪喺處刁橋扭擰，係唔係你條鎖匙自己有翼會飛出簷前。。如果你係花心和尚就咪敲經，如果密實姑娘就咪放電。

（平陽拉帝台口白）兄王（花下句）對女人千祈咪猶疑不決，話愛就愛（一才）要急過趕渡搭船。。亞妹都係過來人，所教你盡屬情場經驗（着急牽衣袖白）好心你着意啲啦兄王。

（方朔在旁眨眉眨眼科介）

（方朔食住亦故意將紫卿一推介）

（武帝連隨攬住紫卿反綫中板下句）一陣暖玉溫香，雖不望投懷送抱，更顯得啼笑皆妍。。迷茫中，你好比天上嫦娥，降下廣寒月殿。我在宮曹，好比無轀新馬，初落粉榭留連。。一陣素蘭香，隱約微聞，我已忘盡三宮六苑。到今宵辜負眼前衾枕。豈容碧戶開簾。。（花）紫卿，你莫辜負帝主情深，（一才）甘作飄零小燕。

（紫卿這個推開武帝木然舌口長花下句）歎芳心，經漸軟，怪不得人到迷茫乃係逢初戀，方知情味甘亦甜。紈扇雖能半遮面，一點靈犀落君前，愛弟言詞我此際都聽唔見，祇覺得眼前幻夢，祇有兩字纏綿。嘆一句欲斂柔情都經已無從遮掩。

（平陽見王動情不禁咬唇相看介）

（方朔一才白）宮主宮主（連叫三聲一才）

（平陽一才扎覺介）

（武帝口古）紫卿，孤王決不是薄倖之徒，你莫怕命同秋扇。

（紫卿悲咽介口古）奴婢今日雖則以身相托，但不禁感觸悲酸。。

（武帝口古）紫卿，你有何求我，自當從卿所願。

（紫卿口古）奴婢所不忘者，祇是關懷骨肉，就係果位暴躁青年。

（武帝花下句）普天下飛黃騰達，多藉裙帶關連。。試問豈有姐入宮幃，弟在民間貧賤。

（紫卿花下句）正是一朝東皇仗護，洗却寒酸廿多年（羞羞埋帳介）

（武帝花）此際奪魄迷魂，已忘却昭陽氣燄

（士腔）（吹蠟燭埋大帳介）

（雞啼散更介）（快琴音）

（朕綁子頭下句）（衛青執方朔平陽快點沖頭上掟開二人（　）地介大花下句）宮主你不應深謀遠慮（一才）出賣我愛姐嬋娟。。老師你更不應夜作淫媒（一才）令我姐難逃劫險，眼看廿年姐弟（一才）今後骨肉難完。。眼看此薄命曇花（一才）徒博得枕間一現（發火白）你地

害死佢（雙）

（方朔從地上爬起發火白）顛青，喪青（白欖）你發神經抑或腦錯亂，你讀書係唔係讀屎片，攬住個大姐唔准嫁，係唔係想肥水唔流過別人田，大姐縱然生得靚，始終都要替人將枕薦，你使乜碌大雙龍眼，（一才）燶埋塊黑面（一才）皇帝對舅爺鞋都無拖欠（一才）。

（衛青一才頓足介白）唉。

（平陽白欖）你就話三年兩載作偷歡，不能長此來遮掩，今宵你姐嫁君王，他日你定然當顯貴，我偷偷作紅娘，我愛君嘅情愈顯。

（衛青快點下句）你地心存利用更何言。。驚破芙蓉鴛帳暖。（力力古入房先鋒鈸拗斷龍鳳燭怒介白）家姐你開嚟。

（紫卿又羞又驚介問何事介）

（衛青白欖）你唔要面（雙）試問你焉能咁唔檢點，我三番四次向你聲明（一才）你不應陷足污泥成永怨（一才）我嘅苦心你睇唔見（一才）你雖大幾年，可惜冇經驗，（一才）你雖然薦枕於君王（一才）但帝苑繁華你休貪戀（一才）快與我逃離（一才）飄零如海燕（一才）（先鋒鈸拉卿出房介）

（武帝早已出帳外先鋒鈸搶回卿介大花下句）小衛青，（一才）你莫個無情作梗（一才）忘記我帝主尊嚴。。若不念及烏愛（一才）若不念你姐弟情（一才）你定難逃罪愆。

（衛青一才牛精白）主上，你一係將我倆姐弟賜死喺呢處，如果唔係我一家要帶家姐走（一才）

（方朔發火一才怒白）衛青開嚟（花下句）你家姐由三歲就湊到你牛高馬大，係唔係想佢下半世唔過得自自然然。。係唔係想茶葉番渣拈去別人賣賤？

（衛青重一才牛精白）你唔知咁多野嘅叻。

（方朔連隨擔櫈出衣邊台口請武帝坐下細聲拍馬介）

（平陽一才白）衛青你開嚟（台口花下句）我早知你全無人性，悔當初向你錯種情苗。。你縱然藐視君王，你不應對我嘅餘情不念。

（衛青一才白）你喊乜野吖，我拼死都要帶佢扯嘅叻。（先鋒鈸埋去拉卿欲下介）

（紫卿食住被拉跌地作一種可憐狀白）弟郎呀（二黃下句）你知一念我身世，忍看我作落葉飄蟬。。幾難得落葉歸根，却又緣何拉我去遠（譜子白）細佬，我地嘅出處你盡知，亞媽死得咁淒涼，大概你未忘記，我今日能夠得過好日子，希望能夠安慰亞媽於九泉之下，帶挈你青雲道上，唔通咁你都唔想咩亞青（喊介）

（衛青亦悲咽發火白）我就係想安慰亞媽在泉下之靈，我因為唔想糟蹋你淒涼身世，所以我今晚至唔准你嫁皇帝（重一才）

（武帝一才拍枱怒介白）我為乜野事幹咁唔值得佢嫁吖，你講啦（雙）（怒至離櫈介）

（衛青一才白）你叫我講，我就講啦（反綫中板下句）漢代帝苑宮幃黑暗，我早已一目了然。。文帝崩，講到接位傳宗，本不由你位登大典，你是繆東王（一才）得承玉璽，無非仰仗陳氏兵權。。嗰位陳亞嬌，今日位列昭陽，佢嘅性情兇險，在宮幃，把宮娥私宰，難免屍首難全（花）怕只怕我家姐未見到昭陽，（一才）早已屍骸葬殮（白）主上，紫卿湊大我嘅，我嘅大姐係佢，老母又係佢，我不能不維護佢，主上，你坦白良心講，你敢唔敢帶我家姐進見昭陽（一才）你保唔保得我家姐條可憐生命吖

（悲酸之極介）

（武帝重一才行前慢的的沉花下句）唉吔，俯首無言。。

（方朔在旁白）你定啲啦，皇帝未必咁怕老婆嘅。

（平陽白）都怕未至咁甚啩。

（武帝白）我真係咁怕老婆㗎（長花上句）千種悲，萬種怨，漢家恍似閻羅殿，縱橫外族早專權，今時雖有如花眷，心帶驚慌夢未完，昔才舉步徬徨，却為昭陽氣餒。

（方朔一才古口白）嘩（花下句）豈不是成晚屣心機捱眼瞓，穿窿艇當作大龍船。

（平陽花）枉廢我妙計張羅，枉我穿針引綫。

（衛青口古）主上，你既是不忍殺害娥眉，能否准我帶家姐去遠。

（紫卿嘆口古）主上，我縱不怕殉情為愛，但我不忍你日後措置堪憐（欲下介）

（武帝先鋒鈸執卿口古）我決不能犧牲呢位心愛嘅衛夫人，我要將你帶回上苑。

（方朔口古）主上，你諗真至好嚁，做人天不怕，地不怕，至怕老婆大人膝下，難為尊前。

（武帝白欖）寡人有一言，衛青聽我勸，紫卿雖入宮，難見昭陽面，我將你寄養在椒房，候機來冊選，我先封你個弟郎，希望你功成借一戰，他日凱旋還，可以洗脱紫卿嘅微賤，免至昭陽責怪我有歌姬歸，我嘅衷心你應無怨念。

（衛青白欖）此生何所求，王侯我不羨，但能我姐得安全，我入死出生何所怨。

（紫卿接）幸福憑弟郎，你應自勤勉，他朝憑弟貴，美夢始能圓。

（方朔台口花上句）咁就籐拎瓜瓜拎籐，大家都心存利用，未知他日能否大團圓。。

（平陽花）我亦換過宮裝，隨兄王暫回帝苑

（武帝花下句）吩咐香車準備，且隨聖駕回鑾。。

（仝下）

——落幕——

第叁場（華麗內宮苑景）

（四宮娥企幕）

（撞點）（宮燈御扇先上介）

（陳皇后扶賓太后上介）

（太后唱）最是尊榮為母氏。

（皇后唱）昭陽地位靠維持。

（太后唱）順母當推今帝主。

（皇后唱）帝后當權我最威儀。

（太后花）武帝得以接位傳宗，都全仗你地陳家護庇。（入分坐介）

（皇后口古）太后，主上祭祀歸來，因為我唔比佢離開昭陽正苑，佢對我都非常鄙棄。

（太后口古）懶理佢啦，你要對佢嚴加管束，不能稍有差池。

（慢花）（平陽宮主上介花下句）衛夫人入宮三月，依舊隱跡東籬。長此訊息茫茫，豈不是我計劃終成碎矣，更是難堪武帝處事過份遲疑。醜婦都還須見家姑，待我揭露此漢宮醜事。（入介白）參見太后，皇后。

（太后用一種鄙夷顏色口古）亞蕙，你唔响灞陵養靜修心，到來宮廷何事。

（皇后口古）太后，皇姑或者堪憐寂寞。唔係由得喺帝苑棲遲。

（平陽口古）太后，皇后，我今日冒死進宮，無非為兄王預先報喜。

（太后一才仄才口古）帝苑中何來喜訊，要亞蕙你咁着意奔馳。

（平陽花下句）武帝在三月前，灞陵海角結識了一位才女娥眉。你知否兄王滿面愁容，祗為未敢揭穿其秘。

（皇后重一才作怒容仄才鬭目介）

（太后一才會意白）唉，主上咁唔生性，真係對皇后唔住咯。

（皇后一才慢仄才由怒容轉回笑容白）太后，你唔好怪啦。（花下句）平民都亦有三妻四妾，帝王亦好應該有燕瘦環

肥。。皇姑你可以代請君王，入宮商量
此納妃艷事。
（平陽一才大喜介白）謝娘娘（出門台口
白）咦，乜娘娘轉咗性。（狂喜下介）
（太后口古）亞嬌，點解你今日咁大方，你
份人平時都喜歡醋味。
（皇后吟笑口古）太后，民間都有講啦嗎，
佢地話亞嬌一笑後（一才）處處伏殺機
（叫宮娥台口白欖）你立刻去東華門，
向國舅嚟暗示，叫佢帶兵入宮幃，埋伏
在四處，我擲杯以為憑，佢帶劍從速
至，斬殺新才人，天之難護庇。
（宮娥領命下介）
（皇后坐回原位含笑介）（訴冤頭嘴上台唱）
（平陽拉武帝寡婦訴冤唱上）（雙）夢寐尚
憶情場事，浩歎我難護庇，步步帶憂思
（白）入去啦，皇后好歡喜唔使怕啫（拉
帝驚慌狀態入介）
（武帝失失慌苦笑白）太后、梓童。
（皇后陰笑口古）主上，聞得你想納寵入
宮，大家夫妻上頭，何必咁避忌得㗎，
到底佢有什麼才華，值得你傾心若此。
（武帝白）普通啫（口古）衛紫卿最著名嘅
青絲蛇髻與及工筆楷書。
（太后口古）皇兒，皇后既然唔反對叻，你
大可以通傳衛氏。
（平陽白）嗱兄王（口古）外便人地話皇后
難容一婢，實在皇后唔止夠大方，而且
夠大量，你睇唔係佢點會笑口微微。
（武帝狂喜花下句）謝梓童汪涵海量，謝太
后福降仁慈。。為表我感激衷情，待孤
王親為端椅。（擔兩張椅出台口白）太
后，梓童等你坐得光光地睇真吓個衛夫
人啦，佢真係生得天姿國色㗎。
（平陽知棹忌白）兄王，你唔好講咁多說話
叻，快啲傳紫卿入宮啦。
（武帝狂喜喝白）侍臣通傳（雙）
（傳介）

（京打引方朔伴紫卿上介詩白）委屈娥眉朝天子，半帶驚惶半帶悲。（拉腔入介跪下）

（方朔台口花下句）可憐呢隻山羊去見老虎，你至緊要忍聲吞氣，唔好打半個乞嚏。。十個大婆九個都係難為妾侍（入見介）衛紫卿，叩見主上，太后。娘娘。

（皇后重一才慢仄才由笑容轉回怒容介）

（武帝嘻皮笑臉口古）哈哈，呢個就係衛紫卿叻，請你落眼睇真佢嘅面貌過唔過得去呀。

（皇后一才白）睇過（仄才口古）都算得有幾分顏色，不過可惜佢對眼生得鬼鼠一啲。

（太后口古）係咯，亞嬌見過咯，令佢起身囉，何苦令佢長跪不起啫。

（平陽口古）母后，應該嘅，昭陽無令就算佢跪到今晚都係份所應宜。

（方朔口古）爺爺，亞娘娘話到尾都係唔幾自然嘅叻，不如亞卿你斟番茶順吓娘娘啖氣啦。

（武帝白）應該，應該（口古）陳皇后正是母儀天下，衛夫人你好應該敬仰天姿（白）宮娥斟茶。

（紫卿捧茶俯首跪埋皇后處花下句）望娘娘恕此民間蒲柳，俗粉庸脂。。此後未敢沉溺君王，有傷娘娘德望（奉茶介）

（皇后接茶慢的的慢仄才不飲亦不言介）

（武帝在旁暗笑白）梓童，趁熱飲咗佢啦。

（皇后一才白）你梗係想趁熱啦（二黃下句）雖知色為禍首，你要謹慎知機。

（武帝序）佢一向都好知機。

（皇后曲）更須知女子無才，就禍不會無端禍起。

（武帝序）以後你咪讀書和寫字。

（皇后白欖）主上教得啱，等哀家再教吓你乜野叫做青絲髻，婦人頭髮何須美，為怕你媚君王，我要從今剃光佢（一才）

女子無才便是德，我要斬晒你幾隻手指（一才）等你不能再以文章再媚君，以後無從再寫字（色一才）

（紫卿食住重一才跌地跌銀盆沉花下句）唉吔吔，望主上救此委地娥眉。

（武帝長花句）求寬恕（雙）縱使不浴深恩和露雨，豈容削髮慘為尼，蓋世才華憑五指，髮離指碎不死待何時，縱使妻妾之間難作主，我徬徨左右啼哭皆非，宮主呀，你代懇我娘娘（一才）大夫你為我幫忙一二。

（平陽一才口古）娘娘，你對主上有枕蓆之情，你不能對主上咁不留餘地。

（方朔口古）唔怪皇后你總冇生養，又要截頭髮，又要斬手指，做乜你啲刑法創造得咁新奇。

（皇后重一才力力古白）好膽呀（快點下句）衝冠一怒怪娥眉。。怒擲金杯刀斧上。

（高巴鑼密打介）

（衛青大靠按劍，陳亞夫大靠按劍分邊上台一碰二碰仝入拉山踢甲四鼓頭分邊扎架力力古鬥雞眼按劍相視介）

（皇后大驚食住力力古介口古）虾，此是誰個武官竟敢闖入宮廷內裡。

（武帝口古）呢個係我新封將領叫衛青，你嘅來歷講比皇后知啦。。

（衛青一才向后躬身白）聽呀了（霸芙蓉下句）且看衝冠怒髮。你問我出處何如。。呢一個階下王奴，乃係衛青愛姐，為顧此可憐骨肉，忘却了禮法共宮儀（催快）按劍入宮拚一死，未應擲杯為號殺娥眉。。位列昭陽無德義，拚將熱血做個護花兒。。（花）皇后將我骨肉傷殘（一才）衛青亦拚同生死（一才力力古介）

（平陽口古）母后皇后擲杯暗殺才人，此舉的確有傷乎人義。

（方朔口古）太后，倘若衛青佢嚟遲一步，都怕輪到我要收拾呢個艷屍。

（太后口古）唉，總之你兩個唔應按劍入宮，令到太后都無從作主。

（皇后口古）國舅爺，人地為個大姐都可以闖宮禁，點解你企喺旁邊都唔敢妄發一詞（白）將他殺了也罷。

（亞夫重一才力力古包才大花下句）我手上兵權百萬（一才）何懼你職位卑微。。怒拔龍泉〔兜〕心刺（先鋒鈸欲殺介）

（衛青食住三攔一腳打亞夫反身跪地介）

（武帝台口攔介花下句）宮幃中你地兵戎相見，此後漢宮怎會有寧時。梓童，我此後都不敢非份要求（一才）唯望你饒恕紫卿一死。

（皇后轉回笑容口古）好啦，念在主上講情，姑且唔削佢嘅頭髮，留番佢五隻手指，貶在長門深鎖（介）此後冇哀家命令，不准受帝主恩施。

（衛青一才白）謝皇后（先鋒鈸拉卿欲下介）

（太監食住此介沖頭上口古）啟稟主上，匈奴入寇中原無離漢關百里。

（武帝口古）又逢國家多難，問誰個執管帥印為國提師。

（平陽口古）主上，不若派衛青出戰邊關，事關佢神威可恃。

（方朔口古）主上，你欲想重圓舊夢，就要憑此鐵血男兒。

（皇后口古）係囉，衛青好應殺賊平西，好待佢啼聲初試。

（紫卿口古）細佬，你去啦，你再唔好顧念我嘅環境堪悲。

（衛青一才白）領旨（叫卿台口白欖）我去矣（雙）你欲保殘生要憑機智，弟郎不在你身旁，你事事也應要迴避，在長門（一才）你要忍氣（一才）對君王要忘情義（一才）等待我歸來，然後為你爭番啖氣（一才）含淚慘別離，此言你要緊記。

（紫卿喊介花下句）愛弟你對我關懷痛切，忍不住揮淚臉披。。望你一朝高唱凱旋歌，慰盡長門愛姐（同哭相思介）

（衛青一才頓足介白）唉（快點）陣前殺敵莫延遲，難盡別離（花）千萬語（下介）

（皇后白）侍臣，將衛夫人貶在長門深鎖。

（侍臣紫卿下介）

（方朔，平陽歎息欲下介）

（武帝與卿依依不捨介）

（皇后出台口關目介）

（紫卿、平陽、方朔仝下介）

（皇后口古）主上，我嘅年未老，色未衰，你不應負心若此。

（太后口古）王兒，你憑藉外家勢力，你對亞嬌不能少有差池。

（武帝花下句）不禁凝腔血淚，俯首無詞。。（下介）

——落幕——

第肆場（全武打）

（雙飛蝴蝶頭起幕）（首板）

（急急鋒）（北派先上介西遼上大花下句）漢關衛青神威可敬。。揮軍塞外殺得我雞犬不寧，準備十萬兒郎，再次沙場馳騁（埋伏下介）

（衛青鑼邊花上唱下句）一自揚威塞外，好比初試啼聲。。更不自信此小小騎奴到今日方揚名顯姓，更不料馬房苦讀此日便胸藏百萬兵。。縱馬揮戈憂兵臨絕嶺。

（北派與青大戰介）

（衛青殺死西遼王介花下句）搴旗斬將一戰功成。

——落幕——

第伍場（冷宮景）

佈景：大帳台口殘燈冷月，（序幕入宮四月後）（衣邊井介）

（二宮娥伴紫卿坐幕）（譜子起幕）

（紫卿詩白）空餘瘦影伴寒衾，枕畔幃前滿淚痕，閒來偷度紅綾帶，只剩得腰比此從前闊幾分。（長句花）是冤還是孽，是債還是恨，半夕痴纏成永憾，身如孤雁慘離群，靈台劫盡殘脂粉，長門深鎖衛夫人。唉，帝苑是彩鳳囚籠望不到些微幸運。。（一才科倚燈旁哭相思介）

（二太監拈小燈籠）（武帝反綫陌頭柳色）飲泣悲憤碎人心，夜色深沉，自愧負人靈台近，鵑聲啼怨那堪聞，籬邊落花飄飄帶哀音情難情難自禁（序）玉籠玉籠，長困情深情深，永恨消消，粉褪脂零脂零淚混。（序）此恨此愛永留痕，皇宮黑暗那愁愁冷冷斷腸，人欲慰痴魂偷偷話琴心，慰他痴心熱淚紛紛（食住工工轉慢板）涔涔珠淚滴不盡千愁萬恨，忍作負愛帝君，本欲輕叩長門，可奈心還未敢，全仗侍臣瞞隱（打發太監下）（一才白）開監。

（太監跪下白）在。

（武帝白）如果太后同皇后問起你，你千祈唔好話寡人靜靜來靈台至好呀。

（太監下介）（武帝鬼鬼鼠鼠入介）

（紫卿一才扎醒連隨跪接聖駕介）

（武帝先鋒鈸扶卿悲咽口古）衛夫人，我騙取你半分溫存，我知你對我一定諸多怨恨。

（紫卿白）主上，我唔敢（口古）民間大婦尚且難容一妾，更遑論陳皇后有莫大權衡。

（武帝口古）唉，如果我唔係生落帝王之家，就算妻妾不相容，你亦不至孤寒成咁。

（紫卿怨極口古）我都知道主上你順妻孝母，更甚乎百姓平民。

（武帝重一才揞心憤然介白）唉（長二黃下句）絮〔果〕蘭因，乾綱不振，可憐風月可憐人，知否帝苑尊榮偏多恨，斷腸人遇斷腸人，誤我是裙帶兵戎威力埋金粉，誤你是妒花風雨，誰叫你貌壓上林。此際我夜訪靈台，可知我對你餘情未泯。

（紫卿花下句）主上，你何必絲連藕斷，徒博得煩惱自尋。。我既已身葬長門，你何苦又作此多餘挑引。

（武帝口古）唉，我不過暫時負你啫，你唔應該心灰成咁

（紫卿悲咽白）本來我就唔應該咁心灰（口古）我縱使甘為寂寞，却可奈還有不了情根。

（武帝口古）當然啦，俗語都有話一夜夫妻百夜情，斷不至咁就化成齏粉

（紫卿憤介白）主上，你誤會咯（口古）我豈敢望求殘餘恩愛，所謂不了者（一才）便是我已荳蔻胎含。

（皇后食住卸上窗口偷聽介）

（武帝重一才力力古狂喜介白）你有咗（花下句）你既有此龍胎天降，不能在此苦渡殘生。當以此消息責難昭陽為存宗（一才）我怕佢難於作梗，（先鋒鈸欲下介）

（紫卿食住攔介花下句）你當知禍從福降，你還須考慮深層。。冊封尚且難容，更豈容身懷龍孕。

（皇后台口狠狠介白）你都幾識想。

（武帝白）笑話（快七字清）斷難婉順枕邊人。。為國當存此血胤。憑將骨肉復鴛盟。（花）怒闖昭陽為質問（推開夫人衝下介）

（皇后於帝出時匿埋樹旁介）

（紫卿嘆息坐於燈下介）

（皇后奸笑台口介花下句）當日皇后尚難容一妾，我焉肯刀斧饒人。。歸去借重外籍兵權，除却此乞憐紅粉（下介）

（紫卿花下句）歎宮主當日西廂誤，我怨情天撥弄釵裙。。我不惜此命彌留，但願

愛弟功成貂錦。
（地錦）（方朔與平陽宮主上入介）
（平陽歎息口古）紫卿，我聞得宮內傳揚，話你身懷龍孕。
（方朔口古）皇帝好似發咗狂咁，甚至撞倒一個宮娥太監，佢都話你蟾蜍大肚蓮子實心。
（紫卿苦笑口古）我經已貶謫於長門，就算有咗都係徒增怨恨。
（方朔口古）咁就唔係咁講呦，如果你話生番個太子，將來你眼尾射下都可以殺人。
（平陽花下句）紫卿，你倘若能存漢祚，衛青便可（駕霧）騰雲。。我共佢嗰段不了情緣，便可以完成於你福蔭。
（紫卿白）我望都係咁望啦宮主。
（方朔花下句）我睇相都話你總之有日龍穿鳳。呢呢，今日就係雙喜臨門。。小衛青今日得勝回朝，佢為漢國增加版圖幾份。
（紫卿一才狂喜白）吓，衛青回朝（花下句）能與愛弟相逢此夜，才令我半年苦面初顰。。更不欲此憔悴悲慟弟郎，待我略施脂粉（擦粉介）
（陳亞夫上台口張惶介）
（衛青）（卸上見亞夫即閃埋樹旁偷聽介）
（亞夫台口白欖）衛青凱旋歸，紫卿懷有孕，謹奉王姐，命暗殺衛夫人，一者怕衛青恃戰功，二者怕佢與平陽宮主聯一陣，更怕夫人生養後，尊榮陳氏便消沉（介）
（衛青向台關目竟連隨下介）
（亞夫續白欖）有人在殺不能，埋伏兩旁乘機揮利刃。
（慢七才衛青作矩含怒介唱）燃眉慘禍已來臨。。若不今時心轉狠，眼前玉碎便珠沉。。骨肉恩情休再問（含怒入企定介）
（紫卿一才悲喜交集介白）弟郎（仆埋攬住

衛青哭相思介）

（衛青食住哭相思重一才頓足將卿推個跌地介）

（紫卿一才愕然口古）細佬，我响靈台唔知渡過幾多難關至等得到你番嚟，點解你一見，便對我如斯殘忍。

（衛青一才冷然口古）你重有面見我，我早知如此你何必當初一夕思淫。

（方朔〔愕〕然介口古）喂，個大姐今時唔同往日，佢個肚裡邊有咗核嚁，你唔應該拉住佢用力一撳。

（平陽發嚨介口古）噎，唔通你唔望弟憑姐貴，縱使你一生粗魯，到而家都要賣吓小心。

（衛青一才白）唏（大花下句）我恨不能把你珠胎打落（一才）

（方朔食住白）唉吔吔，打完一場勝仗番嚟，就連人個胎都要打落埋。

（衛青續花）我恨不能消滅此孽種胎含。。你不過是敗絮飄零（一才）

（平陽食住一才白）唉吔，點解要屘個大姐呢？

（衛青續花）你不配有此傳宗福份。

（紫卿重一才慢的的起身憤然介白）亞青（花下句）你縱不念我含辛茹苦，亦要稍念骨肉情深。。更不應樂禍幸災，對家姐實冇些微憐憫。（悲咽仆前白）你唔應該咁對我嘅（雙）（與青纏介）

（亞夫食住此介卸上偷聽介）

（衛青略用眼尾向窗外回顧後發火向紫卿白）你好躝開囉嚁，唔係我一拳打死你都有知（先鋒鈸舉拳介）

（方朔食住執青台口木魚）你個冚家剷（一才）你唔好當正自己係大將軍，祇不過打完一場勝仗番嚟，就咁白霍沙塵（一才喝白）開嚟（續唱）呢處地方唔到你攬攬震，我係大夫佢係宮主，兩個都對你呢個騎奴有舊恩，就算你家姐攬過龍床，都係一位漢宮夫人，豈能拉住佢亂咁撳，實在你有乜野權衡。。（發火悲憤白）亞青，你而家當咗自己叻晒嘅叻，你記唔記得舊時同人拉馬呀。

（衛青大花下句）我不准你管及衛家瑣事（一才）

（方朔食住一才發火白）我係要管（雙）

（衛青續花）你莫當我是你一黨之人。。我對你已經遷就諸般（一才）

（方朔一才大哇白）呵，咁對我就算遷就，如果唔遷就，使唔使連我都打埋？

（衛青白）我打你又點（續花）你不過是一個江湖老騙棍（一撳一踭打朔跪地介）

（平陽喝白）衛青（長花下句）你殊可恨（雙）滴水簷前應記緊，不應鐵拳揮向老年人，漫説姐弟情深應護蔭，對住我呢位平陽宮主，（一才）你不應眼底無人。。你若不藉裙帶關連（一才）試問小小騎奴（一才）點會勝大任（上前白）（譜子）你想吓（雙）你自己身從何處來至得喍，青。

（衛青放寬面口走埋平陽面前白）啊，你帶挈我，你提擕我（介）（突然火介包才白欖）我當年失意做騎奴，被你色情為挑引（一才）我個陣身無翼（一才）企唔穩（一才）有乜法子唔忍氣吞聲為伴枕（一才）我共（你是）否愛情（一才）我供你閒餘洩慾憤（一才）你經已為寡婦（一才）已夠傷德行（一才）你係漢家承擔嘅孫新婦，點配再同人講情份（一才）我不應尊重你為宮主（一才）你休想憑藉我嘅戰功為護蔭（一才）從今斬斷舊情絲（一才）我姐弟私情你休過問（一才白）你扯啦，你以都唔好再見我

（拉打坐台口抹汗介）

（平陽重一才沉花下句）唉吔吔，人天難恕你呢個負心人。

（紫卿仆前跪欖青反綫中板上句）愛弟你未

成名，休氣餒，實不應磨利殺人針，記否灞陵你好比孤鶩遇落霞，你應把隆情銘感，我賣悲歌你暗把兵書學習，無非念在改嫁慈幃。。在今朝你嘅羽翼長成，却不應心存殘忍，今夕會靈台，我地同是風塵知己，對你尚有深恩。。

（花）你對佢縱不淺愛輕憐（一才）亦不應該，摧殘太甚。

（衛青略向窗外回顧一掌推卿（落）地發火狠白）我對你咁樣就算摧殘（大花下句）你見否此東華劍（一才）我恨不能將你了却殘生。。我今日却好比猛虎歸（一才）我不准你久延宮樂（拔劍扎架介）

（紫卿食四鼓頭再（倒）地介）（預備散髮介）

（方朔仆前執青口古）衛青你而家發咗癲咩，細佬殺大姐，你係唔係同陳皇后打成一陣？

（平陽火介口古）衛青，你今日負恩師（一才）絕情人（一才）誅愛姐（一才）喂，你都要知道舉頭三尺有鬼神。

（紫卿亦發火起身口古）亞青，我問你因乜野事幹，你咁憎厭我，重要誅殺我，唔通你絕冇些少人倫天份？

（衛青亦火介白）我一定要殺你（口古）你係一個不祥之姐，你一入宮就匈奴入寇，我雖然打勝都比你累咗十萬軍民。

（紫卿重一才力力古介）

（方朔花下句）宮主，我都話係你養虎為患，我經已睇出佢有叛逆之心。。

（平陽花）小衛青，倘今日妄殺夫人（一才）我他朝定報你今時殘忍。

（衛青快點下句）為國當誅不祥人。。揮劍無情（花）先將你兩人驅散（用劍迫二人下介）

（亞夫當二人下時要避埋一旁介）

（衛青按劍復入介）

（紫卿憤然介白）亞青（花下句）我都知道你但求名利，到今日已骨肉無親。。何惜我苦命頭顱（一才）你拈去博取娘娘封贈。

（衛青暗向窗外頓足快點下句）今時一髮繫千軍。。手執龍泉揮利劍（先鋒鈸扳卿三搭箭介）

（紫卿散髮圓台介）

（衛青單腳車身埋窗口之時故意挑地上之沙泥擲向窗口介）

（亞夫為沙泥矇蔽雙眼搓眼下介）

（紫卿散髮完畢介）

（衛青扳卿衝埋衣邊角開邊介）

（一宮娥食住此介衣邊撞上介）

（衛青連隨殺宮娥介）（一望窗外無人作抹汗並提醒卿口古）家姐，你快些除了身上素衣，否則難逃劫運。

（紫卿口古）亞青，何以奴奴未死，而你又先妄意殺人？

（衛青口古）快啲啦，此事已不容再問（強解卿衫着在宮娥身上並推宮娥下井介）

（紫卿一才口古）唉，你都可算得豺狼成性，而家你殺咗宮娥之後，都怕輪到我喪命之時（引頸跪地介）

（衛青連隨跪地攬卿乙反長二黃下句）我尚有天性人心，我並不是豺狼兇狠，是宮後窗前劍影，再度驚魂火網難逃，便是因你懷血孕，若不殺此宮娥侍婢，你便烈火焚身。。但係冷酷宮廷，衹會埋脂粉（正綫催快）你不若逃生遠去，借一死以保殘生。。你不應再事延遲，快快高飛遠引（白）扯啦家姐。

（紫卿食住花下句）我亦知道情深愛弟（一才）斷不至煮鶴焚琴。。唉，我重可以忍痛存孤（一才）我怕慘受漢宮責問。

（衛青花下句）我既有此驚世才智，自會免罪其身。。姐呀還須忍痛分離，莫負我一時計運（趕卿下介）

（紫卿倉惶衣邊下介）

（武帝一路狂喜叫上介白）衛夫人（雙）（入

介）（一才口古）衛夫人呢，我經已乞准太后勸服娘娘，准許佢回歸宮禁。

（衛青口古）主上，你欲求心上愛（介）請向井中尋。

（武帝先鋒鈸介白）吓（仆埋井一看哭相思口古）衛夫人被誰所殺，誰敢除去我心間紅粉（狂叫白）邊個殺嘅（雙）。

（衛青一才白）係我（口古）衛夫人入宮而死了軍民十萬，我為漢國除此不祥人。

（武帝重一才力力古拔劍執青台口大花下句）你不應功成一戰（一才）便眼底無君。。你今日鎧甲鮮明（一才）乃是憑誰福蔭。你不應無情劍下（一才）斬殺我心底鴛禽。。我將你刺死靈台（介）稍減此彌天大恨。（擲劍介）

（衛青接劍重一才鬥雞眼頓足快點下句）拒違君命非忠臣。。跪對皇天為自刎（先鋒鈸欲自刎介）

（皇后，太后食住此介卸入介白）且慢。

（皇后花下句）主上，不應惜取婦人殘命，誅殺此漢國能臣。。小衛青汗馬功高，太后你話應當如何封贈。

（太后花下句）主上，你記否當日孝母言帝（一才）

（武帝連隨俯首白）記得嘅母后。

（太后續花）佢為國家都未肯妄殺將士一人。。小衛青西域能平，論功勞應該功封極品（白）封為西域侯食邑萬戶。

（衛青跪下白）謝太后（起身欲拉小踼（　）沙塵介花下句）倘太后來遲一步，主上便險將良將作冤魂。。今日平地封侯（一才）謝主上外家福蔭。

（武帝重一才翳意介）

（皇后白）衛將軍，隨哀家內庭賜宴。

（衛青白）謝娘娘（隨太后皇后下介）

（武帝一才伏井哭相思完花下句）自笑君王歷代，幾見此無力護春陰。

——落幕——

第柒場（倚蘭殿靈台變蓬萊天宮幻景）

佈景：上面靈台香案，衛夫人遺像，近衣邊台口放長椅一張。

（為武帝夢寐之處，旁有立體燭台白色鳳〔燭〕一枝）

（四素服宮娥企幕）（二太監點香燭介）

（武帝合尺首板）鳳幃中，靈台裡，堪憐漢帝。。（靈台怨序上）（二太監伴上）月魄難歸芳魂永逝，雨打簾櫳聲細細，椒房處處杜鵑啼，似夕陽被那暮雲遮蔽，泣落花難望雨露再提攜。（二黃）從今後，泣樓東，葉落梧桐只剩得殘餘香砌。。欲相逢惟憑一夢，怎訴別後悲淒（乙反南音）唉，淒涼此夜來哭祭。祭憑情淚與哀啼，啼憶容顏與共個蟠龍髻。卿你髻上紅花莫任別人窺，窺粧唯有我賞識花艷麗。（正綫二黃下句）試問奈何天上（士工慢板）誰知月魄光輝。。（反綫中板）數點疎星冷月窺簾，空對靈台自愧。半夕纏綿兩重冤孽，誤你是一點靈犀。。漢史中粉陣脂林，幾見我呢個淒涼皇帝。豈是錯憐香，一隻民間鳳，都不准我養在宮幃。。空有百萬兵，枉擁生死權，亦難免情場劫例，悔當年，錯立陳皇后，甘受外族提攜。。今夜夢魂中，更古難留，當盡訴你嘅含冤腑肺，只怕話偏多，陳苦短，轉眼便夢醒雞啼。。叫侍臣引路靈前（花）一灑多情香體（入介）（一才扑埋哭相思介）罷了衛夫人。

（二太監扶起介白）主上保重。

（武帝揮手令下介）（各人下介）

（武帝合尺花下句）侍臣不用靈台相候，祇怕魂歸難以入孝幃。。待我半滅孤燈，好待芳魂不懼畏（暗燈介）

（四鼓頭全場熄燈變蓬萊仙景祇有帝在床不動）

（四仙女企立底景不落台口介）

（紫卿抱斗官小曲蓬萊仙詠）飄飄仙踪，飄飄雲際，是誰鎖斷巫雲梯，今夕仙姬送子歸，歸時休記前盟誓，生不消提，死不消提，何事藕斷絲還連繫（詩白）早知情場原是夢，花枯仍不望雲霓（反綫二黃序落台唱）還君淚，了君情，無復紫燕雙棲（拉腔）斷情絲絲斷還連，今夕再留人世，愛還憎，呢個多情帝主，使我夢會魂歸，哀今夜孽種難留，此際應還漢帝（拉腔收）（哭相思介）（反宮裝鑼鼓上）

（武帝歎息花下句）可憐此孽種生在蓬萊仙境，却不生在帝苑宮幃。我不衹愧對衛夫人，且糟蹋此漢家儲帝。

（紫卿花下句）此子尚食人間煙火（一才）不似我飲恨長埋。。但原是血胤身軀（一才）

（武帝一才白）咁你呢？

（紫卿悲咽續半句）我，我是漢宮情鬼（交斗官介）

（大笛斗官叫介）

（武帝一才白欖）佢是人還是鬼（介）你落井之時佢未誕生，你慘死之時佢未出世，母入枉死城，兒亦為枉死鬼，何以佢仍是血肉軀，何以你今時登仙位。

（紫卿接）一夕痴纏百事哀，自古情場多劫例，我孽由自作劫數難逃，此子却未甘為鬼，自古活罪不及孩兒，罪不及後世，今夕夢魂中，我為君還孽債（一才）寧馨交漢室，我飄渺便消逝（欲下介）

（武帝慘笑白）夫人（花下句）此後你在青天碧海，何忍夜夜聽兒啼。。骨肉都尚可夢還（一才）你何不再還陽世。

（紫卿花下句）君呀已是一之為甚，我焉敢再入此宮幃。。天國中反樂得自在逍遙，不似你是帝主，却把昭陽懼畏。

（武帝白）唉（快七字清下句）椎心一語醒

痴迷。。如此江山如何皇帝，九天宮闕是依歸（花）怒闖雲台離此人間俗世（口古）夫人你不袛軀殼尚存，何以你尚有溫香玉體？

（紫卿口古）主上，你不應再疑慮，總之我地今夕係相會夢魂。

（武帝口古）你被殺罪不在寡人，你不應對我諸多作偽！

（紫卿口古）我若不知主上你堪憐環境，縱使夢魂能相召，我亦誓不言歸。

（武帝花下句）夫人，我好比忘情太上，夢裡棄子如遺。。可恨我無力護花，不應斬斷倫常關係。（白）你亞媽憎我恨我，而家連你都唔理我咯，你重喊乜吖，一日都係我，我累咗你咯呀仔。

（紫卿反綫中板下句）血淚已將枯，肝腸寸斷，何堪聽父怨兒啼。。呢一朵上陽花，遭受風雨飄搖，仍在可憐人世，個一把斷魂刀，無非欲存生命，並非真果辣手橫揮。。嗟蓬萊慘把骨肉夢還，豈敢望餘情連繫，感君恩難忘約誓，竟願意殉情。（花）本不願洩露此委屈衷情，唉，可奈我此夜情難自制（哭相思介）

（衛青花下句）恨良師無端撮合，令姐你再陷污泥。。我今朝已擁有兵權，但你也不應在深宮流涕。

（方朔花下句）主上，你恕我欺君犯上，無非念在你個份慘悽。。你不能與紫卿相逢，袛可仍留個仔。

（平陽白）你地唔使怕叻（花下句）今日天晴雨過，我自有計施為。。兄王大可以骨肉團圓，對昭陽無須懼畏。

（皇后一才口古）唉，乜你地故弄玄虛，待哀家傳令將佢母子殺斃。

（平陽白）笑話（口古）堂堂西域侯個大姐，乾殿下嘅大姐，乾殿下嘅外甥，試問邊個敢對佢刀斧橫揮。

（武帝口古）係囉，西域侯又係太后冊封，
梓童邊個叫你認衛青做契仔。
（衛青白）乾母后（口古）須知我今日經已
兵權在握，你無權講話，你不止不能殺
紫卿，我重要娶宮主為妻。
（皇后白）唉，領野咯。
（太后口古）今日衛氏統握兵權，都好應姐
憑弟貴，待哀家撮成好事，平陽宮主與
衛青白髮眉齊。
（煞板）團圓結合，謝太后恩德巍巍。。

——煞科謝幕——

一九五二年首演，排印本，
劍新聲粵劇團所有，歐奕豪
先生私人收藏。

紅了櫻桃碎了心

〔存目〕

一九五三年首演，泥印本，
歐奕豪先生私人收藏。

程大嫂（節錄）

演員表

程幻雯……………黃千歲
李翠紅……………芳艷芬
孔樹陵……………麥炳榮
戴金枝……………鄭碧影
李良安……………蘇少棠
辣厘牛……………歐陽儉
程　母……………陳斌俠
李二娘……………歐漢姬
李翠芳……………婉笑蘭

頭場　孔家柴房景

說明：正面水轆門口，外有紅欄杆，（　）柴房門口，近雜邊有一立體紫棚，掛一盞（殘）燈，正面有石凳一張，雜邊有沙煲風爐煲薑醋，（　）……

（開邊起幕）

（云云李翠紅懷孕閃縮上介花下句）五年來，賣入孔門為婢，都只為後母自私。。顧存得弟妹生活無虞我甘願成人捨己。（白）我係命都註定係要捱苦嘅咯，自從亞爹去世，我後母為着守大佢親生對兒女，五年前將我賣入孔家做妹仔，得啲（　）開咗間豬欄。（介）六少待得我好好，七姨太待我就太差叻，幸而幕府程大哥待我（　）佢，佢呢幾個月（　）冇番嚟，唔，我呢幾個月（　）個樣都變（　）叻。（坐雜邊台口煲醋介）

（滾花辣厘牛推柴車上台口介），自少做樵伕，舊年開柴舖，漸有盈餘。。僥倖天生天養我辣厘牛，每月送貨到孔家一次。（白）第家就伙記送，呢家就親自送。

（翠紅一才紮覺白）牛哥，送柴嚟呀，等我幫你手捻好佢啦。（介）

（辣厘牛口古）紅，我有一個好消息話比你知。我曾經去咗幾十次天后廟，順便入去求枝姻緣籤，點知個天后娘娘話我仝你有緣喎，又話我行正桃花運。嗱。你以前未曾比你後母賣入孔家。我仝你係左鄰右里。自少玩到大，一向大家都好好感情㗎，唔怪得個天註定我亞牛今生必定娶你為妻子。

（翠紅一才竊笑台口白）你話點抵得佢呢，好，撚化吓佢至得。（上前一本正經口古）係咩，咁個天后娘娘真係靈叻，連我個心都睇穿嘅叻，我而家老實話你〔知〕辣厘〔牛〕，如果我嫁唔去個陣時你都有之。。嘅啦。

（辣厘牛白）靈喇，註定㗎嗎，咗乜我三個月來每一次送柴嚟都係見你着呢套衫㗎，冇呢咩，（花下句）時常着住呢套單吊紅中太唔順眼，等牛哥為你去置新衣。。為着情人怕乜大〔破〕慳囊，表示吓亞牛嘅心事。（白）我即刻買件番嚟你着。（下介）

（翠紅笑笑台口白）個辣厘牛真係天真叻，佢都唔生埋腦囟嘅，我真係冇衫替換咩，不過呢套特別闊大啲，好遮掩啫嗎，都唔知望佢扯幾耐㗎叻，咗都怕煲好咯，成日都口淡咁。（鬼鼠拂醋一碗坐台口食介）

（戴金枝卸上見狀關目點頭入介誤會口古）翠紅啲薑醋真係香叻（一才）好味唔好呀（一才）嘿，我明叻，你個肚唔駛審都係六少㗎啦。（一才）我重記得清清楚楚㗎，當六少娶我嘅時候，佢對我特別聲明話要留番你喺處做妹仔，哼，無形中証明佢對你有醉翁之意。
（翠紅一才驚惶白）唉吔，你千祈唔誤會呀七姨太，（口古）到呢個時候，我冇法子唔對你坦白講叻，若問我腹中肉，並唔係六少㗎。（一才）係程大哥嘅。（一才）未必一定要嫁公子哥兒致係好命嘅（一才）我認為幸福係靠自己去創嘅（一才）七姨太你駛乜問我呢碗醋好唔好味啫，我都飲緊咯，你想呷就未免太離奇。。（帶點倔強）
（金枝重一才暗怒繼而冷笑介長花下句）你不別尊卑，牙尖兼嘴利，你地少爺亦受奴主使，孔家破落妻妾盡仳離。。我帶有大量金錢替佢撐面子，小小一個丫頭侍婢，有何能力與我爭持。。你嘅命運在我掌握中（一才）點想到你以奴反主。。（白）醒定啲啦翠紅，我要你成世服侍我都有權呀，你對人地唔係噉，對我份外牙擦擦。

（翠紅長花下句）本欲強吞聲，無奈難忍氣，身雖薄命為侍婢，點忿杯弓蛇影受人疑。。主僕並無乖心事，姨太你迫人咄咄（一才）寧不許我有辯護之詞。。因何閨閣罩疑雲，願掃去酸風妒雨。
（金枝火介快點下句）蛛絲馬跡〔啟〕人疑。快找冤家來論理。（沖下介）
（翠紅花下句）結子桃，傷春晚，滿懷委屈何處訴郎知。。冤孽債，未還完，念到枕畔盟言，相信佢未必情似紙。（執拾柴房介）
（南音序）（李良安扶程幻雯「裝病」仝上介）
（幻雯南音）遭二豎，步難支，未逢愛侶已神馳。。病裡光陰愁欲死，恨不得心隨明月寄相思。到此方知情滋味。（二黃下句）怎掩得懨懨病態，會我心上人兒。。惟有強振精神，一見個位紅顏知己。（白）良安，一陣你仝我入去見倒你家姊，千祈唔好話我病咗幾個月呀，

如果佢知道我病，佢個心就好唔安樂嘅
叻。（介）我唔似病吖（作狀）
（良安白）得叻，你放心啦雯哥，（二黃下
句）你不愧多情種子，言見乎詞。恐
怕你瘦骨嶙峋，難瞞夜雨。
（幻雯白）唔怕嘅，我一見咗你家姊，當堂
個病都好番七八成嘅叻，一齊入去啦。
（仝入介）（白）翠紅
（翠紅一才喜介口古）哦，乜你呀雯哥，本
來我一見咗你都唔知幾開心。但係一想
到你幾個月長都唔來見吓我喎，就當堂
嬲你，怨你，恨你。（故作嬌嗔介坐於
正面凳）
（雯安慰介口古）紅你駛乜〔鼓〕起泡腮啫
（ ）……講嘅家事，而家都要同你講
叻，我七歲嘅時候，就父母雙亡咯，
自小得個寡嬸養育，但係佢有個親生仔
嘅，所以佢霸佔我所有嘅家產，點知現
眼報，佢良心唔好，得個仔都死埋，後
來當我係親生仔咁看待，所以我叫佢做
亞媽，管束得好嚴㗎，我與你嘅事佢都
微有所聞叻，想話斬斷情絲。。
（翠紅一才口古）哦，咁你有咁嘅苦衷，
我就唔怪你嚓啦，良安，細佬你行開的
得唔得呀，雯哥仝我久別重逢，梗係
有好多說話講嘅啦，唔該你通氣啲唎好
細佬。（拉雯台口）雯哥呀，你知唔知
呀，我地一夕纏綿，你睇吓窗外經已榴
花結子。
（幻雯喜介白）真係㗎，好咯。
（良安〔口古〕）你地駛乜細聲講，微微笑
啫，我明叻，雯哥，你須知我家姊慘受
兩重壓迫（一才）自少受後母刻薄，及
長飽受豪門嘅虐待，呢個護花責任你義
不容辭。
（幻雯白）當然啦，我有分數嘅。（中板下
句）一顆惜花心，願作憐香客，終有
日紅葉題詩。仝病兩相憐，靈犀一點

通，說不盡郎情妾意。不久鳳閣催粧，得結如花眷，我早已暗懇親慈。。須知封建家庭，禮教森嚴，萬不能告以桃經結子。倘若洩春光，難免婚姻成泡影，更防拗碎連枝。。（花）仲春天氣尚嚴寒，你掩飾當能諧好事。

（金枝于幻雯中板第二句時卸上偷聽完作一切齒關目即下介）

（翠紅花下句）昔日情花親手種，好應並蒂結連枝。。郎是有情郎，我當明其中意。（白）我會嘅叻。

（金枝於翠紅花下句時強拉孔樹陵卸上偷聽介）

（樹陵聞言重一才關目慢的的揞心沉花下句）哦哦，原來翠紅你嫁杏有期。。（台口酸介）春夢醒，暗傷情，（介）強笑人前祝你名花有主。

（金枝白）重好講，你好家教啫。

（幻雯白）六少，既然你都贊成我仝翠紅呢段婚事，我地真係感激你叻，而家我預備好五十兩銀嚟贖翠紅㗎（介）請你比番張賣身契佢啦。

（樹陵重一才慘笑白）五十兩，五十兩，如果講錢你就買唔番嘅叻幻雯（長二黃一句）雁帶燕兒飛，縱有黃金難易主，種得嬌花人折去，低首更無詞。。得失有無一切皆天意，誰希罕白銀五十換去美人兒，翠紅既託與終身你當為花使，金錢何是貴，我願拱手讓齊眉。。更備豐厚粧奩，如嫁同胞妹子。（白）我當妹嫁係啦。

（翠紅重一才慢的的感動介）

（金枝食住慢的的反感介唱白）我唔准，妹就妹，點能當妹。（花下句）爛柴竟作檀香賣，寧不辱及孔氏門楣。。已是賠了夫人又折兵，厚備粧奩何不智。（白）我啲錢唔應該駛得咁冤枉嘅。

（樹陵固持成見與金枝口角介）

（翠紅勸介有序中板下句）莫為此卑微賤婢，破裂夫婦嘅情誼。。得已落葉歸根，永感隆情和厚義。幸有春泥為仗護，歸宿已有期。。我實不敢再高攀。

（花）於願良足矣。

（樹陵白）咪咁傻啦紅（花下句）五年來，我不以你為灶下婢（一才）宛似兄妹情誼。。我孔氏乃閥閱世家，就算嫁個丫鬟都要講面子。（白）我地咁有體面嘅大家庭，就算嫁妹仔都有豐厚嘅粧奩送比你粧嫁，唔駛要到佢嘅，你等一陣啦，紅，我有大把，我親自去攞比你。

（下介）

（金枝翳介口古）抵得佢，妹仔即係妹仔咯，點解係都要將隻水鬼陞城隍啫，好，睇你姓孔嘅乜野咁厚身家，睇你乜野咁闊佬，翠紅，我駁長雙眼，睇你去做少奶到唔到尾。

（翠紅口古）七姨太，你唔駛咁講嘅，六少認我做妹呀唔係我呃佢嚁，總之妹仔又好，妹又好啦，我翠紅衰衰地都嫁人做結髮（一才）比較起七姨太你嘅地位點都高啲。。

（幻雯口古）七姨太，我尊重你至咁稱呼你咋，幾多人焙咗你面話你番頭嫁貼錢比孔少爺之嗎，好馨香咩，話到尾我亞翠紅都嬌貴過你。

（良安口古）七姨太，唔該你收吓把口吻，唔着理人咁多閒事吻，顧住六少娶八姨太，打你落冷宮嘅陣你就知。。

（金枝重一才大怒花下句）何堪佢唇槍舌劍，冷刺我心脾。。小翠紅量你逃不出我掌心（一才）莫個自鳴得意。

（翠紅一笑花下句）我已受盡你多年閒氣，此生永不再踏入孔氏門楣。。我矢誓與雯哥到老白頭，（一才）一朝洗盡寒酸氣。（與雯、安仝下介）

（金枝慢的的切齒白）好，翠紅，你咁誇

口，我點都要設法破壞你嘅幸福。（想
想關目白）哼，有叻。
（力力古二枝香各捧首飾引樹陵仝上介）
（樹陵一才詫異介口古）哝，翠紅呢，佢地
扯晒哪，點解會辜負我一場美意。
（金枝快仄才改容含笑口古）六少，我而家
覺悟到方才太小氣叻，未免太令人難堪
嘅，陵，我陪你一齊去飲佢地餐結婚酒
唎好嗎，一來可以為程大哥增光門戶，
二來可以表示我地主僕嘅情誼。。
（樹陵白）金枝，你呢世人最會做就係呢趟
叻，一齊去啦。（與金枝仝下介）
（力力古辣厘牛拈新衣上介口古）哝點解唔
見翠紅呢，大姊唔該你仝我叫佢出嚟，
話牛哥買咗套靚衫嚟送比佢。
（枚香白）你搵翠紅呀，佢嫁咗啦。
（辣厘牛一才半信半疑介白）吓，嫁咗，唔
係啩，佢除咗嫁我亞牛重會嫁邊個呀。
（枚香白）佢正話同呢處以前做幕府個個程
大哥番去結婚呀。
（辣厘牛重一才火介口古）吓，天后娘娘
亞天后娘娘，你真係冇陰功咯，咁指
我，有乜法子唔撞火吖，唔拆你間廟都
唔下得點火呀，點解菩薩比貼士都會執
輸。。（花下句）天后娘娘都對我車大
砲，好呃唔呃呃我呢個小辣厘。。（一路
喊一路抓頭下介）

——落幕——

一九五四年首演，抄本，歐奕豪先生私人收藏。

香羅塚

演員表*

趙仕珍
林茹香
陸世科
趙　勤
柳　春、麗　梅（先後分飾）
茹三娘
喜　郎
柴　銓
容知府
知　縣

*（編者案）：本劇首演之演員資料從缺。

第一場（花園閨房轉西廂景）

（開幕時華麗花園，衣邊平……窗，房內之大帳及被架隱約可見，從雜邊……雜邊台有花樹及矮欄杆，衣邊有小轅門，西廂邊立體門及窗，門要向觀眾，西……雜邊一角大帳，雜邊有窗一個可上落，花園……）

（春桃、秋菊等眾梅香企幕擺酒介）

（春桃口古）秋菊，請番嚟個老師，真係瀟灑風流，才華又好，夫人非常稱讚。

（秋菊口古）春桃，你小心講野呀，自從佢嚟之後，好多閒言閒語，顧住講錯說話惹波瀾。。（白）做野啦，（二人打點擺席介）

（柳春伴林茹香「腰帶紅色香羅帶」從房上介）

（茹香慢板下句）新雨灑桐梧，曉來霜露凍，衹為憐才一念不禁愁聚，眉間。。風鎖程門，霜欺落拓，借一杯暖酒酬

師，園林，把盞。（拉腔收）（白）柳
春，今日天時唔凍，你同我攞件褸同香
羅帶番入房啦，如果少爺仔醒咗，同佢
換件新衫落嚟見老師啦。
（柳春接褸及帶白）係，夫人！（下介）
（茹香指示春桃、秋菊擺花介）
（滚花鑼鼓，趙勤鬼鬼鼠鼠上介台口花
下句）可憐昔日章台柳種在璇閨變幽
蘭。。幾曾半刻謝媒人，艷色迷心難丟
淡。（在台口向茹香招手細聲介白）夫
人夫人，
（茹香一見趙勤則冷然台口白）幕府時時有
厘規矩，
（三娘卸上）
（趙勤嘻嘻笑介口古）哈哈，夫人，真係
大架子呀，五年前，你不過係一個琵琶
仔咋，冇咗我做媒，你點做到五品夫人
呀，你而家過橋抽板啦，
（三娘不能忍受卸出白）趙勤，（介）（口
古）你成日提住的舊事，真係唔啱
（趙勤口古）茹三娘，而家你係管家，五年
前你只係佢嘅養母，如果唔係我帶歇你
呀，嘿，你而家都仲要煮僅飯。呀，
（三娘斥趙勤白）夫人處處幫忙你，都係念
在你為媒恩義咋，若果唔係嘅，你想食
啖安樂茶飯都好難呀！
（茹香微微點頭，承認三娘之語有理介）
（趙勤連隨心怯謝過白）我錯我錯，夫人恕
罪恕罪。
（茹香作一種教訓狀白）知道錯以後就要檢
點的，
（趙仕珍上介花下句）新春遞却延師柬，常
見茹娘淺笑，沉醉字裡行間。。愛先生
傲世才華，妒先生翩翩儀範。（入介）
（茹香連隨上迎介口古）相公，今日圍爐賞
菊，酬謝先生，你好應該在席上講番幾
句好話，面口唔好咁板。
（仕珍苦笑口古）應該應該，不過我一生耿

直，我塊面口放寬到點，都唔似得陸秀才溫文爾雅咁好聲談。。（帶點醋意介）

（趙勤口古）大人，你萬不能待慢個陸秀才嘅，因為在夫人嘅心目中，只有佢至值得人稱讚。嘅啫。

（茹香一才微覺難堪介）

（三娘口古）大人，夫人究竟都係書香世代，難得有個好秀才教導喜郎，敬重老師都好啱嘅！

（仕珍強笑白）好啱好啱，人來擺宴，（云云埋位介）

（仕珍正面，茹香在其旁，趙勤雜邊）

（地錦，柳春帶喜郎上介）

（柳春白）喜郎，你一陣見到亞爹，要小心講說話呀！

（喜郎驚白）我驚驚地呀！

（柳春白）唔使怕，你睇住我面口做就得嘞！

（喜郎白）哦！

（柳春拖喜郎參見介）

（喜郎叫爹媽介）

（仕珍白）乖叻，（仄才口古）喜郎，你喺西廂讀書嘅時候，你阿媽有冇陪埋你在旁瀏覽。呀，

（喜郎衝口而出白）有啊！

（仕珍一才不歡介白）吓。

（喜郎大驚連隨望柳春面色改口介白）冇，冇呀！

（仕珍重一才火介白）哦，到底有抑或冇？

（茹香苦笑搖頭介口古）相公，你咁樣呼喝法，幾歲大嘅小孩點能擔當得起呢？我有去陪過一兩次嘅，我因為想聽亞先生對喜郎如何教學，而且有亞柳春陪伴，咁樣好閒啫。

（仕珍心猶未息介口古）我唔係問你，（介）喜郎，到底有就係有，冇就係冇，做乜你咁驚，眨眉眨眼。

（喜郎一路喊一路口古）亞爹，亞媽係陪我

去過兩次嗜，正話我喺門口嘅時候，亞柳春姐叫我唔好立亂講説話，所以你一開口問我，我就唔知點講至啱。。

（仕珍一才疑心更起介）

（趙勤食住口古）大人，咁就係叻，如果唔應講嘅話都俾細路哥講咗出嚟，呵，你估講玩。咩，

（柳春急介口古）大人，恕奴婢大膽講句，你唔好聽埋咁多閒言閒語呀，尤其是呢位幕府先生。。

（仕珍喝白）多嘴！

（三娘口古）大人，請你想想，五年來結髮恩情，嫁後端莊賢淑，似乎唔應該在酒席筵中，傷及夫人德範。

（仕珍口古）三娘，所謂自己夫人，當然冰清可信，我咁做法，都係唔想再有閒言閒語，玷辱貞嫻。。

（茹香捧酒一杯，帶點傷感白）相公呀，

（中板下句）墮溷有明珠，雖云良家女，寧不把瘦影，低慚。。天佑苦心人，一朝誕下麟兒，才覺愁懷漸減。教子欲成名，稍報郎情義，幸文星驟降，杏壇。。（催快）陸秀才，他雖是飽嘗憂患，妙筆生花耀江南。。狀元才，屈就西廂冷。教子方知覓才難。。（花）倘能體諒妾心情，（奉酒介）請盡一觴把那疑雲散。

（仕珍接酒慢的的感動一飲而盡介長花下句）杯中酒，飲罷覺羞慚，吐盡辛酸淚尚唧，由來虎將疏狂慣，未解書生才氣傲江南。一拜躬身回一盞，（介）回一盞，望夫人恕罪海量汪涵。。叫香環，往西廂，拜請良師休怠慢。

（柳春下衣邊帶陸世科上介）

（世科台口長花下句）侷促寄人籬，冷落飄零雁，落拓寒儒偷自嘆，愧未蟾宮折桂還。。授課換來三餐飯，強作人師總汗顏。。嘆八斗才高，伴三尺兒童幸有夫

人垂青眼。（入）
（仕珍連隨開位迎接介口古）多謝陸秀才，拜謝陸秀才，你為我教導小兒，幾個月來一本三字經，佢已經唸成熟爛。
（世科口古）大人，我雖未敢自負才華，亦是江南名士，若果唔係尊夫人憐才一念，我都唔肯貶作童師。令公子將來有所成就，你都要多謝吓自己夫人至啱。
（仕珍更不歡介）
（趙勤口古）係嘅係嘅，秀才開口又夫人，埋口又夫人，除咗夫人，目中無人，我地呢班庸人係難入才人眼。嘅，
（仕珍變色介）
（茹香發覺略帶不安，與柳春駛關目介）
（三娘連隨笑介口古）咁又唔係咁講嘅，夫人乃將門之妻，夫人積福亦係替大人積福，如果唔係大人家門有幸，點會娶着個賢妻被譽文壇。
（仕珍有高帽戴，連隨嘻嘻笑介）

（茹香口古）柳春，快替先生掃椅提壺，替代夫人把盞。
（柳春借意開台口細聲向世科口古）秀才，好心你唔好擺出一副書生本色，開口夫人埋口夫人叻，我地大人嘅脾氣，俾人搶咗個第一就幾百個唔啱。
（世科冷笑漫應埋位介）
（仕珍白）夫人，斟一杯酒俾我，等我親自敬先生一杯，
（茹香大喜斟酒遞與仕珍介）
（仕珍接杯撲燈蛾鑼鼓開位白欖）先生是良師，實不容怠慢，孺子若成名，感恩實無限。（介）我嘅腸肚直，腦筒單。匈奴亂邊關，會合流寇有十萬。明日單騎探賊巢，有家亦難戀棧。（介）我嘅人去後，一切須防範。教讀書，應該分門限，堂堂好夫人，不能踏入西廂嘅門檻。請盡此一杯，恕我出言太冒犯。
（介）

（世科接杯愕然一才關目介）

（趙勤食住白）啱嘅啱嘅，大人明見。

（世科拈杯不飲介台口中板下句）分明是冷酒筵，決不是酬師宴，且有妒意，包涵。。彩筆未寒酸，雖未可金榜題名，也可以賣文，博取三餐飯。不受俸學錢，永別西廂月，自甘落拓、青衫。（花）待我携書劍，挾經綸，任風雨折磨飄零雁。（白）拜辭大人（介）拜辭夫人，（欲下介）

（茹香極度難堪介白）慢，（花下句）失去千金容易取，失去良師再難求。。一杯悶酒未沾唇，愛子前途俱毀爛。（頓足背身掩面哭泣介）

（喜郎連隨走埋牽住茹香衣袖扭紋喊介白）亞媽，唔好俾先生扯呀，

（趙勤嘻嘻笑白）少爺仔，個先生未必捨得……扯嘅，（花下句）何須素手牽人袖，單單兩行眼淚早已把衣攀。。所謂千金容易取，知音最難求。去後廣陵曲便散。

（茹香、世科同時慢的的內心關目介）

（柳春食住慢的的白）大人，（花下句）西廂本是無風雨，試問誰人靜海攪波瀾。。來說是非者，（一才）便是是非人。（一才）倘若此事傳揚，徒令人齒冷。

（仕珍這個介連隨喝春桃、秋菊及梅香入場）

（三娘苦笑搖頭介花下句）大人，縱不為兒孫求造福，也應解重文輕武教兒難。。你十弍年只博得五品榮封，（指喜郎）佢一旦雁塔留名，便博得千秋賞讚。（白）大人，請你想吓冇咗個周桐，何來岳飛，（一才）冇咗個黃石公，何來張子房。（一才）夫人千辛萬古，請到陸秀才，無非唔想你終老雕鞍，家聲難振，試問應唔應該尊師重道，（一才）估唔到靜海起風波，唉，莫非趙門福

澤淺。
（仕珍衝動介一手拖住口古）秀才秀才，你唔扯得，（帶點辛酸）三娘講得啱嘅，假如喜郎一旦金榜題名，好容易就身為宰閣，一日都係亞勤，搵是非做人情嚟騙我三餐飯。
（茹香口古）秀才，你唔怪我夫出言衝撞，請賞三分薄面，念及我教子艱難。。
（仕珍白）秀才恕罪，夫人恕罪，飲杯。
（帥牌）（同飲酒介）（鑼邊秋風起介）
（世科打一冷震略感不適，開位花下句）叩謝夫人三杯酒，一陣秋風意漸闌。。告別返西廂，辜負了銀盆金盞。
（仕珍非常客氣白）柳春，送先生番去，
（串）小心服侍。
（柳春連聲應介送世科衣邊下介）
（快地）（趙安「家童」雜邊上介報白）三娘，外便有一個姓柴，名叫阿銓到來搵你呀。
（三娘一才愕然白）哦！
（仕珍疑心極大一才問白）三娘，嗰個係乜野人？
（三娘口古）唉，大人，柴銓係我遠親，今年六十幾歲嘅叻，而家喺衙門做緊監獄官，為人心直，依舊清貧可嘆。
（仕珍口古）哦，咁老嘅嗱，咁你快出去見佢啦，做到監獄官都會窮嘅，呢種人真係難之又難。。
（趙安與三娘下介）
（茹香口古）相公，五年來你今日對待我特別好，正話我受咗委屈，真係而得放聲一喊。
（仕珍笑介白）算叻算叻，（口古）三巡酒過，我都要番去行轅辦事你要應承我以後唔好再入西廂，就唔會惹起波瀾。。
（白）趙勤，夫人屢次在我面前講你好話，我已經稟命上台，封你為行轅參議，你陞官叻（下介）

（趙勤大喜慢的的感動白）哦……多謝夫人，（跟仕珍下介）

（柳春食住入場鑼鼓衣邊復上拉茹香台口細聲口古）夫人，先生病呀，又係陰功嘅，被都冇張，點抵得住秋風寒冷。吖

（茹香口古）係呀柳春，你去我個房攞張秋被送與先生啦。

（喜郎白）亞媽，等我送，先生會話我乖。

（茹香笑介白）好，喜郎，咁你送啦，先生仲錫你多啲。

（喜郎喜介卸下）

（快地、趙安上介口古）夫人，三娘叫我入嚟問你，叫你攞三兩金出去俾佢嗰，因為嗰個柴老銓家中有急難。

（茹香口古）吓，柳春，即刻陪我去賬房支三兩金拈出去俾三娘啦，佢從來都未曾同我開過口嘅，信得過佢有相當困難。（白）喜郎，你乖乖地番入房。

（與柳春急足雜邊下介）（輕鬆譜子）

（喜郎台口白）我去攞被俾先生囉

（音樂奏小曲）（燈暗轉西廂景）

（世科和衣睡着在床上介）

（喜郎背被上白）好彩我精，張被咁大，我就用亞媽條香羅帶綁住至攬掂唧。（推門入見狀白）先生瞓咗，又有病都係唔好嘈醒佢叻，靜靜地同佢冚好張被就算叻（快譜子解香羅帶冚好被，順手將香羅帶放在被面上則急足下介）

（落更月上詩夜景）（效果配風聲，窗外梧桐片片落）

（譜子繼續奏）

（仕珍「換便服」食住譜子上介台口白）今晚番嚟，亞茹香已經瞓咗叻，今日都係我唔啱嘅，其實尊師重道，係好應該喫，而家先生仲有病添，我都要問候吓至得。（細聲敲門介）秀才，開門。

（世科熟睡無反應介）

（仕珍推門入介白）哦，原來瞓着咗。等佢

抖吓啦。（介）夜叻，的丫鬟都唔識得替先生點燈，（埋點燈，全場燈光放亮欲下介）

（世科食住轉側，被拖于地介）

（仕珍笑介白）哈，咁大個人都「富」被喎

（埋替冚被，無意中重一才見香羅帶，重慢的的拈帶台口切齒關目花下句）

西廂竟有香羅在（一才）染綠頭巾蓋怒顏。。香羅帶，落在陸生懷（一才）警淫刀，怒碎楊花瓣。（將帶放回原位，怒沖沖出門誤踢花〔槽〕，乒一聲然後下介）

（世科驚醒連隨起身「莫弄跌香羅帶為要」白）啵啵，乜野聲呢，（介）哦，你慌唔係的貓貓狗狗咩，所謂阮籍窮途才人氣短，連貓狗亦欺人呀（坐下拈書一才詩白）一燈相對已添煩。。況值秋風怒叫間。。欲待消愁唯夜讀，夢到蟾宮更已殘。。（看書介）

（快排子頭一句）（茹香散髮食住撲出踩地介）

（仕珍拈劍食住追上，一手秤起茹香，從窗外見世科已醒，拉茹香台口細聲火介口古）香，你又靜靜地偷入西廂，到而家仲鬢亂釵橫，春情耀眼。

（茹香口古）哚，我幾時入過西廂啫，我都經已解衣就寢，梗係鬢亂釵橫。。啦，

（仕珍口古）哼，若要人不知，除非己莫為，你嘅人離得開西廂，可惜尚有遺物未曾帶返。

（茹香口古）相公，好心你唔好咁待我呀，俾人知道，試問我尚有何顏。。

（仕珍更疑白）哼，秀才醒咗，我衹准你睇，唔准你開聲，否則便將你一刀兩斷。（先鋒鈸搓茹香頭埋窗外手指香羅羅帶迫看介）

（茹香見狀愕然欲開聲否辯介）

（仕珍見香欲出聲連隨掩其口先鋒鈸拉香台口質問白）你認唔認？（雙）

（茹香白）唉吔相公。
（仕珍白）細聲的，你係唔係想死呀？
（茹香又驚又怕細聲斷續花下句）香羅掛在我嘅床沿上（一才）緣何會飛入佢房間。。刀光閃動半離魂，欲辯無從唯有喊。
（仕珍連隨白）你喊親就一刀。（恐嚇介）
（茹香連隨忍住喊）
（仕珍細聲花下句）你何須否辯香羅帶（一才）我自有良謀証偷姦。。我說一句，你照覆一聲，若吐真情，我將你攔腰斬。（白欖）我匿埋在花陰，可把真情來試探，你去拍西廂門，不准你札硬。我講一句，你要照辦。量你作賊已心虛，密約偷情非虛泛。（喝白）你而家去敲門，重要咁講法（咬耳介）去啦！
（茹香悲咽白）唉相公，你叫我以後仲有乜野面目見人呢。
（仕珍白）你呢世人仲要面目嘅咩，唔去就一刀。
（茹香大驚連隨點頭起云云鑼鼓行吓三次欲叩門不敢，伏門哭泣介）
（仕珍行埋以刀威脅介）
（茹香無奈拍三下門，食住三才介）
（世科愕然白）咁夜邊個拍門？
（茹香無奈故意放嬌聲白）唉吔，係我呀秀才，乜咁夜你都仲未瞓咩，
（世科愕然自言自語白）咦㖂，把聲就好似夫人，但係夫人決唔會咁夜嚟搵我嘅，（介）你你你，你到底係邊個？
（仕珍連隨咬耳要香講，但動作要快）
（茹香白）唉吔，乜朝見口晚見面，連我把聲都認唔得啫，我係夫人吖嗎，外便好凍㗎，好心你快的開門啦。
（世科更愕然自言自語白）咦㖂，真係夫人嚟，（行兩步欲開門一才企定白）半夜三更，夫人到來何事？
（仕珍連隨咬香耳要快動作）

（茹香無奈口古）秀才，我又矙唔着，明知你亦都矙唔着，大人今晚喺行轅又冇番嚟，何苦一個在西廂，一個在南樓，一般心情慘淡。

（世科嚇一跳，台口自言自語白）我以為三貞九烈一個賢德夫人，原來不過如此，不過三言兩語未足為憑，等我試吓佢，（介口古）夫人，你呢幾句說話講錯咗叻，雖然夜靜更闌亦須防隔墻有耳，今夕你家大人雖然在行轅未返，但總會歸還。

（仕珍連隨咬香耳一路講一路揼心介）

（茹香不肯照講介）

（仕珍以刀要脅介）

（茹香無奈口古）秀才，唔通我嘅心跡，你都仲未明白咩，今日酬師席上，你睇吓我家夫郎，何只不解溫存，簡直難於相守，開門啦，外面除咗我連鬼都冇一隻，何必心存忌憚。呢，開門啦，

（世科愕然自言自語白）夫人果然敗德，如果我當面申斥恐怕聲揚於外，不如我留書規勸，破窗而別，為免冤纏都要暫時敷衍。（介口古）夫人，你喺門口企一陣啦，就算開門相見，我都要着番件衫。

（水仙子起排子一段，書寫完破窗而下）

（仕珍見無反應大怒頓足一腳踢開門入，鑼鼓不見世科，見破窗大怒，先鋒鈸執香羅帶套在香之頸上拉香跪入介口古）香，你都夠機警，故意大喊一聲，而等你個姦夫破窗而逃，分明背夫把淫邪偷犯。

（茹香悲咽口古）相公，我寧願你用呢條香羅帶勒死我，我都不能承認係背夫私戀。（介）唉，茹娘未作虧心事，可憐已無生口証紅顏。

（仕珍一才口古）吓，咁都唔算虧心，點至算虧心呀，噎，怪不得話火坑何處有青

蓮，什麼上爐香，終貽後患。
（茹香重一才略帶倔強口古）仕珍，我雖是淪落青樓，可是奉君完璧，你不能妄加之罪，將我名節摧殘。。（晦氣起身欲下介）
（仕珍一才白）賤人你想走？（一巴打香掩門突拈劍起快點下句唱）由來負義是紅顏。。（一才花）恩斷情亡揮劍斬。（一劍兩劍三劍，茹香閃避最後一劍斬落書枱，見信一才慢的的白）嘿，原來個秀才不打自招，留書在此。
（茹香一才白）吓，原來留書在此，（先鋒鈸撲埋欲拈信介）
（仕珍食住先鋒鈸一掌再推香跌地火介白）你想連呢封信都抹煞埋咩，等我讀（介）字奉夫人粧次，（一才掩信白）哼，分明是一首情書，睇見就眼火爆嘞，（續讀）竊思午夜敲門西廂送抱，夫人欲效紅杏出墻，書生難納飛來豔福。（大驚催快）當日杏壇設席，感夫人一念憐才，方信肉眼無珠，悲夫人背夫敗節（一路讀一路抹汗）大人雖一介武夫，仍有護花之情，夫人冰雪聰明，竟爾難安於室。（感極而哭）才人薄命，不作非禮之思，西廂雖好，難留清白之客，世科留字（雙）（重才跌信口呆目定介）
（茹香食住重一才慢的的內場極痛苦關目悲泣花下句）幸有一紙書函還清白，已無面目在人寰。賢淑婦，認作偷歡人，此恨此愁難消散。（哭相思，先鋒鈸撲埋離邊台口之花几伏几而哭介）
（仕珍過意不去埋揖拜白）夫人。
（茹香背身不理介）
（仕珍強作嬉皮笑臉再揖拜白）啖～夫人，何必咁認真呢，夫婦間耍吓都少不免嘅叻。
（茹香回身怒白）豹死留皮，人死留名，我

辛辛苦苦守來一個名節，係俾你玩耍嘅咩，（拂袖背身不理望能演得火一點）
（仕珍冤介白）夫人呀（反綫中板下句）夫婦本同根，一陣橫來風雨，險些兒把並蒂，摧殘。。好一個秀才郎，為我疑竇解開，還我恩情，於一旦。若非有斷腸書，呢一段香羅疑案，已足令綉閣屍橫。。我畢竟是武夫，一點妒火然眉便遮蓋了玲瓏心眼。一拜表情衷，再拜求寬恕，深深三拜，望汪涵。。（花）怕見窗簾下，一朵淚芙蓉，愧極無言，我亦唯有喊。（作喊狀牽袖介）
（茹香依然不理，含怒乙反二黃下句）刦後可勞拜與參，覆水難回遭遇慘。破節已隨飛雁去，無計可回還。乞賜庵堂，待我將世懺，願郎再結如花美眷，替我撫育，兒男。。想茹香薄命生成，才有此風雲變幻。（喊介白）相公，我條命都係唔享得人間鴻福嘅叻，（仍背身立）
（喜郎擸柳春鬼鬼鼠鼠雜邊上介）
（仕珍冤介白）夫人當真不原諒？
（茹香點頭哭泣介）
（仕珍白）果然不原諒（介）拜亦拜完，揖亦揖完，夫人再不原諒，哼，為夫就要……（作狀介）
（茹香回身嬌嗔白）要要要，你要乜野啫，要我死俾你睇呀！
（仕珍冤白）為夫就要跪下來了。（跪介）
（喜郎食住此介口白）爹爹，你做乜野，呀，你梗係唔識書，學我一樣，俾亞媽罰跪，（作狀）醜醜，醜甩耳仔冇掟抖。
（茹香急介暗中揚手白）噎，快的起身啦。
（仕珍依然俏皮白）下次唔敢叻夫人。
（喜郎口古）亞爹，你以後乖乖地讀書，我亦好好地聽亞媽話。（介）亞媽，我而家至話俾你聽吖，點解我咁叻會拈得張被入嚟西廂喋，全靠我喺你床頭拈呢條帶嚟紮實佢，孭喺背脊，又方便又好玩。

（柳春口古）夫人，正話俾少爺仔嚇咗一跳，所以同埋佢嚟見你，因為條香羅帶可大可小嘅，到底有冇事故發生。

（茹香口古）唉，柳香，如果唔係一紙留書，今生我仔嘸恐無再見之日，喜郎，你一念聰明，害得亞媽好慘。（又喊介）

（仕珍口古）茹香，呢條香羅帶你不如俾咗我吧啦，等我終身佩帶，永記貞嫻。。

（柳春掩口笑介花下句）大人莫負香羅帶，自有夫妻恩義在其間。。夫人帶上綉鴛鴦，巧奪天工人所讚。

（仕珍笑白）會嘑，（口古）夫人你明日能否送我到長亭，對飲一杯離情盞。

（茹香口古）相公，霎眼又天晴雨過，最是難熬離別夜，望郎珍惜此二三更。。（含羞一笑攜喜郎急足下介）

（柳春白）大人，夫人你早啲抖喎，仲有兩三更就天光嘅叻。

（仕珍笑介白）多嘴，（花下句）盡今宵輕憐淺愛，明日渡陽關。。（與柳春下介）

——落幕——

第二場（十里亭，客棧，閨房三轉景）

說明：起幕佈十里亭，從小路轉台為客店，衣邊立體店門口，內有大帳，竹枱，從客店旁之小路轉台為閨房花園景，立體閨房門，及活動紗窗，房內有大帳，花園有石枱，房之面積小花園要大。

（排子頭一句作上句二幕）（慢板序）

（仕珍（紮巾坐馬海青攜包袱劍）牽馬與茹香同上介）

（仕珍慢板下句）昨夜懺西廂，今朝驪歌唱，說不盡離情別緒、魂斷、江堤。。送別十里亭、荒郊人寂靜、望你善保嬌軀，何用空垂、雪涕。

（茹香慢板下句）腮邊淚，半為別離垂，半

為西廂一夕，半為兒郎、哀啼。。失去了良師，滅盡了矜持，一點冰心，早被疑雲、碎毀。

（趙勤沖頭上白）大人，大人，留步，（口古）下屬一心到來，有幾句說話要同你講，二來要道別一番，方合賓主之禮。

（仕珍口古）啤，亞勤，有乜事呀，我離家又唔係第一次，如果被人注目，就計劃全虧。。

（趙勤悲咽啾咽欲喊介）

（茹香白）唉吔，趙參議，大吉利是咩，

（趙勤忍住喊強笑介白）夫人，我感動唎，

（雙）

（仕珍白）你乜野事幹咁感動得㗎，勤，

（趙勤又嗚咽白）大人，估唔到夫人待我咁好，仲喺你面前叫你俾份參軍我做，我有乜辦法唔感動呀，大人，在你臨去之前，我要表明心跡哩，（禿頭中板下句）一向藐視了夫人，因為佢係章台柳，（一才）

（仕珍食住一才不歡介）

（趙勤白）大人，唔好嬲，聽埋咋！（續唱）任人攀折，也頭低。。所以五年間，我對待夫人，相見亦從無，下禮。點知道佢懷海量，未曾告過枕頭狀，反而暗裡，將我提携。。（花）願來生結草啣環，酬謝大人恩惠。（向香一拜再向仕珍一拜介）

（仕珍狂笑白）亞勤，好彩你知錯能改，如果唔係，夫人一張枕頭狀，你死無葬身之地，（花下句）我去後誰人憐弱質，望你忠心一片護蘭閨。。已是黃昏近，夫人速返家門，趙勤小心侍衛。

（趙勤白）是是是，

（茹香花下句）路上若逢西廂客，請把夜來真況向佢耳邊提。。望能早日歸來，以免妻孥掛緊。（云云分別介）

（趙勤非常恭敬拜揖白）夫人請。

（茹香雜邊下介）（趙勤送下介）

（仕珍花下句）唧枚疾走渡關西。。跨上雕鞍（介）一揮別離淚涕。（上馬圓台開二幕）

（十字坡客店景，門口寫旗「悦來棧」）

（店主坐幕伏竹枱而睡介）

（仕珍勒馬介白）悦來棧（雙）（花下句）一彎眉月楓林阻，可憐路被霧煙迷。。十字坡權渡一宵，柳外橋頭將馬繫。（下馬一才白）店主啟門來，啟門來。（埋橋頭繫馬介）

（店主食住叫門聲醒介台口急口令）做人立心虧，錢銀冇定擠。張開黑虎口，肥羊闖入嚟，

（仕珍再拍門白）開門，（雙）（包三才拍門的的撐扎架力力古露疑心介）

（店主食住力力古鬼鬼鼠鼠開門介）（白）客官請進，

（仕珍入介一才白）唔，（介）店主，我來投店，將好酒好肉搬上來。（除海青搭于椅柄並將包袱放在椅上，腰上露出香羅帶）

（店主用眼尾吊住海青及包袱嘻嘻笑介口白）客官，你請候片時，待我拿酒來。。

（店主白）（踏足出門台口介）客人帶有寶劍，衹能用軟呀，（入捧酒復上介白）客官請酒，

（仕珍白）擺喺處，你入去預備飯菜啦。

（店主應命下，臨下時再向衣服及包袱關目介）

（仕珍用眼尾看見拈酒一望快仄才重一才白）呀，（包才大花下句）我縱非江湖流浪客，（一才）但個中情景經已暴露無遺。。（撥酒起火并介）假中毒，（一才）卧床沿，（一才）好待夜狼中計。

（假意大聲嘔酒并以手撞跌燭臺全場暗光）

（店主食住卸上聽見嘔酒聲大喜卸下介）

（仕珍假作中毒狀仰卧于床上介）
（店主拈刀快云云上入門見狀偷笑放刀于椅上拈海青着起〔拍幾下〕，再拈起包袱覺重作得意狀，放低包袱取回刀先鋒鈸向床上一斬介）
（仕珍食住先鋒鈸飛腳踢店主搶背踀地飛身而起與店主度打介）
（店主被仕珍一路迫出門口介）
（仕珍再一腳打店主踀地擒住店主欲取劍，但店主糾纏，惟有解下腰間之香羅帶反綁店主再取劍殺店主取首級介）
（店主被殺時頭向橋下，使觀眾看見好似無頭介）
（仕珍快點下句）回頭又怕有包圍。。衝往西城無懼畏。（四鼓頭上馬下介）
（遠處打更聲介）
（兩衙差拈燈籠，兩衙差扶住淮陽知縣，（帶醉）楊修同上介）
（知縣詩白）朝作父母官，夜晚打水圍。。帶得三分醉。不醉永無歸。。
（楊修發覺屍骸大驚介口古）啟稟縣太老爺，橋頭有無頭屍骸一具，似乎係被人暗中殺斃。
（知縣一才口古）啤，冇啲咁嘅無頭公案，我地仲有飯食嘅咩，你去睇吓屍骸身上，有乜野形跡可稽。。
（楊修檢查一輪口古）縣太老爺，我知道死者係邊個叻，反綁有香羅帶一條，綉上有林茹香名字，死者身上所着嘅衣服，我認得係趙將軍嘅，因為前幾晚飯宴之時，我認佢着住呢件衫，非常華貴。
（知縣口古）趙將軍被人謀殺，何以反綁有佢妻子嘅香羅帶，哦哦哦，莫不是有情殺行為。。
（楊修白）大人明見，（白欖）鄰里街坊有閒言，趙府中人未蒙蔽。佢地話有幕府趙勤，似與夫人有關係。何況趙夫人係花底。見親夫人就見肥仔。百里之外有屍骸，淫婦姦夫罪難洗。
（知縣搖頭擺腦撫鬚微笑介白）對吻，對吻，（花下句）楊修，切莫驚蛇打草，靜靜去探視香閨。。
（楊修白）領命，（下介）
（暗燈拉二幕）（連隨轉花園香閨景）
（茹香對銀燈坐幕，腰間束有藍色香羅帶）
（楊修鬼鬼鼠鼠卸上閃匿于石山之旁介）
（柳春力力古上介）（襯犬吠聲介）
（楊修大驚卸下介）
（柳春入介口古）夫人，夫人，街門外鼎沸聲傳，話我地大人在十字坡草橋下慘逢劫厲。
（茹香先鋒鈸執柳春口古）吓，柳春，到底到底，到底，我地大人遇咗乜野事呀，快啲講白出嚟。。
（柳春口古）夫人，大人被人謀殺，剩有無頭屍骸，橫卧于草橋之底。
（茹香一路聽一路退後重一才暈介）
（柳春連隨担櫈夫人坐于台口介）
（茹香半暈介白）柳春，你……你……你出去訪問吓大人個頭顱下落，萬……萬不能屍首不齊。。
（柳春應命急下介）
（茹香先鋒鈸伏枱乙反哭相思介）
（趙勤食住此介上在窗外張望介）
（茹香乙反長花下句）噩耗破門來，離魂當此際，憐我劫餘冤未洗，夫郎被殺慘不堪提，命薄何堪留俗世，願離恨海，免沉迷。。再解香羅帶，夜半自投繯，早落泉台尋夫婿。（雁兒落排子解帶埋床邊吊頸介）
（趙勤破窗而入抱起茹香順手拉低香羅帶拈在手開台口介）
（楊修鬼鬼鼠鼠卸上石山望見愕然介）（房內之説話聽不見）
（茹香坐下介）
（趙勤緊貼茹香跪下乙反木魚）願向夫人重

下跪，倘若一步來遲，你嘅命歸西。。幸我破窗乘此際。（大聲一點）把香羅解了免災危。。人生當要從長計。（細聲）責任千重放未低。。要念在孤雛無父年紀細，若然無母怎提携。。（唱時作非常熨貼狀白）你想清楚至好呀夫人。

（茹香花下句）解下香羅人醒後，似聞愛子在悲啼。。自顧未整衣襟，不禁既羞還愧。（拈回香羅帶欲束腰介）

（楊修一才開石山喝白）呔，房內姦夫淫婦聽者，縣太爺來到，不准整衣，（介）

（頭鑼）（四衙差，知縣，雜邊上介）

（楊修食住向知縣咬耳介）

（三娘非常驚慌帶喜郎隨上介）

（知縣坐于石櫈喝白）人來，將姦夫淫婦拿出花園，

（二衙差拈鍊，鎖趙勤與茹香出跪下介）

（知縣口古）林茹香，有道是捉賊拿贓，捉姦在床，你買兇謀死親夫，罪難推委。。

（茹香重一才慢慢的大驚介）

（喜郎先鋒鈸撲埋跪攬茹香喊介）

（茹香口古）縣太爺，點解你無端白白話我把親夫謀死呢，係人都知道我同趙將軍乃屬恩愛夫妻。。

（知縣口古）趙勤，你勾引夫人就好啦，點解要做埋啲傷天害理嘅事，假如姦夫淫婦，唔係有所預謀，（一才）點解你正話喺房跪住向淫婦講，話做人應要從長計。

（趙勤一才愕然口古）嘩，縣太爺，你係唔係又試飲醉咗酒呀，我唔知你噏啲乜野東西。。

（知縣快點下句）案情暴露已無遺。。拉返衙門罪難擦洗。

（三娘白）且慢（木魚）夫人一向多賢慧。未曾半步越蘭閨。。幕府雖然懷不軌。夫人清白守孤幃。。你不應無端闖入人門第。你不應無端玷辱將門妻。。你呢個

七品官銜應仔細。倘若草菅人命，祿位堪危。。

（知縣重一才拍案怒介口古）我身為父母官，辦案一定查明底細。第一，死者身上個條香羅帶，已經有事跡可稽。第二，佢二人若無曖昧之情，何以不整衣襟，匿埋喺房裡底。第三，夫人竟然投身幕府懷抱（介）幕府跪在夫人身畔，今日罪名已定（一才）証據已齊。。

（茹香重一才力力古暈介）

（趙勤瘋狂白）大人呀大人，我重有説話……

（知縣喝白）呸，唔使講，人來，將姦夫淫婦收押監房。

（衙差拉茹香趙勤下介）

（喜郎緊拉茹香衣裙叫亞媽介）

（楊修執喜郎一腳打冇頭雞碌衣邊台口介）

（三娘先鋒鈸撲埋攬喜郎痛哭介）

（知縣，楊修下介）

（三娘花下句）午夜飛來橫禍太慘淒。。

——冚幕——

第三場（衙門內景連外景）

説明：正面佈公堂，公堂外則為庭苑，雜邊立體轅門外通街道，衣邊立體場，有一監倉門口，上寫「女監」監門有疏鐵欄，有鎖。

（柴老銓在衣邊女監外企幕）

（排子頭一句作上句起幕）

（老銓白欖）茹娘收監已一年，服侍招呼殊妥當，有恩不報枉為人，我當年受過佢金三兩。可惜見死未能救，良心實不安。

（地錦三娘携喜郎拈食格籃喊上介）

（老銓口白）唉，乜你日日都要見你亞媽㗎

（喜郎連隨跪下連哭帶拜白）亞媽今日仲未食飯呀，好心啦銓伯伯，

（三娘悲泣白）柴大哥，通融吓啦，

（老銓亦悲咽介點頭白）唉，喜郎，我怕你唔見得佢幾耐唧，（介）

（頭鑼聲响）

（老銓聞鑼聲口古）三娘，新科狀元欽賜八省巡按，今日淮陽巡視，你想救茹香，就拉埋佢出去攔輿告狀。啦，

（三娘口古）吓，好咯，張狀詞我就袋咗好耐咯，等到今日，至有大官到淮陽。。（白）喜郎，我同你去告狀，你有冇膽？

（喜郎白）為救亞媽乜野膽都有，（三人欲下介）

（鑼聲手下堂旦旗牌食住上介）（大相思鑼鼓介）

（三娘、喜郎雙手高舉狀詞，同跪在衣邊介）

（世科上介爽中板下句）荷衣新染，御林香。。果報循環，非虛枉。破窗能獲，狀元郎。。八省紅員，歸湖廣。欲知刑事，進公堂。。（花）不待通傳，堂上往。

（喜郎俯伏苦叫白）冤枉呀，

（世科一才喝白）誰人呼冤，

（喜郎白）六歲小童，替母呼冤，

（旗牌跪報白）啟稟大人，今有六歲小童，頭頂狀詞，聲聲替母呼冤，

（世科重一才白）哦?!（慢的的台口關目一才口古）細想六歲小童，一不能寫狀詞，二不解人間曲直，想是受人擺佈，人來，將告狀人趕返家中，未成年，焉可攔輿告狀。

（眾人吆喝介）

（旗牌趕介）

（喜郎偪強介口古）打死我都唔扯，點解我唔告得狀呀？舊時先生教我，三尺童子亦應該孝順爹娘。。

（世科重一才關目介）

（乙反木魚）大人，冒死陳情忘棒杖。含冤盡在紙一張。。欲洗沉冤無力量，哀

求按院降慈祥。。見否乳燕飄零，空悵望。母燕淒涼鎖鐵窗。。知縣糊塗張法網。斷人骨肉碎倫常。。

（世科重一才略帶感動喝白）人來，將狀詞呈上，

（旗牌接狀詞跪獻介）

（世科讀狀白）告狀人趙喜郎（包一才）狀告當今父母官（一才）妄斷香羅案，草菅人命，（重一才掩狀詞台口花下句）估道是誰敢告攔輿狀，（一才）一讀方知是喜郎。。當年立雪在程門，（一才）難怪小童氣宇凌霄漢。三班衙役階前立（一才）份屬師生惟有暗幫忙。（介）小孩兒，且返家中，（一才）我自會複查此案。（背身揚手介）

（三娘喜郎千謝萬謝低頭急下雜邊介）

（世科一見喜郎入場連隨拈狀詞讀介）告狀人趙喜郎，狀告當今父母官，妄斷香羅案，草菅人命，想生母林茹香，乃三貞九烈之身，焉有買兇殺夫之事，無頭公案，至今未明，焉能引証香羅，定為姦夫所殺，望大人明察秋毫，賜還我母冰清，莫使慈母含冤，貞娘喪節，（一才冷笑白）啤，林茹香都算得係三貞九烈，則天下更無敗德婦人了，（介）吓，何以趙仕珍又為姦夫所殺呢？（介）好，等我問真情，好替趙氏報仇，以報當日酒飯之恩呀，（介）人來端座，將犯婦人帶來問話，（堂旦擔石櫈科坐下介）

（旗牌白）大人有命，速帶犯婦人林茹香階前問話。

（老銓白）是是是，（開鎖入場帶上茹香（散髮鯉魚枷，罪服）

（茹香低頭悲泣介）

（老銓細聲白）茹娘，今日係你嘅生死關頭，巡按大人跟前，佢問一句你答一句，小心講話呀。千祈唔好妄自抬頭。

（茹香細聲白）知道，（鑼鼓匍匐跪前介）

（世科正視冷冷然口古）犯婦人，人之至親，莫如父母，嫁後至親，莫如丈夫，呢兩句古人説話，用在今時，是否恰當。

（茹香口古）大人，你引用咗兩句，可惜你仲差一句，所謂人之至親莫如父母，嫁後至親，莫如丈夫，民之至親，莫如公理，（一才）茹香嫁後愛夫，已名于世，何以又會鋃鐺鐵索，公理全忘。

（世科重一才台口白）好利害詞鋒，哼哼，（介）（口古）犯婦人，自古聖賢，亦必有錯，咁到底你一生有冇做過錯事呢，照我睇，你嘅錯都唔衹係一趟。嘅叻，

（茹香口古）大人，犯婦人自出娘胎，我從來未曾做過失貞敗節嘅事，如果大人真係要監我認嘅，就係錯在奴夫生前，不解歛財積聚，未亡人難以金銀珠寶運動官場。

（世科重一才冷笑白）哈哈，你未曾做過失貞敗節？（介）好，等我低聲下氣套取佢嘅口供，（介）犯婦人，既然你自己認作三貞九烈，點解會有一條香羅帶，被人認定你係買兇殺夫呢。

（茹香白）唉，大人呀，（小曲花間蝶）斷肝腸。那曉金刀殺害郎。愛深痛哭賦悼亡。送行淚向腮邊降。神欲喪。痛別了丈夫郎君再返綉房。唉，忽報郎君月下喪。（序哭白）我丈夫真係死得不明不白呀！

（世科攝序白）長亭送別，除咗你之外，仲有冇第二個人喺處呢？

（茹香白）本來就有，後來就有，（續唱）（生五六工）似鴛鴦倚傍。我夫妻舉案，醇醪共醉幾杯半為郎。（序）花裡偷看（序）夫妻驚慌。幕府跟踪道別情誼廣。（序白）佢姓趙名勤，佢都總算有心，跟來送別。

（世科冷笑介誤會介問白）咁你回返閨房之後，公差臨門之時，又有邊個喺你身邊呢？

（茹香續唱（尺上乙上尺反上））我哭叫愈覺心悲愴。獨對孤燈神迷惘。解將腰帶自縊殉夫喪，幕府來救推開了窗，放低了茹娘睡向薰籠上。佢是憐我青春已孀。命裡冤孽障。勸我何必殘命喪。要念遺孤要育養。（譜子續玩喊介白）所以公差臨門嘅時候，趙勤亦喺我嘅身前。

（世科攝白）哦，長亭送別，公差臨門，趙勤都喺你身邊咩？哈，碰得幾啱嗒，（台口長花下句）我非局外人，盡解其中況，昔日淫邪燕落青階上，未曉新官恰是瘦腰郎，巧語花言求恕諒，縱有一分賢淑，早喪在半夕西廂。。此案半已明瞭，再巧取供詞來定案。（坐下白）犯婦人，本院問你，除却你結髮夫郎之外，可有心愛之人？

（茹香一才羞介白）大人呀，（古腔爽中板下句）青鬢婦，未語淚千行。。女子從夫，無二向。自古道一心難繫兩情郎。。林茹香，不比楊花蕩。性比冰霜守玉堂。。大人言詞玷辱了人名望。（絃索續玩）

（世科插白）犯婦人，你自認冰清玉潔，但係我，（介）（轉口）我有一個舊日同窗，話曾經得你嘅芳心暗戀。

（茹香聞語大驚，欲抬頭望介）

（左右同時吆喝介）

（茹香連隨低首續唱中板）大人此語費參詳。。女子貞操，難毀謗。是誰介摧花辣手，害茹娘，奴守堅貞，何來知心漢。香閨寂寞，綉銀黃。（花）是誰長舌攪起千層浪。。（拉嘆板腔襯密鼓一路跪前迫問介）

（世科退兩步五才台口花下句）巧婦推翻淫邪罪，（一才）聲聲申辯是貞祥。。待我一聲傳令再開堂，（一才）重新力証香羅案。（白）人來，將犯婦人帶返監房。
（老銓白）領命，（帶茹香衣邊下介）
（世科白）人來，傳令淮陽縣並知府，將有關香羅案卷呈上，（介）吩咐開堂，（正面衣邊角下介）
（朱二盛排子）淮陽縣，容知府，分邊捧卷冊倒瀉籮蟹上，將案卷放于正面枱介）
（楊修（公差）拈帶呈堂上）
（世科食住排子上介埋位）
（淮陽縣，知府參見介）
（世科白）吩咐設席，兩位同僚一旁會審）
（淮陽縣，知府同白）謝大人，（分邊坐下介）
（世科檢閱香羅案卷介口古）貴縣，被殺者雖然係頭顱失落，你何以指定佢係趙仕珍，被金刀所喪。
（淮陽縣口古）大人，一來死者身上繫有犯婦手綉香羅帶，若不是淫婦買兇暗殺，何以又會把首級窩藏。。
（世科點頭口古）容知府，你憑乜野定姦夫係趙勤，若無實據真憑，不能將他人落案。
（知府口古）大人，據公差楊修回報，佢話眼見犯婦人夫死之後，羅襦半解，與趙勤偎倚于閨房。。
（世科口古）楊修，做人不能憑一時所見，便指人有偷情嘅勾當。
（楊修連隨跪下介口古）大人，小人在案發之後，曾經查問街坊，佢地話趙府中經已有不少閒言閒語，話幕府對犯婦人常有不規矩態度，案發之夜，我親眼見個幕府跪向茹娘。。
（世科一才喝白）人來，將疑兇趙勤帶上，面朝外跪，（雁兒落）
（公差拉趙勤上入，面朝外跪介）
（世科一才拍案口古）趙勤，你身為幕府，不思圖報主恩，私戀其妻，暗殺主人，可知罪狀？

（趙勤喊介口古）大人，我無端端坐咗年幾監，我係冤枉㗎，唉，官字兩個口，要我生就生，要我死就死，重惡過十殿閻王。（放聲大哭介）

（世科喝白）噤口，（口古）你身為幕客，實不該踏舍穿房，案發之後，你何以不奔走告喪，反向夫人倚傍。

（趙勤口古）大人，死者是我宗兄，夫人是我族嫂，將未亡人稍加安慰，點算係有曖昧行藏。

（世科冷笑幾聲白）人來，將香羅案有關人等帶上，面朝外跪。

（大差帶喜郎，三娘上入，面朝外跪介）

（世科口古）趙喜郎算有孝心，可惜你少不更事，今日千夫所指，你亞媽罪有應得，未能翻案。

（喜郎喊介口古）大人，唔該你做吓好心放咗我亞媽啦，亞爹死咗就話唔番得生噃，亞媽生動動，為乜野事困押在監倉。

（世科再檢視卷冊口古）茹三娘，照卷冊敘明，你是犯婦人當年養母，也曾淪落青樓，咁就難怪犯婦人不安于室啦，青樓中人點會有好教養。

（三娘一才搶地呼天介口古）青天大老爺，我以為今日得遇龍圖再世，原來一樣係官官相衛，難把正義伸張。

（世科一才喝白）噤口，（花下句）縱非鐵面龍圖在，（一才）也是當朝棟與樑。看我兩語三言，（一才）揭露那淫娃真面相。（白）把犯婦人帶上堂來，面朝外跪。

（快雁兒落）（兩衙差衣邊帶茹香上三標三綑入面朝外跪介）

（世科口古）犯婦人，你平心靜氣想番吓，在你丈夫被殺前一日，你做過啲乜野事，能否對人一講。

（茹香口古）大人，所謂事無不可對人言，
我丈夫死于八月十七，你所問我係八月
十六嘅事，（仄才作想介）呀，我記得
吻，嗰日我替喜郎設宴，酬謝西廂秀
才郎。。
（世科口古）哦，你日間設過酬師宴，咁夜
晚呢？你記吓啦，在二三更嘅時候，你
曾經何往？
（茹娘重一才慢的的驚慌介口古）吓……
吓……在二三更嘅時候，我曾經到過
西廂。。
（世科重一才加重語氣白）（口古）唓，咁
你半夜三更去西廂，（火介）做過啲乜
野事幹？
（茹香重一才快啲啲震介口古）大人，當晚
嘅事，關係我夫郎名譽，恕我不能直白
于公堂。。
（眾人仄才鬬目介）
（世科白）你唔講不如等我講俾你聽喇，

（撞點，鑼鼓開位唱中板下句）（茹香
更驚搖手俯伏介）個一晚你去西廂，敲
彈門戶，想話挑逗，個一位秀才郎。。
你仲媚態借聲傳，說什麼門外秋風，又
話不慣獨眠，在鴛鴦帳。又話枕邊夫，
未解溫存熨貼，願效那紅杏，出墻。。
（花）重一句，（一才）犯婦人，（一
才）呢幾句是否當夜西廂嘅真情況。。
（茹香大驚介沉花下句）唉吔吔，緣何半夕
西廂恨，佢恰如神鬼在身旁。。三江之
水洗難清，被迫挑情心悵惘（士腔）
（世科在茹香沉花時冷笑乘機埋位介）
（趙勤口古）大人，夫人正式三貞九烈嘅好
賢妻，我都未曾見過佢半步行差，點會
行為淫蕩。吖，
（三娘口古）大人，我肯拈條老命來保証，
佢斷唔會這般淫蕩荒唐。。
（世科拍案白）犯婦人，到底我呢幾句說話
有冇冤嚿你，講啦，講啦。

（茹香大驚起先搖頭再點頭又搖頭介）

（世科口古）犯婦人，在別人之前，你還可抵賴，估唔到狹路相逢，你且抬頭將本官一望。

（茹香抬頭一望，趙勤喜郎三娘亦跟住望介）（同重一才介）

（趙勤露親熱欲上前認，但為衙差趕開介）

（茹香又喜又驚介口古）哦，原來是故人得志，更使我加倍徬徨。。

（世科口古）嘿，故人還故人，法律還法律，我擲下一紙供詞，你將所作罪行盡情寫上。（擲紙筆介）

（趙勤口古）嘩呀，窮秀才一朝得志，全無飲水思源，當日除咗夫人之外，有邊個賞識你嘅賤價文章。。

（世科一才拍案白）住口，犯婦人速速寫將上來，（用火催介）

（茹香五才快花下句）唉，我當晚到西廂有人在後，（一才）

（世科食住一才截斷白）邊個信你身後有人，祇信你心中有鬼啫。

（茹香續唱）恰如傀儡作登場。。可憐身後有夫郎，（一才）

（世科一才白）哈哈，咁你搵番個丈夫嚟証明啦！

（茹香續唱）唉，夫死已無生口講。（拉嘆板腔）

（世科白）犯婦人，（口古）既然你唔肯立寫供詞，聽本官代寫供狀。（拈筆一路講一路寫，此段口古異常重要）林茹香因西廂挑情不遂，移愛於幕府，稍把慾念填償。。在長亭曾飲薄酒三杯，醉後心狂膽壯。若非有機謀預伏，何以夫妻分別，竟有幕府在旁。。婦人一次不忠，難免有昧良勾當。天網恢恢疏而不漏，主審官，竟是西廂秀才郎。。（將供狀擲下）（白）犯婦人畫押上來。

（茹香拈起供狀慢的的內關目悲咽白）大

人，茹香還有冤情待訴。

（趙勤喊介白）且慢，（台口乙反木魚）聽罷供詞我仲迷迷惘。幕府無端受劫殃。。且把白紙供詞來一搶。寧甘一死代茹娘。。（先鋒鈸撲前搶地上之白紙及筆返回原位一路唱一路寫介）是我趙勤鑄下了無頭案。事關我五載單思欲抱香。。想話鳩佔鵲巢心便喪。願將殘命作填償。。（憤然白）唔關茹娘事，一切都係我，（一才）唔信就問吓趙府中人，有好多個都知道我對茹娘有不軌之心，就係大人當日喺酬師宴上亦都睇出我對你妄生妒念，我係殺人兇手，（一才）我係衣冠禽獸，（一才）要殺就殺我，（畫押介）

（茹香見狀大驚介）

（三娘口古）趙勤，你都仲有啲良心，大人，既然佢認罪公堂，請把茹娘釋放。

（茹香急忙搖手悲咽介白）唔關佢事嘅，（口古）趙勤不致辣手殺人咁傷天害理嘅，唉，未亡人，已經生無可戀，求大人把孤兒攜帶，犯婦死亦無妨。。（憤然在供詞上畫押介）

（兩衙差分邊拈供詞供狀呈介）

（世科搖頭嘆息介花下句）當夜西廂曾敗德，（一才）你兩個如何狡辯也要受刀殤。。判決了兩紙供詞，（一才）叫人來，把朱砂呈上。

（衙差領命卸下介）

（喜郎先鋒鈸撲埋跪攬香喊白）媽呀，

（衙差食住此介口捧朱砂筆硯上介）

（世科拈起筆快點下句）先批卷冊候京詳。。朱筆判決香羅案。（拈筆欲批介）

（喜郎三次先鋒鈸撲埋搶筆被士卒攔住介）

（世科卒嘆息頓足用朱筆批冊介）（襯啫士古一聲）

（茹香在朱筆將落卷時先鋒鈸撲攬喜郎食住啫士古聲暈介）

（趙勤亦食住暈介）（譜子）
（世科開位向香白）趙夫人，所謂孽由自作，與人何由呢，當晚在西廂，如果我唔臨崖勒馬，何來此頭上烏紗，（指勤介）可笑佢色膽猖狂，竟代燈蛾撲火，（介）夫人，我陸世科初次為官，對于第一件案萬不能殉情，為報你當日知遇之恩，我唯有替你把喜郎携帶，我此去臨安就親，喜郎亦不愁無人照料，望你來生再世，莫作楊花……（語帶悲咽）
（茹香于半暈中點頭稱謝介）
（世科白）人來，將犯人收押監牢，待詳處斬。
（兩衙差分帶茹香趙勤下介）
（喜郎狂叫亞媽欲跟下介）
（三娘緊執喜郎喊介白）喜郎，大人係秉公處斷嘅，你唔好怨佢呀，我今年已經六十幾歲叻，有乜能力養你呢？你跟住舊時個先生去啦，將來金榜題名，還可以了却你亞媽生平嘅心願……（泣不成聲）
（喜郎一路喊一路點頭介）
（世科花下句）鐵面無私懲蕩婦，走馬臨安。。（帶喜郎下介）
（淮陽縣，知府一路打躬作揖送下介）
（眾人隨下介）
（三娘走埋喊介口白）柴老銓，唉，幾時處斬，你就通知我一聲啦！
（柴銓見無人拉三娘耳語介）
（三娘一路聽一路千多萬謝介）

——連隨冚幕——

第四場（臨安巡按府門前景）

正面門口，梯級平台，兩旁石獅，迴避牌，衣邊雜邊台口有大樹及梅林，張燈結綵。
（排子頭一句作上句起幕）
（玉桂打掃介白欖）巡按妻，是個賢淑婦。

小字叫麗梅，品貌極端好。初作新嫁娘，便把兒郎來教道，日日倚門庭，待兒歸入懷抱。

（四梅香伴秦麗梅上介）（二黃序）

（麗梅上唱長二黃序）梅林獨賞顧影更自豪。夜夜奉香酬月老。夫婿品清高。一旦換藍袍，有前途。説什麽受人恩須當報。雛燕哀呼，長別了親生母。（長二黃唱）無母痛兒孤，難為新嫁婦，敬郎唯代將佢着意提扶，難得是紅粉知音，憐末路，可悲是綠娥出賣了枕邊夫，郎佢閉門不納，淫奔蕩婦。博來腰纏玉帶，雁塔，名高。。可憐失德娥眉，經已魂歸黃土。（白）夫君與奴對于喜郎，視同己出，可惜小孩兒頑性未改，難于管教，所以我對佢更加慈愛，日日倚閭候兒放學。

（玉嬋帶喜郎一路扭紋上介見麗梅並不十分親熱冷然白）誼娘。

（麗梅口古）唉吔，喜郎你放學嚊，（介）你乖乖地跟我入去，等我預先教你一輪，等你個誼父考你嘅時候，贊吓你大有進步。

（喜郎口古）我駛乜佢贊呀，你都唔駛慌我唔讀書都得叻，我讀飽書，會搵錢就遠走高飛。。

（麗梅重一才慢的的口古）唉吔，喜郎，呢句説話，若果俾你誼父聽倒呢，個陣就唔知點好。叻，

（喜郎口古）哼，如果佢唔係判我亞媽嘅死罪，我就駛乜靠佢，（喊介）想起我亞媽，就永遠都唔想踏入呢一所門廬。。

（行埋衣邊坐于花下石櫈晦氣介）

（麗梅重一才慢的的內心關目完長花下句）小孩兒，不解人煩惱，不念郎情對佢千般好，反將仇恨記心牢，不施夏楚誰教導，失教又怕郎心怨恨奴，最是難為新嫁婦，忍把新婚歡樂，付兒曹。。你若

不速返門庭，我惟有訴諸誼父。（白）你跟唔跟我番入去呀！

（喜郎晦氣白）唔跟，我唔會自己番入去咩！

（麗梅白）喜郎，亞誼娘番入去先，你歡喜個陣至番入去啦，玉嬋，跟我番入去攞件褸仔出嚟俾少爺，（介）玉桂，你喺處服侍少爺呀，唔好行開呀，（四梅香玉嬋隨麗梅下介）

（喜郎依然啜泣介）（低首介）

（手下堂旦擔大燈籠上寫「平西王趙」高腳牌「奉旨還鄉」「肅靜迴避」先上介）（旗牌捧尚方寶劍令隨上介）

（仕珍打馬上介七才快點句）旌旗閃動返鄉途。。一戰功成山河保。凌烟閣上記功勞。。（花）路過臨安，回鄉土。（見小童駐馬而覲介）（此時並不認得喜郎）

（玉嬋食住轉花時拈雪褸仔急足上披在喜郎身上介白）少爺，你睇夫人待得你幾好，番入去啦。

（玉桂白）夫人等你食飯喋，少爺你番入去啦。

（喜郎亦感動仰面望一望玉桂與玉嬋即急足下介）

（玉嬋玉桂急隨下介）

（仕珍重一才快的的認得喜郎幾乎成個仆落馬介台口白）吓，何以門外小童，好似我子喜郎一般模樣，（先鋒鈸欲跟入一才抬頭望讀白）臨安巡按府，（雙）（的的由慢打快台口介白）臨安與淮陽相隔千里，喜郎如何到此呢？方才丫鬟稱呼少爺，分明是巡按之子，（介）想是我愛子成狂，才生幻覺呀，（介）

（內場一才喝白）打道，

（仕珍一才闢目白）好，橫掂出門，待我暫貶聲價，閃在一旁，攔輿詢問。（反覆猜度于衣邊台口）

（頭鑼聲）

（四家院先上分邊環立門口四梅香拈紗燈先上介）

（世科食住鑼鼓上）

（仕珍重一才推磨）

（世科驟見驚白）鬼……鬼……

（先鋒鈸掩面走避介）

（仕珍一才笑介喝白）臨安巡按，可是故人陸秀才（一才）

（世科食住一才背身企定腳震震白）是……是……是……（介）嘩吓，乜隻鬼咁猛嘌，

（仕珍笑介白）我唔係鬼，我是淮陽故人趙仕珍，秀才郎何不回身相認。

（世科慢的的回身行埋一摸仕珍下巴，口古）吓，原來你仲未死，（介）何以當日在十字坡前，被人謀殺，頭顱失落，身纏羅帶，點解今晚又會相逢如故。呢，

（仕珍笑介口古）秀才，當日在十字坡不是人殺我，（一才）乃是我殺人，（一才）忽忙中以香羅帶反縛兇手，又怕流寇埋伏，所以飛馬登途。。

（世科重一才再口呆目定介口古）哦哦哦……原來係你殺人，你，咁……咁……咁豈不是，我是糊塗人……我希望做錯一半就好叻，其餘嘅都冇做錯到。

（仕珍口古）吓，秀才，（豪放一點）我有一件好緊要嘅事，要同你講，（一才）如果唔講明白，會令佢永遠含污。。

（世科口古）吓，佢，邊個佢呀？份屬故人，乜野都可以講，何必欲吞欲吐。

（仕珍俏皮介口古）講，我梗講，不過講出嚟，難為情啲啫，世間上有邊個甘心情願，承認自己險些兒做了龜奴。。

（世科重一才碌大眼白）吓，（口古）你係唔係講有一晚二三更，尊夫人叩我西廂門，乜呢件事你都會知道。呢，

（仕珍作快口古）嘻，我跟住佢尾梗知啦，所有嘅言語舉動，都係我迫佢咁做嘅，目的係試吓佢節義貞操。。呀，

（世科重一才力力古褪紗帽踆坐正面橫石櫈上介（以後仕珍唱一句世科渾身發抖）

（仕珍嘻嘻笑介白）嘻嘻，你唔駛驚，我好多謝你，你封信我睇倒晒添，一日都係我錯嘅，（中板下句）羞說舊時情，愧說西廂夜，可憐淑婦，門外哀號。。佢不肯叩西廂，佢話你係知己良朋，何忍挑情，于無故。哀懇復徘徊，佢話寧甘劍下死，何堪玷辱了，聖人徒。。我醋海枉翻波，忍令淑婦難堪，祇為香羅，妄生疑妒。（包一才）小孩兒，錯把香羅捲被，好比浪捲波濤。。（花）我個枕畔妻，（一才）淑德賢良，（一才）且莫視為淫婦。（白）噎，一口氣咁講晒出嚟，我個心舒服晒叻。

（世科一路抹冷汗一路沉花下句）唉吔吔，冷汗透重袍。。

（仕珍拍世科之膊嘻嘻笑介口古）呀，你而家身為巡按，我應該稱呼你同僚至啱。同僚，你即刻跟我番去淮陽，見吓我妻，（一才）我地共飲一杯，講清楚就乜野事都冇啦，去啦，去啦。（非常熱情拉世科起身介）

（世科不肯起身苦口苦面口古）唉，王爺，卑職心如麻亂，三魂已喪，神智迷糊。。

（仕珍連隨不歡介白）吓，乜你唔想見吓我妻咩？叫你唔去請你去唎，

（世科一路震一路搖頭心慌意亂介）

（仕珍火介白）請你都唔去我就撞火，（大花上句）我妻賞識你于落魄窮途，（一才）你得志未曾將恩報，若論官階誰大小，（一才）你都未及王爺爵位高。。傳口諭，（一才）你速去淮陽，（一才）見否尚方寶劍與皇封誥。。

（世科從石櫈跣跪于地白）是是是，

（仕珍又嘻嘻笑介白）虾，係都要我發威你至是至是，我同你係故人嚟吖嗎，起身啦！

（世科慢的的起身悲咽白）王爺，卑職與王爺都難見尊夫人面叻，（介）因為佢已經喺監裡便病死咗叻。

（仕珍重一才力力古先鋒鈸白）吓，佢死咗？到底茹香死在誰人手中，（口古）你講俾我聽，我要代佢將仇報。

（世科帶點悲憤口古）佢有一半係死于你嘅手中，（一才）亦有一半死于我嘅手上，（一才）係我親自用朱筆判案，如非病死，亦都要斬首市曹。。

（仕珍拔劍口古）陸世科，你一朝得志反殺恩人，我不將你萬斷碎屍，難慰泉台淑婦。。（揄劍欲劈介）

（世科口古）王爺，你為乜野咁大疑心，迫個老婆去作挑情勾當，（一才）我以為所殺者係淫婦，（介）致令德義全辜。。

（仕珍重一才拋盔力力古踎與世科合剪介戲妲己尾腔）唉吔吔，冷汗滔滔。。（以下世科一路唱時，仕珍一路震并發抖介）

（世科白）王爺，我以為除去出墻紅杏，無非為報你嘅大恩大義啫，（介）（爽乙反七字清下句）曾記訟庭花落，淚模糊。。鐵面無私，誅蕩婦。趙勤被認，是姦夫。。（催快）死別生離，曾囑咐，孤兒失養，叫我再提扶。。（花）怨誰錯殺了枕邊人，（一才）醋海淹埋了青鬢婦。

（麗梅帶喜郎食住此介口卸上，麗梅見狀愕然介）

（喜郎仕珍定目相看介）

（仕珍頓足快點下句）愧無可以報陰曹。。三尺龍泉將命討。（先鋒鈸介）

（喜郎食住先鋒鈸衝前跪攬仕珍喊白）爹爹。

（仕珍一才白）喜郎，（與喜郎哭相思介）

（喜郎白）你快啲帶我番去啦爹爹，
（仕珍重一才撫摸喜郎之衣飾悲咽介花下
句）欲殺敵人兒阻擋，（一才）何堪劫
後見遺孤。。待我慇慇垂問小孩兒，（一
才）你嘅生死關頭繫在我兒談吐。（指
住世科問喜郎介白）佢待你點呀？
（喜郎一路喊一路譜子托白）爹爹，我好憎
佢，不過佢待我好好，佢而家做咗官，
唔得閒教我讀書叻，我晚晚放學番嚟，
佢都親自要我背書，背得出，佢錫我，
背唔出，佢教我……
（仕珍一路聽一路點頭感動，問白）佢又待
你點，（指麗梅）
（喜郎譜子托白）爹爹，佢呀！（介）我唔
錫佢，佢錫我，衫仔褲仔鞋仔都係誼娘
親手做嘅，誼娘為咗錫我，仲時時俾誼
父鬧添，
（仕珍感動喊介花下句）聽罷此言回身拜，
（介）難分恩怨使我更糊塗。。可憐父，
帶住呢一位可憐兒，歸鄉拜祭茹娘墓。
（悲聲喝白）打道，（帶喜郎下介）
（喜郎行幾步回頭跪下白）多謝誼父，誼
娘，我跟爹爹番去叻，（下介）
（世科慢的的望天標眼淚介）
（麗梅在旁悲咽介花下句）我在樓前聽盡傷
心話，郎你雖云誤判，責任豈能逃。。
烏紗容易取，知己最難求，世間人，會
笑你恩將怨報。
（世科重一才慢的的口古）亞梅，你是最明
理嘅淑婦，我錯判香羅案，你話我應該
點做。呢，
（麗梅悲咽口古）夫郎，你身為欽差大臣，
第一件案，你就判錯咗叻，試問你有何
顏面，腰纏玉帶藍袍。。
（世科重一才慢的的口古）亞梅，你講得
啱，待我上奏君皇，辭官謝過，至於今
世恩義難酬，如何是好。呢，
（麗梅悲咽口古）夫郎，趙夫人算得係你嘅

紅顏知己，你千不該，萬不該，憑主觀而妄加處斷，（一才）你應該在佢墳前負荊請罪，痛惜節婦無辜。。

（世科花下句）深深一拜謝過賢妻教，（一才）如此淑婦世上無。。披髮到淮陽，負荊千里路。

（麗梅花下句）我亦洗鉛華，穿素服，千里隨夫。。（二人黯然入場介）

——落幕——

尾場（梅林香羅塚景）

（茹香「採樵婦身」從天幕輕紗後山路上，主題曲「梅花刦後香」小曲絲絲淚）泣秋風，半迷濛，惱殺天欺弄，破黃粱夢。一世恩情重，愛亦成空。西廂一晚已葬情濃。說什麼念愛寵，兩載中，芳心悲痛，罪孽重重。恩情恩情皆斷送。書生忘義也愚蒙。夫婿雖然在，嗟我薄命如花怨東風。恩怨經盡了咯，怕重逢。（乙反中板下句）花原是薄命花，任郎是憐香客，徒悲恩盡情窮。。血淚渡餘年，祇緣是半夕西廂，幸福已任人播弄。書生亦太聰明，不信茹娘心內隱，反憑官勢，殺阿儂。。仗義是傖夫，不料三兩黃金，義比千斤還重。活我是三娘，虛設香羅塚。（二黃下句）把那恨掩愁封。。（一才收轉小曲別鶴怨）任風雨欺弄，變盡顏容，宵宵棲身借山洞，一切恨怨恨怨在五中，堪悲偷生似一夢，只為尚有孩童。難以魚鴻寄痛，憑誰寄痛，望天邊血淚容。念到有幸相逢，刦後哀鴻，飄飄血淚湧。說甚麼夫妻恩義重，鴛鴦拆散再見術窮。傷心也是空，恩深也是空，盼陰間與夫重逢。

（一才收介白）唉，亞三娘話俾我聽，亞趙郎重未死，念到半夕西廂，經已恩銷情斷，我何苦重見佢呢，唉，唯願隱姓埋

名，了此一生就算咯，（墓後卸下介）
（乙反二黄序）（仕珍乙反長二黄下句）不堪回首月明中，哭遍墳台懷舊寵。祇剩得白楊荒草伴寒蟲。。是誰毀碎鴛鴦夢，多情賢淑婦，長被墓門封。。嘆此後富貴榮華，難與共。悲今日歸來卿死了，苦煞鐵雁，哀鴻。。（轉二黄）哭罷亡靈，何以忽聽有人悲慟。
（世科慢長才，水髮白坐馬黑板帶負荊，食住此介口上接唱下西岐）月夜伴狂墳土中，帶罪狂哭風雨中。恃天聰，枉斷香羅認有功。罪難容，往日茹娘待我恩德重，反惹恨怨無窮。訟庭未報恩德重。反惹罪孽重重。重逢，除非寄夢，朱筆殺人實太兇。我今宵應慚淑婦塚。（黯然與仕珍相見介）
（仕珍怨介沉花下句）唉吔吔，黃土一抔君所賜，今宵何苦又相逢。。
（世科負荊跪下悲咽介白）王爺，我都知道對夫人唔住咯。
（仕珍口古）算叻算叻，你雖然對唔住我夫人，但係對得我個仔好，躝番去臨安，繼續享你嘅榮華夢。
（世科慢的的悲咽口古）唉，王爺，我無面目再為人父母咯（介）我妻要我負荊請罪，（一才）請你代泉下夫人將我苦打鞭韃，因為我把香羅妄斷，過恃天聰。。
（仕珍先鋒鈸拈籐鞭打一才又停手口古）其實我兩個都抵打，因為我錯在先，而你錯在後，論罪，我共你同是一般輕重。（寃介）
（世科口古）王爺，我求吓你，你打我啦，萬事都皆由書生起，（一才）若不能消卻夫人之恨，我雖生人世人，無地自容。
（仕珍一才白）吓，萬事皆由書生起。（頓足大介花下句）若非書生才傲世，（一才）蘭閨何致會起旋風。。打打打，提起茹娘心便痛。（度打世科滾地介）

（三娘食住此介監硬拉茹香卸上墳墓之後，三娘則卸下介）

（世科支持不住，暈跌衣邊石櫈之旁介）

（仕珍亦同時氣暈坐于雜邊石櫈介）

（云云）（茹香心殊不忍拍醒仕珍則背身哭泣介）

（仕珍醒介愕然口古）茹香，唉，估唔到你不息冤魂，今晚夜竟來托夢。

（茹香怨介口古）趙郎，我梗係冤魂不息啦，而且永遠重不能超生添，你咁累我，太冇陰功。

（仕珍口古）亞香，我係錯一半啫，最錯就係嗰個忘恩負義個陸秀才，佢妄判香羅，把你一生葬送。（埋拳打腳踢踢醒世科指住茹香喊介）

（世科愕然跪下口古）夫人我錯，希望你唔好怪我忘恩負義，我捨卻按院之尊，千里負荊請罪，自知判案昏庸。

（茹香亦怨介口古）巡按大人，犯人如果被朱砂筆點過之後，死咗落閻王殿，都係一樣受人譏諷嘅咋。

（仕珍大喊介口古）陸世科，你累佢死後難于清白。（舉拳欲打）

（世科憤然接半句口古）王爺，你亦有錯（介）誰叫你無端翻起妒雨酸風。咩（介）

（麗梅衣邊卸上愕然介）

（三娘墳後卸上掩口笑介）

（趙勤喜郎雜邊卸下介）

（茹香攔介快花下句）千古女兒皆薄命，一般都是可憐蟲。苦樂由人，何祇是蒼天播弄。

（眾人點頭介）

（趙勤口古）嘩吓，乜夫人呢隻鬼咁猛嘅，我睇睇吓都毛管戙。

（喜郎先鋒鈸撲埋跪攬茹香喊介口古）亞媽，我寧願做隻鬼仔跟埋你扯咯，可憐我為你喊啞喉嚨。

（麗梅埋跪下口古）趙夫人，假如我夫係一個忘恩負義嘅人，又點會甘心粉碎了繁華夢。呢，

（三娘口古）你兩個知錯哩咩？一日都係你地的男人嘅錯，一個疑心太重，一個附會盲從。如果唔係柴老銓接木移花，茹娘早把殘生斷送。佢而家重係人嚟，天賜你地再重逢。。

（仕珍大喜介花下句）世科你可以回京復任，天晴雨過樂融融。。

（同唱煞板）

——尾聲，煞科——

一九五六年首演，抄本，方文正先生私人收藏。

洛神（節錄）

演員表*

曹丕
宓妃
曹植
太后
陳矯
陳德珠
曹操
梨奴
柳忌
盛戎

* （編者案）：本劇首演之演員資料從缺。

第六場（銅雀台景）

（正面欄杆，衣邊平台，欄杆望出為沼江，雜邊角佈高台，台口擺特製大鼎）

（排子頭起幕）

（慢長才子建，德珠，陳嬌上介台口段頭收唱）

（子建長二王下句）朱衣尚帶淚痕斑，金枕尚留香未散，一場春夢早凋殘，昔日才華經盡滅，更無可以耀文壇，重估半世英名殉酒患，一紙鳳箋救我，滅盡病態闌珊。。今日重到京門，不禁感懷無恨。（口白）德珠往日我生有靈魂，文章蓋世，今日我心無主宰，試問愛已不存魂將安附呢？難得妳一來對我並無些微怨懟，我真係對妳唔住咯！

（陳嬌口白）子建，只求你唔死得，以後識唔識文章都罷。

（德珠口白）子建，我唔會怨你，呢一種後果都係我自己自招番嚟嘅！（乙反二王）一年長伴病幃間，血淚長拈玄霜盞，爐煙長困，呢一隻小春蠶，我嘅色未衰時容漸減，淒涼淑婦，到今宵才一笑開顏。。日日秋風，此際才覺春釐耀眼。（白）子建，只要你對我講一句熨貼嘅說話，我就算死都抵，不過我同你做咗一年夫妻，今晚係頭一次聽你咁講啫。

（陳嬌口古）子建，德珠，俾你呢句說話提醒咗我，我地馬上番去臨淄城叻，因為一個〔人〕摸唔到死嘅時候，就唔會轉性嘅，今晚子建對德珠所講嘅，就係轉死性嘅說話叻，番去啦，如果唔醒嘅就會遭殺身之患嘅叻。

（曹植口古）你都〔迂〕嘅，我一生最愛信任嘅就係宓妃，我之番嚟者，就是看在佢一紙書函。。

（徐徐在懷中拈出信，愛不釋手介）

（陳嬌口古）子建，我知道你收倒佢封信，

你日又睇，夜又睇，行又睇，坐又睇，我都唔知佢裡邊寫乜野，喂，你而家懵懵地嘅噃，封信會唔會嗒落有餡。

（曹植口古）嘿，所謂有心摸嘅文墨，除咗對我表示懷念之外，又邊處會語帶雙關。。（白）我讀俾你聽吓叻（讀信介）婉貞百拜於子建之前，自君別後，依然故我，望勿以蒲姿為念，新君雖痛改前非，懷念手足，憐弟寂寞，要歸藩承命，排紛解難，保平安，婉貞嫡筆

（雙）嚀，佢寫得清清楚楚。

（陳矯白）嘩吓，去親就死實嘅叻（長花下句）走得快仍可消災，走得遲，冚包散，子建你如非近視眼，就係明知有水都要差落潭，傳票焉能當請柬，鳳箋字字一定有包涵。。好在你朗誦一回，否則就死唔閉眼。

（曹植白）老糊塗，封信個個字都清清脆脆。

（德珠白）係囉，亞爹，封信都寫得文理通順吖。

（陳矯先鋒鈸搶信白）等我讀俾你地聽吓啦，聽住啦（讀介）婉貞百拜於子建之前，自君別後，依然故我，望勿以蒲姿懷念（介）呢幾句讀得啱叻。

（曹植頓足火介白）唔通連呢幾個字都要你重複讀俾我聽咩？

（陳矯火介白）咪嘈，聽我讀落去（介）新君雖痛改，全非懷念手足（介）前全同音，你醒？仲有呀（介）憐弟寂，莫要歸藩承命，寂寞個寂，仝曹植個植同音，醒未，仲有呀（介）排紛解，難保平安（介）重複讀一次（用最快之口氣讀）新君雖痛改，全非懷念手足，憐弟植，莫要歸藩承命，排紛解，難保平安

（曹植重一才慢的的內心作苦關目介）

（德珠先鋒鈸撲埋跪攬植喊介白）子建，你及早回頭啦，子建（乙反中板下句）

一語破玄機，歸山擒虎易，莫要承命歸藩。宓姐亦頗情長，好一句難保平安，已透露柔情千萬。一紙斷腸書，依稀留恨影，似有血淚斑斕。老者已孤零，少者靠養憑誰，你何苦要為情殉難。此去伏危機，又怕一朝落網，倩誰收拾，未老紅顏（花）一線繫安危，望你接納良師勸諫。

（曹植慢的的悲嘆口古）生也好，死也好，我再行幾步就可以見到宓妃，我斷唔肯回頭，將此來嘅心情打淡。

（德珠慢的的掩面哭泣介）

（陳矯口古）子建，宓妃對你個心，已經死咗嘅叻，你何必為佢死心而犧牲，而至落網，忘記咗妻子紅顏

（德珠撲埋攬住陳矯喊出聲介）

（曹植口古）德珠，假如你連我最後一點心願都唔俾我了咗，你又點算得係純良，點算得係賢淑，聽我話（一才）番去驛館為我焚香於今晚啦。

（德珠慢的的點頭悲咽口古）子建，都要我能夠做得嘅我都做，只要從我夫郎口內，博得兩字賢淑名銜（啞相思鑼鼓黯然下介）

（陳矯花下句）唉，係咁就四個字賢良淑德，唔知害盡幾許紅顏。係咁就白頭人送黑頭人，睇住你去殉劫難。

（曹植白）呔，淄城侯曹子建歸藩承命（雙句）（過衣，雜邊）（執陳矯兩邊望介）

（黃門官跪向衣邊報白）報，淄城侯曹子建歸藩。

（宓妃叻叻古上台問白）此報當真？

（黃門官頻頻點頭介）

（宓妃一才嘆息白）唉，子建都算聰明已盡咯（花下句）昔日佢聰明蓋世，何以不解信內包涵。日夕垂淚昭陽，無非擔心佢才華盡減（用最蒼涼之語調白）有請！

（黃門官傳旨）娘娘有請。
（曹植入介連隨跪低白）子建叩見嫂娘娘，願娘娘千歲千千歲（最後三字帶嘆聲）
（宓妃扶起慢的的關目悲咽口古）子建，你到底仲係唔係當年嘅子建呢，我見到了面目憔悴都未傷心，我最怕剌碎咗你當年文膽啫。
（曹植慢的的口古）長嫂娘娘，而家娘娘又係你，姐姐又係你，我唔敢話情人（一才）都係你，你封信我已經睇得明明白白，點解仲要番呢，因為子建仍係當年子建（一才）最怕紅顏已非昔日紅顏啫。
（宓妃慢的的口古）子建，你都會叫我長嫂娘娘，我仲點會係當年個我呢，冇咗一個我就好閒啫（嘆介）冇咗你嘅文章就真正慘叻！
（曹植慢的的由悲苦漸轉狂笑介口古）娘娘，所謂士為知己者死，女為悅己者容，文章為知音人寫（一才）你都已經嫁咗叻，仲有乜野心機對紙上空談。
（宓妃白）子建，你錯叻（花下句）你知否才盡人亡如燈滅（一才）今晚夜雀台高設有文壇。。若非有敏捷才思（一才）恐怕你難逃災難（白）唉，子建，假如今晚問非所答嘅時候，你就有個文章騙世嘅罪名，你點能夠擔當得起呢。
（曹植這個介）
（陳矯乙反木魚）唉，係敢就打鱗截膽，好比失魂魚游落鬼門關，娘娘你知否佢聰明已盡，幾乎等若文盲，你問佢天地玄黃，佢話第二句就係海鹹河淡，你問佢一加一呢，佢就話等於三，往時吟詩，佢就當如家常便飯，今時作賦，佢仲比上天還難
（宓妃喊介白）到底你個聰明去咗邊處呢，子建（小曲春風得意）擁君再泣淚汍瀾，宓姐腸斷矣，悲君博學已滅，往日才思可讚，今晚緣何，祇會痛哭見盡你

才難。

（序白）咁我就係欲救無從叻（唱）一對無靈眼，真空泛，仰天悵望幾番，你嘅面孔冷，心太慘，我亦淚飄飄隨郎泛。

（曹植反線中板下句）淚眼望青天，才華非減盡，無非失去心上幽蘭。。失去了淺笑橫波（一才）失去了掩袖含顰（一才）失去了挑情媚眼。才向熱中生，詩隨流水去。欲令收復又何難。。一顆破碎心，稍可彌縫，一樣是才華可讚。（一才）只要復見掩袖含顰，復見挑情媚眼，只要復見淺笑波橫。。（花）舊時情復舊時才（一才）情盡才亡不復返。

（陳矯快白欖）真唔真，係咁都未心淡，若有往日情，可把才情挽，宓妃若垂憐，我就有番多少膽。

（宓妃白欖）紅顏老，風情滅，昔日音容仍未散，若能一笑解郎危，盡把柔情壯文膽。

（黃門官一見曹丕，即大聲白）聖駕到。

（曹植白）淄城侯曹子建拜見主上萬萬歲。

（曹丕，先鋒鈸執曹植露親熱台口口古）三弟，子建，我知道你接到王后封信，你一定會番嚟嘅叻，就算你不念兄弟之情，亦都會念在故人（指宓妃）垂盼。

（曹植慢的的苦笑口古）主上，手足之情我亦念，故人之情我亦念。從前一切仍在心間。

（曹丕口古）子建，我今已仰承遺詔登基，我認為無邊一樣可以誇耀於各王侯嘅，所誇耀者，就係你嘅錦繡文章（一才）所以我今晚想試一試你嘅才華，準備接受各人欽讚。

（曹植口古）主上，難得你仲當我係今時國寶。難得叻，即管試吓啦，我相信不會感覺才難。

（曹丕這個介）

（宓妃口古）主上，我認為天才即係天才，

人就可以歷盡滄桑，天才就唔會無端加
滅嘅。
（陳矯口古）係囉主上，即管試啦，出自我
門下嘅，都會失禮你咩，即管即管（台
口半句）我把口雖然係咁講，我個心仲
十五十六，跳得好交關。
（曹丕一才口古）子建，三弟，敍過兄弟之
情，就應該講句君臣說話，你想真至好
呀，如果你今晚稍有差池，你就有一個
文章騙世之罪，罪該問斬。
（曹植口古）主上，倘若是我有負兄皇厚望
（介）任得你拉我上油鑊刀山。
（曹丕一才白）淄城侯（花下句）自古君臣
無戲語（一才）莫個一時才拙辱龍顏。
若非十步見詩成（一才）莫怪帝主威嚴
把親情滅。
（曹植跪下介白）懇請主上命題。
（曹丕白）今日兄弟相逢，正是感慨萬千，
就此以兄弟為題，賦詩一首，但詩中不
能有兄弟二字。
（曹植白）領旨
（曹丕起行兩步，曹植呆然望住宓妃）
（宓妃向子建淺笑介）
（曹植沖口而出白）煮豆燃豆萁，豆在釜中
泣，本是同根生，相煎何太急（開邊跪
下介）
（各路王侯同時拍掌讚好詩介）
（曹丕重一才〔 〕叻叻古伏檯震驚介）
（宓妃幾乎嚇暈抹汗介）
（曹丕開位向植，鑼鼓做手關目一輪台口長
花下句）心計枉空勞，子建才堪讚，
十步尚嫌才思慢，七步成詩尚悠閑。
四座掌聲齊拍爛，試問我焉能加罪受人
彈。。（介）待我扶愛弟（介）賜封安鄉
侯（一才）好把淄城回返。
（曹植連隨白）謝！
（陳矯連隨乘機將曹植推出門介）
（德珠上一見曹植即瘋狂撲埋先鋒鈸跪攬越

緊越好，（喊介花下句）此際相逢如隔世，多謝宓妃情重佑郎生。。無語對夫郎，惟望皇天有眼。

（曹植慢的的撫摸德珠苦笑介花下句）得見當年顰與笑，已息痴心帶淚還。。何必偏苦有心人，識盡花愁和玉慘（悲咽白）德珠，我地番去叻（與德珠黯然下介）

（宓妃一路跟開台口暗中灑淚介）

（曹丕靜靜行埋向宓妃白）梓童，你咁留神，到底望住啲乜野呀。

（宓妃白）吓，冇，冇野呀，呢，我望住擺响處嗰隻寶鼎啫。（一才）

（曹丕白）梓童，唔係啩，你真係咁留心個隻寶鼎。

（宓妃白）係咧，我愛佢嗰啲花紋圖案，真係精緻叻。

（曹丕口古）梓童，你提起呢隻寶鼎，就有相當來歷嘅，係紫陽泥所做嘅，當年先帝剿平紫陽得來此鼎，擺在雀台，讓子孫紀念佢嘅戰功威猛。

（宓妃口古）主上，我仲嫌呢隻寶鼎，未能燒得盡善盡美，能否讓我再行斧削，改善一番。

（曹丕口古）婉貞，你知我做人嘅手腕係點樣，對於你，我一向係心愛嘅，你喜歡點樣就點樣，只要唔好將佢完全毀爛。

（宓妃白）好，矯國老，你先向君皇乞取寶劍一把。

（曹丕賜劍介）

（宓妃口古）我你點做就點做，點改就點改，逆親我意思就唔啱。

（陳矯拔劍在手白）老臣候娘娘吩咐。

（宓妃白）左邊嗰隻耳唔好睇，你同我斬左佢。

（陳矯一劍劈去左耳介）

（宓妃白）右邊嗰隻耳唔好睇，同我劈左佢

（陳矯照劈介）

（宓妃故意作狀一輪白）蝦，睇睇吓左邊嗰隻腳，都唔係幾好睇，順手同我劈埋佢。

（陳矯欲劈，一才嘩然介口古）嘩吓，如果劈親隻左腳都唔係幾好睇，個鼎就跌，跌親就爛。

（宓妃口古）邊處會跌呢，我話過叫你點做就點做（一才）不准逆命而行。。劈啦！

（陳矯白）想破壞就易啦（照劈碎鼎介）

（曹丕頓足介白）噎，可惜，可惜，獨腳又點能企得穩呢？

（宓妃連隨跪下白）主上，乜你都知道獨腳企唔穩咩（起乙反二王下句）羔羊離虎口，尚留積怨在心間。。碎鼎既屬堪憐，情斷當還更慘（白）主上，鼎有兩耳，正好似人有兩手，鼎有兩腳，正如人有兩足，我劈去左右雙耳，正如你除咗曹彰、曹熊（一才）剩番一對腳，正如你之想殺埋曹植（一才）唉，主上，你既然知道獨腳企唔穩，又何必死心不息，咁去害子建呢。

（曹丕重一才慢的的如夢初醒，徐徐扶起宓妃悲咽白）到如今我知錯叻（乙反二王下句）獨力難支大廈，寧不感慨孤單。。得以覺悟前非，全仗你一言諷諫（悲咽白）婉貞，婉貞，我要共你痛飲一杯，在群臣之前深深謝過。

（宓妃白）唔駛叻（花下句）難得主上心回意轉，我欲登高一遣愁顏。。能否許我獨自登臨，借清風把淚痕吹散。

（曹丕白）你想獨自登高，小心至好嚅！

（陳矯白）娘娘，老臣侍奉你（起幽怨譜子）

（宓妃白）我唔駛人陪嘅（含笑食住譜子卸入場，再上底景高台介）

（暴風雨聲）（最好以風扇吹起宓妃之裙帶）

（陳矯、曹植同時招手白）小心至好呀（風聲停止）

（宓妃一才詩白）新歡舊夢兩艱難，假笑虛

顰枕蓆間，當年碎杯和碎骨，應罰娥眉（介）葬水灘（縱身跳下介）

（曹丕先鋒鈸狂叫白）宓妃

（哭相思）

（曹丕哭介花下句）吩咐設靈祭奠，洛水喚魂還。。

——落幕——

第七場（洛水幻變天宮景）

（開邊起幕）（靜場數分鐘，只見白鷺飛翔海面）

（撞點鑼鼓）（四宮女捧祭品上，太監上企洞）

（曹丕，頭陀白綵球雪褸上，祭宓妃）（主題曲，二流）古驛無鶯語，一樹掛斜陽，春老帝城無花傍，回首崇台煙起百感蒼茫。。哭湘江迭起千層浪，枕畔娥眉江水葬，只餘白浪捲羅裳，脂粉已隨煙雨蕩。真悽慘，聲作响，估話飄渺遊魂天下降，卻緣海角鷺一行，似笑君恩如水樣。（花）唉吔吔，試問綠波何處可埋香。。叫內監，引路江頭懺悔心情，伏望魂兮尚饗。（圓台擺香燭介）

（念白）一炷清香情萬縷，三杯濁酒淚千行。

（云云鑼鼓）

（陳矯雜邊上介口古）主上，你喊咗一大輪，怨左一大輪，到底有乜影蹤呀，我隔幾十丈遠都聽到你呢種嘅淒涼聲浪。

（曹丕搖頭嘆息介口古）冇，乜野都冇，點會有至得，唉，我都知道對佢唔住嘅咯，所謂生前唔拜佛，死後枉燒香。

（陳矯口古）主上，你既知道生前無拜佛，死後枉燒香，你又何苦要對住洛水，伸長條頸望完又望呢？

（曹丕口古）唉，矯老，宓妃對於子建，固然一往情深，其實對我亦無虧婦道，有今日咁嘅後果，無非為利祿薰心，出賣紅妝。。（掩面悲泣介）你由我坐响處，唔好再理我叻，我都可以望得一陣得一陣，想得一陣得一陣吖。

（陳矯花下句）就算你望穿秋水終何用，佢在水晶宮內又點見你斷柔腸。。別館離江半里遙，懷人最好是憑夢想（白）主上，不如今晚住喺驛館，希望發個夢嚟見吓佢罷啦。

（曹丕一才，仄才，起身關目點頭花下句）已別陰陽成隔世，唯有半抱羞慚入夢鄉。。夢鄉如何得音容，內臣引路東台往（悲咽白）擺駕東台別館（與宮娥太監雜邊下，擺於白石台之香燭請勿移動）

（陳矯跟住行幾步，待曹丕入場後，再回頭行，對洛水關目一輪）

（陳矯悲咽托譜子白）唉，其實宓妃娘娘唔係由武帝所害，亦唔係子建所害，乃係由我呢個老而不死嘅陳矯所害（介）就算武帝喺江頭喊佢，佢唔會心息嘅，除非我陳矯喺江頭喊佢，佢至會心息嘅啫（介）（喊介）唉，宓妃娘娘假如唔係我發夢都想將個女做王后，又點會害死你呢，唉，宓妃娘娘（由大聲喊至細聲）

（盤膝席地而坐嗚咽介）

（撞點鑼鼓）（侍衛旗牌，拈百足旗，衛邊先上介）

（曹植雪帽雪褸打馬上七字清中板下句）一年憔悴剩皮囊。。重返雀台招禍降。堪憐情盡嘆才亡。。七步成詩離魔掌。絲絲紅淚眼中藏。。（花）重歸驛館整行裝，忽聽江頭隱約有哭聲響。（哭相思）

（曹植聞矯喊聲一見驚然口古）哦，原來係你啊，點解台前有三牲祭品，燒殘香燭，究竟誰個身亡，你如此哭聲淒愴呢？

（陳矯口古）子建，乜野你仲未離開皇城咩。唉，我幾十歲人都近住個頭叻，能夠喊完又試喊嘅，就係因為唔抵得一個咁好嘅女人，卒之都攬到咁慘淡收場。

（曹植一才慢的的誤會介口古）唉，外父，係咁你就唔講我都知道邊個死咗叻，我都知道對德珠唔住嘅啦，令佢冷落香閨，而致令佢以身殉波浪呢。

（陳矯口古）子建，德珠死咗，我至多當生少個啫，我個良心上亦都冇咁難過，昨夜投江自殺（一才）就係你心愛嘅宓妃娘娘。

（曹植重一才嘆白）宓姐（音樂：尺—反—六—）（禿頭段家橋中段）珠沉水殿寒薄命，徽痛落泉壤，柔腸寸斷遺恨長，千呼萬喚魂兮痛悼亡（吊懷）如狂。

（白）宓姐（雙）

（陳矯白）唉，子建，所謂人死不能復生，你同宓妃一段情，只有嘆一句有緣無份咯。

（曹植白）我想憑今晚一點精靈，引渡魂歸月夜，你們暫且迴避一時，你們下去也罷。

（陳矯白）唉，子建，你都係唔好咁傷心咯

（雜邊下介）

（曹植叫頭）宓姐，婉貞，姐姐（重一才合尺花）恨鳳去空留金帶枕，珠痕點點血花黃。。（叫頭）婉貞，宓姐（暈埋位倚檯介）

（音樂）（士工線小曲凌波令）

（宓妃士工線凌波令）孽滿塵寰歸太上，千尺柔絲怕細量，渺渺仙鄉暗暗心傷，顧影怕憶，花月為誰忙，越北沚轉過南崗，只盼償還一段相思賬，踏破銀河浪，一片愁雲籠對岸，滄桑依舊，煙波冷月藏。

（子建望介口古）呵，好夢方酣，忽聞環珮聲响，隱見素袂飄飄，畢竟是誰個神仙下降。

（宓妃口古）我乃是洛川水神，掌握全川水印，今夜憐君悲苦，才有飛越寒江。

（的的撐音樂托白反線）

（子建與宓妃打一照面詫異白）唉吔，奇怪叻，何以對眼仙姬，咁似宓姐姐呢吓。

（禿頭起反線板面唱）強睜倦眼觀色相，撥開雨煙細認，秀色艷似霜。

（宓妃接唱）笑曳羅裙裊娜，芳心暗蕩漾，復到塵莽，點化瘦腰郎。

（子建接唱）隱見淩波微步，羅襪飄香。

（宓妃接唱）可嘆尚帶愁模樣。

（子建接唱）芙蕖出綠波，皎若朝霞放，翩若驚鴻，宛若游龍奔放，步踟躕，背山崗，含情欲語聯袂飄揚。

（宓妃接唱）神仙女，戲清流，綴明珠以耀軀，翠羽編成簪髻上，指潛淵，懷過去，信誓不忘

（音樂正線托白）輕奏（子建浪白）唉吔，宓姐，原來洛神就係你，你就係洛神呀，昨夜你珠沉玉碎，今晚已位列仙班，姐姐可憐我在人間受苦，我求你引導凡夫，與你效雙星浮天漢。

（宓妃白）子建，君本命世之才，應為國用，妾已歸返真，參透色空，今夜之會，無非把你痴迷點醒呀，正是悲歡原有定，聚散本無常。

（子建唱）泣滄桑，三載恩愛，歷遍萬劫，知心分散，恨訣別似參商。

（宓妃接）休悲傷，花招魔障，蝶困恨網，一雙苦燕，受遍世態炎涼，莫怨愛盡情忘，替君將淚抹乾。

（子建接）嗟金枕，影不雙，孤燈獨對，悶對夜雨苦敲窗，死生約未忘。

（宓妃接）恨無緣，遂寸心，為才郎疊被鋪床，心破碎，帶怨還郎，仙凡相逢恩消愛解，那堪復再想。（子建白）唉……宓姐（乙反二王）偷彈苦淚譜愁鄉

（宓妃接唱）錯把情絲織恨網

（子建接）嚙臂盟心留齒印

（宓妃接）飄香泊粉逐滄浪（音郎）

（子建接）我但願生死同途

（宓妃接）恨未許晨昏相傍
（子建接）夢好嘆難留，詩殘悲莫續
（宓妃接）既知夢難留，詩莫續，楚台宋玉莫戀高唐
（子建快三叮食轉小曲）苦相看，牽衣慘切，恨怨莫訴，傷心失意，累你恨葬湘江，擁孤芳，死生不放，望你念我痴心一片，願為情亡，為怕抱恨綿長。
（宓妃接）意亂情狂，令我心慌，淚滿眶，嘆蝶影未許伴素妝。
（子建接）經風霜，萬折千磨受創傷，盼斷枝，今再續，花放並蒂香。
（宓妃接）低勸痴心漢（轉士工線）
（子建接）祇盼今世愛願償，
（宓妃接）妾已抱怨攜愁，別了滄桑，
（子建接）仙界隔斷塵寰，誰憐苦況，血淚絲絲降。
（宓妃白）唉、子建（鑼鼓頭起乙反七字清）望你斬心魔，除孽障，情真情幻莫思量。。揮淚別塵寰，
（子建接）我攬腰纏不放，傷心人已半瘋狂。。（快）但願碧落黃泉長倚傍，望把凡夫引渡借慈航。。
（宓妃乙反花上句）唉你應知菩提無樹鏡非台，莫愁苦海浮沉難靠岸。
（宓妃白）（音樂托）子建你保重，宓姐去矣。
（子建狂呼）唉，宓姐……宓姐……宓姐……唉
（鑼鼓頭）（反線音樂晴天霹靂）隱約倩影已隨浪，仙蹤飄渺空眺望，未堪一見成永別，俗世仙闕天各一方。
（過門）
（子建狂叫）宓姐……宓姐
（宓妃接）偷抹淚珠再回望，傷心忍聽哭隔岸，玉枕金帶留世上，尚有不散一縷香
（子建狂叫：宓姐、宓姐、唉吔）
（子建坐回石櫈睡介、宓妃眾仙女同下介、

曹丕、太后、陳矯、德珠食住在雜邊上場介子建跟着醒來介）

（曹丕口古）子建，我而家知錯咯，正如宓妃所講，獨力難支大廈，我以前咁對你，真係良心盡喪！

（曹植口古）大哥，你都要原諒我，以前我太過任性，你今晚講出呢句説話，宓妃之死係值得嘅，婦人之力可以定國安邦。。（與丕同向太后認錯介）

（太后口古）唉，宓妃呀宓妃，我以前都怪錯你咯，如果我地魏國冇一個宓妃，我相信骨肉相殘呢個後果都唔知點樣。

（德珠口古）子建，我都知嫁咗你會令你痛苦，不過錯不在我而在我爹，因佢以為文帝死左，一定傳位俾你，至有錯配鳳凰。。

（曹丕口古）子建，我聽見呢番話，個心重慚愧，我不止橫刀奪愛，簡直陰謀奪位，子建我要把魏國江山，交回你掌。

（曹植口古）大哥，只要手足相親，同肩責任，又何必計較誰做君王。。

（太后口古）你地以後每三日親臨洛水，同把洛川景仰。

（陳矯口古）阿珠，你都要時常拜祭下，就算我死咗，你都要代我早晚燒香。。

（太后滾花）洛水神仙留佳話，千秋萬世永留芳。。

——落幕——

一九五六年首演，排印本，歐奕豪先生私人收藏。

紫釵記〔存目〕

一九五七年首演，抄本，歐奕豪先生私人收藏。

紅菱巧破無頭案〔節錄〕

演員表*

蘇玉桂

柳子卿

楊柳嬌

秦三峰

左維明

史孟松

小　曼

張　忠

王　橫

左　魚

楊　崧

朱　洪

趙　伯

*（編者案）：本劇首演之演員資料從缺。

第六場

說明：雜邊底景為衙舍，衣邊曲徑迴廊四面圍滿梅花，雜邊台口佈立體八角亭，亭邊有竹椅一張衣邊有石櫈

（排子頭一句作上句起幕）

（譜子琵琶獨奏）

（柳嬌從二號衙舍上八角亭倚欄凝思心緒不安下亭介白）唉，行又唔係，坐又唔係，企又唔係，挨又唔係，（　）又唔係，你估我做咗虧心事怕鬼呀，𠺝，唔駛慌，咁唔係咁唔係千日都係想住嗰個風流俊俏慇勤熨貼嘅左大人啫，喏，就係唔啱嘅叻，唔，（　）我想都唔俾想咩。（起小曲斷頭四季歌唱）漸覺心亂，成日有心相思掛念，癡心暗牽，嫩柳拂面，憔悴柳花滄桑過後不失，有驕人艷，芳心空虛，祇盼溫暖，低頭偷偷許了願，乞求春陰方便，我我未算未算花癲，願結花月緣，撮合雙仙，匹配鳳與鸞。

（和尚思妻）唉咃緣是意中緣。暗自為盤算。若說金剛色冷點會眼角輕憐。唉我共佢有冤，真係有冤，千里緣牽一線，加衣催暖心照兩不宣。（反線中板下句）記得在畫堂中，叫我一句秦家嫂嫂，總令我意馬心猿。。及至解狐裘，輕輕搭上香肩，悄眼微微向我偷一轉。唉，透芳心到今日初嘗熨貼，才不負虛渡，廿餘年。。倚紅欄，但覺雪滿欄杆，又點及得郎懷，溫暖。（推欄而行介）想話再拈花，自怨花難解語，又點及得郎貌香甜。。（花）行不安，坐不寧，朵朵梅花都幻出檀郎面。（〔低〕頭凝思作狀介）

（三峰食住卸上見狀覺奇介白）亞扁扁

（柳嬌並不發覺忽笑忽愁忽得意忽失意介）

（三峰白）嗱你撞咗鬼咩，（口古）嬌無人係處我至同你講吖，我而家至放心咋，

我正話靜靜地去番嗰棵白楊樹下，個人頭重喺處，啲泥土又原封不動，定啲都得叻，我一早就話咁做法就會神不知鬼不見嘅啦。

（柳嬌白）哦哦梗係定啦。

（維明衣邊內場喝白）家院掌燈，（故意咳嗽一聲介）

（柳嬌望衣邊介口古）唉吔唉吔大人叫掌燈，唔知去邊處呢，哦話唔定會嚟呢處嘅噃，亞峰亞峰，你行開啦行開啦，唻唔喘去花園外便兜多幾個圈喇。

（三峰一才不歡苦口苦面介口古）亞嬌（一才）亞扁你見得大人點解我唔見得大人呀，（喊介）咁講法就好心淡叻，我嚟就想博頂烏紗帽啫，唔係想把綠頭巾染。

（衣邊內場用射燈射出場外介）

（柳嬌口古）唉吔唉吔，大人真係嚟叻，嚟叻，（火介）喂叫你行你好行咯噃，我咁做法為乜野，為你前途著想之噃，好心你唔好對住我咁眼鬼冤喇。

（托琵琶急奏）（三峰苦口苦面雜邊卸下介）

（柳嬌急足上八角亭倚欄以後食住醉酒序作狀介）

（左魚挑小紗燈引維明衣邊上介醉酒唱）亭前一孤燕。暗飛穿玉簾。佢不慣寂寞有投林念。飛向玉樹暗攀相思眷。更加可人憐。（介）唻，亭台裡，若有玉人憑欄看月圓。用紅羅暗遮半面。（一才收白）哦，估道是誰，原來是秦家嫂嫂，重未抖咩。

（柳嬌作狀白）哦，原來是大人，待小婦人叩頭請安。

（維明白）少禮，秦家嫂嫂你嘅病好番晒未呀。

（柳嬌銜口而出白）吓，我都唔知幾精神，幾時有病呀，（一才知錯改口）唻……係……我四時週之無日都有病嘅，自從

日前離開蘇州，吹吓生風，曬吓日頭，
而家就好番晒叻，有心叻大人。
（維明白）咁就好叻，秦家嫂嫂你而家住得舒服唔舒服呀，你以前住喺縣衙，但不知住幾號衙舍。
（柳嬌一才愕然白）㖡……四號
（維明一才白）咦點解畫堂之中秦先生好似同我講過，話以前住喺二號衙舍，乜你地夫婦分開住嘅咩。
（柳嬌白）點會分開住呢，起先係住喺四號，後來搬過二號，唉吔，大人你又關心我嘅病，又關心我嘅住，小婦人受寵若驚，驚親呢就梗係講話拖泥帶水嘅叻。
（維明一才口古）秦家嫂嫂，我聞得縣衙之內有九曲池塘非常幽雅嘅，我想去小飲一杯，但可惜初來步到，唔知道蓮塘地點。（白）秦家嫂嫂你帶我去啦。
（柳嬌衝口而出口古）我就夠唔知叻，（一才）㖡……係係，係嗰邊掛。
（維明一才莊重口古）吓，咁就奇叻，秦家嫂嫂你係處住過四年，點解九曲蓮塘都會唔知道係邊一便㗎。
（柳嬌笑笑口古）唉吔，咁都唔係奇㗎大人，我地啲婦道人家，關埋門足不出戶，成日都掛住繡花做針黹，重邊處有閒心去行縣府嘅花園吖。
（維明白）哦，原來秦家嫂嫂咁賢德嘅，既然唔知九曲蓮塘係邊處嘅，人來，就係呢處擺酒啦。
（左魚擺酒衣邊，柳嬌拉竹椅於亭邊介）
（維明自斟自飲慢板下句）花氣襲人來，香在花間外，是酒香還是花艷，何以有蘭麝，微傳。。（另外斟酒一杯浪裡白）常言獨飲不成歡，左魚，你拈杯酒遞與秦家嫂嫂之後，你就可以番入去叻。
（左魚拈酒遞與柳橋則入場介）
（柳嬌一見左魚入場連隨將竹椅拉埋一點慢

板）酒香還未香，花艷無足艷，願效紅袖添香，願效朝雲，侍宴。（浪裡白）唉吔，如果大人唔嫌我手粗嘅，我可以代你添吓香，斟吓酒，都總好過一個人係處飲悶酒吖，係哩，説話又講轉頭叻，點解大人你呢次嚟，又唔帶埋家眷呢。

（維明故意拍案嘆息介慢板下句）有家若無家，難説傷情話，一自廣陵曲散後，唯剩寡索孤絃。。（故意行開台口介）

（柳嬌連隨擔石櫈跟開台口介白）坐啦坐啦大人，唉吔，大人你真係無㗎，無嘅，唔，鬼信你。（古老士工慢板序另譜）問你緣何無家眷，願作一文鸞，咪個忍心作欺騙，閨閣玉女如桃艷。怕你想要都要唔完。

（維明接唱）色相驚人實少見，點及你芙蓉面。嬌貴兩齊全。

（柳嬌暈浪介接唱）唉吔我當堂渾身軟。好似獨木舟隨風轉。

（維明接唱）既是有夫仍有怨。苦痛當不免。共你相見有天緣。

（柳嬌接唱）羞答答再開言。咪騙我對君垂愛憐，未信你當紅無寵眷。

（維明反線中板下句）十載守芸窗，七年臨宦海，長與花月，無緣。。有一個好嬌妻，（一才）

（柳嬌似怨非怨白）唉吔，咁又話無。

（維明續唱）歌賦鼓盆，慘似風箏斷線。我好比野渡橫舟，隨風飄蕩，好似無韁野馬，又好似斷篷船。。除卻巫山不是雲，滄海曾經，早忘了花濃，柳艷。每對此繡羅衣，便憶妻來生時情義，一針針為我縫聯。。（花）你有幾分媚態似亡妻，（一才）不禁夜對新鶯懷舊燕。

（柳嬌台口暗謝天謝地介白）唉吔，咁就係天跌佢落嚟俾我嘅叻，（故作悲狀介口古）哦，原來夫人死咗咩，夫人真係無福叻，咁好嘅丈夫都享唔倒，唉，中年喪妻就確係好慘嘅，唉，講起上嚟我個心都酸酸地，對眼卻濕濕地，（介）（故意挨住維明）大人，以你嘅名望地位，點解唔娶番個呢，話啫，一個人無老婆總係唔方便嘅。

（維明口古）唉，秦家嫂嫂你估我唔想嘅咩，有個原因嘅，我亡妻生前繡得一手好針黹，呢我著住呢件衫就係佢繡嘅叻，佢啱啱同自己繡好一隻鞋啫就死咗叻，（故意啾咽）佢臨死嘅時候吩咐我，佢話除非有人繡野繡得番佢咁好，至准我續絃。（白）佢隻鞋的手工都唔知幾精細，叫我去邊處搵呢。

（柳嬌白）哦，咁呀（台口偷喜介）整定嘅，所以話乜鬼都整定嘅，啱啱我又做得一手好針黹，撞埋嚟嘅，撞埋嚟嘅（一才）咪，定啲定，咪咁衝動（口古）唉吔大人亞大人，好針黹嘅人呢，唔係話無，唔知大人你嫌唔嫌棄啫，假如個個好針黹嘅人，命又唔好，嫁得又唔好，比如我咁（一才）針黹好啫，都係難配你填房之選嘅。（作態弄姿介）

（維明一才關目口古）咁就唔係咁講叻秦家嫂嫂，我為遵守亡妻囑咐，嫁咗又點呀，用錢買唔倒就用權勢，用權勢都壓唔倒就用計仔，嘩，所謂易求無價寶，難得好嬋娟。

（柳嬌白）唉吔唉吔，乜我心裡便想講嘅說話，句句都俾你講晒先嘅啫。（台口長花下句）難得有情郎，難了平生願，到此芳心曾歷亂，渾不知人間何世更何年，舊時冷落空房燕，一朝飛上枝頭配鳳鸞。一於飛飛飛，風雨欲來皆不見。（白）實不相瞞對你講啦大人，除咗我你都唔駛去搵嘅叻，大人，你話先夫人唔係做起一隻鞋至死。咁嗰隻鞋呢，俾我欣賞吓。

（維明故意一摸身白）吓，我日日都帶埋喺身邊嚟記念佢嘅，啱啱今日唔記得咗，（介）秦家嫂嫂，你話得你自己啲繡工咁好，你有無現成做好嘅鞋係處呀，你而家腳著住呢對又係光面嘅，如果有嘅，你俾一隻我睇吓就有晒分數叻。

（柳嬌忘形一才白）有……有……好彩有……大人你係處坐一陣，我入去衙舍攞出嚟俾你睇。（急足行幾步一才企定愕然細聲出口白）咪，我懵咗咩，而家係包袱收埋個隻鞋點攞得出嚟見人㗎，咁危險嘅野都好做嘅，咪叻，咪叻。……（一才掩口咭聲笑介）咪，自己嚇自己有乜為呢。（更細聲）亞峰正話至講僅白楊樹下嗰件寶貝重喺番處，重駛乜耽驚受恐啫，好彩我嗰晚喺橋邊處順手執番一隻鞋，執唔倒而家搵乜野見人呀，慢慢繡番隻就蛇都死啦，打鐵趁熱丫嘛，好彩。（急下拈鞋收在背後輕鬆上介）（此段口白與身段動作托琵琶由慢至快包一才收）下介

（維明笑白）秦家嫂嫂，有心俾我睇又駛乜收埋啫，俾我啦。

（柳嬌撒嬌白）唔制，我要大人你自己攞。

（維明鑼鼓一攞兩攞一推柳嬌掩門過位順手取鞋大長才關目包重一才白）無錯叻。

（柳嬌食住重一才驚慌跌地雙抖袖介白）吓吓，乜野無錯啫。

（維明笑白）哦無，我話繡得真係好，同你以前所講啲說話一啲都無錯叻咁啫，起身啦。

（柳嬌拍地拍拍心口起身台口笑白）衰唔衰呢，作賊心虛。

（維明拈鞋細看口古）秦家嫂嫂，除咗我個死鬼老婆做好一隻鞋就死咗之外，其他人做鞋，梗係一做就兩隻嘅，咁重有一隻呢，你可否拈埋出嚟俾我見一見呀。

（柳嬌重一才跌椅口呆目定慢的的介白）

吓，唔知攞埋邊度呢，等我記吓（台口介）吥唔似唔似咁嚁，點解會咁問法㗎，（慢的的掩口咭聲笑介）㗎，又係自己嚇自己，鞋，梗係兩隻嘅吖嗎，就算佢咁問法都係人之常情啫，一兩句唔係應付佐佢囉，唉吔大人，你正話又話攞一隻出嚟睇吓得叻，嗰隻都係一樣嘅啫，嗰隻都唔知攞埋係邊處叻，搵呢，就唔係搵唔倒嘅，叫我走嚟走去有乜謂啫，我至憎人咁鬼厭尖。嘅叻，（白）唔制，（坐下扭紋介）

（維明滋油介口古）秦家嫂嫂，我唔係厭尖，我有個原因至會咁問你嘅，因為你呢隻鞋同埋我亡妻嗰隻鞋，不衹顏色一樣，款式一樣，甚至所繡嘅花紋都係一樣，而家我個心真係有的思疑，嘿嘿，有的思疑，（介）

（柳嬌食住一路震介）

（維明續口古）思疑我前妻以前所做嗰隻鞋，乃係假手於人，立心將吾欺騙。

（柳嬌一才淡定口古）㗎，我以為你思疑乜野喎，唔會嘅，顏色一樣，款式一樣就會有，花款出自心裁，又點會同埋一樣呢，最多有的似嘅啫，總之我同你亡妻的手工都係半斤八兩，璧合珠聯。

（維明台口白）吓，呢個狡婦都幾定嘅嚁，都幾擅於辯駁嘅嚁，好，睇你定得幾耐，（故意作狀一才介）吥，唉吔，我正話記得摸個身，唔記得摸吓個袖籠，原來我亡妻嗰隻鞋係處，（一才）

（柳嬌食住一才離（座）白）俾我睇吓，（介）

（維明笑介白）慢，嗱，我俾番呢隻鞋你先，（介）然後大家各拈一隻滋滋油油對吓睇過似唔似喇。

（柳嬌白）又好，咁都幾有情趣。（斷頭鑼鼓　有尾）

（維明起小曲小桃紅唱）暗中向袖裡拈。

（一才）

(柳嬌接唱)暗中向袖裡存。(一才)
(維明接唱)花鞋份外嬌。
(柳嬌接唱)一向無人見。
(合唱)月照花間共相見。(包一才二人同時拈鞋出一拍一對大長才，柳嬌驚惶失色一路震包一才縮手收鞋介)
(維明快撲燈蛾)(白欖)(照殺嫂)兩隻鞋，難分辨。緣何又把花鞋掩。再對紅菱艷。紅菱艷。(強其對介)
(柳嬌撲燈蛾)左又閃，右又閃。兩人似捉迷藏轉。更似穿簾燕。穿簾燕。
(維明執住柳嬌撲燈蛾)對花鞋，難避閃。再對花鞋重檢點。重檢點。(追介)
(柳嬌喘氣撲燈蛾)倍驚惶，難避免。無可奈何任你點。任你點。
(維明推柳嬌掩門轉身同時將花鞋一拍反花一對重一才大仄才關目介)
(柳嬌笑笑口白)啋，嚇得我吖，你估我怕乜野呀，以我一個咁賢德嘅婦人，原本無乜野嚇得倒我嘅，我一見就覺得奇怪叻，你歸你，我歸我，點能兩隻鞋會同埋一樣嘅啫，點知反轉個底嚟睇吓啫，啋，我隻係新嘅，你隻係舊嘅，新舊不相同，你第時就唔好搵呢啲野嚟嚇我叻大人。(咭咭笑介)
(維明故意白)哦係呀啵，你隻係新嘅，我隻係舊嘅，(台口花下句)打草驚蛇非上策，黎明尚有一更天。幸然香餌早安排，到此重新舒笑面。
(三峰食住此介鬼鬼鼠鼠卸上亭角偷看介)
(柳嬌走埋輕挽維明倚肩嗲介口古)唉吔大人，拍又拍過叻，對又對過叻，我同你亡妻都並無兩樣，咁你講過的說話到底駛唔駛兌現。嘅啫，
(三峰連隨拈起兩塊綠葉黐上自己頭頂介)
(維明細聲向柳嬌貼耳口古)我講過啲說話就係嘅叻，聽朝一早我駛人嚟叫你就會有解決嘅辦法，所謂明人不做暗事㗎，

你嚟嘅時候記得暗中帶埋隻鞋，呢件係紀念品嚟嘅，用意可以心照不宣。啦，

（白）早的瞓啦。

（柳嬌驚喜交集冤串白）唉吔，我重點瞓得著啫。

（維明白）瞓唔著都番入去房抖下啦，我走叻。

（三峰苦口走埋白）亞嬌，（指一指自己頭上介）

（柳嬌望三峰頭上冷口古）嬌嬌嬌，嬌乜野吖，你自己怒成咁嘅色水，睇見你就眼冤叻，（介口口古）老實講吖峰，〔呃〕你又無用，騙你又無用，總之我咁做法對你係有益嘅，你想唔想榮華貴顯。吖，

（三峰苦介口古）想乜唔想吖，不過戴綠帽嚟求發達，對得住自己啫，對唔住祖先。

（柳嬌口古）咪，咪，我大紅花轎入你門嘅咩，一不是夫妻，二不是結髮，我要瞓叻，唔好對冤埋塊面。唎，（欲下）

（三峰苦介口古）你瞓我唔係跟埋你去瞓啦，總之以後你行一步時我跟一步，你去邊時我去邊。

（柳嬌回身鬧白）咪，你駛乜咁認真吖，

（花下句）但求我身變搖錢樹，何須珍惜，呢一段霧水緣。

——落幕——

第七場

說明：蘇州縣正堂景

（坐堂官企幕介）（敲柳三聲起幕）

（坐堂官白）柳發三聲，大門上吊原卷，二門上解犯人，大人就要坐堂審案，來，速把犯人帶上。

（大鼓逐下打）（二劊子手分邊押子卿玉桂（俱狀極憔悴）上介）

（玉桂哭頭）柳郎，（介）

(子卿哭頭)玉妹，(介)

(玉桂哭頭)柳郎呀，(起小曲絲絲淚唱·慢唱)滴遍傷心淚，再向檀郎望。翻案經無望，法網難張，被那刀殤。

(子卿接唱)可嘆冤孽賬，以命填償。事太冤，案太枉。雙雙遭劫，未許鳳諧凰。

(玉桂喊著接唱)唉，今時，今時刀下葬。縱使生不同日，死也同床。

(子卿接唱)不怕歸泉壤，但得合葬桐棺，也心安。

(玉桂接唱)陰司裡，永隨郎(一才·食住郎字轉乙反南音)勿苦，莫哀傷。人間地府是官場。

(子卿接唱)講乜野物阜興隆乃是民所養。

(玉桂接唱)說什麼野無冤鬼國能昌。

(催快)

(子卿接唱)百姓點燈都罹法網。

(玉桂緊接)州官放火亦平常。

(子卿接唱)鐵面龍圖難翻案。(吊慢)難翻案。(二黃半句)哭一句民為蟲蟻命，

(玉桂接半句)哭一句官似虎和狼。

(劊子手吆喝介)

(子卿接半句)驚見刀斧動人魂。(包一才四鼓頭與玉桂分邊扎架介)

(玉桂花)唉吔吔，未踏泉台先翻血浪，

(同入跪介)

(坐堂官一才喝白)升堂。小開門

(升堂鼓)(來(　)查令板，張忠，王横，左魚，孟松先介)

(維明上埋位詩白)明鏡掛高樑。陰森縣正堂。嗟嗟人間妖。無處可收藏。

(內白)都堂大人到。(出迎介)

上(快排子)(楊崧上迎入介)

(維明白)人來看座，都堂大人會審，(分埋位介)

(楊崧口古)左大人，你恃住有聖上璽書，包庇死囚迫誤斬期，已滿十日限期，你可曾擒得真兇歸案。

（孟松一才驚慌跌落地介）
（維明白）唏，貴縣，鎮定些，
（孟松坐回原位苦笑口古）都堂大人，真兇呢，我就的確未曾見過，所以卑職坐立難安。
（楊崧一才正欲發作介）
（維明滋油白）事關人命，兩位大人小安毋躁，一旁觀審（介口古）蘇玉桂，你昨晚在屏風之內見了秦三峰妻子，何以口中叫鬼，魂飛魄蕩。呢
（玉桂口古）大人，秦三峰妻子，正是我家寡嫂（一才）失驚之下，不禁魂魄飛揚。
（維明口古）柳子卿，案卷之中，兩位公差曾經指控你話你當日在於橋下，曾對蘇家寡嫂有不肯放過之語，到底你與佢寡嫂有甚冤仇，快些直講。
（子卿口古）大人，晚生與蘇家寡嫂本無仇恨，因為佢暗中勾結情夫，遷怒於小姑身上，對我地婚姻無端作梗，我一時激憤，所以出語輕狂。
（維明一才白）左魚，將秦三峰夫婦帶上衙堂面朝外跪。
（地錦帶上）
（左魚領命下介帶三峰柳嬌（懷花鞋）快云云上介）
（柳嬌台口細聲向白）差大哥，到底你有無聽錯喋，大人叫我至卦，無叫到佢卦。
（左魚晦氣白）兩個都叫。
（柳嬌白）兩個都叫，咁就真係奇叻，（台口鬼鼠介）大人昨晚明明係約定咗搵我喋，點解會無端端搵埋佢嘅啫，（慢的的一才口古）呀，我明白叻，大人話過話明人不做暗事。好，等我暗中關照亞峰先，喂，嚟呀，（介）我共你夫妻緣盡叻，但係你亦唔駛傷心，你一入去就發達叻。（一才）
（三峰食住一才攝白）發達抑或聽扎呀。
（柳嬌半句口古）啋，大吉利是，你入去即

管向大人要錢啦，唔怕放開膽量。既，

（三峰苦苦口古）亞嬌，我入去向大人攞錢，至怕大人向我攞命啫，而家我都好似亞崩咬狗虱，唔死有排慌。

（左魚喝白）休得胡言，上堂去罷，

（柳嬌口古）咪咪咪，你唔好咁喝我呀，你估我係邊個呀，講出嚟唔係嚇你，睇真吓我啦，四品夫人有個相。㗎

（三峰口古）唉，你唔識官場規矩，我識官場規矩，你就福相叻，可憐我塊面已經嚇到黃紙咁黃。（除冠在手長揖白）秦三峰夫婦告進。

（衙差衙役喝堂介）

（柳嬌驚慌白）吰吰，乜野嘅聲氣㗎，唔通另外有第二位大人傳我，呢個唔同嗰個，咪叻（欲回頭）

（左魚先〔鋒鈸〕執三峰，柳嬌喝白）大人傳訊，面朝外跪，

（一才二人掩門入面朝外跪介）

（維明一才口古）小婦人，到底你點樣謀殺情夫之妻，（一才）點樣移屍嫁禍，（一才）你快快從實招來，否則難逃刑杖。

（柳嬌重一才驚慌故作鎮靜口古）大人呢句說話係問邊個呀，如果係問我就真係奇怪叻，我係秦三峰結髮之妻，從來都未曾俾人謀殺過，相夫賢良淑德，生來品貌端莊。

（維明一才口古）秦三峰，我聽見人地話你個老婆就有金牙，你嘅情婦就無金牙嘅。（火介）到底呢個係你情婦還是髮妻。（一才）快些供明真相。

（三峰口古）大人，乜你咁問法呀，呢個係我用大紅花轎娶番嚟嘅結髮之妻，雖然以前係鑲過兩隻金牙，因為有礙觀瞻，最後又把磁牙換上，不用金鑲。

（維明重一才白）唬，好一對牙尖嘴利嘅狗男女，小婦人，你且看看跪在你身邊者是你誰人。

（柳嬌向右，望見玉桂重一才驚慌跌地介）
（玉桂悲咽口古）亞嫂，我地姑嫂相依為命，好應該互相憐愛，就算你難堪寂寞，稍有行差，我都唔怪你，做乜你要移屍嫁禍，將我害成咁樣。吖，
（柳嬌重一才驚把心一橫切齒作狀口古）唉吔，唉吔，你係邊個呀，我從來都未曾見過你嘅，我共你既無仇，又無怨，你點能夠監我將你認作姑娘。㗎，
（子卿悲咽狂叫口古）大人，大人，我敢指證佢係蘇玉桂嫂嫂，若果唔信我嘅，重有橋上公差，可證我言非乖妄。
（三峰連隨口古）大人，大人，判案不能妄斷是非，有道是妻由夫證，況且物有相同，人有相似萬不能拒指住馮京認馬涼。
（維明一才喝白）咪嘈（介滋油口古）小婦人，你既然口口聲聲認作淑德賢良，到底你今晚係衙舍花園向誰人挑引，如果你想再認真下佢嘅，就准你抬頭一望。
（柳嬌重一才抬頭愕然跌地慢的的冷笑白）哦，原來就係你，（刁潑口古）係，我承認我昨晚係挑引過你，呢的唔係罪㗎嗋，鬼叫你生得咁青靚白淨咩，所謂姣婆遇著脂粉客，（一才）我有咁淫賤你都有咁荒唐。
（堂下喁呵介）
（楊崧，孟松分邊指責介）
（維明重一才力力古鑼鼓開位做手關目完大花下句）欲箝巧婦如簧舌（一才）才把虛情假義換真贓。花鞋可破案無頭，（一才）捕得狐狸歸法網。
（白）蘇玉桂，你且搜過你家寡嫂身上可有花鞋一隻。
（玉桂白）嫂嫂，大人有命，恕小姑無禮。
（上前搜身）
（柳嬌抗拒介）
（衙差喝打介）（衙卒同舉令〔牌〕欲打柳

嬌，柳嬌懾服介）

（玉桂從柳嬌懷中搜出花鞋介白）啟稟大人，我嫂嫂身上果有花鞋一隻。（衙差代呈介）

（維明接鞋重一才慢的由冷笑至狂笑介）

（柳嬌開始驚顫介）

（楊崧口古）貴府，呢隻花鞋到底於此案有甚關連，值得你大笑嘻哈，奇形怪狀。

（孟松口古）左大人，就算搜出一隻花鞋，亦不能落人於罪，怎能指定花鞋係殺人真贓。

（維明在公案上取另一隻花鞋介口古）呢一隻係落案嘅花鞋，呢一隻係從疑兇身上搜出嘅花鞋，兩隻合成一對，同埋一樣。橋底女屍無頭赤足，當然兩隻鞋都係失落咗，一隻經已存案。吻，佢（指柳嬌）持有另一隻，可證埋屍時候，此婦人一定在場。而家佢苦苦認作秦三峰結髮之妻。圖賴在公堂之上。人來，將秦三峰結髮之妻人頭呈堂。（介）

（左魚從衣邊內場用木盆捧出人頭介）

（眾人擠鼻介）

（維明半句口古）秦三峰，你承唔承認白楊樹下嗰個，至係你結髮妻房。

（三峰柳嬌重一才驚慌蹲地介）

（維明埋位快點下句）張冠李戴害賢良。不用嚴刑難供案。（白）人來用刑。

（堂上吆喝介）

（柳嬌白）大人大人（古老爽中板下句）驚鴻落網怎飛翔。旱中花，悔不該求楊枝露降。難甘寂寞守空房。（悲咽）回頭再把姑娘望。願乞貞花護柳娘。

（玉桂緊接唱）一步行差難逃法網。敗德難再露貞祥。

（柳嬌催快唱）事無可賴唯供案。罪有攸歸是秦郎。殺妻豈是奴兇悍。嫁禍移屍我在旁。古井揚波翻血浪。（續浪裡悲咽白）佢，佢殺妻之前我唔知，在殺妻之

後再通知我，唉，細想婦人失貞，好比肉隨砧板，一步行差，步步踏錯（喊介）錯不在我而在三峰，大人明察，

（俯地叩頭介）

（維明喝白）秦三峰，你為何殺妻，還不從實招來。

（三峰以怨懟眼光望柳嬌接爽中板下句）應該有福同享禍同當。怪底風流難永享。回頭乞〔求〕於少年郎。

（子卿接唱）讀書人難作非非想。殺人一命要填償。

（三峰催快唱）水盡山窮唯認案。狐狸露尾累豺狼。殺糟糠，由我幹。白楊冤鬼我埋藏。（花）柳嬌衹是從旁看。

（維明白）人來，教他畫押。

（張忠王横分邊拈紙二人畫押後將押紙呈上介）

（維明拈押紙大花下句）楊柳嬌（一才）知情不報（一才）終身發配永不還鄉。秦三峰（一才）押在死囚（一才）等待詳文批降。

（衙差押柳嬌三峰衣邊下介）

（柳嬌臨下時，玉桂應對嫂不捨，嫂向姑認錯後黯然下）

（維明白）真相已明，柳子卿，蘇玉桂二人無罪釋放，回家去罷。

（玉桂口古）多謝大人再生之德，小女子今後飄泊無依，不敢有回家之想。

（子卿口古）多謝恩師生死人，肉白骨，恩義難忘。

（楊崧孟松分讚維明介）

（維明笑介花下句）不若三司此日為媒妁，（一才）何妨淑女配才郎。

（子卿玉桂同謝介）（同唱煞板）（尾聲煞科）

——落幕——

一九五七年首演，排印本，歐奕豪先生私人收藏。

帝女花〔節錄〕

演員表*

崇禎帝
王承恩
周后
袁妃
周鍾
周世顯
長平宮主
昭仁宮主
周寶倫
秦道姑
張千
清帝
太子
沈昌齡

*（編者案）：本劇首演之演員資料從缺。

第六場　香夭

（養心殿轉月華宮外御園）説明：旋轉舞台。幕開時為養心殿，正面牌匾，上寫「養心殿」。因已轉朝，佈置以清宮為例。正面平台御座，平台下兩旁有特製之燈柱，全場掛滿彩燈。衣邊宮門口結綵張燈。由衣邊宮門入則為長廊及月華殿宮門口，長廊之上一路掛滿燈綵，穿過月華殿宮門口則為第二景。（照足第一場佈置。）雜邊角之連理樹上掛滿彩燈，正面擺特製之橫香案，上擺錫器，點著一對龍鳳燭及酒具。衣邊矮欄杆外佈滿杜鵑花，欄杆內有長石椅，（為宮主與駙馬服毒垂死之處）預備多量花碎，作密集落花之用，底景幻變天宮景。

（四清裝太監，四清裝宮女，十二明服宮娥捧花籃企幕介）

（沈昌齡（清朝一品官）與五個清朝文官武

官企幕）
（排子頭一句作上句起幕）
（周鍾，寶倫（俱著明服）分邊上，相對顧盼自豪介）
（周鍾台口花下句）鳳彩門前新面目，獨有遺臣仍未改清裝。。曲池燭火映花紅，清帝慈悲人間罕。
（寶倫花下句）金水橋旁皆燈綵，你見否侍官齊集御酒房。。寶殿燈開百酌筵，碧瓦琉璃皆閃亮。。（入與眾清官對拜，認得多半是舊同僚介）
（周鍾白）皇上尚未臨朝，我父子一齊侍候。
（御扇宮燈伴清帝上介）
（清帝台口中板下句）開基創業話興亡。。北望煤山微有哭聲響。不悼崇禎悼海棠。。安民未掛招賢榜。懷柔先借嗰一朵帝花香。。（花）筵開百酌買人心，好待新官舊爵同觀看。（埋位介）

（眾白）拜見皇上。
（清帝白）賜平身。（介）哦，今日百官之中，多半是先朝重臣，難得難得。（周鍾與舊官俱俯首感愧交集介）唉，想一國之興亡，半皆天意，實在不能以成敗評論一朝之帝主嘅，所以崇禎自縊煤山，孤王曾幾次憑弔海棠，每次都黯然淚下。（周鍾痛哭失聲，並暗裡咒罵群臣，群臣皆掩面介）唻，你哋唔使傷心嘅，想長平宮主，乃是崇禎生平所愛。
（一才）周駙馬，亦是崇禎生前所許，
（一才）（催快）孤王今日特設鸞鳳之筵，替崇禎了卻未完心事，配婚之後，更賜邑，好待宮主能與前朝重臣、周鍾父子共享榮華富貴，再與卿家們痛飲一杯，共襄盛舉。
（周鍾感激涕零嗚嗚聲飲泣介）
（清帝一才仄才口古）周老卿家，何以不見宮主與駙馬還朝，有累百官在御階盼望。
（周鍾口古）皇上，駙馬持有宮主親筆表章，候旨在午朝門外，長平宮主而家重喺紫玉山房。。
（清帝一才不歡介口古）唏，我叫你去請鸞鳳還巢，並不是叫你去請宮主寫表，今日鸞鳳和鳴，重有乜嘢表章可上。呢。
（寶倫口古）皇上，宮主上表不過拜謝皇上再生之德，此乃先朝沿例，宮主對宮規儀範，未敢稍忘。。
（清帝轉怒為喜介白）內侍臣，傳前朝駙馬周世顯上殿。
（太監台口傳旨介白）皇上有旨，傳前朝駙馬周世顯上殿。。
（世顯（駙馬身捧表章）鑼邊花上台口下句唱）藺相如，能保連城璧，（一才）周駙馬，能保帝花香。。拚教頸血濺龍庭，（一才）衝冠壯志淩霄漢。（開邊入並不下跪半揖白）前朝駙馬太僕左都尉之子周世顯向皇上請安。
（清帝見世顯不跪重一才怒介慢的的望群臣轉回笑容介白）平身，（介口古）周駙馬，試問歷代興亡，有幾多個新君肯體恤前朝帝女呢，我想知道當長平宮主見到香車迎接嘅時候，一定會百拜喜從天降。（向群臣自表盛德）
（世顯冷笑口古）皇上，歷史上雖無體恤前朝帝女之君，卻有假意賣弄慈悲之主，難怪宮主見香車驚喜交集，（包重一才）
（清帝食住一才起身問白）吓，驚從何來，
（世顯續口古）宮主所喜者乃是福從天降，所驚者，（一才）乃是驚皇上借帝女花沽名釣譽，騙取民安。。
（清帝重一才叻叻鼓踩椅介）
（周鍾、寶倫分邊大茅介）
（清帝轉回奸笑介口古）周駙馬，孤王有覆滅一朝之力，又點會無安民之策呢，小小一個前朝帝女，重不過百斤，究竟能有幾多力量。
（世顯口古）皇上，所謂取一杯之水，不能分潤天下萬民，借帝女之花，可以把全國遺民收服，宮主雖然弱質纖纖，年方十六，若果要權衡輕重，（介）可以抵得十萬師干。。
（清帝重一才叻叻鼓半晌不能言介）
（周鍾連隨執世顯台口口古）駙馬爺，而家有一千對眼望住你，一萬對眼望住你，我之希望你嚟，係想你帶挈我享福，並唔係想跟你去斷頭台上。嘅。（關目哀懇介）
（寶倫拉世顯台口口古）駙馬爺，我望你慎一時之言，莫惹殺身之禍，就算你唔報答我提攜之義，都唔好連累了白髮蒼蒼。。（關目哀懇介）
（清帝一才喝白）周駙馬，（開位大花下句）你出言縱有千斤重，（一才）好在我有容人海量未能量。。（百官皆讚介）
（貼近世顯一步要脅介）你見否殿前百酌鳳凰筵，（一才肉緊）後有刀光和斧杖。
（世顯重一才起鑼鼓做手關目完貼近清帝大花下句）倘若殺人不在金鑾殿，（一才）一張蘆蓆可以把屍藏。。倘若殺身恰在鳳凰台，（一才）銀槨金棺難慰民怨暢。
（清帝重一才不敢發作叻叻鼓埋位口古）噎，內侍臣，周駙馬既然持有長平宮主表章，速速晉呈龍案。（語帶晦氣介）
（太監上前跪向世顯欲接表章介）
（世顯捧住表章退後一步，狀若非常珍貴，滋油介口古）皇上。宮主表章，究竟是女兒文墨，誠恐有污龍目，在我上朝之前，宮主再三囑咐，叫我把女兒文墨，朗誦於朝房。。
（清帝重一才怒介口古）唏，我雖然身為清帝，未懂漢例，惟是翻開漢史，幾曾有聽過表章用口傳得咁奇形怪狀。
（世顯滋油口古）皇上，想今日百官之中，多半是宮主舊臣，一殿之君，亦以仁慈取天下，所寫者，不過是謝恩之語，皇上既無虧德處，那怕遺臣讀表章。。
（內場起沉重的暗湧聲）
（清帝重一才怒至手震震指住世顯白）周駙馬，你……你……你一字一字謹慎念來。（包一才拂袖介）
（世顯食住一才在台口攤開表摺介）
（周鍾一路震埋長花下句）一字繫安危，禍福憑汝降，勸君莫惹泉台浪，莫向陰司叫無常，有心欲把紅鸞傍，誰知傍錯少年亡。。
（寶倫長花）一字重千斤，人命輕三兩。縱使你甘心毀碎齊眉案，須防寶殿有刀藏，一命難銷故國讎，累了三百遺臣同落網。
（世顯冷笑詩白）六代繁華三日散。一杯心血字七行*。。（鑼鼓起反線中板念表章下句唱）臣不可佔君先，父不能居女後，此乃倫理綱常。。既念帝女花，何不念我先帝遺骸，尚寄茶庵，未得入皇陵葬。帝女縱堪憐，太子亦是前朝骨肉，問清帝何以重女，薄兒郎。。我欲受皇恩，哭君父流浪泉台，憎見舊宮廷，掛上鴛鴦榜。我欲謝隆情，痛骨肉仍歸臣虜，羞牽鸞鳳帶，怕對合歡床。。（催快）新帝慈悲人間罕。何不十三陵內葬先皇。。再望慈悲甘露降。劈開金鎖放弟郎。。（花）佢話先安泉台父，（一才）釋放在囚人，（一才）才敢百拜入朝，與駙馬共舉梁鴻案。
（清帝重一才拋鬚叻叻鼓震怒介）

* （編者案）似可作「一抔心血字七行」。

（周鍾、寶倫食住重一才級低紗帽一味震介）
（清帝先鋒鈸開位搶表章欲撕碎，（內場食住起暗湧聲）連隨收埋表章台口長花下句）未作捕蛇人，卻被雙蛇蟠棍上，休說女兒筆墨無斤兩，內有千軍萬馬藏，鳳未來儀先作浪，帝女機謀比我強。。強顏騙取鳳還巢，（一才）重新再露慈悲相。（奸笑白）周駙馬，宮主所寫表文一字一淚，令孤王愛不釋手，好啦，（一路講一路埋位）孤王就准許宮主所求，任佢要天邊月，孤王都摘咗佢落嚟，從宮主所願。
（周鍾，寶倫俱讚揚清帝仁慈介）
（世顯口古）皇上，為安宮主之心，請先下詔將先帝遺骸入葬皇陵，再把太子在宮主婚前釋放。
（清帝口古）唏，請宮主先入朝再行下詔，庶民都尚可以一言九鼎，何況我是一國君王。。（白）駙馬代傳口諭，傳宮主上殿。
（世顯這個台口大花下句）帝皇縱有千般詐，（一才）搖不動平陽百煉鋼。。宮主比我更聰明，（一才）難許君王將約爽。（台口傳旨白）皇上有旨，周駙馬代傳口諭，傳前朝帝女長平宮主還朝上殿。
（打引）（長平（鳳冠霞帔）上介台口引白）珠冠猶似殮時妝。。萬春亭畔病海棠。。曾到乾清尋血跡，風雨經年尚帶黃。。
（拉腔入拜白）前朝帝女長平宮主向皇上請安。
（清帝重一才仄才關目白）平身。
（長平白）謝。（用目一掃前朝舊臣介）
（舊臣俱俯首自愧介）
（長平慢的的放寬面口突然露齒一笑介）
（清帝一才仄才覺奇介口古）宮主，駙馬入朝之時面帶愁容，眼中有淚，何以宮主入朝，反會一笑嫣然，未帶些微悲愴。

（長平口古）皇上，我未入朝之前，曾與駙馬相約，我話若不能先安泉台父，釋放在囚人，帝女今生便永無還朝之日，（一才）適聞駙馬代傳口諭，可見皇上頗有憐惜之心，帝女寧無感激之意，（介）今日五百群臣之中，屬於哀家舊臣總在三百以上，佢地如果見到我笑呢，就會對皇上你誠心折服，如果見我喊呢，（一才）佢地就會對皇上心懷半怨，（一才）想長平一生善解人意，寧敢不以笑面報君王。。（向群臣露齒而笑介）

（舊臣俱強笑介）

（清帝重一才暗驚長平之詞令，奸笑介口古）宮主聰明即是聰明，與呢個戇駙馬有天淵之別，唉，難怪崇禎對你痛愛一生，孤王願代崇禎，將你終身撫養。

（長平強笑白）謝皇上，（故意仄才關目口古）皇上，我經已拜上金階，何以未見頒下詔書，何以未見劈開金鎖，皇上。我而家悲從中起，我啲眼淚已經忍唔住叻，我一喊親就會驚震朝房。。（扁嘴欲哭介）

（清帝愕然略帶驚慌向長平搖手介）

（周鍾口古）皇上，我哋宮主笑緊都可以喊㗎，你何不頒下詔書，以慰遺臣所望。呢。

（寶倫口古）皇上，想太子年方十二，縱使潛龍出海，亦未必騰達飛翔。。

（清帝快花下句）今朝莫說前朝事，（一才）只求撮合鳳諧凰。。

（世顯大花上句）念到黃泉碧落兩般讎。

（一才）宮主何妨把悲聲放。

（長平一才哭叫頭白）罷了先王，（介）君父，（介）母后呀。（快中板分邊向群臣哭著下句唱）哀聲放，帝女哭朝房。。血淚如潮腮邊降。且向乾清再悼亡。。憶舊讎翻血賬。遺臣三百聽端詳。。當日賜紅羅，擲下金階上。母后袁妃痛懸樑。。劍橫揮，血濺黃金帳。殺得昭仁宮主怨父王。。（花）莫戀新朝棄舊朝，再哭鳳台聲響亮。（先鋒鈸執世顯台口哭叫頭白）罷了駙馬。（介）（當長平唱時，內場當有沉痛反應暗湧介）

（世顯白）罷了宮主。（介）（啞雙思鑼鼓與長平擁抱向台口哭介）（沉痛暗湧復起介）

（清帝向周鍾，寶倫茅介白）拉開佢。拉開佢。

（周鍾，寶倫分邊先鋒鈸拉開長平世顯介）

（清帝禿頭花下句）忙忙寫下安陵詔，（一才寫介交太監，太監即下）我怕你哭聲向外揚。。長平一哭撼帝城，（一才）忙把前朝孺子放。

（太監帶上太子（十二歲）上介）

（長平，世顯分邊跪擁太子，太子亦居中跪下快哭雙思）

（周鍾，寶倫及舊臣見太子欲跪，被清帝怒目注視，俱面面相覷不敢跪介）

（長平痛哭介花下句）弟郎你投懷莫敍倫常愛，且去杭州會福王。。自有香魂一縷暗追隨，唉，你在離懷莫向宮廷望。

（清帝白）沈卿家，你帶前朝太子去上駟院，吩咐兵部派遣兵馬護送佢到杭州邊境便了。

（昌齡攜太子離邊下介）

（太子一路從昌齡下一路哭叫王姊介）

（清帝口古）長平宮主，你喊亦喊完叻，你所要求嘅事我都做完叻，可見孤王實有憐惜之心，並無欺世之意，你應該與駙馬立刻成婚，免辜負了兩旁儀仗。

（長平口古）唉，長平焉敢再逆皇上御旨，所希望者，就係將花燭設在月華宮外，嗰處雖然係花無並蒂，但係樹有含樟。。

（清帝點頭答應介白）吩咐動樂。

（宮娥呈上鸞鳳綵球介）

（世顯，長平分端拈綵球跪拜天地介）（一錠金）

（宮娥分對對入場，世顯，長平跟入場食住轉台轉第二景）（在第二暗時，宮娥分邊侍立）

（長平對景不勝感慨一才詩白）倚殿陰森奇樹雙。。

（世顯詩白）明珠萬顆映花黃。。

（長平悲咽詩白）如此斷腸花燭夜，

（世顯會意介詩白）不須侍女伴身旁。。

（譜子）

（宮娥分邊退下介）（棚頂落花如雨介）

（長平食住譜子燒香一炷起小曲妝台秋思唱）落花滿天蔽月光。借一杯附薦鳳台上。帝女花帶淚上香。（跪介）願喪生回謝爹娘。偷偷看，偷偷望，佢帶淚帶淚暗悲傷。我半帶驚惶。駙馬惜鸞鳳配不甘殉愛伴我臨泉壤。（註一）

（世顯接唱）甘心盼望能同合葬，（註二）鴛鴦侶雙偎傍。泉台上再設新房。地府陰司裡再覓那平陽門巷。（拈砒霜出介）

（長平接）嘆惜花者甘殉葬，花燭夜難為駙馬飲砒霜。（痛哭介）

（世顯接）江山悲災劫，感先帝恩千丈。與妻雙雙叩問帝安。（同跪下）

（長平哭著接唱）唉，盼得花燭共諧白髮，誰個願看花燭翻血浪。唉，我誤君累你同埋孽網。好應盡禮泣花燭深深拜，（註三）再合巹交杯，墓穴作新房，待千秋歌讚註駙馬在靈牌上。（頭段作序。與世顯重新交拜花燭後，以柳蔭當做牙床，長平自己蓋上面紗介）

（註一） 此句唱詞另有手筆加了一個「怕」字：「『怕』駙馬惜鸞鳳配不甘殉愛伴我臨泉壤。」

（註二） 泥印本另附插曲工尺譜，此句寫：「『寸』心盼望能同合葬」。

（註三） 泥印本另附插曲工尺譜，此句寫：「好應盡禮『揖』花燭深深拜」。

（世顯接唱）將柳蔭當做芙蓉帳。（註四）（介）明朝駙馬看新娘。（註五）（挑巾介）夜半挑燈有心作窺妝。

（長平接唱）地老天荒，情鳳永配癡凰。共拜，夫婦共拜相交杯舉案。

（世顯接唱）遞過金杯慢嚼輕嘗，將砒霜帶淚落在葡萄上。（註六）

（長平接唱）合歡與君醉夢鄉。（碰杯介）

（世顯接唱）碰杯共到夜台上。（再碰杯介）

（長平接唱）百花冠替代殮妝。（一飲而盡介）

（世顯接唱）駙馬盃墳墓收藏。（一飲而盡介，飲後與長平過衣邊介）

（註四）泥印本另附插曲工尺譜，此句後寫：「（（序）重奏兩次）」。

（註五）泥印本另附插曲工尺譜，此句後寫：「（（序）重奏兩次）」。

（註六）泥印本另附插曲工尺譜，此句寫：「遞過金杯慢『酌』輕嘗，將砒霜帶淚『放落』葡萄上」。

（長平接唱）相擁抱，（介）

（世顯接唱）相偎傍。（介）

（合唱）雙枝有樹透露帝女香。

（世顯接唱）帝女花，

（長平接唱）長伴有心郎。

（合唱）夫妻死去與樹也同模樣。（叻叻鼓）

（兩太監拈宮燈伴清帝，周鍾，寶倫雜邊上介）

（清帝重一才口古）咦，長平宮主，你何必與駙馬喺處雙雙擁抱呢，既然拜過花燭，你應該同駙馬去寧壽宮共渡紅綃帳。

（長平掙扎口古）皇上，我哋就人間拜過花燭夜，再向陰司拜父王。。（與世顯同死介）

（周鍾埋一看哭跪口古）皇上，我對此已萬念皆灰，願乞賜我再度歸田，不願把榮華再享。

（寶倫亦跪下口古）皇上，宮主駙馬亦能雙雙殉國，遺臣者寧忍再食新朝之祿，望將我放逐還鄉。。

（熄燈底景幻出天宮景，八仙女伴觀音大士企於大蓮花之上）

（宮女合唱妝台秋思頭四句並齊向長平世顯招手）

（開邊底景用扯線孖公仔代替長平與世顯之靈魂，一直扯埋觀音蓮座內介）

（熄燈快四鼓頭著燈金童玉女分邊伴觀音扎架介）（要照足維摩庵內之觀音像及金童玉女之態介）

（清帝望空長拜介花下句）帝女前生為玉女，金童卻是駙馬郎。。

（同唱煞板）

——尾聲煞科——

一九五七年首演，選自葉紹德編撰、張敏慧校訂《唐滌生戲曲欣賞（一）：帝女花、牡丹亭驚夢》（香港：匯智出版有限公司，二〇一八年五月修訂第二版）。

白蛇傳〔節錄〕

演員表*

白素貞

小　青

許　仙

許　福

法　海

許仕林

陳　正

塔　神

仙　翁

*（編者案）：本劇首演新馬師曾飾演許仙，芳艷芬飾演白素貞，其他演員資料從缺。

第一場　杭州西湖全景

（排子頭開幕）

（開邊白蛇，黑蛇，天幕過場連隨消失介）

（老鼠尾序）小青挽竹籃伴白素貞上）

（素貞步步回頭頻向內場回顧作不捨狀介）

（小青見狀不耐煩浪裡白）小姐，點解你步步回頭，好似對清波門依依不捨咁㗎，究竟你係等人吖還是帶我小青遊湖呀。

（素貞白）我應承得你，梗帶你去遊湖㗎小青，點解你咁心急嘅唧，我之所以步步回頭梗係有因為啦嗎。

（小青白）有因為呀，究竟有乜野因為呢？

（素貞白）因為我……（長花二黃下句）路過清波門外動凡思，再遇恩人許家子，猶記我當年被捕原是小蛇兒，佢買我放生，可見佢仁與義，我幸逃此劫全賴佢把恩施，此次再下峨嵋正苦無覓處，我為酬還恩義，幸賴天賜，良機。。因此變幻人形（一才）無非欲以身酬公子。

（小青慢的的俏皮白）哦，原來小姐想嫁許公子呀，我希望你考慮清楚之好嚕。

（素貞一才詫異白）點解呢，你唔贊成咩。

（小青白）我唔係唔贊成，不過勸你三思而後行唧，（長花下句）你本是白蛇精，到底非人類，說什麼以身相許酬恩義，變為美女嫁俾許家兒，又怕未能瞞夜雨，又怕一朝原形畢露，我問你怎能掩飾砌詞。你若言真相（一才）婚事確難成（一才）又怕你未酬恩，先招來災禍至。

（素貞一才驚介台口花下句）小青佢一棒當頭驚好夢，（一才）念到受恩應報在今時，我意已決，（一才）妹勿多言，（一才）在此等候郎來，惟有見機行事。（白）青妹，你雖然言之有理，惟是得人恩果千年記，得人花戴萬年香（介）何況許公子對我有活命之恩咩，恩我一定要報嘅，唯有見一步行一步嚓

啦（介）哈哈，佢好似向西湖行緊嚟添
噃。（張望雜邊介）
（小青白）咁不如我地坐埋一便等佢嚟罷啦
小姐，（花下句）得人恩果千年記，真
使我佩服有加，由來果報最分明，所謂
有恩不報非君子，（與素貞仝在樹下打
坐介）
（素貞花下句）待我把玄虛故弄，好待佢邂
逅娥眉。（向小青付耳，小青讚妙介）
（大點許福拈金盒及油紙遮，金銀紙錢幾
串，手拈祭品伴許仙上介）
（許仙長二流）春歸去，惜取少年時，我作
客他鄉為遊子，幸得一枝之寄，却為衣
食奔馳，（合）別家鄉，傭藥肆，少讀
詩書不羨名與利，清波藥店暫棲遲，今
日節屆清明，主僕仝向先人祭祀。（上）
（許福長花下句）少爺你步如飛，我亞福行
都行唔起，行起骨痛腰酸兼脚痺，上墳
掃墓，我仲要打草皮。山未拜完經已一
肚氣，好似走左個雷公入肚，宜得醫吓
個肚皮，行行不覺到西湖，（介）最好
嘆番兩杯行路至有力氣。
（許仙白）你好肚餓咩亞福，咁你快的睇吓
有冇飯店酒寮，去打店歇吓脚先啦。
（男女遊客逐對對分邊上漫步樹底欣賞西湖
景色介，此介口煩指導有秩序為要）
（許福一才仄才失意白）咦，乜呢左右飯店
酒寮都冇一間嘅，點算呀相公。
（素貞拉小青台口白）小青佢嚟左叻。
（小青緊張白）佢嚟左，咁你仲唔快的。
（素貞白）嗱，咁你睇住我變叻。（暗向天
作法）
（天幕閃電行雷，風雨交作。）
（各遊客抱頭下介）
（許仙白）弊叻，落雨添，快的開把遮遮住
我啦，福。
（許福手忙脚亂開遮介）
（小青急開遮作狀白）小姐快的埋嚟等我遮

住你啦。
（雷電大作，風雨更大，將小青之遮突然吹去）
（素貞以巾遮頭白）弊叻，連遮都吹左去添，點算呢小青……
（小青手足無措埋石枱攞竹籮之蓋蓋頭口古）最衰都係我啦，揸把遮都揸唔穩，一陣狂風就吹左把遮去咯，周圍都冇瓦遮頭，雨又越落越大，我淋濕個身就唔要緊，惟是小姐你弱質纖纖，我最怕冷壞小姐你。
（許仙，許福與素貞重才鬬目介）
（許仙同情白）亞福，我地男人淋吓都唔緊要，你快的拈把傘俾佢地遮住先啦，（口古）人地女兒家，天生麗質，不慣受雨打風欺。
（許福欲借與介）
（素貞作狀介口古）小青，唔得嘅，人地借左把遮俾我地，佢地又唔係一樣要淋濕身，呢，己所不欲勿施於人，你快的代我去多謝個位相公啦，你話我銘感于心，有負佢拳拳盛意。
（小青會意口古）係噃，相公係公子身份，小姐又身嬌玉貴，風雨淋病佢又唔好，淋病你又唔好吖，點算呢，（想介）呀，唔啱咁啦相公，你既有憐香惜玉意，請你遮埋我地小姐勿推辭。
（許福白）咁我呢？
（小青白）學吓我唔得咩。
（許福以竹籮蓋住頭上介）
（許仙白）好，咁你拈我把遮去遮你地小姐過嚟啦。（欲交傘）
（小青白）咁又何必多此一舉呢相公，我去遮得小姐，又淋親你，不如你為人為到底，行多幾步埋嚟，遮住我地小姐唔係得囉，唔駛我兩頭騰。
（許仙一才白）係噃，（上前遮素貞介）
（素貞故作羞介，白）哎吔，咁咁咁，有乜

好意思呀，唔好嘅，（乘機欲偎依介）
（許福白）嗱，咁駛乜怕醜呢，濕左身病起上嚟仲弊啦，唔怕嘅，我地公子好斯文㗎。
（許仙念白）為表憐香惜玉意。
（素貞念白）相逢萍水感高誼。（斷頭掩門扎架）
（許仙禿頭別鶴怨引子）護花借雨具。
（素貞接）看，風中有花任雨欺。
（許仙別鶴怨）罡風吹，嬌不堪作抵禦。
（素貞接）嘆弱女，被困暴雨風吹。
（許仙接）不勝衣，阿嬌那堪避。
（素貞接）致謝意，我欲語無詞。
（小青接）小姐你無庸客氣。
（許福接）公子有同情美意。
（許仙接）我護庇阿嬌，那敢延遲。
（素貞接）拜謝你高誼。（介）
（許仙接）臂助固應宜。（兜起貞介）
（素貞接）感君恩深此弱女子，（再下拜介）
（許仙接）阿嬌你不須下禮。（扶起介）
（素貞接）不知報答何期。
（小青接）小姐永感受你恩。
（許仙接）小姐你不用記此，看，天色轉晴雨漸止。
（風雨漸微介）
（素貞白）多謝公子。（下禮介）
（許仙白）小姐何須多禮呢！
（小青急口令）哎吔，好心你地唔好咁好禮叻，你又拜，佢又拜，贊得大家淋濕晒，不如有咁埋，挨咁埋，咁就大家安樂晒。
（許福急口令）你地就安樂晒，我就淋到變隻騎呢拐，你又拜，佢又拜，亞福就將萬壽拜。
（素貞，許仙會心微笑介）
（素貞口古）小青，呢位公子待得我地咁好，真係出路遇貴人叻，雖然人地施恩莫望報唧，惟是我地不能不請教佢地嘅

貴姓大名嘅嗜，你快些代表我上前請益
至為是。
（小青領命白）公子，我地小姐請教你貴姓
大名喎。
（許仙口古）大姐，小生姓許，單名一個
仙字，乃係錢塘人氏，請你回稟你家小
姐，更希望你家小姐將姓氏賜知。
（小青白）好，等我先向小姐覆命，然後再
請示佢，你稍候佳音啦（介）小姐呀，
個位公子姓許名仙，佢又叫我請教你芳
名貴姓喎。
（素貞白）啱，稱呼請益為之禮。小青呀，
你替我上覆許公子啦，你話我姓白，小
字素貞，乃係四川人氏。你代我請問公
子執業如何，在杭州有冇親屬呀。
（許福搶着急口令）我地公子行年廿五，尚
未娶妻，執業雖賤，佢喺清波藥店捱騾
仔，不幸父母雙亡，更無兄弟，在杭
州只有一個家姐，經已嫁得金龜婿，我
地主僕兩人，都唔係唔靚仔，尤其是我
阿福更加噏喉翳肺，總冇女仔吼，真係
桃花運滯，你代小姐查根問底，必有因
為，如果睇中我地相公，我替佢一啖應
承，包冇甩底。
（小青笑介白）哈哈，睇唔出你都夠坦白，
夠爽快嗜福哥。
（許福暈浪白）梗係啦，講開不如順便講埋
我地個筆啦，青妹。
（許仙一才白）亞福，我唔准你咁冇規矩，
（花下句）天已轉晴，應歸去，此時力
倦已筋疲。。一聲珍重別佳人，主僕二
人，回藥肆。（白）小姐，我地倘若有
緣，當能後會，請呀，（幾步行介慢的
的白）你地攞把遮用住先啦，我返舖頭
都係行幾步唧，小姐你住喺邊處呢？好
待我香居造訪。
（小青搶住白）我地住喺蘇堤盡處，但係初
來寄寓，忘記門牌，只記得外有一扇紅

門而矣唧。
（素貞白）唔好叻，你借把雨遮俾我，你又淋濕身嘅唧。
（許仙白）幾步路，唔緊要嘅，請呀。
（許福白）第日我嚟搵小青就得啦，最怕淋親你地吖嗎，請呀，小青妹妹，（與許仙同下介）
（素貞，小青相對一笑介）
（素貞指一指天幕，天幕晴天介）
（小青白）姐姐，你的法術係駛得嘅，真係有情天降無情雨，狂風吹送玉郎來。
（素貞白）小青，你話蘇堤盡處乃係一片敗瓦殘垣，何來紅門一扇呢？
（小青白）姐姐法術高強，又何愁不可呢！
（素貞花下句）為了檀郎造訪，頹垣殘壁變為華廈。
——落幕——

第六場　衣邊斷橋，正山林

（合尺首板）（素貞內唱）戴月披星，魂離魄喪。（雙句）
（大沖頭，四天將上度打素貞跌地）
（內場如來佛播咪口古）孽蓄罪犯天條，塗炭生靈，以致萬民怨暢，罪該萬死，姑念佢身懷六甲，係文曲星降世，在佢身藏，你們下去也罷。
（四天將分下）
（素貞云云起身水介花下句）我力竭筋疲難再戰，天兵法力比我強，再振餘威突重圍（一才）希望沖出天羅地網。（欲行不支覺肚痛介）
（小青衣邊力力古上，扶素貞埋位坐，許仙食住力力古雜邊上）
（小青一見許仙即一手打跌許仙在地上舉劍欲殺介）
（素貞即在中央攔住介，含悲帶咽起絲絲淚）哭一聲薄情郎。（介）

（許仙接）負了三生夢，再求原諒。
（小青接）一見雙眉豎，劍拔弩張。（示威介）
（素貞接）夫妻恩愛也泰遺忘，你別了家到金山，依依仙法，背約寒盟。
（許仙懇介接）拖了貞娘貞娘不願放，恩愛床笫。
（小青接）你要心搖蕩，過後情花永不香，賒了冤孽賬，血濺羅裳。（寶子續玩）
（許仙白）罷了，貞娘，我地妻呀。
（素貞欲應見小青又止鑼鼓做戲介）
（許仙乙反中板下句）心非薄倖心，人是薄倖人，相看無一語，四目更蒼茫，情本是真情，花非濁世花，捲起了無窮風浪，幾見有枕邊妻，變盡了嬌柔態，貪飲一杯五月雄黃，我走禪台，問一句佛法慈悲，能否許凡人配白蟒。（包一才）
（小青食住按劍先鋒鈸埋去怒白）你幾乎連個蛇字都噏到出口叻，第二個可以講，你就唔可以講，白蛇也好，娘娘也好，害過你未，如此忘恩負義的人，倒不如一劍了之。
（素貞攔白）青妹，係殺都等佢講完至殺佢吖。
（小青無奈白）好，睇你點講，（又企埋衣邊介）
（素貞白）講啦，相公相公。
（許仙驚介白）我橫掂都就嚟俾人殺咯，魄不在身，魂不附體，你叫我點講落去呢貞娘妻。（跪下牽裙帶點撒嬌態）
（素貞白）唔怕嘅相公，有我（介）
（小青白）哦，有你撐腰吖嗎，即管俾膽佢啦，許相公等如係一杯雄黃酒，唔，生仔姑娘醉酒佬，醉死都要飲嘅叻。
（素貞左右為難白）青妹，我唔係俾膽佢，我話有我代佢向小青姑娘講個人情咁唧，（假意介）其實你呢個負心人，根本就唔值得青妹憐愛，嘿，還不快快講

上來。（假意怒介）
（許仙急至哭介白）妻罷妻呀。
（素貞細聲應白）哎吔，我聽到叻。（望見小青莊嚴狀介）
（許仙續乙反中板下句）怕只怕霧中緣，難永久，倒不如及早收場，（七子清）西湖惹下相思帳，多蒙青妹暗傳香。雙雙帶入迴鸞帳。溫柔不住住何鄉。（催快）誰願分離辜負良燈朗，誰甘寂寞守禪房。（花）牽住了六幅湘裙牢不放。
（素貞一路聽一路心軟回身白）哎許郎夫，
（欲抱起身介）
（小青白）嘿嘿——
（素貞連隨縮手介）
（小青口古）為了一個相公，幾乎害了我姊妹兩人性命，講幾句話，牽幾牽裙就可以了事嘅咩，姐姐心腸軟，等我來審吓你，到底法海在金山寺有乜野說話同你講。
（許仙心驚驚不語介）
（素貞白）相公，小姨問你，你就好好地照直來講。
（許仙口古）青姑娘，佢除左叫我出家之外，並冇其他商量。
（小青怒介口古）吓，你騙得過別人，瞞唔過我姐妹千年道行，奴奴對你推心置腹，你對佢聲聲作狀。
（許仙驚介即埋素貞傍，牽袖遮介）
（素貞口古）許郎夫，從前你講一句，人地信千句，自從你偷上金山寺之後，你講十句，難得人地信你一句，你要講句真心話，唔好氣死青姑娘。
（許仙越戰慄則氣氛越好了）
（小青先鋒鈸再嚇介）
（許仙白）我講我講，（乙反木魚）法海無情毀碎了鸞鳳榜。叫我斷橋一會女紅粧。佢不料白蛇逃天網，妖畜終須塔內藏。

（素貞重一才的的撐，略見發抖驚忿交并）
（小青白）嗱，聽吓啦，你估真係咁好心嚟
到斷橋會你，不過係同法海帶個口訊嚟
絕你嘅咋。
（許仙的的撐以手掩頭茅白）唔係呀，貞娘
貞娘。
（素貞一路唱乙反二黃序一路關目）明知難
逃合砵之災，但又不捨許郎之愛（唱）
難逃法海心也自覺徬徨，鴛鴦拆散，永
拋齊眉案，愛念已深，不禁喚句郎，我
帶淚兩行，纏綿兩年逗留在鎮江，寧白
髮心相向，（長二黃下句）手抱官人在
山崗，橋斷情離談既往，可憐夜盜靈芝
救活郎，又誰知靈芝難活你嘅心和臟，
撇下了妻房走去拜三光。我不怕你薄
倖心存，怕只怕你無人倚傍。（乙反木
魚）我怕你老成易被人欺妄。我怕你衣
衫難耐滿天霜。一宵未見你回家往。夜
夜等到鷄啼三遍至睡牙床。（快）夫妻
好比同根蔃。我愛夫情可剖心肝，莫嫌
我不是生養，十指終須有短。長。
（此曲對許仙一自唱，一自喊，對許仙極盡
纏綿當可感人下淚）
（小青掩面不忍看切勿過于科（　））
（許仙搭住素貞哭相思介）
（小青頓足白）係咁就冤孽咯，（花下句）
離離合合，忽合忽離，攪到我都喜怒無
常。（破涕為笑）
（許仙埋向小青白）多謝小青姐姐恕罪。
（小青細聲嗔怒白）躝開，（花）以後你有
心就點聽人毀謗。
（素貞花下句）惜取眼前恩與愛，不若共死
同生到錢塘。（拉仙欲行）一陣陣痛折
腰圍，舉步欲行無力量。（拉士字腔，
撫腹叫痛埋山邊下介）
（許仙口古）貞娘，貞娘，點解你無端端
叫痛起來，莫不是過度疲勞，至腰圍
受創。

（小青口古）嘿，唔怪得姐姐話你老實叻，應承做人丈夫叻，連咁樣叫痛都分唔出係乜野，你真唔識，抑或詐外行。

（許仙懵懵然掩手算年一時想不出介）（再一才如夢初醒）

（許仙白）哦哦，貞娘入了斷橋亭，小青姐姐，你還不去。

（小青白）我我去做乜野。

（許仙又急又說不出口，只作抱兒狀介）

（小青白）啐啐，（花半句）你是夫來奴是婢。

（許仙花下句）我是初哥，你在行。

（小青頓足花半句）未嫁焉知抱孩兒。

（許仙花半句）男兒又點揭催生帳。（向青拜介）

（大笛斗官叫介）

（小青愕然即先鋒鈸撕衫袖急入斷橋亭介）

（云云小青，素貞抱斗官上介）

（許仙埋看花）到底是男還是女。（介）

（素貞接）肥肥白白一個小兒郎。

（許仙白）仔嚟㗎，好囉，嘻嘻，叫媽媽啦。

（素貞笑介）

（許仙白）吓，似邊個呢？

（素貞白）似你囉。

（許仙白）似你多。

（許仙，素貞齊說）大家都似。（介）（一齊錫斗官介）

（許仙接斗官愛錫介）

（內場法海白）那裏走，那裏走，（力力古拈砵上，各人推磨完台介）

（法海四句口古）

（許福食住上介）

（小青推磨入衣邊介）

（法海舉砵收素貞介）

（許仙大叫白）素貞。

（法海白）徒兒，你將孩兒交托忠僕阿福善養，隨為師回山也罷。

（許仙交斗官與阿福，並托好好撫養介）

（法海白）阿彌陀佛。（花下句）雷峰塔內把妖藏。

——落幕——

第七場　雷峰塔景　幕序十八年後

佈景説明：正面天幕遠景為杭州之西湖，衣邊角有七級浮屠，最低層有門可出入，上寫「雷峰塔」三字，正面石枱椅。

（排子頭起幕）

（杭州知府陳正領二中軍，二旗牌，分持香燭酒果，三牲祭品，手下，擔「肅靜」「迴避」及「狀元及第」「奉旨還鄉」的高脚牌同企幕）

（陳正白欖）常言百行孝為先，何況狀元係文章嘅魁首，許氏狀元郎，衣錦榮歸後，佢話其母困雷峰，經已十八年之久。因此祭塔會慈幃，本官樂得幫佢手，為表佢孝恩，擺下香燭三牲和水酒。左右快舖陳，不許閒人來亂走，守衞要森嚴，倘有差池招罪咎。（雙）

（旗牌點香燭，擺祭品介）

（陳正白）衙兒們，各事可曾齊備。

（甲旗牌白）回稟知府大人，香燭早已擺好，齊備多時。

（陳正白）如此說，有請狀元郎（背台請出介）

（頭鑼聲）（許福喝聲）肅靜迴避。

（仕林上長二流）江邊柳，惹人愁，一路行來思前後。衹為爹娘分散，撩惹起舊恨新愁。。雖係食不盡珍饈，穿不盡錦綉。但係對人歡笑背人愁，今日身中狀元，難報劬勞深厚。老嚴親，悲分手，把嬌兒抛下把佛尋求，呢一個大好家庭，一旦抛諸腦後，（花）正係傷心人怕到，呢一個慘淡杭州。。

（許福白）狀元爺，到叻。

（仕林白）雷峰塔，雷峰塔，罷了親娘，娘親呀，（念白）正是一色杏花香十里，狀元歸馬走如飛，鞠育之恩寧不記，今日雷峰塔畔表親誼，亞媽，（南音）初杯酒，惹人愁，觸起前塵淚難收，自係爹娘相邂逅，估話良緣天賜，結鸞儔，點想到樂極生悲，言非謬，竟被個不仁法海，拆散呢段河洲。我母心有不甘，寧肯罷手，借得紅綾十丈，惹得禍招尤。法海高僧法力真廣茂，雷峰塔內，把娘收，老父淒楚幾回，難挽救，祇係悲分手（二黃）拋下呢個寧馨弱子，佢一旦把佛參求。。尤幸姑母仁慈，佢的確恩深和義厚。十多載蒙他教養，猶幸今日雁塔名留。。誰料天下盛筵，無奈勢難聚首。（反綫中板下句）恨句無情天，幾見兒登金榜，母受寶塔羈囚。。一個血染狀元紅，一個血淚灑雷峰，廿載沉冤，都難救。一陣陣風吹竹葉聲，一縷縷烟鎖堤邊柳，襯住一片雁咽，蟲啾。。（七字清）有道親恩如天厚。藍袍玉帶為何求。。母辱子榮歡何有，親情永斷恨難休。。（花）雷峰塔，不見母慈顏，含悲欲把重門叩。（先鋒鈸欲撞塔門白）亞媽呀。

（許福於滾花卸上見狀食住上前攔介乙反木魚）少爺你頭皮焉及磚頭厚，試問凡人焉可，換日把天倫。祭罷親娘回步走。尚有一位提携姑母，你要把恩酬。

（開邊，小青在衣邊雲頭出現向仕林招手介）

（仕林關目口古）福伯，你見否雲端天際，有位青衣婦人，佢向我頻頻招手。

（許福關目口古）係嗰少爺，呢位就係你姨媽小青叻，點解相隔十八年，佢依然粒粒嫩，我許福經已微蒼兩鬢，正是不堪回首記風流。

（小青開邊卸下介口古）仕林兒，估唔到今日與你相逢，你可謂光前垂後，我是你姨媽青娘在此，斷橋一別，相隔十八秋，可恨法海禿奴，不祇斬斷人間結髮情，更使骨肉分離難聚首。你係文曲星，可把塔神哀懇，快向東方拜把神求。

（仕林花下句）一拜東方風更厲，再拜東方霧雲浮。三拜東方樹搖搖，飛沙走石無所有。

（開邊，塔神上參見白）小神參見文曲星。

（小青口古）佢生娘被困於雷峰塔內，有勞塔神將塔門打開，俾得母子相逢聚首。

（許福口古）塔神爺，請向法海要求。

（塔神兜起介白）也罷——（撲燈蛾白欖）天上有天倫，人間有職守，百行孝為先，萬惡淫為首。孝感可動天，好待你母子重聚首。（雙）

（仕林白）謝神恩，（花下句）感謝神恩深厚，許我母子敍頭。

（塔神白）呔，白貞娘得知，你子許仕林，高中狀元，特來拜祭，孝感動天，賜你母子相會。

（內場素貞合尺首板）遵法旨，會嬌兒，心靈歡透，（雙）（開邊天幕飛白蛇落塔內介）

（沖頭，素貞帶魁星面由塔門上連隨復下介）

（素貞快二流上介唱下句）忙叩見，塔神爺，細問根由。

（塔神白）白貞娘，你子仕林，榮歸祭塔，本應奏稟玉帝，祇因天庭路遠，小神已代請人皇，你子孝感動天，賜你母子相會，快與你兒相見，但不能超過兩個時辰，謹記此言，吾神去也。（陰鑼卸下介）

（素貞快二流下句）祇見白玉盤，載住三杯酒，不除枷鎖也消愁。佢圍玉帶插金花，畢竟是文章魁首，衣錦旋，來哭祭，春風得意返杭州。叫一聲，我的兒，快快醒來聚首。（白）我兒甦醒。

（開邊，仕林醒介牽衣白）可是親娘。
（素貞白）正是。
（仕林跪下，素貞輕撫仕林之首同哭相思介）
（音樂設計）
（仕林有韻白）我欲慰親娘難開口，祇憑珠淚把恩酬。
（素貞有韻白）今日母子重逢，不禁依稀懷舊，真是相逢如夢，分散十八秋。
（仕林有韻白）聞說法海無情分斷藕，迫令孩子老父禮佛把真修。求娘細說誰罪咎。究竟乖離骨肉為何由。（白）娘親，你講啦。
（素貞長嘆白）仙心却被紅塵破，一任風翻，（介）孽海浮，（起反綫二黃板扶起仕林極盡母愛介）（中軍擔櫈兩張開台口介）
（素貞，仕林分邊坐下介）
（素貞反綫二黃）未開口，不由人，淚盈，襟袖。叫一聲，仕林兒，細聽，根由，黑鳳仙，在峨嵋，與我金蘭，義厚。悔不該，凡心動，我與她私下，羅浮。
（仕林反綫二黃）織女仙，下瑤池，也被紅塵，所誘，有一所謫仙祠，有一株槐蔭樹，娘非是破例，招尤。
（素貞反綫二黃）在西湖，借傘為媒，與兒父相逢，邂逅。悔不該，滕王府內，鳳結，鸞儔。在鎮江，開藥店，倒也萬民得救。端陽節，飲雄黃，嚇得你父喪，陰州。（爽）盜靈芝，鬥鶴童，我險遭，毒手。慶重生，兒的父，誰想他是個無義，（吊慢）之流。
（仕林唱序）怨父心，太狠，夢不到白頭，佢碎芳心，悔婚姻，難續此斷藕，問那一個？累娘親關寶塔，請告孩兒代報仇。誰累你辛酸苦透。。
（素貞反綫二黃）他不該，進金山，聽法海讒言，唆誘。我也曾，借東海，水淹，山頭。。（催快）娘好比，月當空，被那

烏雲，遮透。我好比，東江水，永不，（吊慢）回流。。娘好比，弓斷弦，誰能，補救。（拉腔）

（仕林，素貞抱頭同哭相思了）

（仕林撲前悲叫白）娘親！

（素貞撲前悲叫白）乖仔！

（塔神從中攔阻三次，退前退後介）

（力力古，小青，許福，同在衣邊。法海雜邊上介）

（法海白）阿彌陀佛，（口古）狀元郎佛本慈悲，許你母子相逢，須知得回歸處且回歸，莫再遷延時候。

（仕林口古）法師，我娘親被困雷峰十八載，受盡淒涼苦楚，縱使你共佢有天大冤仇，也罷休。

（小青口古）老法師，天有天律，人有人情，就算罪犯天條，總有個結尾歸根，將貞娘原宥。

（許福口古）老法師，食齋人要講慈悲，白娘娘有夫難相見，有兒難相聚，如果咁樣講神佛，以後的善男信女，拈的錢去打水片，都唔肯將廟宇重修。

（法海花下句）除非乾盡西湖水，白蛇才得有自由。。見否鎮塔有靈符，鎖禁白蛇難得救。

（小青怒白）禿奴，（快點下句）仗劍能分恩與仇。。瘋狂再把禿奴咒。（先鋒鈸欲打法海介）

（內場仙翁白）法旨下。

（開邊，音樂設計，仙翁在雲端出現介）

（素貞白）啊，原來仙翁來了。

（仙翁口古）塔神曾向天庭奏，雷峰塔鎖一段愁。白蛇修煉先基厚，思凡一念下杭州。水淹金山情可宥。築堤未許見屍浮。藥店曾將人普救。功罪平分孽亦休。有子成才為魁首，他日功蓋淩烟解國憂。青蛇報主情義厚，速返天庭，（介）將佛法修。

（同唱花下句）仙凡隔斷親骨肉，猶幸許門有子孝名留。

——煞科——

一九五八年首演，抄本，歐奕豪先生私人收藏。

簡又文主編
唐滌生曲詞

萬世流芳張玉喬〔節錄〕

演員表

李成棟……陳錦棠
張玉喬……芳艷芬
先飾陳子莊、後飾王壽……黃千歲
瑞　梅……鄭碧影
伯　卿……梁醒波
佟養甲……靚次伯
陳上圖……蘇少棠
皎　月……歐漢姬
冰　心……婉笑蘭
朱太夫人……李錦帆

第二場

（華麗廳堂窗外高明民房景）

〔（排子頭起幕作上句）（皎月上圖介幕）〕

（皎月白）三少。乖乖地啦。點解你成晚對住本書心不在焉咁嘅啫。

（上圖口古）皎月。你躝開。我唔係你管嘅。讀書。讀書。讀書。而家都就快國破家亡。成晚對住本書。反令我更悲憤。

（皎月口古）三少。你記唔記得老爺臨出師嘅時候。吩咐亞二少奶同埋亞二娘教你。督促你。都係叫你苦讀書文。。

（上圖大花下句）大丈夫。不能執戈為國。也不能終日紙上呻吟。。讀盡萬卷書。也不似衝鋒陷陣。

（皎月白）唉吔三少。你唔好去呀。二少奶呀二少奶。你快的出嚟管亞三少啦。

（力力古瑞梅上）

（瑞梅白）亞圖。坐番响處讀書。

（上圖白）唔讀。

（瑞梅白）唉。姪官。（長花下句）徹夜已難眠。闈中吟古訓。金鼓雷鳴。聲帶恨。姪官何苦重要咁橫蠻。倘若你父歸來為責問。試問我更何以對。個一位憂國孤臣。。望姪哥你坐對芸窗。尊重吓你呢個淒涼嘅二嬸。

（瑞梅口古）亞圖。我要你好好地讀。好心你乖乖地啦。你就係我屋企唯一嘅香爐躉。嚟喋。

（上圖口古）香爐躉（雙）如果冚家死絕。留番個香爐躉嚟做乜嘢呀。我寧願去幫亞爹殺幾個清韃子。都唔寧願做孝子。年年月月去拜孤墳。。

（玉喬（花下句上））杜鵑啼盡山河淚。五羊城內都已經色變風雲。。一步一低徊。幾許國仇家恨。（仄才白）三官做乜嘢黑起個口面坐响處呀二少奶。

（瑞梅白）唉二娘。我都冇法子教佢叻。你嚟教吓佢罷啦。佢話要去打仗喎。

（玉喬口古）三官。你開嚟。開嚟。（介）本來細姐呢。就唔敢教你嘅。不過你到底都係年輕。（介）你為乜嘢事幹好好地要去送死呢。大丈夫要權衡輕重。雞蛋去碰石頭。好容易化成齏粉喋。

（上圖[註一]（口古））細姐。你呢句話講得好啱。咁點解你唔准我去送死。又主張我亞爹去送死呢。難怪。難怪。你祇不過係我亞爹嘅姬妾之嗎。妾侍啫。所謂夫死夫還在。難怪你對我亞爹嘅生死漠不關心。。

（瑞梅白）呢。你話點教呢。（雙）

（玉喬（口古））三官。有人主張你亞爹去打仗。你阿爹之要打。無非係要完成佢嘅責任。啫。

（上圖（口古））細姐。你呢句說話不過係呃

（註一）原稿是「（三官）」。依劇本行文，改為「上圖」。

我嘅啫。噏。在送別嘅時候。阿嫲有幾句說話同我阿爹講。佢話第一。我地所有嘅兵士都係烏合之眾。雖然每一個人都有報國之心。但係。蛋家又有。土匪又有。鄉勇有。平民又有。和尚都有。點樣去抵擋清兵百萬雄師呢。第二。書生究竟唔係將材。阿爹係相國之材。點能抵擋得住嗰個混世魔王李成棟。個陣阿爹都想聽阿嫲話嘅叻。你又話移孝作忠叻。所以我阿爹至去打嘅啫。實在分明係你地幾個想累死我父親。。

（玉喬白）三官。你唔知嘅叻。你唔同阿爹。（花下句）相國焉能為俘虜。賢子猶未要孝親。。一雞死。尚望一雞啼。倘若香火不留。誰個負起光復山河嘅責任。（喊介白）三官。我唔係唔想你精忠報國。我想你留身以待啫。（掩面背身喊）

（上圖白）細姐。我以後聽你教。

（瑞梅白）嘿。你話激唔嗷氣呢。我冇法子教得佢掂嘅。係亞玉喬至教得佢掂嘅啫。

（玉喬連隨拭淚介白）二少奶。唔係咁講。你都教得佢掂。不過你脾氣唔好啫。（介）三官起身啦。跟你二娘入去向亞嫲叩個晚安之後。早的瞓叻。

（瑞梅白）噏。乖乖地。早的瞓。聽朝早一早至讀書。（介）你以後聽唔聽阿二嬸教呀。

（瑞梅白）咁我番入去。（與上圖下介）

（子壯鑼邊花上下句）（註二）戰增城。失清遠。經已解散孤軍。。今晚夜敗走高明。難把軍心重振。（入介）

（玉喬見子壯口古）（註三）子壯。點解你成身都係血呢。我睇你咁嘅情形。我就知道

（註二） 原稿是「（子壯花一句）」。

（註三） 原稿是「（喬白）」。

大勢已去嘅叻。你抖一陣。我要替你延醫診治。

（子壯（口古））玉喬。一切一切都已經完咗叻。我之走番嚟。無非係想見一見太夫人。然後拜謝先祖。再作壯烈犧牲。。

（子壯白）玉喬。你快的請太夫人出嚟啦。

（玉喬口古）子壯。何必在呢個時候傷老者之心呢。最多收拾殘棋。向廣西作高飛遠引。

（子壯口古）廣東廣西。都係一樣啫。廣東都不能保。何苦重要覓地收藏此必死之身呢。。（狂叫白）同我叫亞媽出嚟啦。

（玉喬花下句）忍見孤臣流血淚。垂危仍哭叫娘親。。聲淒哽。慘淡回頭。我亦淚和血混。（叫白）皎月。請奶奶佢地出嚟啦。

（力力古上圖瑞梅太夫人上介）

（上圖（見子壯撲埋）白）亞爹。

（瑞梅白）分吓次序。等你亞嫲見佢啦。

〔（子壯口古）〕（註四）亞媽。今日做仔嘅。不能報答你教養之恩。身為敗將。辜負盡多年庭訓。

（太夫人（口古））子壯。亞媽好歡喜。你已經盡咗你嘅責任叻。成敗安足論。祇要做忠臣。。

（瑞梅（口古））大伯爺。我都好知機嘅。我已經暗中打點的車輛行李。不如我地走罷啦。唔使幾個時辰（註五）。我地可以逃出戰陣。

（玉喬（口古））二少奶。相國唔會再逃亡嘅。在佢決意盡忠嘅時候。我希望你唔好再講呢幾句說話。刺激佢垂死之心。。

（上圖（口古））二嬸。唔曉講說話就唔好講。所以話狗口永遠都唔會出象牙嘅。

（註四）原稿是：「（瑞梅白）分吓次序、等你亞嫲見佢啦。亞媽、今日造仔嘅、……」，語意不銜接，中間明顯漏掉一句說唱指示，現根據劇情增補。

（註五）原稿是摩登口語「鐘頭」，這裡改為古語「時辰」。

講多句。聽謹俾我亞爹嘖。嘅啫。
（太夫人（口古））子壯。你亞媽都幾十歲叻。有乜嘢希望叻。你重有乜嘢希望于家人。希望于兒孫嘅。趁而家咁齊全嘅時候。你可以將佢教導一句。。
（子壯）亞媽。（（反線中板））最後作狂呼。願以身酬家國。化作嶺表。忠魂。。媽呀你莫悲傷。今日有子成仁。纔不負母儀。與庭訓。回首叫圖兒。
（瑞梅（白））姪哥。埋去啦。亞爹叫你叻。
（上圖白）我聽唔倒咩。亞爹。
（子壯（續唱））你是我陳門後裔。膊上有責任。千斤。。「書可讀。不可仕。田可耕。不可置」。（此乃原有遺囑不能顧及順口）唯望兒曹。記緊。含淚叫喬娘。雖念此嬌兒年少。你要將佢教育。成人。。望存孤。再教圖兒。你要聽你二娘。教訓。莫謂佢出自青樓。須知佢才華絕代。乃係末世。一個女才人。。
（花）躬身招喬娘。唯望肩承此責任。
（白）玉喬。此後一老一少嘅責任。就交係你嘅身上嘅叻。
（瑞梅白）點解又唔交係我身上呢。
（玉喬（長花下句））聽罷傷心語。血淚已涔涔。不怕艱難承責任。辛苦含淚慰孤臣。扶老存孤。奴記緊。正是愧無半策匡時運。獨有微軀報主恩。。重叩首。跪對神靈。證我丹心耿耿。
（子壯白）多謝你叻玉喬。
（地雷一響。底景露火光。擂戰鼓介）
（力力古）（伯卿白）嘩。有叻。有叻。乜少爺咁樣呀。
（子壯（口古））伯卿。你係外便番嚟。你知唔知道軍情點樣呀。講啦。講啦。你做乜企响處一味震。啫。
（伯卿白）好曳。好曳。（介）唏。我要抖過氣至講得出嘅。（口古）少爺。陳邦彥老爺已經係清遠殉節叻。佢纔中三刀。跳咗落河池裡便。點知唔死得嚁。
俾清韃子捉咗佢出嚟劏咗佢。我重聽見
人話。佢被劏嘅時候。個心卜一聲跳咗
出嚟。嚇死清兵幾十人。。添呀。
（子壯（口古））唉。估唔到邦彥先我而死
叻。亞卿。而家到底城裡便嘅人心點樣
啫。講啦。使乜慌得咁要緊。
（伯卿作狀一輪口古）少爺。今日廣州城
已經被清將李成棟攻破咗叻。一路入城
一路殺。我重聞得的人話佢要將少爺你
活捉。我有乜法子唔慌到落魄失魂。。
吖。（伯卿）我地走叻。（雙）
（太夫人（口古））子壯。走罷啦。與其失手
被擒。不若高飛遠引。
（瑞梅（口古））都係走罷啦大伯爺。留身以
待。何必定要此刻成仁。。呢。
（子壯白）你地唔好勸我。亞卿。你入去
房攞我的朝衣朝服出嚟。你地各人番入
去。我要肅整衣冠。見一見個位亂臣賊
子。亞卿。攞我的朝服出來。你地各人
番入去。
（子壯白）亞卿。你如果咁驚嘅。你不如番
入去啦。
（伯卿頂架）我唔驚。主人都唔驚叻。唔通
我地做奴才嘅驚咩。
（四清刀斧手（上））
（大滾花）（成棟（上花下）句）取江蘇。
平福建。立下了蓋世功勳。。陷浙江。
破羊城。早已名聞遠近。以獨力鯨吞四
省。捨我尚有誰人。。午夜搜城。不許
敗將高飛遠引。（白）相國府都經已深
鎖重門。一片荒涼景象。我相信陳子壯
都已聞風先逃叻。人來破門。
（（清將）程克白）吒。（（眾人入介））
（伯卿白）請坐。請坐。
（成棟（口古））子壯兄。我真係估唔到。你
會肅整衣冠。坐得咁滋油淡定。到底你
而家想點呢。我李成棟。今晚可以註定

你一生嘅命運。
（子壯〔口古〕）成棟。命運係由自己決定。正如我咁。我想就義從容。以身殉國。我唔想好似你一樣。降清失節。嚟博取呢一陣嘅白霍沙塵。
（伯卿）鬧得好。
（成棟口古）（註六）陳子壯呀陳子壯。所謂識時務者為俊傑。大丈夫要爵厚高官。事邊一朝都冇所謂。我唔似你咁蠢。咁笨。
（子壯〔口古〕）成棟。你呢句說話講得好啱。所謂公死食肉。婆死食肉（註七）。呢條籌係好高嘅。事邊一朝都冇所謂。但係冇嘢賤格得過以漢族嘅骨血。婢顏奴膝去身事滿人。。

（註六）原稿是「成棟白」。
（註七）俗語一般說的「公死有肉食，婆死有肉食」，這裡保留原文。

（成棟〔重一才〕白）咄咄咄。〔（花下句）〕入門減了三分火。無非稍存敬仰之。。衝冠一怒再猙眉。我要將你擒回審問。（喝白）人來。綁起佢好待總監辦理。（註八）
（程克白）吒。
（子壯白）唔使驚。我會跟你番去。（花下句）願首級掛在校場之上。激發起民族精神。。邦彥公。尚能以心血濺賊人。子壯寧有偷生之念。
（伯卿白）我都跟埋去。少爺呢幾句說話你唔感動我感動。老奴有心隨少主。跟住開言罵句你個小奸臣。所謂黃泉無客店。重有邊個遞酒斟茶。唔爭在死埋我呢份。（註九）

（註八）原稿整段都是白。
（註九）舞台上演繹，這一節可以是：〔（伯卿白）我都跟埋去。少爺呢幾句說話你唔感動我感動。（花下句）老奴有心隨少主。跟住開言罵句你個小奸臣。。所謂黃泉無客店。重有邊個遞酒斟茶。唔爭在死埋我呢份。〕

（成棟白）咄咄咄。你呢個老奴才。冇資格入總督府。人來。將陳公上鎖。
（程克白）吒。
（伯卿）我我我。而家鬼揸你咩。
（沖頭上圖拈刀仔上刺成棟。瑞梅隨上介）
（成棟（口古取去上圖刀））吓。呢個細佬哥係邊個呀。揸支牙籤就想打劫叻。拈把刀仔就想殺我叻。你都算夠勇敢叻。
（瑞梅示意上圖勿說出身份介）
（上圖（口古））二嬸。你行開。我做乜嘢事幹唔講呀。我就係。相國最細個仔。我大哥上陣之已經亡死咗叻。我二哥上蘭不知下落。留番我嚟做乜嘢吖。所謂虎父無犬子。唔該你殺埋我啦大奸臣。。
（成棟口古）(註十)咄咄。人來。拉埋佢去。稟明總督。呢個衰仔不能留嘅。除根斬草為要緊。

（程克白）吒。
（伯卿白）又試鬼揸叻。
（瑞梅口古）李成棟。拉埋我去啦。我好坦白咁向你表明身份。我就係陳相國嘅弟婦。陳子壯夫人叻。婦人都尚知羞恥。我唔抵得你。响處大搖大擺旁若無人。。
（成棟白）咄咄。拉拉拉。（（清兵將拉下介））
（成棟（火介花下句））險些我胸膛氣破。從今後再不饒人。。斬斬斬。拼教屍滿華堂。纔洩我心頭之憤。（介）人來。（介）你拈住把刀。企响處。所有陳子壯嘅家人。出一個。你斬一個。斬到最遲就斬咗老頭老奴才。（介）人來端椅。
（伯卿（白））雖然把口就係咁話啫。但係話到尾都係心驚嘅。腳都係軟嘅。嘩。殺到尾至係我呀。軍門大人。我唔係怕死。我寧願拉頭纜。死第一個叻。俗語都有話犯法要搶頭。斬頭最怕尾。睇

（註十） 原稿是「（成棟白）」。

住死完一個又一個至輪到我。你話幾痛苦呢。

（成棟白）唔准。我要你將子壯嘅家人逐個叫出嚟。出一個殺一個。

（伯卿白）唉。咁唔得。咁唔得嘅。

（成棟白）咄咄。

（伯卿白）叫個個死個個。我呢把真係烏鴉口叻。你地放心。我唔會叫你地嘅。（介）冇法啦。唯有叫個的老又冇用個的出嚟先啦。（介）三姨媽五姑婆。所有八婆都出嚟啦。

（眾老家人上被殺介）

（成棟白）再叫啦。

（伯卿白）冇叻。死晒叻。

（成棟（白））叫朱太夫人出嚟。

（伯卿）唔制。唔制。太夫人乃是一家之主。點得。

（玉喬（內白））刀下留人。（雙）（（食住力力古上口古））李軍門。我希望你唔好殺我呢個老年人。我張玉喬寧願以身代姑死永無怨恨。（介）

（成棟（口古））以身代姑死。你呢句說話講得相當壯烈。不過可惜我已經決定咗叻。我寶刀之下。決不肯饒陳姓一人。。（（重一才看玉喬介））（成棟喝白）人來。（介）扶起朱太夫人。擔櫈俾朱太夫人坐。（介）

（玉喬（長二王）下句）謝你不殺之恩。使老者得離劫運。蒼蒼白髮。何忍佢劍底離魂。跪拜軍門。重一問，我並非乞憐搖尾。我早願殉節。成仁。。願借你手上鋼刀。待我淒然。自刎。（白）軍門大人。我個家姑唔死。我于願足叻。俾把刀過我啦。

（伯卿白）二娘。你唔死得嘅。亞三官俾佢拉咗去總督府。

（玉喬白）亞三官俾佢拉咗呀。

（成棟白）張玉喬。你唔死得嘅。（長二王

下句）一陣陣吐艷芳芬。一聲聲嬌啼哀懇。縱使我銅肝鐵膽。也銷魂。我一向捨死忘生。臨戰陣。半生戎馬。幾曾見此傾國。釵裙。。不禁含笑輕扶。殷殷。垂憫。

（成棟（口古））玉喬你所希望于我嘅。我已經照做咗叻。唔知我所希望于你嘅。你做唔做得到呢。我不能當你係陳夫人。你之不過係陳門嘅姬妾而已啫。玉喬。你明唔明白我嘅意思呀。我一見你嘅樣就知道你聰明得很。叻。（白）你明白嗎。

（伯卿白）車。唔知明白乜嘢呢。問得冇頭冇路。

（玉喬（口古））軍門。我明白你嘅意思。不過我認為唔好嘅。（冷笑）軍門你長勝之下。何愁無美婦呢。何必偏愛此殘花敗柳身。。

（伯卿（口古））唔怪得話聰明就即是聰明叻。吓。佢咁單一單啫。佢就會晒意嘞。唔得嘅。唔得嘅。就算係姬妾。妾就唔係人嚟咩。一樣有名份。嘅吖嗎。

（成棟強笑（口古））哦好啦。玉喬。我唔勉強你。你既然唔肯以個人嚟保存全家嘅性命。我亦唔應該逾情格外。放生呢一位老年人。。（喝白）來。將朱太夫人送返督府。

（（玉喬反線中板））泣跪再牽衣。驚聞呼喝。慘矣敲碎離魂。。呢朵薄命花。已是粉碎香殘。何敢遽承。寵倖。回首老家姑。灑盡縱橫老淚。已是憤怨。偷含。再沉思。個一句慘痛留言。至今尚留。心坎。叫軍門。（介）休震怒。且聆我含淚。把情陳。。（花）倘若汝接受愚情。我纔肯以身相贈。（譜子托白）

（註十一）軍門。我玉喬本係一風塵女子。在陳家本來冇乜輕重嘅。假如軍門汝肯

（註十一）原稿是：「（寶字操琴白）」。

完成我嘅志願。同時問肯我嘅家姑。我斷唔辜負你一場過愛。我嘅願望一共有三點。一。不能傷害朱太夫人。二。保存陳家後裔。就係你正話拉咗個個上圖幼子。三。不准屠殺百姓。軍門。假如你做得到嘅。我相信相國贈一個姬妾俾你都唔算係一件乜嘢事啫。

（成棟（滾花））苦思量。重一笑。願保陳家換玉人。。輕輕扶起呢位美人兒。你且向老人問肯。

（玉喬（白））太夫人。我地嘅説話。大底你都聽到叻。（喊介）你嘅意思點呢。

（伯卿（白））唉，你叫太夫人點出聲呀二娘。（木魚）唔使問。聽傷心。太夫人佢黯然無語。佢嘅心事我都盡知聞。。佢風燭殘年。已經個頭近。點捨得你威逼之下。忍辱去重婚。。

（太夫人（木魚））不過忍痛一時。無非都係顧住個隻香爐躉。能使陳門不絕後。捨你更有誰人。。

（玉喬白）太夫人。我都知道你好難答我嘅。假如你准許。天下會笑你太自私。而糟蹋我嘅名節。太夫人。伯卿所講嘅説話。我都知道你好難做人嘅。太夫人。

（成棟（口古））玉喬。夫人總算答應咗叻。你而家即刻跟我去啦。而家多講都冇用。將來你就會了解我嘅人品。啦。

（玉喬（口古））軍門。請你等我一陣。□□□□□□□（註十二）。我要拜別陳氏祖先。與共拜別所有嘅家人。。

（成棟（口古））去啦玉喬。何必多添此無聊哀感。

（玉喬（口古））軍門。你能唔能夠准許我帶一兩個奴僕一齊扯呢。因為多年相處。唯有佢地至善體我心。。

（註十二）原稿中這一句七字無法辨識，但對整段説白的意思總算沒有大影響。跳過了也不影響唸唱。

（成棟白）得得。你歡喜邊個呢。
（玉喬白）皎月。伯卿。你跟埋我去啦。
（伯卿皎月點頭介）
（成棟白）打道回府。
（太夫人〔花下句〕）雖是保得陳門後代。我
亦難堪。。
——落幕——

第五場

〔（企幕）〕
〔皎月冰心在台口整理蒔花介〕
〔排子頭一句作上句起幕〕
（譜子）
（冰心口古）皎月姐。你係跟埋夫人入嚟我
地提督府嘅。所以我有兩句說話想問吓
你。夫人入咗門咁耐叻。真係未曾見過
佢笑一笑嘅。佢以前未入門嘅時候。係
唔係咁樣嘅個性呢。
（皎月口古）真係唔使慌呀。夫人舊時都唔
知幾輕鬆活潑嘅。舊陣時喺翡翠樓嘅時
候。我見佢由朝笑到晚嘅。今時唔笑。
大底都係關係心情。。
（冰心口古）唉吔。皎月姐。唔祇我地大
人希望佢笑吓。就算我亞冰心都希望佢
笑吓啦。佢咁難至得笑一笑嘅。如果
當佢笑嘅時候走去買舖票呢。梗係中到
正叻。
（皎月口古）咁你唔使望發財都得叻。實在
夫人佢唔喊唔係算好囉。以佢咁嘅身世
試問佢點笑得出聲吖。。
〔（冰心望內場介）〕（皎月白）冰心。你咁
鬼鼠想去邊處呀。
（冰心白）我趕住去買舖票呀。
（皎月白）奇叻。點解佢今晚會咁好笑呢。
（力力古）
〔（伯卿上介）〕（伯卿花下句）夫人佢一
路行時一路笑。苦瓜乾。都變咗蜜糖
埕。。往日拖住佢都唔願行。點解今晚

步履輕盈。輕鬆到絕頂。
（譜子搔首弄耳莫名其妙入介）
（玉喬食住譜子〔上〕想吓微笑想吓咭咭
笑。卒掩口狂笑不止）
（伯卿見狀亦跟住微笑想吓又咭咭笑。卒掩
口狂笑不止介）
（玉喬一才白）亞卿。你笑乜嘢呀。
（伯卿愕然白）我點知我自己笑乜嘢呀。
（口古）夫人真係攪到我莫名其妙叻。
我正話同你喺戲棚睇戲。你睇到成個憨
咗。等到個英雄壽著起大袍大甲一出
台啫。爾就咭一聲笑起上嚟。馬上離
座。一直笑到番嚟屋企叻。我就話戲迷
啫。你唔係戲迷嚟。點解你一反年來個
性。呢。
（玉喬笑聲介口古）唉吔。真係呀。我都已
經都唔笑嘅叻。你一提起英雄壽。我又
不由不笑。亞卿。我睇咗個幕戲之後。
真係有一種講唔出嘅快慰心情。。

（伯卿口古）個幕戲唔係幾好睇啫。（介）
點解你會咁感動呢。呀。我明白叻。你
梗係見英雄壽個樣十足我地陳相國個
樣。所以至有呢種輕鬆嘅心境。係嗎。
（玉喬口古）唔係。相貌相似。祇會令我傷
感啫。唔會令我興奮嘅。（介）亞卿。
你即刻去戲棚。請個英雄壽。靜靜地嚟
呢處見吓我啦。去啦去啦。我想提督今
晚。唔會咁早便返門庭。。
（伯卿一才白）乜話。靜靜地搵英雄壽嚟見
你呀。（介）唔得嘅。唔得嘅。嚇死我
都得叻。（長花下句）嚇到我頭擰擰。
眼定定。奴才不敢領夫人命。伶倌焉可
帶返門庭。倘若軍門知究竟。恐怕奴才
老命。活不成。。何況英雄壽生得俊俏
風流。唔似得個個二花面大牛炳。（驚
介白）夫……夫人。你如果叫我請大牛
炳嚟就有人講閒話呀。如果請着英雄壽
嚟。容乜易俾人講閒話。夫人你唔係

唔知嘅啦。提督嘅脾氣。又唔同人咁品
嘅……如果你歡喜佢嘅。不如晚晚同你
去睇吓戲罷啦。橫掂有幾千兩銀。幾時
至睇完呀。請佢嚟。唔得。唔得。
（玉喬一才嬌嗔白）亞卿。你去啦。唔通
你想我嘅心情。一直都係咁惡劣咩。你
去。（一才）
（伯卿應白）哦。我去我去。（台口又驚又
盟白）帶帶帶。帶錯咗佢去睇戲叻。
（無可奈下）
（玉喬一才白）皎月，冇乜嘢事。你不如早
的番入去瞓罷。啦。
（皎月疑惑介台口白）唉。夫人睇完場戲之
後。事幹多叻。（台邊下介）
（玉喬花下句）獨對燈旁思漢調。問誰識此
怨婦心情。。聽一聲聲鐵板銅琶。寧不
令人高興。
（快云云）
（伯卿拉王壽一路驚一路抹汗上台口介）

（王壽白）啤。你拉住我瘟咁走。瘟咁走
做乜嘢啫。（花下句）正話我粉墨登場
為誰說法。此際面上胭脂未洗清。。倉
忙難以見夫人。待歸〔去〕把衣冠整
肅。（介）（伯卿的手拉住白）你如果
番親去。再次嚟就好容易會闖禍嘅叻。
（介）你而家快的入去見一見提督夫
人。你要小心呀。我唔跟埋你入去叻。
我要坐正嚟轅門口。把硬風。如果提督
喺後門番嚟。我就帶你喺前門走。如果
佢响前門番嚟。我就帶你响後門走。
（王壽不滿意白）咁又何苦要見面呢。
（伯卿急急白）入去啦。（雙）（坐于轅門口
一路抹汗把科幾介）
（王壽入介白）拜見提督夫人。
（玉喬白）先生。請坐啦。
（二人坐下介）
（玉喬口古）我咁樣使人請你嚟。我都知道
好唐突。不過我正話同埋亞卿去欣賞你

嘅藝術。我真係非常之羨慕你。你真係令人可欽可敬。

（王壽口古）乜說話。（雙）夫人。呢的不過係雕蟲小技啫。哦。乜原來夫人平時好歡喜睇粵劇嘅咩。粵劇係好嘅。假如係有心人所作。可以話係關係于風化人情。。（註一）

（玉喬口古）固然啦。不過重有一件嘢。我好羨慕你嘅。講起上嚟我自己首先感覺慚愧。我係一個漢人。而身著嘅係滿服。（感慨）。唉。幾多漢人身著滿服呢。你最令我羨慕嘅。就係在呢個時候都能夠著住大明嘅衣冠。不失男兒本性。

（王壽重一才的的如夢初醒介口古）哦。我聽到夫人你呢句說話就知道夫人你唔係一個尋常人係哩。我地係十不從之一。開講都有話娼妓從優伶不從。唯有我地至可以保存得大明嘅衣冠文化。所以梨園子弟。暗自引以為榮。。

（伯卿台口沉吟白）點解越講越耐㗎。（作焦急狀回原位）

（玉喬口古）先生。你恕怪我多口問你一句叻。你地每一晚都著起大漢嘅衣冠。到底心中作何感想呢。請你相信我唔會出賣你。我想你同我吐露吓梨園子弟嘅真靈性。啫。

（王壽長重一才握拳悲憤口古）夫人。你能夠咁坦白嚟問我。我亦好應該更坦白嚟答覆你。今日嘅民心。何祇梨園弟子。試問誰不思漢呢。夫人。夫人。你都去睇過我地做戲叻。唔通你唔領略到我地喺戲台上嘅淚影心聲咩。。（憤然握拳反線中板下句）國事太辛酸。一自佗城滿幟。弄到雞犬。不寧。。日夕

（註一） 稿這裡前後兩次用上「粵劇」一詞，下面還出現一次，雖然有點時空錯置，但都保留原文。除此之外。用詞都是「大戲」。

借歌聲。慘矣唱破喉嚨。難把癡魂。喚醒。最懼人。幾許無恥漢裔。偏愛戴頂。拖翎。。梨園子弟有三千。幕後垂淚背人。偷把衣冠。重復認。翹首望天南。幾許啼聲憐夢破。可以重見。光明。。（花）含悲淚。慘痛陳詞。呢一種就係優伶本性。（偷偷抹淚苦笑白）夫人你原諒我。我太衝動。説話講得太露骨叻。

（玉喬一路聽一路點頭。一路興奮不禁悲從中起啾咽白）王壽。你唔使咁傷心。總會有日嘅。（花下句）傷心人聽傷心語。相看垂淚。啼笑兩不成。。一切都盡在不言中。（一才）望你留得衣冠待命。

（王壽口古）夫人。我王壽係一個聰明人。我好明白。你為乜嘢事幹今晚咁急切見我。好啦夫人。如果你以後有用得着我地嘅時候。我地要粉身碎骨為効命。

（玉喬正容口古）王壽。你記住叻。每一個人都有責任嘅。假如你肯盡一分力。我肯盡一分力。佢肯盡一分力。所謂眾志都可以成城。。

（伯卿滿頭大汗作見成棟行入狀台口發茅白）番嚟叻。番嚟叻。（震介）

（譜子）

（玉喬會意指示王壽衣邊急下。並護送其暫時卸下衣邊介）

（成棟食住譜子作枉端愁悶負手從雜邊上入介）

（伯卿一見大悚懵面啼笑皆非介）

（成棟白）亞卿。夫人去咗邊處。我正話番嚟嘅時係圍牆外便聽見夫人同一個男人傾偈嘅聲音。個個係邊個嚟。

（伯卿更驚介白）係係係係係我之嗎。（苦笑介）

（成棟重一才喝白）胡説。把聲唔似。

（伯卿食住一才更驚介白）係係係我之嗎。

我好似畫眉咁。有幾種聲嘅嗎。嗱。我陪亞夫人去睇戲。學學學咗幾種喉吖嗎。……

（成棟白）胡説。亞卿。我話俾你聽。你唔好立亂帶人嚟見夫人。

（伯卿白）係。係。係。下次唔敢。

（成棟白）吓。下次唔敢。咁顯然就係帶過人入嚟。

（伯卿白）冇冇。大人吩咐後。我話下次唔敢。下次就即是以後咁解。

（玉喬白）成棟。你番咗嚟叻。

（成棟晦氣白）番咗嚟叻。

（玉喬故意一路搽粉一路白）亞卿。點解你唔擔櫈俾大人坐。（介）丫鬟。點解你唔奉茶俾大人飲。（介）

（成棟坐下白）依依。點解今晚番嚟咁好服侍呢。（介）我咁耐都未曾見你搽過粉嘅嚤。（介）你搽好粉未呀玉喬。

（玉喬依然倚住瓊樓柱搽粉應介白）搽好叻。（放低鏡西皮連序唱介）（要極度輕鬆反故態）眼惺忪。方推衾。依然半醒略把容顏一整。金釵墜落索零星。

（浪裡白）丫鬟。唉吔。點解你地咁大意。杯茶咁滾都俾過大人飲嘅。（拈茶作吹凍狀續唱）縷縷芳芬香氣蒸。可能將胃醒。杯中香茗。有甜情。餘溫馨。（請介）有誰知箇中情。且看我一笑。輕盈。（拉腔收白）啱飲嘅叻。飲咗佢啦。（微笑）

（成棟拈杯愕然白）玉喬。點解你會笑起上嚟呢。玉喬。點解你會搽起粉上嚟呢。（介）我知嘅。亞卿。（口古）你知唔知道你地夫人。今晚夜為乜嘢事幹咁高興。

（伯卿銜口白）知知。（一才掩口介）我知道乜嘢呀蝦。我呢世人梗係口快舌快。（口古）大人。我點知道佢為乜嘢事幹笑呀。正話佢夠一路行一路笑叻。唔祇

笑添呀。重笑到咭咭聲呀。。(學玉喬笑科介)

(成棟口古)唉。玉喬。假如你唔係有一種特別嘅感觸。你一定唔會態度變到咁樣嘅。係唔係你嘅精神有所寄託呀。否則今晚斷唔會咁多動靜。嘅。

(玉喬口古)成棟。汝真係好笑叻。平時我笑都冇得笑。而家你句句都惹我笑嘅。你咪傻。我嘅精神除咗寄託在你身上之外。重有乜嘢可寄託嘅呢。唔通眼前擺住一個大英雄。都唔把精神付託。而想去付託于小卒無名咩。。

(成棟一才板起面孔突然喝白)玉喬。你唔好當我傻嘅。(花下句)往日千金難買笑。為何今夕笑不停。。幾分蕩漾眼中傳。(一才)更非你平時素性。(白)玉喬。你咁笑法。梗係有用意。(一才)有陰謀嘅。(一才)

(玉喬掩口咭咭笑介白)唉吔。真係好笑叻。笑得我吖。(笑至捧腹介)

(伯卿亦學玉喬介白)唉吔。真係好笑叻。笑得我吖。(笑至捧腹介)

(成棟一才喝白)亞卿。我唔准你笑。

(伯卿台口強忍介白)唔笑想笑係一件難事。笑緊想唔笑重難。

(玉喬白)成棟。好心你唔好成晚引我笑叻。笑得多會笑壞喋。你使乜响處疑雨疑雲呢。我之笑。係有原因嘅。

(成棟緊張問白)有乜嘢原因呀。你講啦。(雙)

(玉喬白)唉吔。真係吖。我講我講。你使乜咁緊張啫。(白欖)我今日去睇戲。拖住一種不歡嘅心境。點〔知〕打響鑼。我越睇越高興。睇到我入神處。心會而神領。等我學吓個小武仔。响台上嚟曬身形。拉直條雉雞尾。揸住枝將軍令。耀武更揚威。旗開便得勝。令我精神為一爽。頃愁皆掃清。不如你晚晚陪我去睇戲啦。我對住個戲台就好高興。

（成棟笑介坐下白）哦。原來你去睇大戲番嚟。（口古）玉喬。你都唔係細個嘅喇。點解你重咁歡喜睇打殺戲呢。武戲唔會引人笑嘅。你梗係睇啱一個好好嘅丑生。古靈精怪。至令得你成個變咗詼諧個性。

（伯卿口古）咁唔使慌都得叻。我都唔引得佢笑重有人引得佢笑咩。我就夠係丑生底喇。邊個唔叫我做傻卿。。啫。

（成棟口古）玉喬。大概劇情一定好笑。戲文好笑叻係呀。近來嘅粵劇。故事好幽默。橋段好緊醒。

（玉喬搖頭口古）唔係唔係。劇情又唔好笑。戲文又唔好笑。剩係的戲服好笑啫。（一才）重靚大明嘅衣冠。大紅袍。烏紗帽。幾嚴肅。幾英明呀。。

（成棟一才白）哦。車。戲服有乜好笑啫。一朝有一朝嘅衣冠服飾。一朝有一朝嘅典章制度。好似我而家咁。我所著嘅唔好睇咩。（花下句）寶子繡麒麟虎腰纏玉帶。一品紅頂花翎。。馬蹄袖襯朝珠。一樣威風絕頂。

（玉喬白）唉吔。的咁嘅服裝。睇見就眼冤叻。（有序中板一句）垂低對馬蹄袖。十足牛馬嘅身形。。拖住條大鬆辮。好似豬尾隨街掏。人非禽獸。何必背後要拖翎。睇落非馬又非騾。似足個抬轎佬。舊陣轎夫至戴紅纓。。（花）軍門你令我欲笑不能。無非係鄙視你衣冠不正。（白）嗱。垂低隻手彎起條腰。縮埋個背擺下擺下咁行。等我學俾你睇吓吖。（介）你話似唔似隻喪家狗通街行呢。成棟。呢的就所謂衣冠禽獸叻。

（包重一才）

（成棟食住一才介白）住口住口住口。（口古）玉喬。假如你唔係我嘅夫人。我就要將你掌嘴嘅叻。就算你唔歡喜到極。你都

不能玷辱我地清廷嘅衣冠。俾人聽見殺
頭㗎。（介）玉喬。你既然見到明朝嘅裝
就笑叻。我可以在衙門返嚟嘅時候。靜
靜地嚟著俾你睇下。祇要引得你笑。我
係有人嘅時候。可以唔拖翎戴頂。
（玉喬口古）唉吔成棟。真唔真㗎。你唔好
氹我歡喜呀。假如你肯响我面前著起大
明嘅衣服。真係會笑口不停。。
（伯卿口古）大人。爾著唔著吖。等我走去
戲棚借幾件番來。款式從你指定。（興
奮下介）
（成棟一才白）唔使。我靜靜重收埋幾件大
明嘅遺遺物。係我亞爹舊時嘅官服嚟。
亞卿。入去叫亞冰心拈出嚟俾我就得
叻。（口古）為博美人一笑。我萬大都
應承。。
（伯卿急足卸下介）
（喬連隨埋巴結替棟搥背介）
（六梅香冰心捧紗帽褲隨伯卿上介）

（成棟卸入涼亭著蟒戴烏紗復出正襟而坐介）
（玉喬見狀拍手咭咭笑介）
（成棟口古）好叻。玉喬。你笑完就算叻。
查實我一路著一路慌。假如俾人睇見
呢。就一定話我對朝廷太不恭敬。（作
欲除介）
（玉喬（口古））成棟。一係就唔好著。著咗
就唔好除。我望你年年月月。時時刻刻
都著住佢。你既然愛得我。你應該順吓
我情。。（喝白）我唔准你除。
（成棟重一才踭椅力力古口古）玉喬。玉
喬。著起唔准除。唔係等如叫我作反。
（重一才）作反點得。想攞命。咩。
（玉喬口古）軍門。你乜嘢事一聽見我呢
句說話就咁大驚小怪呢。我唔係叫你作
反。（一才）我叫你反正。（一才）你原
本受大明之恩。官居總兵之職。我叫你
恢復舊業之嗎。做乜你一聽倒就嚇到面
白唇青。。啫。（白）我係叫你反正。反

正。反正。
（成棟重一才大驚白）玉喬。細聲的（雙）
（么喝）亞卿你快的關實道大門口。唔
好俾過路人望到我。（介）（喝梅香）你
地幾隻嘢响處做乜嘢呀。躝番入去。呢
的咁嘅嘢都好聽嘅咩。（狂怒介）
（梅香急足卸下介）
（伯卿台口白）哦。原來我地夫人之一笑。
係要嚟咁用法嘅。
（成棟坐下抹汗徬徨失措介白）玉喬。你
以後乜嘢説話可以對我講。正話個兩個
字。你千祈唔好對我講。
（玉喬頓足嬌嗔白）我係要講（雙）反……
（成棟連隨撲前掩其口介白）唉。你發咗癲
咩。玉喬。（反線中板下句）好比旱天
雷。嚇得我心驚肉跳。坐立兩不寧。。
我不□□□□□□□。□□□□應自
警。□□□□□□歲月。重拾千年計□
得尊榮處。且尊榮。。（註二）家眷在松江。
好比鳥在寵牢。焉可妄談。反正。（一
才兩頭張望）何必貝勒爺將我提攜格
外。纔有四省揚名。。（花）舊恩好。新
寵難忘。（一才）興亡乃由天註定。
（玉喬冷笑介白）軍門。係咁你就太忘本叻。
（伯卿插白）忘本。忘本。
（成棟喝白）躝開。我係唔係任你地奴才批
評㗎。
（玉喬長花下句）你自小沐皇恩。更莫忘
本性。當把舊恩重追認。莫因新寵喪心
靈。失節焉能博取人愛敬。大丈夫千秋
萬世。要留名。。自古誰無錯。一錯可
回頭。何苦如斯任性。（口白攝譜子）

（註二）這段反線中板，原稿有連續句子模糊不清，無法依上文下理補字，復原原來句法字數。以下的重整唱段，由李奇峰先生提供：「(反線中板下句)好比旱天雷，嚇得我心驚肉跳，坐立兩不寧。我不是負皇恩，識時務者是英雄，難保舊山河，轉換新環境。世無百歲人，重拾千年計，得尊榮處，且尊榮。。」

軍門。你何必幾乎要掩住雙耳唔聽我講啫。至我從陳相國嘅口中。對于你嘅歷史。我都略知一二。你自薦當高傑部下。但在河南高傑被謀死。個陣清兵南下。福王滅亡。個陣你窮無所歸。確係迫不得已而歸降嘅。值得原諒。值得原諒。

（伯卿在旁白）值得原諒。（雙）（介）

（玉喬續白）但係你而家已經有咗機會叻。你點解唔以全省嘅兵力以圖匡復。（一才）點解唔獻全省于永曆皇帝以佐龍興。（一才）軍門。你話舊恩好。新寵難忘呢句說話係唔啱嘅。所謂新寵。（一才）祇係你個人身受。你屢代簪纓。試問你歷宗歷祖係受邊朝嘅恩惠呢。做人不能咁忘本嘅軍門。

（伯卿再施插白）飲水要思源至得嘅。

（成棟一路聽一路心情暴躁打開卿悲咽介白）你估我唔知道降清係錯咩。你估我唔知道出賣我歷宗歷祖咩。（一才）（悲憤大花下句）獨力焉能支大廈。（一才）連累滿門九族要誅淩。知否我家有黃口小兒。（一才）老者是風前燭影。（掩耳坐下）唔好再同我講。（雙）

（玉喬白）軍門。你掩埋雙耳。我亦係咁講。你唔掩埋雙耳我亦係咁講。我知道。你假如重有良心嘅。你唔忍心。你唔接受我呢杯苦口良藥。你唔好以為反正就會九族當誅嘅啫。（以上口白襯譜子）

（成棟一路雙手掩耳作偷聽狀。非常天真介）

（伯卿白）夫人。你即管講啦。佢聽得到㗎。佢雙手都離開對耳㗎。佢係咁作狀啫嗎。

（成棟一才頓足白）噎。

（玉喬白）軍門。你知唔知飛鳥盡良弓藏。狡兔死走狗烹呢一句古語呀。悲君（禿頭快點下句）滿門九族未安寧。。佟大人人機警。眈眈虎視。不容情。。官印未交。留話柄。滿人面目甚猙獰。。總有一朝臨陷阱。（慷慨激昂白）你為乜嘢事幹唔交番廣東省總督印信過佟尚書。（一才）假如佢入奏滿洲皇帝。話你蓄意謀反嘅時候。你保唔保你九族嘅性命。（一才）在松江個二百餘口。汝反正佢地又係死。（一才）你唔反正佢地亦係一樣死。（一才）你想佢地點樣死至有價值呀李軍門。

（成棟一路聽一路抹汗包一才連隨摘腰掛之印信口古）（註三）呢隻不祥之物。我交俾你同我保管吓。唔好咁張揚。都重可以久存性命。（交印信予玉喬介）

（伯卿迫近口古）大人。橫又係死。掂又係死。千祈唔好仆係處死。又轉嚟死都重可以面對天日吖。猶疑不決。真係枉費你一世聰明。。

（玉喬一才快啞雙思泣怨介）

（伯卿食住啞雙思迫近介）

（成棟白）你唔好喊。（一才）你唔好咁多嘴。（一才）我係一個深明事理嘅人。你慌我重冇分數咩。（介）過幾日就係我拜大壽。等到百官齊集嘅時候。本督自有處斷。（包重一才掛袖下介）

（玉喬拭淚興奮介口古）亞卿。你開嚟。（介）你同我拈咗我個幾千銀去俾英雄壽。你同佢去召集遺民父老。召集梨園子弟。同為明室効命。的錢要嚟點用呢。除咗一部份用來四處收買戲服之外。剩番嘅就。（咬耳朵介）小心呀。呢個責任非輕。。

（伯卿接銀白）哦。原來夫人你搵英雄壽係

（註三）　這句舞台指示，原稿有漏字和誤植標點，意思不明，原稿全句是：「(成棟一路聽一路抹汗包一才個(于地上介連隨摘腰掛之印信口古)」，現刪去「個(于地上介」，共五字和夾在其中的開括號。

咁苦心嘅。（急下）
（玉喬花下句）焚香祝禱。唯望一笑功成。。（下介）

——落幕——

第六場

〔（提督府壽堂景）〕
〔（排子頭起幕作上句）〕〔（玉喬伯卿瑞梅同企幕）〕
（玉喬白）唉吔。亞卿。今日嘅日子真係值得高興㕭。
（瑞梅白）哼。我真估唔到高興個兩個字。今時今日會出于你嘅口中。張玉喬亞張玉喬。我以前所鬧你嘅説話一句都冇錯嘅。
（伯卿白）二少奶。你識乜嘢吖。以後我希望你見飯就食。見床就瞓。少開句口。
（瑞梅白）吓。我乜嘢唔識呀。我而家重鬧錯佢呀。你問吓咁多人我有冇鬧錯佢吖。以一個失節嘅婦人。每逢佳節。我以為點都會思念吓泉下嘅孤魂。點知佢祇曉戥新人高興。絕不聞夜鬼哭聲。佢呢種人。抵唔抵鬧。（一才）抵唔抵摑。
（伯卿白）二少奶。汝咪郁手呀。
（玉喬白）亞卿。你開嚟。（介）（苦笑口古）唉。亞卿。所謂笑罵由人。在呢個時候重理會佢咁多做乜嘢吖。前幾日我俾個五千兩銀過你。你有冇照我嘅計謀去辦呀。
（伯卿口古）夫人。一切都妥當晒㕭。為你呢件事。我幾乎唔瞓咗三晚。三日三夜都跟住個英雄壽。半步未離開過戲棚。
（瑞梅白）嘿。你話衰唔衰吖。原來佢以妖媚嚟索取提督嘅金錢。要嚟巴結個的梨園子弟。（頓足介）可卑可鄙。
（玉喬口古）亞卿。都話咗叫你唔好理佢咁多㕭。（正容）亞卿。今日非比往日。所謂成敗在此一舉㕭。（悲咽）但望相爺幽靈助我。只許其成。不許其敗。你快的去搵英雄壽嚟啦。（台口咬耳介細聲）我希望能夠驚碎梟雄之膽。

（瑞梅白）老奴才。你即管俾的心機同佢扯皮條啦。你要顧住你嘅腦袋至好。

（伯卿口古）我唔得閒睬你呀。（介）夫人。我而家即刻去叻。（悲咽）不過我擔心到極。今日梟雄群集。你想完成志願都怕幾艱難。。

（玉喬白）亞卿。你去啦。我……我有把握嘅。（介）

（瑞梅白）玉喬。你開嚟。（介悲憤口古）我瑞梅亦都係一個淪落人。似乎唔應該處處責難你。祇要你承認咗你自己係涼血。係一個楊花水性嘅婦人咁唔係算囉。你偏偏又要以孤高自賞。（一才喊介）我唔係可惜你。我可惜陳相國啫。可憐佢識人唔帶眼。

（玉喬口古）瑞梅。抖吓罷啦。你何苦作此無聊悲憤呢。我相信唔祇你重有好多人對我張玉喬都唔能夠認識清楚。何況你係一個少不更事嘅小釵鬟吖。。

（瑞梅口古）我唔認識清楚你。你係一個頂曉得跟紅頂白嘅婦人。（一才）你係一個賣主求榮嘅青樓妓女。（一才）就算柳如是。顧橫波。都冇你咁賤格。咁拚爛。呀。

（玉喬口古）瑞梅。你即管打啦。假如你有耐性嘅。你响處坐耐一陣。你就知道張玉喬應唔應該受你嘅玉掌摧殘叻。。

（瑞梅白）不屑。不配。我冇得閒坐响處睇住你同英雄壽偷偷摸摸談情説愛。（頓足花下句）你呢個淫娃飽暖思淫慾。想話再抱琵琶向別彈。。須防夜雨難瞞。終有日會在市曹腰斬。（狠然白）玉喬你顧住至好。（下介）

（玉喬白）難怪。難怪。唔係咁輕易得到人地了解我嘅。（拭淚介）丫鬟。的酒菜預備好未呀。的枱櫈打掃好未呀。

（玉喬白）｛唉｝。我都覺得好安慰。難得社稷傾覆之後。都尚有人心思漢。（起唱主題曲《但願傾城一笑永流芳》（註一）

（註一）這首主題曲在網上可找到兩段不同演唱者的「芳腔」聲頻，由于模仿「芳腔」的唱家不少，而且技藝高超，幾可亂真，不容易一下子判別兩段錄音是否為芳艷芬女士原唱。其中一段的標題是「芳艷芬　萬世流芳張玉喬（高音質）」，上載于土豆網（連結 http://www.tudou.com/progrrams/view/_HgUok6Cxe4/），接近十八分鐘，有起頭的三句唸白（但略去感嘆的「唉」字），接着唱《懷舊》，由「失節豈因貪」起，跳過了劇本中頭四句，之後共只刪一字，換兩字，加七個襯字，改動極少，演唱速度比較慢，似是現場錄音，但又錄得很清晰，仔細聆聽，令人覺得極可能是芳艷芬女士原唱。不過，芳艷芬女士從未灌錄《萬世流芳張玉喬》一劇，也沒有主演電影《萬世流芳張玉喬》（一九五八年）。這段聲頻的來源和誰是演唱者，暫時難以確定。這裡的劇本正文依照錄音版本整理，文中方括號內是改換了的字詞，括弧內是增加的襯字。大括號｛｝內的是略去沒唱唸的字。

另外一段錄音有時見題為「芳艷芬：萬世流芳張玉喬」（例如土豆網 <http://www.tudou.com/programs/view/3IpD7qCjW9A/>），也有標為「崔妙芝——萬世流芳 196X」（例如 You Tube <http://www.youtube.com/Watchpv=tlchfZue9Zo>）；或者網頁「粵劇名家第（060）集《崔妙芝》粵劇粵曲表演藝術欣賞」（連結 http://www.wukz.net/yjmj05/060.html>），十三分半鐘，速度較快，應是崔妙芝女士所唱。這個演唱錄音唱詞與劇本出入較大，主要的相異點有二：後半部「今後光更燦爛」之後略去了七句；結尾處加「但願流芳萬世，莫負此一代紅顏」兩句作結，現在抄錄如下，方括號內是對原劇本改換了的字詞，括弧內是增加的襯字和結尾句。

「悲痛於心間。涙珠背人彈。閃閃青燈照五更。傷心夫婿未魂還。失節豈因貪。負恩更未慚。耿耿〔忠〕心志未滅。傷心家國涙汍瀾。含涙宣誓仰首天南。願借一笑。要重恢壯士膽。看天際月一彎。尚偷照塵寰。倘使不教建復各省。偷生於世也無顏。曾幾次欲解帶。投繯。死比羽還輕。自念天賦娥眉。似不應（該）收場。慘淡。（我）一夕入梨園。重覩大明衣履。纔觸（起）我一笑。開顏。一笑蕩雄心。〔幾番〕血涙陳詞。〔才〕把（那）梟雄。（來）激反。報國（又）少良材。誰識梨園子弟。個個都是憂國。奇男。似幾樹木棉花。獨艷（在）五羊城。愛誰不抱有忠肝。義膽。〔看那粉墨〕登場涙滿衫。唯把（那）漢調重彈。（拉腔）。願共犧牲同患難。願立心除賊患。使大漢衣冠。光輝於一旦。今後光更燦爛。〔略七句〕莫負了嶺表三忠。莫負了煤山遺痛。莫道一介婦人。（佢嘅）權威有限。淺笑繫興亡。輕顰存力量。但願功成憑一笑。〔漢旗得〕重豎奪漢關。（我）正沉思。（好似）聞客至。只（有）斂（盡）愁眉。擺出（了）儀容千萬。（但願流芳萬世。莫負此一代紅顏。）」。

新小曲《懷舊》。煩粵生製譜。反線唱）悲痛于心間。淚珠背人彈。閃閃青燈照五更。傷心夫婿未魂還。失節豈因貪。負恩更未慚。耿耿丹心志未滅。傷心家國淚汍瀾。含淚宣誓仰首天南。願借一笑。要重恢壯士膽。看天際月一彎。尚偷照塵寰。倘使不教建復各省。偷生于世也無顏。（撞點執拾各物乙反中板上句）無語對青燈。魂斷翡翠樓。哭盡了朝朝晚晚。含淚倚薰籠。〔怯〕盡一葉青蓮笑我。曾幾次欲解帶。投繯。死比羽還輕。自念天賦娥眉。似不應收場。（咁）慘淡。一夕入梨園。重覩大明衣履。纔觸我一笑。開顏。。一笑蕩雄心。費幾許血淚陳詞。始把梟雄。（來）激反。報國少良材。（問）誰識梨園子弟。個個都是憂國。奇男。。似幾樹木棉花。獨艷五羊城。誰不抱有忠肝。義膽。粉墨（註二）登場淚滿衫。（我）愛把漢調重彈。。（拉腔）上士上尺工尺上士上合士上士乙士合合反合士（士工盼漢曲（註三））願共犧牲同患難。唯願立心除賊患。使大漢衣冠。光輝于一旦。今後光更燦爛。（二王合字短序合工合上乙士尺乙上乙士合士合從容介上唱）〔拗〕（註四）折鳳凰簪。毀碎鴛鴦譜。忍辱求存（註五）。莫笑我玉喬情濫。今夕整顏容。如彩鳳。功成一着。卻在談

（註二）原稿是「愛把登場淚滿衫」。應是排字錯誤。這裡根據錄音更改。

（註三）原稿是「士正粉□曲」，有一字模糊並且排錯字，查應是「盼漢曲」，見林麗芳、蔡碧蓮、阮少卿編《王粵生作品選：創作小曲集》（香港：出版社不明，二〇一〇年），頁A一四。年譜目錄著錄了〈盼漢曲〉，工尺譜見頁B一九。這書是一群王粵生先生在香港中文大學所教過的學生，自資私人出版。

（註四）原稿是「斷」。

（註五）原稿模糊，「毀碎鴛鴦譜」後有「□小，存」字樣，現根據錄音更改。

笑之間。。莫負了嶺表三忠。莫負了煤山遺痛。莫道一介婦人。〔（轉反線二王）〕（註六）權威有限。淺笑繫興亡。輕顰存力量。但願功成憑一笑。〔把〕（註七）漢旗重豎奪漢關。。正沉思。聞客至。且斂愁眉。擺出（了）儀容千萬。（拉腔收）

（內場白）總督到。

（玉喬白）佟大人萬福。

（小開門四清兵清將上）

（養甲〔口古〕（註八））李夫人。今日我一檻入嚟你地提督府門口啫。就覺得有一樣事幹唔順眼嘅。李成棟係我地大清嘅提督。你就係我地大清嘅命婦。為乜嘢事幹著漢服。行漢禮。喂。如果我責怪起上嚟。唔係講玩。嘅嚡。

（註六） 唱腔名稱根據錄音補正。

（註七） 原稿是「求」。

（註八） 原稿是「白」。

（玉喬一想口古）佟大人。你何必一見到我就咁怒氣呢。對于清廷嘅規定。我都略知一二。所謂男從女不從。係十不從之一。婦人服飾。並冇明文規定。大人何苦妄加責難。。

（養甲口古）李夫人。呢點就俾你講通咗叻。重有一點你講唔通嘅。以我嘅身份。以我嘅地位。今晚來呢處做賀客。為乜嘢事幹。成棟唔降階相迎。對待我得咁懶慢。

（玉喬口古）佟大人。大底成棟知道你今晚大駕光臨。係非常隆重嘅。唔敢草草相見。大概而家喺裡便換緊衫。。啩。

（養甲白）換衫。（花下句）軍門有心待慢客。誰不識清廷官服甚簡單。。縱使戴其頂拖其翎。也不應把時光阻晏。（含怒拂袖埋雜邊枱晦氣坐下介）混帳。

（玉喬白）唉吔。真係失禮晒叻。係咯。點解亞軍門到而家呢個時候都未出來呢。

皎月冰心。入去催促下你地大人啦。

（皎月冰心同白）唉吔夫人。大人响裡便真係換緊衣啫。

（玉喬白）佟大人。你唔聽見我地大人真係响裡便換緊衣喎。

（養甲白）呸。（背身坐不理。莫望衣邊介）

〔（李成棟口古上）〕

（永和白）大人。大人。李大人出咗嚟叻。你睇吓。你睇吓。

（養甲白）咄。你躝開。佢出咗嚟唔係由佢出咗嚟囉！佢唔會躝埋嚟向我叩見呀。使唔使重要我向佢叩見呀。奴才。

（永和白）奴才該死。（雙）唔係喇大人。你擰轉面睇下佢吖。好得人驚呀。

（養甲白）吓。（重一才離欖抛鬚慢的的鬥雞眼回視成棟介）

（玉喬食住此介口急埋替成棟整容並使正襟危坐。非常驕傲輕鬆介）

（玉喬白）唔使驚。唔使驚。大人你企穩的。企穩的。

（養甲白）成棟。你開嚟。你開嚟。（介）（口古）成棟。到底你呢一種係乜嘢嘅表示。你知唔知道你而家身著嘅係乜嘢嘅衣冠。成棟。你自從娶咗張玉喬之後，你成個都懵咗叻。到底你身受邊一朝嘅恩俸。食緊邊一朝嘅米飯。

（成棟口古）佟大人。佟尚書。我祇知身受大明之恩飽受大明俸祿。我再唔願為牛為馬。著起個對馬蹄袖。拖住一條牛尾。好似禽獸一樣。四處打橫行。

（玉喬白）答得好。答得好。我有乜嘢法子唔笑。有乜法子唔開心呢軍門。

（養甲白）住口。（口古）李成棟亞李成棟。枉費貝勒爺將你一手提攜。照你咁講法。唔係擺明想把清廷叛反。

（成棟口古）佟養甲亞佟養甲。我唔係反清。（一才）我係反正。（一才）玉喬講嘅說話冇錯嘅。土地係我地嘅土地。朝廷係我地嘅朝廷。養甲亞養甲。我希望與你同心協力。將所有還于明帝。（一才）將清韃子驅出漢關。。

（養甲花下句）所謂聽婦言。（一才）忘天道。怪不得話英雄難過美人關。。你今日憑獨臂。叛朝廷。（狂笑介）試問雞春焉能當炸彈。（一路揚劍示威介白）成棟。你真係蠢到好似一條棟咁。一把劍能夠擋得住幾多張刀。一分力。試問有乜中用。你為博取一個美人嘅歡心。就想自尋死路。成棟。你唔好為一條魚咁小事而想負乾整個大海。唔好因為一隻雀仔咁小事。而想焚燒所有嘅樹林。假如我今日唔係念在多年同事。你早已死在我無情劍下。

（成棟花下句）燎原尚有星星之火。一分熱血可以斬樓蘭。。若非寶劍早橫磨。試問你從何得四省。

（玉喬白）成棟。你唔使咁怒氣。佟大人既然有今日咁嘅非常地位。當然係一個非常人物啦。亞月。擔張櫈開嚟俾你大人坐吓。等我共佟大人傾。我相信佟大人深明智理。一定會好了解天下事嘅。

（養甲白）躝開。我唔戴慣高帽嘅。你唔好對住我笑。俾你一笑已經葬送咗李成棟。再想笑一笑嚟攞埋佟養甲條老命咩。（拂袖不理介喝白）人來端椅。

（永和連隨擔櫈雜邊台口介）

（玉喬長花下句）含笑再陳詞。莫嫌重故犯。更望明公舒慧眼。見否白骨成坵恨未闌。幾許遺民心已反。聲聲侵我漢江山。。平戎帳下歌聲傳。好一闋滿江紅。明公請把民情俯鑒。

（養甲白）太笑話。你細想吓啦。

（玉喬白）你叫我想吓乜嘢呢大人。

（養甲白）你躝開。躝開。我唔係叫你想。我叫成棟想。

（成棟白）想乜嘢。（註九）

（養甲白）成棟。你企起身聽我講。（流水南音）莫因鄉中溫柔。精神渙散。從來隻手。焉可把天翻。。所謂富貴尊榮。原有限。原有限。（註十）（二王下句）你得上床時牽被冚。得為皇帝想搵仙山。。望你仔細思量。聽我良言。諷諫。（包一才收有力口古）成棟。你根本係一個漢人。能夠得到朝廷咁樣子嚟對待你。你重想點吖。你睇吓。你所住嘅係金雕玉砌嘅提督府。你所著嘅係一品麒麟官服。拜一次大壽。可以請一百幾十圍酒。有幾多個漢人好似你咁嘆。呀。

（註九）原稿這句不能辨認，和上句是這樣連排的：「你躝開。躝開。我唔係叫你想。我叫成棟想□□□□□□□想□□□」。這裡根據岳清的《新艷陽傳奇》（香港：樂清傳播，二〇〇八年），頁六六中的句子填補。

（註十）根據阮兆輝先生和李奇峰先生所述，當年演出沒有唱這段流水南音，一開始就唱「你得上床時牽被冚」。

本來你嘅願望都唔係好高嘅啫。你剩平四省。接收咗五十幾個印信。我知。你估我懵嘅咩。你單單收埋一個總督印信。唔肯繳番俾過我個個就係廣東嘅。你嘅希望。無非想主政廣東啫。今日你已從心所欲叻。好應該匿埋笑番一大餐啦。。成棟。一個人發緊一個好夢都唔願意咁快醒，你辛辛苦苦得嚟嘅無上尊榮。點解為一個婦人。而令到消滅于一旦。你而家醒的未呀。你記唔記得你一家大小二百餘口住係邊度呀。（一才）你何必定要冚家死絕。而博一個反正嘅名銜。。

（成棟一路聽一路抹汗聽至最後重一才。頹然跌椅。「戲妲己」尾腔）唉吔吔。不覺冷汗。盡斑斑。（（作起身介））

（玉喬白）成棟。你想去邊處。我要你坐番低。（口古）你乜嘢事幹一路聽一路抹汗。都重係三春時候。我。我明白叻。

既然你會一時軟化。你何苦又適才強硬。呢。（白）你依家。你想去邊處。

（成棟口古）玉喬……喬。我正話一路聽。個心一路想。一路想。個身就覺熱。冇。我熱啫。我熱啫。我想番入去裡便換過件衫。。

（玉喬口古）成棟。我要你坐番低。我明白。你係唔係想入去換過的禽獸衣冠出嚟向佟大人謝罪呀。（喊介）成棟。我都唔知費幾多心機。然後至見得到你今日嘅威武。唉。我又點料得到你壯志未酬。瞬刻便化為冰炭。（追問白）你話啦。你係唔係想入去著番的禽獸衣冠。

（成棟白）唔係。唔係。唔係。玉喬。玉喬你又咁愛我。佟大人亦係一樣咁愛我。你愛我。係想我萬世留名。佟大人愛我。就係可惜我眼前嘅生命。玉喬亞玉喬。算叻。天下事。到底係知易行難。。

（養甲白）冇事嘅。（雙）一場虛驚。（雙）各位飲杯。

（玉喬白）成棟。成棟。你正話嘅威風去咗邊一處呢成棟。

（成棟（白））我去去去。……去咗搵唔到嘅地方叻玉喬。

（玉喬白）唉。成棟。（反線中板）泣跪再牽衣。見否血淚凝眸。狂擁軍門叫喊。愛煞你甲冑鮮明。愛煞你龍泉閃耀。何以俯首呢喃。須知大丈夫。莫似柳絮因風。態度搖搖難把硬。。關外有百萬生靈。泉下有三忠庇護。望你振臂在今番。（花）泣跪再哀求。望你拋棄尊榮殉國難。。

（瑞梅白）大人。你千祈唔好聽佢講呀。我都唔忍心你俾佢出賣。（口古）本來我係陳家嘅人。我都希望你早的死。唔通將你點明于一旦。不過張玉喬太狠毒叻。舊時。佢出賣咗我個大伯。今日想害死埋你。佢為乜嘢事幹叫你作反。呢。就係想你早一日撒手塵寰。。佢為乜嘢事幹想你早的死呢。我聽住嘅叻。（雙）佢將你俾佢個五千兩銀叫亞伯卿拈咗去俾個伶倌英雄壽。（一才）佢都當所有嘅人係盲晒眼。嘅。大人你想吓。假如佢唔借刀殺你。又點能同個英雄壽出雙入對呢。你做人都蠢得太可憐叻。所以我至响你面前力證其奸。。

（養甲白）哦。原來如此。（雙）聽吓啦蠢人。

（玉喬情急喊介悲咽白）成棟。瑞梅所講嘅說話你相信咩。

（玉喬白）唉。見到你咁嘅樣。你唔熱我都熱叻。（除披風露紫標衣狂笑口古）成棟。瑞梅唔能夠將我認識清楚我唔傷心。你唔能夠將我認識清楚我就太失望叻。我之嫁你係為乜嘢呀。我唔係望富貴。我唔係望榮華。我稍為博長條命都係望取有光榮嘅今晚。失節係可鄙嘅事。但係以失節而盡節。仍不失為忠烈紅顏。。成棟。在今晚。你反正。我又係死。你唔反正。我又係死。我早就預備以頸血濺華筵，犧牲為死諫嘅叻。（突然拈短刀自殺露紫標介）成棟。你唔應該喊。你應該笑。以我一個婦人。都尚能如此。大丈夫應該作何感想呢。⋯⋯唉。我唔能夠再講⋯⋯千言萬語都盡在懷抱間。。（註一一）玉喬死矣。玉喬我寧敢獨享富貴。今先死尊前。以成君子之志。望即舉義。將此大印呈永曆皇帝。玉喬可瞑目矣。

（瑞梅白）我對你唔住叻大伯娘⋯⋯

〔（重一才）〕（成棟對劍頓足大花下句）今番重拾龍泉劍。（一才）衝冠一怒為紅顏。。英雄寧不及婦人。（一才）怒火三

（註一一）原稿此處有「（成棟白）」括弧三字，應是排錯。

分燎于眼。

〔（王壽帶眾義士卸上介）〕

（養甲狂叫白）陳相國顯靈。（雙）

（王壽口古）佟大人。你使乜驚呀。在你眼前顯露嘅何祇一個陳相國公。簡直有千千萬嘅冤魂。向你作無常索命。假如你想擺脱冤纏。我勸你就不如一齊把清廷叛反。

（伯卿口古）老佟亞老佟。你嘅魂魄都已經嚇走咗叻。你重有乜嘢作為吖。叫你企就企。叫你行你就要行。。

（成棟口古）養甲。我已經決心起義叻。假如你願意嘅。就同埋我地一齊去。假如你唔願意嘅。我就以你頸血祭旗。以壯三軍之膽。

（養甲口古）我都反。（雙）成棟。我認為你唔好即刻起義。欲利其師。先整其容。倉卒間。我地去邊處搵咁多大明嘅衣冠呢。呢點委實艱難。。

（王壽白）你唔使憂。我英雄壽早有打算叻。

（養甲白）吓。乜你就係伶倌英雄壽。領嘢叻。

（瑞梅白）十足我大伯一式一樣呀。

（王壽乙反木魚）誰説優伶忘國難。知否梨園子弟痛時艱。大明服飾。到今都未忍摧殘。。（一才白）所謂娼妓從優伶不從吖嗎。（續唱）張氏玉喬才可讚。五千白鏹撥民間。。收買梨園衣冠盈千萬。留回起義。（二王下句）以壯軍行。。見否父老揚旗。此際同聲吶喊。

（成棟口古）多謝梨園。叩謝梨園。借我起義衣冠。壯我啟行一旦。

（伯卿口古）大人。你唔使多謝英雄壽。應該多謝張玉喬。呢的戲服。係佢個五千兩銀收買番嚟嘅。嗱。有用意㗎。唔係我亞卿點會無端白事。成日匿埋係大戲班。。得㗎。

（玉喬白）成棟。你重唔扶我去睇吓。
（玉喬白）你地重唔馬上換番的大明衣冠。
（玉喬花下句）今日傾城易漢幟。將軍歸命佐龍還。。天將曉。金鼓雷鳴。一線微光耀眼。（死介）
（成棟〔快點唱〕）背屍起義斬樓蘭。。忠烈長垂。以待後人讚。
（王壽花下句）流芳萬世一紅顏。。
（眾同唱煞板）
——落幕——

一九五四年首演，選自李小良編《芳艷芬〈萬世流芳張玉喬〉原劇本及導讀》（香港，三聯書店，二〇一一）。劇本為「原芳艷芬演出本」，據一九五四年四月十三日（星期二）麗的呼聲日報第四（接三）版所載曲文，由李小良、李少恩、鄭寧恩整理。

葉紹德

紅樓金井夢

演員表*
焙茗
萬兒
金釧
玉釧
寶玉
賈環
賈政
王夫人
白老媳婦
老尼姑

*（編者案）：本劇首演之演員資料從缺。

第壹場

景：佈怡紅院外的花圃，時在春天的早上。

（起幕時，在妍麗的春色裏，四處吹來少女們的歌聲在唱音，集體唱）

（音樂奏反綫春色滿園引子）

（起幕後一吓文鑼聲起序）（要爽些）

（少女們合唱）春花香，春日朗，姐姐妹妹愛花忙（攝鑼鼓）難得偷閒同作伴，嬉戲花前情懷放。惜春光，願向三春葬。

（無限句襯托少女們舞蹈）

（焙茗食住過序沿怡紅院中走出居高臨下一望心中欣喜介唱）高歌低唱，傾聽鶯聲心癢癢，分花一看姐妹成班妙舞春衣香。焙茗生來並非傻夾戇，並非傻夾戇，我願為蜂蝶愛花狂（白）大觀園裏不少大姐丫鬟，錦簇團中，每多千紅萬紫，大觀園內，只居女眷，單獨寶二爺賜居于怡紅院，與此為鄰，帶歇我焙茗眼福不淺，當此春光明媚，正是誰家少女不懷春，那個男兒不鍾塔（一才）啤，鍾塔即係鍾情啫，提起鍾情我又想起我個心愛小萬兒，趁着寶二爺尚未起來，不若我尋萬兒與她一談心悃。（想行又窒脚介長花）深欲抱花眠，又怕招橫禍降，家法又如羅與網，需妨三世露了行藏，抬頭空把伊人望，只見如雲艷婢舞影忙。。惟願花叢柳底美人來，稍慰痴人渴想。（焦急盼望介音樂襯原序尾句）

（萬兒閃縮地上介且行且回顧三步走埋兩步，走到怡紅院前）

（焙茗一見萬兒大喜介上前拉萬兒手白）萬兒，你等得好苦呀萬兒。

（萬兒擺脱茗手白）噎吔俾你嚇死我呀，咪拉手扯脚啦。（口古）你咁冇規矩，若果俾夫人知道，你我都難逃罪降。

（焙茗口古）啤，夫人點會咁早起身得嚟，萬兒呀萬兒我地幾難至得一刻親近，難為我條頸都望長。。

（萬兒口古）人地成班姐妹玩得咁開心，點好意思靜靜走開啫，你估人地學你咁孤清清，好似傻傻戇。

（焙茗口古）萬兒，我想你想到傻傻戇嘅啫，嚊，如果你同我好，我就唔駛孤清清啦，萬兒，我唔見你猶自可，一見到你就好似蟻見蜜糖。。

（萬兒慢的的羞介一才感嘆地花下句）大觀園內春光好，唉，可禁馬客婢僕戀春光。何日還我自由，擺脱此驚濤駭浪。

（焙茗白）唉，慢講我同你不能逍遙自在，就算寶二爺何常唔係一樣，（木魚）你知否賈家素重聲和望，無情禮教可把人傷。倘若二爺亦有非非想，哼，一樣執行家法在當堂，你呢隻籠中小鳥有高飛想，除非共我結鴛鴦。。

（萬兒羞介白）你就想囉，（木魚）忐忑芳心如鹿撞，含羞帶愧罵呆郎，（白）

唉，我們都是靠人養活，欲想離開大觀園，只怕空生妄想咯。（低頭傷感介）

（焙茗白）啤，傾得好地地做乜又苦口苦面呀，（花下句）相逢只許談歡笑，萬兒何用〔暗〕神傷。。花叢深處可談心，柳烟亦可為屏帳。（拉萬兒下介）

（音樂起金釧，玉釧同上介遊園曲引子）

（金釧唱）花香鳥語蝶蜂忙，分花拂柳大觀園往。樹添翠色柳帶春光，

（金釧浪裏白）惜花未有憐香客，春日園中憶麗娘，想當日麗娘回生有証，今日金釧仗護無人，地位懸殊，環境有別，想來都是多添憔悴。（傷感介）

（玉釧唱）只見柳迎風舞春鶯高聲唱，姐姐莫尚帶愁模樣……灑淚荼薇上

（玉釧浪裏白）春到人間，姊妹們載歌載舞，獨姐姐愁眉不展，真是令人費解。

（金釧白）妹妹年紀尚少，你曉得幾多吖。

（續唱）恨只恨春來，撩起倩女傷。我又愛春光，我又怕春光，芳心歷亂淚暗淌。

（玉釧一拾花叢白）家姐，你望吓個邊（花下句）莫道花香難引蝶，竟有花枝受蝶狂。。小焙茗，小萬兒，膽敢並肩携手園林上。

（金釧一看羞介白）玉釧，女兒家何苦多管閒事。

（玉釧天真地白）家姐呀，焙茗此人，鬼馬多端，待我喚他出來嚇他一嚇。焙茗哥（雙句）

（金釧制止不及介）

（快地錦焙茗上一見金釧玉釧心頭鎮定些另場白）我以為邊個叫我（對兩人口古）啊原來金釧玉釧兩位姐姐，叫我出來有乜事幹。

（玉釧口古）焙茗哥，我地特來尋萬兒姐姐，你知否佢現在何方。。（作張望狀介）

（焙茗一才失驚介却仍裝作嘻皮笑臉地口

古）哦，我點知咁多事呀。（拋浪頭介）喂你地知道呢處係邊個地頭呀？係我地頭嚹，哼，怡紅院內，嚴拿白撞。

（金釧看不過眼口古）焙茗，本來我不欲多管閒事，但係抵唔住你惡人先告狀，需知大觀園內多花草，難容家僕學偷香。。

（玉釧口古）家姐，呢件事情實係非輕，不若我地向夫人言明真相。（拉金釧欲行介）

（焙茗急攔介口古）喂，你兩姊妹唔好咁大整蠱嚹，查實我地大家都係咁高咁大嘅啫，所謂兔死狐悲，何忍物傷其類，正是各家打掃門前雪，莫管他人瓦上霜。。

（金釧花下句）賈府森嚴家法在，我又怕知情不報罪難量。。何堪一旦受干連，我地姐妹兩人也捱棒杖。

（玉釧花下句）無心揭破花間約，更難為蛇鼠一窩藏。。替人受過太無辜，倒不若稟告夫人，待他來發放。

（焙茗大急介白）兩位姐姐求你地造吓好心啦，所謂兒女私情，人所難免，今日之事，若落在別人手上，我焙茗決不求憐，你地兩位素性純良，難道不為人方便咩，況且我地（七字清下句）花間約，並冇壞行藏。。春風吹動銀塘上。怎不令多情男女羨鴛鴦。莫惹無情風雨降。哀求姐姐作包藏。。急得我忙忙拜伏塵埃上。（跪地叩頭求饒介）

（金釧接七字清下句）小焙茗，不用太驚惶。。可畏你初時口舌多強項。可笑你今時待罪，似羔羊。。

（玉釧接上句）小玉釧，亦有容人量。望你能檢點，莫惹禍一場。。人前莫再露這般羞人況。

（焙茗連忙賠罪欲下介）

（玉釧喝住焙茗介白）喂，未曾講掂數。就想扯啦。（七字清下句）未容粉蝶過東牆。。（花）容易捉來，焉可容易放。

（焙茗又急介口古）玉釧，你何苦故意阻攔呢，難為萬兒躲在花叢之內，進退不能，縱使不會驚到落魄失魂，總會嚇到手騰腳震，我而家趕住入去將佢安慰一回，你有乜嘢條件留番第日至講。

（玉釧口古）焙茗，我都知道你心不在焉叻，嗱我幫忙佐你，你要幫忙番我嚩，我要你朝朝清早替我們把鮮花摘定，不可稍有遺忘。。（白）你願唔願呀。

（焙茗應白）願願願，冇乜事啦嗎，正是不恨春光短，只求相聚長。（急下）

（金釧慢的沉想介白）不恨春光短，只求相聚長。。

（玉釧一才驚詫介白）姐姐，此際時光不早，我們快些採摘鮮花，莫把時光耽誤

（見金釧無反應再催促介）

（金釧如夢初醒羞介花下句）惱春風吹蕩銀塘上，怎不令多情男女羨鴛鴦。。佢一言剔動女兒愁（一才）芳心不禁千回想。

（玉釧再催促介）

（金釧與玉釧摘花介）（請注意：此曲唱時用梵鈴三絃洋琴低胡和奏，過奏鑼鼓襯托金釧、玉釧摘花舞蹈）

（音樂起小曲引子）（中速）

（寶玉急住音樂序上介）（攝鑼鼓）春色罩滿園，春風朗，花間群鶯飛舞，天邊燕燕飛翔，愛春光不願戀遊仙。枕百花香已醉了瘦腰郎。步出怡紅院踏進百花鄉，又只見那那姹紫嫣紅爭春放。

（寶玉一才關目發現金釧玉釧在摘花忙停步一聲咳嗽介）

（金釧玉釧仝聲回顧一見寶玉二人忙上前下禮介白）二爺早安。

（寶玉口古）哦，原來〔兩個〕小丫鬟在此偷摘鮮花，好在遇到我寶二爺，倘若遇了別人，怕你地難逃罪狀。

（金釧忙解釋口古）二爺，小婢焉敢如斯大膽呀。我地到此摘花，無非是獻與夫人

敬佛，為貪大觀園內花如錦，春花嬌艷更芬芳。。

（寶玉口古）哦，原來你地摘花為着夫人敬佛咩，係呢，夫人是否經已起來，念佛在經堂上。

（玉釧口古）夫人起咗身我地重得閒咩，所以我地清早到大觀園裏，一面把鮮花採摘，一面賞吓幽美風光。。

（寶玉花下句）大觀園確有無邊景色，小丫鬟也解鳥語花香。。你看千紅萬紫伴怡紅，一似繁星環月亮。

（金釧白欖）春滿大觀園，百花齊艷放，幽靜怡紅院，鳥語襯花香，信步過園林，幾番回首望，難得二爺不見責，此際幾疑身在水雲鄉。

（寶玉白欖）你既愛好風光，不妨多玩賞，我地名份雖分主與僕，談笑却無妨，花下共嬉遊，臨風同歌唱，風月本無主，誰個可稱王。

（金釧花下句）二爺不嫌奴婢賤，天生一副好心腸。。尚憶追隨侍奉已多年，轉眼二爺年漸長。（白）二爺好比玉樹臨風，溫文堪敬，而且……重正經咗添

（拈巾羞介）

（寶玉憫然白）我正經咗。

（玉釧白）我話唔衹二爺正經咗，連我家姐都古板咗添呀（花下句）童年嬉笑無拘禁，何解成年事事也提防。。玉釧心內不勝疑，是否人人為一樣。（白）係唔係人人長大咗都係咁嘅嗜二爺。

（寶玉恍然一笑介中板下句）玉釧未醒童心，金釧已知人事，却難怪姐妹，別具心腸。。春色滿人間，草木為誰妍，鶯鳥為誰歌唱。可奈禮教似藩籬，一任綠肥紅瘦，無情家法毀了風月場。。我厭對萬卷書，獨愛萬紫千紅，願化蝶穿花，懶管塵封案。只恨老親嚴，生來頑固，未容我耽風月，只迫我讀文章。。

（花）縱然鎖困在怡紅，也鎖不住我心猿奔放。

（金釧口古）二爺賦性愛風流，貪花月，難得你心地皎潔無邪，對奴婢輩時加體諒。

（玉釧口古）二爺，你見否春衣舞亂花前影，妙齡花下試新腔。。

（寶玉心中喜悅介口古）大觀園內，不少燕瘦環肥，安得相伴天年，身與落花同掩葬。

（金釧口古）二爺，你癲咗咩，只怕戲言成讖語，由來說話貴吉祥。。

（玉釧花下句）二爺宛似人間寶，豈無紅袖替添香。。恨我輩苦樂由人，不禁滿懷悲愴。

（寶玉木魚）苦樂一生，本是從天降，玉釧何用暗不安，未了塵緣何堪想，月圓花好恨難常。

（金釧木魚）二爺，眼底風光原堪賞，為何觸景暗神傷，還請二爺回步往，怕你衣單難以耐春寒。

（寶玉心有所觸介白）我生則長願倚翠偎紅，死則願葬脂林粉陣，金釧呀金釧（木魚）惜花願與花同葬，更願姐兒粉淚長浸小潘安。。

（金釧一才掩寶玉口介白）二爺福壽與天同，切不可胡言亂語（木魚）我怕花魂一旦隨風蕩，更無花容悼花亡。

（寶玉白）咁又未必。

（玉釧見時光不早忙提醒金釧介花下句）姐姐莫嫌談笑短，可知紅日已上三竿。。此時不許再多留，怕夫人施棒杖。

（金釧驚覺介白）時光不早，不便多留，二爺，奴婢告退（與玉釧同下）

（賈環內場呵斥聲）

（沖頭萬兒過場下介）

（焙茗被賈環追打上呼救介）

（賈環沖上看見金釧玉釧背影介）

（焙茗一見寶玉忙叫白）二爺救命
（賈環氣沖地口古）二哥，你要認真教訓吓焙茗，因為佢與萬兒在樹下談情，我地賈家難容此無恥勾當。。
（焙茗口古）三爺你說話莊重些好呀，我與萬兒不過乘涼于樹下，並冇苟且行為噃，乜你話我無恥呀，（向寶玉）亞二爺，可憐我俾佢不由分說打了一巴兩掌，而家重話要斬要劏。
（寶玉勸介口古）環弟，婢僕之間偶爾閒談，你何必認真成咁樣。
（賈環怒介口古）乜話，咁都唔理重成規矩嘅咩，難道二哥也是貪花月，把賈家法度盡遺忘。。
（焙茗口古）三爺我……我何嘗冇規矩呀，你唔好含血噴人，存心冤枉。
（寶玉口古）環弟，佢地同是一家婢僕，何必過于曲避男女之嫌呢，就算佢地閒談樹下，事本尋常。。
（賈環不忿介口古）二哥，你都算得好管教
（花下句）二哥大觀園內多花草，怡紅佔盡粉脂香。。怪不得話上有好者下有甚焉，難怪書僮亦有非非想。
（寶玉聞嘲諷不安介）
（焙茗白）三爺，你想鬧我就鬧到夠，咪連我主人都鬧埋，（快口古）查實你唔將人踩，我亦唔將你唱。你咪當得自己好馨香，丫鬟見三〔爺〕魂喪，何堪死魚過刀亡。。我地行為好正當。並非韓壽學偷香。。三哥請你平心想。問誰色膽最猖狂。。
（賈環大怒介執茗手快慢板下句）小奴才，多饒舌，我氣破腔膛。。假虎威，欺人甚，難逃罪降。（欲打焙茗介）
（寶玉勸開介七字清下句）休動武，莫逞強。。俗世誰無花月想。莫將婢僕任殘傷。。勸弟郎莫心存兇悍。當知婢僕亦有爹〔娘〕。。望你減氣燄三分，便得人敬仰。（拉腔過序浪裏白）三弟，你對待的下人似虎如狼，怎不令人敬而遠之呀。

（賈環接七字清下句）你休恃寵，替佢包藏。。怡紅招惹群蜂蕩。難堪主僕太荒唐。。金釧玉釧曾到訪。被我一聲喝破好春光。。三爺正氣迫人，問誰敢向我抬眼望。

（寶玉花下句）紅樓雖是多嬰宛，惜花寧有壞心腸。。我心如明鏡不沾塵，小婢亦冰清如月朗。

（賈環白）哼，二哥對待婢僕，何故存心偏袒。

（寶玉口古）環弟，我唔係偏袒誰人，不過我望你慎一時之言，莫個招風惹浪。

（賈環口古）二哥我受了小奴才一肚悶氣。正是憤無從洩，你嘅事我可以唔理，但係小焙茗，誓難將他放過，家法寧枉無縱，我要將佢痛打一場。。（欲打焙茗介）

（寶玉攔介）

（賈政上介見狀斥喝介）唔

（寶玉、賈環一望，忙肅立介）

（賈政莊容望吓二人介口白）疇先你地做乜嘢嘈喧巴閉。

（寶玉、賈環怯于父威凜凜不成言介）

（賈政長花下句）兄弟本同根，難道總不明友讓，不禁怒顏來相向，傳家詩禮盡遺忘，為何不敢言真相，莫不是兩人爭戀粉脂香。。無情家法警淫邪，要你兄弟一同捱棒杖。

（寶玉囁嚅口古）亞爹，孩兒們謹遵嚴訓，從未敢折柳攀花，兄弟一時口角相爭，不過是些微事幹。

（環口古）一日都係亞焙茗佢（一才又不敢言真相）佢不聽從我差遣（一才）惹起爭端一場。。

（焙茗口古）老爺我……我服侍開亞二爺吖嗎，環哥兒佢怪我來遲，無端端將火撞。

（賈政口古）唏，此後兄弟之間，應該互相友愛，莫為小事便鬩牆。。（白）寶玉，今日係你母舅壽辰，你要立刻前往祝賀，環兒我限你今日抄好個篇金剛經卷，如敢有違，家法難饒。。

（寶玉、賈環連聲應請介）

（寶玉偕茗入怡紅院與環雜邊下介）

（賈政花下句）真果是治國齊家原不易，難容小輩太疏狂。。

——落幕——

第貳場

（景：小廳一角時在晚間）

（賈環正在案中寫金剛經）

（幕啟：音樂襯托賈環寫得着惱起來離座唱小曲）（紀序）

（賈環唱）什麼金剛經玉剛經，寫到我頭擰擰，寫到我眼擎擎。筆畫要端正行氣要分清。又話要我手洗乾淨，又話要我心裏虔誠，等佢把佛爺尊敬，保佢福壽康寧（呸一聲介長二黃）抄寫金剛經，未見佛爺來顯聖，反累我塗污數卷，一怒嚼碎管城。。落筆難成簪花整，蠅頭小字費心營。。抄到我兩眼昏花，可奈難違父命。（口白）從日上中天，抄到初更夜後，不禁神思困倦，苦煞我手不停揮，怎奈篇篇抄錯，在此冷落孤零，好不令人愁悶，不若叫金釧出來，相陪談笑，正是笑擁如花婢，燈下伴抄經（叫介）金釧。

（金釧內場白）來了（叻叻古上唱反綫雁落平沙）三爺高呼我心難定，我心難定，司馬之心看分清，哀哀小婢受慣堂上喝，負氣應一聲。（一才）（故意大聲應一聲吓介）

（賈環拉長聲叫白）金釧

（賈環口古）金釧，你明知三爺响處抄經，

你不應對我不瞅不睬，你可知三少爺怕黑怕靜。

（金釧口古）三爺怕黑怕靜，不過是托詞相喚，本來我好應該到來侍候，但只怕夫人一時不察怪我存心偷懶少做功夫，累我受苦捱刑。

（賈環口古）三少爺今晚奉命抄經，特意要你相陪，難道你敢違抗我命令。

（金釧口古）三爺，侍奉主人不是奴婢本份，我望三爺稍存莊重，莫個玷辱娉婷。

（賈環花下句）我本有心憐艷婢，為何你對我少溫情。難道眼中只有寶二爺，對着三爺失雅興。

（金釧花下句）一個奴來百個主，怎得面面俱圓去奉承。不過二爺別具好心腸，奴婢自然皆起敬。

（賈環木魚）你莫個刁喬和扭擰，故向人前假正經。今日怡紅院外情和景，三爺早已看分明。（嘻皮笑臉行前輕佻介白）金釧，你駛乜怕羞啫。

（金釧避開介木魚）三爺莫恣輕狂性。行同浪子太不應，深恐無人來照應，急亂狂呼玉釧名。（叫玉釧介）

（玉釧上介一望心中明白冷笑地口古）家姐，乜你喺呢處咩，適才聞黃犬吠月明，難怪你神魂不定。

（金釧口古）玉釧，三少爺抄寫經卷却嫌人靜，所以我叫你嚟一同作伴，免令三爺竹影風橫心自怯，明月窺窗也受驚。

（賈環擲氣介白欖）兩個臭丫鬟，有心來攞景，惟是對此如花艷，寧不動心旌，正好左右兩逢源，燈前留儷影，留儷影。

（左擁右抱介）

（金釧、玉釧二人避開介）

（玉釧白欖）三爺莫輕佻，莫任性，荒嬉忘了夫人命，可笑你從朝寫到夜，經卷尚未抄成，夫人在後堂，心情唔高興，你若還再胡鬧，佢知道你罪非輕。。
（賈環這個介花下句）可嘆輕枷重罪，抄經慘過受刑。。玉釧為我剔亮銀燈，金釧快遞上香茗。
（金釧、玉釧無奈遞茶剔燈介）
（賈環故意為難介白）杯茶咁熱點飲呀，金釧同我搧涼佢（對玉釧白）玉釧咪企喺處，遮住晒的風水（諸多奄尖介）金釧同三爺打扇。
（金釧玉釧故意鬥氣介）
（慢長〔才〕焙茗扶寶玉同上介）
（寶玉花下句）簉前帶了三分醉，歸來還未覺初醒。。搖搖擺擺別堂前，先向親娘來覆命。
（焙茗花下句）二爺醉酒焙茗苦，沿途侍奉責非輕。。我生平滴酒不沾唇，怕煞酒氣攻來我陀陀擰。
（金釧、玉釧一見寶玉喜介白）寶二爺番嚟哪。
（金釧見寶玉有醉意白）玉釧，二爺醉酒快些準備香茶。（殷勤侍奉介）
（寶玉醉態糢糊地白）金釧（白欖）親娘此際在何方。
（金釧接白欖）佢小睡至今猶未醒。
（焙茗白欖）不如番去怡紅院。
（寶玉白欖）何妨在此暫留停。
（金釧白欖）我端椅款二爺（擔櫈與玉介白）坐喇寶二爺。
（玉釧白欖）我殷勤遞香茗（遞茶與玉介白）飲茶喇二爺。
（賈環越看越惱介快白欖）眼底情和景，我不禁火起無名，經卷再塗污，氣得我眼定定，抄經原苦事，最慘功敗在垂成
（氣極拍案白）你番咗嚟亂晒大籠，累得我完全抄錯晒。
（寶玉白）環弟，你鬧邊一個呀。
（賈環白）我鬧個兩個死妹丁（花下句）佢地只管二爺酒醉，不理三爺抄寫金

剛經。。你就飲到醉醺醺，我就抄到頭擰擰。

（寶玉花下句）我奉命到母家來祝賀，不是貪杯把酒傾。。抄經原不是難為，何故遷怒丫鬟咁肝火盛。

（焙茗上前看傻笑介口古）三爺，乜你從朝抄到晚，重要咁多人服侍你，抄到而家重未抄起，真係笑大個口咯，我地寶二爺就唔同吻，佢下筆如飛，寫字有如食菜，你何不低首下心求佢幫忙，諒佢不會拒人所請。

（賈環想一想另場介口古）係嚕，橫掂呢卷金剛經都是佢親娘所用，就算求他相助，也是合理合情。（對寶玉白）二哥，素仰你妙筆生花，還請代勞謄抄經卷，相信二哥定不我却。

（寶玉長花下句）你是弟，我是兄，兄弟從來手足稱。。弟你抄經無〔功〕領。為兄代你把功成。。我舒醉眼，舉狼毫，揮灑自如乘酒興。

（金釧、玉釧斟茶打扇介）

（焙茗同服侍介）

（賈環另場花下句）目覩個中情，令人心火盛。佢是嫡生人愛敬，但我為庶出便受欺淩。。佢左婢右奴把威風逞，只怕佢做完槍手累我受責捱刑。。不毒不丈夫，何妨施獸性。（詐上前觀看，隨剔燈油潑落寶玉面上介）

（寶玉掩面呼痛介）

（眾人忙作一團救護介）

（焙茗快花下句）三爺辣手理不應。。

（金釧快花下句）暗箭傷人無血性。

（沖頭夫人上見狀，撥開眾人攬住寶玉問眾人介口古）到底誰個傷害我兒，快些言明究竟。

（焙茗怒不可遏地口古）夫人，係亞三爺以燈油潑落二爺面上，手段太過不情。

（夫人觸怒，執環介連環西皮）真不應，真

不應，蓄意傷人負罪非輕。
（寶玉撫面沉花下句）噎吔吔，弟郎無意把我欺淩。。（花上句）況且孩兒傷勢輕微，親娘何用驚惶不定。
（夫人怒介白欖）你不輕。（雙句）我可膽震又心驚，老太君若知情，慘過要佢命，闖下彌天罪，你地個個都要擔承。
（寶玉白欖）我傷勢尚輕微，不致有識認，若老太君來追問，我當不説情。只説自燙傷，免觸怒佢脾性，娘親休過慮，弟弟莫心驚。（隨覺傷痛掩面介）
（夫人口白）你地快扶二爺返去怡紅院內為佢小心調治。
（焙茗、金釧、玉釧扶寶玉同下介）
（夫人怒責環兒介白）環兒，你所作所為，行同禽獸，待我禀告老爺，將你嚴加懲罪。（下）
（賈環花下句）為洩一時心中忿，任人責罵我無情。

——落幕——

第叁場

（開邊起幕）
（焙茗上歡天喜地介板眼）黃鶯鳴柳底，喜鵲噪庭間。好教焙茗笑開顏。。雖未如韓壽，悄把香帷挽，也令得多情賈女，暗贈小金簪。輕舟未向桃源泛。（轉二黃下句）幸二爺願與月老撮合呢對怨女痴男。。訪芳踪，走遍迴廊，傳喜訊，笑迷心眼。（收）（口白）想我與萬兒，一點靈犀，兩情暗繫，雖然唔似個的才子佳人，嚙臂花前，盟心月底，但係我地也曾發誓，在天願為孖公仔，在地願為油炸鬼，年來暗往明來，未曾越禮，每欲請示夫人，又怕豪門專制，幸得寶二爺有意成全，代我地向夫人陳明腑肺，正是皇天不負有心人，呢回我焙茗花仔得米，我急欲靜靜通知小萬兒，

找遍了花間樹底，唔，佢梗係唔願再梳辮，唔知匿埋邊處學梳髻，走到我大汗淋漓，又唔敢嘈喧巴閉。（四圍找尋狀介）

（金釧上花下句）憔悴夜來因廢寢，為何日裏竟忘餐。。惡春風，帶得愁來，山花錯落詩人眼。（白）日來與寶二爺時相往還，雖未敢送抱投懷，也是令我情迷意亂，奈何愛相逢却怕相逢，在于此時此地多見一面，多添一番惆悵，每欲避而不見，可奈心不自主（羞介）正呀〔是〕踏月尋歌易，擁衾續夢難。。（手拈羅巾低首若有所思介）

（焙茗以為金釧是萬兒輕聲呼介白）萬兒。

（雙句）

（金釧想到入神全不知覺介白）擁衾續夢難。（不禁以巾掩面羞介）

（焙茗另場白）唏，女兒家零舍多支整，查實重駛乜怕醜吖。（上以前以手牽金釧衣袖介）

（金釧誤會寶玉到來忙轉身作嬌羞狀介）

（焙茗情不自禁地雙手攬住金釧介白）萬兒，我個心肝萬兒。

（金釧一才見是焙茗驚介忙擺脫罵焙茗口古）焙茗，光天化日之下，膽敢如斯輕薄，雖然是指鹿為馬，錯誤廬山，雙眼縱使昏花，惟是行為令人齒冷。

（焙茗口古）金釧姐，對唔住，真唔好意思，不過你鬧我鬧得過份一的，我與萬兒雖然已深種情苗，但係萬兒從未向我投懷，我亦從未向萬兒索抱，呢次係第一次咋，點知又攬錯咗金釧姐，不過你唔應怪我，應該怪吓自己，疇先我錯認香鬟，也曾經輕聲相喚，只見你欲拒欲迎，我也曾暗裏牽衣，又見你半推半就，試問此情此景，寧不顛倒天下痴男。。

（金釧半嗔半怒介口古）臭書僮，俾你佔盡

便宜，還説風涼説話，待我入去禀告夫人，懲戒你個包天色膽。（欲行狀）

（焙茗急攔介口古）金釧姐，算我千唔該，萬唔着，我因為驚聆喜訊，走告佳人，歡喜成狂，才有一時冒犯，若果你稟告夫人，不但招來罪責，又怕我與萬兒好事被推翻。。（求饒介）

（金釧花下句）婢僕飽嘗籬下苦，好事由來撮合難。是誰為你做冰媒，快對金釧言一旦。

（焙茗未言先笑介白）我講出來你都戥我歡喜呀（木魚）婢僕雖然分界限，多情焙茗未緣慳。。

（金釧誤會地白）難道你敢直告夫人請合撮啩（木魚）又怕容易聚時容易散，常言非份妄求難。

（焙茗口白）你聽我講埋落去至得嘌（木魚）誰不知夫人口面如鐵枚，幸得二爺助我渡難關。。佢有心為我把紅綫挽。好教綠女配紅男。

（金釧白）咁就恭喜你咯焙茗哥（長花下句）恭喜有情人，有日諧奠雁，二爺高義殊堪讚，幫忙婢僕疑難，此後相思不用愁朝晚，武陵深處一任小舟橫。。（一才心有所感介另埸唱）試問金釧何日有人憐，觸景焉能無感嘆。

（焙茗白）金釧姐呀，造（乜）傾得好地地，突然間低首沉吟若有所思咁，唔，莫不是小鬼頭春心動矣。

（金釧嗔介白）焙茗，睇你面目老成，却不知你心腸立壞，想女兒家偶語別人私愛，寧不羞慚，恨你妄想胡猜，認真該打。

（焙茗笑介白）金釧，講老實吖，你可以瞞得過任何人，但係瞞不過我呢個小焙茗嚤（禿頭中板下句）想當日春滿大觀園，少女懷春日，怡紅公子，暗戀小香鬟。。你好比綉閣鶯鶯，佢好比月下張

洪，獨欠小紅娘，為你地酬書柬。花下
怯罡風，柳堤驚驟雨，恨別時容易，見
時難。。（催快）雖是豪門分界限，自古
道百尺樓高也可攀。二爺對你情非泛。
為補情天莫畏難。。（花）倘若金釧有所
求，焙茗定能依照辦。
（金釧羞介白）焙茗你……你倒也好管人家
閒事（花下句）小燕但求簷下寄，焉敢
築巢畫棟間。。二爺對我縱十分憐惜，
已感萬幸而依，忽爾傳來步履，想必是
夫人到此，焙茗你還不快些迴避。
（焙茗白）金釧姐，我差的忘記問你，究竟
萬兒現在何處呀。
（內場呼叫白）金釧
（金釧焦急介白）已聞夫人叫喚，你不便在
此久留。快些下去（連快進焙茗下介）
（王夫人慢長才上花下句）夏日荷香生水
殿，三伏單衣汗染斑。。晝永猶思傍枕
眠，年老精神原有限。

（金釧一見夫人忙請安介）
（夫人口白）金釧，快為我把綉枕安排，
好待我在涼床小睡，更要你侍候一旁，
為我搥骨打扇（花下句）日長人皆苦炎
熱，我樂得浮生半日閒。。
（金釧扶夫人埋涼床，為夫人搥骨介）
（寶玉長二流上）穿花徑，過碧欄，怡紅
掩卷人疏懶，更無佳句送春殘。。小金
釧，如花燦，愛佢小鳥依人情雅淡，
却嫌釵黛性縱橫。。我拜謁慈幃，順把
香鬟望探。懶管一池水皺傾醉兩眼波
橫。。踏上疊疊樓台揭起旒旒簾幔。（入
介）（音樂起寶子）（一才見夫人睡在涼
床，金釧搥骨疲倦瞌睡，心中不禁憐惜
介另場長花下句）只見佢無力舉粉拳，
倦來難睜眼，暗恨親娘享受慣，忍教磨
拼小香鬟，惜玉有心徒想盼，憐香無力
護紅顏。。（上前輕墜金釧耳環介）
（金釧一才驚醒睜眼見寶玉微微一笑介，指

一指睡中夫人關目揮手示意叫寶玉離開又合回雙眼搥骨介）

（寶玉見金釧嬌慵無力不忍離去，忙取出雪津丹介花上句）且將雪津丹，遞向小櫻桃，好待佢一振精〔神〕把疲倦減。

（寶玉將丹送向金釧口中介）

（金釧咀嚼雪津丹吞下，仍是合着眼介）

（寶玉不禁上前扶金釧介）

（金釧嬌柔無力閉目斜倚寶玉肩膊介）

（寶玉輕輕呼喚白）金釧，金釧

（金釧一才驚醒發覺身在寶玉懷抱，不禁羞慚地避開介）

（寶玉口古）金釧，看你辛勞若此，懶展星眸，二爺問心都難過，既是惜玉有心，莫嘆護花無力，不若我待娘親醒來，請求他撥你去服侍寶二爺，一來你不用受怕擔驚，二來我不用朝思暮盼。

（金釧口古）二爺，小婢多感二爺憐惜，自恨愧無以報，縱使今生難結草，願求來世可啣環。

（寶玉口古）今生未了，可必談到來生呢（指雜邊）你睇花叢蝶舞，柳岸鶯鳴，大自然景無邊，何不趁我親娘濃睡之時，陪伴二爺遊覽。（執金釧手行介）

（金釧欲行又止羞介口古）正是此身空在夫人側，無奈腿兒已伴二爺行。

（音樂配柳浪聞鶯引子）（牧童笛獨奏）

（寶玉在音樂過序中拉金釧過雜邊欣賞景色介）

（金釧浪裏念白）花香鳥語滌愁煩，水秀山明一望間。

（寶玉浪裏念白）蒼蒼山是眉峰聚，涓涓水是眼波橫。

（寶玉唱）柳浪翻，千絲枕水又枕山，樹滿灣柳底鶯鳴兩三番，景色雅且淡

（金釧接唱）忍見陣陣飛花傷心逐春殘，愁難散黯然長嘆，春歸草木冷（收）（不用鑼鼓）

（寶玉白）金釧，所謂得歡愉處且歡愉，何苦當此明媚風光，慘綠愁紅，自傷身世呢。（長二黄下句）莫教紅淚染羅衫，莫把香羅頻拭眼，感時花濺淚，剪翅蝶無顏。。錦綉樊籠同慨嘆，徒惹得盈〔盈〕秋水，愁鎖春山。。當知如夢人生，何必多憂，多患。（收）（不用鑼鼓）

（金釧感慨白）唉，小婢本來不應在二爺賞玩風光之時，出此敗興之語，惟是我感覺二爺對我多一分憐惜，使我更多一分憂慮，當此良辰美景，想及了他日收場，故而不禁悲從中起啫。（反綫中板下句）弱質長在赤貧家，一朝賣作豪門婢，一枝籬下寄，似孤舟水面橫。。堂上喝一聲，堂下走不停，未得主人歡，已嫌奴僕懶。主僕兩懸殊，相聚驚還喜，如身處駭浪，心在驚灘。。（花）惜花人枉為花愁，相見焉能無忌憚。（白）二爺，脂粉叢中，寶釵姑娘善解人愁，黛玉姑娘深知人意，二爺何偏惹我呢。

（寶玉白）金釧你而家即係怨我啫（木魚）知否二爺獨愛梅花冷，不戀琼枝共牡丹。

（金釧白）二爺為人不但倜儻風流，而且善于詞令（木魚）對月却談（　）……

（金釧接唱）浮沉孽海多怨女恨男，乍驚風雨又恐悔恨難。

（寶玉接唱）惟願有日得赴鳳凰壇，情燕沖出難關，情侶輕舟同泛似花一對兩並頭，一生不分散。

（金釧轉士工慢板下句）解意春風難解恨，生人何苦更生情，縛心猿囚意馬，禁不住眉黛春橫。。有幸寄豪門，無心圖親近，喜今日相對多歡，悲他日收場慘淡。（拉腔）

（寶玉轉士工慢板面）莫向人前長泣嘆，蝶侶因何成冰炭，金釧心有恨，二爺日廢餐，花愁情，蝶也無顏。
（金釧接唱）金釧深銘謝二爺着意關，撩亂芳心且開顏，回眸笑為君盼。
（寶玉士工慢下句）不羨牡丹仙，願抱蓬門玉，借一湖烟雨，何妨放棹武陵間。抱琴枕石聽泉聲，不復嬌花和寵柳，于佑葉上有情詩，笑寶玉花前無艷束。
（金釧含羞地唱柳青娘）默默拈巾柳浪間，心相關似紫燕兩呢喃，忐忑芳心似浪翻，傾肝膽我身化舟載月還……楊柳岸，風送渡情關，對景笑忘還，情濤隨浪泛（笑擁金釧介）
（金釧半迎半拒接唱）纏綿入抱間，背身暗自慚，秋波一轉百媚生，心羞赧
（寶玉轉十月懷胎）陣陣香風翠袖翻，銀塘花也並頭放開燦爛
（金釧接唱）汗染斑忘倦顏花鳥莫恨孤單……
（寶玉接唱）汗染斑情未闌歡笑緩步花間……
（夫人睡醒上覩狀一巴打金釧介白）你個小娼婦，真係好膽量。
（金釧被打掩面低首驚惶失色介）
（寶玉硬着頭皮辯護介口古）娘親莫錯打金釧，孩兒欲到此拜謁慈顏，適值娘親小睡未醒，係我叫金釧陪我花間遊覽。
（金釧哀求口古）夫人，奴婢自知不是，請夫人饒恕莫摧殘。
（夫人怒介口古）花間俚語，柳底淫詞，你膽敢以狐媚迷惑主人，我實行將你來嚴辦。
（寶玉求情介口古）唉，娘親，此事皆由我起，與金釧絕不相關。
（夫人指玉白）你重幫住佢，（花下句）求情縱有蘇秦舌，我雙耳未聾眼未盲。寶玉你立即返怡紅，此地不容你多戀棧。（催寶玉行介）
（寶玉台口花下句）豪門專制如枷鎖，小燕

無辜被煮烹。。含淚望金釧（一才傷心介）傷心情切慘。（依依不捨介）

（夫人怒白）你重企响處做乜嘢呀，重唔返去怡紅院。

（寶玉無奈一步回頭一才頓足下介）

（金釧哀求介白）夫人。（花下句）金釧罪大無可恕，望夫人海量可汪涵。。何堪風雨捲殘紅，嫩肉焉能捱棒杖。

（夫人口白）哼，我費事屜氣鬧你（大聲）費事屜氣打你（內場叫白）玉釧出嚟。

（地錦玉釧上仄才覩狀知事情（不）妙介口古）夫人喚呼奴婢，有何差遣，何故堂上一何怒，堂下一何慘。

（夫人指金釧口古）哼，你個好家姐幹得好事，居然膽敢勾引寶二爺（一才）我地詩禮之家，焉能容此賤婢，你立刻話俾你亞媽知，你話夫人要將金釧驅逐，叫佢立刻帶她離開此地，不容佢在此蕩檢踰閑。。

（金釧苦求介口古）夫人，我求吓你造吓好心，你唔好話俾我亞媽知，唔好趕我扯，金釧與寶二爺雖有花間之遊，並無桑濮之行，雖之過份，無奈遷就二爺愛惡，況且年邁高堂，怎堪刺激呢。望夫人把成命收回，免使少者有污玷之名，老有斷魂之慘。

（夫人口古）小賤婢，我為保禮義家風，懶管你母女死活，正枉縱也不能姑息養奸。

（金釧玉釧一同跪地求情介）

（玉釧乙反長二黃下句）含淚把衣攀，哀號求諒鑒，忍令飛花隨水杳，落葉隨風殘，雖然六月飛霜慘，何堪冤蒙不潔，弄到飄泊人間。。望夫人法外原情，恕金釧一時錯犯。

（金釧乙反長花下句）再拜懇夫人，莫施無情棒，棒逐金釧何太慘，愧無顏面去留難，豪門飽食多茶飯，最苦窮家覓食難。。應念金釧追侍有多年，伏望寬容來處辦。

（夫人白欖）無容再求情，豪門你難戀棧，柳堤防納垢，花下怕藏奸（指金釧）你雖無曖昧心，但有挑情膽，行同小娼婦，有路快的躝。（白）即刻扯。

（金釧聲淚俱下介白）開恩呀夫人

（玉釧白）夫人開恩。

（夫人白欖）（爽些）快的躝。（雙句）（介）更何顏面在此間，在此間（拂袖推金釧介）

（金釧重一才起身七字清下句）（爽些）豪門此日再留難。（花）仰望天涯惟淚眼。

（玉釧台口花下句）舌燥唇焦也難轉意，堪憐姊妹悵漫漫。。含悲忍淚送姐行，傷心莫個多回盼。

（金釧慢的的不勝留戀淒然回首望介）

（夫人上驅逐介白）重望乜嘢呀，你唔係要搵掘頭掃把拍至扯吖

（金釧無奈一才咬牙頓足與玉釧同下介）

（夫人花下句）奴婢焉能登大雅，莫言手段太強橫。。

——落幕——

第肆場

（景：大觀園一角，園林曲徑，翠竹綠柳樓台亭花）

（音樂奏新調蝶兒忙引子）

（開邊開幕）

（寶玉失魂落魄地徘徊于竹柳之間衣邊不停張望心情焦急介）

（音樂續奏蝶兒忙引子）（無恨句襯托寶玉焦急心情）（唱）心驚慌又意亂，心頭掛念（白）金釧不知她在裏面怎樣受責與捱鞭，夫人真毒惡，口蜜腹如劍，視人比蟻賤，一巴打落姐姐面，真叫寶二爺心如穿萬箭。無能來庇護，只有跑出大觀園，不知她……受盡什麼責罰呀與

熬煎……

（音樂接住起）

（寶玉轉爽二流上半句）禁不住肝腸寸斷。姐你無辜受罪。都是受我株連。。我不若入去求情。或者將玉人赦免。（音樂急奏尺上乙上無限句寶玉欲入衣邊介）

（焙茗叻叻古衣邊撞上一見寶玉欲入衣邊忙攔介白）二爺，我知道你梗係會到來向夫人求情，所以我及早到來攔阻，你唔入得去㗎，你入去反而累金釧捱多幾鞭，打多幾棒嘅咋（長花下句）人賤受人欺，怨亦無可怨，二爺枉向大人勸，求憐反令佢起疑團，不若早歸怡紅院，一任無情棒打小金釧。。捱鞭棒尚可保殘生，倘若你踏進堂前，反摧花魂斷。

（寶玉口古）焙茗，今日金釧受責，都是二爺所累，正是打在姐姐身，痛在二爺心，教我怎能故作不聞不見。

（焙茗口古）唉，二爺，奴婢卑賤一如蟲蟻，正是苦樂由人死生無定，你知否對佢多一番憐惜，反令佢受多一次熬煎嘅啫。

（寶玉口古）唔得，我一定要入去，為免金釧棒下號，我定要勸得娘親心意轉。（欲行介）

（焙茗攔介口古）二爺，夫人既疑金釧狐媚惑主，你入去代她説情，不但難消其怒，反而益增其憤嘅啫，只怕惜花變了摧花客，金釧殘喘再難延。。

（寶玉長嘆介花下句）枉有痴心憐慧婢，恨無妙法救金釧。。去亦難不去亦難，翹首堂前魂欲斷。

（焙茗口白）唉，你何苦再多留，徘徊長嘆息，不若及早返怡紅，慢來尋消息，此際悄悄無人，莫怪我大膽向二爺來挑剔，只為你（禿頭七字清下句）不戀華堂燕，却慕小寒蟬。。主僕焉能談愛戀。二爺害了小金釧。。試問嬉笑前何罪譴。只因貴賤兩相懸。嘆家規，難改變。怡紅公子枉紆尊。。（花）莫招風雨掃殘紅，暫且約束情心回步轉。

（寶玉白）此時此地我亦知多留無益嘅。

（花下句）豪門枉有金堆玉，奈何剝奪自由權。。帶將愁恨返怡紅，怕聽你句句猶如刀與劍。（下介）（與焙茗同下介）

（鑼鼓排子頭）

（音樂奏新曲送金釧引子）（文鑼一下）（音樂續奏）

（金釧披散髮，玉釧背包袱白老媳婦由衣邊低頭啜泣食住送金釧引子上介）

（金釧欲行又止拖着沉重步伐無限淒涼食住音樂收，止步回頭向玉釧淒然呼叫白）二妹。

（玉釧含淚白）家姐。

（金釧悲咽白）二妹，你唔駛送家姐咯，你番入去罷喇。（欲接包袱介）

（玉釧搖頭白）家姐，我唔番入去住，我要送你出去。

（金釧關懷地白）你番入去喇，你唔去，一陣夫人鬧你嘅叻。

（玉釧白）我唔怕鬧，我係要送到家姐番去。

（金釧一才白）番去。（啜泣介）

（白老媳婦飲泣白）你番去喇金釧。

（以上口白金釧叫二妹起用低絃琴伴襯）（回頭奏）

（金釧慘然仰天白）歸去，歸去（越叫越悲頓足起唱送金釧）金釧犯了何罪狀，問句天，一朝要驅趕（白）金釧出大觀園歸家去受苦，我金釧不心酸，何堪遭辱玷，小娼婦惡名存。（啜泣介）

（玉釧接唱）姐姐莫心酸，夫人太不端，苦命是丫鬟，欲抗拒也無權。賈府寄枝棲，不是我們家院，離開倒乾淨，不復再受羈纏。

（金釧接唱催快）無事離開倒乾淨呀，我今

名節已無存，誰把二爺來勾引，青紅皂白要明言。叫我金釧呀（頓足搥心介）何顏離却大觀園……（包一才收）

（白老媳婦白）金釧，好咯好咯。你唔好係處怨天怨地咯，你被夫人驅逐，重發乜嘢脾氣呀，咪話娘親話你吖，冇檳榔又點趙得出汁呀，金釧（卓竹肉緊介白）你都衰嘅咯。

（金釧重一才沉腔）噎吔吔，苦難言，慈幃亦怪我，誰憐憫小可憐，我隨波逐浪，負屈銜冤。一顆雪津丹初受主人憐，二爺與金釧不配交言。她未怪少主紆尊，却重金釧卑賤

（轉綫變調教子腔）罷了，好娘親，不應將怒怨不將女兒憐，我更有誰憐

（音樂過合字長序）（低音絃托口白）（中段巡迴過序）

（白老媳婦嘆息浪裏白）唉，到呢個時候，尚有乜好講吖。總之是也好，非也好。現在你已見逐于人，就算你係冤枉，也只好怪自己行為不檢。若果係稍為檢點又何至于此呢。

（玉釧白）亞媽，二爺性情和藹，對待奴婢尤覺關懷，奴婢們正是有苦難伸。一見二爺能不有大旱望雲霓之感，偶然佢與我輩談笑嬉遊，試問怎能對他全不理會呢。

（白老媳婦白）理佢就弊喇。（雙句）呢金釧就因為理佢而被逐叻。金釧，你錯咯金釧。

（金釧白）我錯？我錯？（長二黃下句）怡紅公子枉情牽，薄命春蠶福澤淺，說甚麼盟月柳底，矢誓花前，帶恨含愁將妹勉。前車可鑒，莫效我慘墮深淵，我好比黃葉隨風，你好比危巢小燕。（收）

（口白）二妹，家姐恨事長留，此後你宜加警惕呀。

（玉釧點頭介乙反木魚）玉釧謹從姐訓勉，

懶管風花雪月天。傷心一別何時見，空
勞魂夢返家園。
（金釧淒然執玉釧手依依不捨相看淚眼不禁
抱頭痛哭相思介）
（白老媳婦勸開介白）好咯好咯（長花下
句）莫多愁（雙句）豪門此日難留戀，
被人驅逐更何言，金釧未覺人討厭，
可奈老身顏面已無存。。莫將醜態露人
前，金釧趕快離庭苑。（白）金釧，快
的去罷喇。俾人睇見好好睇咩。
（金釧慢的的不捨，無奈咬牙頓足介二流下
句）傷離花有淚，恨別鳥驚喧。。難捨
紅樓內，姊妹們，（花）不若步返園中
求一見。（先鋒鈸轉身吹行介）
（白老媳婦一手執住發擟白）你重想番入
去，你知唔知醜㗎，你係被人趕扯㗎
金釧。
（金釧含悲白）亞媽，我唔入去都要企响處
高叫幾聲同佢地揮手話別嘅（仰首向園
內揮手介白）各位姊妹，金釧扯叻，
金釧扯叻，再見呀，咁多位姐妹再……
見……呀（聲浪放長悲不可歇）（慢的的
由細至大襯托氣氛）
（音樂奏滴滴金）
（眾丫鬟分邊上有些竹林探頭探腦不敢行前
搖頭嘆氣，有些欲表同情。惟怯于環境
忽忽過場。有些表卑鄙看而不顧過場，
有些連望也不望掩面驚怕入場）
（玉釧向衣邊上丫鬟招呼白）姐姐金釧扯叻
（又內雜邊上丫鬟招呼白）姐姐，金釧
扯叻（但所收獲如上述的反應）
（玉釧很難過牽住金釧手介乙反花下句）窮
途日暮同情少，堪憐姐妹淚如泉。。添
花錦上世間多，送炭雪中殊少見。（悲
咽白）家姐，到呢個時候，重有邊個敢
理你吖，你都係扯罷喇。
（金釧慢的的呆然木立地白）有人理我（聲
浪悲哀略帶震顫）

（白老媳婦肉緊介白）走喇，而家重有邊個理你吖嗱，同你最好個個姊妹都唔敢接近你問你知唔知醜，你重唔扯等幾時扯呀金釧。

（金釧長漢一口氣（七字清下句）傷心地，莫留連。。已無片瓦藏苦燕，雨打風吹命強延。。慘淡人生，何足戀。金釧願携恨赴黃泉。。（花）死盡消愁與怨。

（拉嘆板尺字腔）（白）亞媽、二妹，我扯叻（大聲）我扯叻……

（形容慘淡失（　）悲叫急足奔雜邊下介）

（音樂交鳴）

（玉釧見情有異驚叫介白）家姐（急足下介）

（白老媳婦亦驚白）金釧（急足追下介）

（燈一暗介）

（音樂強音交鳴）

（內場人聲嘈叫雜邊介白）救命呀，有人跳井呀，救命呀。（音樂急奏）

（沖頭）

（眾男女婢僕四方八面奔上介）

（眾人互相驚問白）乜嘢事呀（雙句）

（園婆子雜邊沖上叫白）金釧跳井死呀（雙句）

（眾人聞大驚奔向雜邊下介）

（寶玉與焙茗食住家人奔下時衣邊同上介）

（寶玉追問園婆子介白）邊個跳井死呀（雙句）

（園婆子白）金釧跳井死呀。

（寶玉重一才悲叫白）金釧。（雙句）金釧姐呀（瘋狂欲奔內雜邊介）

（焙茗忙攔介白）二爺你要保重呀二爺。（與寶玉糾纏介）

（叻叻古）（賈政領二小廝衣邊急上介）

（賈環同時雜邊急上忽忙與賈政一撞抬頭一望大驚介白）亞爹。

（寶玉焙茗發覺賈政忙上前問安介）

（賈政口古）你地因何個個神色張惶，究竟有何事變。

（寶玉焙茗不敢言介）
（賈環聲震口古）亞爹，金釧在東南角上投井身故，慘不堪言。
（賈政反才口古）吓，何以金釧一旦會自尋短見。（喝問寶玉白）寶玉你知唔知。
（寶玉慘然白）我唔知呀，爹
（焙茗恐防事發忙搶住口古）老爺，女兒家心腸狹窄冇靚衫着又要死，試問我地的男人又點知佢嘅自殺根源。
（賈政點頭認為有理介）
（賈環一望寶玉心心不忿介口古）亞爹，金釧之死，孩兒頗知詳細，查實金釧自殺，都係自己作賤。
（賈政口古）環兒，你莫個含糊帶混，快些向我明言。
（賈環長句〔花〕下句）二哥愛風流，金釧人格賤，私情竟被娘親見，已把金釧驅逐出家園，離巢自覺無顏面，投井身亡事可憐。。若不是二哥挑引小丫鬟，金釧不至尋短見。
（賈政問當真果然介大怒一巴打寶玉花下句）畜生行為如浪子，膽敢摧花折柳在大觀園。。金釧一死事尋常，可恨門第家風被你來污玷。。（欲再打介）
（焙茗忙勸開替二爺辯護介乙反木魚）是是〔非非〕難分辨，二爺受責太無端，常言口舌好傷人箭。莫信三爺一面言。。（白）老爺，想二爺雖有憐香惜玉之心，並無摧花折柳之膽，老爺莫聽一面之詞，便對二爺重加責備。
（寶玉突然堅強地承認口白）亞爹，冇錯，金釧係我累死嘅（乙反木魚）痴心欲愛香鬟艷，痛恨娘親無理逐金釧，金井埋香留恨怨，恨無仙草活釵鈿。
（賈政大怒介白）畜生你招認了（花下句）貪杯不向瑤池醉，好色偏同敗柳眠。今時一怒衝冠，堂前家法懲淫亂。（喝二小廝白）將他帶下（隨二小廝帶寶玉同

下介）
（賈環回望焙茗一笑下介）
（焙茗焦急介花下句）待我急〔向〕夫人救助，免使二爺慘受棒和鞭。。（急下介）

——落幕——

第伍場

（子規啼一句起幕）
（寶玉背身睡下，王夫人坐床沿，四梅香一旁侍候）
（音樂輕聲奏着禪院鐘聲）
（夫人細心呵護白）寶玉，你好的嗎？冇事喇嗎寶玉。
（寶玉裝睡不應介）
（夫人白）唉，老爺又係打得太重嘅，好在老太君及時趕救咋，你而家見邊度唔舒服吖寶玉。
（寶玉仍裝睡不應介）
（夫人白）寶玉有乜事你好好地靜養吓，唔好胡思亂想呀，等一陣亞媽自然會使人送的精緻點心俾你食。
（寶玉一才大力將被蒙過頭介）
（夫人起身關目示意眾梅香白）而家二爺瞓着咗，不用你們侍候，快隨夫人下去。
（夫人與眾梅香下介）
（玉釧捧點心上西皮連序）賤婢懷恨痛，自憐命鄙怨無從，進來步履怱怱，愁恨與點心送，無心珠圍翠擁，小嬌花需防蝶與蜂，怨二爺招雨風，金井冷，葬落紅，無棺塚（放下點心見寶玉未醒台口白）自從家姐橫死，我不但對夫人憎恨，更把二爺怨懟，此際奉命送點心到來，本不欲再多留片刻，奈二爺酣睡未醒，倘若不告而行，又防夫人責罵，却又未敢驚破黃粱，教我如何方可。（台口徘徊介）
（寶玉醒來睡眼惺忪地唱西皮）乳燕葬身風雨中，淒涼萬種，眼兒惺忪，怕憶噩

夢，恨何重，乍覩玉人，輕步縱，撩亂五中，半斜柳翠，一抹嬌紅。（上前看真玉釧介）

（玉釧一見寶玉無奈冷然地白）二爺。

（寶玉熱情地招呼白）啊，原來係玉釧姐，坐喇。

（玉釧白）奴婢不敢坐。

（寶玉關切地白）啤，駛乜客氣啫，你亞媽好嗎？

（玉釧面帶怒容正眼也不看寶玉，半晌始回答白）幾好，有心叻。

（寶玉仄才白）玉釧姐，往日我地談笑多歡，此際相逢，何故對我冰腸冷面呢。（花下句）小樓昨夜驚風雨，堪憐小鳥困怡紅。。玉釧不解二爺愁，更令二爺添苦痛。

（玉釧依舊冷淡地白）今時不比往日叻二爺，（長二黃下句）恨在不言中，為怕言來多慘痛，一自桃花經雨劫，金井葬殘紅。。只見草木為愁，却未見痴人來哭慟。哀寒枝弱草，更何堪拗折任東風。。兔死狐悲，玉釧寧無所動。（傷感白）二爺，正是往者已矣。正好留與婢僕們一個警惕，小婢已將點心帶來多時，二爺好好受用罷喇。

（寶玉一才淒然介白）玉釧姐，一自你家姐投井身亡，我不禁肝腸寸斷，縱有龍肝鳳髓，也覺味同嚼蠟，唉，此情此景，難怪你對二爺心懷半怨，又誰知我有難言之慘呢玉釧姐（乙反中板下句）一段破碎情，積恨將誰訴，難隨愁雨，身化井上桐。。死者縱堪哀，生者亦堪憐，錦繡籠中，却受人管控。堪嘆夢難成，難盡衷心語，有淚酬知己，無路出怡紅。。（花）豪門專制復何言，傷心哭懷多情種。

（玉釧一才感動介白）二爺，咁我怪錯你咯。（花下句）玉釧未解人愁苦，忍見

二爺血淚兩交融。。盈胸恨，怕重撩，
對此孰能無感動。
（寶玉、玉釧相看淚眼不禁抱頭痛哭相思介）
（焙茗食住哭相思卸上覩狀忙上前攔開介
白）玉釧，你係唔係發姣，你重敢去勾
引二爺（長句花下句）莫怪小書僮，出
語來譏諷，玉釧行為真放縱，二爺不合
再戀花叢，怕見呢個姣婆遇着呢個風流
種，攬埋一舊，容乜易亂晒籠。。金釧
屍骨未曾寒，睇見你兩人我就毛骨悚。
（寶玉口古）焙茗，你講說話要小心的，我
與玉釧不過淚灑同情，並無不軌行動。
（玉釧口古）臭書僮，想我玉釧雖是身為奴
婢，但是頗知自愛，何堪你污言穢語，
玷辱花容。。
（焙茗冷笑口古）你頗知自愛，自愛到攬住
亞二爺咁自愛，我怕你重蹈覆車，一樣
弄到葬無棺塚。
（寶玉怒介口古）焙茗，我不許你如斯放
肆，你莫恃平時驕縱慣，三分顏色上
大紅。。
（焙茗花下句）你枉抱鏡花和水月，到頭花
月兩皆空。。縱使玉釧難以壓春心，二
爺也知皮肉痛。
（玉釧快點）羞慚不禁面通紅。。（花）步出
怡紅免受人譏諷。（下介）
（寶玉追介白）玉釧姐。（雙句）
（焙茗拉寶玉介白）二爺，你唔好害人害
物喇。
（寶玉憤無可洩打焙茗介口古）死肥鬼，
病肥鬼，你弄玉釧無地自容，鬧你又屘
聲，打你又手痛。
（焙茗口古）唉，二爺，我唔理你兩個攬乜
嘢都好喇，總之玉釧扯咗就安樂，你知
否樓前添耳目，我擔心平地起旋風。。
（寶玉重一才花下句）傷心未灑同情淚，無
力沖開錦綉籠。。哭金釧未寫悼香詞，
却恨寫下祭文都無處誦。（暈倒介）

（焙茗扶寶玉埋床呼叫白）二爺，噎吔二爺暈咗添，等我即刻去攞的藥油將他救醒，正是愁絕多情客，急煞小書僮。

（急下介）

（音樂起憶金釧引子）

（寶玉唱）棒下餘生，井下命送，情天缺憾莫縫，母兮太忍掄落紅，迫金釧一死我罪重，魂兮何去何從，死別吞聲，當知我恨痛。哭金釧傷心遍覓芳踪，空盼月夜逢

（金釧內場一句）陰風送落紅

（寶玉續唱）素魄渺渺那處踪，淒風苦雨閉花容，玉人不見郎悲慟（一才詫異介白）啊，耳畔之間，隱聽金釧聲吶，莫不是孤魂浮井底，今夕到怡紅。（四處尋覓呼叫介白）金釧金釧姐。

（金釧上唱漁村夕照）月遮星掩青烟乍起過綠叢，最驚柳影淡月搖魂魄，欲避無從，纖腰已慵無力駕陰風，傷心令落泉下痛，不驚雨冷，不怕露重，未回繡閣，為到怡紅，恨壓愁籠，金釧痛責薄倖郎現顏容。

（音樂回頭由起低奏托口白）

（寶玉一見心中大喜呼叫白）金釧姐（上前欲擁抱介）

（金釧冷然推開介）

（寶玉口古）金釧，我幾難哭得墓門開，何以芳魂未許郎偎擁。

（金釧怨恨地口古）哼，孤魂飲恨埋金井，因何從未見郎踪。（白）今夕魂歸，非為再聚餘情，不過欲細數個郎薄倖。

（以上口白口古不用鑼鼓只用音樂襯托）

（寶玉口古）唉，金釧姐，你怪錯我叻。

（乙反南音）花愁雨，蝶愁風，多情公子困怡紅。。鳳折鸞悲留恨痛，恨未追隨到井中。。豪門家法如山重，焉容我祭奠悼遺容。。

（金釧乙反南音）題碑有字無芳塚，遺賦何

曾落井中。。幾回欲向陰司控。控郎薄倖負情濃。。

（寶玉接唱催快）我殉情願把殘生送。

（金釧接唱）泉台難舉合歡盅。。

（寶玉接唱）願枉死城中長與共。

（金釧接唱吊慢）莫個來相哄，欺心神鬼亦難容。（拉短腔）

（音樂照上奏漁村夕照托口古）

（寶玉口古）唉，金釧，二爺一生不慣作欺人之語，不若我闖死階前，以表情深愛重。（欲闖死介）

（金釧攔介口古）二爺，我並不是索命無常，更何忍二爺殉愛，雖是金釧井下埋屍骨，未忍風飄桐葉到井中。

（寶玉白）金釧，此際我求生不得，求死不能，教我如何方可呢。（禿頭起漁村夕照）棒下餘生尚帶皮肉痛，忍聽倩女責罵連聲，多譏諷。

（金釧接唱）念郎你恩深愛重，一腔憂鬱已經盡掃空。

（寶玉接唱）只見媚眼秋波送，我願重吻花月容。

（金釧接唱）芳心蕩動軟語撩儂，令我怎生控，最是情難凍。

（寶玉接唱）笑伴雲鬟喁喁共語，芳軀擁抱手中，情醉怡紅。

（散更介）

（金釧一才傷推脱寶玉介花下句）未敢投懷長偎擁，為怕鷄聲啼起五更風。。孤魂未敢再望君憐，傷心血淚如泉湧。（傷感口白）二爺，我與你人鬼殊途，實難久聚，我不求宋玉招魂賦，但乞虔誠一炷香。唉，正是萬水同源，二爺何愁哭祭無地，你可以任何一個井，奉上清香一炷，祭奠孤魂，金釧雖死，感同生受

（說罷欲行介）

（音樂奏幽怨寶子托白）

（寶玉執釧手口白）金釧姐，既是萬水同

源，我一定把你芳魂哭祭，惟是姐姐與我話不多時，你又何忍便去呢姐姐。

（金釧淒然白）二爺，正是不離還需離，不別還需別，望二爺稍煞悲懷，莫個憂傷過度。（唱別離吟）離合每教天注定，二爺莫需掛念儂。

（寶玉接唱）傷心滿襟血淚紅，空有恨，情未補愛未縫。

（金釧接唱）金釧艷骨帶恨埋，游魂未許永伴從。

（寶玉接唱）怨聚少痛別多，哭地府隔萬重。

（金釧接唱）我願君莫教折害儂，徒然恨天心播弄。

（寶玉起鑼鼓唱戀檀二流）別怱怱，不勝淒愴淚影在眼中。

（金釧接唱）怨天公痴心一朝分散剩得恨滿胸，對君說聲珍重。

（寶玉接唱）難堪失愛寵，眼前各西東，地府怎相通，我甘以死殉愛重，猶勝相隔萬重。

（金釧接唱）罷了寶哥哥。

（寶玉接唱）罷了金釧姐……呀……

（音樂過序）

（金釧接唱）話別一聲淚暗湧，難堪悲慟……休望相逢……情已凍，魂歸海角謝君和淚送（下介）

（寶玉追逐金釧仆倒床上介）

（沖頭焙茗拈葯油上叫寶玉介白）二爺，二爺

（寶玉醒來四處覓金釧介叫白）金釧姐（雙句）

（焙茗白）我係焙茗，唔係金釧，唉，亞二爺你要保重至好呀。（花下句）你口中常把芳名喚，嗟莫艷影長留腦海中。金釧一死縱堪憐，望你少惹悲懷多保重。

（寶玉白）我明明見到金釧姐嘅（雙句）

（焙茗白）金釧死已多時，你喺邊處見到佢呀，除非係發夢嘅啫。

（寶玉白）我發夢（一才）啊，萬水同源——萬水同源。

（焙茗白）二爺，再莫語無倫次，胡思亂想叻，啊我有一件事，差的唔記得同你講添，明日係璉二嫂壽辰，我唔得閒服侍你，因為有好多功夫做（木魚）明日全家婢僕齊出動。款侍嘉賓飲宴中。你莫因一時無管控，便如小鳥脫樊籠。（白）老爺千萬囑咐，不許你四圍走動，倘若稍有行差，家法懲治。（木魚）老爺出語千斤重，二爺能不記心中，既是芳魂能入夢，何妨高臥效元龍。。

（寶玉白）明日係璉二嫂生日咩。（另場花下句）正苦脫身無妙計，眼前機會再難逢。明日離家哭祭井中魂，好把淚燭心香來獻奉。（對焙茗白）焙茗你講得啱，與其寂寞無聊，倒不若效元龍高臥。（埋床睡介）

（焙茗花下句）喜見二爺長戀衾和枕，好教焙茗一身鬆。。

——落幕——

第陸場

（開邊起幕）

（老尼姑上介念白）晨鐘驚覺岸，暮鼓醒迷津。老尼乃是水月庵主持，一世敲經長依我佛，適才有一少年男子，來此欲祭奠亡魂，他說道孽海沉，只為難逃情劫，為本我佛慈悲，待老尼入去多誦金經，望佛法指示俗子回頭是岸。（下介）

（沖頭）（焙茗四圍張望呼叫介白）二爺，二爺，二爺呀。（唱野馬跳溪（小快板））履曲徑殘花陰店棧去，市井奔，背街橫巷亦走盡，登山涉水費苦心，找遍找遍村鎮，一路一路追問，恨不見踪跡驚心，却因二爺遠方引，四處村莊不見下落真擔心。（七字清下句）急煞小焙茗，身負責千斤。。未見二爺心膽震。堪憐冷汗已渾身。。家家戶戶空查問。茫茫人海那方尋。。寶二爺，累我周圍搵。。失魂落魄到荒林。（花）羊腸曲徑少人踪，思念二爺愁莫禁。（白）唉，二爺千不該萬不該，乘着無人管看，私自出門，遺書一紙，說道去哭吊金釧，可奈字跡糢糊，倒不知佢何方去處，我真係唔忿氣，等我攞出嚟再睇真吓至得（從身上取出書信讀介白）萬水同源引，魂兮鑒我忱，離家偷哭奠，且借水（一才）虾，下面兩個字草到無法子睇得出。（想介）且借水……唔通二爺求人借水祭金釧（一才）唓，我焙茗就話要借水啫，二爺大把水駛乜求人借呀（抬頭一望介）呢處有間庵堂噃（讀橫額）水月庵（雙句）（一才再看手中書心所悟介）（快讀）萬水同源引，魂兮鑒我忱，離家偷哭奠，且借水月庵。。原來二爺嚟呢處，早知我唔駛搵得咁慘吖（花下句）兩字玄機誰猜破，水月庵驚醒夢中人。。得來全不費功夫，枉我踏破鐵鞋隨處搵。（入內介白）而依，乜入到嚟人影都冇個㗎，師傅那裏。

（老尼姑上介白）阿彌陀佛。

（焙茗口古）請問師傅庵內可曾來了一位少年，佢生得細細粒粒，官仔骨骨，面上有兩個酒凹，因為我有緊要事情將佢搵。

（老尼口古）無錯，庵內少年容貌與你所講無異，佢現在小憩禪房，吩咐不許人家干擾，你有何要事，可否由我轉達佢知聞。

（焙茗白）師傅乜佢唔俾人見佢咩，唉，師傅我係佢嘅書僮，多煩你入去通傳，你話焙茗到來尋搵，請佢立刻與我回家。

（老尼姑白）如此說敢煩少待（下介）
（焙茗等了一會不耐煩介白）乜二爺咁耐重唔出嚟喋，而依呢度有個井噃，我睇見個井，我就想起金釧之死，是令多情人同聲一哭，我焙茗亦是個有心人，既是萬水同源，我趁二爺還未遣賦悼亡，待我先把芳魂一祭，等佢做鬼都保佑吓我，雖是憑吊芳魂無寶燭，但有同情一點心。。姐呀夜台孤寂總堪憐，焙茗雖生你何多恨。（拉士字腔）（禿頭起戒定真香）花遭雨劫孽海永埋恨，真係痛心，芳魂若有知，休嘆今生已了，妄說他生可再續情份，不如盡心庇護人，為因我與萬兒相愛實有心，相憐同病，姐姐要庇佑免使長遺憾（傷心地白）金釧姐，我焙茗把你芳魂哭祭，既無酒肉復無香燭，只有眼淚〔兩〕行鼻涕一篤，望姐你魂兮尚饗（香雲讚蓋）觸景情傷悲不禁，滿胸忿表寸心哭祭亡魂，金釧井下可知我哭聲震（叩拜介）（落更介）（叩拜完白）而依，二爺咁耐重唔出嚟，若果我走入去搵佢，即係送俾佢打送俾佢鬧嘅啫，若果唔入去睇吓，有乜三長兩短，我又點擔當得起，咪嘞寧願穿煲好過叻（花下句）為恐二爺生意外，連忙走報眾家人。。（急下介）
（寶玉上唱主題曲）（另錄）
（畫部注意）（全場暗燈，音樂配恐怖效果，舞台上點點鬼火介）
（突然一粒大些鬼火從井中直飛上台頂介）
（全場燈光慘綠介）
（金釧替身面目猙獰可怖食住鬼火從井出來白）二爺，我好多謝你來哭祭我，你等一陣，我同你作〔最後〕一談。
（全場熄燈變天堂景介）
（金釧拈塵拂站中央兩旁眾仙女）
（眾仙女合唱一句反綫岐山鳳）背花神
（金釧載歌載舞禿頭唱反綫銀河會）天宮處

處歌聲震，翩翩試舞萬花襯，歸班仙子了俗因

（衆仙隨着金釧歌舞禿頭唱反綫岐山鳳）星燦燦，風清清，麗歌艷影，大家和唱仙韻，鳥爭唱，花芳芬，衆仙侶喜歡欣。

（寶玉食住衆仙女歌舞時上介）

（金釧發覺寶玉介白）何方俗子闖進仙宮

（寶玉看見金釧大喜上前介白）原來金釧姐羽化登仙，好咯，金釧姐，我係寶二爺呀，你認得我嗎

（音樂不斷覆奏）

（寶玉唱反綫銀河會）瑤池留俗客，暗喜再覩舊愛人

（金釧接唱）我是花神，君是生人，紅塵俗世情一朝泯

（音樂低聲一路奏下）

（金釧浪裏白）花神已滿紅塵劫，紅樓夢覺不留痕，二爺歸去也罷（欲下介）

（寶玉追逐呼叫介白）金釧姐（雙句）

（畫部注意）（熄燈變回原景）

（沖頭焙茗、賈環、玉釧、賈政、夫人、萬兒同上介）

（焙茗一見寶玉忙上前攙扶介）

（寶玉聲嘶力竭淚水于睫白）金釧姐

（焙茗勸寶玉白）二爺，而家老爺夫人、三爺等到來接你番去，而且佢地個個都同情你，諒解你，番去喇二爺。

（寶玉晦氣白）我唔番去（雙句）

（賈政搖頭嘆息介白）寶玉我怪錯你咯（花下句）今時深悔多頑固，不應重富更嫌貧。。你莫為金釧痛斷腸，更把嚴親來暗恨。

（賈環向寶玉道歉花下句）無心累你遭鞭打，莫怪弟郎口舌乞人憎。。從今手足莫生仇，此後我言詞當審慎。

（夫人口古）唉，寶玉乖乖同我番去喇，我知道錯咯，係我迫死金釧，等擇日請齊師姑和尚做功德，把佢亡魂超引。

（玉釧口古）二爺，我好多謝你咁愛我家姐，正是死生何足恨，難覓一知心。。

（寶玉一望焙茗介口古）亞爹我有一件事求你，我與金釧空留恨史，我希望你玉成焙茗與萬兒，莫使天下多情皆飲恨。

（賈政口古）好喇，既然焙茗與萬兒相愛，待我替佢地撮合婚盟。

（焙茗大喜介白）多謝老爺，多謝二爺。

（花下句）今生願作牛和馬，沒齒難忘報大恩。。多年好夢一朝償，焙茗心頭多興奮。（手拖着萬兒歡笑介）

（寶玉仰天慘笑白）金釧姐，你犧牲得有代價，你睇焙茗與萬兒幾快樂。

（再變景介）

（金釧與眾仙女合唱反綫岐山鳳由星燦燦起至喜歡欣止）

（寶玉花下句）一段紅樓金井夢，怡紅花月總留痕。。

尾聲、煞科、辛苦各位

——落幕——

一九五六年首演，泥印本，歐奕豪先生私人收藏。

潘一帆

血掌殺翁案

演員表*

馮二叔
馮小燕
古家賢
胡三姑
徐劍琴
楊寶蝶
胡浪萍
古靈貞
古漢卿

* （編者案）：本劇首演之演員資料從缺。

第一場（兩邊門口連路景）

（衣邊華麗馮家門口，雜邊破落楊家門口，兩門均貼春聯）

（開邊起幕）

（快沖頭）（馮二叔上介白欖）人賭錢，我賭錢，點解賭來賭去賭唔掂，成世差一口，激到我嘔電。輸極終須有日贏，實行趕注來作戰，我個死鬼大佬剩落有身家，死鬼大嫂跟埋去閻王殿，衹剩姪女馮小燕，孝順非常性溫婉，芳年正及笄，尚未成婚眷，視我為生父，我將佢家財騙，無謂講咁多，趕起注嚟好似一枝箭。（入衣邊門口快云云拈字畫閃縮上介花下句）偷幾幅名人字畫來賤賣，希望跟紅頂白贏番二三千。。連忙去攻打四方城，如果夾疊番紅，我都唔曉計算，（雜邊下介）

（小鑼相思頭）（胡三姑挽食格籃上唱賣相思）我做媒人夠手段。最識拉綫，呢啲有本生意衹靠亂胡言，夠晒，大話，將雙方起勢咁點，有蜜語甜言，撮合姻緣，（長花下句）講起我份人，真命賤命硬尅夫無可怨，寡母婆守仔估話享番收尾個兩年，點知個衰仔夠牛王，十五歲就離家苑，可恨佢五年來絕無消息，真使我無限心酸。無奈為生活，賣珠花，出入富戶豪門，有陣替人揸大葵扇，（白）唉做人要做講現實。做媒人要腳步密。我三姑好人緣，週圍蹺一蹺。撈世界要醒目，有錢就唔過得日。搵錢講碰頭，好在我行得又趯得。好，週圍貢吓先，希望搵番筆。（衣邊路下介）

（慢板序）（古家賢，馮小燕攜手上介）

（小燕慢板下句）杏眼暗窺郎，春心如蕩漾，含情脈脈，禁不住相愛，相憐。。

（家賢慢板下句）攜手並香肩，並頭親粉面，相印心心何日得諧美眷。

（小燕口古）賢哥，唔係我唔答覆你，你都知嘅啦，我自小父母雙亡，得二叔將我提攜撫育，惟是佢為人性情頑固，勢利非常，目中衹有金錢，而且貪而無厭。

（家賢口古）我知，想我古家賢乃世家子弟，雖非富比石崇，但亦薄有資產，無愁凍餓，你嫁咗我之後，亦可田園終老，唔知你二叔有乜要求呢，如果係要生養死葬嘅，就算清茶淡飯，都可以奉養佢天年。。

（小燕長嘆介白）唉，如果我二叔係咁循規蹈矩嘅，就乜野難題都無啦（長花下句）命薄似桃花，飄零如孤燕，父母雙亡無溫暖，不仁叔父極專權，雖有家財遭霸佔，佢更不事人生產，更視我作樹可搖錢，我無父母，婚姻當賴媒妁之言。。（一才）否則難成婚眷，

（三姑食住此介口卸上見狀偷聽介）

（家賢中板下句）我地愛正深，情正熾，當

效那好月，團圓。。郎是有情郎，花是有情花，我但願名花，早佔。記否在花陰，盟心指月願情天成就，好姻緣。。

（花）我歸去求老父，亦懇叔台，當請冰人撮合鴛鴦眷。

（小燕一才羞介白）唉吔，咁醜，番去點對我亞叔講。

（家賢白）唔怕哩，你番去嚤肯你二叔，我亞爹好易商量嘅啫。

（小燕白）唔得哩，好醜㗎嗎。

（三姑上前介白）馮小姐，如果你怕嘅，等我同你亞叔講吖（柳搖金）你使乜怕醜，等三姑揸大葵扇成就你好姻緣。

（序）

（小燕插白）唉吔，俾三姑聽倒鬼咁唔好意思添，

（家賢接唱）小燕，你使乜紅霞遮粉面。

（三姑攝白）難怪，女仔之家梗係怕醜㗎馮公子，

（小燕接唱）又羞，又喜情懷亂。

（家賢攝白）如果三姑你同我做媒人，我就多得晒你叻。

（三姑接唱）我來問你，你地情愛是否能專。

（家賢攝白）我真係好鍾意佢㗎。

（小燕點頭羞介）

（三姑續唱）既係相愛，我又何妨扯綫。

（家賢接唱）又妨，二叔頑固又權專。

（小燕接唱）三姑包講掂。

（三姑接唱）你無謂怕，我一于包你共諧鳳鸞。

（家賢白）咁就拜托晒叻（口古）如果我能夠同亞妹成婚，我實行封一封大利是俾你，以作謝媒恩典，

（三姑口古）咁我又唔係幾想叻（介）我想你娶佢就娶埋我（一才）你咪慌定先咋，老實對你講啦公子，我做寡婦婆守大咗個仔，點知佢一去無踪，我又年事

已老叻，有仔等如冇仔，人地買燒肉都
搭骨，班主訂老倌都要認柜枱啦，你唔
係認我做鬼囉，望公子你格外垂憐。。
（小燕口古）賢哥，三姑嘅人人事唔錯㗎，
我同佢大家都冇人有物，好應該同情吓
佢嘅，以你嘅環境絕對不成問題吖，因
為呢段姻緣，要靠佢磨利把嘴，然後至
講得掂二叔嘅。
（家賢口古）好啦，冇所謂，多個人多雙筷
啫，祇求燕妹你喜歡，我乜野都可以答
應你嘅，望三姑你替我把婚事成全。。
（三姑白）得，包在我身上，（花下句）公
子你歸去向高堂稟命，擇日擇個良辰吉
日結姻緣。。等我同小燕返去攞個八字
年庚，同佢亞叔講到掂。
（家賢喜介花下句）但願情天方便，意中人
結意中緣。。先納采，報佳期，珍重一
聲回家苑。。（叮嚀後下介）
（小燕花下句）偌大家財遭叔敗，我母祇遺
飾物留下作粧奩。。雖則好女不論嫁粧
衣，我什襲珍藏為紀念。。
（力力古）
（二叔上介）
（三姑口古）恭喜你叻二叔，你個好姪女
物識得一位如意郎君，佢係東村古員外
個仔叫做古家賢，雙全才貌，而且薄有
家財，佢托我做媒人喎，亞小燕亦有
咁大個女咯，你好應該為佢終身幸福打
算。吖，
（二叔一才白）咁呀（快仄才台口口古）本
月我一心番嚟趕注嘅，既然小燕搵好頭
主叻嫁鬼咗佢費事養啦，越快越好，一
嫁咗，我即刻賣埋間屋，我都荷包脹
脹叻（介）好啦，本來二叔好唔捨得你
嘅，唯是你有咁大個女叻，我樂得把你
婚事成全。。
（三姑沙塵白）嘩，小姐，我一斟即妥，都
算好野啩（上前口古）二叔，既然你贊

成呢段婚事，咁你即刻入去寫咗亞小燕個八字年庚俾我啦，男家個便好易商量嘅咋，一拈年庚過去就即刻納采嘅叻，日子我都同佢地擇過嘅叻，十日後就係黃道吉日，最利婚姻嫁娶，你好應該早為方便。

（二叔口古）應該到極啦，女大不中留吖嗎，記得你舊年去杭州睇龍船，遇着一班狂蜂浪蝶，如果唔係得個位好漢救你，你就受人欺負叻，好啦，早嫁早着叻，亞二叔都好同意你呢段好姻緣。

嘅

（小燕這個花下句）花香惹得狂蜂蝶，幸有護花人在，救青蓮。贈我紅鸞帶，往事未忘懷，何日把鸞帶還人酬恩典。

（三姑白）唔好講咁多叻，快地一齊入去寫年庚罷啦，（仝入衣邊門下介）

（徐劍琴，楊寶蝶（俱着素色衣服）正面路上介）

（劍琴乙反戀檀板面唱）日怨和夜怨，我實太卑賤，書生胸有萬書卷，那得去換錢，

（寶蝶接唱）郎莫怨，你是個好青年，我亦嘆卑賤，孤單身世堪憐父母歸天，家破落，恨倍添，

（劍琴接唱）兩般身世倩誰憐，空有彩筆字萬篇

（寶蝶接）枉我洗衫去換錢，

（劍琴接）怎得成屬眷，

（寶蝶接）負了痴心文鸞，

（劍琴長二黃下句）幾回搔首問情天，筆墨生涯貧且賤，青衫紅袖，兩相憐，記得一朵春梅曾早佔，妹呀，你已桃經結子，苦煞呢個落拓文鸞。自愧無術點金，何日得酬素願。

（寶蝶長花下句）君你阮囊空，奴亦慚靦覥，荳蔻胎含羞滿面，又怕出醜在人前，及早成婚，否則無顏面，深悔一時

浪漫，結孽緣。。

（三姑拈年庚劍琴長二黃時卸上見狀偷聽介）

（寶蝶花）我倆無父母，亦當有冰人（一才）苟合無媒人鄙賤。

（琴白）唉，鬼叫我地窮咩，到咁嘅田地，鬼肯同我地做媒人咩。

（三姑上前白）亞蝶，聽見你地咁講法真係非結婚不可叻，個肚唔同你爭得氣嘅。

（寶蝶白）就係咁至死吖三姑，

（三姑白）啋，大吉利是過你，我見你兩個講得咁凄涼，等三姑同情吓你，做番齣好戲啦，（長花下句）我正式係大話媒人，最拿手揸大葵扇，正想話收山，以後唔替人搭綫，諗落講埋咁多大話，應該顧住收尾個兩年。聞得你地苟合無媒，惹起我同情念，所以我甘心報效，你地雖無父母命，亦有媒妁之言，因為你小姑未嫁已懷胎（一才）替你為媒，免受人看賤。

（劍琴口古）咁就多得你叻三姑，不過咁噃，我地結婚費用難籌，所以相對凄涼，愁眉不展，

（寶蝶口古）係囉，唔怕失禮講句叻，亞琴哥賣字為生嘅，舊年年尾，雖然寫咗好多揮春，都係僅堪糊口啫，我呢份唔講你都知嘅啦，替人洗吓衫，補吓衣服，搵得幾多啫，到而家乜都冇，雖然你肯幫忙我也是枉言。

（三姑一才白）咁呀，真係乜都冇（介）唏，唔怕，衹要你租得起一頂青衣轎，就有辦法叻。

（寶蝶白）點解呢，

（三姑禿頭中板下句）我唔怕老實講你聽，你對門馮氏十日後嫁去東村，我替你扭六壬，一齊搭檔成婚，咁就可能，樣樣都慳番啲錢。人地就鼓樂喧天，吹起啲啲吖吖，你就跟埋，係尾後，都有權。。（花）一切都搭檔靠黐，呢個辦法

就最妥善，

（劍琴白）係啫，唯是我想租頂青衣轎都租唔起呢。

（三姑一才白）咁慘，咁你真係窮到燶咯，好啦，等三姑報効埋你係啦（介）噑，新十五人地就結婚咯噃，到時我會租埋頂轎嚟嘅叻，亞蝶你千祈唔好失場呀吓（介）

（劍琴白）咁就多得晒你叻三姑，（過大橋）深深一拜你義似天，言共諾，望約踐。

（三姑接）三姑睇見你實眼冤。出于誠心不欺騙。

（寶蝶接）你寧舍慈祥實罕見。你寧舍同情真罕見。

（劍琴接）蒙你成全得共美眷。感恩當不免。

（三姑接）你地冇錢，照我嘅計謀極化算。

（寶蝶接）最弊冇錢

（三姑接）若果冇我就點打算。

（劍琴白）冇你真係唔知點算好叻（花下句）望三姑你為人為到底，送佛送到上西天。。受人恩永不忘，終有日酬還你恩典。

（寶蝶花下句）所謂得人恩澤千年記，謝媒唯有待他年。。時已夜，君你莫多留，早回家苑。

（三姑白）我都走叻（花下句）我重要埋啲手尾，拈啲年庚八字往東村。。忙告別，你地要緊記佳期，我當為你舖排妥善。

（劍琴白）我陪你一齊走啦三姑。

（三姑白）同唔同路呀，

（劍琴白）我送到你涼亭分路就啱嘅叻，亞蝶妹，你都早啲抖啦，（與三姑同下介）

（寶蝶花下句）天賜冰人來助我，雖貧猶可結良緣。。得遂月下鴛盟。禁不住春風滿面（雜邊門口下介）

（快七才）（胡浪萍上唱下句）飄零五載燕歸旋。。慈母遷居（花）祇得叩訪玉人庭

苑。（拍門介）

（二叔衣邊門口開門上重一才快仄才關目介口古）呢位好漢貴姓尊名，到訪何人，請你言明一遍。

（浪萍口古）老人家，我姓胡嘅，去年五月在杭州救過一位馮小燕，佢曾把地址留下，我亦將紅鸞帶相贈，今日特來拜訪，欲與佢同結意外良緣。

（二叔一才台口白）啐，隻癩蝦蟆想食天鵝肉噃，咪拘，（上前口古）真係對唔住叻好漢，你來遲一步叻，因為我姪女經已嫁咗人叻，佢兩夫妻去咗京師做生意喎，並無地址遺留，姻緣嘅野真係由天註定嘅，有負好漢你情心一片。

（浪萍重一才失望口古）既是名花有主嗟福薄，算咯，我阿媽又不知遷居何所，我不若再往江湖混跡暫從權。

（二叔白）去搵路數賣埋間屋先，對唔住叻好漢，我要去一去街，請呀（下介）

（浪萍花下句）遊子歸來難覓母，情場失意不願再留連。。（下介）

（四鼓頭熄燈，焗燈打出，十日後，着燈介）（狂風暴雨介馬步吹）（三姑特傘領大妗二人，花轎一頂，青衣轎一頂上介）（花轎擺雜邊）（青衣轎擺衣邊）

（三姑手忙脚亂分邊拍門催促大聲白）亞燕呀，好上轎叻（介）亞蝶呀，趕風趕水去嫁叻

（馬步吹，狂風暴雨效果混一片介）

（食住馬步吹小燕，寶蝶分邊同上介）

（小燕捧首飾箱）

（三姑心急白）你地重唔上轎（雙）（于混亂中推）

（小燕上青衣轎）

（寶蝶上花轎）

（三姑白）快的起程介

——食住紛亂中冚幕——

第二場（荒郊正面涼亭景）

（劍琴擔破傘手持海青一件縮瑟在涼亭上企幕）

（排子頭起幕）

（狂風暴雨效果介）

（快云云）（劍琴下涼亭東張西望完長花下句）怯風狂驚雨暴，徘徊眺望藍橋路，佳期已卜賦夭桃，富者迎親排場好，獨憐貧者，猶幸得那月老匡扶。謝月老，是個有心人，替我撮合鴛鴦譜，何以彩轎似未到（白）風越吹越猛，雨越落越大，唉，蝶妹又粗身大細，衫佢都唔多件㗎，唔知有冇冷親佢添㗎，陰功，冇法叻，我祇得一件破舊棉衣，自己唔着，等佢嚟俾佢着喺啦，個天都已經黑齊叻，都怕就快到嘅叻，唯有等吓佢喺啦（徘徊介）

（馬步吹）（三姑擔傘領二大妗青衣轎，小燕，花轎，寶蝶同上介）（收掘）

（三姑白）咁大風雨，埋去涼亭大家休息吓先，

（轎伕將轎抬入涼亭介）

（劍琴大喜介先鋒鈸介白）到咗嗱三姑，

（三姑指青衣轎白）喺，你亞蝶唔係坐响青衣轎囉，唔通重坐花轎咩，

（劍琴白）係嘅係嘅（埋青衣轎拍門介口古）妹妹，難為你叻陰功，我等咗你好耐嘅叻，你快的開轎門啦，恐防冷壞嬌妻，我把棉衣送到。（白）嗱我送入嚟俾你喇（由轎窗遞海青入介）

（小燕拈海青先鋒鈸下轎介）

（重一才小燕，劍琴關目介）

（三姑台口白）冤得佢吖，真係冇眼睇呀，

（小燕怒介口古）咪，妹妹聲，邊個係你個妹呀，我穿紅着綠，駛乜着你件爛棉衲呀（一才擲海青于地無意中見青衣轎介白）哝，點解會俾頂咁嘅衰轎過我坐

（先鋒鈸拉三姑續口古）三姑，你攬乜

鬼呀，我話晒都係千金小姐噃，點解要我坐青衣轎咁糊塗。。

（劍琴拉三姑口震震白）三……三姑，咁……咁咁我老婆呢

（三姑一才愕然白）吓，你老婆？咁咁咁咁唔係上咗轎囉，

（小燕先鋒鈸執三姑怒白）要我坐青衣轎，乜野道理（雙）（禿頭起秋的懷念略快唱）我甚牢騷，你為月老，苛刻新抱，破轎兒我問你點坐，要打破你頭顱，你貪心開假數。（欲打三姑介）

（劍琴執三姑接唱）喂，借問我個嬌妻，乜踪影乜全無。

（小燕接）我鬧句三姑，因乜騙奴奴。（兩頭拉三姑介）

（三姑接）你的似拉伕，啲胼骨俾你亂噉，我確係大烏龍，上錯花轎真冇譜。咪難為月老。（白）對唔住，正話大風大雨攪錯咗啫，換過，亞蝶，你出番嚟俾番我地小姐坐（開花轎門介）

（劍琴扶寶蝶出介）

（三姑白）亞蝶，你坐番個頂啦（介）請小姐上轎，

（寶蝶白）對唔住叻小姐，因為大風大雨坐錯咗啫

（小燕白）唔關你事，一日都係個衰肥婆（花下句）若不中途歇息，豈不是要我嫁錯門盧。。此後你凡事小心，待我再上轎兒，免把良辰虛渡。

（三姑白）原諒我啦小姐，下次唔敢係啦（一才）

（小燕白）怕咗你叻三姑，講多錯多，即刻起程罷啦（上花轎介）

（三姑白）好叻蝶，你地貴客自理叻，我地起轎，（與小燕，花轎，二大妗，馬步吹同下介）

（劍琴白）頂轎四面入得風嘅噃，等我想辦法擋住的風至得（拈海青埋轎前一才

發現首飾箱慢慢捧起以海青冚住閃縮開台口白）蝶呀你埋嚟（揭箱一看大喜口古）嘩，呢次整定我地發達叻，原來個首飾箱裡便咁多珠寶金銀嘅嘢，點解頭先個位小姐又睇唔倒，而俾我地發現嘅呢，梗係天公可憐我地太窮叻，所以天賜橫財，免使我夫妻窮途潦倒。

（寶蝶口古）咪咁大聲啦琴哥，免至俾啲轎伕聽到，呢次好叻天賜橫財，以後我地就斬斷窮根叻，希望你將呢筆錢善于運用，安置好我之後，你大可以利用佢赴考上京都。。

（劍琴花下句）妻呀，我將你善為安置，然後博取錦綉前途。。去去去，莫留連，你謹慎收藏忙就道（交箱與蝶介）

（寶蝶捧箱花下句）天賜奇珍異寶，助我新建家廬，（上轎介）

（劍琴白）抬轎大叔，唔該你地起程啦，

（四轎伕由夢中驚醒介白）哦，求先個肥婆三姑話你地去北村㗎嗎，錢都俾咗嘅叻

（劍琴白）冇錯叻，起程拉（介）依，冇啲吖佬添，冇法叻，等我撈埋啦（以口喃馬步吹與轎伕寶蝶同下介）

——落幕——

第三場（華麗房景）（幕序三月後）

雜邊立體門，衣邊大帳，正面窗口。

（惜花企幕舖床疊被介）

（銀台上一句起幕）

（惜花白欖）我地公子已新婚，個位少奶甚好人品。新婚三月來，夫妻恩愛甚，我地老爺是富翁，大把家財將日隱，自從少奶入咗門，老爺叫佢管理財權好信任，對世事早已不聞問，祇望公子行官運。聞得不日往京華，全家皆慶幸，最衰亞四叔公，個人唔立品，為人無德行，以前老爺叫佢管家財，聞得數目好糊混，自從移交俾少奶，佢對少奶無好

感，我都無謂講咁多，做下人應該守本份，守本份，

（老鼠尾）（家賢，小燕，携手同上介）

（家賢唱）惜別恨，傷別恨，別後莫唱離鸞恨

（小燕接）夫君去，此後惆悵別離心，

（賢接）且說離言安慰玉人，

（小燕接）且往長亭歡送行人，夫君夫君我為郎又綉了鴛鴦枕，離別向夫君贈，

（家賢長二黃下句）正是燕爾新婚，此際遭逢別恨，驪歌一曲，暗銷魂，此去京華為赴任，妻呀，你莫為郎憔悴，再莫記花月留痕。。又何必綉鳳描龍，偏向離人餽贈，

（小燕花下句）綉得鴛鴦同命鳥，願郎早睡入夢魂。。宵宵魂夢慶相逢，綉枕贈君，永記情和份。（白）等我攞埋對鴛鴦枕俾你睇吓，綉得好唔好（同入房取枕交家賢揮手令惜花下介）

（家賢慢的的看看讚讚念白）祇有天孫能織錦。鴛鴦綉枕（介）長慰別離心。。（雨打芭蕉）枕綉鴛鴦，慰藉離鸞多少恨，

（小燕接）慇慇懃懃，忙奉勸一句，檀郎你此去別矣相思困

（家賢接）銷銷魂魂唯望愛妻你，毋惆悵，相思一縷入夢魂

（小燕序）又怕相思難尋夢裡人，

（家賢接）細喚句夫人，代我堂前侍老人，

（小燕接）我當為檀郎孝于親。

（家賢接）妻愛夫君，我離巢無愁困。

（小燕接）東去伯勞，西飛燕。離別最銷魂。夫君應記舊瑤琴，（序）

（家賢接）嘆鴛鴦分散奏別韻。郎心難復向別引。

（小燕接）路柳牆花將君引。怕你嬌花寵柳盡忘舊約盟

（家賢接）我不會忘情忘情貪新，我難忘閨訓。

（小燕接）但願無負心。
（家賢接）敢誓無異心，
（小燕接）難得愛郎咁真心，
（家賢接）相愛總要相分，
（小燕接）淚向腮邊印。
（家賢口古）妻呀，你莫怨夫婿覓封侯，以致淚零脂粉。
（小燕口古）郎呀，我亦知男兒當遂青雲志，無奈新婚才三月却為名利兩相分。
（力力古）（古靈貞（手有六指特徵）拉古漢卿仝上介）
（漢卿台口口古）孖指四，拉得我咁頻輪做乜野呀，有乜野事情咁要緊。
（靈貞口古）哦，你唔記得嗱老大，姪老爹今日上京赴任吖嗎，尾渡都就嚟開叻，姪老爹俾個姪新抱冤住佢，快地催佢起程啦，免致難為埗頭個班送別嘅親朋。
（漢卿一才白）係噃（拍門介）亞賢
（家賢白）請入嚟啦爹

（漢卿，靈貞同入房介）
（小燕參見介白）參見老爺，參見叔公老爺
（漢卿口古）家嫂，好心你勸吓亞賢早啲起程啦，尾渡都將近開身叻，你地乜都傾夠啦，難為個班歡送嘅親朋候等。
（靈貞口古）老大，你都夠唔係啦，姪新抱入咗門正話三個月之嗎，新婚夫婦未免唔恩愛啲嘅叻，忽然個丈夫要上京赴任梗係難捨難分。啦
（家賢白）佢都催我起程嘅叻爹，
（漢卿花下句）仔呀，古家雖富無祿位，媳婦好應勸勉郎君步青雲。。為門第，為家聲，不應眷戀兒女私情，忘赴任。
（小燕這個花下句）聽罷老人一席話，上前奉勸愛郎君。。祝你光門第，振家聲，莫再留連早上任。
（家賢快點下句）男兒壯志步青雲。。不盡叮嚀（花）妻你侍奉高堂存孝行。（云云叮嚀介）

（靈貞慫恿漢卿催促起程介）
（家賢無奈別下介）
（漢卿，靈貞隨下介）
（小燕哭相思介花下句）本欲送君長亭別，
無奈家翁催促未成行。。心欲隨君去去
未能，衹有揮手揚巾悲莫禁。（埋位介）
（落更介）
（小燕坐立不寧埋帳睡介）
（二更介）
（大門邊）（浪萍（夜行裝）從正面窗口跳落介）
（萍台口長花下句）舊燕欲離巢，江湖重
厮混，妙手空空圖解困，重施故技盜金
銀，鼓報二更寒夜近，好趁鳥眠花睡，
偷作夜行人。來富戶，入豪門，不須投
石將路引，（摸更鑼鼓盜竊介）
（小燕由夢中驚醒一手執住浪萍叫賊介）
（浪萍連隨以手揞小燕之口以插仔威脅介）
（慢的的小燕，浪萍同關目介）
（小燕驚叫白）哦，乜你呀，
（浪萍詫異白）依，原來你呀，
（小燕口古）原來呢梁上君子竟是當年護花
人，我真係估唔到你好眉好貌而你嘅行
為卑鄙甚。
（浪萍一才慚愧介口古）唉，馮小姐，所謂
落拓莫問根由，你估我一出世就三隻手
嘅咩，無非都係為環境壓迫啫，就係我
估估唔到呢位豪門貴婦，就是我當年相
救嘅釵裙。
（小燕口古）環境壓迫？我以為你無謂對我
文過飾非叻，試問天下間做賊嘅，有邊
個唔係話為環境壓迫呢，算叻，我馮小
燕為人恩怨分明，究竟你有乜困難，你
唔怕對我坦白講吖，唓，你使乜驚啫，
我斷唔會恩將仇報嘅，希望你能夠改過
自新，盡我嘅能力嚟幫助你，人誰無過
呢，衹要你革面洗心，當可博得前程
似錦。
（浪萍口古）革面洗心？唉，我自悔當日錯

入歧途，十五歲便在江湖混跡，家貧失教，才與匪徒為伍，小姐，我今晚在你跟前出醜，你教我改過自新，我好感激你，你幫忙我都唔需要叻。祇希望你交回鸞帶，因為今時唔同往日，我更愧無面目見故人。

（小燕白）紅鸞帶（這個台口長花下句）恩可感，情可憫，救護深恩猶未泯，酬恩當報護花人，鸞帶留存還君贈，自當珠還浦合，更把恩義還人。。待我取鸞帶（先鋒鈸埋床下之暗柜取帶介）再贈黃金（一才）祝君覺岸回頭須振奮。（交鸞帶及黃金介）

（浪萍拈鸞帶及黃金慢的的感動介）（反綫中板下句）鸞帶還珠，黃金為我贈，愧難消受美人恩。。一語醒迷途，覺岸嘆前非，你不愧是我知音紅粉。革面洗心，自新來奮鬥，謝你一言驚醒，呢個夢中人。。（花）憑鐵臂（一才）與銅拳（一才）覓取錦綉前程，不敢接受黃金贈。（交回黃金介）

（小燕花下句）黃金不是酬恩物，聊作盤川贈故人。。敬君高義救娥眉，報恩豈無餽贈。（再交黃金介）

（靈貞食住此介口卸上台口白）學人揸莊，而家一壳繞起，搵姪新抱度水至得（欲入一才見狀止步在窗口窺望介）

（浪萍接金慢的的感動介口古）小姐，三月前我故里重歸。本來我想搵老母嘅，豈料一別五年佢早已遷居，後來到訪小姐香居，才知你出閣多時，現在我母子分離，我要咁多黃金有乜用呢，祇求多少川資，我便天涯遠隱。

（小燕口古）胡壯士，我經已羅敷有夫，而且我夫郎對好好㗎，佢亦上京赴任，我家翁亦對我慈祥和藹，家雖非富甲一方，亦有不少產業，你唔駛客氣，多少黃金所值幾何，須知黃金未為貴，我地友誼可貴，聊表我寸心。
（靈貞見狀台口白）嘩，盲佬貼符喎，呢個
梗係佢情夫叻（復埋窗口望介）
（浪萍台口花下句）鸞帶不成同心結，感嬌
贈我以黃金。。香閨地，怕多留，珍重
一聲盼有重逢之幸。（白）請呀，
（小燕白）好俾心機發奮做人啦，
（靈貞在窗外大聲白）賊呀，
（浪萍聞聲大驚，遺下鸞帶越窗而逃下介）
（小燕聞聲驚至手忙腳亂介）
（靈貞先鋒鈸入房拾起鸞帶獰笑介口古）
哼，姪新抱你都算好膽叻，我個乖姪
佢正話離家。你便勾引情郎（一才）哈
哈，精嘅你就交出夾萬鎖匙，買通呢
個叔公老爺啦，否則我把你穢史宣揚，
（一才）呢條紅鸞帶在我手中（一才）証
明你偷漢行為（一才）你難免被豬籠浸，
（小燕倔強口古）叔公老爺，你咪以為揸
住紅鸞帶就可以威脅我（一才）自問我
問心無愧（一才）你想我交出夾萬鎖匙
咩，除非家翁親口吩咐我將財權交出
（介）否則萬萬不能。。
（靈貞一才大怒白）唉吔，水浸眼眉都唔知
死咪，好，俾啲利害你睇吓至得（向內
場大叫介白）賊呀賊呀捉賊呀，
（力力古）（漢卿領四護院武師持刀棒，三
姑，惜花，家丁持繩索上介）
（漢卿先鋒鈸執靈貞口古）老四，盜賊現在
何方，快快說明，好待我馬上追踪，向
何方遁隱。。
（三姑口古）少奶，個賊而家走去邊處，
快啲講啦，等我帶埋全家打手僕役兜截
強人。。
（靈貞冷笑口古）追鬼追馬咩，老大，你
估個賊係邊個呀，原來係姪新抱個情夫
（一才）因為我路過香閨，聞得佢地在
房中細語喁喁方才被我大喝一聲，姦夫
越窗而去，留下紅鸞帶一條，証明係佢

出紅杏。

（重一才）（眾人同關目，武師，僕役同喝呵介）

（漢卿喝白）咪嘈

（小燕口古）老爺，請勿聽叔公片面之詞，視儂作楊花水性，四叔公無非向我索取夾萬鎖匙遭儂峻拒，所以佢將媳婦誣諂，含血噴人。。

（靈貞白）我有真憑實據㗎老大，你睇吓吖，（交紅鸞帶與漢卿介）

（漢卿接看大怒頓足長花下句）鸞帶可為憑，此是男兒用品，由此証明你係出牆杏，夫郎一去你便會情人，敗壞門風殊可恨，我估道你是個賢良媳婦（一才）誰料你竟是淫賤之人，憑鸞帶，可証你有情夫（一才）為保家聲，要將你無情驅擯。（三批介）

（小燕水介花下句）口食黃連心內苦，（一才）如山鐵証碎儂心。待我言真相（先鋒鈸一才欲言又止）又不忍累恩人（一才）欲語無言還強忍。

（靈貞面有得色冷笑白）嚀，冇聲出叻啩，你重有乜好講吖，趕佢扯罷啦老大，

（擔櫈奉承介）

（三姑木蘭從軍）乜你忍氣將聲吞，我聽見心都唔忿，小姐你勿強忍，快些說下文。跪向堂上訴真恩。可以平怒憤。

（漢卿重一才怒白）你條紅鸞帶點得嚟嘅，你快啲講。

（小燕跪下乙反中板下句）含淚更牽衣，淒涼重泣訴，訴出絮果蘭因。。去歲在杭州，花艷惹狂蜂，祇為看賽龍奪錦，浪子太猖狂，獵艷圖輕薄，猶幸我得遇一位護花人，佢奮勇退狂狙，更贈我鸞帶留存（花）佢此來無非討還贈品。

（靈貞白）咁嗒（花下句）欲把鸞帶討還，點會來綉閣，（一才）分明是個舊情人。。佢遲不到，（一才）早不來（一

才）分明有曖昧行為，大哥你毋信任。
（漢卿重一才力力古抛鬚火介一才起手托
唱）一語令我火燒心，
（靈貞接）我睇見佢地行動太糊混。
（小燕接）請莫誤信佢另有居心。
（三姑接）我地姑娘點會在此會情人。
（靈貞接）大哥你實行要將佢（　）。
（漢卿火介快點下句）花言巧語騙誰人。。
觸犯鄉規豬籠浸。為存聲譽趕賤人。。
（花）限你即晚離家（一才）難容此出
牆紅杏（白）快啲交番條夾萬鎖匙俾我
（介）我嚟話俾你聽呀，你立即要執定
包袱呀，本來拉你上祠堂用豬籠浸嘅，
不過為着我個仔初入官場，恐怕影響
佢嘅聲望，所以就趕你扯，限你最遲
五更天就要離開我嘅家門，如果我到時
嚟重見你係到嘅，我實用掘頭掃把拍你
扯呀。
（靈貞白）老大，求祈趕咗佢扯，寫封信通
知姪老爹，唔係算囉，駛乜咁嬲啫，睇
你嬲到手騰脚震，快的俾條鎖匙等我同
你保存啦，唔係跌咗添。
（漢卿一才白）我有分數，跟我番出去。
（靈貞作失望狀喝僕役等介白）你地番出去
（慇懃扶漢卿下武師僕役隨下介）
（小燕哭相思介）
（三姑安慰介口古）唉，小姐，到呢個時
候喊都唔係辦法嘅，本來你可以番外家
嘅，最衰你個爛賭二叔連屋都賣埋，不
如咁啦，暫時去我屋企住住先，然後至
寫信解釋少爺，將佢消息來等候。
（小燕咽口古）唉三姑，到呢個時候，我都
毫無主宰咯，你話點就點啦，唯有見一
步時行一步，嘆一聲飛來橫禍，都祇為
兩字酬恩。。
（四更介）
（三姑白）唉吔，四更叻，等我即刻去執埋
包袱同你一齊走罷啦小姐，你都好快啲

準備咯嚅（下介）

（小燕重一才沉花下句）唉吔吔，此催人更鼓，禁不住珠淚滴淋。。想到心傷處，痛斷腸，似覺魂離陣陣（士字拉腔暈倒介）

（快云云）（靈貞上介白欖）心慶幸，老大俾我點到佢暈暈沌，拔去眼中釘，希望老大將我重信任，唯是想落方才嘅情形，大哥對我似乎無好感，怎能奪取佢嘅身家，等我大扭六壬將計運，（鑼鼓徘徊想計無意中埋窗見小燕暈倒台口白欖）有得諗，除非老大佢瓜老襯，所謂不毒不丈夫，等我將佢來手刃。（一才）然後移禍過東吳（一才）呢條妙計都好穩陣。（雙）（下介）

（五更介）

（靈貞扶漢卿上介）

（漢卿醉態花下句）家門不幸有此淫賤婦，可憐氣煞老年人。。消愁借酒入愁腸，怒憤如狂來逐擯。

（靈貞白）唔好咁嬲叻老大，我陪你入去趕佢扯啦。

（漢卿白）我醉醉地嘅叻，你扶住我啦，老四。

（靈貞白）慢慢行呀老大（扶漢卿入房突然拔插仔在後刺死漢卿介）

（漢卿大叫一聲死介）

（靈貞大喜白）得咗（將血掌印在小燕之白裙上切記印六隻指模，並將兇刀握在小燕之手介）好，等我去報官至得（下介）

（力力古）（三姑孭包袱入見狀大驚跤地介白）嘩，乜咁攪，分明移屍嫁禍，叫醒小姐至得（介）

（銀台上一句小燕醒介見狀大驚白）唉吔，點解我滿身鮮血，揸住把刀㗎，

（三姑白）你家翁被人謀殺，死係你個房度呀，

（小燕先鋒鈸撲前哭相思介）

（三姑心急急白）你重喊乜野吖，快啲走罷

啦小姐

（小燕禿頭起秋江別）傷心矣，家翁喪身。

（三姑接）小姐呀，我地立即脫身。還要改裝脫羅裙。

（小燕接）何處安身，費沉吟。

（三姑白欖）呢次禍來臨（雙）一同改裝快鬆人，人地用陰謀，移屍嫁禍唔駛問，冤枉你係兇手，快些脫下血羅裙，一定畫下你圖形，緝拿將罪問，快往京師去，尋找你郎君，萬不可延遲，遲親實行做監躉。（雙句）（白）快啲除咗條裙，攞少爺嘅服裝，由後門走啦，

（小燕除血裙放在床下之暗柜後在床上拈家賢之海青介白）我將條血裙鎖在暗柜之內，呢個秘密嘅機關，從來都冇人知道嘅，我地一齊由後門走罷啦（快點下句）易釵而弁會良人。。萬里尋夫（花一訴凄涼底蘊（忽忙中遺下金釵與三姑仝下介）

（散更介）

（內場頭鑼逐吓打）（靈貞引知縣，衙差，街坊，地保手下同上入門介）

（知縣白）人來驗屍

（衙差驗屍完拾起血刀，金釵介呈口古）啟稟大人，驗得死者身受刀傷而死，屍旁有兇刀一把，另有金釵一枝，刻有馮小燕三字，兇犯在逃，

（知縣口古）馮小燕乃殺翁兇犯，即下令緝捕公差來打道回衙（與眾人仝下介）

（靈貞花下句）此後大財到手，全靠扭六壬。。

——落幕——

第四場（華麗琼樓雪景）

（子規啼引子起幕）（冬梅企幕）

（冬梅在神龕上秉燭焚香介白欖）秉燭又焚香，每天早晚為紀念，我家主人徐翰林，身任京官甚貴顯，夫人楊氏女，

夫妻恩愛人稱羡，聞得主人未遇時，貧窮到極點，無力結婚姻，幸得冰人幫助成美眷，租埋青衣小轎佢過門，忽然時來佳運轉，原來轎上有首飾箱，內有珠寶金銀難計算，得款赴試上京華，翰林曾欽點，以供奉寶箱在神龕，每日虔誠下拜酬恩典，時來新春雪紛飛，曾命圍爐煮酒來取暖。飲酒賞梅花，風雅誰不羡，香燭已安排，等候主人膜拜留紀念。（白）有請大人。

（慢板手）（劍琴，雪褸帽携手上，二梅香捧酒具，掌燈光上介）

（劍琴慢板下句）平步青雲，披裘着錦，今已夫榮妻貴，洗盡昔日，寒酸。。

（寶蝶慢板上句）名士風流，唱酬詩酒，無限感懷，一幕幕前塵，出現。

（劍琴口古）夫人，為夫已得志仕途，正喜扶搖直上，同享榮華，你何必感懷往事而自尋煩惱呢，不若共上琼樓，飲酒賞梅花，你睇吓，風雪漫天，正好圍爐取暖。

（寶蝶口古）夫呀，賞雪看梅，圍爐煮酒，正是雅人雅致，唯是漫天風雪，使我觸景傷情，你記否去年今天，我地成婚之日，三姑租頂青衣轎俾我出嫁，你在涼亭接轎，又值漫天風雪，真係不堪回首記當年，

（劍琴這個長花下句）依稀記往年，舊事重出現，我未成名才未顯，囊空如洗結良緣，若非冰人撮合如花眷，又怎得同諧白首，又怎得天賜金錢。。花轎內，有寶箱，妻呀，快與我膜拜寶箱為紀念。

（寶蝶花下句）莫因富忘貧賤，寶箱供奉在神前。。他日能遇物主人，自當結草啣環酬恩典。

（劍琴白）冬梅，可曾秉燭焚香，

（冬梅白）預備多時。

（劍琴花下句）與妻同向箱兒跪（介）拜他

猶似拜祖先。。三叩首（一才）（介）拜罷寶箱兒，賞雪登樓共飲梅花宴（云云同上琼樓介）

（梅香擺酒介）

（帥牌飲酒介）

（開邊翻風落雪介）

（寶蝶打一寒噤一介）

（劍琴白）你覺得冷呀夫人。

（寶蝶白）係呀，（花下句）瑞雪如銀憐翠袖，何堪弱柳曳風前。。求君撤席返華堂，雪夜圍爐難取暖。

（大笛斗官喊介）

（寶蝶白）唉吔，亞蘇蝦喊添，我地入去睇吓個仔。

（劍琴白）係嘅夫人，都係你入去湊佢至唔喊嘅，人來撤席（落琼樓眾同下介）

（散更介）

（南音序）（小燕男裝素色海青日字巾上介）

（小燕平喉南音）身似飄零燕，飛到雪地冰天。。一對淒涼主僕，倩誰憐。。凜烈北風，吹到我牙關戰。一路登山涉水，行壞我對小金蓮。。怕見那畫影圖形，好在我易釵而弁，可憐個位老婦，行到佢脚軟腰酸。。我為誰異地飄零，暗把皇天怨（乙反子喉）怨一句尋夫萬里，未知能否釋疑團。（接腔）（序白）三姑，乜你行得咁慢㗎，快啲啦。

（三姑內白）嚟緊咯（男老僕身持破傘，包袱，破氈，上唱二黃合字過板）連忙轉彎未敢半步遲延。口乾肚餓氣喘行來條路遠，腰軟骨酸對風濕脚又發炎，最好係搭船，沿途脚步浮。擔傘又孭氈，還未到點打算，

（因雪滑一才踤地介）

（小燕先鋒鈸扶起介白）乜咁唔仔細呀三姑

（子喉長二黃下句）乜你行得咁牙煙，睇你額頭都躀損。

（三姑接）鬼叫我又肥又老，所以步履遲

延，風猛雪寒，重要氹氹轉。
（小燕接）你伴我尋夫萬里，永感你盛意拳拳。又恐怕不諒于夫郎，真使我心驚膽戰。
（三姑春風得意）你何須掛心聽自然，你受冤我曾盡見，向你夫君替代你伸冤。
（小燕接）義薄雲天真少見，恐被閒人中傷也是徒然，（序白）最怕佢受人離間我呢。
（三姑白）唔怕（接唱）將你檀郎勸，個陣夫妻相見面，叔公計劃你要識穿。
（小燕接）你助我將夫勸，聲聲替呼冤，望釋疑心為上算。
（三姑接）你毋掛望，我能為你方便，萬難令你冤屈咁就算。
（小燕接）口食黃連，受嫌，一朝遠離故鄉冀望償我願。
（三姑接）我敢保証，你丈夫聽老人言。
（小燕接）若得夫郎原諒我安然。
（三姑接）唉吔冷得我震震貢，
（小燕接）我地還重要行前，
（三姑接）我好想要休息吓，肚空已難言，
（小燕接）忽然望見有莊園。
（三姑白）我好辛苦呀，好肚餓呀小姐，行到對脚啲蘿蔔仔都穿晒咯。
（小燕白）咁你捱住一陣痛苦，行去人地門口暫時歇吓脚啦。
（開邊翻風落雨介）
（三姑震介花下句）凍得我牙關打震，暫且避雪在簷前。。時已暮，風雪似鋼刀。而且肚餓難捱唔知點。
（小燕白）我扶你埋去人家屋簷之下休息吓
（快云云扶三姑行埋屋簷下休息介）
（鑼鼓棚頂落雪花，風聲效果介）
（三姑長嘆白）唉，咁大風，開把傘擋住至得（介）
（小曲懷舊）濕冷真該尊，大風雪如棉，把衰遮被風吹又爛又穿，又要搵張氈遮吓個面。
（小燕接）翻正北風天，自苦更自憐。芳心不安負累你添，淚眼相看也無言。
（三姑接）橫掂，抵肚餓，兩家响處過頭眠。
（小燕接）好似重有食糧，一個大餅你食先。
（在糧袋取餅交三姑拈介）
（三姑接介唱）將佢拗開邊（介）睇見大餅暗流涎，駛乜拘執食住先，落雪翻風確受賤。
（小燕白）我唔食叻，你食埋佢啦，你唔食飽唔行得嘅，
（三姑白）啱晒，老實講啦小姐，如果你夫妻團叙，請我食番九大簋至得叻（二龍爭珠狼吞虎嚥介）
（小燕白）都怕要起程叻三姑（花下句）好趁風雪稍停忙趕路，須投野店否則要瞓街邊。。投店去，快行前，犯夜而行殊不便。
（三姑花下句）食飽當然有氣力，連忙趕路入鄉村。。
（鑼鼓風雪更大介）
（三姑花上句）哂㗎，風越大，雪越寒，唉吔吔，寒氣迫人，吹到我魂飛魄轉，（拉士字腔暈倒）
（小燕大驚叫救命介）
（沖頭）（劍琴，寶蝶，冬梅，梅香上介）（一才快仄才關目介）
（劍琴口古）此老者暈倒路旁，是否你呼救之聲，快對本官說明一遍，
（小燕平喉口古）大人，我叔姪投親不遇，祇因風冷雪寒，家叔在街前冷倒，還望援之以手，永感恩沾，
（寶蝶口古）人有同情心，但願我郎門開方便。
（劍琴口古）冬梅，快扶老者入後堂，用薑湯灌醒。兄台，不妨且進舍下，歇宿一

宵，明日風停雪止，然後再整歸鞭。
（小燕大喜白）打擾尊廬，唔好意思嚕。
（劍琴白）出門人毋須客氣，兄台請。
（小燕白）大人請。
（同入園中冬梅扶三姑衣邊下介）
（小燕口古）謝大人方便為懷，晚生銘感深心，敢問貴姓尊名，好待他朝酬還恩典，
（劍琴口古）下官徐劍琴，欽點翰林院編修，月前委任金陵府尹，本為南昌人氏，兄台高姓大名，聽鄉音，亦似同鄉模樣，呢位係我荊妻楊氏，家住鴻都鳳尾村。
（小燕一才大喜白）晚生馮未晚，與大人份屬同鄉，與尊夫人更屬芳鄰添嚕。
（寶蝶口古白）原來馮公子又係鳳尾村人咩？
（小燕白）係呀夫人。
（劍琴大喜花下句）他鄉得遇同鄉客，此際相逢萍水亦有緣。。雖偶遇，問鄉情，願兄同飲酬恩宴。
（小燕一才白）酬恩宴？（花下句）兩字酬恩誠不解，恕吾冒犯問根源。。酬恩宴，當有貴賓來，恕晚生不敢躬盛薦。
（白）大人府允借宿一宵，晚生內心感銘，若與恩人宴飲，請恕失陪。
（寶蝶白）馮公子（花下句）酬恩自有因和果，並無賓客赴華筵。。酬恩宴，有因由，更為一載結褵，設酒來紀念。
（小燕白）賢伉儷（花下句）賀婚筵，抑是酬恩宴，恕吾不敏能否向我明言。。酬恩宴，不見有恩人，不若稱為賀婚宴。
（劍琴白）馮仁兄，待下官解釋你啦（反綫中板下句）未折桂枝香，那時療飢煮字，寒儒一個，幸有翠袖憐。。蝶妹未嫁已胎含，虧我無點金，幸有一位冰人，替我牽紅綫。將伯愧難呼，娶妻無金帛，一切結婚費用，月老代週旋。。

佢為我張羅，租得青衣轎來，（一才）內有首飾箱，（一才）被吾發現。從此斬窮根，（一才）得了功名富貴，全賴此箱珠寶，把我成全。。（花）見否神龜上，安放小寶箱，時值結合週年，慶賀婚姻，並設酬恩宴。

（寶蝶白）明白未，所以你話賀婚筵又得，酬恩宴又得。

（小燕重一才關目台口子喉沉花下句）唉吔吔，原來寶箱遺下青衣轎，我過門始覺失粧奩，當日冰人誤，上錯花轎兒，（介平喉）有此奇情，請大人讓我參觀一遍。

（劍琴白）馮兄既是好奇，這也容易，丫鬟過來，即上神龜，小心取下寶箱，交馮兄參觀。

（梅香上神龕取寶箱下交小燕介）

（小燕接箱先鋒鈸三看重一才呆若木雞介）

（三姑食住此介力力古上見狀詫異白）咗小姐，你捧住個首飾箱企處戇居居咁做乜野呀，（一才快攵才見劍琴，寶蝶，大喜介口古）你唔係亞蝶，哦呢位就係劍琴嚠，好咯有緣重見你兩夫妻，今已榮華貴顯。

（劍琴一才口古）咗，你係邊位呀？你會識我嘅，究竟你同我有乜野淵源，

（三姑白）識就止嚀，你娶老婆全靠我添嚠。

（寶蝶白）吓，點解佢會咁講呢，奇叻。

（小燕一才口古）好奇咩，世間事每每係好奇妙嘅，有件事奇怪呀，我老實講你地聽啦，呢個首飾箱係我嘅（一才）同時你兩位結婚都係全靠佢（指三姑介）穿針引綫。

（劍琴，寶蝶，同白）吓，咁奇。

（寶蝶口古）唔係嘅唔係嘅，我記得舊年同我地做媒人個個係肥婆三姑，點會係佢啫，至于個首飾箱本是女兒之物，點會

係你嘅啫，劍琴呀，可見佢存心不軌，意圖冒認，分明係個騙子，有莫大嘅疑嫌。

（劍琴白）係噃（大花下句）枉我以禮相看來款待（一才）原來你意圖冒認，是個狡詐青年。。你是男兒漢，（一才）何來首飾箱（一才）可證你心存欺騙。（三批介）

（小燕子喉白）唉，大人呀。

（劍琴一才白）吥，乜你咁聲喋，到底你男定女呀。

（寶蝶冷笑白）佢聽見話個首飾箱係女人嘅，佢唔係扮女人聲囉。

（小燕子喉古老中板下句）非欺騙，待我訴根源。。儂本姓馮，名小燕。去年出嫁，古家賢。。出閣時，花轎曾調轉。漫天風雪結良緣。。奴坐青衣驚雨點。亭前發覺復還原。。遺下首飾箱，依舊無發現。新婚才三月，竟賦別離鸞。。夫為功名我蒙罪譴。殺翁血案受株連。。所以女扮男裝，（介）都祇為尋夫解怨。（拉腔）

（寶蝶浪裡白）哦，原來你嘅身世咁可憐嘅。（古老中板下句）馮小燕，住在對門前。。三姑為我牽紅綫。租埋破轎助我結良緣。。青衣轎上將箱兒撿。夫妻還道，天賜金錢。。首飾箱，留紀念。長供奉，在神前。。原來你是主人，（介）願酬恩典。

（三姑蘇武牧羊）你地講完，重爭我未完，你想報恩典，等我把往事拆鬼穿，想當初，你地結鴛鴦，樣樣搭檔我成全，我就係三姑，（一才除鼻鬚）替你揸大葵扇，跟佢嫁去古家後，慌佢冤案受株連，全賴我設計改裝走了，重逢實有緣（白）如果你兩公婆想報恩，就要替佢想辦法至得叻。

（劍琴，寶蝶，重一才關目介）

（劍琴花下句）寶箱今幸逢真主，當酬恩義報嬋娟。。尊夫為兵部，我嘆職微，心欲酬恩，又怕未能消災解怨。

（寶蝶口古）咁又唔係咁講叻，徐郎，所謂有恩不報非君子，馮小姐係我地嘅大恩人，你無論如何都要替佢分憂，解釋佢夫婿嘅疑心，令佢夫婦團圓，聊報些微恩典。

（三姑口古）徐大人，而你做咗官，就打官腔叻係嗎，又話人官大，你官細係唔想唔理吖，老實講，你個老婆點得嚟嘅，唔駛講都係靠我呢個義務媒人貼埋青衣轎啦，你個官點得嚟嘅，呢層就要靠我地小姐個首飾箱叻，如果你唔係咁有膽我都唔話你嘅，唔通人地做咗大官，你就怕咗佢咯噃，咁世間上重有正義嘅，如果你講得出報恩兩個字，就無論如何都要為你個恩人洗刷沉冤。

（小燕花下句）命薄未敢求相助，酬恩不過是虛言。。人地辛辛苦苦才博小前程，為保烏紗正義殊罕見。

（劍琴重一才力力古花下句）一言向我心中刺，豈無正義洗沉冤。。施妙計，助裙釵，依計而行誠可如你願。（向小燕耳語完白）你們先行迴避，待我折柬相邀，請尊夫過府，記謹依計而行。

（小燕，寶蝶，三姑同下介）

（劍琴白）丫鬟過來，拿爺名帖，傳令公差請古大人過府，飲酒賞梅，速速前去。

（梅香領命下介）

（劍琴花下句）酬恩為補重圓鏡，釵分復合釋前嫌。。和事老，報恩人，聊借賞梅薄宴。

（內白）到

（小開門劍琴出迎介）

（食住小開門家賢上介）

（劍琴迎入介）

（家賢口古）徐府尹，蒙你折柬相邀，叨蒙

賞梅之宴。
（劍琴口古）古大人，想下官與你有同鄉之誼，久違教範，時逢春節，舍下梅花盛放，故而折柬相邀，賞梅把盞，共醉薄筵。（白）人來擺宴。
（快云云）梅香擺酒。（各分位坐下介）
（劍琴白）請酒
（快帥牌同飲介）
（內場小燕唱雨打芭蕉至又怕相思難尋夢裡人止）
（家賢重一才）（關目大花下句）聽歌聲，仿似離鸞調，是誰輕撥十三弦。回頭問，問句府尹大人，誰個瑤琴，彈得歌聲淒怨。
（劍琴這個口古）稟大人，下官日前收容了一位落第同鄉，為免佢異地飄零，收為西賓，想彈琴者必是此人，請恕佢冒犯無知，失儀不檢。
（家賢一才白）彈琴者乃是貴府西賓（仄才口古）徐府尹，此人彈得音韻悠揚，如泣如訴，令人傾慕，本官意欲省識春風，能否許我有一面之緣？
（劍琴白）既是大人有命，下官不敢有違，人來，快請西賓師爺，到園中參見大人。
（梅香領命下介）
（小燕上介念白）飄零如孤燕，淪落似哀蟬
（拉腔入參見介白）晚生參見府尹大人。
（劍琴口古）馮幕府，那旁坐的是兵部侍郎古大人，你快些上前參見。
（小燕參見介白）晚生馮未晚參見古大人。
（家賢口古）馮幕府，方才聽你一曲高歌，琴音淒怨，可稱陽春白雪，更聞得你是南昌人氏，與本官有同鄉情份，正好一談故鄉情況，何妨低斟淺酌，共醉琼筵。（小燕口古）想晚生地位低微，未敢叨陪末席，方才彈琴寄意，不知冒犯大人，還請恕我失儀，又何敢躬逢盛宴。
（家賢白）唏，幕府何須客氣呢。
（劍琴口古）大人對你另眼相看，幕府何須婉却，正好共結杯酒之緣。
（小燕白）恭敬不如從命，又來多謝。（埋位介）
（劍琴白）請酒。
（快帥牌同飲酒介）
（劍琴詐醉介花下句）想是難勝酒力，似覺地轉天旋，叫句馮幕府，替我款嘉賓，望大人恕吾量淺。（開邊嘔酒介）
（小燕白）為免酒後失儀，丫鬟過來，快將府尹大人攙扶下去。
（梅香扶劍琴衣邊下介）
（家賢口古）馮幕府，我們重整杯盤，正好把盞談心，今日有幸識荊，似乎面善非常，而且歌喉堪羨。
（小燕口古）大人，方才所奏不過是下里巴人，聊寄鄉思，何勞賞識，大人宦途得志，難得你鄉誼深厚，使晚生感銘難言。
（家賢口古）咳，所謂他鄉得遇同鄉客，正好一叙閭里鄉情，君自故鄉來，當知故鄉事，本官聞得鴻都鳳尾村，發生一件滅倫慘案（一才）乃是媳婦殺翁，馮兄能否為我詳言一遍？
（小燕這個介口古）古大人，你又何必提此殺翁血案（一才）所謂各家打理門前雪，莫管他人瓦上霜，杯酒筵前，正好高談濶論，若問起滅倫慘事，晚生亦覺得那冤婦堪憐。
（家賢重一才這個台口長花下句）有幸正相逢，省識春風面，言詞閃爍多疑念，佢同情賤婦惹疑團，我曾接叔函，話佢真淫賤，竟效出牆紅杏（一才）引得浪蝶冤錢。佢多袒護，（一才）莫非是情夫（一才）待我靜氣平心求發現。（白）馮兄，我所知道呢件事嘅，與你嘅講法事實不符噃。

（小燕白）何以見得呢？

（賢白）當然啦，因為佢勾引情夫，有鸞帶為憑（一才）既而事發東窗，遂遭乃翁驅逐（一才）這還罷了，誰料不仁賤婦（一才）竟然妄起殺機，將家翁手刃（一才）夾帶私逃，各地州官縣府，畫影圖形，緝拿兇婦歸案，眾所週知，何以馮兄竟說冤婦堪憐，令我百思莫解呢。

（小燕白）你唔明白嘅叻古大人（長二黃下句）有若齊婦含冤，我絕無偏見，何須袒護，不過照理直言。。豈有夫婿正別離，妻便踰閑蕩檢，聞得有個叔公無賴（一才）乃翁又誤信讒言。。若說鸞帶証姦情（一才）聞說是佢恩人留紀念。

（家賢重一才關目冷笑白）咊乜馮兄你咁清楚呀（口古）你非案中人，焉知案中事，看來此案複雜非常，可能案中有案，據本官所知，至於鸞帶一層，聞得佢丈夫絕不知情。（一才）而馮兄言之鑿鑿如數家珍（一才）請問你家住何方，與案中人，有甚關連，否則何以知得這般明顯？

（小燕口古）當然知啦（一才）大人，晚生與案中人非親非故，請毋誤會，但份屬芳鄰，而馮小燕賢淑幽嫻，早已傳聞于鄉黨，乃翁亦富甲一方，貴為紳耆，案發之日，我仍在鄉居故而知曉，又何足為奇呢，至于四叔公為人貪婪成性，早已傳聞里巷，說不定奪產佢心存。

（家賢這個口古）馮兄你不能含血噴人，據本官所知，乃叔之為人，雖不事生產，佢依賴其兄，不愁衣食，且手足情深，又何以有奪產之心，你把佢聲名污玷。

（小燕口古）咁你就錯叻古大人，聞得其叔在姪兒離家之後，向姪婦迫取夾萬鎖匙，分明意圖不軌，看來蛛絲馬跡，照吾揣測大有疑嫌。

（家賢重一才台口花下句）眼前人，對我家事瞭如指掌（一才）分明與賤婦莫大淵源，衝冠怒（一才）我要問情夫（先鋒鈸執小燕）何以你對賤婦諸多狡辯，（白）點解你要口口聲聲幫住佢，你講你講啦。（三批介）

（小燕白）大人，我不過以事論事啫（花下句）世間焉可無真理（一才）我為正義始執言。。大人毋動怒（一才）此不過酒後閒言（一才）不若按下莫提重飲宴。

（家賢長二黃下句）說來一字一回酸（一才）別後離人懷妒念（一才）我榮封兵部，正是古家賢。。（一才）可恨枕畔楊花，人不檢。若非情夫另有（一才）才有帶贈紅鸞。。倘若此際重逢我定把淫妻，血濺。（包一才）

（小燕食住一才踤地介）

（家賢白）哝馮兄，乜講得好好地，你因何跌在地上呀？

（小燕支吾白）唥唥唥冇，不過，我覺得大人你有威可畏啫（介）原來你就係家賢兄，你在家之時，我飄零客地，及至你離家之後，我故里重歸，所以對于你嘅家事，我認為有解釋嘅必要嘅。（反綫中板下句）你地燕爾正新婚，離鸞才別去，竟因鸞帶婦含冤。。你叔父素不仁，奪產存心，不惜用那兇殘手段。若殺家翁，莫非是移屍嫁禍，（一才）你莫信那道路謠傳。。聞得冤婦已潛逃，莫非佢萬里尋夫，（一才）解釋倫常，慘變。試問枕邊恩，與及慈父愛，問君怎樣週旋。。（花）恨無三江水，洗污名，忍教璧玉蒙污玷。

（三姑食住反綫中板時卸上偷聽，一路聽一路點頭介）

（家賢先鋒鈸執小燕包才白欖）你莫多言，你毋狡辯，司馬昭之心人盡見，若非你與小燕有姦情，仗義執言真罕見，（催快）殺父仇，應計算，若非雀巢遭鳩佔，寄來鸞帶証姦情，是否你送與賤人留紀念？你識唱那驪歌，顯見你與賤人曾有染，我誓報戴天仇，先把姦夫來血濺（雙）。（搽小燕轉身一脚踢其碌冇頭雞（先鋒鈸）舉拳欲打介）

（三姑大茅忘形食住先鋒鈸攔介子喉白）啋，食咗火藥咩，亞賢（長花下句）你眼未盲，神未亂，搽個老婆氹氹轉，當波咁踢，重想打幾拳，佢萬里尋夫解釋嫌和怨，你當佢情夫亂打（一才）是男是女你要睇真先，我啋過你，乜得你咁牛精，絕冇惜玉憐香之念。

（家賢先鋒鈸執三姑火介口古）呸，你是女是男，睇你形跡可疑，顯見蛇鼠一窩令我更添疑念。（追問介）

（三姑口古）唉吔陰功咯，而家你打完齋唔要和尚啦，我係邊個呀，我係媒婆三姑囉，乜野叫做蛇鼠一窩呀，我同你老婆女扮男裝，萬里尋夫。都無非想講明個段血案（一才）亞賢，你亞爹真係死得好冤枉喋，唔關係老婆事嘅，你千祈咪令淑婦含冤。

（家賢喝白）你躝開，我唔使你講。

（小燕子喉花下句）任我講得唇焦舌敝，奈何佢已深信謠傳。郎不諒，焉能搖尾乞憐，三姑呀，我深悔此行，錯與薄倖人會面。

（家賢冷笑白）你知錯哩咩，遲咗叻（快點下句）由來血債要清填。誅蕩婦，報父仇，投諸濁流償孝念。（先鋒鈸執小燕三搭箭褪前褪後一脚打三姑踜地橫馬拉小燕下介）

（三姑哭相思介）

（力力古）（劍琴，寶蝶，忽忙上介）

（三姑口古）大人，可恨古家賢要拉小姐去浸豬籠，你無論如何都要據理力爭，以酬恩典。

（劍琴一才口古）我雖有酬恩之意，奈何我
官卑職小，鬥不過兵部之尊。
（寶蝶口古）笑話，佢雖然貴為兵部，但不
能越俎代庖，你係金陵府尹，豈容佢濫
用私刑，把權衡倒亂。
（三姑口古）快啦，唔好講咁多叻，去遲一
步，難免你嘅恩人一命歸天。
（劍琴快點下句）目無府尹太專權。。（花）
誓救恩人離家苑。（沖下介）
（三姑花下句）我亦追踪前去，勸服家賢，
不忍佢夫婦成仇，我心如飛箭。（沖
下介）
（寶蝶花下句）願得皇天庇佑，免令齊婦
含冤。。

——冚幕——

第五場（荒郊景）

（披星頭起幕）
（內場號角聲，啫士鼓由慢打快一才收掘）
（內場喝呵介）
（雁兒落手下抬豬籠，內有小燕替身穿紅色
囚衣以巾蒙面上圓台介）
（家賢打馬上圓台過場介）
（手下抬豬籠圓台過場介）
（劍琴內白）慢走慢走。
（雁兒落劍琴打馬上圓台度打馬不前仿雪擁
藍關排場圓台過場介）
（食住雁兒三姑上圓台跌地介一才起王祥
哭靈）心急死，最衰我人又肥，對脚
又痺，都要追住尾，因為家賢貪怒浸
娥眉，（白欖）真激氣，追到肥婆索晒
氣。走來走去走唔起，幾乎仆崩鼻。可
恨古家賢，要將個老婆來浸死，激死肥
三姑。當堂瘦咗七磅幾。小燕實堪憐。
唔通睇住佢死。
（內場頭鑼聲介）
（三姑大喜白欖）忽聽頭羅聲。一定有官員

經此地。等我攔馬來伸冤，希望佢分道理。立即跪街前，我實行長氣夾賴死。

（跪下介）

（大相思）手下擔高脚牌「代天巡狩」「八省巡按」四中軍捧尚方寶劍及令印上介）

（浪萍打馬上介七字清下句）春風得意馬如飛。。革面洗心酬知己。榮封巡按感娥眉。。招撫歸來（〔一才〕）考察民情查官吏。（圓台介）

（三姑呼伸冤介）

（中軍白）擋道，（開行介）

（浪萍白）列開（介）把告狀人帶上（介口古）告狀人，雖知州有州府，縣有縣衙，何以攔馬伸冤，可知罪難饒恕。

（三姑口古）大人，蟻民冤氣滿身，又怕官官相衛，而我所告者，正是達官貴人，我告佢私刑濫用，竟然讒言誤信，搵個豬籠監生浸死自己嘅結髮妻兒。。

（浪萍一才白）有此奇事（仄才口古）告狀人，你可有狀詞，究竟所告何官，你姓甚名誰，何方人氏。

（三姑口古）小婦人祇憑口訴，夫家姓胡，本身姓趙名叫三姑，原有一子胡浪萍，十五年失踪毫無音訊，唔好講呢筆叻，後來我替人揸大葵扇，所告之官，就係兵部侍郎古家賢，佢竟將嬌妻投海，望大人主持正義挽救馮小燕個位弱質嬌姿。。

（手下喝呵介）

（浪萍喝白）咪嘈（介）替爺下馬（介）（先鋒鈸上前介白）告狀人抬頭一觀。

（三姑白）有罪不敢。

（浪萍白）恕你無罪。

（三姑白）謝大人，（重一才抬頭見浪萍大喜介白）哦，乜你呀乖仔。

（浪萍白）可是娘親？（抱頭哭相思介）

（三姑白欖）乖仔做咗官，亞媽歡喜到流眼淚，自從你離家，亞媽結識一位女子，替佢做媒人，嫁俾東村古公子，佢地聲明報我恩，帶我番屋企，結婚三月後。公子上京去出仕，命案竟發生，佢家翁遭行刺，我教佢扮男裝，與佢尋夫到此地，豈料佢丈夫，反轉豬肚就係屎，聲聲要報父仇，要將佢浸死，佢係亞媽嘅恩人，你快救佢至為是。。

（浪萍重一才台口長花下句）一語似春雷，徬徨無主意，昔日贈金已受人恩義，原來佢奉養我家慈，受人恩澤千金記，有恩不報豈男兒。。傳下金批令（拋令介）不准兵部殺恩人（一才）再命飛騎（介）往南昌提取有關人物至。

（甲乙中軍仝分邊下介）

（三姑花下句）天賜我相逢愛子，喜笑揚眉。。乖仔你把鐵案重翻，替小姐伸張正義。

（浪萍花下句）孩兒謹遵慈命，重翻鐵案報娥眉。。（白）帶馬登程（四鼓頭上馬下介）

——落幕——

第六場（肅穆公堂景）

（排子頭起幕）

（小開門上介）手下四大差持棍棒分邊逐對上分邊站立介）

（大差白）有請大人

（擂大鼓一輪慢先鋒鈸浪萍，劍琴分邊踩身形上四鼓頭台中同扎架介）

（浪萍念白）代天巡狩來反案。

（劍琴念白）為求曲直（介）再開堂。。

（拉腔）

（浪萍，劍琴，同背台白）有請大人。

（朱老二排子家賢上埋位正面位念白）國法如山重，官民一例看。誰敢罷法網，扶弱更鋤強。

（家賢口古）胡按院，南昌府內殺翁血案兇婦在逃，各地畫影圖形，傳令通緝，早已呈報有司，可恨兇婦巧扮男裝，但騙不過本官慧眼，法網難逃，在公則犯婦當誅，在私則應報父仇，敢問按院何以要覆審犯人，企圖翻案。

（浪萍口古）古同僚，你貴為兵部侍郎，我身為八府巡按我理應干預民政，犯婦逃到金陵，自有府尹緝捕，你何得濫用私刑，視府尹如無物，想府尹乃地方行政之官，身受朝庭重托，你越權干預，何異藐視廟堂。。

（家賢這個介）

（劍琴口古）照呀，古侍郎報私仇而違公義，逃公論而下私刑，氣燄迫人，又怎怪得巡按覆審案情，替犯婦伸冤雪枉。

（家賢重一才火介口古）徐府尹，你身為父母官，理應鐵面無私，何以偏幫犯婦，意圖狡辯，看來你貪贓枉法，竟認犯婦為落第同鄉，收為幕府，明知佢女扮男裝，知情不報，可証你有意把欽犯窩藏。。

（劍琴重一才內心惶恐強作鎮靜介大花下句）古侍郎，休得噴人含血（一才）誰把欽犯窩藏。。馮小燕，是你結髮妻（一才）你濫用私刑（一才）可知罪狀。

（家賢這個內心惶恐強作鎮靜介大花下句）戴天仇，（一才）誰不報（一才）殺翁血案亂倫常。。我為存孝道（一才）正綱常（一才）怒殺淫妻應嘉獎。

（劍琴白）你有罪，

（家賢白）有獎至啱，

（劍琴白）有罪就真，

（家賢白）有獎才是。（與劍琴爭論不休介）

（浪萍一才）（喝白）住口（大花下句）公堂本是莊嚴地，（一才）豈容舌劍鬥唇槍。。叱府尹（一才）問侍郎（一才）若再爭持，是否目無巡按。

（家賢謝過白）請恕下官冒犯。

（劍琴亦謝過白）下官知罪。

（浪萍口古）也罷，有此衙兒們，快提犯婦上堂，本官正直無私，務使無偏無枉。

（家賢半句口古）請按院替下官把父仇昭雪。（一才）

（大差領命下介）

（劍琴半句口古）望大人高懸秦鏡，把正義伸張。

（雁兒落大差押小燕（囚衣枷鎖）上一絪三標小燕轉身跪下介）

（浪萍白）下跪犯婦可是馮小燕？

（小燕白）犯婦正是馮小燕。

（浪萍口古）馮小燕，你是弱質女流，何以謀殺家翁（一才）挾帶私逃（一才）竟然女扮男裝，騙入府尹府中，委為幕府，你與府尹有甚淵源，快些袒懷稟上。

（劍琴一路聽一路震介）

（家賢見狀得意洋洋介）

（燕口古）稟大人，憶自橫禍飛來，犯婦主僕便易釵而弁，尋夫萬里，意欲解說不白之冤，不幸途中遇雪，老者冷倒府尹門前，幸蒙相救，並非佢知情不報，更非有意窩藏罪犯，竊思誣諂府尹者，必是那薄倖夫郎。

（劍琴一路聽一路點頭稱讚介）

（家賢大怒口古）大人，莫信犯婦片面之詞，快些覆審案情，命他從實招供，本官誓報父仇，將賤婦清償血賬。

（劍琴口古）古侍郎，請你稍安毋躁，你梗係想清償血賬啦，不能操之過激嘅，巡按明察秋毫祇知秉公辦理，嚴正非常。

（浪萍白）馮小燕，快把案情始末，從實招來。

（小燕白）大人聽呀（起正綫西皮連序）犯了人命案，奴奴恨正長，惹來禍刧夫離鄉，恨徒令我悲愴（曲）叔公佢存心貪財妄想，我把家當，家財在我掌。佢進讒言，竟中傷。多譭謗，敗門牆。老爺將我趕（絃索過序白）大人，我夫婦新婚三月，正是妾愛郎憐，無奈丈夫之志在四方，我郎上京出仕，甫唱驪歌，縱然性比楊花，也不致即時偷漢，由此觀之，可見一朵貞花，那有出牆之想。

（浪萍浪裡白）又係噃，試問新婚夫婦，夫正別離，為妻者，豈有即時偷漢之理呢，古同僚，看來你讒言輕信，冤枉嬌妻噃。

（劍琴浪裡白）古大人，你叔父既有貪財之念，寧無譭謗之心，想是因借不遂，才出此卑污手段啫。

（家賢火介白）笑話（開位續唱）有証有贓你休說枉。豈容亂說謊。隔牆花吐香，惹得蝶兒浪。那得郎見諒，早有情郎，家書為証，還在我掌，有紅鸞帶附上，可証偷郎。（呈信及紅鸞帶介）

（浪萍接介重一才關目驚震開位長花下句）覩物暗驚惶，低徊重一看，往事未忘心惘惘，一條鸞帶意茫茫，鐵証如山，落在他人掌，我非採花蝴蝶，却有曖昧行藏。憑物証，誤貞娘，低首沉吟怎樣來翻案。（低首沉吟介）

（家賢開位火介長二黃下句）一團炉火已盈眶（一才）鸞帶為憑請判案（一才）任君有蓮花舌粲，也難袒護杏出牆，說什麼叔是貪財，說什麼遭譭謗，祇為東窗事發，才令佢殺我高堂。按院若不動刑，（一才）難望佢招供認案（白）請大人下刑，

（劍琴白）且慢，（開位大花下句）鸞帶豈能為鐵証（一才）難保你個不仁叔父插其贓。馮小燕，且看佢貌賢良，那有殺翁咁兇悍。（白）請大人三思，

（家賢白）大人下刑。

（劍琴白）請大人三思。（與家賢爭論介）

（浪萍左右難為介）

（手下喝呵介）

（浪萍喝白）咪嘈，（鑼鼓分邊望台口花下句）屈打成招吾負義（一才）若還不打，顯見我偏幫。。無可奈，返座前（介）自掩良心傳令行刑杖。（白）下刑，

（衙差將小燕下刑介）

（浪萍，劍琴掩目不忍看介）

（家賢得意介）

（浪萍白）招也不招

（小燕悲咽白）冤枉難招

（浪萍口古）犯婦人，你聲聲說道冤枉難招，原告有証物為憑，然則你有誰証明你係冤枉？

（小燕口古）大人，想家翁被殺之時，我正暈倒，房中幸有媒人三姑為証，請大人傳佢到公堂。。

（浪萍白）人來，傳胡三姑面朝外跪。

（大差下帶三姑復上入跪下介）

（劍琴口古）三姑，你快說出血案發生情形，說話小心，否則難以替你小姐翻案。

（家賢口古）大人，三姑本是淫媒，與蕩婦朋比為奸。專為浪子淫娃穿針引綫，分明蛇鼠一窩，言不足信，如果佢係好嘅，就唔會折墮到臨老唔過得世，為奴為僕，收容在我家堂。。

（浪萍一才火介白）喂，我叫佢嚟做証人噃，唔係叫佢嚟俾你鬧嘅噃。

（三姑火介白）唉吔，而家你算辱我咯噃，反骨仔，你唔好恃住官字兩個口噃，（起旱天雷）你真正是個無情郎，你真正令佢好心傷。枉我共佢尋夫尋夫告知你父亡，你叔父無良奪產計劃全無望。佢實做成血案。竟殺戮兄長。偏要移屍移屍嫁禍還要把財權搶。（二黃下句）佢進讒言趕姪新抱，然後殺害你父，在閨房。。此事我的目而觀，所以我實行要翻案。若然不信，可以拉你叔父到公

堂。。我願作證人，免至佢倖逃法網。
（拉腔）
（劍琴花下句）既然佢甘心作証，可見佢義膽忠肝。。大人忙下令，莫遲疑，立將無辜釋放。
（家賢白）且慢，（大花下句）片面之詞難置信（一才）噴人含血太無良。莫非淫賤婦，買証人，豈有弟殺其兄，如此病狂心喪。
（浪萍快點下句）蛛絲馬跡費參詳。。事有嫌疑（花）一綫曙光重翻案（白）人來，將古家四叔與及有關証物一同帶上。
（大差領命下帶靈貞，兇刀，金釵，暗柜內有血裙抬上介）
（家賢口古）四叔，有人冤枉你奪產殺兄，究竟我父被誰人所殺，你快言明真相。
（小燕悲咽口古）四叔公，你都害得我慘叻，你為了夾萬鎖匙，竟迫我翁逐媳，更不應移屍嫁禍在我閨房。。
（靈貞白欖）講笑揾第樣，你不能誣諂呢個尊長。鬼叫你勾引了情夫，留下鸞帶一條點到你唔認賬。亞哥驅逐你離家，你頓起殺機真兇悍，親手殺家翁（一才）所以屍骸在你房。有兇刀遺留，更有金釵遺落在地上。見你鮮血滿衣衫。我當堂去報案，（二黄下句）點知我歸遲一步，你經已夾帶離鄉。。邊個唔知我孖四係好人（介）快將証物呈上，（拉腔）
（大差呈各物介）
（重一才同驚闢目介）
（家賢口古）大人，人証物証俱全，請問你犯人將來如何發放。
（浪萍這個口古）侍郎你稍安毋躁，自當殺人者死，唯是我要審白端詳。。
（劍琴口古）點呀，想金釵，兇刀乃是日常用品，家家戶戶都有嘅，不能以此為憑而將好人冤枉。
（靈貞口古）列位大人，如果咁都唔做得

証據嘅，重有呢個箱安放在床板之下，形同暗柜，分明係秘密機關，都冇人開得倒嘅，你慌個唔係將件血衣在箱內收藏。咩

（三姑一才茅介白）唔會嘅，唔使開叻，開嚟做乜呀。

（家賢白）賤人，快將鎖匙交出。

（小燕支吾白）㖡～㖡～我都唔知跌咗喺邊處叻

（靈貞白）唓，劈開佢啦嗎姪老爹。

（家賢弄開箱，取出血裙三搭箭笑介）

（重一才眾仝驚心關目介）

（家賢大花下句）血羅裙，成鐵証，誓把血債血償。無此物，焉可証淫娃，還望大人查看。（拋羅裙與浪萍介）

（浪萍接裙先鋒鈸開位三看完沉花下句）唉吔吔，驚見此真憑實據，更使我意亂心慌。。（沉吟介）

（劍琴開位花下句）恩小姐，你何不毀滅血裙，頓使我驚惶萬狀。

（三姑台口白）呢次實冇命叻。

（家賢口古）大人你還不判案更待何時，想先父死為厲鬼，英靈不滅，所以報應分明，你要早為判案。（三批介）

（靈貞沙塵口古）大人，所謂殺人填命，更有血裙為証，快啲判佢過刀亡。。（三批介）

（浪萍重一才慢的的見靈貞六指鑼鼓台口細認血裙做手關目白）有了（花下句）血羅裙，驚六指，頓使我大喜如狂。。重審訊，証真兇，（介）快將犯婦來釋放。（介）

（眾人同詫異介）

（家賢口古）且慢，殺翁案鐵証俱全，你不判犯婦罪名，何以反為釋放。

（靈貞口古）按院大人，你咪以為獨手可以遮天嚡，如果你恃住代天巡狩呢四個字（屈指數介）我孖四就實行告你枉法貪

贓。。（屈指數介）

（浪萍一才喝白）跪下（介）（口古）孖指四你都算好膽叻，可笑你不打自招，你不祇離間佢恩愛夫妻，而且謀財殺兄長。

（靈貞白）冤枉呀，大人。

（家賢火介口古）胡巡按，你莫恃八省巡按嘅權威，就可以故人入罪嚙，想家叔奉公守法。豈有傷殘手足，可笑你竟馮京作馬涼。

（浪萍口古）古侍郎，事實勝于雄辯，方才本官意亂心忙，忽見手有六指，（一才）我細（看）羅裙，深印上一隻六指嘅血手掌。（抛羅裙與劍琴介）（靈貞震介）

（劍琴仄才看介口古）果然有六指掌印（一才）全賴巡按細心觀察，否則誤判呢位貞節紅粧。。

（三姑口古）唉吔，咁我就慌過叻，我成慌住呢條血羅裙會累我地小姐添罪狀。

（小燕口古）全賴大人明察，否則我早已飲恨刑場。

（家賢先鋒鈸搶裙三看介先鋒鈸執靈貞手與血印相印重一才力力古一脚掃跌靈貞火介二黃下句）原來你獸心人面，我要血債血償。。

（三姑序）你幾乎害死佢妻房。。

（家賢曲）細看六指印羅裙，方知你天良盡喪。

（劍琴序）若非羅裙難破案。

（家賢曲）你來書離間，分明拆散鴛鴦。。

（小燕序）前塵往事實堪傷。。

（家賢曲）望妻你海量汪涵，請將夫郎原諒。

（小燕花下句）見郎你後恭前倨，無非是誤會一場。。鏡雖破，可重圓，可憐死了家翁難奉養。

（靈貞沉花下句）唉吔吔，循環報應，自悔喪盡天良。。因奪產，殺吾兄，嫁禍移屍，難逃法網。

（浪萍快點下句）既然招認過刀亡。。先押監牢（花）天眼昭昭難漏網。

（大差押靈貞下介）

（三姑口古）古侍郎，你估剩係你至係官咩，你估呢位巡按係乜野人呀，係我個仔嚟㗎，如果唔得佢呢你點得夫婦團圓，又難望復仇破案。

（浪萍口古）亞媽，我之貴為巡按，都全靠佢贈金勉勵，當日我送呢條紅鸞帶俾佢，險些累佢蒙不白，負累佢花落人亡。。

（小燕口古）哦，原來巡按大人就係你呀，若非秦鏡高懸，我難免刑場命喪。

（劍琴口古）恩小姐，原來我同巡按一樣受恩深重，如不力圖翻案，愧無顏面對紅粧。。

（家賢口古）蒙兩位同僚救我嬌妻，心悔我魯莽一時，三姑，方才我冒犯諸多，望你地多多見諒。

（三姑口古）唉吔，使乜咁認真呀少爺，亞三姑一世人都係任勞任怨嘅，我唔怪你，你同徐府尹都係我做媒人嘅，而家我安樂叻，做人要心地好至享得倒仔福嘅，我地重逢母子，祝你兩位番去做對快樂鴛鴦。。

（同唱花下句）但願高陞步步，福祿綿長。。

——尾聲煞科——

本劇又名「三司大審血掌案」。一九五九年首演，泥印本，歐奕豪先生私人收藏。

徐子郎

鳳閣恩仇未了情

演員表*

劉汝南
耶律君雄（金國）陸君雄（宋）
紅鸞郡主
倪秀鈿
倪思安
夏　氏
尚全孝
尚精忠
狄親王

*（編者案）：本劇首演之演員資料從缺。

第一場

（佈景：特景黃河雪船景）

『披星頭起幕』

（效果注意：強烈朔風聲與漫天風雪）

（擂大鼓由慢至快八水寇四頭目提風燈食住鼓聲上介）

（四鼓頭胡海蛟，胡海鯨同上扎架介）

（海蛟　白欖）風蕭朔，雪龍翻，茫茫白雪蓋萬山，黃河稱天險，此際渡更難，聞道金邦有一艨艟，護送南朝郡主返，船中財帛多珍寶，今夜停泊在此灣（雙）

（海鯨　白欖）我地弟兄數千人，橫霸黃河聲威猛，落草同叙義，水上任縱橫，既遇好良機，實行截勢在今晚（雙）

（海蛟喜介　白）好呀（花下句）眾兄弟同心協力，莫入寶山空手還，備大炮（一才）與輕舟（一才）且待三鼓來臨施兇猛。

（海鯨領命介　白）領命

（四鼓頭海蛟、海鯨分領頭目水寇分邊下介）

『效果注意：內場胡笳聲，風雪漸停，天幕現出一彎殘月』

（內場大合唱小曲　明月千里寄相思）癡心化夢幻，耳畔聽風雪聲愁夢散，情無限人自痛傷惜別，珠淚向檀郎泛，何日再會呀——永不復還，萬里關山——那孤雁，長記在我心間，相思兩地夢更難。

（官船食住此小曲駛出，唱完即停，船頭企四番兵，船停後即搭跳板介）

（碑牌黃河節度使劉汝南領六文武官員手下同上竚立江邊介）

（汝南躬身下禮介　白）南宋黃河節度使謹領屬下官民，恭迎郡主大駕

（內場　白）來了

（七才四番將船艙上，下船同立衣邊介）

（君雄食住七才上介　下船介　快點下句）關山萬里路漫漫，悵望南朝愁未滅，何堪一曲唱陽關。。（花）忽聽江頭人叫喊。

（汝南　口古）宋臣劉汝南，謹率屬下官民，聊備香車，恭迎郡主回宮路返。

（君雄關目介　口古）郡主傳下口諭，因身中偶沾微恙，今日未能接見，有勞貴府明日再到此間。。

（汝南拱手介　白）如此說，下官告退（領手下文武官員雜邊下介）

（君雄揮手命番兵番將下介水波浪介　長花下句）南望宋中原，仰天徒嗟嘆，哀問春蠶何作繭，情絲自綁為紅顏，一夕驪歌人分散，別時容易見時難，哀此夕（一才）痛生離（一才）此際情何太慘。

（拉士字腔）（詩白）異國情鴛鴦夢散，（介）空餘情淚（介）濕青衫。。

『段頭起小曲　胡地蠻歌』（一路唱一路舞蹈式扎架，勞煩製譜請一度）

一葉輕舟去，人隔萬重山，鳥南飛，鳥南返，鳥兒比翼何日再歸還，哀我何

孤單。

（紅鸞食住此介由船艙上一路聽一路下淚，以手輕搭君雄肩解慰介　接唱小曲）休涕淚，莫愁煩，人生如朝露，何處無離散，今宵人惜別，相會在夢魂間，低語慰檀郎，輕拭流淚眼，君莫嗟，君莫嘆，終有日春風吹渡玉門關。。

（君雄　接唱小曲）情如海，義如山，孰惜春意早闌珊，虛榮誤我，怨青衫。（過序舞蹈扎架）

（紅鸞　接唱小曲）憐無限，愛無限，願為郎君老朱顏，勸君莫被功名誤，白少年頭莫等閒。（舞蹈過位扎架）

（君雄　接唱小曲）柔腸寸斷無由訴，笙歌醉夢閒，流水落花春去也，天上人間。

（合剪如前介）

（紅鸞　接唱小曲）獨自莫憑欄，無限江山，地北與天南，愛郎情未冷，情未冷。（合剪如前介）

（君雄　接唱小曲）一葉輕舟去，人隔萬重山。

（紅鸞　接）鳥南飛，鳥南返，鳥兒比翼何日再歸還。

（君雄　接）哀我何孤單，何孤單（暗相思介）

（紅鸞　解慰介　口古）君雄，自從你教識我唱呢支胡地蠻歌之後，我時時都勸你唔好再唱嘅喇，因為你唱親呢支歌呢，應教歌到狂時，總是淒然淚泛。

（君雄苦介　口古）郡主，我自幼長於金邦，孤苦伶仃，受別人奚落，當我感覺到痛苦嘅時候，我定必唱呢支歌嚟發洩我胸中嘅苦悶，自從妳七歲嗰年入質我國之後，與妳青梅竹馬，得妳時加慰勉，我才稍覺有人生樂趣，誰知好景不常，妳今日南回故國，分離在即，我難忍五中惆悵，不自覺而高歌一曲，無非為追悼我哋嘅前塵舊愛，空負海誓盟山。。

『重一才慢的的』（紅鸞感動介　白）君雄，唔通我又捨得離開你咩（長花下句）一語表胸懷，深情殊可讚，眼底檀郎腰瘦減，為誰惆悵望江南，欲愛還憐情無限，君莫依依惜別淚斑斕。。記否圓月夜（一才）與你一夕情，（一才）當奏知兄王與你共諧典雁。

『的的撐』（君雄感觸介　白）與我共諧典雁？郡主，呢啲不過係妳嘅痴想啫。

（反線中板下句）忍淚半含悲，強顏為歡笑，笑我顧影自慚，貴賤本懸殊，卿是玉葉金枝，自有幾許王侯來青盼。。一線隔天涯，我呢個金邦蠻將，自憐我誤闖入情關，卿縱相愛本真心，怎奈時勢最迫人，唯訴離情盡於今晚。。丹鳳再南飛，我依舊羈留北塞，徒嘆福薄緣慳。。（花）山雞又焉可配鳳凰（一才）未了餘情，為寄於夢幻。

『重一才』（紅鸞憤激介　白）君雄，倘若我南歸宋室之後，而至你我嘅姻緣無望，我——我最多今生今世永不重回故國嘅啫（包才　長二黃下句）不羨長著漢裝衫，（一才）羈鎖宮闈奴未慣（一才）久居北塞，早已任縱橫，情到狂時，問誰能阻諫，更不羨虛榮禮教，惹起那愛海波瀾。。願作海燕雙棲，以表我真情非泛。

（嬌嗔介　白）我唔扯，我唔去。

（君雄　白）郡主，妳兄王乃南朝重臣，坐擁重兵，倘因我兩人之事，一怒而興師問罪，那時豈非作孽呢（花下句）郡主縱有心長斂首，又怕干戈擾亂為紅顏。。惹來烽火誤萬民（一才）那時悔之已晚。（白）願郡主以大局為重。

（紅鸞　口古）君雄，既然你講得咁嚴重，我唯有聽你話喇，我覺得呢次南返中原，我嘅內心非常咁空虛，因為我隔別兄王十多年，就算見面都唔認得嘅叻，祇憑呢個祖傳嘅玉鴛鴦扣為證，唔使講我同佢嘅感情點都比唔上你叻，我嘅生命中簡直唔能夠無咗你嘅，況且——此身已為君有，你相信我喇，唔通你忘記咗我哋話過共同患難。

（君雄　口古）郡主，我聽見妳呢番説話，我都非常安慰，係呢，我哋狼主有封公函。請妳番去交俾妳兄王喇，呢封書信就係證明妳嘅身份，千萬不可遺失，還要緊記心間。。（從懷中取書交紅鸞介）

（紅鸞順手袋入雪褸內介　白）君雄，我似乎覺得有啲寒意。

（君雄輕擁紅鸞介　白）番上船休息把啦，郡主（扶紅鸞上船介）

（開邊紅鸞、君雄同立船頭望見有人隨水飄浮介）

（紅鸞情急介　口古）君雄，你見否昔才有少女投河，快些將她救挽。

（君雄　口古）我亦不能旁觀袖手，願憑飛索救佢生還。。（在船頭取繩勾拋入河介）

（秀鈿隨水飄浮，被勾住介）

（君雄救秀鈿船頭介）

（紅鸞解下雪褸披秀鈿身上介）

（銀台上一句秀鈿醒介　張目見君雄及紅鸞驚惶介　口古）呢一度究竟係乜嘢地方呀，九幽地府，抑或海底龍宮，真使我疑真疑幻。

（君雄　口古）呢度既非龍宮也非地府，我乃金邦侍衛將軍耶律君雄，嗰個就係南宋紅鸞郡主，因不忍妳葬身魚腹，才略加援手，妳此際仍在陽間。。

『重一才』（秀鈿關目介　口古）乜我原來未死呀，唔得，我要死，我早已經厭倦凡塵，此生已無戀棧。（『先鋒鈸』再欲投河介）

（君雄、紅鸞同攔住介）

（紅鸞關目介　口古）小姑娘，螞蟻尚且貪

生，妳何苦自萌短見呢，妳有乜嘢心中事，可否對我直言，如果係因為金錢嘅話，我亦可義為相助，等妳解決困難。

（秀鈿　乙反木魚）情實慘，淚斑斑，恨煞家中老父太冥頑，啞嫁與盲婚，把我情拆散，生無可戀，甘赴鬼門關，鴛鴦夢難諧，死亦唔閉眼，拚教花謝伴春殘。

（紅鸞感觸介　花下句）世上情場何多劫，相憐同病我要救盡怨女痴男。。

（君雄　花下句）船中伴駕暫棲留，再訪情郎猶未晚。（白）宮娥那裡

（開邊甲乙宮娥卸上介）

（君雄命領秀鈿下介）

（秀鈿拜謝隨宮娥下介）

（紅鸞　口古）君雄，如果天上係有月老多情，點解世上又何多情人嘅嗟嘆。。

（君雄　口古）郡主，我覺得世上嘅情愛，若果唔經過困難嘅話，又點能領略其中可貴之處呢。假如濫用愛情兩字，幾多人恨錯難返。。

（鑼邊風雪介）

（君雄　白）妳俾咗件雪褸佢，呢度好凍呀，番入去罷啦，郡主（扶紅鸞下船介）

（天幕烏雲蓋月介）

（內場起三更介）

（雁兒落天幕出現長扒過場介）

（海蛟，海鯨領水寇頭目乘扒上介，船頭有火炮一門）

（海蛟手揮紅旗，示意開炮介）

（四頭目開炮轟擊介）

（艨艟中雁兒落燃燒介）

（四番將，四番兵，四宮娥先後卸上船頭見火燒，各自跳海逃生介）

（四頭目分領水寇上船介）

（秀鈿卸上見水寇驚惶失足墮河介）

（君雄牽紅鸞沖上打四頭目落水，再抱紅鸞跳水逃生介）

（海蛟，海鯨牽水寇殺入艙中劫掠分抬贓物

下長扒搖入雜邊介）

（艨艟大火燃燒漸沉下僅餘帆桅露出水面）

（以上介口一路用雁兒落襯托，直至船沉為止）

『沖頭』（劉汝南領四小將，四兵勇提燈上河邊張望介　白）救人（雙）

（甲乙小將跳入河中救起秀鈿介）

（汝南上前觀望介　口古）呢個女子身著宋室宮裝，而且雪裝上配有狄親王祖傳玉鴛鴦一隻，看來必定是郡主紅鸞，幸喜未遭劫難，傳令香車準備，連夜相送郡主王府歸還。。

（兩小將領命入場介）

（叻叻古兩小將領香車復上介）

（汝南命四小將扶秀鈿上車介，秀鈿昏迷不醒，自雪褸內跌下書信介）

（四小將護送香車下介）

（汝南目送車下後，回頭發現紅柬執看介　口古）原來郡主跌咗封番書添，等我保存住先。

（率眾兵勇下介）

（長鑼鼓君雄泗水上岸介　水波浪介　口古）誰知橫禍飛來，祇恨我疏於防範，恨那水賊劫船放火，我與郡主同墮河間。。祇為月黑風高，我與郡主飄離失散，佢而家未卜生死，我嘅職責攸關。。祇望佢天相吉人，未曾遇難，且待我中原留落，暗中尋覓女嬌顏。。（四鼓頭下介）

（內場遠處傳來四更介）

『五更頭』（大沖頭思安披棉胎拈遺書上發狂，兩邊叫介　白）秀鈿，乖女

（內場回聲介　白）秀鈿，乖女

（思安頹然介　白）都係無希望咯（長花下句）哭句好女兒，又鬧妳隻龜蛋，居然自殺投河搵啲咁嘢玩，盲婚啞嫁，雖然我唔啱，可以講白另有情郎就唔會咁撞板，若然早知將妳嫁咗俾老坑。。估唔

到呢次蝕本蝕得咁交關，晒咗我廿年米飯。（白）秀鈿乖女，有靈有聖，魂兮歸來啦，女（向河邊唱（王祥哭靈））叫乖女，倪秀鈿，點解妳去咗賣鹹鴨蛋。都唔知你老豆幾心煩（忽然若有所見，興奮介　（白））咦，乜河邊有個人浮浮吓呢喂，唔通係我個女秀鈿（大聲叫介）船家呀，救命呀，HELP（雙）

『叻叻古』（船家搖船上介　白）喂乜嘢事咁嘈呀

（思安肉緊介　白）船家我俾五兩銀你，同我救番嗰個人

（船家　白）得，等陣啦（搖入衣邊介）

（叻叻古船家孭紅鸞衣邊上暗場救上岸介）

（思安將身上棉胎蓋住紅鸞介）（在懷中取出白銀五兩交船家介）

（船家下衣邊介）

（紅鸞漸醒介）

（思安台口　白）唉、地庄五兩銀俾咗佢，我一文錢都無咯，都好，救番個女，睇吓佢瓜咗未先（行埋紅鸞身邊介）

（重一才紅鸞，思安互相關目介）

（思安成個跳起介　口古）唉吔杰，乜唔係我個女嚟，慘咯，呀大姐，妳係乜嘢人嚟啞，點解妳又會咁啱跌咗落河呀，妳究竟去邊度得㗎，搞到我誤會妳係我個女添，呢次真係人財兩散咯。

（紅鸞愕然介慢的的思想介　口古）我——我係邊個呀，你問我去邊度，我都唔知我自己姓名，身屬何方人氏呢，唔該你話俾我聽，我而家應該去邊度至啱。。

（思安莫名其妙介　白）啤，乜妳咁烏龍㗎，連自己係邊個都唔知㗎，真係呃得我透叻

（禿頭花下句）睇佢惘然若失，定有古怪在其間。。佢又唔似神經病（一才）又唔係發花癲（一才）好彩我醫理稍明，細把佢病情查探。（白）大姐，我睇妳好似

有啲唔妥咁嚃，不如等我同妳把吓脈啦

（紅鸞茫然介　白）吓，我唔妥，唔知係唔係呢，噏你同我睇脈喇（伸手給思安看介）

（思安一路把脈一路細看紅鸞恍然大悟介白）唔，我明咯叉

（另場　（口古））吓，佢個病源好怪嘅嚃，呀我醒起叻，呢種叫做失憶症（一才）皆由腦部受咗劇烈震動，而又驚慌過度，所以造成嘅，佢完全唔記得以前嘅事嘅喇，（諗計介）唔，睇佢著住的蠻裝，唔係本地人嚟嘅嚃，橫掂我個女都瓜咗咯，不如將佢頂檔嫁人，騙番匹身嫁銀都唔錯吖，三十六計此乃移花接木之計也，大姐，妳既然無地藏身，不如跟我回家返。

（紅鸞這個介　口古）跟你番屋企呀，等我諗過先，請恕我唐突問你一聲，點解你會仗義收容，唔會出於可憐兩字咁簡單嘅。。

（思安　花下句）我見妳聰明伶俐，收為乾女認親生。。（白）噏，妳記住任何人都唔好講，我叫倪思安，係妳老豆，妳叫倪秀鈿係我個女

（紅鸞　口古）你係我老豆，我係你個女，我叫倪秀鈿，我記得叻，多謝你仗義收留，膝下承歡，我相信都能照辦。

（思安大喜介　口古）好乖女（介）此後我父女相依為命，亞爹當妳係一個大錢甕。。

（紅鸞愕然介　白）點解呀爹

（思安知失言陪笑介　白）我第日使好多錢落妳身上嘅嗎（另場）慢慢先教妳，騎騎我哋番去至講（與紅鸞下介）

（內場傳來五鼓散更介）

（天幕現曙光表示天明介）

『急急風三次起排子頭鑼鼓』（狄親王內唱奪錦頭）藩王令似山，無私鐵面冷

（馬童大番上復下介）
（四鼓頭馬童引出親王，小軍隨後高舉狄字帥旗）
（馬童引親王蕩子，四鼓頭再扎架介　英雄白）南征北剿保河山，金槍鐵馬任縱橫。。宋室名臣聲威猛，誓師殺賊（介）立功還。。
（慢板頭鑼鼓扎架左撇慢板下句）奉聖旨，平水寇，豈任鼠輩橫行，統貔貅，不留情（士）仁慈未慣（食住轉賽龍奪錦）未慣（雙）未慣心存忌憚，真可讚，汗馬功勳，殊實猛，鐵膽（雙）鐵膽保河山（花下句）三軍含枚皆疾走，飽嚐露宿與風餐。。施威勇（一才）誓破賊巢（一才）焉許佢黃河為患。（白）引路
（圓台介）
『叻叻古』（劉汝南領四兵勇上迎介　白）下官參見王爺
（親王　口古）劉節度，小王奉旨行兵，因何你攔住前途。
（汝南　口古）下官告罪，王爺，因令妹紅鸞郡主已乘船返，適賊劫，幸下官及時相救，早命兵勇送回王府，後來至發現佢遺下呢封金國書函。
（親王關目介　白）呈來一看（接信不識介（白欖））真係蠢（雙）點解蠻邦啲文字似雞腸，寫到打掂又打橫，我平日愛武功，講到讀書我最懶，漢文已經搞唔通，呢封番書重攞膽，快聘奇才飽學士，為我解憂煩（雙）（花下句）十數載分離骨肉，相逢且待我凱歌還。。（白）隨我下去（率眾下介）
——暗燈，落幕——

第二場

（佈景：廳堂景正面香案，福祿壽三仙像，擺鮮花果品）
（香環玉佩四梅香企幕打掃介）

『柳底鶯一句起幕』

（小寶上　唱小曲送君）班妹仔實太胡為，話我生得好曳，頑皮重兼多嘴，學識扭吓計，乾媽照實無問題，膽未細，咪話我乜都敢制（白）原來你哋班妹仔丁晌晒度，快啲俾檯面嗰三個公仔我玩

（香環　白）契小姐，今日係妳契哥中咗狀元番嚟拜祖，妳契媽吩咐安起福祿壽三仙，籌謝神恩，唔俾得妳玩㗎

（小寶扭紋介　白）我係要攞嚟玩（花下句）你哋分明蝦我，我幾大都唔忿低威。。我要擘盡個嚨喉喊到家嘈屋閉（頓足大叫介）

『叻叻古』

（夏氏左手持佛珠右手持沙藤一路上一路唸南無阿彌陀佛，見梅香即以沙藤亂打介白）死妹丁作死呀嗱（長花下句）你班大鬼頭使乜眼厲厲，無事得閒大蝦細，搞到我個心肝契女，日夕哭啼，咪以為奶奶唸緊佛經，就唔會發啷嚟，激起本夫人把火，個個都打齊。契女呀，佢哋點樣將妳難為，唔怕講明原委。

（小寶　口古）亞契媽，妳唔知叻，佢哋鬧妳做死肥豬，又鬧我做是非鬼。喎

（夏氏打梅香介　口古）你班衰人呀，係唔係想作反，如果唔係我今日要拜神作福呢，睇你哋點死法呀，小寶乖聽契媽話，唔好喺度嘈，自己出去後花園，睇契媽養嗰隻烏龜。。

（下介）

（小寶得意介　白）呢次重唔煮死你班妹丁

（夏氏惡死介　白）快啲點好香燭俾奶奶拜神（坐埋正面位唸經介）

（內場頭鑼響介）

（大點手下高帽抬高腳牌先上介）

（全孝台口爽　爽七字清下句）春風得意襯馬蹄，玉帶腰纏人顯貴，十年窗下喜榮歸（花）金榜題名回府第（下馬介（白））

回衙侍候
（手下牽馬與高帽羅傘同下介）
（全孝整衣入介　白）亞媽
（夏氏『叻叻古先鋒鈸』執全孝左睇右睇介　白）成個唔同晒（起小曲十八摩）呢一次得米，祖先都有光輝，早知生得夠叻仔，著起蟒袍重美麗。
（全孝　接）媽亞媽，妳為愛仔，教導之恩記心底，理應向娘下跪。
（夏氏　接）你得志歸我實夠威，今餐一於要劏雞，請晒啲親朋食到滯。
（全孝　花下句）孩兒今日名題金榜，先謝娘妳養育提攜，心中素願代言明，懇切陳情於此際（白）媽——我（欲言又止介）
（夏氏關目介　白）亞孝，你而家都中咗狀元咯要風得風，要雨得雨叻，重有乜心願唔係講俾亞媽聽啦。
（全孝　反線中板下句）花月正春風，挑起我情懷撩亂，自憐粉蝶被花迷。。去歲在杭州，苦讀閉門，結識一位傾城佳麗。常記月下花前，願效雙飛蝴蝶，暗牽了一點靈犀。。一夕半情狂，我愛卿憐，卻早有夫妻關係。（一才）今日衣錦還，未許負當年愛侶，願同白髮眉齊。。（花）若能紅袖添香（一才）不負當年盟與誓。
（夏氏關目介　白）而家啲後生仔自己識搵老婆咯，唔使做父母嘅擔心喇，不過亞媽有句説話問你嚩，你嘅意中人屋企有無錢㗎
（全孝　白）佢係窮家女嚟嘅咋，當時我為怕傷害佢嘅自尊心，所以我都改名換姓認係一個窮書生，亞媽，要妻求淑女啫，相信妳都樂意玉成我呢段好事嘅
（夏氏一路聽面色不對介　白）咪拘（一才）亞媽呢世人最憎人窮嘅，我哋以前都窮到夠叻（一才收口介）
（梅香兩邊偷笑介）

（夏氏發惡介　白）笑乜嘢呀，唔准笑，亞孝其實婚姻嘅事好閒啫，你記唔記得住喺隔離亞安叔佢就夠話將個女嫁你咯，唔通講吓就係嘅咩（花下句）狀元郎應該配名門淑女，又點可以娶個窮鬼咁滑稽。呢頭婚事我幾大都唔主張，況且你又唔慌會蝕底。

『重一才』（全孝欲解釋介　白）亞媽我

（一才）

（夏氏食住才　喝白）唔使講咁多，你亞爹有信番嚟，話呢幾日就番嚟叻，快啲同我入去拜吓祖先先（拉全孝下介）

（云云思安背包袱介）

（紅鸞不願行介乘思安不覺走過雜邊台口介　白）亞爹，我都係唔嫁咯

（思安急介　白）而家嚟到至話唔嫁點得㗎

（起小曲唔嫁）埋嚟埋嚟

（紅鸞　接）奴都話唔行埋嚟

（思安　接）唔通要我哎夾跪

（紅鸞　接）奴不羨人家眉齊，咁嘅婚姻我唔制

（思安　接）扭計實無謂

（紅鸞　接）婚姻你莫再提

（思安　接）應該係要照例

（紅鸞　接）我話唔嫁重覺得可貴

（思安　接）妳要係唔嫁咁弊，收尾一定會豆泥，妳要係唔嫁更弊，收尾一定惡過世

（紅鸞　接）靠我自力振作，奴靠我厲行自立，應該要勉力更生，可博得衣著食住齊

（思安　接）存心望兒提攜

（紅鸞　接）盲婚啞嫁太無謂

（思安　接）何必囉唆來難為

（紅鸞　接）一於推翻我唔制（欲下介）

（思安急拉紅鸞介　白）千祈咪搵啲咁嘢搞，妳不過想唔嫁之嗎，易喇，其實妳亦都唔嫁得人嘅，妳都唔知响邊處搞到

中大附小，問妳妳又話唔知，亞爹都係無非想夾埋妳搵老襯嘅啫，唪，妳聽亞爹說話，無衰嘅（咬耳介）係咁就得嘅喇，我摸吓個頭，妳就使硬功，我摸吓個鼻，妳就出軟功，記實

（紅鸞點頭表示知道介）

（思安牽紅鸞昂然入介）

（香環問介　口古）喂，肥佬，乜你亂撞入嚟呀，呢度捉白撞最拿手，你顧住一身蝨。

（思安　口古）混賬，我都白撞，我都知道呢度係尚府吖嗎，妳哋老爺尚精忠係我死黨，精就躝埋一便，妳啲正式狗眼看人低。。

（拉紅鸞兩邊搵介　（白））喂，老忠呀，忠呀

『叻叻古』

（夏氏衣邊上介　白）邊個晌度咁嘈呀

（思安回身與夏氏一撞，雙跌地介）

（紅鸞扶思安，香環，玉佩扶夏氏）

『的的撑』（思安　沉花下句）唉吔吔，跌到我魂魄唔齊

（夏氏　花上句）邊個咁失魂，幾乎撞甩我個肺

（重一才思安，紅鸞與夏氏一望，仄才關目圓台介）

（夏氏見思安衣著不僭招呼介　口古）哦、我以為邊個嗰，原來安叔，唔見咗十幾年又肥咗囉喎。啲富人梗係肥嘅叻，睇落你真係成個亞貴（一才）（覺失言改口介）我話你成個非富則貴。

（思安　口古）咁就唔似妳哋亞翡鬚忠咯。由兵仔做到大官，我就越撈越霉，醒起舊時老忠話過娶我亞女頭做新抱嘅，所以我帶埋個女就親投靠，呢次搵到妳咯老襯，亞女，快啲拜見未來奶奶喇，我哋都成為自己人咯，此後我父女嘅食住都怕無問題。

（夏氏半信半疑介　白）唔使咁好禮住，你頭先啲説話係唔係講笑㗎（花下句）你撈世界都素來醒目，又點會撈到咁豆泥。。你又使乜把後門閂埋，我都見倒你衣飾華麗。

（紅鸞直腸直肚介　白）妳唔知道嘅喇奶奶（花下句）亞爹平日專門去故衣檔（才）吼埋啲平嘢執死雞。。佢件衫裡面穿窿，不過得外形好睇。

（思安漲介　白）唏，妳唔出聲無人話妳啞嘅

（夏氏冷笑介　白）哦，乜原來你真係咁窮嘅（木魚）真開胃，山雞又點配與鳳凰棲，你啲窮家女仔，又點配與我個仔白髮眉齊。

（思安　接）當年係妳親口許婚。牙齒應該當金使，噃

（猛摸頭示意紅鸞發惡介　（白））發惡啦女

（紅鸞會意介　木魚）喂，我都唔係善男信女噃，本姑娘出名倀雞，我經已踏咗入妳門（一才）

（夏氏食住一才　白）哦，鑑粗嚟噃

（紅鸞續　木魚）點到妳話唔制

（夏氏激氣介　木魚）我都未曾娶妳，咁快就向我發圍。。

（紅鸞叉腰刁蠻介　白）點到妳唔娶我呀老虔婆（一才）

（夏氏扎扎跳介　白）唉吔，鬧我老虔婆噃，我而家好老咩，四十歲之嗎。

（思安猛摸頭景示紅鸞介　白）啱叻（雙）惡啲添

（紅鸞故意潑辣介　白）鬧妳又點呀，本姑娘鍾意鬧（起小曲秋的懷念）妳實唔應嚟亂諦，把我婚姻倒米

（夏氏　接）妳真太胡鬧心激氣敢作胡為

（紅鸞，夏氏互相手指督上鼻介　齊唱）妳——乜都敢制

（思安佯勸介　小曲）妳吔咪相爭，應該細

話為
（紅鸞 接）我大發雌威，鬼叫婚姻有問題
（夏氏 接）我係要唧嚟，婚姻勿再提
（紅鸞 接）我重更唧嚟，乜講得咁滑稽
（思安 接）無謂越禮，兩家相嗌我最難為，總之一切無問題
（夏氏 白）肥安，你都好家教嚕（花下句）妳個女刁蠻潑辣，居然對我施下馬威。。如果我真係娶佢入門，容乜易連我都無埋地位。
（思安做好做醜介 白）我個女自小都係咁嘅喇，計我話都娶唔過嘅，等我話吓佢啦
（拉紅鸞另場介 （白））亞女，妳頭先啲說話都未夠力，妳要話妳以前好叻咩，著穿窿褲，十餐有九餐扎炮，數佢啲衰嘢至激得佢嘅嗎
（故意大聲介 （白））亞女，點解咁無規矩，快啲嚟向忠嫂道歉
（紅鸞冷笑介 白）哼，道歉，我都未數得佢夠呀（減字芙蓉中板下句）妳嫌貧和愛富，竟太立心虧。。妳舊時比我重衰，記否煲粥都無米。成日都靠賣當借，所有朋友都比妳度齊。。日日都要黐餐，小數怕長計。妳一朝發咗達，竟對前事盡忘遺。。（花）我重記得妳著條穿窿褲，躂對爛草鞋（一才）四處求人救濟。（白）而家居然嫌我哋窮添，鬼叫妳應承過娶我咩，我嫁唔去重使恨嘅，貪好聽咩，我要妳賠償呀
（思安附和 白）係囉，如果退婚，就要補水
（夏氏條氣唔順介 白）哼，原來想敲竹槓，無得俾，我唔認又點呀
（紅鸞蠻介 白）妳唔認就，我幾大都係度嘈
『叻叻古』（全孝衣邊上介）
（思安見孝即以手摸鼻介）

（紅鸞會意佯作悲啼介　白）呀，無陰功呀

（全孝莫名其妙介　口古）姑娘，老伯，何以你哋痛哭堂前，真使我莫名底細。

（夏氏翳氣介　白）亞孝（一才）咪鬼同佢講啦，癲嘅佢哋

（思安佯傷心介　口古）原來你就係全孝，你認得我嗎，我係舊時住喺你隔離個安叔呀，呢個係女頭吖嗎，以前你亞媽親口講過，你同我個女嘅婚姻，我以為一諾千金，所以賣埋間祖屋帶埋個女嚟就親，點知你亞媽嫌我窮喎，不但推翻婚約，而且重趕我哋走添，唔通窮就有罪（一才）亞女，妳都係命苦咯，搞到咁嘅田地，可憐我父女都無家可歸。

（紅鸞作悲苦狀介　白）爹，我都唔願做人咯

『哭相思』（思安紅鸞抱頭詐哭介）

（重一才慢的的全孝同情介　白）亞媽，妳咁做法未免又太過啲（長二黃下句）何必要血淚兩交輝。請莫臨風哀雪涕，昔日舊誼還記，未許盡忘遺，說什麼貧富懸殊，說什麼窮與貴。暫許你居留我庭院，何忍你掩面悲啼。。我不是有意憐香，更不會共諧並蒂。

（夏氏　白）肥安都無乜點，但係我最憎個高大妹，不過你出到佛爺嚟壓亞媽咯，即管收留佢幾日咁多啦，等你亞爹返嚟至同佢搞掂。香環，帶佢哋入後花園間石屋度住啦

（思安暗喜介　白）嗱，得咗喇女，暫時揾到個食飯竇口喇，聽亞爹話遲早鑿到佢一筆嘅。

（香環引思安紅鸞下介）

『大七才』（四中軍先上介）

（精忠，君雄同上介）

（精忠台口　快點下句）離鄉一載又重歸。。為國求賢殊欣慰。

（君雄　接唱）恩師情重作提攜，身入仕途

蒙賜惠。

（精忠，君雄同下馬）

（精忠　白）你們後庭侍候

（中軍領命牽馬下介）

（精忠引君雄入介）

（夏氏見忠喜介　白）老爺，你番嚟叻。好咯，呢次你知唔知道亞孝中咗狀元吖，我哋真係冚家富貴

（精忠　口古）我早聽傳聞於道左，等我嚟介紹，呢個係我門生武狀元陸君雄，自古云，英雄出少年，你哋職分文武，應同攜手共扶社稷安危。

（君雄下禮介　花下句）自慚徒有匹夫勇，怎似文章有價盡生輝。我素來生性愚蒙，難比尚兄才堪蓋世。

（全孝還禮介　白）過獎（花下句）千軍易得難求將，經綸滿腹也不及你戰馬長嘶。今朝同受沐聖恩，設宴後廂談腑肺。（白）陸兄請

（夏氏喜介　白）你有你後生存去傾喇

（君雄，全孝同攜手下衣邊介）

（精忠　口古）夫人，小別勝新婚，妳我一載別離，今夜當把賢妻安慰。

（夏氏　口古）老爺，我呢幾年都食長齋念佛，老爺你都係去書房瞓罷啦，你同我都已經係老夫老妻叻。

（精忠愕然介　白）我去咗年幾至番嚟，乜要我瞓書房咁殘忍呀夫人（花下句）請諒我馳勞為國，勿怨冷落香閨。舊情一敘又何妨，勿負呢個多情夫婿（冤介）

（夏氏心郁郁卒不允介　白）都係唔好咯，你同我都幾十歲咯，仔都咁大，好心你就收心養性啦（花下句）等我為老爺你洗塵設宴，叫廚房劏定隻肥雞。（拉腔）

（精忠、夏氏、梅香等同下介）

——暗燈，落幕——

第三場

（佈景：花園景）

（開邊起幕）

『譜子』

（紅鸞食住此介口慢步卸上滿面倦容，見思安徘徊介行至身邊介　白）亞爹

（思安出奇不意被嚇一跳介　口古）啤，乜妳呀幾乎俾妳嚇死，咁夜重出嚟花園做乜嘢吖，妳睇自己粗身大細，幾鬼論盡，行多步都嫌辛苦。啦

（紅鸞　口古）亞爹，我就係覺得辛苦，瞓喺度個心翳住痛，條腰骨又刺，個肚成日都郁郁吓，日頭你又困住我喺柴房唔俾我見人，我好悶㗎，所以趁夜晚出嚟吸吓新鮮空氣，其實我而家都覺得無限疲勞。。

（思安搖頭嘆息介　白）睇妳個樣都快嘅叻（花下句）睇見妳頭腫面痒，過埋呢兩個月定然就會蘇。。呢回俾妳累死亞爹，最怕人哋上埋我數。（白）妳都唔知做過乜嘢會有仔嘅

（紅鸞天真介　白）係呢，爹點解我會有仔㗎（一才）

（思安啼笑皆非介　白）唏，妳自己都唔知，我又點知得㗎，重問我

（紅鸞追問　白）點樣先至會有仔生嘅啫（一才）

（思安無收介　口古）妳真係幾多唔問，問句咁嘅嘢，叫亞爹點講至得㗎，唔該妳去問如來佛祖。喇

（紅鸞　口古）其實我都唔使問嘅咯，我人都唔識多個，日頭又對住你，夜晚又對住你，亞爹，你梗心知肚明嘅叻（一才）如果有人問我點解會生仔嘅，我就叫佢問亞爹喇，佢重清楚過奴。。

（思安嚜介　白）妳千祈唔好講呀，真係好人都俾妳激壞咯（花下句）俾妳激到我當堂氣頂（一才）若然對多妳一陣就會

變三級肺癆。。此事莫對人言，等我靜靜同妳煲十三太保。（白）嗱，妳都唔好喺處坐咁耐吻，一陣就好番入去喇。

（衣邊下介）

（君雄上　唱老鼠尾）舉懶步（雙）今晚夜到園林漫步。追憶愛侶惟嘆我無計續情高。憶起舊時痴愛重覺神勞。傷記情緣遭劫在半途。唉，惜花嗟我怎能惹來夜半空悲呼。徒自覺心焦躁。（長二黃下句）滿腹盡牢騷，衷情誰可訴，呢個當朝新貴，原是北國蠻胡，祇恨劫散鴛鴦，我為把情天補，我不惜改名換姓，更不計任怨任勞。。誰知舊夢寢難忘，嗰一位當年舊好。（白）今晚唔知點解瞓極瞓唔着，晌花園散吓悶至得（譜子襯托順步遊覽介）

（　）（　）（　）（紅鸞食住此介口卸上介）

（重一才二人碰頭互相一望介）

（君雄驚喜介　白）妳，妳唔係郡主

（紅鸞驚惶恐被發覺有孕，急掩腹欲下介）

（君雄誤會『先鋒鈸』撲埋拉紅鸞悲喜介　白）郡主，我搵得妳好辛苦呀

（花下句）正是踏破鐵鞋無覓處（一才）得來全不費工夫。。今宵重證舊時情（一才）莫負玉人空在抱。（擁紅鸞欲吻介）

（紅鸞認不出君雄羞怒介『先鋒鈸』推開君雄並打一巴介　白）有得搶咩你

（花下句）好一隻採花蜂（一才）好一隻摧花蝶（一才）何來一個浪子登徒。。我係黃花女（一才）待字深閨（一才）豈容你妄圖強暴。（『先鋒鈸』欲下介）

（君雄情切拉住悲憤　口古）郡主，妳分明係我舊侶紅鸞，我唔會認錯嘅，連妳嘅聲音容貌都比從前一般無異，妳點會唔認得我㗎，我係妳嘅愛人君雄呀，何以一旦相逢，妳竟情同陌路。

（紅鸞重一才有所觸介　白）我嘅愛人君雄……君雄

（慢的想介終不能回憶　口古）唔係，我都唔識你嘅，我幾時有過愛人呀，話你都唔好話呀，我祇知父女相依為命，你分明白撞太膽粗。。

（君雄　小曲平湖秋月）從前恩愛未許今宵盡迷糊。（欲擁紅鸞介）

（紅鸞避開閃入花叢介　接唱）乜得你亂發噏瘋咁糊塗。呢，你完全係靠估嘅，幾番醜態嚇壞奴。

（君雄　接）我嘅情懷未老，盼入卿懷抱，我痴心為卿可相告。（繞入花叢追逐介）

（紅鸞避過另一邊介　接唱）你太過全唔對路，休得將我做野草，你人格早已全無。

（君雄　接）記否無人夜半與嬌姿孋依郎肩輕低訴。（趨前欲解釋介）

（紅鸞驚退後介　接）躝開，鬼將你痴愛慕。賤格成咁真可惡。捉將官裡要你入監牢。

（君雄　接）妳從來不知道。我千山萬水暗察明查好辛苦。

（紅鸞）你唔知人家煩惱。

（君雄）今宵冷艷似冰霜，是何故，我心中不禁有疑孤。

（紅鸞嬌嗔白）喂你再係咁冤我，我就大聲叫嘅叻。

（反線中板下句）一怒半含嗔，難禁睜圓杏眼，豈容把我名姓玷污。。你人已半瘋狂，不顧禮教藩籬，莫當我是閒花和野草。我家雖貧，仍是冰清玉潔，未慣憑色笑，賣風騷。。好個狀元郎，勿恃富貴可淩，我不是落霞憐孤鶩。請休莫相欺，應知淫為萬惡首，此時春夢要還甦。。（花）君與我（一才）素昧生平（一才）把你事情顛倒。

（君雄（的的撐）微怒介白）郡主（花下句）你聲聲不把檀郎認（一才）枉負此心情義比天高。。莫非舊愛盡忘懷（一才）人

到狂時激起三分怒。（火介白）你竟然話唔識我，我係要你睇真吓我（欲捉紅鸞介）

（紅鸞驚惶走避介）

『叻叻古』（思安上介　白）吓，藥都煲好叻，重唔見個衰女入嚟呢喂

（君雄無意撞埋安前介）

（思安忙將肥肚一頂介　白）我頂

（君雄被頂後退幾步介　白）嘩，乜咁犀利㗎

（紅鸞避在思安身後介）

（思安　口古）你個死花靚吖，發雞盲咩，成個人撞埋嚟，好彩我以前學過氣功嘅啫，如果唔係呢，實行俾你撞爆個肚。

（君雄　口古）喂，你係乜嘢人呀，你唔好咁多事噃，嗰個係我以前嘅愛侶，我正要把離情一敘，豈容你攔在中途。。（欲推開安介）

（紅鸞否認介　白）唔係呀爹（花下句）我與佢何曾相識，其中原故我猶似悶葫蘆。。祇恨佢將我調戲幾番，我真係唔願把人做。

（思安怒介　白）嘩，這還了得（花下句）睇你成個臭飛格（一才）居然登門踢索咁膽粗。。我係佢老豆，（一才）佢係我女兒（一才）天大事情都有我照保。

（白）喂，你都唔知死，呢個係新科狀元嘅未婚妻嚟噃（一才）精就快的走，你重唔走係唔係想講手

（君雄『重一才叻叻古』生氣介　花下句）眼前人（一才）是我心上愛（一才）此際未曉地厚天高。。今時怒髮已衝冠（一才）質問一聲何以將情負。（推開安介）

（紅鸞驚叫介　白）救命呀（雙）

『叻叻古』（精忠、全孝、夏氏，梅香同上勸開介）

（紅鸞見眾人，驚覺身懷六甲急卸下介）

（精忠　口古）你哋究竟乜嘢事情，搞到幾

乎要動武。
（夏氏　口古）點解你咁膽大，狀元你都
咁嗽。。
（君雄這個另場　花下句）投鼠應知還忌器
（一才）又不能把往事直說分毫。。我
失職有責罪如山（一才）焉可把真情吐
露。（強笑介（白））無事，我同佢開玩
笑之嗎
（思安氣憤　口古）鬼同你開玩笑呀，等我
講俾你哋知，佢晌花園調戲我（一才）
（夏氏　白）啋，佢點會調戲你得㗎
（思安續　口古）你估調戲我咩，我個女
呀，佢簡直膽大到離譜。佢重話將拳頭
對付我嗰，我怒得滯同佢比過功夫。。
（重一才眾同關目介）
（精忠『先鋒鈸』執君雄介　白）狀元郎（花
下句）你身是當朝顯貴，何以竟手段卑
污。。你來作客（一才）竟調戲婦孺（一
才）枉受聖賢教導。（三批介）
（全孝『先鋒鈸』執君雄　白欖）好個新貴
人（一才）好個民父母。（一才）好比衣
冠禽獸，枉著狀元袍。羞與同相識盡把
我顏面掃。（一才）從今應割蓆（一才）
錯把你招呼。我哋官宦家，不容留駕我
尚府。
（君雄『的的撐』『叻叻古』羞怒介　大花下
句）哀我百辭皆莫辯（一才）縱有蓮花
舌粲難以證無辜。。遭齒冷（一才）復何
言（一才）拂袖而行無反顧。（頓足下介）
（夏氏疑介　白）呢件嘢都唔知係唔係嘅啫
（花下句）你個女都爭唔上，明係單料
銅煲。。我唔信武狀元都會對佢起痰，
唔通貪佢有寶。
（思安　白）信不信由妳，我都無謂講咁
多，番入去睇吓個女先（下介）
（夏氏　白）唉，你哋因佢個女而得失武狀
元夠唔抵啦
（內場　白）王爺到

（眾同　白）出迎

（小開門手下大甲先上，狄親王隨上介）

（眾同迎入參見介）

（精忠關目介　口古）王爺，今晚你夤夜親臨，究竟有何緊急要務。

（全孝　口古）王爺紆尊降貴，是否內有所圖。。

（狄親王　長花下句）平寇在黃河，凱旋今過路，聞道狀元通今古，小王有事要代分勞，一紙番文我添煩惱，你將內容翻譯，小王定有酬勞。。我軍中雖是猛將如雲，文士却非常少數。

（全孝接書徬徨介　花下句）請恕我才疏學淺，異邦文字我亦糊塗。。自慚孤寡聞，代譯番書我難照做。

（狄親王微綳介　口古）混賬，小王要你翻譯文書，乃係命令，我唔理你識唔識，我大軍在此駐紮三天，就以三日為期，你無論如何要把內容翻譯好。

（夏氏　口古）王爺，三日內咁短時間，真係神仙都無符。。嘅嚡

（精忠排解介　花下句）王爺既是駐留三日，請留虎駕在寒廬。。當命小兒勉力而為，王爺無須焦躁。（白）下官後廂備酒，敬與王爺接風

（狄親王　白）如此說與小王擺駕

（精忠領狄親王下介，手下大甲隨下介）

（全孝水波浪介　口古）亞媽，呢次弊叻，呢個王爺素來都蠻不講理，因為佢文墨不通，一隻牛咁令出如山，所以佢嘅個性非常咁躁暴。

（夏氏急介　口古）咁呢次點算呢，我睇都要求吓肥安至得咯，因為佢平日專識埋的三山五嶽嘅人馬，或者佢會識得有曉番書嘅朋友呢，總之要使多少錢，焗住俾佢劏刀。。（白）叫肥安嚟（一才改口介）相請倪老爺

（梅香領命下介）

『叻叻古』（梅香領思安睡眼惺忪上介）
（思安　白）咁鬼夜重叫我整乜鬼呢，唔通
請宵夜
（夏氏作奉承介　白）咁夜重搞住你，真係
唔好意思叻（三腳櫈下句）你平日好人
事，我哋有事想請你效勞。。因為全孝
有封番書，內容無人知得到。
（全孝　接唱）你知否有人能翻譯，請佢代
我為效勞。。（花下句）講到代價呢一層
（一才）我不惜酬報。
（思安關目介　白）呢次機會嚟叻，世侄
有無水磅㗎，如果有水俾，我就夠識啦
（花下句）讀番書係我拿手好戲（一才）
（夏氏半信半疑　白）你都識係唔係㗎
（思安演嘢介　花下句）WHY DON'T YOU
BELIEVE，忽啲火灰冚啲貓士（一才）
（全孝喜介　白）真係識嘅噃
（思安　花上句）想譯番文就要將水吐。
（夏氏仍不深信介　白）你喺邊度學識啲
番話
（思安口快快介　白）唏，我個仔教我嘅嗎
（一才）
（夏氏奇介　白）我舊時聽你講，又話你個
仔喺兵荒馬亂嗰陣唔見咗囉
（思安亂點介　白）係噃，我個大仔唔見咗
廿幾年咯噃，嘩，我最近搵番叻，原來
留落咗喺番邦，就喺附近之嗎，咪講咁
多，係唔係譯番書，係就磅水
（夏氏與思安科凡講價介任度，夏氏卒照俾）
（思安接錢介　白）攞封信俾我睇
（全孝交信介）
（思安睇信封作狀讀介　白）YES ALRIGHT
O.K. NO GOOD 原來呢封係外國寄嚟
俾我哋宋朝一個王親國戚嘅噃，等我睇
埋裡面至得（作狀睇（花下句））嘩，呢
封信係關乎私人嘅祕密（一才）為咗道
德觀念，我幾大不能洩漏分毫。。講到
呢一封信嘅內容（一才）

(夏氏，全孝追問介　白) 講乜嘢㗎

(思安續　花上句) 惟有天地與我本人先至知得到。(白) 唔講得嘅，除非見倒呢封信嘅原人至講

(全孝茅介　白) 咁點算呢，亞媽

(夏氏拉孝另場　白) 你入去請王爺出嚟唔到佢唔講叻

(全孝急不及待沖下介)

『叻叻古』(全孝領狄親王復上介)

(全孝指住安介　白) 王爺，就係佢叻

(狄親王喜介　口古) 原來老卿通曉番文，小王非常仰慕，快在王前依書直說 (一才) 不得有半點含糊。。

(思安重一才震介　台口白) 呢回瓜梗叻，原來封信真係王爺嘅，早知係咁我就唔充大頭鬼叻 (花下句) 其實我都唔識 (一才)

(狄親王食住一才　喝白) 乜話

(思安更驚，死頂介　花下句) 其實我都唔係話唔識，祇因生來近視，又怕讀到一塌糊塗。。不如請你另聘高明，因為微臣年事老。(白) 早抖呀王爺 (欲下介)

(狄親　喝白) 番嚟 (一才) 小王命你識咁多讀咁多

(思安苦埋口面　白) 真係要讀，讀就讀係啦 (包一才)

(長二黃下句) I LOVE YOU, EVERY THING I CAN DO (一才)

(驚抹汗無意倒轉書函介)

(夏氏詫異介　白) 咿，乜你讀讀吓又將封信倒轉

(思安驚覺介死頂　白) 我唔該你唔識就咪出聲叻，呢啲番文打橫打掂，調上調落都讀得㗎嗎，唏、俾妳嘈一嘈唱唔到二黃添，嬲得滯數白欖至得 (白欖) 我睇第一句番文，原來係「哈嘮」睇落第二句，佢問王爺你 HOW DO YOU DO 睇埋第三句，我啱啱識個 BEAUTIFUL 佢

讚亞王爺你夠 HANDSOME 十足奇勒基
寶（一才）
（狄親王食住一才　喝白）乜話小王似蚑乸
銻煲
（思安聲震震介　白）唔係蚑乸銻煲呀，係
奇勒基寶，外國明星嚟㗎
（狄親王莫名其妙介　白）怕咗你叻，讀落
去喇
（思安　續白欖）原來佢請王爺你開
PARTY，大跳牛仔舞。佢話教你跳
TANGO 同埋 ROCK AND ROLL 重話
唔使帶 PARTNER 同你請咗瑪麗蓮夢
露。睇到我眼都擎，攬到我一口泡。讀
到呢一度，亞王爺 I DON'T KNOW（包
一才收（白））GOOD NIGHT（欲乘機
下介）
（狄親王　喝白）咪行，你都算好膽噃（花
下句）你居然讀得唔三唔四，是否想我
割下你個頭顱。。你若不將內意譯明，
顧住惹起小王震怒。（白）讀唔讀
（思安跪下求饒介　白）唉、王爺，我的確
係識咁多，地庄無咯
（夏氏代求情介　口古）王爺，佢都唔識
咯，你就算殺咗佢都係唔識嘅叻，我知
道佢個仔晌蠻邦番嚟，佢啲番文都係佢
個仔教佢嘅咋，如果搵得倒佢個仔到嚟
讀通封番書，就將佢功將罪補。
（全孝　口古）世叔，呢個王爺外號叫做殺
人王，如果你唔攬妥呢件事，衹怕佢赫
然一怒，你就要喪陰曹。。
（思安苦口苦面介　白）我無㗎我（一才）
（狄親王食住問　白）你無乜嘢呀
（思安改口　白）我……我（口古）我無錢
買衫俾個仔著，佢身世寒酸，覲見王爺
有失禮教。
（狄親王　口古）閒事閒事，小王有穿不盡
綾羅錦繡，賜你孩兒一襲華麗衣袍。。
（白）人來衣袍呈上

（大甲領命下介）

（思安另場　白）死叻，呢次點呢，去邊到搵個仔得㗎，生都生唔切叻（介）有救叻，我想起個替包女，以前身穿蠻服，來自外邦，一定曉番文，搵佢改扮男裝頂擋先。得咗

『地錦』（大甲取衣袍上介）

（思安接袍台口　白）一於係咁話（下介）

（思安引紅鸞「男裝」上介）

（紅鸞台口　花下句）笑我雌雄人莫辨（一才）蘭閨玉女竟變丈夫。。因何強我扮男裝（一才）（兩邊望介）惟怨爹爹殊顛倒。

（思安　花下句）開講都話救人一命，勝造七級浮屠。。妳想亞爹唔死，就要扮男兒（一才）否則豬欄報數。（白）妳扮住男仔讀完番書就無事嘅叻，一陣嘅啫，跟我嚟叻（強拉紅鸞入參見介）

『重一才』（夏氏，全孝見紅鸞驚介　白）乜你……（一才）

（思安暗牽夏氏衣袖介　白）咪佢囉（另場）喂你唔好穿煲呀，係你話俾王爺聽，話我有個仔之噃，唔係我話㗎，穿親煲就大家死嘅咋

（夏氏暗驚同意介，並暗示孝勿語介）

（全孝暗驚介　白）咁點得呀（一才）

（思安掩飾　白）乜唔得呀，仔佢睇小你噃，讀俾王爺聽叻

（紅鸞　口古）聞得王爺要小民譯番書，我候駕前經已準備好。

（狄親王見鸞風度暗讚介　口古）果然是風度翩翩噃，若能把番文通譯，小王自有巨大酬勞。。

（交信與紅鸞介）

（紅鸞接信介　白）啟禀王爺：呢封書中話，多謝你金銀珠寶，更謝你義厚天高。有一位郡主叫紅鸞，自幼入質我邦，今日珠還合浦，護送有將軍，送

到黃河渡口，再續骨肉情高（花）千百
拜，拜王爺，向王爺歡欣拜倒。
（狄親王誤會介　白）紅鸞係我個妹吖嗎，
好靚㗎，想你梗係聽過佢個名定喇
（花下句）小卿家才堪倚馬，應把社稷匡
扶。。我有心招郡馬，（一才）與我妹定
白頭，（一才）此後青雲應有路。
『的的撑』（眾同吃驚介）
（紅鸞急介　白）我唔娶得㗎
（狄親王　口古）混賬，小王話得，就算唔
得都要得，小王今晚與你剪燭長談，明
日隨我上京習禮，尚夫人要為媒見証，
隨後同來。（牽紅鸞下介）
（夏氏、思安、全孝同水波浪關目介）
（夏氏『先鋒鈸』執思安　白欖）死肥佬
（雙）點得我好苦，原來女扮男，知穿
命都無（雙）
（全孝起撲燈蛾鑼鼓教安介　白欖）真無
譜，確無譜，呢回唔知點算好，王爺若
知聞，盡難逃劫數。
（各人同教安科凡介）
（思安晦氣　白）而家攪成咁都係為救全孝
唧，如果無人睇通封番書，一樣係唔得
了㗎（花下句）經已攪成烏煙瘴氣，惟
有慢作謀圖。。
——暗燈，落幕——

第四場　幕外打燈十月後

（佈景：新房景）
（秀鈿鳳冠吉服坐幕四宮娥環立侍候介）
『開邊起幕』
（秀鈿　詩白）休提往事祇堪哀，何堪重
上鳳凰台，燭影搖紅空等待，蓬門未許
（介）為君開。。
（食住士字腔棚面起老鼠尾四宮娥提紗燈先
上介）
（思安，夏氏左右伴紅鸞上介）
（紅鸞　起唱老鼠尾）真正害（雙）迫我共

證白頭約怕到羅幃內（一才）
（思安打恭作揖介　接）今番無法我唯有賠
禮話唔該（一才）
（夏氏怨介　接）攪到我為媒真正係嚇呆
（一才）
（思安　接）妳今晚暫時假醉扮詐呆
（紅鸞　接）唉，花燭應慶洞房，我未盡責
把花栽，難訂三生愛
（夏氏食住　起禿頭下西岐）呢次人頭難免
要改
（思安　接）妳無須悲哀，忽有妙法可消災
把佢姻緣暫拆開
（紅鸞　接）我今次是難忍耐
（夏氏鬧安介　接）你重滿口胡言當食生
菜，真正係個庸才
（紅鸞　接）要我扮神扮怪不可再，爹你勿
再胡來
（思安　接）憑藥材，我有玄機要記心內
（紅鸞　接）爹你太不該，把雌雄亂變改

（思安　沉花下句）唉吔附耳過來（授計介）
（夏氏驚介　白）嘩咁點通呀
（思安肉緊介　白）事急馬行田，唔通都要
通嘅叻，我照例唔入得新抱房間，祇有
妳奉旨為媒，可以入新房嘅咋，妳實行
將包瀉藥混入啲酒到，食痾佢嗰陣我以
老爺身份同佢睇病，開啲藥食到佢寒寒
熱熱，時帶幾分病態，咁就可以暫時呃
住先，我去搵呀全孝詐諦鬧新房，猛灌
啲酒俾郡主飲，嗰陣佢想洞房都幾難咯
（取小紙包交給夏氏叮囑下介）
（夏氏引紅鸞入新房隨命宮娥下介）
（宮娥領命齊卸下介）
（秀鈿，紅鸞各自關目無收介）
（夏氏　口古）恭喜郡主郡馬，百年好合，
萬子千孫，一代傳一代，郡馬爺你哋使
乜怕醜啫，上前見個夫妻之禮，亦理所
本該。。（拉紅鸞細聲介　（白））千祁咪
漏出馬腳呀

（紅鸞故作軒昂狀介　白）郡主有禮
（秀鈿強還禮介　白）郡馬有禮
（夏氏　白）係咯，咁先啱嘅嗎（推埋二人介）
（重一才秀鈿，紅鸞各自暗驚，不約而同齊卸開介）
（秀鈿關目另場　花下句）驚作投懷羞擁抱，焉能攜手入蓬萊。合歡花謝怎迎春（一才）此際唯將死神等待。
（紅鸞另場關目　花下句）花燭洞房嚇煞雌郡馬（一才）又怕無情更鼓迫我到瑤台。回頭暗望尚夫人（一才）教我如何憐翠黛。（關目示意無符介）
（夏氏見勢色不對急捧酒從中引開話題介　白欖）老身奉命做媒人，要向王爺有交代。我連忙嚟恭喜，早日散葉把枝開，夫妻和順到白頭，永遠相親和相愛，我敬你一杯合歡酒，明年添丁又發財（一才收）（暗將瀉藥落酒壺敬二人介）
『的的撐叻叻古』（秀鈿，紅鸞關目介　白）飲酒
（秀鈿，紅鸞取酒同欲飲介）
（夏氏暗牽紅鸞衣袖，關目不可飲介）
（紅鸞驚覺急吐酒噴向夏氏科凡介）
（秀鈿見狀愕然，不覺持杯不飲介）
『叻叻古』（全孝食住此入房猛叫介　白）恭喜郡馬，恭喜郡主（隨秀鈿一望）
（『重一才慢的的』秀鈿，全孝互相一望同呆住介）
（全孝驚喜介　白）乜原來郡主就係（連隨『先鋒鈸』拍跌秀鈿手杯介（口古））唉吔，妳真係無飲到杯酒呀，千祈唔好飲呀，何以妳一旦飛上枝頭，可否言明大概。
（夏氏大驚『先鋒鈸』執全孝台口　口古）你癲咗咩亞孝，對郡主摸手摸腳，我哋過骨全係靠啲酒嘅咋，你重拍瀉咗佢，呢次實行要買定山地棺材。
（紅鸞疑介　口古）聽你哋所講嘅言詞，似

是舊時相識嚸，真使我陣陣疑雲存腹內。
（全孝急介　白）你哋咪問住（回顧秀鈿介
（白））妳點解會攬成咁㗎
（秀鈿垂淚介　口古）你重好問，追源禍始
都因為你（一才）真是一言難盡，休提
往事更悲哀。（『哭相思』伏全孝懷內痛
哭介）
（夏氏一頭霧水介　白）啤，你哋攬乜鬼㗎
（花下句）喂，你哋攬頭攬頸，仔呀你
咪咁狼胎。。佢係郡主尊榮，你莫當閒
花採。
（全孝嚿介　白）唏，呢個郡主係冒牌㗎
（快二黃下句）佢不是當朝郡主（一才）
除非要再世投胎。
（紅鸞　接序）說話輕重要分開
（全孝　二黃上句）我求學杭州，佢係我當
年舊愛
（夏氏　接序）點會身在王府內㗎
（秀鈿食住齊口板　轉三腳櫈）皆因我老
父，對我太制裁，迫我去盲婚，我投河
寧殉愛，郡主將奴救，又逢海盜來，
我身換漢宮裝，兩番曾墮海。陰差和陽
錯，我惟有扮痴呆（一才）（花）祇因腹
有孕（一才）為把骨肉保存（一才）鳳
困玉籠囚半載
『重一才』（紅鸞沖口而出　白）吓，點解
佢哋往事我曾似知道咁嘅
（慢的的想介，但不能復憶失笑介　（白））
其實我真係傻喇，佢講咗出嚟，我梗知
道喇，呢次我都唔使驚咯（男喉（花下
句））舊侶重逢殊有幸，我亦深慶解難
消災（台口）其實我與妳同是女兒（一
才）（轉子喉）不過我錯把男裝改
（秀鈿　白）我認得你喇，你係……
（全孝　口古）你哋唔好講住，媽、佢哋一
個假郡主，一個係女郡馬，我哋無論如
何都要想辦法解決，呢件事情暫勿宣揚
於外。

（夏氏　口古）你哋暫時要維持假局，千祈唔好俾人把個焗盅揭開。。

（秀鈿　花下句）狄親王成狂嗜殺（一才）又怕難逃劫數上斷頭台。。懷胎十月快臨盆（一才）唉吔吔，此際我已難忍耐。（作動介）

（夏氏急扶秀鈿介　白）亞孝快啲行番出去先，女頭入嚟幫我手（與紅鸞同扶秀鈿卸衣邊）

（全孝出門兩邊急介）

『大笛』（斗官叫介）

『叻叻古』（思安雜邊上介　白）咦，乜點解有細佬哥喊聲呢，喂唔通個衰女生仔

（見孝問介　（白））喂，你企喺到做乜嘢呀，裡面攪乜鬼

（全孝急極口快介　白）生仔（雙）

（思安誤以為紅鸞生介　白）弊，真係生添，等我入去睇吓至得（欲推門入介）

（全孝攔介　白）女人生仔你點入得去睇㗎（一才）

（思安無收介　白）係噃，咁點呢

（叻叻古夏氏紅鸞抱斗官上介）

（思安　口古）女呀女乜妳遲唔生，早唔生偏偏洞房至生，呢次大家都唔好彩。。

（紅鸞　口古）啤，唔係我生㗎，係郡主生㗎，其實嗰個都係郡主佢嘅從前舊好，祇為陰差陽錯入宮來。。

（夏氏急介　白）呢次個個都無得生，全部都要死（花下句）呢件事定把親王驚動，看來佢就把殺誡開。。

（全孝　花上句）我哋要設法隱藏實行瞞天過海。（白）大家想吓啦

（思安悲介　白）唏，有叻，呢回要妳至得掂喇，忠嫂妳平日咁肥，自然有肚腩嘅嗎，妳直承認有咗身紀，估唔到奉命為媒，既然產子在新房外

（夏氏迫於無奈介　口古）無法喇，仔又係我嘅，孫又係我嘅，迫於無奈焗住我將

亭抬。。
（紅鸞　花下句）為解燃眉禍至，認孫為子
亦好應該，唉吔，我又覺腹痛難支，莫
不是臨盆於現在。。（作動介）
（夏氏急將斗官交思安扶紅鸞下房介　白）
唏，話妳唔聽，妳又嚟生仔都趁高興
（卸下介）
『大笛』（斗官叫介）
『叻叻古』（夏氏再抱斗官上介　口古）頭
先我個孫就賺錢嘅，而家你個孫就話蝕
本嘅。
（思安急將斗官交回夏氏介　白）一陣王爺
嚟你認生夠一孖至得㗎
（叻叻古狄親王，精忠，四手下同上介）
（夏氏急抱斗官坐門外唉聲嘆氣介）
（狄親王　口古）小王聞得夜有兒啼，有似
發生在新房之內（欲入房查介）
（思安急攔介　口古）王爺，你唔使入去睇
叻，房內對新人正恨春宵苦短，無謂攪
住佢哋咯，如果你問邊個生仔呢，你問
尚老夫人就知道喇，原來佢早已身懷六
甲，今晚到時到候，產下孖胎。。
（重一才叻叻古精忠怒介）
（夏氏作狀介　白）唉吔，無陰功呀，生得
好辛苦
（『先鋒鈸』精忠執夏氏連環　西皮）真真
不該（雙）我一載別離問妳為何生兩胎
（夏氏苦埋口面介　沉花下句）唉吔吔，原
全係你肥安教我生出來
（思安成個跳起介　花）唔該妳咪亂指一
通，是否存心靠害
（精忠『先鋒鈸』執思安介　花下句）枉我
與你情同莫逆，引狼入室自嘆我何太
蠢材。。
（全孝　花）爹呀，你暫息雷霆，應念夫妻
情愛。
（精忠　白欖）說什麼夫妻情，說什麼恩與
愛（一才）說什麼莫逆交，說什麼義如

海（一才）你兩個人面獸心，叫我如何能忍耐（一才）你毀壞我名譽與家聲，要搵豬籠將妳載。（雙）

（狄親王　白欖）估唔到尚同僚，個頭忽然會光彩，你個仔今時招郡馬，你淫人婦女太不該，小王最憎敗節與貪淫，你哋膽敢攪到我王府內，我要審明呢件糊塗賬，傳令連夜把堂開（包一才收）

（重一才全孝，思安，夏氏同驚介）

（全孝　口古）王爺，下官請命主審呢件案情，自信可查明大概。

（狄親王　口古）唔得，你與佢有骨肉之情，母子之親，難免有偏私之見，小王另派別人與你父子一同主審（介）決不容奸夫淫婦詐懵扮呆。

（白）人來，押他下去

（傳令三師會審，漏夜把堂開）

——暗燈，落幕——

第五場

（佈景：公堂景，品字檯，兩邊刑具）

（四衙差同企幕）

『雙飛蝴蝶起幕』

（甲衙差　口古）王爺傳令開堂，把糊塗案審。

（乙衙差　口古）我哋兩傍恭候，請出大人。

（四衙差同　白）有禮請

『大撞點』（四手下先上）

（君雄雜邊上台口　七字清下句）無私法紀儆荒淫，敗德婦人殊可恨。惟嘆世間女子盡負心。

（花）奉令開堂來審問。

（君雄關目介　白）出迎

（小開門四中軍，全孝，精忠同上介）（君雄迎入介）

（精忠　口古）陸同僚，此案關乎我名譽家聲，你要徹底查明，我父子一齊陪審。

（全孝執君雄另場介　口古）望同僚對此案
網開一面，筆下超生。。
『重一才』（君雄冷笑介　花下句）未慣徇
私為賣放（一才）從來國法本無親。。
公堂明鏡早高懸（一才）賞罰分明全責
任。（白）準備開堂（下介）
（甲衙差　白）開堂侍候
『小開門』君雄埋位介　全孝，精忠各自
埋位介）
（君雄　英雄白）執法如山無情感。生來慧
眼（介）辨貞淫（白）把犯人提堂
（甲乙衙差同領命下介）
『雁兒落』甲乙衙差同帶夏氏抱雙斗官，
思安上）
『重一才』君雄，全孝，精忠同關目介）
（君雄拍案喝介　白）下跪者把名姓報來
（思安猛叩頭　口古）大人，蟻民姓倪名思
安，花名叫肥安，望大人明察秋毫，我
的確冤枉得很。

（夏氏拋浪頭介　口古）喂，你唔好咁大聲
噃，我都唔係俾人喝慣嘅，你估淨係你
至做官呀，我個老公同仔都做到好大吓
嘅噃，你而家審我要格外打醒精神。。
（抬頭一望見君雄，全孝，精忠始驚介）
『的的撐』（君雄認出夏氏介　冷笑白）乜
原來妳係尚書夫人，狀元郎嘅令壽堂嚊
（夏氏誤會君雄謙介　白）你估
（君雄冷笑介　白）咁我就睇真吓嘞。『大
五才鑼鼓』（君雄開位故意辱全孝　長
花下句）冷看狀元郎，心頭還記恨。。觸
起前塵殊羞憤，花園相責太欺人，今日
公堂重審問，估不到呢個淫娃蕩婦（一
才）（向孝冷笑介）竟是你慈親。。回首
問（一才）狀元郎（一才）好個官宦之
家，何會有出牆紅杏。
（衙差手下同喝呵介）
『重一才叻叻古』（全孝怒介　花下句）一
語穿心如刀刺（一才）可知其身不正令

不行。。記否花園夜（一才）你戲婦孺（一才）估不到昔日登徒，今已貴為主審。

（衙差手下同喝呵介）

『的的撐叻叻古』（君雄火介先鋒鈸執全孝開位介　口古）狀元郎，你話我當夜調戲婦孺，你未解內情，不應將我清譽玷污，枉受聖賢教訓。（先鋒鈸執全孝三批介）

『重一才』（全孝亦怒先鋒鈸執君雄介　口古）主審官，你話我未解當夜內情，你又可知此案內幕呀，你不應案情未白，先以含血噴人。。（先鋒鈸三批介）

（精忠開位攔介　白欖）休相爭，莫相爭，奉命審姦情，休記私人恨，秉公來處斷，內裡要查真（雙）

（君雄餘怒未息介　花下句）永記兩番曾受辱（一才）此仇此怒在余心。。暫按三分怒，（一才）留在再開堂（埋位）秉公嚴明休洩私人忿。（口古）犯婦女，妳夫離一載，妳何以會產下孩兒，誰個是妳姦夫，快些言明底蘊。

（夏氏指安介　口古）姦夫就係佢（一才）

（思安食住一才呼冤介　白）冤枉呀大人

（夏氏肉緊介另場續　口古）死肥鬼，認生仔又係你教我嘅，如果無你又點生仔，你幾大都要認呀，唔認就實穿煲，穿親煲就實死人。。

（思安怕死認介　白）係係係，我係姦夫（雙）

『重一才』（君雄忙的的關目介　口古）倪思安，你昔才失口呼冤，點解又忽然承認呀，你既認與夏氏有私，本官問你一聲，你寄居尚府有幾耐（一才）

（思安口快快介　白）三個月，實係住咗幾日（一才）

（君雄續　口古）在咁短時間之中，你縱與夏氏有情，也決無產子之理（一才）本官見你與犯婦眼去眉來，定有原故，快些從頭招供，見否刑具兩旁，豈容你瞞隱。

（思安驚介　口古）大人，你唔好再喝我咯，求其我認就算叻，係咁意判我坐三五日監就了事囉，總之一切都係我上晒身。。

『重一才』（君雄火介　花下句）察其情（一才）知彼意（一才）莫非案中有案另有原因。。尋真相（一才）倘若你不招來（一才）莫怪我嚴刑迫問。（白）人來下刑

（全孝阻止介　白）且慢（花下句）棒下逼供無天理（一才）莫憑權勢可凌人。。若然苦打縱成招（一才）須防我向王爺告稟。

『的的撐叻叻古』（君雄　戲妲妃尾）唉吔吔，戲得你火燒心。

『撞點鑼鼓』（開位七字清　上句）藩王向我傳大任，案中有案要查真。。幾番阻攔來作梗，不由怒火更焚心。。（一才花）且看藩王大令在掌中（一才）誰敢責問（先鋒鈸取大令拋向全孝示威介）

『重一才』（全孝接官印暗驚介　大花鑼鼓開位　台口長花下句）大令掌中持，真令我心驚震，見佢豹眼睜圓，人怒憤，不由冷汗掂頭淋，回望慈幃添百感，又何忍佢代兒受罪（一才）此時才解見親心。黃龍令（一才）壓頭顱（一才）主審官何以欺人太甚。

（精忠開位勸止介　口古）孝兒，我覺其中似有內情，佢倆既不招供，稍下嚴刑亦非過份，佢已不配為賢妻良母，何必為佢惹起紛爭。。

（君雄　快點下句）公私兩字要相分（花）埋公案（一才）下棒刑（一才）也非為個人怨恨（埋位介　（白））下跪犯人招不招供

（思安，夏氏耍手擰頭介　白）招不來（雙）

（君雄火介　白）衙兒們，與爺爺下刑

（全孝不忍看介）
（雁兒落甲乙衙差打思安夏氏介）
（思安夏氏叫痛呻吟介）
（全孝關目不忍，隨『先鋒鈸』跪埋夏氏身邊介　白）亞媽，我要講（一才）
（夏氏食住一才掩全孝口介）
『的的撐叻叻古』（君雄，精忠同關目介）
（君雄　口古）我聽你嘅言詞，你定知其中嘅底蘊。欲親娘免遭拷打，除非把真相直言陳。。
（全孝　半口古）若問呢個孩兒（一才）
（夏氏食住一才接　半口古）完全唔關你份。
（全孝　半口古）呢一個懷中小生命（一才）
（夏氏食住　半口古）就係我嘅親生。。
（全孝頓足介　口古）亞媽，到呢個時候，我唔能夠唔講，大人，其實佢兩個都係原屬無辜，我此際已忍無可忍。呢兩個小生命，乃是郡主所生嘅。。
（『重一才』君雄大喜『先鋒鈸』開位搶斗官介）
（夏氏拚命搶回科凡介）
（君雄　口古）想我同郡主有一夕情緣，呢個定是我親生血胤。
（全孝　口古）你發夢，呢個分明係我尚門骨肉，我與郡主曾有半刻銷魂。。
（二人爭認斗官介）
（思安晦氣介　白）一係就要搵人認，一係又無人認，我唔認喇，你哋認埋位我份啦。（負氣背坐介）
（『叻叻古』紅鸞，秀鈿同上介）
『重一才』（君雄，全孝同『先鋒鈸』開台口，君雄擁紅鸞，全孝擁秀鈿介　同白）郡主（一才）
（秀鈿，紅鸞同見思安驚喜交集，『先鋒鈸』撲埋擁思安悲叫介　白）亞爹
（哭相思，思安，秀鈿，抱頭痛哭介）
（精忠莫名其妙介　白欖）點解郡主會係你

女兒，呢件事情奇得很。
（君雄　接）原來妳假冒，真正郡主係此人。（指紅鸞介）
（紅鸞　接）我點會係郡主呢，你分明太胡混。
（思安　接）亞女，妳點識得全孝，快啲向我講真。
（秀鈿　接）當日佢係我嘅情郎，我為佢投河甘命殞。
（全孝　接）我哋以前早相愛，而且暗裡訂終身。
（夏氏　接）你哋快啲抱番個斗官叻，就嚟抱到我發嘢
（大笛斗官叫介）
（紅鸞，秀鈿各自抱回斗官呵護介）
（思安嘆氣介　口古）早知係咁就唔使咁論盡喇，原來全孝就係妳情郎，佢就係我話俾妳聽個未婚夫囉，呢個根本唔係我個女，我嗰晚救錯咗佢上嚟，知道佢患咗失憶病，唔記得以前嘅事，所以我就搵佢做替，無非將笨搵。
（秀鈿　口古）早知未婚夫與情郎同是一人，我就唔使自殺喇，原來郡主患咗失憶病，唔怪得我認得佢，佢反唔知自己身世，我嗰晚投河遇救，佢重俾啲衫我著，及後遇賊而墮海昏迷，被誤為郡主，我唔死得都係多得佢同埋嗰位金邦嘅大將耶律將軍。
（『重一才』全孝，精忠同　白）乜原來你係番將嚟
（全孝『先鋒鈸』執君雄　花下句）唔怪得你話與郡主前緣早有，原來你樓台近水，先把月追尋。
（精忠　花）失職有責罪難饒，無力護花殊可恨。
（君雄火介推開二人　白）行開，我認（花下句）我與郡主同生共死，中原淪落為訪釵裙。請郡主細憶前塵（一才）記否

當年情與份。

（『重一才』慢的的紅鸞想介　白）我……你，郡主……我越想越糊塗咯

（花下句）若問我以前自身（一才）

（眾人食住一才追問介　白）點呀

（紅鸞　續花下句）未曉我是何人。。誰是我（一才）我是誰（一才）不禁含糊帶混。

（夏氏　口古）計我話呢件嘢搞得咁牙煙，不如請出藩王從頭直稟。

（君雄　口古）大丈夫敢為敢作，但得重逢郡主，我早已不計死生。。

（眾同　白）有請王爺

（『小開門』四堂旦，狄親王上埋正面位介　口古）眾卿家，你哋可曾把此案查明，我亦欲知其底蘊。

（全孝　口古）王爺，因為案中有案，紅鸞郡主竟有真假之分。。

（『重一才』狄親王關目介　花下句）真使我一頭霧水，不由得滿腹疑雲。。因何會有真假紅鸞，小王要從詳細問。

（精忠　口古）王爺，眼前呢個郡主乃是冒牌，經過情形確是離奇甚。郡馬爺方是真郡主，而武狀元乃是當年金國個護送將軍。。船至黃河忽遇少女投江，郡主將佢救回。並把衣裳相贈。及後船沉遇賊，竟然弄假成真。。佢與小兒原是情人，早已腹中有孕，竟臨盆於洞房之夕，我妻深恐王爺見罪，惟有代認親生。。郡主病患失憶之症，已把前事盡忘，懷中子乃是君雄血胤，當日思安尋女，救佢重生。。

（狄親王　白欖）罵句小胡蠻，將我王妹搞成咁，包天憑色膽，不應情挑倩女心，失責罪如山，我不將你憐憫，重敢改名赴試，膽大實欺君，三條三罪名，要將你革職來查問。

（思安　接）你頭先都惡得耐，而家你重敢

沙塵。
（夏氏　接）你方才猛咁使官威，而家有得震時無得鬭。
（秀鈿　接）我愛莫亦難助，有負你救命恩。
（紅鸞　接）見佢咁可憐，芳心亦不忍。
（全孝　接）你條條皆死罪，王爺寶劍不饒人。。
（『重一才叻叻古』君雄　大花下句）舊日恩情不復記（一才）合歡好夢怎追尋。。空餘一頁未完情（一才）記否半夕恩情同衾枕。『段頭復起小曲胡地蠻歌』一葉輕舟去，人隔萬重山。（　）（　）（　）（思安接）（以下譜子不唱曲）鳥南飛，鳥南返，鳥兒比翼再歸還，哀我何孤單。
（紅鸞『重一才』全部憶起往事慢的的逐個睇，望至君雄認出關目介　白）你——你唔係君雄
（君雄驚喜介　白）郡主，妳始終都認得我咯
（紅鸞，君雄擁抱哭相思介）
（紅鸞　花下句）一曲重憶前塵事，今時方認舊時人。。黃河劫（一才）散鴛鴦（一才）今夕重逢殊有幸。
（君雄悲喜介　口古）郡主，妳今日得慶痊癒，應與妳兄王一敘天倫情份。
（狄親王喜介　口古）王妹能一朝無恙，小王就恕你無罪，惟是此後不准中原留戀，限令十二時辰之內，返國起行。。
（『重一才』紅鸞嬌嗔介　口古）兄王，我哋雖是骨肉團圓，但係我萬不能任君雄離去㗎，我早已以身相許，而且誕下女兒，矢誓生死相隨，何必使我情河抱恨。
（狄親王這個關目介）
（君雄淒然相勸介　口古）郡主，拙職自慚早知不配為偶叻，妳俾番個女我喇，我即日攜兒返國，我到呢個時候，重有一件紀念品送俾妳，郡主，妳此後見此物

如同見我，我見卿，妳對我恩情似海，
猶比是刻骨銘心。。
（紅鸞一路聽一路叫君雄流淚介）
（眾人同感動介）
（君雄由頸上解下玉珮欲掛紅鸞頸介）
（『重一才』思安見玉珮『先鋒鈸』撲埋搶看
介　白）你呢個玉珮係邊度得嚟㗎
（花下句）此玉珮是我傳家之寶，因何會落
在你身。
（君雄　花）我自小就長佩懷中，相信已有
十多年份。
（思安喜介　口古）我十幾年前曾經唔見咗
個仔，呢個玉珮本來係一對嘅，分配在
兒女身上，而家呢個玉珮重現眼前，真
令我疑雲陣陣，亞女妳快啲解個玉珮嚟
俾我對吓，便知是假還真。。
（秀鈿自頸上解玉珮交思安介）
（思安將玉珮一對，悲喜交集，擁君雄亂吻
介　白）你真係我個仔（雙）

（三人相思介）
（紅鸞　花下句）君雄既是漢人血裔，兄王
你勿拆散呢對鳳凰群。。
（精忠　花）佢哋患難見真情，應該諧
婚嬪。
（全孝　花下句）我哋亦真誠相愛，望能緣
訂三生。。
（夏氏　花）我愛富嫌貧，一場教訓。
（秀鈿　花下句）往事不堪回首，與郎共訂
白頭盟。。
（狄親王　花）小王愛惜英才，既是眾望所
歸，賜你兩對璧人同合巹。。
（狄親王　下句）未了餘情重續愛，恩仇此
後化煙雲。。
——辛苦大家，煞科落幕——

一九六二年首演，排印本，香港八和會館所有，歐奕豪先生私人收藏。

無情寶劍有情天（節錄）

演員表*

韋重輝
呂悼慈
冀　王
桂玉嫦
胡道從
呂懷良
韋承業
韋明忠
小　翠
男　兵
女　兵
小　兵
手　下

*（編者案）：本劇首演之演員資料從缺。

第一場

景：荒郊（衣邊有樹為紫竹林雜邊有紅梅谷有大石可作櫈坐）

（二幕外）

（急急鋒排子頭開邊起幕）

（韋承業白鬚白髮佩寶劍與韋明忠蕩子上）

（承業英雄白）踐約竹林謀舉事。

（明忠接白）驅馳不顧路高低。

（承業收掘白）老夫韋承業。

（明忠白）某，韋明忠。

（承業白）當日呂氏懷良，妄把功臣陷害，將吾韋氏一族，驅離帝京，幸得桂家小姐，携帶世子逃亡，在于紫竹林中，收藏教養，不經不覺已過十八年長。今日時機成熟，約同舉義鋤奸，正是一族冤仇憑血洗，萬家刀劍待重輝（花下句）人老寶刀還未老，衝鋒陷陣尚堪為。。紫竹林中舉義旗，快馬揚鞭毋阻滯。

（明忠接花下句）拚擲頭顱誅國賊，不除呂

氏不回歸。
（二人同下介，排子頭，簫引子）
（琵簫怨引子「反綫」）
（急急鋒開邊拉二幕，重輝衣邊手持橫簫坐幕配簫聲作吹簫狀介）
（音樂接奏）
（重輝唱）南園春滿踏青時，風和聞馬嘶，紅梅如荳竹如眉，畫堂雙燕歸，何曾曉月落烏啼，萬點鴉棲，哀身世猶似金劍沉埋（音迷）夢繞檀溪，空餘天邊冷月，笑我痴迷。
（重輝無聊地坐石上吹簫自遣，悼慈食序之一半雜邊上介）
（悼慈接唱）莫怨痴迷苦，雲壓雁聲低，拋開愁懷抱，恨事且休提，冤不計，仇不計，君若心存仁與愛，自似朝陽吐光輝，春山碧樹秋重綠，人在武陵溪。
（二人舞蹈式互相尋覓介，煩自度）
（重輝接唱）壯士悲歌，歲月隨水逝，荒林隱客空自悼春歸，猶只怕英雄遲暮埋荒塚，芳草萋萋，一朝化可憐殘骸白骨，聽子規啼。
（悼慈唱）無情明月有情歸夢，同到幽閨，寒暑數十易，故土埋軀體，自古王侯螻蟻概化塵坭，莫羨功名莫羨富貴。
（重輝接）世上繁華皆虛偽，只堪悲，時兮（旦）時兮（生）胡不歸。
（悼慈接）時兮（生）時兮
（二人合唱）胡不歸。（四鼓頭親切相偎介）
（重輝）（白）琴娘！
（悼慈）（白）簫郎！
（重輝口古）琴娘，想我地自少相識以來，都係我吹簫你彈琴，大家唱和，計起都有十多年呦，但係十幾年來，只用簫郎琴娘互作稱呼，彼此都唔肯吐露真實姓名，咁樣嘅知交，都算史無前例，咯啩。
（悼慈口古）唉，正是同是天涯淪落人，相

逢何必曾相識呢，簫郎，我就自悲身世可憐，所以埋名隱姓啫，但係你又何必畏懼一位嫦姐姐，而唔肯將姓名講俾人聽呢，係喇，提起你個位嫦姐姐，我就覺得奇怪叻，據你平日所講，佢自少將你教養情如骨肉嘅，何以又時常對你作無情打罵，令你苦惱悲淒。呢，

（重輝口古）佢嘅性格真係好難測度。一時對我鬼咁好，一時又對我鬼咁惡，個種冷熱無常嘅脾氣，都唔知點樣對佢至啱，琴娘你嘅身世可憐，都仲算有幸福呀，不比我環境淒涼寂寥無慰。。

（悼慈口古）我比你幸福？簫郎你何以見得？大可直說無遺。。

（重輝花下句）你尚知生身父母和家世，可憐我爹娘誰是尚如謎。。你似天空小鳥任飛翔，我若牢裡俘囚遭禁閉。

（悼慈慰之白）唏，我以為你講乜野喎，一個人嘅幸福，係由自己創造嘅之嗎（花下句）世上難求真知己，古人不是語無稽。。並肩攜手再詳談（一才）

（重輝被她觸及手上傷痕失聲呼叫介白）唉吔。

（悼慈愕然望重輝傷痕介白）咦，乜你隻手流血呀（接前腔）何故受傷，對我講詳細。

（重輝白）吓，冇，係我自己抓損嘅啫，唔緊要嘅。

（悼慈白）你唔駛呃我叻，咁多籐鞭嘅痕跡，慌唔係俾嫦姐姐打成咁樣咩，陰功咯，等我搵啲水同你抹咗的血先喇，

（轉身往溪邊濕手帕替輝抹血跡介）

（音樂清流曲引子托動作，反綫）

（悼慈唱）傷在郎身上，痛在儂心底，唯代輕輕將血洗（一才）

（重輝食一才時覺痛失聲浪白）唉吔，

（悼慈浪白）好痛呀？

（重輝忍住浪白）唔係，唔痛。

（悼慈仍小心替之敷傷介）
（悼慈浪白）唥而家冇咁痛叻啩。
（重輝浪白）當然喇（接唱）得嬌慰藉心甜蜜，皮傷肉痛已忘遺。（浪白：肉痛吓幾咁閒啫，個心甜就得啦嗎。）
（悼慈微嗔地浪白）吓，人地替你難過，你仲講風涼話嚊，唔睬你。
（重輝浪白）琴娘，你嘅心腸同嫦姐姐真有天淵之別咯。
（悼慈浪白）點樣分別呢？
（重輝接唱）（催爽）一個是冰腸冷面，如秋露，一個是嬌柔和藹若春暉，一個是仁慈忠恕（慢）最堪親（清唱）一個是孤僻兇殘殊可畏。
（玉嫦內場呼叫白），返入嚟啦！
（重輝驚悸地口古）唻，嫦姐姐又叫我叻，我番去先，息間再嚟陪你傾偈啦。
（悼慈口古）好，我响度等你啦，事關我仲有好多心事未對你講齊。。㗎。
（重輝白）咁一陣至傾啦，（匆匆下介）
（沖頭，胡道從扡住酒葫蘆與小翠上介）
（道從口古）小姐，今次弊弊弊，弊都冇咁弊叻。
（悼慈口古）從叔，乜野弊弊聲呀，你與小翠去同我阿爹拜壽，點解咁匆忙走嚊嚟。。啫
（道從白）我對你唔住咯小姐（長花下句）一世夠糊塗，半生懵懵閉。做野心肝唔啦肺，三杯落肚好似被鬼迷。床底破柴做埋的唔等駛，無端把鴛鴦拆散，正式好事多為。。真個唔望做人，寧願做隻醉酒鬼。（又取葫蘆猛飲介）（白）飲，飲死佢！
（小翠插白）你個糊塗蟲，難為你仲飲得落呀（接花下句）你唔將小姐丹青獻與老爺為壽禮，又點會俾冀王睇見威迫賦眉齊。。今日大好良緣，俾你來摧毀。
（悼慈重一才卓竹關目白）吓，冀王迫婚？

（道從口古）小姐我知道害咗你，但係我唔係有心嘅，想你自出娘胎，夫人就與老爺頂闖，而遭慘死，老爺更因憎嫐便憎兒，唔想對住你，老爺命我帶你離開相府，在此紅梅谷撫養成人直至今日，雖然我地嘅身份為主僕，但係我大膽的講句，我對你真係情如骨肉嘅，為想老爺見到你個幅丹青而思念你，由此彌縫你父女嘅感情，故敢獻呈畫圖作壽禮（一才）點知嗰個衰鬼冀王，生來好色，居然威迫老爺，將你嫁佢為妻。。（一才）我何嘗唔知你愛上咗紫木林個位後生哥呢，可惜老爺已一口應承，招冀王為婿，小姐，今次我無心之失，累咗你咯，你責罰我啦，如果你唔鬧我，我嘅內心難過，重苦不堪提。。呀

（悼慈的的撑關目，沉花下句）唉吔吔，愛海無風興巨浪，冀王好色立心虧。。（五才花）難負義（一才）怎負情（一才）誓要反對迫婚，不懼權與勢。

（小翠口古）小姐，事不宜遲。冀王仲話要親自到紅梅谷接你番相府籌備完婚添。不如快的收拾行裝，而且對你個位心上人講明一切。罷啦

（道從口古）小姐，咁唔得㗎，紫竹林又生人勿近，你點樣去同心愛人告別呢，今次真係變咗老鼠拉龜。。叻

（悼慈口古）從叔，呢頭婚事我無論如何都唔接納嘅，立即番相府叫亞爹退婚亦都好，不如咁啦，我寫兩封信，一封你留響度同我轉交簫郎之後，再把另一封送與冀王，表明我堅心拒絕成伉儷。

（小翠口古）咁都好，事關時間迫切，小姐快些回去把書揮。。啦

（悼慈花下句）願借書函來寄意，名花不受蝶包圍。。琴娘一片雪冰心，付與簫郎情不萎。

（三人同下雜邊介）

（鼓擂初更介）

（道從左右手各拈一封信云云再上介）（板眼）攪到一身蟻，好似春瘟鷄，咪話我自吟自語十足鬼食坭。。呢兩封書函，要代小姐傳遞。精神打醒，咪俾佢失威。免至人地鬧我糊塗，又話我係醉酒鬼。今次幾大都唔攪錯，攞番個第一番嚟。。（收掘白）咁簡單嘅事，就算我更糊塗都唔會攪錯啦，左手個封交俾個簫郎，右手個封送俾冀王，清清楚楚重有走鷄。講到口都乾埋，飲番啖先（又拈起葫蘆自飲酒一自行介，踢倒石頭躓倒，兩手交叉地跌書信落地介）唉吔，幾乎鼻都仆崩添，邊個咁冇陰功擺正的石頭响路中心呢吓，弊叻，兩封信跌晒落地，分唔出邊封打邊封添噃，唏，糊塗蟲即係糊塗蟲，唔怪得比人話嘅，左手揸個封，梗係跌响左邊，右手揸個封梗係跌响右便啦，重駛想嘅（執回兩封書信介）吓，一個清醒起來，真係冇得頂嘅，揸住交俾簫郎個封袋埋冀王個封，就再躓倒都唔會跌晒啦馬，唔，紫竹林唔准外人探訪嘅，不如坐吓，等簫郎出嚟罷啦（袋好一信坐在石櫈上等候介）

（重輝力力古再上四面觀望介輕聲地白）琴娘呀琴娘。

（道從大聲地白）簫郎，我响度。

（重輝忙掩道從口白）咻，咪咁大聲喇，俾嫦姐姐聽見就麻煩嘅叻，琴娘呢？

（道從快口快舌地白）我地小姐番咗相府嫁王爺（才）

（重輝一怔白）吓，琴娘嫁王爺？

（道從口古）嗯，我都係唔講叻，事關講得多錯得多，嘩，小姐已將佢嘅心意寫晒响信裡頭，叫我交俾你嘅，要清楚情形，自己拈去睇。啦（將信交重輝介）

（重輝接過信懷疑地口古）胡大叔，琴娘佢

（道從接口古）唏，總之你睇信就知道啦，我仲有事幹要辦，唔得閒同你講東講西。（白）再見叻（不顧而下介）

（重輝更疑訝地折開書信讀信介白）雖蒙見愛效連枝，可奈無能共結褵，幽谷名花經有主，勸君莫作蝶蜂痴。（雙句）（的的撐關目，反綫戲妲己尾腔）唉吔吔，好一個忘情佳麗。（接鼓浪歌反綫）說什麼至誠，相宿與相棲，為富貴竟將鳳約毀，山盟海誓完全虛偽，真使我又妒又憤又氣又惱，恨煞善變女兒心（兩才插白）琴娘呀（接唱慢）你亦算寡情負義太胡為。（惱恨地坐在石櫈上褪氣介）

（四校尉與冀王上介）

（冀王七字清）一路春風襯馬蹄。。不避紆尊和降貴。希能迎接美人歸。。（花）紫竹幽風嘯（一才）紅梅逐水流（一才）惜未見香居出現吾眼底。（口古）紅梅谷，本藩只是初到，不甚熟識路途，如何尋訪佳麗。呢（擲才介）唔，這邊有人，問吓佢至得，喂，小村夫這處是否紅梅谷呀？

（重輝一肚氣望也不望地接口古）紅梅谷我唔知（一才）你唔好問（一才）紅梅谷三個字以後休再提。。

（冀王重一才關目口古）唉吔，本藩好聲好氣問你嚁，何以對待王爺膽敢如此無禮。

（重輝始抬頭一望白）王爺

（冀王白）冇錯叻，我再問你一聲，呢度係唔係紅梅谷，有個如花似玉嘅小姐，住响裡便。

（重輝仍妒恨地白）哦，原來你嚟搵佢。

（冀王白）係叻，就係呂小姐，你識得佢咩？

（重輝口古）何只識呀，我同佢有白頭之約添（一才）可恨佢貪慕虛榮，移情別嫁，捨我而一去不歸。（又頹然坐下介）

（冀王自忖度白）哦，原來情敵嚟嚕（花下句）還幸嬌花拋棄舊情侶，立心嫁作冀王妻。。情場得意份外覺輕鬆，那怕說話尖酸再行將佢翳。（口古）喂，小村夫，你知唔知個位小姐，點解要拋棄你呀，就係為咗與本藩成親，共享富貴。

（重輝更妒口古）吓，原來佢拋棄我就係要嫁你為妻？

（冀王白）冇錯叻，你做人要自量吓至得嘅。（白欖）你乜野身屍，乜野家世，妄想高攀圖富貴。呂家小姐貌如花，點會無端吼你個鄉下仔。貪你餓死老婆瘟臭屋。一生受苦恨長遺。。（催爽）學得本藩王，有權兼有勢。才配求佳麗，結合永雙棲。我唔話你知，你重懵閉，我一巴將你來摑醒，快息痴心莫沉迷。。（跟住唾重輝一口，傳命打道回府，率校尉下介）

（玉嫦在雜邊卸上，窺聽，等冀王去後，先鋒鈸上前自重輝手上奪取書信細看，忿恨介）

（玉嫦的的撐關目白）唉吔，你都算好膽呀你（先鋒鈸執揮手禿頭唱長花下句）居然學談情，戀佳麗，放蕩不羈令我悲且翳，枉我多年教養與提携。不准你洩露姓名和身世，怎知你囂張大膽對我陽奉陰違。一腔怒火上心頭，定要打到你當堂變鬼。（三批介一巴兩巴一腳打重輝冇頭鷄介）（哭相思）

（重輝跪到認錯介，花下句）嫦姐姐你管教從嚴無非想我好，獨惜我少不更事，反令你苦悲凄。要打要罵我也甘願捱只求莫再傷心流淚涕。

（玉嫦憐惜地白）重輝，其實嫦姐姐打你一巴，個心就痛一痛，如果你聽嫦姐姐教導嘅，嫦姐姐又點捨得打你呢，有冇打親你呀？

（重輝白）冇打親，只係痛痛地啫。

（玉嫦白）重輝，你重跪响度做乜野。
（重輝白）係，我知道錯，向嫦姐姐你認錯咯。
（玉嫦轉怒容白）咗，你起身，我平時教導你，教過你做人要堅強要倔強，做個鐵血男兒，就算錯都要錯到底。
（重輝口古）我以後定當依從姐訓，不敢有半點忘遺。
（沖頭、承業捧劍與明忠上，同見玉嫦介）
（承業口古）桂小姐，十八年前約定舉事報仇，如今正是大好機會，諒必世子亦已長成，可統率韋家子弟。啲，
（玉嫦口古）韋老將軍，這邊一位正是重輝世子，十八年來由我桂玉嫦苦心教養，幸得他練成文韜武略，我嘅責任無虧。。
（承業白）承業見世子。
（明忠白）明忠見世子。
（重輝愕然介，接口古）（先鋒鈸執手）嫦姐姐，究竟是什麼事情，應該對我說明原委。
（玉嫦口古）重輝，你追問從前身世咩，今時我亦不妨細說，你先把畫圖一看，且待我把舊事重提。（命承業、明忠解下畫圖介，口白）重輝，你跪低，講起你嘅身世，真係一疋布咁長，你且看畫圖，呢一邊呢個就係你嘅始祖韓信，佢滅楚之後，功高鎮主，後來未央宮降罪，伏誅於呂后手中，此後禍延三族，成為你地姓韋同姓呂嘅世仇因果，第二個係韓信門下蒯徹義士，難作之後，抱信遺孤托於蕭何，復托諸南越趙佗撫養，形成韋族之開始。
（唱反綫二黃板面）義托遺孤敢作也敢為。不姓韓而姓韋、改姓渡刦危，存韓字半題，怎知一旦呂高后，心有不軌，圖叛變想稱帝。（二黃）你爹爹，丹心扶漢位重堪危，奸賊呂懷良為怕你父報祖仇，不惜巧施奸計。（略快轉正綫）佢

竟陰謀下毒，天理全虧。話你父病患癡瘋，慘至全家殺斃，禍延韋族，從此各散東西。我本是門下一個歌姬，自幼精嫻武藝，及至蕭墻禍起，我抱你殺出重圍。隱居紫竹林（花）望把沉冤雪洗。

（重輝重一才先鋒鈸跪倒叫相思介）爹媽

（快二流）罵一聲呂懷良，良心喪盡，天理全虧。。不報此仇，枉姓韋。

（玉嫦口古）世子，我十八年來不惜虛渡青春，對你管教從嚴，無非鍛練你一種剛毅寡情嘅性格，好替父母報仇，領導韋家子弟。

（承業口古）世子，呢把寶劍，係你父王生前佩帶嘅，而家我交番比你，望能把韋家耻辱，洗脱無遺。。

（明忠口古）世子，韋氏十八載生聚教訓，期待雪耻復仇，自當前仆後繼。

（玉嫦口古）冇錯吻，我現在改呢把劍叫做無情寶劍（一才）唔好辜負我改你個名叫做韋氏重輝。。

（重輝重一才卓竹白）無情寶劍，韋氏重輝。好呀（快點）誅奸雪恨逞雄威。。可對皇天來發誓。盡教呂氏葬黃坭。

（花）若有徇私與食言（一才）

（玉嫦插白）怎樣呀？

（重輝接前腔）無情寶劍甘為鬼。

（玉嫦欣然，花下句）破釜沉舟求雪耻，焚燒居處把戈揮。

——落幕——

第三場

（景：郊外，雜邊軍營門口，疏星殘月）

（排子頭，急急鋒開邊起幕）

（重輝慢長才上軍營行出段頭唱反綫纏綿曲）懊惱心寂無慰倍感傷神。子規泣血聲聲帶恨，更觸心內創痕，美夢似烟消，痴心尚難沒泯，說甚紫竹配紅梅，鳳簫永和瑤琴韻。（三更）

（重輝唱花下句）荒涼午夜荒涼月，寂寞軍營寂寞心。。一點寒更一點愁，千縷情絲千縷恨。

（部將入參見介，口古）呂氏派人到此求和，謹向元戎直稟。

（重輝擲才關目，口古）呂氏求和，快些傳見，看是何等樣人。

（部將遵命下介）

（柳絲鑼鼓，悼慈與道從上介）

（悼慈花下句）不避宵深風露冷，輕身直闖虎狼群。。成功失敗總由天，麻木心靈難振奮。

（道從拍心口，接花下句）有我响身邊，乜野都唔駛怕，唯是想到將人刺殺，個心又震騰騰。。為求壯膽，飲番兩啖先……（飲酒）天跌落嚟，我都當被冚。

（二人參見元帥介，再見是重輝，彼此驚愕介）

（悼慈驚喜地，白）唻，簫郎

（重輝白）哦，原來係你呀！

（道從口古）咁就一天都光晒咯……開講話山水有相逢，有緣相遇，直程唔駛搵嘅。

（悼慈口古）簫郎，琴娘真估唔到你會做咗大元帥……更估唔到今宵見舊時人。

（重輝冷面而帶恨地，口古）乜你估唔到我會做元帥咩？……我亦都估唔到一位天真純潔美艷嘅琴娘會變咗一個貪慕虛榮嘅庸脂俗粉。

（道從愕然　口古）唉吔，乜你咁講呀！唔通一個人發咗達就要惡嘅？喂，就算你係叻，都唔駛沙塵。。嘅

（重輝唱反綫浣紗曲）一朝陌路已相分，那堪重見花下人。

（悼慈接唱）似夢中重逢，假抑真，燕侶難寒花月盟。

（重輝唱）一腔悲忿千般積恨，絕愛負我太忍心，世間女子真薄倖，可憎可恨。

（悼慈唱）不知因甚再牽衣一問。（浪裡白）簫郎半載睽違，一朝相見，我有好多說話想同你講，點知你一見到我，就怒目睜眉，到底是誰負你。

（重輝白）唏，你重明知故問，（起二黃下句）無情最是女兒心，多情偏有痴郎恨（才）我道是青梅竹馬，你當作流水行雲。。妹住紅梅，學不到梅花潔行，為了趨炎附勢，竟致棄舊貪新。

（旦唱序）此心何曾有負君。

（重輝接唱二黃）且問尚有何顏，與我重輝接近。

（道從白）喂，唔好咁忘本嚁，細佬。

（悼慈白）從叔你唔好嘈住先喇，（反綫中板）簫郎不用怪紅粧，琴娘豈有忘情義，君記紅梅約，妹記紫竹盟。。估道同心種出合歡花，只恨橫來風雨碎情芽，權勢迫成婚，高堂偏應允。。好比晴天霹靂，害得我五中無主，為補情天缺，轉家步履頻。。（花）林中未及候君來，倉猝未容言底蘊。（白）簫郎，紫竹林中有嫦姐姐在，我又如何敢進呢？所以匆忙中寫下兩封信，由從叔交俾你，講明我心事嘅咯嚁，你有冇收到，有冇拆開睇過啫。

（重輝口古）何只睇過，我讀完又讀，而家重唸得出添呀，聽住叻，好一個「幽谷名花經有主，勸君莫作蝶蜂痴」（才）你是否移情別人。

（重一才悼慈關目，道從似有所悟介）

（道從接口古）你有冇睇錯呀？如果有睇錯，就係我糊塗……

（重輝接口古）你行開，我唔聽你講（先鋒鈸推開道從指悼慈）你呀……貪慕虛榮，忘情負義……。更累我俾冀王侮辱……使我妒恨如焚。。呀，

（悼慈口古）吓，冀王侮辱你，我唔知嚁。

（重輝接口古）你梗係唔知喇……你都一

心想做王妃咯，重點會顧到呢個陌路簫郎，情場抱恨呀！

（道從口古）唉，你聽我講呀……

（重輝接口古）都話唔聽你講咯，你行開呀……（推開道從再指悼慈）琴娘，咪話我斥白你呀，實在你見我做咗元帥，而冀王已敗在我手下（一才）所以至會嚟搵我啫，如果唔係呀，就算碰頭撞面（才）你都唔會望吓呢個舊情人呀！

（悼慈的的撐，關目介，亦帶憤地白）簫郎，你咁樣講法，唔止話睇小我，你簡直係侮辱我……（花下句）咪以為手握兵權就了不起，當我跟紅頂白要與你相親。低眉菩薩變作怒金剛，忠厚仁慈皆歿泯。

（重輝白）忠厚仁慈（段頭正綫雙飛蝴蝶）仁恕化兇狠，皆因嬌花太負心（才），重輝缺德品，皆因失戀變殘忍。（才）

（悼慈接唱）修身潔行乃古訓，不應殺戮洩悲憤，我愛君深，乃敢相規相勸。盡我情份。

（重輝接唱）愛海翻波你貪顯貴，枉稱心心兩共印，怎不教我妒憤，請嬌不必再講，我亦怕聞。

（道從白）大元帥，咁你就錯喇！

（重輝白）我錯，你錯我都未錯呀。

（道從白）如果你准我講，就係我錯，假如唔俾我講，你就大錯特錯。

（重輝白）我點錯法呀？

（道從口古）小姐嗰日寫咗兩封信，有一封就叫我送去冀王拒絕婚事，一封交俾你表明心跡嘅……點知我飲咗酒，踢着舊石頭一仆，就仆到兩封信都跌晒落地，大概係咁樣攪亂咗，將冀王嗰封交錯俾你嘅啫……總之我敢擔保小姐確係唔會對你薄情，唔會居心靠滾。嘅。

（悼慈口白）唉吔，你個正式糊塗蟲咯，真係累死人。。呀！

（道從口古）你咪嘈住喇，錯咗一半之馬，重好在因為糊塗唔記得將佢嗰封交到冀王手上，而且我一世都唔興沖涼換衫，嗰封信仲袋係袋裡面……而家攞番出嚟俾你睇吓，就証明我嘅說話當真喇。

（自懷中取信介）

（重輝接過書信，看書介，叻叻古，重一才，看罷，先鋒鈸，的的撐，沉花下句）唉吔吔，你真係太過失魂。。（對悼慈，五才花）錯怪琴娘太不應，謝罪嬌前求恕憫。

（悼慈花）真相既明消怨妒，盡將戾氣化祥雲。。但願保持仁愛息干戈，恢復本來面目相親近。

（輝白）琴娘，我地講咗咁耐都未問你添。

（唱反綫南進宮）頓覺疑雲疑雨便將身世問，森山軍旅地，柳底夜半行，你你你是誰人，直說休驚震（白）我倆相交十數載只以簫郎琴娘互稱，到底你何姓何名呀？

（慈白）哎吔（續唱）心驚口自噤，傷哉此際欲語又嘆，未能勸勸勸君休將身世問。

（輝唱）天邊月有霧雲，焉能遮隱月昏暗（白）琴娘究竟你與呂氏有何關係，因何深宵到此，替佢求和呢？

（慈唱）親也敵，敵也親，我共呂懷良有父女親。（叻叻古）

（輝唱）吓（轉高邊鑼重一才六~~叻叻古！）（白）哎吔，（快點）知心竟是呂家人。。逢敵必誅為己任，曾經發誓在紫竹林。（包才花）無情寶劍不徇私（先鋒鈸重一才）

（慈白）簫郎你你

（輝續唱花）哎吔，辣手摧花殊不忍。（士字腔）

（慈唱老鼠尾）君憤恨，揮利刃，君你怒拔利劍我黃泉近。

（輝接）你韋呂仇怨難了亦難分。

（慈唱）君乃善良忠厚人，想到舊仇心漸恨，揮戈攻破城池，血償舊債誅魔君，重復家聲振。（直轉爽二黃）莫非貪圖名利與虎豹同群。。莫非要顯示威風，賣命捨身持帥印。

（輝重一才慢的的白）賣命捨身。

（輝慘笑白）哈哈哈哈哈（白欖）一族仇，一家恨，（介）此際不妨言底蘊，簫郎名喚韋重輝（才），乃是恭王嘅血胤（才），慘被你爹爹施毒計（才），滿門殺戮不饒人，（催快）一族嘆飄流，一家罹刦運，非作虎倀為鷹犬，乃為報仇把冤伸（的的撐，叻叻古……）

（慈白）哎吔！（快點下句）簫郎竟是對頭人。。軍令如山難卸任。君不頭斷我斷魂。。（包才）（滾花）無情劍殺有情郎……（先鋒鈸重一才，推磨過位）

（輝白）琴娘，你你

（慈續唱滾花）唉，到底難教郎命殞。

（道從白）唉，你兩個都算冤孽咯！（乙反木魚）一個為報家仇，却未肯摧殘紅粉，一個被迫行刺，却不願知己亡身。。

（重輝一怔，插白）吓（才）行刺？

（道從插白）此乃是冀王陰謀，（木魚唱）弱女不敵權威，更要遵從父訓，許諾不成功者便成仁。。

（重輝重一才水波浪，花）佢不取敵人頭，便成刀下鬼，淒涼境遇不差分。。無情寶劍有情天，天罷天，你造物弄人何太狠。琴娘得活簫郎死，我不亡身佢斷魂。。罷罷罷（才）捨己為人甘命殞。

（三批介白）琴娘，你殺我喇，你殺喇，

（的的撐合~~）

（慈禿唱禪院鐘聲尾）琴簫一般絕了音

（生接唱）梅竹一般朔風近

（慈禿帶）怎生捨割怎生分，你死我活誠未能

（輝接）情相牽，心互印，既是難求合巹，我死願你可偷生

（慈接）堪嗟堪哀雪霜侵
（輝接）血濺青鋒怨刦運，我寧甘犧牲
（慈接）唉，君休命殞，更請劍下屠殺斷腸人。（三批前後掩門白）簫郎，你殺我啦！（的的撐）
（的的撐，叻叻古，悼慈求死，重輝不忍介）
（道從勸開介，沉花）你唔願佢瓜老襯，佢亦唔想我為你招魂。。（花）誓願等如賭番攤，口話口賠，毋須咁着緊。嘅，（口古）小姐你雖然話不成功者便成仁，只係冀王迫你講嘅之馬，而且你當時又唔知道需要行刺嗰個，係你心上人添，就算空手番去，你亞爹都唔會執罪你嘅……唔通親生女兒，總冇半點情份。嘅咩（重一才擲才）
（重輝口古）胡大叔講來都有道理，琴娘，你番去把喇，正是吾愛吾仇，使我欲言無語……情緣未了，唯望再續來生。。係喇。

（悼慈口古）簫郎……雙方處境亦係咁困難，我亦知到今宵一別，再會無期，但願你保重身軀，莫為餘情徒傷感。
（道從口古）唔好講咁多叻小姐，正是多留無謂，不如回步返家。行罷啦，
（鷄鳴散更介）
（重輝花下句）五鼓更殘鷄報曉，如催虎將送佳人。。相見時難別也難，珍重一聲愁莫泯。
（悼慈快點）柔腸寸斷淚紛紜。。更悲一別難通問。簫聲還向那方聞。。（花）不欲分時亦要分，千古女兒千古恨。（下介）
（重輝望着背影啞相思介）
（沖頭先鋒鈸玉嫦、明忠承業衣邊上介）
（玉嫦先鋒鈸執重輝一才起恨填胸）不守忠信且乖心，怎樣可以統三軍（白欖）不報仇，不雪恨，重感情，放敵人（雙）（接前腔）真糊混，糊混。（三批介）
（重輝沉花下句）哎吔吔，有苦難陳。。（五

才花）無情劍（才）不斷敵人頭（一才）有負諾言唯自刎。（先鋒鈸欲自殺介）

（玉嫦喝止白）住手，世子，你以為一死了之就可以咯咩？你太愚蠢叻，（中板）無情寶劍雪沉冤，凡遇敵人須殺絕，韋家子弟經已盡知聞。。不念韋族恩，不念養育情，應念戴天仇與恨。血債痛未償，你竟自投脂粉網，沉迷慾海作痴魂。。（七字清）十八年來捱苦困。專心養育勉成人。。誰知你自毀前途虧德訓。將儂心血化塵坭。。（花）應揮慧劍斷情絲，實踐諾言重振奮。

（承業口古）世子，如果你咁樣做法，韋氏一族怎能復興呢？還望你追還血債，拋棄私情，憐念白髮蒼蒼跪在你跟前求懇。（開邊承業跪倒介）

（明忠口古）世子，假如你不覺岸回頭，把仇家殺絕，我願與族人屍諫，壯烈犧牲。。（亦跪下介）

（玉嫦先鋒鈸執重輝接花下句）寧忍壯士犧牲來勸諫，寧教老年人跪少年人。。可見冤仇似海深，理應把良心來自問。

（重輝扶起明忠、承業，快點）重諾捨身報族人。馬上提戈（花）臨戰陣。（四鼓頭下介）

（玉嫦花下句）但願飛騎傳捷報，殲仇雪恨把冤伸。。

——落幕——

第五場

景：營房內（作停喪佈置中擺棺木，前面寫「韋重輝之棺」）

（排子頭開邊起幕）

（兩手下分持寫着「擒拿叛逆」「定斬不饒」之長條白旗，四部將持兵器企幕）

（急急鋒四女兵先上介）

（玉嫦四鼓頭，零星鈸身形，台口詩白）斷腸人訴斷腸聲，帶恨含悲入柳營，夙願何堪成幻影，冰霜冷面更猙獰。（短序起慢板）心不安，魂不定，正待直搗黃龍，把那權奸掃淨。恨重輝，迷本性，竟為私情降敵，自毀錦繡前程。。（花）多年教養白費了心機（一才）更恐韋氏重臨趨逆境。

（沖頭，承業、明忠仝上介）

（玉嫦口古）老將軍何事匆忙，還須言明究竟。

（承業口古）桂小姐，世子已回營請罪，還帶着呂氏娉婷。

（玉嫦重一才卓竹關目怨恨地）（口古）重輝，你到底亦回來見我了，尚帶呂氏歸來，可算痴迷未醒。少將軍，你叫他先要革衣冠，除掛劍，步入柳營。。

（明忠命令介口古）呔，傳令世子，革衣冠，除掛劍，步入柳營。。

（排子頭，音樂起，道從，悼慈伴上介）

（沖頭，重輝水髮捧劍衝出，再羞慚無地狀退回介）

（重輝台口白）無情劍（雙）（乙反長花）解劍革衣冠，驚魂猶未定。一紙降書為鐵証，今生難望洗污名。。哀我靈魂原潔淨，迫作叛徒人唾罵（一才）痴心留待萬古情。。好一段生死愛（一才）偏教有兩族仇（一才）迫殺鴛鴦同命。

（悼慈乙反花下句）為怕冰心鐵面嫦姐姐，將郎治罪不容情。。只求福禍永同當，緊貼追隨為照應。（入介）

（玉嫦一見重輝，先鋒鈸執之白）重輝，你回來了。

（重輝白）回來了。

（玉嫦白）你何以對祖宗？

（重輝白）無以對祖宗。

（玉嫦白）何以對族人？

（重輝白）無以對族人。

（玉嫦口古）既無以對祖宗，更無以對族人，問你尚有何顏臨此境。（三批）

（重輝口古）嫦姐姐，簽寫降書乃是為勢所迫，望姐姐暫息雷霆之怒，容我剖白衷情。

（玉嫦口古）呸，你罪大如山，還圖狡辯，韋重輝，點解要你解衣冠，除掛劍，因為你對唔住你嘅亡父，我怕你有污呢把寶劍，而我要你革衣冠，因為你唔係人（一才）你係禽獸（一才）所以你不配着人類嘅衣冠，你唔好以為我地今日全軍掛白，係為咗痛惜你，我地只係哀悼韋族淪亡於旦夕，而韋族淪亡係你一手造成，你係逆賊（一才）你係叛徒（一才）韋族人人皆可取你性命。（拔劍殺重輝介四鼓頭）

（重輝口古）嫦姐姐，我重輝自知罪大，所以今日歸來請罪盼原情。

（玉嫦白）要我寬恕你呀（小梅花）不顧犯軍規，不顧損家聲，不孝不義罪孽洗不清……（玉嫦插白）教我如何恕你呀？

（重輝接）辱節貪生非本性……怕負情與義，迫將降約簽訂。

（玉嫦浪白）蠢材（接唱）韋氏興亡憑用武，焉能降作冀王兵。

（悼慈接唱）求諒恕他為我消除災刧，迫不得已，更望你體卹寬赦佢罪名。

（玉嫦浪白）你冇權多嘴。

（重輝接）血仇待報未完重責禍連一族，為私情我自問罪名難免（一才）深希（兩才）法外原情（叻叻古，四鼓頭跪埋介）

（玉嫦斥之「爽中板」）曾告誡，而且再叮嚀。。不要自投脂粉阱。招尤作孽損英名。。又誰知，沉迷呼不醒。連天禍，皆由濫用情。。殃及族人，你有冇良心血性。（浪白）未報戴天仇，未伸血海冤，竟為與仇家女兒私戀，不惜把韋氏子孫變作冀王奴隸，自問良心，值唔值得饒恕呀？

（道從白）小姐，（接唱）唔識講，我亦要

開聲。。佢地自少相親形對影。。痴心戀愛亦常情。。救愛人唔係迷本性。環境下箇直冇得傾。。況且已認錯跟前，你亦無須心火盛。（浪白）佢唔錯亦都錯咗咯，嬲亦無謂嘅，以後嘅事慢慢商量啫。

（玉嫦浪白）胡說，此處地方，點輪到你講說話，行開。

（悼慈白）嫦姐姐（接唱）嫦姐姐，許我訴衷情。。長者結仇相火拚。何堪後輩斷恩情。。呂悼慈，亦甘為父命。隨世子，永效鳳和鳴。。尚懇通融，毋教再臨絕境。（浪白）嫦姐姐，你在紫竹林，我在紅梅谷十幾年隣居，本來好親切嘅，無奈彼此亦礙於環境，未肯透露身世，也無來往通問，所以我與世子深種情根，亦未敢登門拜候，世子招來罪孽，無非是奸王威迫，實際亦是救我所致，望你體諒我地苦衷，放過佢啦。

（玉嫦浪白）放過佢，哼，你根本是仇家兒女也在屠殺之列。還望作鸞鳳和鳴呀，真係妙想天開呀。

（重輝白）嫦姐姐（接唱）招罪狀，一族陷危傾。。大錯鑄成難否認。惟獨是情仇恩怨要分明。。（花）只求弱女可超生，為愛為情甘捨命。

（玉嫦先鋒鈸執輝禿花）罪孽皆由情所累，尚要口口聲聲重愛情。。知否情是恨（一才）愛是仇（一才）何以到死痴心還未醒。

（重輝口古）嫦姐姐，你太唔了解我叻（一才）想我自識人事以來，在你身邊，只有受到嚴厲嘅管束，無情嘅責罵，自從結識琴娘以後，心靈上才得到一點溫暖，當時我又唔知佢係仇家之女，彼此志同道合，至有深種情根，而你呢（一才）在過往嘅歲月之中，你嘅心只有係仇（才）只有係恨（才）你又何嘗了解情字嘅偉大，你知唔知道乜野叫做至情

至聖呀？（一才）
（玉嫦卓竹內心痛苦地口古）我唔了解情字嘅偉大（轉妒憤地）重輝，你點可以對我講的咁嘅説話，十八年來我桂玉嫦唔去尋求愛情，係為乜野呀（一才）犧牲我大好青春係為乜野呀（才）無非為咗（才）將你撫養（才）為咗與你報復家仇（才）重輝，你辜負我一番心血，你太令失望叻，太傷心叻，試問我唔係為咗你，又何解要捱着艱辛歲月自嘆孤清。。呀
（重輝口古）算叻算叻，你話點就點，唯是你平日教導我，就算有錯都要錯到底，好叻，你認為要點樣處罰我就點樣處罰我，待罪之身，無不依從命令。
（玉嫦口古）點樣處罰你？重輝，處罰你唔係我單獨嘅主意，你抬頭一看便分明。
（重輝開邊回身覩望白）擒拿叛逆（雙句）
（開邊）定斬不饒（雙句）
（承業口古）世子，你為着私情而不報戴天仇，貽害族人，如此所為，簡直冇良心，冇血性。
（明忠口古）哼，所謂一失足成千古恨，且看桐棺之上已寫着誰個姓名。啦
（重輝、悼慈同撲埋一望白）韋重輝之棺（雙句）（四鼓頭先鋒鈸）
（的的撐手下喝可，重輝、悼慈同絞紗介）
（排子頭，悼慈白）簫郎呀（絲絲淚）三尺棺
（重輝接唱）記吾名
（悼慈接）罪過不得否認，難求原諒，君必喪命
（重輝接）招死罪呼救無方，悲不勝
（悼慈浪白）簫郎，
（重輝浪白）琴娘，
（悼慈接唱）枉費心，相愛結同命，却遭天公播弄一切盡成幻影
（重輝浪白）琴娘，我地今朝一別再會無期叻，簫郎死而無怨，所憐者，琴娘孤零

無伴啫。

（悼慈接）紫竹紅梅總不忘情，死生也相併。竹枯梅謝決不留殘命。

（道從接）棺木也整定，冇辦法傾，死梗冇剩，邊處搵救星勸佢地無謂咁心火盛。

（浪白）佢地唔嬲就冇事嘅叻。

（重輝接）愁無語慰嬌卿

（悼慈接）空相對淚零零

（重輝浪白）胡大叔，我死咗之後，你好好照顧琴娘至好呀！

（道從浪白）我曉叻

（悼慈浪白）簫郎，你不能捨我而去嘅

（重輝浪白）唉（接唱）今世不題紅葉，且盼來生把關睢賦詠。

（悼慈接唱）痴心鳳侶美夢難成，陰間共享齊眉樂，當勝獨留俗世苦淒清。

（重輝口古）琴娘，你本身無罪，何苦為了簫郎，妄自犧牲性命。

（悼慈口古）你今日所以受罪，完全因我所致，我又點能卸責呢，嫦姐姐，假如世子罪在不赦，我願捨身替受刑。

（重輝口古）唔得，我重輝一死以謝族人，也是我應得嘅報應。

（悼慈口古）唔係，事由我而起，焉能要你投入枉死城。

（重輝白）應該我死。

（悼慈白）應該我死。

（二人爭死介）

（玉嫦口古）咪嘈，你兩個都算得多情多義嚁，你為佢不惜作千古罪人，佢為你又不惜犧牲性命。係嗎

（道從口古）咁唔係囉，最好你玉成好事，為佢兩個共繫赤繩。。啦

（玉嫦白）你地就想叻（花下句）你要結連理枝（一才）你要作同命鳥（一才）我偏好夢永難成。。我不准你地同殉愛，要你生受折磨，生死權操由我定。

（道從插白）嘩，咁唔係重慘（接花下句）

睇住情郎被殺頭，相信個心肝破裂，重碎過隻落地酒埕。。要我小姐夾生受折磨，可謂陰功到絕頂。

（擂大鼓，內場喝可，各人關目介）

（部將沖頭上白欖）桂小姐，聽分明，冀王人馬到軍營，揚言世子簽降約，韋氏歸為項氏兵，族中男女耻為奴，拚將犧牲來抗命，兼為報仇和雪耻，經已執戈與敵拚，與敵拚。

（的的撐各人關目介）

（玉嫦快點）一腔憤怒正難平。。那懼奸王兇狠性。犧牲猶勝被欺凌。。（花）傾全力（一才）殺仇讐（一才）臨陣交鋒寧捨命。（白）老將軍，你將他們監視，等我殺敵歸來再行處置，少將軍隨我來。

（明忠隨玉嫦下介）

（重輝口古）老叔父，大敵當前，不容稍懈，可否容我以待罪之身，前去掃除奸佞。

（承業這個介口古）好……亦望你能將功贖罪，大家一同臨陣挽危傾。。

（重輝花下句）戴罪立功還雪恨，

（悼慈接唱）常言眾志可成城。

——冚幕——

一九六三年首演，抄本，劇本具李龍先生簽名，歐奕豪先生私人收藏。

作者簡介

李少芸（一九一六——二〇〇二）

原名李秉達，廣東番禺人，自小愛好粵劇，有文學修養，時常參與社團音樂演出，長大後專注粵劇編寫工作。他受到名伶薛覺先的賞識，給覺先聲劇團編寫了《歸來燕》、《陌路蕭郎》、《曹子建》、《妒雨酸風》、《再度劉郎》等劇，又為勝利年劇團寫了《文素臣》，他在戰前已是成名的編劇家。

陳冠卿（一九二〇——二〇〇三）

廣東順德人，自四十年代起，歷任非凡響劇團、寶豐劇團、大龍鳳劇團、百福劇團、大四喜劇團、永光明粵劇團、東方紅粵劇團，廣東粵劇院等省港大班擔任編劇。他精通音律，能彈會唱，文字力求精練，講究韻腳，曲牌的運用和唱腔的設計都反覆推敲。他的作品重視人物性格的刻畫和結構的完整。二〇〇〇年元旦的粵劇新年晚會上，陳氏獲廣東省授予「粵劇藝術突出成就獎」。

唐滌生（一九一七——一九五九）

原名唐康年，廣東香山（今珠海市唐家灣）人，著名粵劇作家，生於上海，一說是黑龍江。抗日戰爭爆發後，唐滌生與一批熱血青年組織抗日宣傳隊，他以珠江口漁民抗日殺敵為題材，編寫了話劇《漁火》，公演後獲得好評。一九三八年秋，粵劇名伶唐雪卿返鄉探親時，見其堂弟唐滌生天賦甚高，遂邀其加入著名文武生薛覺先的覺先聲劇團。初替劇團抄寫劇詞曲譜，後創作粵曲、劇本。抗戰勝利後，唐滌生在香港粵劇界已享有聲譽，其創作的《釣魚郎》一曲，經梁醒波演唱而紅極一時。五十年代，唐滌生與任劍輝、白雪仙、梁醒波等組成仙鳳鳴劇團。他撰寫的劇本《牡丹亭驚夢》、《紫釵記》、《帝女花》、《蝶影紅梨記》、《再世紅梅記》等以其曲折動人的內容與優美的詞曲，經任劍輝、白雪仙、梁醒波等精湛的演出後，譽滿香江。

簡又文（一八九六——一九七八）

字永真，號馭繁，祖籍廣東省新會縣。中國宗教學家、歷史學家、基督徒。自幼受父親影響，愛好文學，熱衷革命。畢業於廣州嶺南學堂（嶺南大學的前身），後赴美國留學，入歐柏林大學。升入芝加哥大學研究院，獲宗教教育碩士學位。一九二四年，任北京燕京大學宗教學院教授，後歷任軍政界不同職位。一九四九年，簡又文辭去全部職務，赴香港定居。一九五四年，獲聘為香港大學東方文化研究院名譽研究員。同年，為花旦王芳艷芬編寫《萬世流芳張玉喬》粵劇劇本。著有《太平天國全史》、《西北從軍記》。

葉紹德（一九三〇——二〇〇九）

籍貫廣東東莞，資深粵劇作家及填詞人。自幼喜愛粵劇，一九五一年開始編曲，翌年追隨王粵生並代寫電影插曲，及後因王粵生介紹而認識唐滌生。一九五六年，整理薛覺先名劇《花染狀元紅》以及為何非凡創作《紅樓金井夢》而成名。一九六〇年起和白雪仙合作並整理《帝女花》唱片版本；翌年於仙鳳鳴劇團出任《白蛇新傳》編導組成員，並負責為該劇編成初稿。粵劇作品多達七十多齣，名作包括有《朱弁回朝》、《李後主》、《紅樓夢》、《三夕恩情廿載仇》、

《碧血寫春秋》等。一九九五年，《洛神之洛水夢會》而獲香港作曲家及作詞家協會頒發最廣泛演出金帆獎（戲曲）；其後合共十四年均以《李後主之去國歸降》而獲得最廣泛演出金帆獎（戲曲）獎項。於二〇〇七年獲香港演藝學院授予「榮譽院士」銜。

潘一帆（一九二二—一九八五）

生平不詳。

徐子郎（一九三六—一九六五）

原名徐家廉，生於香港，家境富裕，育有一女，作品包括《鳳閣恩仇未了情》、《雷鳴金鼓戰笳聲》及《無情寶劍有情天》。

《香港文學大系一九五〇—一九六九》編輯委員會鳴謝
以下人士及單位，資助本計劃之研究及編纂經費：

李律仁先生

•

香港藝術發展局

•

香港教育大學 中國文學文化研究中心

香港藝術發展局
Hong Kong Arts Development Council 資助

香港藝術發展局全力支持藝術表達自由，
本計劃內容並不反映本局意見。

香港教育大學
The Education University of Hong Kong